옥루몽 2

한국
고전
문학
전집

027

옥루몽 2

남영로 지음 | 장효현 옮김

문학동네

옥루몽 2

【 일러두기 】

1. 적문서관積文書館에서 1924년에 간행된 한문언토漢文諺吐 활자본을 저본으로 했다. 적문서관본은 가장 널리 읽힌 이본일 뿐 아니라 『활자본고전소설전집』(아세아문화사, 1977) 제6권에 영인되어 대부분의 연구자에게 대본 역할을 했다.

2. 원문은 적문서관본 그대로 한문언토의 형태로 수록했다. 내용에 어긋나게 언토가 달린 곳을 몇 군데 손질했으나, 따로 밝히지는 않았다.

3. 현대어역본은 원문에 충실하게 번역하는 것을 원칙으로 하고, 그 어투는 고전의 맛이 느껴질 수 있도록 했다.

4. 주석은 내용을 이해하는 데 꼭 필요하다고 여겨지는 경우에는 현대어역본에 달았으나, 그 외에는 원문에 달아주었다. 주석은 해당 표제어가 처음 나오는 부분에 한 번 다는 것을 원칙으로 하되, 뒤에 다른 문맥에서 나온 경우에는 이해를 돕고자 한 번 더 달아주었다.

5. 교감은 원문에 교감주 형태로 달았다. 활자본의 조판 과정에서 자형字形의 유사함 혹은 단순한 누락이나 착오로 빚어진 오식誤植은 교감주를 따로 달지 않고 바로잡았다. 1918년에 간행된 한문언토 활자본인 덕흥서림본德興書林本은 상대적으로 오식이 적은 이본이기에 주요 교감 대상으로 삼았다. 적문서관본과 덕흥서림본에 모두 오류나 누락이 있는 경우, 1912년에 간행된 국문활자본인 신문관본新文館本을 주요 교감 대상으로 삼았다. 신문관본은 『옥루몽』 한문본 원본을 국역한 계통을 잇는 중요한 선본善本이다.

양창곡楊昌曲

천상계 문창성군文昌星君의 화신. 처사 양현楊賢과 부인 허씨 슬하에서 자라, 다섯 여인과 차례로 인연을 맺고 출장입상하는 영웅적 인물이다. 파란만장한 생애 가운데 여러 벼슬을 맡으면서 다양한 호칭으로 불린다. 과거에 급제해 한림학사가 되어 '양한림'으로, 유배에서 풀려난 후 예부시랑에 이어 병부시랑이 되어 '양시랑'으로, 남만을 토벌하러 나설 때는 병부상서 겸 정남대원수征南大元帥가 되어 '양원수'로, 홍도국 정벌에 나설 때는 대도독大都督이 되어 '양도독'으로, 전쟁에서 승리를 거둔 후에는 우승상 겸 연왕燕王에 봉해져 '양승상'과 '연왕'으로 불린다.

강남홍江南紅

천상계 홍란성紅鸞星의 화신. 본래 성은 사씨謝氏. 3세에 변란 속에서 부모와 헤어져 기녀가 되었고, 가무와 문장에 모두 뛰어나 항주 제일의 기녀로 꼽힌다. 압강정 잔치에서 양창곡과 만나 인연을 맺는다. 소주 자사 황여옥의 핍박을 받다가 전당호에 투신하는데, 살아남아 남방 탈탈국에서 표류하여 백운도사를 만나며 그에게서 무예와 도술을 배우고 부용검을 물려받아 천하무적의 여성 영웅이 된다. 백운도사의 지시에 따라 홍혼탈紅渾脫이라는 이름으로 남만 왕 나탁을 돕다가 투항하여 양창곡과 재회한다. 이후 양창곡의 공로를 대부분 이루어준다. 우사마에 제수되어 '홍사마'로 불리고, 이어 병부시랑 겸 정남부원수에 제수되어 '홍원수'로 불리고, 전쟁에서 승리한 후에는 병부상서 겸 난성후鸞城侯에 봉해진다. 흉노 침략 시에는 표요장군嫖姚將軍에 제수되어 '홍표요'로 불린다. 그녀의 소생으로 양창곡의 첫째 아들인 양장성이 전쟁에서 공을 세워 진왕秦王에 봉해진 뒤에는 '진국태미秦國太媺'의 칭호를 받는다.

벽성선碧城仙

천상계 제천선녀諸天仙女의 화신. 본래 성은 가씨賈氏. 태어난 지 며칠 만에 병란으로 부모를 잃고 기녀가 되지만, 뛰어난 음악적 재능을 지니며 한사코 요조숙녀다운 지조를 지킨다. 양창곡이 강주에 유배되었을 때 인연을 맺어 그에게 옥통소를 가르쳐준다. 양창곡의 두번째 소실로 들어간 후 황부인의 질투로 모진 시련을 겪지만, 천자에게 음악으로 풍간하여 어사대부御史大夫에 제수되고, 태후와 복장을 바꿔 입고 흉노에 대신 끌려가 태후를 구한다. 양창곡이 연왕에 봉해지자 '숙인淑人'에 봉해져 '선숙인'으로 불린다. 나중에 자개봉 대승사의 보조국사普照國師가 그녀의 아버지로 밝혀진다. 그녀의 소생으로 넷째 아들인 양기성은 빼어난 외모를 지닌 풍류남자로, 설중매와 빙빙과의 결연 과정이 흥미롭게 펼쳐진다.

일지련一枝蓮

천상계 도화성桃花星의 화신. 남방 축융왕의 딸로, 쌍창을 쓰는 무예에 뛰어나 명나라 군대와 대적하다가 투항하고, 강남홍을 따라 중국으로 들어와 나중에 양창곡의 세번째 소실이 된다. 흉노 침략 시에 공로를 세워 표기장군驃騎將軍에 제수되어 '연표기'로 불리고, 숙인에 봉해져 '연숙인'으로 불린다. 그녀의 소생으로 셋째 아들인 양인성은 도학군자로, 스승 손선생의 학통을 이어받아 '신암愼庵선생'으로 불린다.

윤소저

천상계 제방옥녀帝傍玉女의 화신. 항주 자사 윤형문과 소부인 슬하에서 자란 요조숙녀로, 강남홍이 천거하여 양창곡의 첫째 부인이 된다. 양창곡이 연왕에 봉해져 '연국상원부인'이 된다. 그녀의 소생으로 둘째 아들인 양경성은 어진 행정을 펼쳐 강서태수江西太守, 호부상서戶部尚書, 참지정사參知政事에 잇따라 제수된다.

황소저

천상계 천요성天妖星의 화신. 승상 황의병과 위부인의 딸. 황의병이 천자에게 간청해 양창곡의 둘째 부인이 된 후 벽성선을 질투해 집요하게 해치려 하지만, 이후 개과천선한다. 양창곡이 연왕에 봉해져 '연국하원부인'이 된다. 그녀의 소생으로 다섯째 아들인 양석성이 천자의 딸 숙완공주와 결혼한다.

양현楊賢 · 허부인許夫人

양창곡의 어버이. 여남汝南 옥련봉玉蓮峰 자락에 살다가, 양현의 나이 40세에 옥련봉의 관음보살 석상에 발원하고 양창곡을 낳는다. 양창곡이 과거에 급제해 한림학사가 되자 양현은 예부원외랑禮部員外郎 벼슬을 제수받아 '양원외'로 불린다. 양창곡이 연왕에 봉해지고 나서 양현은 '연국태야燕國太爺' 즉 '양태야'로 불리고, 허부인은 '태미太糜'로 불린다.

윤형문尹衡文 · 소부인蘇夫人

윤소저의 어버이. 윤형문은 어진 인품을 지녀 항주 자사 시절 딸 윤소저를 강남홍과 지기로 맺어준다. 병부상서兵部尙書에 이어 우승상에 제수된다. 흉노의 침략을 받았을 때 양현과 함께 의병을 일으켜 태후로부터 삼군도제독三軍都提督에 제수되며 이후 '각로閣老'로 불린다.

황의병黃義炳 · 위부인衛夫人 · 황여옥黃汝玉

황의병은 승상 벼슬에 있지만 소인배다. 천자에게 아첨해 딸 황소저를 양창곡에게 억지로 시집보낸다.

위부인은 어머니 마씨馬氏가 태후의 외종사촌인 것만 믿고 교만 방자하게 굴며, 딸 황소저가 벽성선을 모해하는 것을 부추긴다. 태후의 명으로 추자동楸子洞에 유폐되었을 때 꿈에 마씨가 나타나 위부인의 오장육부를 꺼내 씻고 뼈를 갈아 독을 빼낸 후 개과천선한다.

황여옥은 황소저의 오빠로, 소주 자사로 있을 때 강남홍에게 흑심을 품고 핍박하지만, 강남홍이 투신하자 잘못을 뉘우치고 정사에 힘써 예부시랑이 된다.

연옥蓮玉 · 손삼랑孫三娘

연옥은 강남홍의 신실한 여종이다. 강남홍이 전당호에 투신한 후 연옥은 그녀가 죽은 줄로만 아는데, 오갈 데 없는 연옥을 윤소저가 한동안 거두어준다. 나중에 연옥은 동초 장군의 소실이 된다.

손삼랑은 연옥의 이모로, 자맥질에 능해 수중야차水中夜叉라는 별명을 가져 '손야차孫夜叉'로 불린다. 전당호 물속에 몸을 숨기고 있다가 투신한 강남홍을 구하고, 함께 남방 탈탈국을 표류해 백운도사 문하에서 무예를 익혀 강남홍의 부장副將으로 활약한다.

소유경蘇裕卿 · 뇌천풍雷天風

소유경은 윤형문의 처조카로, 방천극方天戟을 잘 쓴다. 우사마右司馬 벼슬을 해 '소사마'로 불리다가 남방을 평정한 공로로 형부상서刑部尙書 어사대부御史大夫가 되어 '소상서' '소어사'로 불린다. 노균의 전횡에 대하여 간하다가 남방으로 유배되는데, 흉노가 침략해오자 군사를 모아 달려와 천자를 구한다. 흉노와의 전쟁에 이긴 공로로 여음후汝陰侯에 봉해지고, 양창곡의 둘째 아들 양경성을 사위로 맞이한다.

뇌천풍은 벽력부霹靂斧를 잘 쓴다. 남방을 평정한 공로로 상장군上將軍에 제수된다. 노균의 전횡에 대하여 간하다가 돈황敦煌으로 유배되지만, 이후 풀려나 흉노와 싸우던 중 역적 노균을 도끼로 두 동강 내서 죽인다. 흉노와의 전쟁에 이긴 공로로 관내후關內侯에 봉해진다.

동초董超 · 마달馬達

양창곡이 남방 원정 중에 발탁한 장수. 남방을 평정한 공로로 각각 좌익장군, 우익장군에 제수된다. 양창곡이 운남에 유배되었을 때 벼슬을 버리고 은밀히 양창곡을 뒤따르며 돕는다. 흉노가 침략해왔을 때 양창곡의 상소문을 가지고 천자를 찾아가, 동초는 흉노의 대군을 막고 마달은 천자를 피신시킨다. 죽음을 무릅쓰며 흉노의 대군에 맞서 싸운 공로로 동초는 표기장군驃騎將軍에, 마달은 전전장군殿前將軍에 제수된다. 흉노와의 전쟁에 이긴 공로로 각각 관동후關東侯, 관서후關西侯에 봉해지고, 동초는 강남홍의 여종 연옥을, 마달은 벽성선의 여종 소청을 소실로 맞이한다.

노균盧均

노균의 벼슬은 참지정사參知政事로, 탁당濁黨의 영수이자 나라를 어지럽히는 간신이다. 악기 연주에 재능이 있는 동홍을 끌어들여 천자를 미혹시키고, 자기 누이동생을 동홍에게 시집보낸다. 양창곡이 천자에게 극간하다가 운남으로 유배되자, 하인과 자객을 연달아 보내 양창곡을 살해하려 한다. 천자에게 봉선封禪과 구선求仙을 권유하고, 청운도사를 끌어들여 도술로 천자를 미혹시켜 자신전태학사紫辰殿太學士에 제수된다. 흉노가 침략하자 투항해 좌현왕左賢王이 되어 명나라를 배반하는데, 전쟁중에 뇌천풍에게 몸이 두 동강 나서 죽는다.

나탁哪吒 · 축융왕祝融王

나탁은 중국에 대항해 반란을 일으킨 남만 왕이다. 백운도사에게 도움을 청해 강남홍이 남만에 합세하지만, 강남홍이 양창곡을 알아보고 투항하자 축융왕을 찾아가 도움을 청한다. 그러나 축융왕도 딸 일지련과 함께 투항한다. 양창곡과 강남홍은 나탁의 요새를 차례로 정복하고, 강남홍의 신비한 검술로 끝내 나탁을 굴복시킨다. 홍도국 왕 발해의 반란이 잇따라 일어나자 양창곡의 군대는 이를 진압하고 축융왕이 홍도국을 다스리게 해준다.

옥루몽 2

남만 왕을 구하러 홍랑이 산에서 내려오고
진법으로 싸워 원수가 군대를 후퇴시키더라

제13회

한편 강남홍이 여러 번 죽을 고비를 넘기고 간신히 살아 이역에서 떠돌며 갈 곳을 모르더니, 산중에 몸을 의탁해 심신이 평안하고 나그네로서의 회포는 온전히 잊었으나 고국을 생각해 마음이 슬프더라. 하루는 도사가 홍랑을 불러,

"그대의 얼굴을 보니 훗날 부귀를 누릴 형상이라. 내가 비록 아는 바는 없으나 전해들은 술법을 그대에게 전수하고자 하노라."

홍랑이 사양해,

"제가 들건대 여자의 행실은 술 빚고 밥 짓는 것을 의론할 따름이라. 높은 술법을 배워 장차 어디에 쓰리이까?"

도사가 웃으며,

"그대가 인간 세상을 떠나 산중에서 여생을 마치고자 한다면 배우는 바가 소용없거니와, 만약 고국에 대한 그리움이 있어 돌아가고자 한다면 몇 가지 술법을 배워 고국으로 돌아가는 디딤돌로 삼으라."

홍랑이 두 번 절하고, 이날부터 스승과 제자의 정을 맺어 도동道童의

옷을 입고 가르침을 청하더라. 도사가 크게 기뻐해 먼저 의약과 점복占ト과 천문 지리를 가르치니, 홍랑이 총명하고 슬기로워 하나를 들으면 열을 알아, 가르침이 쉽고 배움이 어렵지 않더라. 도사가 기뻐하며 사랑해 "내가 남방에 온 뒤로 제자 두 사람이 있으니, 한 사람은 채운동 운룡도인이라. 술법이 아직 미숙하고 사람됨이 나약해 내가 걱정하는 바라. 다른 한 사람은 평상 앞에서 차를 끓이는 도동 청운青雲이니, 작은 재주는 있으나 천성이 경망해 잡술雜術에 빠지기 쉬운 까닭에 내가 배운 바를 전수하지 않았는데, 이제 그대의 재주와 성품을 보니 운룡·청운의 무리가 아니라. 훗날 크게 쓰일 곳이 있으리니 마음을 다잡아 배우도록 하라" 하고 곧 병법을 전하더라.

"『육도삼략六韜三略』의 합변合變 수단과 팔문구궁八門九宮의 변화 방법은 모두 세상에 전해진 것으로, 배우기가 오히려 어렵지 않으나, 내 병법은 하늘의 비밀스러운 책에서 나온 것이라, 만약 배워야 할 사람이 아니라면 전수할 수 없도다. 그 술법이 전부 삼재三災·삼생三生과 오행상극五行相克에 권모술수가 터럭만큼도 없으며, 바람과 구름을 부르는 조화造化의 오묘함과 귀신을 부리고 마귀를 항복시키는 술법이 지극히 정묘하니, 그대가 평생 사용하더라도 요사스럽고 허황되다는 말은 듣지 않으리라."

홍랑이 일일이 가르침을 받아 몇 달 사이에 통달하니, 도사가 크게 기뻐해 "이는 하늘이 낸 재능이라. 내가 감당하지 못하노니, 이와 같으면 세상에 대적이 거의 없으리라. 무예를 한 가지 더 배우라" 하고 드디어 검술을 가르치더라.

"옛적에 서부인[1]은 칼로 공격하는 법을 알았으나 칼을 사용할 줄은

---

1) 서부인(徐夫人): 중국 전국시대 조(趙)나라 사람. 서(徐)는 성. 부인(夫人)은 이름. 서부인은 단도(短刀) 제작의 명인이었다. 연(燕)나라 자객 형가(荊軻, ?~BC 227)가 태자 단(丹)의 부탁을 받고 진시황을 암살하기 위해 사용한 비수(匕首)가 '서부인의 비수'였다. 태자 단은 서부인의 비수를 찾아내 황금 일백 근을 주고 사들였고, 공인(工人)을 시켜 칼날에 독약을 묻혀 사람을

몰랐으며, 공손대랑[2]은 칼을 사용할 줄은 알았으나 칼로 공격하는 법을 몰랐으니, 내가 전하는 바는 하늘의 참창성樞槍星 비결祕訣이라. 그 움직임은 바람과 비와 같고 그 변화는 구름과 비를 일으키니 만 명을 대적함에 머물지 않으리라."

이에 상자 안에서 칼 몇 자루를 꺼내니 이름은 부용검芙蓉劍이라. 일월日月의 정기와 성두星斗의 문장을 띠어 능히 돌을 자르고 쇠를 끊으니, 용천검과 태아검[3], 간장검과 막야검[4]에 비할 바가 아니더라. 도사가 말하길,

"내가 평범한 사람에게는 쉽게 전하지 않으려 하였는데, 지금에 이르러 하늘이 낸 그대의 재능을 만나 전하노니, 잘 사용하라."

홍랑이 절하고 받더라. 이로부터 밤이면 도사를 모시고 병법과 검술을 강론하고, 낮이면 손삼랑을 데리고 산에 올라 진지陣地를 벌여 진법과 검술로 소일하니 적막하고 외로운 심회를 까맣게 잊었더라.

하루는 홍랑이 부용검을 들고 연무장鍊武場에 이르러 혼자 검술을 익히는데, 도동 청운이 책 한 권을 들고 와서 웃으며,

"사형師兄이 이미 검술을 배웠으니 이 책을 보라. 이는 하늘의 둔갑술

찔러보니 피 한 방울만 흘려도 그 자리에서 죽었다고 한다. 형가는 진시황을 알현해 이것을 바치고서 때를 기다려 암살하려 했으나 실패하고 오히려 죽임을 당했다.
2) 공손대랑(公孫大娘): 당(唐)나라 때 교방 기녀. 검기(劍器)·혼탈(渾脫) 등의 검무를 잘 추어 그 시대의 제일이었다. 공손대랑의 혼탈무를 보고 승려 회소(懷素)는 초서(草書)의 묘(妙)를 터득했고, 후대에 초성(草聖)으로 불리는 장욱(張旭)도 그 춤을 보고 초서에 커다란 발전을 가져왔다고 한다.
3) 용천검(龍泉劍)과 태아검(太阿劍): 중국 서진(西晉) 때 풍성현(酆城縣)에 보검이 땅에 묻혀 있었는데, 밤마다 자기(紫氣)를 하늘에 쏘았다. 대신(大臣) 장화(張華, 232~300)가 뇌환(雷煥)에게 이 기운에 대해 묻고 그를 풍성령(酆城令)으로 임명해 보검을 찾게 하니, 감옥으로 사용했던 집터에서 석함이 하나 나오고 그 석함 속에 용천검과 태아검이 있었다 한다.
4) 간장검(干將劍)과 막야검(鎭鋣劍): 중국 춘추시대 오(吳)나라 왕 합려(闔閭)의 부탁으로 도공(刀工)인 간장(干將)이 그의 아내인 막야(鎭鋣)의 머리털과 손톱을 쇠와 함께 가마 속에 넣어 달구어서 명검 두 자루를 만들었다. 음양법(陰陽法)에 따라 양으로 된 칼을 간장, 음으로 된 칼을 막야로 이름 지었다. '막야(鎭鋣)'는 '막야(莫耶)'로도 쓴다.

을 적은 방서方書이니, 사부께서 마침 감추셨기에 몰래 가져왔도다."

홍랑이 크게 놀라,

"사부께서 나를 사랑해 가르치지 않으신 것이거늘, 이는 반드시 망령되이 볼 것이 아니니, 빨리 있던 곳에 가져다 두어라."

청운이 웃으며,

"내가 밤이면 사부께서 주무시는 때를 틈타 이 방서를 가져다 보니 가장 신묘한 비법이라. 내가 시험해보리라."

주문을 외우고서 풀잎을 꺾어 공중에 던지니, 풀잎이 청의동자로 변하더라. 청운이 다시 웃으며 거듭 주문을 외우고 풀잎을 어지러이 던지니, 채색구름이 사방에서 일어나며 풀잎이 신장귀졸神將鬼卒과 선관선녀로 변해 어지러이 내려오더라. 갑자기 신발 끄는 소리가 들리거늘 돌아보니, 도사가 청운을 불러,

"네가 어찌 감히 요사스럽고 허황된 재주를 자랑하느냐? 빨리 거두어라."

도사가 홍랑을 돌아보며,

"둔갑은 허황된 술법이라. 그대에게 전해주지 않으려 했는데, 이미 누설되었으니 대략 알아도 무방할지라. 훗날 이 도를 얻어 신명神明을 더럽히고 크게 낭패할 자는 분명 청운일 것이라."

이 밤에 도사가 홍랑을 불러,

"세상에 행해지는 도가 세 가지 있으니, 유도儒道·불도佛道·선도仙道라. 유도는 정대함을 주장하고, 선도와 불도는 신이神異에 가까우나, 마음을 닦아 외물에 흔들리지 않고자 함은 모두 같도다. 그러나 후세의 승려와 도사들이 선도와 불도의 근본을 모르고 허황된 술법으로 세상 사람의 눈과 귀를 현혹시키니, 이것이 이른바 둔갑이라. 둔갑의 술법이 세상에 전해지니, 정도正道로는 제어할 수 없느니라. 그대가 이제 대략 해득하여, 곤경에 처했을 때 사용하라."

그리고 지극히 정묘한 방서를 택해 가르치니, 홍랑의 총명으로 어찌 해득하기 어려우리오? 도사가 크게 기뻐하며,

　"그대 마음이 본디 단정해 잡되지 않으니 다시 부탁할 필요가 없지만, 자못 조심해 이것을 일삼지 말라. 예로부터 길한 사람과 귀한 사람은 이 술법을 배우지 않았으니, 다른 게 아니라 신기神機가 누설되면 복록에 해가 될까 두려워함이로다."

　홍랑이 일일이 가르침을 받고 물러나 침소로 돌아올 때 바로 문밖을 나서니, 한 여자가 초당의 창문 밖에 서서 도사와 홍랑의 문답을 듣다가 홍랑이 나오는 것을 보고 크게 놀라며 갑자기 사라져 보이지 않더라. 홍랑이 크게 놀라 도사에게 아뢰니 도사가 웃으며,

　"이곳은 산중이라. 귀신이나 여우의 정령이 있어 때때로 이와 같으니 놀랄 필요 없도다. 다만 불행한 것은 저 정령이 이미 우리의 둔갑 방서에 대한 문답을 들었으니, 훗날 우환이 되어 잠시 인간 세상에 소동이 있을까 두렵도다."

　하루는 홍랑이 손삼랑과 더불어 다시 부용검을 들고 연무장에 나아가 혼자 검술을 익히다가 피곤하여 칼을 거두고 언덕에 올라 멀리 바라보니, 푸른 산은 겹겹이 벌여 있고 흰 구름은 조용히 흘러가며, 햇볕을 향한 꽃나무와 동구의 버드나무는 타향의 봄빛을 느끼게 하더라. 홍랑이 멍하니 바라보다 끝없는 눈물이 흘러 소매를 적시더라. 손삼랑을 돌아보며,

　"우리가 산중에 들어온 지 이미 일 년이라. 고국 산천은 꿈속인 듯 아득하고, 이역 봄빛은 마음을 흔드니, 알지 못하겠도다. 언제 다시 중원 문물을 볼 것이며 십 리 전당錢塘의 경치를 대하리오?"

　손삼랑이 웃으며,

　"저는 강남에 있을 때 종일 힘을 다해 물속으로 다니며 구슬 몇 개와 생선 몇 마리를 얻으면 천금을 얻은 듯 좋아하며 생계의 수단으로 삼았

는데, 이곳에 온 뒤로는 열 손가락을 움직이지 않고 몸이 편안해, 배부르게 먹고 따뜻하게 입으며 몸은 깨끗해지고 검은 얼굴이 하얗게 되니, 고향 생각이 별로 없나이다."

홍랑이 미소하며,

"사람이 세상에 태어남에 반드시 칠정七情이 있고, 칠정이 있기에 또 정근情根이 생기나니, 정근이 뿌리를 내리면 그 견고함이 돌이 되기도 하고 그 단단함이 쇠도 끊을 수 있느니라. 나도 그대도 강남 사람이라. 서호西湖와 전당의 맑고 빼어난 봉우리와 골목길 청루의 아름다운 물색 하나하나에 정이 깃들고 일일이 생각나는 것은 사람의 마땅한 정이니, 이것이 이른바 정근이라. 이로 보건대 산천과 물색도 오히려 정근이 남아 생각나거든, 하물며 친척과 친구와 지기와 멀리 헤어진 회포는 어떠하리오?"

손삼랑이, 홍랑이 양공자 생각을 하는 것을 알아채고 쓸쓸히 얼굴빛을 고치더라. 홍랑이 초당으로 돌아와 잠을 이루지 못하니, 도사가 홍랑을 불러 이르길,

"그대가 산중에 있게 될 날은 많지 않고 세상으로 나아갈 날은 멀지 않았으니, 이것이 한때의 인연이라. 슬퍼하지 말지어다."

그리고 상자 속에서 옥피리를 꺼내어 몸소 몇 곡을 불고 홍랑에게 가르치더라.

"한나라 장자방5)이 계명산6)에서 가을밤에 퉁소를 불어 초나라 병사

---

5) 장자방(張子房, BC 250?~BC 186): 한(漢)나라 건국공신 장량(張良). 자방(子房)은 자. 진(秦)나라가 조국인 한(韓)나라를 멸망시키자 자객을 시켜 진시황을 암살하려 했으나 실패했다. 그 뒤 성명을 고치고 하비(下邳) 땅으로 달아나 살며 황석공(黃石公)을 만나 강태공의 병서 『태공병법太公兵法』을 전수받았다 한다. 진승(陳勝)·오광(吳廣)의 난이 일어났을 때 유방의 진영에 속해 유방의 모신(謀臣)이 되었고, 후일 항우와 유방이 만난 '홍문(鴻門)의 모임'에서 유방을 위기에서 구했다. 책략에 뛰어나 한나라 창업에 힘써 유후(留侯)에 책봉되었다. 장자방은 남자임에도 아름다운 여인의 용모를 갖고 있었다 하며, 신선의 도에 정통해 만년에 적송자(赤松子)를 따라 은거했다고 한다.

를 흩어지게 했으니, 그대가 이 옥피리를 배우면 쓸 곳이 있으리라."

홍랑이 평소 음률에 익숙한지라 잠깐 사이에 정조正調와 변조變調의 곡조를 배우니, 도사가 크게 기뻐하더라.

"이 옥피리는 본디 한 쌍으로, 한 개는 문창성군에게 있노라. 그대가 훗날 고국으로 돌아갈 기회가 여기에 달려 있을까 하니 옥피리를 잘 간직해 잃어버리지 말라."

세월이 훌쩍 흘러 홍랑이 산중에 들어온 지 두 해가 되었더라. 하루는 도사가 홍랑과 더불어 초당에서 배회하며 달빛을 구경하다 대나무 지팡이를 들어 천문을 가리키며,

"그대가 이 별을 아는가?"

홍랑이 멀리 바라보니 큰 별 하나가 자미원7)을 둘렀더라. 대답하길,

"이것이 문창성 아니니이까?"

도사가 미소하고 다시 남쪽 천문을 가리키며,

"근래 태백성이 남두육성을 침범하니 분명 남방에 전쟁이 있을지라. 문창성이 광채가 휘황해 제원帝垣을 호위하니, 분명 중국에 인재가 태어나 칠십 년 태평성대를 이룰까 하노라."

홍랑이 웃으며,

"이미 전쟁이 일어난즉 어찌 태평성대를 이룰 수 있나이까?"

도사가 미소하며,

"한번 어지러워졌다가 한번 다스려지는 것은 순환의 이치라. 한때의

---

6) 계명산(鷄鳴山): 중국 강소성(江蘇省) 서주(徐州)시 동북부에 위치한 자방산(子房山)의 옛 이름. 초나라 항우가 한나라 유방에게 쫓겨 해하(垓下)까지 왔을 때, 오랜 싸움으로 군량은 떨어지고 병사들은 지칠 대로 지친데다 사방이 한나라 병사에게 포위된 상태였다. 이때 한나라 신하 장자방이 계명산에서 가을밤에 옥퉁소로 고향을 생각하게 하는 〈사향가思鄕歌〉를 불어, 초나라 항우의 병사 팔천 명이 사기를 잃고 흩어져 한나라에 투항했다. 이로써 자방산이라는 이름을 얻게 되었다고 한다.
7) 자미원(紫微垣): 큰곰자리를 중심으로 별 170개로 이루어진 별자리로, 천자(天子)의 자리를 상징한다. 태미원(太微垣)·천시원(天市垣)과 더불어 삼원(三垣)이라 한다.

전쟁을 어찌 다 논할 수 있으리오?"

밤이 깊어 홍랑이 침소로 돌아와 잠깐 잠들더니 정신이 흩어져 떠도는 가운데 한 곳에 이르더라. 살벌한 기운이 하늘을 찌르고 비바람이 크게 일어나는데 맹수가 울부짖으며 한 남자를 물려고 하거늘, 그 남자를 자세히 보니 곧 양공자라. 홍랑이 크게 놀라 부용검을 들고 그 맹수를 공격하며 외치는데, 손삼랑이 그 곁에 누워 있다가 홍랑을 부르며,

"지금 무슨 꿈을 꾸시나이까?"

홍랑이 잠에서 깨어 뒤척이며 잠을 이루지 못하고 생각하되,

'양공자께서 분명 어떤 재앙을 만남이라. 내가 지금 만리 밖에 있어 소식이 아예 끊기니, 구하려 해도 할 수 없도다.'

은근한 걱정과 끝없는 생각으로 밤새도록 괴로워하더라. 하루는 도사를 모시고 병법을 강론하는데, 산문 밖에서 갑자기 말발굽소리가 들려오더라. 동자가 급히 아뢰길,

"남만 왕이 밖에 이르러 만나뵙기를 청하나이다."

도사가 홍랑을 돌아보며 미소하고 즉시 몸을 일으켜 대청을 내려가 나탁을 맞이해 예를 마치고 자리를 정하더라. 나탁이 자리에서 물러나 두 번 절하고,

"제가 선생의 높은 명성을 우레가 귀를 씻어내듯 들었으나, 정성이 부족해 이제야 뵈오니 너무 늦었나이다."

도사가 웃으며,

"왕께서 산중의 한가한 사람을 어찌 방문하셨나이까?"

남만 왕이 거듭 절하고,

"남방의 다섯 큰 골짜기는 제가 대대로 전해 받은 옛 땅이라. 그런데 이제 거의 중국에 빼앗기게 되었으니, 선생께서 불쌍히 여겨주소서."

도사가 미소하며,

"산야의 늙은 사람이 산을 대하고 물을 바라볼 따름이라. 무슨 계교

가 있어 왕을 도울 수 있으리이까?"

남만 왕이 눈물을 흘리며 간청해,

"듣건대 '오랑캐 말은 북녘 바람에 우짖고, 월越나라 새는 남녘 나뭇가지에 깃든다' 하더이다. 선생께서도 남방 사람이라. 이 땅에 살며 환난에서 구하지 않으시니 이를 어찌 의리라 하리이까? 엎드려 바라건대, 선생께서는 제가 땅을 빼앗기는 것을 불쌍히 여기어 되찾을 방책을 가르쳐주소서."

도사가 웃으며,

"내가 다시 생각하리니, 잠시 문밖에서 쉬소서."

나탁이 크게 기뻐하며 외당으로 나가니, 도사가 홍랑을 불러 손을 잡고 슬퍼하며,

"오늘은 그대가 고국으로 돌아갈 날이라. 내가 그대와 더불어 여러 해 스승과 제자의 정을 맺어 서로 쓸쓸한 마음을 위로했는데, 이제 먼 이별을 만나니 어찌 슬프지 않으리오?"

홍랑이 놀라면서도 기뻐해 그 까닭을 물으니, 도사가 미소하며,

"나는 다른 사람이 아니라 서천西天의 문수보살文殊菩薩이니, 관음보살의 명령을 받아 그대에게 병법을 전수하러 온 것이라. 이제 그대의 불행이 다하고 행운이 다가오니 고국에 돌아가 부귀를 누리겠거니와, 다만 눈썹 언저리에 반년 동안의 살기殺氣가 있어 반드시 전쟁을 겪어야 하리니 자못 조심하라."

홍랑이 눈물을 머금고,

"제가 한낱 여자로 병법을 약간 배웠으나, 고국으로 돌아가는 길을 아직 모르니 자세히 가르쳐주소서."

도사가 웃으며,

"그대는 본디 세상 사람이 아니라. 천상의 성정星精으로 문창성과 오랜 인연이 있다가 인간 세상에 내려온 것이라. 이번 행차에서 서로 만나 훗

날 부귀를 누리리니, 이는 모두 관음보살이 인도하시는 바라. 자연히 하나로 합쳐지고 사람의 힘으로 될 일이 아니니, 근심하지 말지어다."

또 이르길,

"나탁 역시 천랑성天狼星의 정령이라. 그대가 그를 구하지 않으면 의리가 아닐까 하노라."

홍랑이 두 번 절해 명을 받고 눈물이 가득하더라.

"오늘 사부님과 이별하면 언제 다시 뵐 수 있나이까?"

도사가 말하길,

"부평초의 만남과 헤어짐을 예정할 수 없거니와, 천상의 즐거움을 함께 누림은 칠십 년 뒤일까 하노라."

말을 마치매 다시 남만 왕을 청해,

"내가 병들고 늙어 대신 제자 한 사람을 보내노니 그 이름은 홍혼탈紅渾脫이라. 왕이 옛 땅을 영영 잃지 않도록 하리이다."

나탁이 절하며 사례하고 산문을 나서거늘, 홍랑이 도사에게 작별을 아뢰는데 눈물을 금치 못하더라. 도사 역시 슬퍼하며,

"불가의 계율戒律이 정다운 인연을 맺지 말라 하더니, 내가 부질없이 그대와 만나 이미 그 재주를 아끼고 자연히 마음을 허락해 정이 깊어졌도다. 지금 비록 청산백운青山白雲에 만남과 헤어짐이 덧없으나, 옥경청도玉京淸道에서 훗날 기약이 있으리라. 바라건대 인간 세상의 인연을 빨리 이루고 천상의 극락으로 돌아오라."

홍랑이 눈물을 뿌리며 아뢰길,

"제가 남만 왕을 구하고 고국으로 돌아가는 날에 산문으로 돌아와 사부님께 절하고 이별하고자 하나이다."

도사가 웃으며,

"나 또한 서천으로 갈 길이 매우 바쁘니, 그대가 다시 와도 서로 만날 수 없으리라."

홍랑이 울며 차마 떠나지 못하되 도사가 위로하며 출발하기를 재촉하더라. 홍랑이 어찌할 수 없어 두 번 절해 작별을 아뢰고 청운과 악수해 이별하고 나서 손삼랑을 데리고 남만 왕을 따라가더라. 나탁이 홍랑과 더불어 돌아오며 생각하되,

'내가 정성을 다해 구원을 요청하러 왔다가 나약한 소년을 데리고 돌아가니, 어찌 한 시대의 비웃음을 면할 수 있으리오? 또 얼굴과 모습이 여자 같은지라. 만약 남자가 아니라면 다섯 큰 골짜기를 헌 신발 버리듯 하고, 오호五湖에 배 띄워 서시西施와 노닐던 범려范蠡를 본받으리라.'

한편 홍랑이 손삼랑을 데리고 진영에 이르러 본래의 자취를 감추니, 참으로 소년 명장과 건장한 늙은 병졸이더라. 홍랑이 남만 왕과 더불어 골짜기의 지형을 자세히 살펴보니, 동쪽에 작은 산이 있거늘 이름이 연화봉蓮花峰이라. 홍랑이 봉우리에 올라 사방을 둘러보고서 남만 왕을 돌아보며 "내가 명나라 진영을 먼저 살펴보고자 하노라" 하고 이날 밤 삼경三更에 화과동花果洞에 이르러 지형을 보고 탄식하더라.

"명나라 원수가 골짜기 안에 진을 쳤다면 한 사람도 살아서 돌아갈 수 없거니와, 이제 생왕生旺의 방위를 얻었으니 쉽게 격파할 수 없을지라. 내일 진영을 마주해 그 용병用兵하는 것을 보리라."

그리고 즉시 명나라 진영에 격문檄文을 전하니 그 격문은 이러하더라.

"남만 왕은 대명국 원수 휘하에 격문을 보내노라. 들건대 성스러운 임금은 덕으로 회유하고 힘으로 싸우지 않는다 하되, 이제 대국이 십만의 용맹한 군사로 후미진 땅에 임했으니, 그 위태로움이 앞일을 헤아리지 못할지라. 마땅히 군령을 어기지 않고 남은 병사를 수습해 내일 태을동太乙洞 앞에서 서로 볼까 하노니, 그대는 병사들을 데리고 욕식8)을 하러 오기를 바라노라."

양원수가 격문을 보고 크게 놀라,

"이 글이 말은 간결하나 뜻이 곡진해, 남만의 거센 기상이 없고 중국

문명의 기상이 있으니 어찌 괴이하지 않으리오?"

즉시 격문으로 답하더라.

"대명국 도원수는 남만 왕에게 답서를 보내노라. 우리 황제 폐하께서 천하를 자식처럼 보시어 문덕文德을 크게 베푸시나 남방 오랑캐의 귀순이 더딘 까닭에, 대군을 징발해 조공을 바치지 않은 죄를 묻고자 하노라. 대군이 이르는 곳마다 우레가 사납고 바람이 날리어 하찮은 오랑캐들이 흙이 무너지고 기와가 깨지듯 할 것이로되, 특별히 살려주는 덕을 베풀어 인의仁義로 감화시키고 위무威武로 죽이지 않아, 내일은 마땅히 대군을 이끌고 기약한 바대로 나아갈 것이라. 아아! 남만 왕은 병사를 경계하고 무기를 잘 닦아 일곱 번 사로잡히는 후회가 없게 할지어다."

홍랑이 격문을 보고 쓸쓸히 개탄하며,

"내가 오랑캐 땅에서 몇 년을 침거해 고국 문물을 보지 못하다가 이 격문을 보니 중국의 문장임을 알겠도다. 어찌 기쁘지 않으리오?"

이튿날 홍랑이 작은 수레를 타고 남만 병사들을 거느려 군대의 진용을 가지런히 하여 태을동 앞에 진을 치니, 양원수도 대군을 거느려 수백 걸음 밖에 진의 형세를 이루었더라. 홍랑이 수레를 몰아 진영 앞에 나아가 명나라 진영을 바라보니, 무수한 깃발이 태양을 가리고 북과 뿔피리 소리가 하늘에 울리는데, 한 소년 장군이 붉은 도포와 금빛 갑옷으로 대우전大羽箭을 차고 손에 깃발을 들고, 전후좌우 여러 장수가 호위하고 장막 위에 높이 앉아 있으니, 홍랑은 그가 명나라 원수임을 알고 손삼랑으로 하여금 진 앞에서 소리치게 하더라.

"작은 나라가 남방의 후미진 곳에 있어 비록 문무를 겸비한 재주가 없으나, 오늘 한번 진법으로 싸워 대국의 용병用兵과 비교하고자 하니, 명나라 원수는 먼저 한 진을 치소서."

8) 욕식(蓐食): 아침 일찍 떠나게 되어, 잠자리 속에서 아침을 먹는 일.

양원수가 그 말이 온화해 삼대三代나 전국시대의 풍모가 있음을 보고 의아해 남만 진영을 바라보니, 한 소년 장군이 초록 금실로 짠 협수狹袖를 입고, 푸른 원앙 무늬의 두 가닥 진 허리띠를 띠고, 머리에는 칠성관七星冠을 쓰고, 허리에는 부용검을 차고, 수레 안에 단정히 앉아 있는데, 아름다운 태도는 가을 하늘에 밝은 달이 푸른 바다에서 솟아오른 듯하고, 우뚝한 기상은 서녘 바람에 날랜 매가 푸른 하늘에서 내려오는 듯하더라. 양원수가 크게 놀라 모든 장수를 돌아보며,

"이 사람은 분명 남방 사람이 아니로다. 나탁이 어느 곳에 구원을 청해 저 같은 사람을 얻었는고?"

양원수가 이에 북을 치고 깃발을 휘둘러 여섯 곱하기 여섯의 서른여섯으로 부대를 나누어 여섯 방위를 만들어 육화진六花陣을 이루니, 홍랑이 웃으며 역시 북을 쳐 남만 병사들을 지휘해 쌍쌍으로 스물넷의 기마騎馬를 열두 대열로 나누어 호접진蝴蝶陣을 이루어 육화진과 충돌하더라. 손삼랑으로 하여금 소리치게 하여,

"육화진은 태평한 시대에 선비 출신 장수가 치는 맑고 한가로운 진법이라. 작은 나라에 호접진이 있어 충분히 대적할 수 있으니, 다시 다른 진을 치소서."

양원수가 북을 치고 깃발을 휘둘러 육화진을 바꾸어 여덟 곱하기 여덟의 예순넷으로 부대를 나누어 여덟 방위를 만들어 팔괘진八卦陣을 이루니, 홍랑이 다시 북을 쳐 남만 병사들을 지휘해 대연9) 쉰다섯의 다섯 방

---

9) 대연(大衍): '대연'은 천지(天地)의 수(數)로부터 만물이 생성된다는 의미다. '대연의 수'는 우주의 이치를 포괄하고 있다는 역리(易理)의 숫자로, 50을 가리킨다. 『주역』「오찬五贊」「명서明筮」에 "수를 붙인 근원은, 천(天)은 3이고 지(地)는 2니, 이것을 부연해 지극하게 해서 50이 갖추어졌다. 이것을 대연(大衍)이라 한다. 하나는 비워두고 쓰지 아니하니, 쓰이는 것은 49다(倚數之元, 參天兩地, 衍而極之, 五十乃備, 是曰大衍, 虛一无爲, 其筮用者, 四十九)"라 했다. 50이라는 숫자는, 천수(天數)인 1, 3, 5, 7, 9의 합계 25와 지수(地數)인 2, 4, 6, 8, 10의 합계 30을 합한 수 55를 크게 잡은 것이다.

위 방원진方圓陣을 이루어 팔괘진과 충돌해, 생문生門으로 들어가 기문奇門으로 나오며 음방陰方을 치며 양방陽方을 습격하더라. 손삼랑으로 하여금 소리치게 하여,

"한나라 제갈량이 육화진과 양의진兩儀陣을 합하니, 이것이 이른바 팔괘진이라. 생사문生死門과 기정문奇正門이 있고, 동정방動靜方과 음양방陰陽方이 있거늘, 작은 나라가 대연진大衍陣으로 충분히 대적할 수 있으니, 다시 다른 진을 치소서."

양원수가 크게 놀라 급히 팔괘진을 거두고 좌우 날개를 만들어 조익진鳥翼陣을 이루니, 홍랑도 방원진을 바꾸어 장사진長蛇陣을 이루어 조익진을 뚫으며 소리치더라.

"조익진은 적국을 대하여 마구 죽이는 진법이라. 작은 나라가 마땅히 장사진으로 충돌하리니, 다른 진을 치소서."

양원수가 급히 깃발을 휘둘러 좌우 날개를 합해 학익진鶴翼陣을 이루어 장사진의 머리를 공격하고, 뇌천풍으로 하여금 외치게 하여,

"남방 아이가 장사진으로 조익진을 뚫을 줄만 알고, 어찌 조익진이 학익진으로 변해 장사진의 머리를 치는 것은 생각하지 못하는가?"

홍랑이 미소하며 북을 쳐 장사진을 나누어 여러 곳에 어린진魚鱗陣을 치니, 이것은 적국을 속이는 진법이라. 양원수가 크게 노해 대군을 열 개의 부대로 나누어 어린진을 둘러싸 열 개 방위에서 포위하니, 홍랑이 웃으며 소리치더라.

"이는 회음후의 십면매복10)이지, 진실로 진법이 아니라. 작은 나라가

---

10) 회음후(淮陰侯)의 십면매복(十面埋伏): 한나라 개국공신인 한신(韓信)은 유방을 섬겨, 해하(垓下)의 싸움에 이르기까지 한나라 군대를 지휘해 큰 공을 세워 제왕(齊王)에 이어 초왕(楚王)의 자리에 올랐으나, 권력에서 밀려나 회음후로 격하되었다. 한신은 초한(楚漢) 전쟁의 마지막 결전인 해하의 싸움에서 부대를 끊임없이 매복해놓는 십면매복의 계책으로 전쟁에서 승리를 거두었다.

진법 하나로 충분히 방비할 수 있으니, 한번 보소서."

그리고 어린진을 바꾸어 다섯 부대로 나누어 방진方陣을 이루니, 동방을 치면 남방과 북방이 좌우 날개가 되어 방비하고, 북방을 치면 동방과 서방이 좌우 날개가 되어 방비하더라. 양원수가 멀리서 바라보고 감탄하길,

"이 사람은 천하의 기재奇才로다. 이 진법은 고금에 없는 것이라. 오행상극五行相克의 이치에 응해 스스로 만든 진법이니, 손빈孫臏과 오기吳起라도 격파하지 못하리라."

진법으로 이기지 못할 줄 알고 즉시 징을 쳐 군대를 거두고, 뇌천풍으로 하여금 진 앞에서 소리치게 하더라.

"오늘 두 진영이 이미 진법을 보았으니, 다시 무예를 겨룰 사람이 있거든 나오라."

철목탑이 그 소리에 응해 창을 겨누고 나와 뇌천풍과 여러 합을 크게 싸우다 자주 몸을 피하거늘, 손삼랑 야차夜叉가 창을 겨누고 나아가며 호되게 꾸짖기를,

"네가 이미 진법으로 패했으니, 마땅히 무예로도 패해야 하리라."

뇌천풍이 크게 노해 "수염도 없는 늙은 오랑캐는 감히 당돌하게 굴지 말라" 하고 또 수십 합을 싸우는데, 명나라 장수 동초·마달이 동시에 나와 뇌천풍을 돕더라. 손야차가 대적할 수 없어 말을 몰아 달아나니, 홍랑이 이를 보고 크게 노해 수레에서 내려 말에 올라 진영 앞으로 나오더라. 징을 울려 철목탑을 불러들이고 소리쳐,

"명나라 장수는 어수선한 창법을 자랑하지 말고 먼저 내 화살을 받으라."

말을 마치매 공중에서 날아오는 화살이 유성流星과 같아 뇌천풍의 투구를 바로 맞혀 땅에 떨어뜨리니, 동초·마달이 크게 노해 동시에 힘을 합쳐 칼을 휘두르며 홍랑을 공격하고자 하더라. 홍랑이 옥 같은 손을 들

어 화살을 쏘니, 활시위 당기는 소리가 나면서 뒤이어 화살이 날아와 동초·마달의 엄심갑掩心甲을 맞혀 쨍그랑 하며 깨지거늘, 두 장수가 더는 싸울 마음이 없어 말을 돌려 본진으로 돌아오더라.

뇌천풍이 투구를 집어 고쳐 쓰고 벽력부를 휘두르며 호되게 꾸짖어 "조그만 오랑캐 장수는 작은 재주를 믿고 감히 무례히 굴지 말라" 하고 홍랑에게 달려들다 갑자기 몸이 뒤집혀 말에서 떨어지니, 무슨 까닭인지 알지 못하겠도다. 다음 회를 보라.

옥피리는 암수의 음률을 주고받고
옥거문고는 산수의 줄을 끊었다 이었다 하더라
제14회

뇌천풍이 분노가 하늘을 찌를 듯해 도끼를 휘두르며 홍랑에게 달려드는데, 홍랑이 태연히 웃으며 부용검을 짚고 서서 움직이지 않으니, 뇌천풍이 더욱 노해 소리지르며 온 힘을 다해 도끼를 휘둘러 홍랑을 공격할 때 홍랑이 갑자기 쌍검을 휘두르며 몸을 공중으로 솟구치더라. 뇌천풍이 공중을 우러러 공격하다 급히 도끼를 거두려 하는데, 갑자기 쟁그랑 소리가 머리 위에서 나고, 날아온 칼이 공중에서 떨어지며 투구를 깨뜨리매, 뇌천풍이 허둥지둥하다 몸이 뒤집혀 말에서 떨어지니, 홍랑이 다시 돌아보지 않고 칼을 거두더라. 원래 홍랑은 칼 쓰는 법이 얕고 깊음의 분별이 있어 투구를 깨뜨리고 사람을 상하게 하지는 않으나, 늙은 장수가 이미 정신을 차릴 수 없어 자기 머리가 어디 있는가 의심하고 다시 싸울 마음이 사라지더라. 말을 돌려 급히 본진으로 달아나니, 양원수가 진영 위에서 바라보다 크게 노해,

"입에서 젖내 나는 오랑캐 장수 한 명을 장수 셋이 대적하지 못하니, 내가 마땅히 직접 싸워 반드시 그 장수를 사로잡으리라."

말에 올라 진영 앞으로 나아가거늘, 소유경 사마가 간언하길,

"원수의 지체가 귀중하거늘 어찌 오랑캐 장수와 가볍게 싸우려 하시나이까? 제가 비록 용맹은 없으나 오랑캐 장수와 싸워 휘하에 그 머리를 바치겠나이다."

그리고 말을 몰아 나아가니, 원래 소유경이 날카로운 젊은 기상으로 창 쓰는 법을 자부해 한번 겨루고자 함이더라. 이에 방천극方天戟을 들고 바로 홍랑을 잡으려 하니, 홍랑이 말을 돌려 여러 합을 싸우매 소유경의 창법이 정묘함을 보고 말을 몰아 수십 걸음 물러나서 공중을 향해 오른손에 든 부용검을 던지니, 그 칼이 공중으로 날아 떨어져 소유경의 머리를 찌르려 하더라. 소유경이 말 위에서 몸을 피하며 방천극을 들어 막으려 하는데, 홍랑이 물러났다 다시 나아오니, 소유경이 말 위에 몸을 엎드려 허둥지둥 방천극을 휘둘러 막으려 할 새, 홍랑이 떨어지는 칼을 왼손으로 받아 말을 달리며 두 손에 든 쌍검을 동시에 던지거늘, 소유경이 허둥지둥 피하되 겨를이 없어 싸울 수가 없더라. 홍랑이 다시 공중을 향해 두 손으로 쌍검을 받고 바람과 같이 몸을 돌려 말 위에서 춤추며 사방으로 내달리니, 휘날리는 흰 눈이 공중에 나부끼는 듯하고 조각조각 떨어진 꽃잎이 바람 앞에 날리는 듯하더니, 갑자기 한 줄기 푸른 기운이 안개같이 일어나며 사람과 말이 점점 보이지 않더라. 소유경이 크게 놀라 방천극을 들고 동쪽으로 충돌하면 무수한 부용검이 공중에서 떨어져 내려오고, 서쪽으로 충돌해도 무수한 부용검이 공중에서 떨어져 내려오니, 소유경이 허둥지둥해 우러러보니 무수한 부용검이 하늘에 흩어져 있고, 굽어보니 무수한 부용검이 땅에 가득차 있어 칼날 천지에서 벗어날 길이 없으매, 정신이 혼미하고 진퇴할 길이 없어 마치 구름과 안개 사이에 있는 듯하더라.

소유경이 하늘을 우러러 탄식해,

"내가 어찌 이곳에서 죽을 줄 알았으리오?"

방천극을 들어 푸른 기운을 헤쳐 나가고자 하는데, 갑자기 공중에서 낭랑하게 외치는 소리가 들리더라.

"명나라의 이름난 장수를 내 손으로 죽임은 의리가 아니라. 살 길을 마련해주노니, 장군은 원수에게 돌아가 빨리 대군을 거두어 돌아가도록 아뢰어라."

말을 마치매 푸른 기운이 점차 사라지고, 홍랑이 다시 부용검을 들고 웃으며 바람에 나부끼듯 본진으로 돌아가니, 소유경이 감히 쫓지 못하고 돌아와 양원수를 뵙고 숨을 헐떡이며 망연자실하더라.

"제가 비록 용렬하나 병서를 여러 줄 읽고 무예를 약간 배워, 전쟁터에 나서면서 겁낸 적이 없고 적을 대해 용맹을 떨쳤나이다. 그런데 오늘 남만 장수는 사람이 아니요 분명 하늘 위의 신神으로, 바람같이 빠르고 번개같이 급해 어지럽고 황홀해 헤아리기 어려우니, 붙잡고자 하나 붙잡을 수 없고 도망가고자 하나 피하기 어렵더이다. 사마양저司馬穰苴의 병법과 맹분孟賁·오획烏獲의 용맹이 있더라도 이 장수 앞에서는 소용없을까 하나이다."

양원수가 이 말을 듣고 매우 근심해,

"오늘은 이미 해가 졌으니 내일 다시 싸우되, 만약 이 장수를 사로잡지 못하면 내가 맹세코 회군하지 않으리라."

나탁이 홍랑의 병법과 검술을 보고 비로소 크게 기뻐해 "하늘이 나를 불쌍히 여겨 장군을 보내주셨으니, 훗날 마땅히 남쪽 땅의 절반을 나누어 장군의 공로를 갚으리라" 하고 홍랑에게 이르길,

"바라건대 장군과 더불어 군중에서 함께 거처할까 하노라."

홍랑이 웃으며,

"산인山人은 한적한 것을 좋아해 군중의 소란스러움을 싫어하니, 그윽한 곳에 객실 한 칸을 얻어 수하의 늙은 병사와 함께 거처함이 좋을까 하나이다."

나탁이 그 뜻을 거스르기 어려워 따로 객실을 정해주니, 홍랑이 손삼랑과 더불어 밤을 지낼 때 생각하되,

'내가 비록 아녀자이나 어찌 대의를 모르고 남만 왕을 도와 고국을 저버리리오? 내가 명나라 장수나 병사 한 사람이라도 죽인다면 의리가 아니거니와, 사부님의 명령으로 나탁을 구하러 왔다가 이룬 바 없이 헛되이 돌아감도 도리가 아니다. 어떻게 하면 양쪽이 다 편하리오?'

갑자기 한 계교를 생각하고 손삼랑을 돌아보며,

"오늘밤 달빛이 가장 아름다우니, 내가 골짜기에서 나가 연화봉에 올라 명나라 진영의 동정을 살피리라."

손삼랑과 더불어 달빛을 띠어, 백운도사가 준 옥피리를 지니고 연화봉에 올라 명나라 진영을 바라보니, 북과 뿔피리 소리는 고요하고 등불이 깜빡이는데 경점更點 알리는 북소리가 삼경을 알리거늘, 홍랑이 옥피리를 꺼내어 한 곡조를 연주하더라.

이때 서녘바람은 쓸쓸하고 별과 달이 밝고 맑은데, 산봉우리로 돌아가는 기러기와 골짜기에서 원숭이가 슬프게 우는 소리는 타향 나그네의 회포를 돕는지라. 하물며 만리 먼 곳에서 부모와 이별하고 처자식 꿈을 꾸는 사람은 어떠하리오? 찬이슬은 옷깃에 가득하고 밝은 달은 진영 안을 비추니, 어떤 이는 창을 베고 졸며 어떤 이는 칼을 두드리며 탄식하거늘, 갑자기 바람결에 옥피리 소리가 허공에 울리니, 처량한 곡조는 쇠와 돌을 녹이고, 흐느끼는 소리는 산천 빛을 바꾸더라.

이날 밤에 명나라 진영의 십만 대군이 한꺼번에 꿈에서 깨어나, 늙은 사람은 처자식을 그리워하고 젊은 사람은 부모를 생각해 눈물을 뿌려 탄식하고 고향을 노래하며 방황하니, 군중이 자연히 소란스러워 진영의 대오가 어지럽더라. 마군대장馬軍大將은 채찍을 떨어뜨린 채 멍하니 서 있고, 군문도위軍門都尉는 방패를 어루만지며 슬프게 앉아 있으니, 소유경 사마가 크게 놀라 동초·마달을 불러 군중을 단속하고자 하는데, 두 장

수 역시 기색이 처량하고 행동이 수상하거늘 소사마가 급히 양원수에게 아뢰더라.

양원수가 마침 병서를 베개 삼아 잠들려는데 정신이 정처 없이 떠돌다가 하늘에 올라 남천문南天門으로 들어가니, 한 보살이 백옥으로 된 여의[1]를 들고 길을 막더라. 양원수가 크게 노해 칼을 빼 여의를 치니, 쨍그랑 소리를 내며 땅에 떨어져 한 송이 꽃으로 변해 붉은 광채와 기이한 향기가 천지에 진동하거늘, 양원수가 크게 놀라 잠에서 깨니 꿈이라. 마음속으로 매우 괴이히 여기더니, 소사마가 바삐 군막 안으로 들어와 군중의 동태를 아뢰거늘, 양원수가 놀라 군막 밖으로 나가 시간을 물으니 이미 사오 경에 가깝더라. 삼군이 우왕좌왕해 진중이 물 끓듯 하고, 서녘 바람이 한바탕 불어 깃발을 흔드는데, 옥피리 소리가 바람결에 들려오되 슬프고 처절하니, 영웅의 마음으로도 서글픔을 이길 수 없더라. 양원수가 귀기울여 들으니 어찌 그 곡조를 모르리오? 여러 장수를 돌아보며,

"옛적에 장자방이 계명산에 올라 퉁소를 불어 초나라 병사들을 흩어지게 했는데, 알지 못하겠도다. 이곳에서 어떤 사람이 능히 이 곡조를 아는고? 내가 어렸을 때 옥피리를 배워 몇 곡조를 기억하니, 이제 마땅히 한 곡조를 시험해 삼군의 처량한 마음을 진정시키리라."

상자에서 옥피리를 꺼내어 장막을 높이 걷고 책상에 기대어 한 곡을 부니, 그 소리가 화평하고 호방해, 마치 봄 물결이 천리 장강에 흐르는 듯하고, 삼월의 화창한 바람이 아름다운 나무에 불어오는 듯해, 한 번 불매 처량한 마음이 기쁘게 풀어지고, 두 번 불매 호탕한 마음이 저절로 생겨나 군중이 자연히 평온해지더라. 양원수가 또 음률을 바꾸어 한 곡

1) 여의(如意): 불교에서 법회나 설법 때, 법사(法師)가 손에 지니는 불구(佛具). '여의'란 '일이 생각대로 된다'는 뜻이다. 등을 긁는 기구처럼, 막대에 끝이 갈고리 모양으로 휘어져 있다.

을 부니, 그 소리가 웅장하고 너그러워 도문의 협객이 축에 맞춰 노래하는[2] 듯하고, 변방에 출전하는 장군이 철기鐵騎를 울리는 듯하더라. 막하 삼군이 기세가 늠름해져 북을 치고 칼춤을 추며 다시 한번 싸우길 원하니, 양원수가 웃으며 옥피리 불기를 그치고 다시 군막으로 들어가 몸을 뒤척이며 생각하되,

'내가 천하를 두루 다니며 인재를 다 보지는 못했으나, 오랑캐 땅에 이렇게 뛰어난 인재가 있을 줄 어찌 알았으리오? 남만 장수의 무예와 병법을 보니, 참으로 이 나라의 선비 가운데 그와 견줄 사람이 없고 천하의 기재이거늘, 이 밤 옥피리 역시 평범한 사람이 불 수 있는 바가 아니로다. 이는 하늘이 우리 명나라를 돕지 않고 조물주가 나의 큰 공로를 시기해 인재를 내어 남만 왕을 도움이로다.'

잠을 이루지 못하다 군막으로 소사마를 다시 불러 묻기를,

"장군이 어제 진중에서 남만 장수의 용모를 자세히 보았는가?"

소사마가 대답하길,

"가시덤불 속 꽃다운 풀이 분명하고, 기와 조각 속 보석이 완연하니, 잠깐 보았으나 어찌 잊을 수 있으리이까? 당돌한 기상은 이 시대의 영웅이요, 아리따운 태도는 천고의 가인이라. 연약한 허리와 가느다란 눈썹은 남자의 풍모가 적으나, 빼어난 용모와 용맹한 기상 역시 여자의 자태가 아니니, 대개 남자로 논한다면 고금에 없는 인재요, 여자로 논한다면 나라와 성을 기울게 할 미인일까 하나이다."

양원수가 듣고 묵묵히 말이 없더라. 이때 홍랑이 사부의 명으로 남만

---

2) 도문(屠門)의 협객이~맞춰 노래하는: 중국 전국시대 위(衛)나라 협객인 형가(荊軻)는 진(秦)나라가 위나라를 멸망시키자 연(燕)나라로 와서 머물며, 개를 도살(屠殺)하는 백정과 축(筑)을 잘 타는 고점리(高漸離)와 날마다 어울려 술을 마셨는데, 술이 얼큰해지면 고점리가 축을 타고 형가는 그에 맞춰 노래를 불렀다. 연나라 태자 단(丹)이 진시황을 암살하고자 형가를 파견했는데, 그가 길을 떠나면서 역수(易水)를 건널 때 고점리가 타는 축에 맞춰 〈역수가易水歌〉를 불렀다.

왕을 도우러 왔으나 또한 부모의 나라를 저버리지 못해, 조용히 옥피리를 불어 장자방이 초나라 병사인 강동江東의 자제들을 흩어지게 한 술법을 본받고자 함이거늘, 뜻밖에 명나라 진영 안에서도 옥피리로 화답하니, 비록 곡조는 다르나 음률에 차이가 나지 않고, 기상은 현격하게 다르나 뜻에 다름이 없어, 마치 아침햇살에 빛깔 고운 봉황 암수가 화답함과 같더라. 홍랑이 옥피리 불기를 멈추고 망연자실해 고개를 숙이고 오래 생각하길,

'백운도사께서 말씀하시길, 이 옥피리가 본디 한 쌍으로 한 개는 문창성에게 있으니 그대가 고국에 돌아갈 기회가 이 옥피리에 달려 있노라 하셨거늘, 명나라 원수가 어찌 문창성의 성정星精이 아니리오? 그러나 하늘이 옥피리를 만들되 어찌 한 쌍을 만들었으며, 이미 한 쌍이 있다면 어찌 남북에서 그 짝을 잃게 하여 서로 만남이 이같이 더딘고?'

또 생각하길,

'이 옥피리가 짝이 있다면, 그것을 부는 사람이 분명 짝이 될지라. 하늘이 내려다보시고 밝은 달이 비추시니, 강남홍의 짝이 될 사람은 양공자 한 분이라. 혹시 조물주가 도우시고 보살께서 자비를 베푸시어 우리 양공자께서 이제 명나라 진영의 도원수가 되어 오신 것인가? 내가 어제 진영 앞에서 병법을 보았고 오늘 달빛 아래 다시 옥피리 소리를 들으니, 이 세상에 둘도 없는 인재라. 내가 마땅히 내일 도전해 원수의 용모를 자세히 보리라.'

곧 객실로 돌아와 아침이 되기를 기다렸다가 남만 왕을 뵙고,

"오늘 마땅히 도전해 승부를 결정하리니, 왕께서는 먼저 남만 병사들을 이끌고 골짜기 앞에 진을 치소서."

나탁이 응낙하고 병사들을 거느려 나아가거늘, 홍랑이 수레에서 내려 말을 타고 손야차와 더불어 진영 앞으로 나아가니, 양원수도 진의 형세를 펼쳐 이루더라. 홍랑이 권모설화마捲毛雪花馬를 타고 부용검을 차

고 활과 화살을 허리에 두르고, 진영 문 앞에 서서 손야차로 하여금 크게 소리치게 해,

"어제의 전투에서는 무예를 처음 시험한 까닭에 용서하였거니와, 오늘은 능히 나를 당해낼 자가 있거든 즉시 나오고, 당해낼 수 없거든 출전해 백골을 더하는 일이 없도록 하라."

좌익장군 동초가 크게 노해 창을 겨누고 나아가니, 홍랑이 말고삐를 잡은 채 조금도 요동하지 않고,

"그대는 돌격하는 장수라. 내 적수가 아니니 빨리 다른 장수를 보내라."

동초가 크게 노해 창을 휘둘러 공격하고자 하니, 홍랑이 웃으며 꾸짖더라.

"그대가 물러나지 않는다면 내가 마땅히 그대의 창끝에 달려 있는 상모旄를 쏘아 떨어뜨리리니, 능히 피할 수 있겠느냐?"

말을 마치기 전에 동초가 휘두르는 창끝에서 쩽그랑 소리가 나고 상모가 말 앞에 떨어지더라. 홍랑이 다시 소리질러,

"내가 다시 그대의 왼쪽 눈을 맞히리니, 능히 피할 수 있겠느냐?"

말을 마치기 전에 활시위 당기는 소리가 나거늘, 동초가 말 위에 엎드려 허둥지둥 본진으로 돌아가니, 뇌천풍이 멀리서 바라보고 분노를 이기지 못해 도끼를 휘두르며 나오더라. 홍랑이 웃으며,

"늙은 장수는 노쇠한 정력을 망령되이 허비하지 말라. 내가 마땅히 그대의 목숨을 살려주리니, 늙은 장수는 갑옷 위 칼자국을 살피고 내 솜씨를 보라."

말을 마치기 전에 부용검을 휘둘러 여러 합을 싸우매, 뇌천풍이 갑옷을 내려다보니 칼자국이 낭자하더라. 더는 싸울 생각이 없어 말을 몰아 돌아가니, 명나라 진영의 여러 장수가 서로 돌아보며 출전하는 사람이 없더라. 양원수가 크게 노해 힘차게 몸을 일으켜, 푸른 깃털 사자마獅子馬

를 타고 하늘을 찌르는 여덟 장丈의 이화창梨花鎗을 들고, 붉은 도포에 황금 갑옷을 입고 허리에 활과 화살을 두르고 진영 앞에 나와 서니, 소유경 사마가 간언하더라.

"원수께서 황제의 명을 받들어 삼군을 지휘하시니, 나라의 안위와 종묘사직의 중대함이 원수 한 몸에 달려 있거늘, 이제 필마단기로 친히 화살과 돌팔매를 무릅쓰고 한때의 분노로 승부를 겨루고자 하시니, 이것이 어찌 몸을 보전하고 나라를 위하는 뜻이리이까?"

이때 양원수가 소년의 날카로운 기상으로, 홍랑의 무예가 비할 데 없이 뛰어난 것을 보고 한번 겨루고자 하여 간언을 듣지 않고 말을 달려 나아가니, 홍랑도 양원수가 나오는 것을 보고 말을 몰아 검을 휘두르며 맞서 싸우거늘, 한번 마주치매 홍랑의 총명으로 어찌 양공자의 용모를 모르리오? 기쁨이 지극해 눈물이 앞서고 정신이 황홀해 어찌할 바를 모르나, 저승으로 영원히 떠난 홍랑이 이제 만리 외딴 곳에서 접전하는 오랑캐 장수가 된 것을 양원수가 어찌 헤아리리오? 이때 양원수가 창을 들어 홍랑을 찌르고자 하나, 홍랑이 머리를 숙이고 피하며 쌍검을 땅에 떨어뜨리고 낭랑히 소리쳐,

"제가 실수로 칼을 놓쳤으니, 원수께서는 창을 잠시 멈춰 칼을 집을 수 있게 하소서."

양원수가 귀에 익숙한 그 목소리를 듣고서 창을 거두고 용모를 살피는데, 홍랑이 칼을 집어 말에 올라 원수를 돌아보며,

"천첩 강남홍을 어찌 잊으셨나이까? 제가 즉시 상공을 따라야 하나 수하의 늙은 병사가 남만 진영에 있으니, 오늘밤 삼경에 군중에서 뵙기를 기약하나이다."

말을 마치매 말을 채찍질해 본진을 향해 나부끼듯 돌아가니, 양원수가 창을 짚고 진흙 인형처럼 서서 오래 바라보다 본진으로 돌아오더라. 소사마가 묻기를,

“오늘 남만 장수가 재주를 다하지 않음은 무슨 까닭이니이까?”

양원수가 웃으며 대답하지 않고 진영을 화과동으로 퇴각시키더라.

한편 홍랑이 남만 왕을 보고,

“오늘 명나라 원수를 거의 사로잡았으나 몸이 불편해 퇴각했으니, 오늘밤 몸을 조리하고 나서 내일 다시 싸우리이다.”

나탁이 크게 놀라,

“장군께서 몸이 불편하시면 과인이 마땅히 옆에서 모셔 친히 의약을 살필까 하나이다.”

홍랑이 말하길,

“왕께서는 염려하지 마시고, 조용히 조리하는 것을 허락하소서.”

나탁이 즉시 가장 한적한 곳으로 객실을 옮겨주니, 이날 밤에 홍랑이 손야차에게 이르길,

“아까 양공자를 진중에서 만나 오늘밤 삼경에 명나라 진영에서 서로 만나기로 약속했노라.”

손야차가 크게 기뻐하며 행장을 수습해 삼경을 기다리더라.

이때 양원수가 본진으로 돌아와 장막 안에서 누워 생각하길,

‘오늘 진중에서 만난 사람이 진짜 홍랑이라면 끊어진 인연을 이을 뿐 아니라 나라를 위해 남만을 평정함이 쉬우리니 어찌 기쁘지 않으리오마는, 홍랑이 세상에 살아 있어 이곳에서 만남은 꿈에도 생각지 못한 일이라. 분명 홍랑의 원혼이 흩어지지 않은 것이라. 남방에는 예로부터 물에 빠져 죽은 충신과 열녀가 많으니, 전당강 파도 위에 백마를 탄 오자서의 외로운 혼과 소상의 얼룩대에 피눈물을 남긴 아황·여영의 외로운 혼이 여전히 오가며 돌아다니다가 내가 이곳에 온 것을 알고 평생의 원통한 마음을 호소하고자 함이 아닌가? 홍랑과 오늘밤 군중에서 만나길 기약했으니, 그때를 기다릴 따름이라.’

촛불을 돋우고 책상에 기대어 시간을 알리는 북소리를 헤아리며 앉

아 있는데, 이윽고 삼경 일점을 알리거늘, 주위 사람들을 모두 물러가게 하고 장막을 걷어올리고 기다리더라. 갑자기 차가운 바람이 촛불을 흔들며 한 줄기 푸른 기운이 장막 안에서 일어나매 양원수가 정신을 모아 자세히 보니, 한 소년 장군이 쌍검을 짚고 바람에 나부끼듯 들어와 촛불 아래에 서더라. 양원수가 놀라 바라보니, 아득한 저승으로 헤어져 애틋한 마음에 자나깨나 잊지 못하던 홍랑이라. 양원수가 묵묵히 한참 있다가,

"홍랑아! 네가 죽어 영혼이 온 것이냐? 살아 참모습으로 온 것이냐? 나는 네가 죽은 줄로만 알았으니 살아 있음을 믿지 못하겠도다."

홍랑도 눈물을 머금고 오열해 말을 이루지 못하며,

"제가 상공의 사랑과 은혜를 입어 물속 원혼 신세를 면하고, 오래 그리워하던 모습을 만리 외딴 곳에서 다시 뵈오니, 가슴속 끝없는 말을 급작스레 다 못하겠나이다. 주위의 이목이 번거로이 많으니, 제 행색이 드러날까 두려울 따름이니이다."

양원수가 즉시 몸을 일으켜 장막을 내리고 홍랑의 손을 잡아 앉히는데 슬픔과 기쁨이 뒤섞여 눈물이 눈에 가득하더라. 홍랑도 양원수의 손을 잡고 아름다운 두 눈에 눈물이 가득해,

"상공께서 제가 살아 있음이 꿈속 같다고 하시지만, 저는 상공께서 오늘 이곳에 오신 것이 꿈인가 하나이다."

양원수가 탄식하며,

"장부의 나아가고 물러남은 본래 정해진 것이 없으나, 그대는 혈혈단신 여자의 몸이라. 나약한 몸으로 풍랑의 환란을 만나 이곳에 이른 것도 기이하거든, 하물며 소년 명장이 되어 남만 왕을 구하러 온 것은 참으로 뜻밖이로다."

홍랑이 지나온 일들을 자세히 아뢰니, 처음 항주 자사에게 핍박받은 일, 윤소저가 손삼랑을 보내어 구해준 일, 정처 없이 떠돌다가 도사를

만나 몸을 의탁해 검술과 병법을 배우던 일, 스승의 명을 받고 산에서 내려와 남만 왕을 만난 일을 일일이 아뢰더라. 양원수도 서로 이별한 뒤에 윤소저와 결혼하고 벽성선을 데려오고 황제의 명을 받들어 황씨와 결혼한 일을 자세히 말하니, 기나긴 이야기는 이루 다 형언할 수 없더라.

양원수가 촛불 아래에서 홍랑의 얼굴을 보니 맑은 눈썹과 수척한 뺨에 티끌 한 점이 없어, 아름답고 요염한 모습이 지난날보다 더하더라. 사랑이 새로워져 전포戰袍를 벗기고 장막 안에서 동침할 때 옛정의 애틋함과 새로운 정의 은근함이 진영에서 새벽을 재촉하는 북과 뿔피리의 소리를 한스러워하더라. 날이 밝으려 하자, 홍랑이 다시 전포를 입고 웃으며,

"제가 항주에서 상공을 만났을 때 서생書生으로 변복했는데 오늘 이곳에서는 장수로 변복하니, 문무를 겸한 인재라 일컬을 만하니 정남도원수의 소실 되는 것이 부끄럽지 않으나, 규중 아녀자의 모습이 아닌지라. 다시 산속으로 들어가 자취를 감추었다가 원수께서 남만을 평정하시고 나면 수레를 뒤따라갈까 하나이다."

양원수가 듣기를 마치매 놀라,

"내가 먼 낯선 땅에 들어와 심복이 없고 군대 업무가 많이 생소하거늘, 지금 그대가 나를 돌아보지 않는다면 이것이 어찌 백년 지기로 환란을 함께하는 뜻이리오?"

홍랑이 웃으며,

"상공께서 저를 장수로 삼고자 하신다면 세 가지 약속이 있어야 할지니, 첫째는 군대를 돌리는 날까지 저를 가까이하지 마시고, 둘째는 저의 본모습을 감추어 여러 장수에게 누설하지 마시고, 셋째는 남방을 평정하시고 나면 나탁을 죽이지 말고 왕의 호칭을 보존하게 해주소서."

양원수가 흔쾌히 승낙하고 미소하며,

"두 가지 약속은 어렵지 않으나, 첫번째 조건은 혹시 지키지 못하더라도 허물로 여기지 말라."

홍랑이 웃으며,

"이미 원수의 명을 받들어 장수가 되었으니, 상공께서 지난날의 홍랑으로 대우하면 군령이 서지 않으리니 다시 깊이 생각해주소서."

몸을 일으켜 아뢰길,

"제가 오늘밤에 상공을 모신 것은 사사로운 정이라. 군중이 매우 엄해 떳떳하게 출입하는 것을 분명하게 하지 않을 수 없으니, 제가 이제 돌아가 이리이리하리니 상공께서도 이리이리해주소서."

말을 마치매 쌍검을 들고 바람에 나부끼듯 나가니, 홍랑이 이렇게 가서 마침내 어찌하려는고? 다음 회를 보라.

홍혼탈이 연화봉에서 달을 감상하고
손야차가 밤에 태을동으로 들어가더라

양원수가 홍랑을 보내고 즉시 소유경 사마를 장막 안으로 불러들여 이르길,

"홍혼탈은 본래 중국 사람이라. 나탁의 휘하가 된 것이 부끄러워 우리에게 귀순할 뜻이 있음을 알았으니, 장군이 이제 필마단기로 연화봉 아래로 가면, 홍혼탈이 분명 봉우리 아래에서 달을 감상하며 배회하리라. 장군은 기회를 엿보아 의리로 달래어 데려오라."

소사마가 머뭇거리며,

"홍혼탈은 어떠한 장수니이까?"

양원수가 웃으며,

"지난번에 쌍검을 휘두르며 싸우던 오랑캐 장수라."

소사마가 놀라고 기뻐하며,

"원수께서 이 장수를 얻으면 남방을 평정하기 어렵지 않을 것이나, 제가 일찍이 그 사람됨을 보건대 어찌 달래어 항복을 유도할 수 있으리이까?"

양원수가 말하길,

"홍혼탈은 의리 있는 장수라. 그가 귀순할 뜻이 있음을 내가 이미 알고 있으니, 장군은 의심하지 말라."

소사마가 응낙하고 나가면서 생각하되,

'지난날 진중에서 양원수가 남만 장수와 접전할 때 남만 장수가 재주를 다하지 않기에 매우 이상하게 생각했는데, 마음이 서로 통해 이미 약속이 있을 줄 어찌 알았으리오? 비록 그러하나 장수의 검술을 생각하면 아직도 간담이 서늘하니 경솔하게 가지 않으리라.'

짧은 병기를 몸에 감추고 필마단기로 연화봉을 향해 가더라.

이때 홍랑이 객실로 돌아와 손야차를 마주해, 명나라 진영에 가서 양원수 만난 일을 자세히 말한 후에, 행장과 옥피리를 수습하고 손야차를 데리고 연화봉 아래에 이르러 달을 구경하며 거닐 새, 소사마가 원수의 명을 받들고 단출하게 필마단기로 연화봉을 향해 오니, 반달은 서산에 걸려 있고 동쪽 하늘의 새벽빛은 먼 마을에 희미하더라. 한 장수가 늙은 병사와 더불어 배회하며 달 구경하는 것을 보고는 놀랍고 기뻐 생각하되 '이는 반드시 홍혼탈이라' 하고 마침내 앞으로 나아가 두 손을 모아 허리 굽혀 인사하더라.

"지금 두 진영이 서로 대적해 장수 된 자는 진실로 한가한 틈이 없거늘, 장군은 어찌 음풍농월하는 서생의 기상이 있소이까?"

홍혼탈이 쌍검을 어루만지며 답례하길,

"그대는 어떠한 사람이오?"

소사마가 대답하길,

"나는 명나라 진영에서 척후를 맡은 장수라. 장군의 맑고 한가로운 풍채를 흠모해 편복으로 격식을 벗고 왔소이다. 옛적 양호[1]와 두예[2]는 대장이었으되 가벼운 갖옷을 입고 느슨한 허리띠를 두른 채 적국을 의심하지 않았다고 하거늘, 이제 장군께서도 옛 장수의 기풍이 있소이까?"

홍혼탈이 웃으며,

"대장부가 세상에서 살아가매, 마음을 알아주는 사람이 있다면 어찌 죽기를 두려워하리오? 그대가 이미 마음을 허락해 좋은 뜻으로 찾아왔으니, 나 역시 마음놓고 숨김없이 말하리라. 내가 비록 사람을 보는 눈이 없으나 그대의 행동을 보고 그대의 말을 들으니, 양호의 좋은 뜻으로 옴이 아니라 괴철³⁾의 세 치 혀를 자랑하고자 함이로다."

소사마가 웃으며,

"괴철은 망령된 변사辯士일 따름이라. 함부로 한신韓信을 달래어 평생을 그르치게 했으니 내가 좋아하지 않거니와, 지금 내가 이렇게 온 것은 산동山東의 이릉⁴⁾을 구하고자 함이라. 장군께서는 어찌 이릉의 뛰어난 재주로 오랑캐의 행색을 감수하면서 전화위복은 생각하지 않소이까?"

홍혼탈이 비웃으며,

---

1) 양호(羊祜, 221~278): 서진(西晉)의 명장. 자는 숙자(叔子). 양호는 오(吳)나라 명장인 육항(陸抗)과 전장에서 대치할 때, 서로 날짜를 정해 싸웠고 절대로 몰래 습격하지 않았다. 양호는 육항이 보낸 술을 마시고, 육항은 양호가 보낸 약을 거리낌없이 먹는 등 서로가 적인데도 신의를 잃지 않았다. 양호는 진영 안에서 갑옷을 입는 대신 가벼운 갖옷을 입고 느슨한 허리띠를 두른 채 한가하게 소요했다 한다.

2) 두예(杜預, 222~284): 서진(西晉)의 명장. 자는 원개(元凱). 형주(荊州)에서 오나라와 대치해 주둔하고 있었는데, 양호와 더불어 문관의 풍모가 있어, 무장의 갑옷과 투구를 착용하지 않고 가벼운 갖옷을 입고 느슨한 허리띠를 두른 채 마침내 공을 이루었다.

3) 괴철(蒯徹): 한(漢)나라 개국공신 한신(韓信)의 세객(說客). 이름이 무제(武帝)의 이름 유철(劉徹)과 같다 하여 사마천이 『사기』에서 이름을 바꿔 쓴 뒤로는 괴통(蒯通)으로 더 많이 알려졌다. 괴철은 한신이 제(齊)나라를 정복하도록 계략을 내고 천하삼분론을 주장하며 한신에게 독립할 것을 권하지만, 한신은 유방과의 의리를 내세워 거부했다. 괴철은 죽음을 두려워해 미친 체하고 한신을 떠났다. 한신이 모반죄로 죽임당하고 나서 유방이 괴철을 죽이려다가, 그의 뛰어난 언변에 마음이 바뀌어 그를 풀어주었다.

4) 이릉(李陵, ?~BC 74): 전한(前漢)의 장수. 자는 소경(少卿). 감숙성(甘肅省) 농서(隴西) 출생. BC 99년 무제(武帝)의 처남인 이광리(李廣利)가 흉노를 칠 때 보병 5천 명을 인솔하고 흉노의 배후를 기습해 이광리를 도왔다. 그러나 돌아오는 길에 무기와 식량이 떨어지고 흉노군 8만에 포위되어 항복했다. 그 뒤 선우(單于)의 딸을 아내로 맞아들이고, 우교왕(右校王) 자리에 올라 선우를 돕다가 몽골고원에서 병사했다.

"내가 어제 진중에서 양원수를 보니, 나이가 어리고 기운이 날카로운 장수라. 그가 어찌 다른 이의 사람됨을 알아 그 재주를 시기하지 않을 수 있으리오? 차라리 산중에 자취를 감추어 평생을 보낼지언정 마음을 몰라주는 사람의 휘하가 되길 원하지 않노라."

소사마가 탄식하며,

"양원수는 장군을 아는데 장군은 어찌 양원수를 모르오? 내가 실은 양원수의 명을 받아 왔으니, 원수께서 나를 보내며 명하시되 '홍장군은 의리 있는 장수라. 만약 나를 따른다면 마땅히 지기로 마음을 허락해 평생 사귐을 이루리라' 하시니, 이 말이 어찌 장군을 시기하는 것이리오? 양원수께서 비록 나이가 어리나 웅대한 재주와 큰 지략은 논할 바 없거니와, 여러 장수를 예로써 대하고 인재를 사랑해, 옛적에 주공周公이 찾아온 선비를 맞이하기 위해, 목욕하다가 세 번이나 머리를 움켜쥔 채 나오고, 밥을 먹다가 세 번이나 입에 든 밥을 뱉고 나오는 그러한 훌륭한 덕이 있으시니, 어찌 겨우 맹상군孟嘗君이나 평원군平原君이 선비를 대우하던 풍모에 그치리오?"

홍혼탈이 이 말을 듣고 나서 머리를 숙이고 한참 생각하다가 갑자기 쌍검을 들어 바위를 치니 바위가 두 조각 나더라. 그리고 칼을 짚고 일어서서 "대장부가 일을 결정하는 것은 마땅히 이 바위와 같으리라" 하고 소사마를 돌아보며,

"장군은 나를 위해 원수에게 소개하라."

소사마가 매우 기뻐하며 홍랑과 늙은 병사를 데리고 본진으로 돌아와 진영 문밖에 세우고서 먼저 들어가 양원수에게 아뢰니, 양원수가 매우 기뻐하며,

"내가 홍혼탈을 보건대 사람됨이 교만하고 당돌하니, 보통의 항복한 장수로 대접하지 못하리라."

즉시 군복을 벗고 학창의를 입고 윤건을 쓰고 진영 문밖으로 나가 홍

혼탈의 손을 잡고 웃으며,

"사해四海가 넓다 해도 한 하늘 아래 있고, 구주九州가 크다 해도 천지와 사방 안에 있거늘, 제가 안목이 좁아 스무 해 동안 같은 세상에서 자라난 영웅호걸을 뒤늦게 이곳에서 만나니 어찌 한스럽지 않으리오?"

홍혼탈이 밝게 대답하길,

"항복한 병졸이 어찌 지기를 말하리오마는, 지금 원수께서 선비를 대우하시는 풍모를 뵈오니, 전쟁터에서 서로 따르는 저의 자취에 후회가 거의 없으리이다."

서로 손잡고 진영 안으로 들어갈 때 홍혼탈이 늙은 병사를 가리키며,

"이 늙은 장수는 제 심복이라. 이름은 손야차요 창법을 대략 아나니, 바라건대 휘하에 거두어주소서."

양원수가 허락하더라. 날이 밝으매 양원수가 모든 장수를 모으고 홍혼탈을 가리키며,

"홍장군은 본래 중국 사람으로 남방에 떠돌다가 이제 다시 우리 조정의 장수가 되었으니, 전쟁터에서 고통을 함께할 사람이라. 각기 인사하는 예를 베풀라."

선봉 뇌천풍이 웃으며 나와 사례하고,

"제가 거친 도끼만을 믿고 호랑이 수염을 두 번 건드렸다가, 목숨을 살려주시는 은덕을 입기는 하였으나, 칼자국으로 인해 갑옷이 멀쩡한 곳이 없고, 흰 머리카락 듬성듬성한 머리가 아직도 없어진 듯하나이다."

모든 사람이 크게 웃더라. 소사마가 웃고 홍혼탈이 차고 있는 칼을 어루만지며,

"장군께서 차고 있는 칼이 모두 몇 자루니이까?"

홍혼탈이 답하길,

"다만 두 자루를 차고 있나이다."

소사마가 웃으며,

"그러하다면 지난번 진중에서 어찌 천백 개의 칼이 공중에 가득차게 했나이까? 제가 아직도 모골이 송연하고 정신이 황홀하거늘, 지금 이 칼을 보매 오히려 눈이 어지러운 것을 깨닫지 못하겠나이다."

모든 사람이 크게 웃더라. 양원수가 소유경을 좌사마청룡장군^{左司馬靑龍將軍}으로 삼고, 홍혼탈을 우사마백호장군^{右司馬白虎將軍}으로 삼고, 손야차를 전부돌격장군^{前部突擊將軍}으로 삼더라.

이때 양원수가 군막 안에 홍랑을 두고 끊어졌던 인연을 다시 이으니 기쁠 뿐만 아니라, 낮에는 군무를 의논하고 밤에는 나그네의 회포를 위로해 한시도 곁에서 떠나지 않게 하더라. 홍랑의 기민함으로 윗사람을 잘 받들고 아랫사람을 잘 대접해 정체를 드러내지 않게 하니, 장수와 삼군이 모두 그가 여자인 것을 모르더라.

한편 나탁이 이튿날 새벽에 객실로 와서 홍랑의 안부를 묻되 아무런 움직임이 없이 고요하더라. 문을 지키는 병사에게 물으니 대답하길,

"홍장군께서 새벽에 수하의 늙은 병사를 데리고 동구 밖으로 나가셨으나, 감히 그 거취에 대해 묻지 못했나이다."

나탁이 사방으로 찾아 묻되 끝내 그 간 곳을 모르더라. 뒤늦게 그가 달아난 것을 알고 처음에는 놀라 낙담하다 이윽고 노해 "내가 저를 극진히 대접했거늘, 이제 내게 알리지도 않고 떠났으니 이는 나를 멸시한 것이라. 내가 마땅히 백운동으로 가서 도사를 죽이고 다른 곳에 구원병을 청해 이 치욕을 갚으리니, 어찌하면 좋으리오?" 하고 근심해 마지않거늘, 막하의 한 사람이 그 말에 응해,

"제가 한 사람을 천거하리니, 운남국^{雲南國} 축융동^{祝融洞}에 있는 한 왕이 천하에 비할 데 없는 영웅이요, 또 이 왕에게 딸이 하나 있으니 쌍창을 잘 다루어 사내 만 명도 당하지 못할 용맹이 있나이다. 다만 축융왕이 욕심이 많아 예물이 적으면 기꺼이 오려 하지 않을 듯하나이다."

나탁이 크게 기뻐해 즉시 남만의 베 이백 필, 명주^{明紬} 이백 필, 금은과

채색 비단을 갖추어 축융동으로 찾아갈 새 남만 장수 철목탑과 아발도를 불러 약속해,

"내가 돌아오기 전까지 골짜기 문을 단단히 닫고, 명나라 원수가 싸움을 돋우어도 경솔하게 출전하지 말라."

두 장수가 응낙하더라. 며칠이 지나 우사마 홍혼탈이 양원수에게 아뢰길,

"남만 왕 나탁이 오래도록 움직임이 없으니 분명 구원병을 청하러 갔으리라. 이때를 틈타 태을동을 취함이 묘책일까 하나이다."

양원수가 말하길,

"남만 골짜기가 중국의 성城과 달라, 굳게 지키고자 하면 한 사람이 관문을 막아도 사내 만 명이 열지 못하는지라. 장군은 어떠한 묘책이 있소?"

홍사마가 아뢰길,

"제가 보건대 남만 진영 장수 중에 지략이 있는 자가 드물어 그들을 속이기는 어렵지 않으니, 이리이리함이 좋을까 하나이다."

양원수가 칭찬하며,

"내가 오랫동안 군대의 일로 피곤하니, 그대는 나를 대신해 경륜과 재능을 아끼지 말라. 지금부터 양원수는 군막에 높이 누워 한가로이 지내고자 하노라."

홍사마가 미소하고 이날 밤에 손야차를 군막으로 불러 몰래 약속을 정하더라. 이튿날 아침 양원수가 모든 장수를 모아 군대의 일을 의논할 때 홍사마가 양원수에게 아뢰길,

"남만은 천성이 간교해 언행을 뒤집는 것이 일상이라 전혀 믿을 수 없나이다. 사로잡은 남만 병사들을 오래 진중에 머무르게 하면 도리어 비밀이 누설될까 하니, 진영 앞에서 한꺼번에 목을 베어 화근을 없애는 것이 좋으리이다."

손야차가 간언하길,

"병서에 '항복한 사람은 죽이지 말라' 했으니, 이제 전부 목을 베면 이는 투항하는 길을 막아, 적병이 한마음이 되도록 돕는 셈이니 안 될 일이니이다."

홍사마가 노하여,

"내가 생각한 바가 있거늘, 늙은 장수가 어찌 감히 쓸데없이 지껄이는가?"

손야차가 말하길,

"홍사마께서 생각하시는 것을 알지 못하나, 남만 백성 역시 우리 천자의 백성이라. 어찌 무고히 살육해 하늘의 기운을 해치리오?"

홍사마가 크게 노하여,

"네가 이처럼 남만 병사를 두둔하니 분명 나탁을 위해 배반할 마음이 있는 것이라. 내가 마땅히 남만 병사와 함께 너의 목을 베리라."

손야차도 노하여,

"나는 본래 산속 사람이라. 장군과 더불어 남만 왕을 구하러 왔으니, 어찌 장수와 부하로서 체통의 분별이 있으리오? 내가 나이 예순에 백발이 성성하거늘 장군이 이렇게 나를 멸시하니, 어찌 구차하게 장군을 좇아 이러한 치욕을 감수하리오?"

홍사마가 더욱 노하여, 별 같은 눈을 부릅뜨고 푸른 눈썹을 곤두세워 호되게 꾸짖어 호령하길,

"늙은 장수가 어찌 감히 이같이 무례한가? 너는 백운동 초당 앞에서 마당 쓸고 나무하던 자에 불과한데 사부님의 명을 받아 창을 잡고 나를 따랐으니, 어찌 장수와 부하의 분별이 없으리오?"

손야차가 더욱 크게 노하여,

"장군이 사부님의 명을 생각했다면 어찌 남만 왕을 버리고 마음을 바꾸어 투항했으리오? 이 일만 보더라도 장군에게 신의가 없음을 알지라.

나는 본래 남만 사람이라. 남만 왕을 위해 왔다가 도리어 남만 왕을 해친다면 의리가 아니니, 이제 마땅히 산속으로 돌아가 의리도 신의도 없는 사람의 휘하가 되지 않으리라."

홍사마가 이 말을 듣고 발끈해 몸을 일으켜 칼을 빼어 손야차를 베려 하자, 양원수와 주위 장수가 모두 그만하라 권하고 손야차를 붙들어 문 밖으로 내보내니, 홍사마가 더욱 분노하더라. 손야차가 문밖으로 나가 분함을 이기지 못해,

"내가 늙었으되 저를 위해 수고가 많거늘, 저가 이제 작은 재주를 믿고 이처럼 교만하게 구니, 내가 어찌 오랫동안 이런 수모를 당하리오?"

장수와 군졸이 모두 위로해,

"홍장군의 천성이 이렇게 조급하니, 장군은 다시 들어가 사죄하고 그 뜻을 거역하지 말라."

손야차가 하늘을 우러러 탄식하며,

"내가 머리털이 서리같이 하얗거늘, 어찌 죄도 없이 입에서 젖내 나는 아이에게 사죄하리오?"

우울해 즐겁지 않은 기색으로, 이날 밤 창을 짚고 달 아래 배회하며 길게 한숨짓고 짧게 탄식하다가, 사로잡힌 남만 병사들이 머물러 있는 곳을 지나는데, 남만 병사가 모두 머리를 조아리며 사례하길,

"저희가 오늘 살아 있음은 손장군의 덕이라. 장군께서는 살 길을 다시 가르쳐주소서."

손야차가 탄식하며,

"너희는 모두 같은 고향 사람이라. 어찌 속마음을 감출 수 있으리오? 어제 홍장군의 거동을 보고 이제 고향으로 돌아가고자 하니, 너희도 한 꺼번에 달아나라."

즉시 칼을 뽑아 결박을 풀어주며 이르길,

"너희는 마땅히 성을 넘어 달아나라. 나도 필마단기로 몸을 빼어 달아

나리라.”

남만 병사들이 감격해 마지않아 눈물을 흘리며,

“장군께서는 어디로 가고자 하시나이까?”

손야차가 탄식하며,

“이곳이 번잡하니 오래 이야기할 수 있는 곳이 아니라. 골짜기 입구로 나가서 한적하고 외진 곳을 찾아가 나를 기다리라.”

이날 밤 삼경에 손야차가 말을 끌고 창을 들고 몰래 골짜기 문을 나가니, 문을 지키는 병사가 가는 곳을 묻거늘, 손야차가 말하길,

“내가 지금 적의 동태를 살피러 가노라.”

골짜기 문을 나와 말에 올라 달빛을 띠고 몇 리를 가니, 남만 병사 대여섯 명이 나와 맞이해,

“장군께서 어찌 이리 늦게 오셨나이까?”

손야차가 말을 멈추고 묻기를,

“많은 병사가 다 어디로 가고 너희만 여기 있느냐?”

한 오랑캐 병사가 말하길,

“장군께서는 잠시 말에서 내려 저희 말을 들으소서. 저희가 장군께서 살려주신 은덕을 갚고자 하나 갚을 길이 없는 까닭에, 한 무리는 먼저 태을동으로 가서 철목탑 장군께 장군님의 은덕을 칭송하기로 했고, 저희는 머물러 장군을 모시고 골짜기로 들어가 남만 땅에서 영원히 부귀를 누리고자 하나이다.”

손야차가 웃으며,

“내가 어찌 구차하게 이런 부귀를 구하리오? 같은 고향 사람을 위해 그런 것이니, 너희는 빨리 돌아가 화를 면하도록 하라. 나는 이 길로 산속으로 돌아가 사슴을 쫓고 토끼를 사냥하며 평생 구속받지 않는 여생을 보내고자 하노라.”

이윽고 말을 채찍질해 가거늘, 남만 병사들이 눈물을 흘리며 말고삐

를 잡고 만류하되 굳이 돌이키지 않더라. 이때 철목탑과 아발도가 태을동에서 문을 닫고 나오지 않고 있는데, 갑자기 남만 병사 십여 명이 명나라 진영에서 밤을 틈타 도망해와 울며 아뢰길,

"저희가 거의 죽은 목숨이더니, 손장군의 구호의 은덕이 아니었으면 어찌 오늘밤 살아서 돌아왔으리오?"

철목탑이 그 까닭을 물으니, 남만 병사 십여 명이 무릎을 꿇고 아뢰길,

"홍장군은 악독한 사람이라. 무단히 저희를 진영 앞에서 죽이려 하니 손장군이 힘써 간언했거늘, 홍장군이 크게 노해 칼을 들어 손장군을 베려 했는데, 다행히 여러 장수와 양원수가 만류해 손장군을 문밖으로 내보냈나이다. 손장군이 밤새도록 울분을 이기지 못하다가 고향으로 돌아갈 뜻이 있어 저희의 결박을 풀고 달아나길 지시하니, 이는 온전히 같은 고향 사람의 정 때문이라. 이처럼 의리 있는 장수를 달래어 진중에 두시면, 첫째 홍장군과 이미 사이가 벌어졌으니 마땅히 우리를 위해 힘을 다할 것이요, 둘째 훗날 부귀를 함께 누려 살려주신 은덕을 갚을까 하나이다."

철목탑이 한참 생각하다가,

"이것이 어찌 계교가 아닌 줄 알리오?"

남만 병사 십여 명이 한꺼번에 몸을 일으켜 아뢰길,

"이것은 저희가 목격한 것이니 결코 간교한 계책이 아니리이다. 저희가 손장군의 기색을 보니, 몰래 탄식하고 슬피 눈물을 흘려 울분과 불평으로 홍장군을 원망하는 소리가 뼈에 사무치며 마음속에 맺혔으니, 이것이 어찌 거짓으로 꾸민 것이리이까?"

아발도가 말하길,

"손장군이 지금 어디에 있느냐?"

말을 마치기 전에 남만 병사 여러 명이 또 급히 와서 아뢰길,

"손장군께서 이제 필마단기로 골짜기 앞을 지나가시는 까닭에, 저희

가 함께 들어가기를 간청했으나 굳이 듣지 않나이다."

아발도가 철목탑을 돌아보며,

"군중에 이미 장수 재목이 적고 손장군도 일찍이 백운도사를 모셔 배운 바가 분명 많으리라. 만약 정말로 명나라 진영을 등지고 가는 것이라면 어찌 아깝지 않으리오? 손장군도 남방 사람이라. 우리가 지금 쫓아가 기색을 살펴보고 의심할 바가 없거든 마땅히 달래어 오게 하리라."

철목탑이 끝내 주저하고 결정하지 못하거늘, 아발도가 창을 들고 몸을 일으키며,

"내가 마땅히 혼자 말을 타고 먼저 가서 움직임을 살피고 결정하리라."

즉시 남만 병사 대여섯 명을 데리고 말을 몰아 이르니, 과연 손야차가 필마단창匹馬單鎗으로 달빛을 띠고 남쪽을 향해 가매 외롭고 서글픈 기색을 띠었더라. 아발도가 소리질러,

"손장군은 그동안 잘 지냈소? 잠시 할말이 있으니 말을 멈추어 기다리시오."

손야차가 말을 돌려 길가에 서거늘, 아발도 역시 말을 멈추고,

"장군이 원래 공업功業에 뜻이 있어 화살과 돌, 바람과 먼지 가득한 전쟁터에서 고초를 두루 겪다가, 어찌 다시 산수를 향해 이처럼 쓸쓸히 돌아가시오?"

손야차가 웃으며,

"인생 백년이 풀잎에 맺힌 이슬 같고, 공명과 업적은 뜬구름 같거늘, 대장부가 흰 머리칼이 쓸쓸히 나부끼는데 생사고락을 어찌 다른 사람 손에 맡기리오? 남방 산천 도처마다 내 집이라. 흐르는 물을 마시고 뛰는 짐승을 사냥해 목마름과 배고픔을 면한다면 이 역시 즐거운 일인가 하오."

아발도가 웃으며,

"장군이 바람과 먼지 가득한 이곳을 버리고 산수를 찾고자 한다면, 이는 이른바 천지간에 맑고 한가한 사람이라. 적국의 거리낌이 없으니, 잠시 누추한 골짜기에 머물러 하룻밤 묵는 인연을 가져도 늦지 않을까 하오."

손야차가 한참 생각하다가,

"장군의 말씀이 대단히 감사하나, 돌아가고 싶은 마음이 화살 같아 잠시도 머물지 못하리로다."

아발도가 말 위에서 손야차의 소매를 잡고 여러 번 간청하니, 손야차가 마지못해 말 머리를 나란히 하고 태을동으로 들어가더라. 철목탑은 기쁘지 않으나, 그가 필마단기로 온 것을 보고는 겁이 없어져 그를 맞아 자리를 정해 앉더라. 아발도가 철목탑을 향해 웃으며,

"오늘의 손장군은 어제의 손장군이 아니라. 어제는 적국의 명장이더니 오늘은 같은 고향의 옛친구라. 마땅히 속마음을 감추지 말고 서로 의논하리로다."

철목탑이 말하길,

"내가 사귐이 얕아 깊은 꺼림이 없는데도 손장군을 받아들이지 않은 이유는 두 가지라. 손장군이 홍장군과 함께 산에서 내려왔는데, 군중은 위험한 곳이라. 홍장군이 용맹하기 그지없고 나이가 어리거늘, 손장군이 한때의 말다툼으로 그를 버리고 떠나니, 내가 받아들이지 않은 첫번째 이유라. 명나라 원수의 큰 재주와 지략, 홍장군의 무예와 병법으로 공을 이루어 중국에 돌아가 부귀를 누림이 눈 앞에 있거늘, 지금 장군이 작은 분노를 참지 못해 큰일을 그르치니, 내가 받아들이지 않은 두번째 이유라. 나를 속이는 것은 괜찮거니와, 명나라 진영을 버리고 간다면 이는 아녀자의 편협한 성질이라. 어찌 대장부의 넓고 큰 도량이리오?"

손야차가 길게 탄식하며 대답하지 않다가 아발도를 향해,

"내가 장군의 후의에 감사해 잠시 골짜기로 들어왔으나 이제 돌아가

고자 하니, 두 장군은 한마음으로 힘써 큰 공을 세우소서."

말을 마치고 몸을 일으키려 하거늘, 아발도가 다시 소매를 잡으며,

"장군은 잠깐 앉아 술 몇 잔을 마시고 가시오."

철목탑이 웃으며,

"내가 같은 고향 사람의 정을 믿고 진심을 다하고자 했는데, 거칠고 경솔한 말이 혹 장군의 귀에 거슬리오? 그렇지 않다면, 청산백운으로 돌아가는 처지라고는 하나 어찌 이처럼 바쁠 필요가 있소?"

손야차가 웃고 다시 앉아 술이 여러 잔 돌매, 손야차가 거나하게 취해 길게 탄식하다 눈물을 줄줄 흘리더라. 아발도가 말하길,

"장군은 무슨 걱정거리가 있소? 오늘 여기는 전쟁터가 아니고 술자리이니, 어찌 가슴속 불평을 털어놓아 서로 허물없이 지내는 뜻을 보이지 않소?"

손야차가 이에 이빨을 갈고 팔뚝을 휘두르며 호되게 꾸짖어,

"이랬다저랬다 하는 신의 없는 아이가 약간의 무예를 믿고 저렇게 교만하게 구니, 생각건대 그는 분명 패하리라."

아발도가 묻기를,

"누구를 꾸짖는 것이오?"

손야차가 탄식하며,

"장군이 진심을 다해 물으시니, 나도 속이지 않으리이다. 백운도사께서 홍혼탈을 보낼 때 그가 어리고 외로운 것을 염려해 나를 명해 도와주라 하시니, 나이 칠십의 늙은이가 저를 위해 몸을 아끼지 않고 위험을 무릅쓰며 고초를 겪었거늘, 이제 아침에는 진(秦)나라에 붙고 저녁에는 초(楚)나라에 붙는 소인이 되어 끝내 이처럼 구박하니, 만약 옆에서 구해주지 않았던들 저가 누구 손에 죽었을지 알지 못하니, 어찌 한심하지 않으리오? 나도 백운도사를 좇아, 저가 배운 바를 나 역시 배우지 않은 것이 없거늘 이처럼 멸시하니, 내가 어찌 머리를 숙이고 감수하리오? 아까

철목탑 장군은 두 가지 이유로 나를 꾸짖으셨으나, 저가 나를 죽이고자 하니 내가 어찌 그를 돌아볼 것이며, 성질이 조급하고 지혜가 얇아 충언을 듣지 않으니, 어찌 일을 같이하리오? 그리하여 이때를 틈타 고향으로 돌아가 훗날 후회가 없게 하려는 것이라. 그러나 내가 십 년 동안 산속에서 병법과 창법을 배운 것은, 장부가 세상에 태어나 명성이 초목같이 썩는 것을 면하고자 함인데, 운명이 기박하고 시대의 운수가 불행해 기회를 만나지 못함이로소이다. 지금 몇 잔의 술기운을 빌려 가슴속 불평을 감추지 못하나, 두 장군은 늙은 장수의 낙담과 탄식을 비웃지 마소서."

철목탑이 손야차의 말을 들으니, 홍혼탈을 깊이 원망해 마음을 확실히 정한 듯한지라. 다시 웃으며 술잔을 들어 위로해,

"장군의 용맹으로 어디를 가든 공업을 이룰 것이거늘, 도리어 적막한 산속에서 일생을 마치고자 함은 아마도 장부의 뜻이 아닐까 하오."

손야차가 웃으며,

"장군의 말을 들으니, 외로운 신세를 가련히 여겨 휘하에 거두고자 하심이나, 내가 전쟁터에서 늙은 몸으로 어찌 후회할 일을 다시 행하리오?"

철목탑이 말하길,

"어찌 후회할 일을 다시 행한다 하오?"

손야차가 말하길,

"처음에 사부님의 명으로 남만 왕을 구하러 왔다가 신의 없는 사람의 간계에 속아 명나라 진영에 투항해 이 지경에 이르니, 이것이 첫번째 후회스러운 일이라. 만약 다시 장군의 휘하에 의탁한다면 얼굴이 두꺼운 것일 뿐만 아니라, 장군은 내 속마음을 알아도 남만 왕이 어찌 용납하시리오? 이것이 두번째 후회스러운 일이라. 하루빨리 산속으로 돌아가 호랑이를 쫓아 창법을 시험하고 돌을 모아 진법을 강구해 여생을 보냄이

좋을까 하오."

철목탑이 이 말을 듣고 손야차의 손을 잡으며,

"장군은 의심하지 말지어다. 우리 왕께서는 사람의 재주를 아끼시며 도량이 넓으시어, 홍장군의 편협한 성질과 명나라 원수의 날카로운 기세와 비교해 매우 뛰어난지라, 장군은 본디 남만 사람이니, 훗날 남만에서 부귀를 함께 누림이 어찌 아름답지 않으리오?"

손야차가 철목탑을 자세히 바라보다가 언성을 높여,

"내가 홍장군의 명을 받아 거짓으로 항복해 계책을 실행하고자 왔으니, 장군은 다시 생각하시오."

철목탑이 크게 웃으며,

"손장군의 사람 보는 안목이 맑은 거울과 같다 하리로다. 내가 아까 장군의 행색을 잠깐 의심했으나 이는 적국 사이의 흔한 일이니, 장군은 마음에 두지 마시오."

손야차도 크게 웃으며,

"두 장군이 이처럼 환대해주시니 어찌 감동하지 않으리오? 다만 남만 왕께서 돌아오심을 기다려 거취를 정하리이다."

다시 술을 마시며 한가롭게 이야기하는데, 이미 사오 경이 지나 군중에 물시계 소리가 약해지고 샛별이 동쪽 하늘에 높이 떴더라. 철목탑과 아발도가 자연히 술에 취해 각기 갑옷을 벗고 몽롱한 눈을 하고서 조는데, 갑자기 북문 밖에서 함성이 크게 일어나더라. 철목탑과 아발도가 몹시 놀라 급히 갑옷을 입고 대군을 호령해 북문으로 가려 하니, 손야차가 웃으며,

"장군은 놀라지 마소서. 이는 홍장군의 병법이라. 남문을 치고자 하면 먼저 북문을 습격함이니, 남문을 방비하소서."

철목탑이 그래도 믿지 못하고 스스로 정예병을 이끌고 북문으로 가서 방비하는데, 과연 소리 없이 적막하고 함성이 또 서문에서 크게 일

어나거늘, 철목탑이 다시 정병을 나눠 서문을 지키니, 손야차가 또 웃으며,

"이 역시 홍장군의 병법이라. 장차 동문을 치고자 함이로다."

철목탑이 반신반의해 오히려 서문과 북문을 굳게 지키는데, 이윽고 서문과 북문에서 함성이 가라앉았고, 명나라 병사가 과연 동문과 남문을 공격해 대포 소리가 하늘과 땅을 흔들더라. 바위 같은 탄알이 동문에 비 오듯 떨어져 형세가 매우 위급하거늘, 철목탑과 아발도가 그제야 손장군의 말이 맞았음을 알고 급히 서문과 북문의 정예병을 거두어 두 부대로 나누어, 철목탑은 남문을 지키고 아발도는 서문을 지키며 남은 군사로 동문과 북문을 방비하게 하는데, 갑자기 손야차가 창을 들고 말에 올라 소리지르고 나는 듯이 북문으로 가서 문 지키는 병사를 창으로 베고 북문을 여니, 명나라 병사 한 무리가 일제히 고함지르며, 한 대장이 쏜 살같이 뛰어들어 벽력부를 들고 우레 같은 소리를 지르더라.

"대명국 선봉장 뇌천풍이 여기 있으니, 철목탑은 부질없이 남문을 지키지 말라."

소유경 사마가 수천 기騎를 거느리고 뒤이어 들어와 공격하는데, 손야차가 또 서문을 여니, 동초와 마달이 군마 한 무리를 몰아 서문으로 뛰어들거늘, 대포 소리가 동문과 남문에서 끊이지 않더라. 철목탑과 아발도가 어찌할 바 몰라 방어를 하지 못하고 한꺼번에 창을 겨누어 명나라 장수들을 대적할 때 소유경·뇌천풍·동초·마달 네 장수가 힘을 합해 공격하니, 남만 장수가 어찌 감당하리오? 손야차가 웃으며 창을 휘두르고 말을 몰아 남문을 향해 달려가며 외쳐,

"철목탑 장군은 나를 따르라. 또 남문을 열어서 도망할 길을 빌려주리라."

철목탑이 허둥지둥하는 가운데 손야차를 보니 가슴속에서 번뇌의 불길이 삼만 장丈이나 치솟아 호되게 꾸짖어,

"늙은 할미같이 수염 없는 도적놈아! 내가 간계를 모르고 너에게 속았으나, 마땅히 네 간(肝)을 꺼내어 이 분한 마음을 풀리라."

창을 휘두르며 바로 찌르려 하는데, 손야차가 대답하지 않고 말을 달리며 껄껄 웃더라.

"장군은 분노하지 말라. 산속으로 돌아가려는 사람을 무단히 만류해 분주히 여러 문을 열게 하니, 어찌 수고롭지 않은가?"

말을 채찍질해 달려 또 남문을 여니, 양원수가 홍사마와 더불어 대군을 거느리고 골짜기 안으로 뛰어들어라. 이때 장수 일곱 명과 십만 대군이 물밀듯 밀려들어와 방위마다 에워싸고 곳곳에서 엄습해 죽이니, 함성은 골짜기를 뒤덮고 기세는 천지를 흔들더라. 철목탑과 아발도가 사내 만 명을 감당할 만한 용맹이 있으나 어찌 방비할 수 있으리오? 다음 회를 보라.

축융왕이 환술로 신장을 내려오게 하고
홍사마가 진법을 바꾸어 남만 병사를 무찌르더라

제16회

한편 철목탑과 아발도가 달아나고자 하나 달아날 길이 없고, 싸우고자 하나 대적할 방법이 없더라. 다만 창을 겨누고 동쪽으로 들이치다가 남쪽으로 달아나고, 서쪽으로 들이치다가 북쪽으로 달아나며 힘을 다해 싸우나 어찌 천라지망天羅地網을 벗어나리오? 동문을 보니 길이 열려 있으매 말을 몰아 동쪽으로 향해 달아나니, 손야차가 또 창을 휘두르며 외쳐,

"철목탑 장군은 마땅히 빨리 갈지어다. 내가 바빠 미처 동문을 열지 못했으니 장군이 직접 열고 나가라. 내일 내가 마땅히 산속으로 돌아가리니 철목동으로 들어가 남은 술을 마저 마시고자 하노라."

철목탑이 손야차를 만나니 분노가 다시 하늘을 찌를 듯해 소리지르며 달려들어 손야차를 찌르려 하되, 손야차가 웃으며 말을 채찍질해 달아나고, 명나라 양원수의 대군이 이미 이르렀더라. 철목탑과 아발도가 할 수 없이 동문을 열고 겨우 목숨을 보전해 철목동으로 들어가 패잔병을 헤아려보니 죽은 자가 절반을 넘더라. 아발도가 철목탑을 마주하고

분개하며 길게 탄식해,

"오늘의 패배는 내 허물이라. 장군의 현명한 의견을 따르지 않고 손야차 같은 늙은 도적을 받아들여 이런 재앙을 자초했으니, 누구를 원망하고 탓할 것이며, 무슨 면목으로 장군을 마주하고 왕을 뵈오리오?"

칼을 빼어 자결하려 하니, 철목탑이 급히 붙잡으며,

"우리가 왕의 명을 함께 받아 골짜기를 지켰으니, 공을 이루어도 부귀를 함께 누릴 것이요, 죄를 지어도 벌을 함께 받을 것이라. 장군이 손야차를 청한 것 역시 왕을 위한 일이라. 그 마음을 의논한다면 터럭만큼도 다를 바가 없거늘, 이처럼 스스로 편협해 아녀자의 마음을 품어 그 몸을 가벼이 한다면 평소에 믿던 바가 결코 아니로다."

말을 마치매 칼을 빼앗아 땅에 던지니, 아발도가 몸을 일으켜 사례하더라.

"나를 알아준 사람도 포숙[1]이요, 나를 아껴준 사람도 포숙이라."

이때 양원수가 또 태을동을 빼앗아 대군을 골짜기 안에 편안히 머무르게 하고서 군사들을 배불리 먹여 위로하더라. 소유경 사마가 홍사마를 돌아보며,

"오늘의 전투는 장군이 군사를 부린 첫 전투라. 장군의 무예가 뛰어난 줄만 알았거늘, 화락한 기상과 다듬어진 지략에 유장儒將의 풍모가 있을 줄 짐작했으리오?"

손야차가 대답하길,

"태을동 전투는 모두 내 솜씨라. 혼자 창을 들고 말에 올라 달빛을 띠

---

1) 포숙(鮑叔): 중국 춘추시대 제(齊)나라 정치가. 포숙의 절친한 벗인 관중(管仲)은 가난했는데 포숙을 여러 번 속이고 잘못을 저질렀다. 그러나 포숙은 관중을 끝까지 믿어주어 관중을 제나라 환공(桓公)에게 천거하고, 마침내 관중이 제나라 환공을 도와 천하의 패권을 잡게 해주었다. 이에 관중은 "나를 낳아준 분은 어버이요, 나를 알아준 사람은 포숙이다(生我者, 父母也. 知我者, 鮑叔也)"라 했다.

고 가서 슬프지 않은 눈물과 마음에 없는 탄식을 억지로 만들어, 도망하는 늙은 장수의 모습을 만들고자 했도다. 철목탑은 지략이 뛰어난 장수인지라 의심하는 빛이 눈썹에 가득하거늘 바로 추한 팔뚝을 흔들고 빠진 이빨을 갈면서 홍장군을 원망했으니, 이것이 어찌 재주 없는 사람이 할 수 있는 바이리오?"

모두가 크게 웃더라.

한편 나탁이 백운동에 이르러 도사를 찾으니 이미 간 곳이 없고, 푸른 산이 첩첩이 겹쳐 있고 흰구름이 유유히 흐를 뿐이거늘, 나탁이 분함을 이기지 못해 방황하다가 몸을 돌려 축융동을 향해 가더라. 여러 날 걸려 겨우 그곳에 이르니, 골짜기가 험준하고 산천이 장대해 사자와 표범의 울부짖음과 승냥이와 이리의 자취가 대낮에도 횡행하더라. 축융동에 이르러 축융왕을 보니, 푸른 눈과 붉은 얼굴, 호랑이 수염과 곰 허리에 신장이 구 척이더라. 축융왕이 손님과 주인의 예로써 나탁을 맞이해 자리에 앉으매, 나탁이 채색 비단과 명주明紬와 진기한 보배를 바치고 나서 명나라 군대와 대치해 겪은 고난을 모두 말하고 구원을 간구해 마지않으니, 축융왕이 대답하길,

"내가 이웃나라에 있으면서 어찌 환란을 함께하지 않으리오?"

즉시 수하의 오랑캐 장수 세 명을 데리고 갈 새, 첫째는 천화장군天火將軍 주돌통朱突通이니 강철삼척모剛鐵三脊矛를 잘 쓰고, 둘째는 촉산장군觸山將軍 첩목홀帖木忽이니 개산대부開山大斧를 잘 쓰고, 셋째는 둔갑장군遁甲將軍 가달賈縺이니 언월도偃月刀를 잘 쓰니, 각기 보통 사람보다 뛰어난 용맹이 있더라. 나탁이 다시 축융왕에게 간청하길,

"듣건대 왕의 따님이 영특하고 용감하기가 비길 데 없다 하니, 비록 감히 요청할 수는 없으나 부왕을 모시고 종군한다면 더욱 감사할까 하나이다."

축융왕이 한참 생각하다가,

"딸아이가 어리고 성품이 질박해, 종군을 기꺼워하지 않으리니 어쩌리오?"

나탁이 다시 명주 백 필과 남만 베 이백 필을 바치며 간청하니, 축융왕이 비로소 허락하고 종군을 명하더라. 원래 축융왕에게 딸이 하나 있으니 이름은 일지련一枝蓮이라. 꽃다운 나이 열셋에 자색이 뛰어나고, 기묘한 무예와 총명한 성품은 남쪽 오랑캐의 기풍이 없더라. 때를 만나지 못한 것을 개탄하는 마음이 늘 있어, 중원 문물을 한번 보길 원하나 만리나 떨어진 남방에서 북두성만 바라볼 뿐이요, 여자로서 행실이 남자와 다르기에 때를 만나지 못한 것을 자나깨나 탄식하더라. 이때 부왕이 나탁의 말을 전하니 일지련이 씩씩하게 명을 받들어 쌍창을 들고 종군하더라.

나탁이 원군을 얻으매 기쁜 마음으로 본국에 돌아오니, 그사이 이미 태을동을 잃고 철목동에 의지해 있거늘, 나탁이 몹시 놀라 철목탑과 아발도를 찾으니 주위에서 대답하길,

"두 장군께서 진영 문밖에서 처벌을 기다리고 있나이다."

남만 왕이 불러오라 명하니, 두 장수가 투구를 벗고 도끼를 둘러메고 장막 앞에 엎드려 죽음을 청하더라.

"저희가 왕의 가르침을 삼가 지키지 못해 골짜기를 잃었사오니, 군율을 피하기 어려울지라. 엎드려 바라건대 왕께서는 저희 머리를 베어 군중을 경계하소서."

나탁이 탄식하고, 섬돌에 오르라 명해 위로하며,

"이는 나의 운명이라. 어찌 장군들이 일부러 그러한 것이리오?"

명나라 진영의 동정을 물으니, 두 장수가 상황을 대략 아뢰고 홍혼탈 장군의 지략이 양창곡 원수보다 뛰어남을 말하더라. 축융왕이 곁에서 듣다가 분노해,

"내가 비록 부족하나 전쟁하는 법을 대략 알고 있어, 왕께서 잃은 땅

을 마땅히 며칠 안에 되찾으리니, 내일 다시 싸움을 돋우소서."

이때 홍랑이 젊고 아름다운 여자의 연약한 몸으로 화살과 돌이 난무하는 전쟁터에서 몸조리를 잘하지 못해 늘 심신이 불편하였는데, 하루는 양원수가 조용히 홍랑을 장막 안으로 불러 군무를 의논할 때 초췌한 얼굴을 보고 크게 놀라더라.

"그대가 나 때문에 이 같은 고초를 겪는데 나이 어린 연약한 몸으로 억지로 할 수 없는 것이니, 청컨대 며칠 쉬며 몸조리하는 방도를 생각하오."

홍랑이 웃으며 사례해,

"장수가 되어 며칠간의 전투를 어찌 수고롭다 하리이까?"

양원수가 미소하고 손을 들어 복숭아꽃 같은 홍랑의 두 뺨을 어루만지더라.

"부용장芙蓉帳 거울 앞에서 매화를 이마에 그리고[2] 새벽 공기를 겁내던 옥 같은 얼굴과 붉은 뺨으로 깃발과 창칼의 모진 바람을 무릅쓰게 하니, 그대에게 있어 '양공자'는 박정한 남자로다."

홍랑이 눈썹을 찡그리며 물러나 앉아,

"장수는 명령을 번복하지 않는 법이라. 저와 했던 세 가지 약속을 이미 잊으셨나이까? 창밖에 소유경 사마의 발자국 소리가 들리나이다."

잠시 뒤 장수들이 이르거늘 홍사마가 군막으로 돌아와 쉬는데, 이날 한밤중에 손야차가 급히 양원수에게 아뢰길,

"홍사마가 오한으로 떨며 괴로워하나이다."

---

2) 매화를 이마에 그리고: 매화꽃 무늬를 이마에 그리는 낙매장(落梅粧). 화전(花鈿)이라고도 한다. 중국 남북조시대 남조의 송나라 무제(武帝, 363~422)의 수양공주(壽陽公主)가 신년점(新年占)을 치는 정월 7일에 함장전(含章殿) 다락에 기대어 졸고 있었는데, 어디선가 매화꽃 한 잎이 날아와 공주의 이마에 들러붙어 떼어내려 해도 떨어지지 않았다. 매화 꽃잎이 붙은 얼굴이 몹시 예뻐 보여, 궁녀들이 이를 흉내내어 이마에 붉은 꽃 모양을 그리거나 붙인 것이 그 유래라 한다.

양원수가 크게 놀라 친히 군막으로 가서 보니, 홍사마가 촛불 아래에서 베개에 기대어 있는데, 짙은 구름 같은 양쪽 귀밑머리에 칠성관七星冠은 이미 기울었고, 버들가지 같은 가느다란 허리에 두른 전포戰袍는 무거운 듯해, 얼굴에 병색이 깊고 의식이 가물가물해 신음소리가 은은히 목에서 나오더라. 양원수가 곁에 앉아 몸을 어루만지니 홍랑이 놀라 일어나 앉아,

"어찌 이처럼 쓸데없이 오셨나이까?"

양원수가 대답하지 않고 맥을 짚어보고 웃으며,

"이는 고뿔이 원인이라. 심히 걱정할 바는 아니나 자못 조심하라."

몸소 전포와 허리띠를 벗기고 침상에 눕기를 청하니, 홍랑이 사례하며,

"군중이 규방과 달라 원수의 일거일동을 여러 장수와 군졸이 눈을 씻고 귀기울여 살피나니, 원수께서 군막으로 돌아가시면 제가 눕겠나이다."

양원수가 웃으며 몸을 일으켜,

"내가 부질없이 그대를 장수로 만들었도다. 훗날 집으로 돌아간 뒤에 이 버릇을 고치기 어려워, 갑옷과 투구 차림으로 절을 하지 않는 풍모는 남아 있으면서, 화촉을 밝히는 부드럽고 그윽한 태도가 없어지면 어찌하리오?"

홍랑도 미소하더라. 양원수가 말하길,

"모름지기 며칠 몸조리해 군대의 일에는 참예하지 말기를 바라노라."

그리고 즉시 군막으로 돌아오더라.

이튿날 나탁이 오랑캐 장수를 명나라 진영으로 보내어 싸움을 돋우니, 양원수가 소유경 사마를 불러,

"홍혼탈의 병세가 가볍지 않기에 며칠 몸조리하는 것을 허락했으니, 오늘 일은 내가 장군과 더불어 처리하리라."

소사마가 말하길,

"나탁이 구원병을 청해 왔다 하니, 적을 얕볼 수 없으리이다."

양원수가 고개를 끄덕이고 군대를 움직여 철목동 앞에 진을 칠 새, 선천先天의 방위 열 개에 응해 음양진陰陽陣을 치더라. 일천 기騎는 검은 깃발을 들고 북방에 진을 치고, 이천 기는 붉은 깃발을 들고 두 부대로 나눠 남방에 진을 치고, 삼천 기는 푸른 깃발을 들고 세 부대로 나눠 정동방에 진을 치고, 육천 기는 검은 깃발을 들고 여섯 부대로 나눠 정북방 제이위第二位에 진을 치고, 칠천 기는 붉은 깃발을 들고 일곱 부대로 나눠 정남방 제이위에 진을 치고, 팔천 기는 푸른 깃발을 들고 여덟 부대로 나눠 정동방 제이위에 진을 치고, 구천 기는 흰 깃발을 들고 아홉 부대로 나눠 정서방 제이위에 진을 치고, 오천 기는 황색 깃발을 들고 다섯 부대로 나눠 중군을 삼아 중앙의 방위에 진을 치도록 하니, 이것이 이른바 선천음양진先天陰陽陣이라.

이렇게 진을 치고서 전부선봉장 뇌천풍이 진 앞으로 나아가 싸움을 돋우니, 축융왕이 머리에 붉은 두건을 쓰고 구리 갑옷을 입고 손에 붉은 깃발을 들고 큰 코끼리를 타고 오랑캐 군대를 이끌어 출전할 새, 북을 치고 징을 울리매 대오가 무질서하더라. 양원수가 소사마를 돌아보며,

"내가 고금의 병서를 대략 보았으나 저러한 병법은 처음 보도다."

말을 마치기도 전에 한 오랑캐 장수가 삼척모를 휘두르고 말을 몰아 나오며,

"나는 천화장군 주돌통이라. 나를 당할 자가 있거든 내 삼척모를 받으라."

이에 뇌천풍이 벽력부를 들고 나가며 외치더라.

"나는 대명국 선봉장 뇌천풍이요, 이 도끼의 이름은 벽력부라. 네가 스스로 천화장군이라 하니, 천화는 벽력을 따라다니는 불이라. 빨리 나와 내 도끼를 받으라."

십여 합을 맞서 싸워도 승부를 가리지 못하니 또다른 오랑캐 장수가

개산대부를 들고 나오며,

"나는 촉산장군 첩목홀이라. 내게 큰 도끼가 있어 산을 찍으면 산이 무너지나니, 늙은 장수의 머리가 산처럼 단단한가?"

이에 명나라 진영에서 동초가 창을 휘두르며 나와 호되게 꾸짖더라.

"나는 대명국 좌익장군 백일표白日豹 동초라. 내 손안에 장창長鎗이 있거 늘 오래도록 창의 신에게 제사를 올리지 못했는데, 오늘 첩목홀의 피로 창의 신을 위로하리라."

장수 네 명이 호랑이처럼 뛰어오르고 곰처럼 달려들어 십여 합을 크게 싸우매, 뇌천풍이 갑자기 말을 몰아 달아나니 주돌통이 삼척모를 들고 쫓아오거늘, 뇌천풍이 고함을 지르며 몸을 솟구쳐 벽력부를 휘둘러 뒤를 치니, 주돌통이 미처 피하지 못해 말이 땅에 거꾸러지며 몸이 뒤집혀 말에서 떨어지더라. 오랑캐 진영에서 둔갑장군 가달이 크게 노해 언월도를 휘두르며 외쳐,

"나는 축융왕 휘하의 둔갑장군 가달이라. 명나라 진영의 두 장수는 빨리 목을 늘이고 내 언월도를 받으라."

곧바로 뇌천풍을 향해 칼을 휘두르며 달려오니, 명나라 진영에서 손야차가 창을 들고 말을 달려 나오며 크게 웃더라.

"네가 둔갑을 잘한다면 내가 네 머리를 벨 터이니, 다시 만들어 붙일 수 있겠는가?"

가달이 크게 노해 손야차와 여러 합을 크게 싸우매, 가달이 갑자기 언월도를 옆에 끼고 공중제비를 넘어 흰 머리 호랑이로 변해 손야차에게 달려들더라. 뇌천풍이 크게 놀라 급히 벽력부를 휘두르며 구하려 하는데, 흰 머리 호랑이가 다시 공중제비를 넘어 두 마리의 큰 호랑이로 변해 울부짖으며 달려들더라. 양원수가 진영 위에서 바라보다 크게 놀라,

"오랑캐 장수의 환술이 저러하니, 혹 실수가 있을까 두렵도다."

즉시 징을 쳐 군대를 불러들이더라. 이때 축융왕이 진영 앞에서 승부

를 겨루는 것을 보다가 양원수가 군대를 불러들이는 것을 보고 급히 손
깃발을 흔들며 입으로 주문을 외우니, 붉은 구름이 사방에서 일어나고
무수한 귀졸이 산과 들에 가득해 입에서 불을 뿜고 코에서 연기를 뿜으
며 명나라 진영으로 달려들더라. 양원수가 모든 장수와 약속해 급히 진
영 문을 닫고 방위에 따라 깃발을 가지런히 하고 대오를 어지럽히지 말
라 하니, 축융왕의 귀졸들이 사방을 에워싸되 명나라 진영을 깨뜨릴 수
없더라. 축융왕이 다시 주문을 외우고 현무玄武 방위를 가리켜 술법을 쓰
니, 순식간에 천지가 캄캄해지고 비바람이 크게 일어 모래와 돌을 날리
되, 명나라 진영의 깃발은 여전히 가지런하고 북과 뿔피리 소리는 조용
해 조금도 요동이 없더라. 원래 양원수의 음양진은 무곡성이 옥황상제
를 호위하는 진법이라, 음양오행 상생의 이치에 온전히 응해 화평한 기
운으로 혼연일체를 이루니, 사악한 기운이 어찌 침범하리오? 축융왕이
요술만 알 뿐 진법을 모르는 까닭에, 음양진을 두 번 침범하고도 깨뜨리
지 못함을 보고 의아해 즉시 군대를 거두어 본진으로 돌아와 나탁에게
이르길,

"명나라 원수가 진법은 알고 있으나 신기한 도술이 없으니, 내가 내일
다시 싸움을 돋우고, 육병육무六丙六戊의 신장神將을 부르고 육정육갑六丁六
甲의 귀졸을 호령하면, 명나라 원수를 어렵지 않게 사로잡으리이다."

나탁이 크게 기뻐하더라.

한편 양원수가 소유경 사마를 군막으로 불러,

"축융의 휘하에 용맹한 장수가 많고 괴이한 도술이 예측하기 어려우
니, 쉽게 격파할 수 없는지라. 어쩌면 좋으리오?"

소사마가 말하길,

"홍혼탈이 일찍이 백운도사를 좇아 신비한 술법을 배웠다고 하니, 요
술을 제어하는 술법이 있을까 하나이다."

양원수가 한참 동안 생각하되,

‘홍랑의 병이 이역 전쟁터에서 마음과 몸이 힘들어서 생긴 것이라. 저 오랑캐의 요란한 거동과 음흉한 기운에 다시 닿으면, 병을 앓는 가운데 허약한 체질이 어찌 상하지 않으리오?’

소사마를 돌아보며,

“홍장군이 병이 나서 내가 이미 몸조리를 하도록 허락했으니, 장군은 지금 찾아가서 조용히 계책을 묻고 오라.”

소사마가 명령에 응해 가더라. 이때 홍랑이 의식이 가물가물해 군복을 풀어놓고 침상에 누워 있다가 소사마가 온 것을 보고 몸을 일으켜 책상에 기대어 앉는데, 귀밑머리 가장자리에는 오한으로 떨리는 기운이 가득하고 미간에는 피곤한 기색이 어려, 가쁜 숨소리가 겨우 이어지고 말소리가 희미하더라. 소사마가 놀랍고 의아해,

‘홍혼탈은 용맹해 대적할 자가 없고 나라에서도 견줄 자가 없는 뛰어난 사람으로 알았거늘, 어찌 서시의 찡그리는 태도[3]와 양귀비의 조는 모습[4]을 띠고 있는가?’

앞으로 나아가 묻기를,

“장군의 병세가 오늘 어떠하나이까?”

홍사마가 말하길,

“제 병은 한때의 가벼운 병이라. 염려할 것 없으나, 오늘 진중의 움직임이 어떠하나이까?”

소사마가 대략 말하면서 계책을 묻는 양원수의 뜻을 상세히 전하니,

---

3) 서시(西施)의 찡그리는 태도: 중국 춘추시대 월(越)나라 미인 서시는 가슴앓이를 해서 가슴을 부여잡고 얼굴을 찡그리면 그 모습이 더욱 아름다웠는데, 같은 마을에 사는 여자들은 무엇이든 서시 흉내를 내면 아름답게 보일 것이라 착각해, 통증으로 찡그리는 서시의 얼굴까지 흉내냈다고 하여 ‘효빈(效顰)’이라는 성어가 생겨났다.

4) 양귀비(楊貴妃)의 조는 모습: 당나라 현종이 침향정에서 양귀비를 부른 어느 날, 취기가 아직 가시지 않아 홍조를 띤 양귀비의 모습을 보고 “아직 취해 있느냐?”고 묻자, 양귀비는 “해당화의 잠이 아직 깨지 않았습니다”라고 자신을 해당화에 비유했다고 한다.

홍사마가 크게 놀라,

"제게 무슨 계교가 있으리오마는, 군대의 일은 멀리서 헤아리기 어려우니, 몸소 가서 보는 것만 못하리라."

전포를 입고 쌍검을 지니고서 소사마를 따라 진중에 이르니, 양원수가 크게 놀라,

"장군의 병세가 바람을 쐬면 안 되거늘, 어찌하여 이처럼 억지로 걸음을 했소?"

홍사마가 대답하길,

"제 병은 증세가 심하지 않으니, 지나치게 염려하실 바 아니거니와, 다만 지금 적의 형세가 어떠하나이까?"

양원수가 말하길,

"나탁이 새로 구원병을 구해오니, 이름은 축융왕이라. 도술이 뛰어나고 용맹한 장수가 수없이 많아, 내가 남방을 정벌하러 온 뒤로 처음 맞서는 강적이라. 이에 가벼이 대적할 수 없음을 알아 진영 문을 닫고 지키고 있으나, 내일 다시 싸움을 돋우어 오면 이길 방법이 없으니, 장군에게 무슨 묘책이 있소?"

홍사마가 대답하길,

"제가 조금 전에 잠시 진의 형세를 본즉, 원수께서 펼친 진은 천상의 무곡성이 옥황상제를 호위하는 선천음양진이라, 스스로 지키기에는 충분하나 승리를 얻기에는 부족하나이다. 제가 마땅히 후천진後天陣을 펼쳐 적을 사로잡으리니, 원수께서는 잠시 깃발을 빌려주소서."

양원수가 크게 기뻐하며 허락하더라. 홍사마가 즉시 양원수의 깃발을 들고 북을 쳐 진을 펼칠 새, 정동방과 정남방은 그대로 두고, 정서방과 정북방은 그 방위를 바꾸며, 북방 제이위는 동북 간방5)으로 옮기고,

---

5) 간방(間方): 정동(正東)·정남(正南)·정서(正西)·정북(正北) 네 방위의 각 사이를 가리키는 방위.

서방 제이위는 서북 간방으로 옮기고, 동방 제이위는 동남 간방으로 옮기고, 남방 제이위는 서남 간방으로 옮기되, 정방正方의 군사는 모두 붉은 깃발을 가지고 각각 그 방위를 마주해 서도록 하고, 간방의 군사는 모두 검은 깃발을 가지고 각각 그 방위를 등지고 서도록 하더라. 홍사마가 다시 약속해,

"북을 치며 붉은 깃발을 들거든 정방의 군사들이 응하고, 검은 깃발을 들거든 간방의 군사들이 응하라."

진의 형세를 바꾸고 약속을 정하니, 양원수가 진에 나아가 바라보고 기이하게 여겨,

'내가 홍랑을 경국지색으로만 알았거늘, 어찌 이처럼 천지를 경영할 재주가 있을 줄 알았으리오?'

홍사마가 다시 장수를 모두 불러 각기 은밀히 약속을 정하고서 군막 안으로 들어와 양원수에게 아뢰길,

"전쟁에서는 적을 속이는 것을 꺼리지 않음이라. 어찌 정도로써만 대적하리이까? 제가 일찍이 백운도사를 좇아 선천둔갑先天遁甲에 관한 병서와 마귀를 항복하게 하고 몰아 죽이는 술법을 배웠으되, 그 술법은 다른 사람을 꺼림이라. 원수께서는 잠시 모든 장수를 단속해주소서."

그리고 이날 밤 삼경에 진영 중앙에 군막을 드리우고 홍사마가 손톱을 깎고 목욕을 한 뒤에, 동서남북과 그 가운데의 다섯 방위에 응해 등잔불 다섯 개를 밝히고 부용검을 짚고 서서 은밀히 술법을 펼치니, 그 비밀스러운 행위를 다른 사람은 알 수 없더라.

이튿날 축융왕이 오랑캐 병사들을 이끌고 진을 펼칠 새, 열두 방위로 나누어 다섯 가지 색깔의 깃발을 꽂고, 병사들이 각기 창과 칼을 들고 나오더라. 홍사마가 멀리서 바라보며 미소하고 뇌천풍에게 싸움을 돋우도록 하니, 오랑캐 진영에서 첩목홀이 나와 여러 합을 싸우매, 명나라 장수 동초·마달이 한꺼번에 창을 휘두르며 외쳐,

"오늘은 마땅히 축융왕의 머리를 벨 것이니, 첩목홀은 빨리 들어가 축융왕을 내보내라."

오랑캐 진영에서도 천화장군 주돌통과 둔갑장군 가달이 나와 여섯 장수가 십여 합을 싸우매, 명나라 장수 세 사람은 맞서기도 하고 물러나기도 하더라. 나탁이 축융왕을 돌아보며,

"명나라 장수들이 싸우지 않고 점차 물러나니, 이는 분명 유인책이라. 명나라 원수의 간교한 술책은 예측하기 어려우니, 청컨대 세 장수를 불러들여 낭패를 보지 않게 하소서."

축융왕은 본디 천성이 급한 사람인지라 이 말을 듣고 분개하여,

"오늘 내가 명나라 원수를 사로잡지 못하면 돌아가지 않으리라."

급히 깃발을 흔들며 주문을 외우니, 갑자기 광풍이 크게 일어나고 음산한 구름이 날리는 곳에 무수한 귀졸이 기괴한 모습과 현란한 행동으로 산과 들에 가득해, 세 오랑캐 장수의 위세를 도와 명나라 진영으로 들이쳐 오더라. 이에 홍사마가 즉시 북을 치며 깃발을 흔드니, 간방의 군사들이 진영 문을 열고 나누어 서더라. 이때 오랑캐 장수 세 사람이 귀졸들을 몰아 명나라 진영을 에워싸고 사방으로 공격하되 깨뜨릴 수 없거늘, 갑자기 진영 문이 열린 것을 보고 귀졸들을 몰아 뛰어들더라. 홍사마가 다시 북을 치며 검은 깃발을 흔들어 간방의 진영 문을 닫고 부용검을 들어 다섯 방위를 향해 은밀히 술법을 쓰니, 갑자기 한 줄기 시원한 바람이 칼끝에서 일어나며 음산한 구름과 무수한 귀졸이 봄눈 녹듯 사라져 풀뿌리와 나뭇잎으로 변해 공중에서 떨어지더라. 오랑캐 장수 세 사람이 크게 놀라 말 한 마리와 창 한 자루로 명나라 진영 안에서 방황하며 좌충우돌하더라. 홍사마가 진영 위에 높이 앉아 부용검을 들어 남방을 가리키니 삼리화[6]가 일어나 불빛이 하늘에 닿고, 북방을 가리키니 육감수[7]가 솟구쳐 큰 바다가 넘실거리고, 동방과 서방을 가리키니 뇌우가 크게 일어나 큰 연못이 생기거늘, 오랑캐 장수 세 사람이

정신이 어지러워 갈 바를 모르더라. 둔갑장군 가달이 공중제비를 넘어 변신하고자 하거늘, 홍사마가 부용검을 들어 그를 가리키니 한 줄기 붉은 기운이 그의 머리를 짓눌러, 가달이 세 번 공중제비를 넘되 변신을 하지 못하고 외마디소리를 지르며 말에서 떨어지더라. 주돌통과 첩목홀이 하늘을 우러러 탄식하고 칼을 뽑아 스스로 목을 찌르려 하는데, 홍사마가 손야차로 하여금 진영 위에서 외치게 하여, "오랑캐 장수들은 들으라. 너희 목숨을 살려주어 죽이지 않으리니, 빨리 돌아가 축융왕에게 전해 그로 하여금 어서 항복하게 하라. 만약 지체한다면 후회를 면하기 어려우리라."

진언을 외워 진영 문을 열어주니, 세 장수가 머리를 감싸고 얼른 달아나 축융왕을 뵙고 탄식하길,

"홍장군의 도술은 정정당당한 도인지라 감당할 수 없으리니, 왕께서는 승부를 겨루지 마시고 빨리 항복함이 좋을까 하나이다."

축융왕이 크게 노해 세 장수를 꾸짖어 물러가라 하고 칼을 들어 다시 열두 방위를 가리키며 오래도록 주문을 외우니, 갑자기 공중에서 대포 소리가 하늘을 뒤흔들 듯이 울리고 살벌한 기운이 가득해, 사면팔방에서 무수한 신장神將이 구름처럼 몰려와 음습한 기운과 흉악한 모습으로 각기 무기를 들고 하늘과 땅을 무너뜨릴 기세로 한꺼번에 명나라 진영을 공격하더라. 홍사마가 깃발을 높이 들고 호령하길,

"장수와 삼군은 모두 이 깃발만을 바라보되, 만약 다른 곳을 돌아보는 자가 있거든 목을 베리라."

---

6) 삼리화(三离火): 삼리는 『주역』 팔괘의 하나. 팔괘는 『주역』에서 자연계 및 인간계의 모든 현상을 음양을 겹쳐 여덟 가지 상으로 나타낸 것. 건(乾)·태(兌)·리(离)·진(震)·손(巽)·감(坎)·간(艮)·곤(坤)이 그것이다. 이 가운데 리(离)는 불(火)을 상징한다.
7) 육감수(六坎水): 육감은 『주역』 팔괘 건(乾)·태(兌)·리(离)·진(震)·손(巽)·감(坎)·간(艮)·곤(坤)의 하나. 이 가운데 감(坎)은 물(水)을 상징한다.

모든 군사가 명령을 듣고 일제히 깃발을 우러러보니, 군중이 숙연해 감히 움직이는 자가 없더라. 홍사마가 이에 북을 쳐 중앙의 오천 기로 방진을 펼쳐 지키게 하고 다시 북을 치며 붉은 깃발을 흔드니, 동서남북 정방의 군사들이 한꺼번에 진영 문을 열고 갈라서더라.

이때 축융왕이 신장을 호령해 명나라 진영을 뚫으려 하다가 갑자기 진영 문이 열리는 것을 보고 크게 기뻐하며 급히 신장들을 몰아 뛰어들거늘, 홍사마가 멀리서 바라보고 즉시 북을 치며 깃발을 흔들어 진영 문을 닫고 부용검을 들어 다섯 방위를 가리키니, 다섯 가지 색깔의 구름이 다섯 방위에서 일어나 진영 안에 가득하더라. 삼군의 눈에 신장들의 모습이 보이지 않고, 말발굽소리만 들리고, 깃발과 창과 칼이 구름 속에서 번쩍거리고 어지럽더라.

홍사마가 바야흐로 북을 울려 접전하게 할 새, 정서방의 구백 기는 금극목金克木으로 갑을방甲乙方을 공격하고, 정동방의 삼천 기는 목극토木克土로 무기방戊己方을 공격하고, 정남방의 칠천 기는 화극금火克金으로 경신방庚辛方을 공격하고, 정북방의 칠천 기는 수극화水克火로 병정방丙丁方을 공격하고, 중앙의 오천 기는 토극수土克水로 임계방壬癸方을 공격하니, 그 기세가 마치 산이 무너지고 바다가 들끓고 하늘과 땅이 진동하는 듯하더라. 한바탕 뒤섞여 싸울 때 홍사마가 다시 북을 울려 검은 깃발을 흔드니, 동서남북 간방의 군사들이 한꺼번에 진영 문을 열거늘, 이때 열두 신장이 오행상극의 이치를 이기지 못해 퇴군하려 하다가 간방의 진영 문이 열리는 것을 보고 일제히 물러나 사방으로 흩어져 간 곳을 모르더라.

축융왕이 진의 형세를 바라보고 분한 마음이 하늘을 찌를 듯 북받쳐 다시 주문을 외우고 손에 든 장검을 공중으로 던지니, 이것은 어떠한 요술인고? 다음 회를 보라.

일지련이 홀로 여러 장수와 싸우고
축융왕은 의리에 감동해 명나라에 항복하더라

제17회

축융왕이 크게 노해 손에 든 장검을 공중으로 던지니 삼척三尺 장검이 백여 척 장검으로 변하거늘, 다시 공중제비를 넘어 변신해 키가 백여 척이 되어 장검을 휘두르며 명나라 진영을 향해 오더라. 홍사마가 바라보고 미소하며 몸을 일으켜 군막 안으로 들어가 사면의 휘장을 내리고 가만히 있더니, 갑자기 한 줄기 하얀 기운이 군막 안에서 일어나며, 홍사마가 변해 키가 백여 척이 되고 손에 든 부용검도 백여 척이 되어 맞서 대적하더라. 이에 축융왕이 콩알만한 사람으로 변해 바늘 같은 작은 칼을 휘두르며 오거늘, 홍사마도 티끌 같은 사람으로 변해 터럭 같은 부용검을 휘두르니 축융왕의 칼에 엉겨붙어 떨어지지 않더라. 축융왕이 다시 변신해 사람과 칼은 문득 간 곳이 없고, 한 줄기 검은 기운이 되어 하늘에 닿았더라. 홍사마가 다시 한 줄기 푸른 기운이 되어 두 기운이 공중에서 서로 만나니, 쨍그랑 칼 부딪치는 소리만 구름 속에서 들리다가 갑자기 검은 기운이 흰 원숭이로 변해 달아나매, 푸른 기운이 탄환으로 변해 흰 원숭이를 쫓으니 원숭이가 뱀으로 변해 바위틈으로 들어가거늘, 탄환이 벼락으로 변해 바위를 깨니, 뱀이 검은 안개를 토해내어 지척을 분간하기 어렵더라. 벼락이 큰바람으로 변해 구름과 안개를 흩으니, 천지가 맑고 환해 사특한 기운이 전혀 보이지 않더라.

이윽고 홍사마가 웃으며 군막 안에서 나오니, 장수와 삼군이 모두 진영 앞에서 바라보며 정신이 황홀해 어찌할 바를 모르다가 홍사마 앞으로 나아가 묻기를,

"축융왕은 어디로 갔으며, 장군의 오늘 도술은 어떠한 묘법이니이까?"

홍사마가 웃으며,

"세상의 요술이 오행의 원리에서 벗어나지 않으니, 상생하고 상극하는 이치를 알고 제압하면 지극히 쉬움이라. 무릇 사람의 눈은 목木에 속하고 마음은 화火에 속하니, 눈으로 요란한 것을 보면 목의 기운이 허하게 되고, 목의 기운이 허하게 되면 목이 화를 만드는지라 화의 기운 역시 허하게 되니, 화의 기운이 허하게 되면 마음이 약해지고, 마음의 기운이 허하게 되면 화가 텅 비어 즉시 일어남이라. 화의 기운이 일어나면 금金의 기운을 이기게 되나니, 금은 살벌殺伐의 기운이라. 사람에게 살벌의 기운이 없으면 잡념이 생기나니, 어찌 요술이 사람들의 마음을 현란하게 하지 않으리오? 한번 현란하게 되면 어떤 술법으로 그것을 제압할 수 있으리오? 그러므로 내가 후천진을 펼쳐 오행상극의 이치를 베풀고 깃발을 높이 들어 삼군의 눈과 귀와 마음을 마침내 하나로 만들었으니, 삼군의 마음이 하나가 되고 오행상극의 이치를 잃어버리지 않으면, 요술이 어찌 감히 침범하리오? 그뒤에 서로 싸운 것은 검술이니 그 변화를 크게 하기는 쉽지만 작게 하기는 어려우며, 검은 기운은 요술이요 푸른 기운은 도술이라. 흰 원숭이는 당나라 원공의 검법[1]이요, 탄환은 한나라 위씨의 검법[2]이며, 뱀이 된 것은 도장군의 비법[3]이요, 벼락은 창해군의 병법[4]이며, 안개가 되고 바람이 된 것은 검술에 능한 사람의

일반적인 방법이라. 대개 검술에 능한 사람이 꺼리는 것은 세 가지이니, 첫째는 재물을 탐해 칼을 쓰는 것이고, 둘째는 어진 사람을 죽이려 칼을 쓰는 것이고, 셋째는 사소한 원망으로 이유 없이 살인하는 것이라. 축융왕의 검술은 잡념이 많아 정도가 아니로되, 내가 죽이지 않은 것은 가벼이 사람 목숨을 죽이려 하지 않음이라. 생각건대 축융왕이 두 번 패해 술법이 궁하게 되면 다른 술법을 시도할 수 없으리라."

홍원수의 말에 모든 장수가 탄복하더라.

이때 축융왕이 패해 본진으로 돌아와 분노를 이기지 못해 칼을 빼어 스스로 목을 찌르려 하는데, 일지련이 간언하길,

"소녀가 이미 아버님을 모시고 종군해 이곳에 이르렀으니 마땅히 한

---

1) 흰 원숭이는~원공(袁公)의 검법: 중국 춘추시대 월(越)나라에 검술에 능한 한 낭자가 있어, 월나라 왕 구천(句踐)의 부탁을 받고 검술을 가르치러 북쪽으로 가던 중 원공이라는 노인을 만났다. 원공은 대나무를 꺾어 낭자에게 건네고 겨뤄보자 했으나 낭자가 휘두른 대나무에 맞고는 흰 원숭이가 되어 사라졌다. 『오월춘추吳越春秋』「구천음모외전句踐陰謀外傳」에 나오는 이야기다.

2) 탄환은 한(漢)나라 위씨(魏氏)의 검법: 중국 삼국시대 촉한(蜀漢)의 장수인 위연(魏延, ?~234)의 검법을 가리키는 것으로 보인다. 위연은 싸움을 잘해 여러 차례 공로를 세워, 유비가 칭제(稱帝)한 뒤에 진북장군(鎭北將軍)이 되었다. 212년 유비의 책사인 방통(龐統)이 촉 땅을 빼앗으려고 비밀리에 위연을 불러 연회의 흥을 돋운다는 핑계로 칼춤을 추다가 익주목(益州牧) 유장(劉璋)을 죽이도록 지시하지만, 칼춤을 추던 위연을 유비가 제지해 물러나는 일화가 『삼국지연의』에 들어 있다.

3) 뱀이 된~도장군(陶將軍)의 비법: 도장군은 동진(東晉)의 명장(名將)인 도간(陶侃, 259~334)을 가리키는 것으로 보인다. 그는 음양과 지리에 능통하고, 근면역행(勤勉力行)한 행실로 유명하다. 어려서 아버지를 잃고 가난하게 살았으나, 고을 관리부터 시작해 거듭 승진해 마침내 장사군공(長沙郡公) 자리에 올랐다. 41년 동안 장상(將相) 자리에 있어 임금 자리를 엿볼 기회가 있었으나, 젊었을 때의 꿈을 생각하며 억눌렀다 한다. 그가 젊었을 때 꿈속에서 여덟 날개가 돋아 하늘로 올라가 아홉 개의 하늘 문으로 들어가는데, 여덟번째까지 통과하고 마지막 문에 들어가려다가 문지기에게 맞아 날개가 부러졌다 한다.

4) 벼락은 창해군(滄海君)의 병법: 창해군은 창해(滄海, 동부여의 별칭)의 군주를 가리킨다. 유방을 도와 한나라 건국공신이 된 장자방은 일찍이 본래의 조국인 한(韓)나라를 진(秦)나라가 멸망시키자, 원수를 갚기 위해 진시황이 동쪽으로 순행하는 때를 기다려, 창해군에게서 창해역사(滄海力士)를 얻어 박랑사(博浪沙)에서 벼락 같은 철퇴로 저격했는데, 진시황의 수레가 아닌 빈 수레를 맞혀 실패했다. 창해역사는 하루에 1천 리를 달리므로 잡히지 않았다고 한다.

번 출전해 생사를 결정할지니, 아버님께서는 잠시 분노를 가라앉히시고 소녀가 돌아오길 기다려주소서."

축융왕이 탄식하길,

"네 아비의 용맹으로도 감당할 수 없거늘, 너는 여자의 몸이라. 어찌 감당할 수 있으리오? 명나라 장수의 병법과 검술은 천신天神이 강림하더라도 이에 더할 수 없으니, 네가 감당할 수 있는 바가 아니라."

일지련이 힘차게 말에 올라 진영 앞으로 나아가 싸움을 돋우니, 홍사마가 바로 대군을 몰아 오랑캐 진영을 엄습해 치려다가 갑자기 한 여자 장수가 싸움을 돋운다 함을 듣고 진영 앞으로 나아가 바라보더라. 과연 한 어린 여자 장수가 붉은 두건을 쓰고 초록 실로 수놓은 옷을 입고, 대완마大宛馬를 타고 쌍창을 휘두르며 나오는데, 백설 같은 얼굴에 홍조를 살짝 띠어 마치 복숭아꽃이 반쯤 핀 것 같으니 나이가 어린 것을 알 수 있고, 먼 산을 그린 것 같은 눈썹, 가을 물결 같은 눈길에 정기가 어려, 총명하고 지혜로움을 알 수 있더라. 하얀 치아와 붉은 입술의 뛰어난 자색과, 푸르스름한 귀밑머리와 구름 같은 머리칼의 화려한 기상이 남방 풍토에서 태어나 자란 사람으로 보이지 않더라. 홍사마가 놀랍고 의아해 손야차에게 명해 대적하라 하니, 손야차가 창을 들고 미소하며,

"이는 분명 축융왕이 요술을 부려 귀신을 부름이라. 남방 오랑캐가 어찌 이 같은 딸을 낳았으리오?"

서로 십여 합을 싸우매, 일지련이 쌍창을 옆에 끼고 손야차를 사로잡아 본진으로 돌아가거늘, 홍사마가 크게 놀라 좌우를 돌아보며,

"누가 저 장수를 사로잡을 수 있으리오?"

뇌천풍이 앞장서서 벽력부를 들고 힘차게 출전하나 불과 사오 합에 도끼 쓰는 법이 어수선해 쌍창을 막을 겨를이 없더라. 동초·마달이 급히 구하고자 한꺼번에 창을 들고 뇌천풍을 도와 싸워 십여 합에 이르매, 일지련이 정신이 가을달 같고 기상이 씩씩해 창 쓰는 법이 조금도 어수

선하지 않고 간교한 술책이 터럭만큼도 없더라. 홍사마가 멀리서 바라보고 그 재주와 모습을 아끼나, 같은 어린 여자로서 어찌 이기고 싶은 마음이 없으리오? 즉시 징을 쳐 세 장수를 불러들이고 친히 말에 올라,

"세 장수의 용력으로 한 여자를 잡지 못하니 어찌 그리 무능한고? 오늘 홍혼탈이 병이 들었으나 한번 나아가 저 장수를 사로잡으리라."

쌍검을 휘두르며 나아가 일지련과 여러 합을 싸울 새, 양원수가 홍사마가 출전한 것을 알고 크게 놀라 몸소 진영 앞으로 나와 징을 쳐 군대를 불러들이니, 홍사마가 본진으로 돌아와 그 까닭을 묻더라. 양원수가 얼굴빛을 엄정히 하여,

"내가 장군을 편애하는 것이 아니라 나라를 위해 믿음직한 장수를 아끼는 것이니, 모름지기 몸조리하라고 거듭 당부했거늘 어찌 경솔히 출전한단 말이오?"

홍사마가 말하길,

"손야차는 저의 오랜 친구이거늘, 지금 오랑캐 진영에 사로잡힌 까닭에 그를 구하려 함이로소이다."

양원수가 웃으며,

"내가 장군의 뜻을 아나니, 젊은 사람의 날카로운 기상으로, 나이 어린 여자가 싸움을 돋우는 것을 보고 무예를 겨루고자 하나, 지금 장군의 모습과 안색이 지난날과 달라 함부로 출전하지 못할지라. 어찌 다른 장수가 없으리오?"

뇌천풍이 소리질러,

"제가 다시 출전해 아직 다 쓰지 못한 도끼를 시험해볼까 하나이다."

양원수가 크게 기뻐 허락하니, 홍사마가 웃으며,

"제가 오랑캐 장수를 보니, 뛰어난 자색과 재주를 지녔더이다. 마음속으로 사랑하고 아끼게 되었으니, 장군은 부디 죽이거나 해치지 말고 사로잡아오소서."

뇌천풍이 크게 웃으며 "제 나이가 일흔이고 장부의 마음이 있으니, 입에서 젖내 나는 나약한 여자를 어찌 도끼로 잡으리오? 마땅히 홍장군을 위해 아무 탈 없이 안아서 데려오리라" 하고 말을 몰아 나가더라. 이때 일지련이 쌍창을 거두고 진영 앞을 배회하며 생각하되,

'내가 일찍이 중국 문물을 보지 못했는데, 오늘 명나라 원수의 용병하는 지략과 여러 장수의 기상을 보니, 아아! 오랑캐 땅에서 태어나 자란 사람은 참으로 우물 안 개구리 같도다. 지금 중국은 남만 왕을 저버리지 않았거늘, 남만 왕이 무단히 군대를 일으켜 천자의 위엄에 맞서니, 이것이 어찌 사마귀가 수레바퀴를 막아서는 것과 같지 않으리오? 명나라 원수가 차마 살육을 하지 않고 의리를 생각해 어진 덕으로 남방을 감화하고자 한다 하니, 마땅히 이때를 틈타 명나라에 귀순해, 하늘에 가득찬 부왕의 죄를 씻으리라.'

다시 의아해하며,

'조금 전에 쌍검을 사용한 장수는 용모와 풍채가 비범할 뿐 아니라 그 기색과 칼 쓰는 법을 본즉, 사람 목숨을 소중히 여기는 뜻이 있도다. 그러나 눈매가 아름답고 목소리가 그윽해 남자의 기상이 전혀 없으니, 어찌 이상하지 않으리오?'

뇌천풍이 다시 와서 싸움을 돋우는 것을 보고 곧바로 맞서 싸울 새, 왼손의 창으로 도끼를 막고 오른손의 창으로 뇌천풍을 농락하니, 서릿발 같은 창날이 어지러이 번쩍이며 노장의 귀밑머리와 뺨을 질풍처럼 스치되 전혀 상처가 없더라. 뇌천풍이 의아해하되 당할 수 없음을 알고 온 힘을 다해 도끼를 휘둘러 공격하는데, 일지련이 갑자기 몸을 솟구쳐 오른손의 창으로 뇌천풍의 투구를 번개처럼 내려쳐 깨뜨리니, 뇌천풍이 몸을 뒤집으며 말에서 떨어지더라. 일지련이 낭랑히 크게 웃으며,

"장군은 늙었으니 빨리 본진으로 돌아가고, 조금 전 쌍검을 쓰던 장군을 내보내라."

뇌천풍이 감당하기 어려움을 알고 본진으로 돌아와 홍사마에게 그가 말한 바를 자세히 아뢰고 그의 창 쓰는 법이 뛰어남을 설명하더라. 홍사마가 양원수에게 아뢰길,

"제가 남방의 사나운 풍토에 익숙해, 분한 마음이 있으면 생사를 돌아보지 않나니, 지금 출전하는 것을 허락하시지 않으면 도리어 병이 더하게 되리이다. 엎드려 바라건대 십 합 안에 오랑캐 장수를 사로잡지 못하거든 다시 징을 쳐 군대를 거두소서."

양원수가 여전히 허락하지 않고자 하나, 홍사마가 거듭 간청하매 양원수가 홍사마의 행적이 드러날까 두려워 마지못해 허락하거늘, 홍사마가 몸을 날려 말에 올라 쌍검을 휘두르며 출전하니, 일지련 역시 쌍창을 휘두르며 달려나와 여러 합을 접전하되 승부가 나지 않더라. 홍사마가 생각하되,

'일지련의 창법에 간교한 술법이 조금도 없으니, 나도 정도로 싸워 우열을 겨루리라.'

손 안의 쌍검을 어지러이 휘두르며 한 번 나아가고 한 번 물러나니, 이는 늙은 용이 여의주를 희롱하는 수법이라. 일지련이 홍사마의 검술에 법도가 있어 가볍게 대적하지 못할 것임을 알아 쌍창을 휘두르며 곧바로 홍사마에게 달려드니, 이는 가을 송골매가 산을 내려오는 수법이라. 홍사마가 왼손의 칼을 공중으로 던지고 오른손의 칼로 일지련을 겨누어 말을 달리니, 이는 제비가 날리는 꽃을 발로 차는 수법이라. 일지련이 오른손의 창으로 칼을 막고 왼손의 창으로 홍사마를 겨누니, 이는 원숭이가 과일을 훔치는 수법이라. 홍사마가 몸을 굽혀 창을 피하면서 두 손에 든 칼을 공중으로 던지고 말을 돌려 나아가니, 이는 사나운 호랑이가 꼬리를 접는 수법이라. 일지련이 말 위에서 몸을 솟구쳐 쌍창으로 쌍검을 막으며 말을 달려 홍사마에게 나아가니, 이는 흰 이리가 사슴을 쫓는 수법이라. 홍사마가 이에 말머리를 돌려 오른손의 칼로 공중을

겨누고 왼손의 칼로 일지련을 공격하고자 하니, 이는 사자가 토끼를 잡는 수법이라. 일지련이 쌍창을 겨누어 한 번 나아가고 한 번 물러나니, 이는 거미가 나비를 옭아매는 수법이라. 갑자기 쌍검과 쌍창이 한꺼번에 마주쳐 서릿발 같은 칼날과 번개 같은 창날이 어지러이 번쩍이니, 이는 회오리바람에 흰 눈이 날리는 수법이라. 이윽고 사람과 창검은 간 곳을 알 수 없고, 두 줄기 푸른 기운이 공중에서 겨누며 서로 싸우니, 이는 교룡 두 마리가 하늘을 나는 수법이라. 반나절이 채 안 되어 일지련이 쌍창을 거두고 말을 몰아 달아나려 하니, 이는 놀란 기러기가 구름을 바라보는 수법이라. 홍사마가 말을 달려 나아가 부용검을 옆에 끼고 팔을 뻗어 말 위에서 일지련을 사로잡으니, 이는 푸른 매가 꿩을 움켜잡는 수법이라.

홍사마가 싸운 지 육 합에 이르러 일지련을 사로잡아 본진으로 돌아오거늘, 무릇 이 싸움은 적수가 서로 만나 간교한 술법을 버리고 정도로 겨루었으니, 일지련이 마음으로 기뻐하고 성심으로 복종함은 물론이요, 홍사마가 일지련을 아낌이 더욱 절절하더라. 홍사마가 진영으로 돌아오자마자 일지련의 손을 잡으며,

"내가 오늘 그대를 사로잡음은 검술의 승리가 아니라. 지기의 만남을 하늘이 도우심인가 하노라."

일지련이 사례해,

"저는 패배한 장수라. 어찌 지기라 말씀하시나이까? 장군께서 이 천한 몸을 가련히 여겨주신다면, 마땅히 휘하의 천한 병졸이 되어 정성을 다하리이다."

홍사마가 웃으며,

"내가 비록 영민하지는 못하나, 그대가 나를 멀리하지 않는다면 벗으로서 정을 맺을까 하노라."

일지련이 눈물을 흘리며,

"저의 아버님께서 일찍이 천자의 나라에 죄를 지은 적이 없었고, 다만 이웃나라의 의리로 남만 왕을 구하러 왔다가 용서받기 어려운 죄를 지었으니 어찌 감히 살기를 바라리오마는, 장군의 인자하신 덕과 원수의 넓은 마음으로 측은하고 가련하게 여겨 죄를 용서해주시고 왕의 지위를 보전시켜주신다면, 장군의 은덕을 마땅히 죽어서도 갚으리이다."

홍사마가 답하길,

"원수께 아뢴즉 무슨 방도가 있을까 하노라."

그리고 일지련을 데려가 양원수에게 보일 새, 홍사마가 조용히 아뢰길,

"축융왕이 남만 왕을 도와 천자의 나라에 죄를 지었으나, 그 본심을 미루어보면 이웃나라의 청을 거절하기 어려워 한 일이요, 감히 반역의 뜻을 감춘 것은 아니오니, 그 죄를 용서해 항복을 받으면 분명 다시 배반하는 일은 없을까 하나이다."

양원수가 일지련을 보고 한참 생각하다가,

"내가 천자의 명을 받들어 남방을 덕으로 감화시키고자 한 것이지, 힘으로 복종시키려 함이 아니로다. 축융왕이 진심으로 항복한다면 어찌 용서하지 않으리오?"

일지련이 군막 아래에서 머리를 조아리고 사례해 감격의 눈물이 눈에 가득하더라. 양원수도 그 뜻을 가련히 여겨 위로하며,

"만약 진심으로 항복한다면 너그러이 용서하리니, 안심하고 돌아갈지어다."

일지련이 공손히 사례하고 오랑캐 진영으로 돌아가더라.

이때 축융왕이 명나라 진영으로 사로잡혀가는 딸의 모습을 보고 바로 항복해 일지련을 구하고자 하다가, 뜻밖에 일지련이 진영으로 돌아와 양원수의 은혜와 홍사마의 덕을 칭송하니, 축융왕이 듣기를 마치매 계획을 정해 즉시 주돌통·가달·첩목홀을 데리고 손야차를 이끌어 딸을

따라 명나라 진영에 항복하더라. 양원수가 환대해 조금도 의심하지 않으니, 축융왕은 본디 우직한 자라. 양원수와 홍사마의 환대를 보고 감격의 눈물을 비 오듯 흘리고 손가락을 깨물어 피를 낭자하게 흘리더라.

"제가 비록 오랑캐의 무리이나 칠정七情을 부여받아 목석과 다른지라. 원수의 은덕을 뼈에 새기고 잊지 않아 어찌 자자손손 기리고 칭송하지 않으리이까?"

양원수가 크게 기뻐하며 군중에 축융왕의 막사를 정해 휘하의 세 장수와 일지련을 거느리고 진중에 함께 머물게 하더라. 일지련이 부왕을 모시고 막사로 돌아가 가만히 생각하길,

'내가 아무리 사람 보는 안목이 없다 해도 홍장군은 분명 남자가 아닐지라. 만약 여자라면 누구를 위해 만리 밖에서 종군했으리오? 양원수의 용모와 풍채를 보건대 비범한 장수요, 또 홍장군의 기색과 언사를 살피건대 자못 조심해 태만한 뜻을 드러내지 않으나 은근한 정을 띤 듯하니, 이 어찌 지기를 따르려고 남자로 변복해 종군한 것이 아니리오?'

또 의심하길,

'여자의 질투는 세상 부녀자의 일반적인 정이라. 남자가 아니라면 홍장군은 어째서 이처럼 나를 사랑하는고?'

끝내 깨닫지 못하고, 총명하고 지혜로운 마음에 조급한 심정을 참지 못해 홍사마의 본색을 알고자 조용히 그의 막사로 가거늘, 마침 홍사마가 고요히 홀로 앉아 있더라. 일지련이 앞으로 나아가 아뢰길,

"제가 장군께서 살려주신 은덕을 입어 휘하에서 모시며 정성을 다하고자 하였으나, 다시 생각건대 제 처지가 남자와 다르고 군중에 여자가 있는 것은 예로부터 꺼리는 바라. 저의 아버님께서 이미 군중에 계시니, 저는 마땅히 본국으로 돌아가 행동이 어그러짐을 면할까 하나이다."

홍사마가 웃으며,

"낭자의 말이 지나치도다. 옛적에 목란5)은 그의 아버지를 대신해 만

리 밖에서 종군했으나 일찍이 그녀를 비판하는 사람이 없었거늘, 낭자만 어찌 이에 구애되리오?"

일지련이 눈길을 흘려 홍사마를 보고 웃으며,

"제가 오랑캐 땅에서 자라 예법을 배우지 못했으나, 남자와 여자가 같은 자리에 앉으면 안 된다는 것은 성인聖人의 밝은 가르침이라. 만약 군중에 머물게 된다면, 어찌 남자와 어깨를 나란히 하고 자리를 함께하지 않을 수 있으리이까? 그러므로 목란이 충효는 극진했어도 규방의 아녀자가 지켜야 하는 단정한 행실은 부족했던 것으로 생각하나이다."

홍사마가 이 말을 듣고 일지련을 보매, 어찌 일지련의 뜻을 알아차리지 못하리오? 자신의 본색을 일지련이 알고자 함인 줄 깨닫고 길게 탄식해,

"세상에 한결같이 단정해 규방 예절을 어기지 않은 여자가 몇이나 되리오? 혹은 환난을 당해 어쩔 수 없이 어기는 자도 있고, 혹은 상황을 좇아 예절을 돌아보지 못하는 자도 있으니, 어찌 한 가지로 논할 수 있으리오?"

일지련이 사례하고 돌아와 마음속으로 웃으며,

'나의 사람 보는 안목이 과연 틀리지 않았도다. 홍사마가 어떠한 여자로서 종군한 것인지 알지 못하나, 그의 말과 의로운 기상을 보건대 분명 내 평생을 저버리지 않으리라. 내가 맹세코 번화한 중국을 구경하리라.'

이튿날 축융왕이 조용히 양원수에게 아뢰길,

"들건대 죄가 있는 자는 공적功績으로 속죄한다 하니, 원수께서 이때를 틈타 철목동을 공격하신다면, 제가 비록 재주는 없으나 조그마한 힘이나마 보태어 속죄할까 하나이다."

---

5) 목란(木蘭): 중국 고대에 늙은 아버지를 대신해 남장을 하고 12년 동안 북쪽 변경에서 종군한 효녀. 북위(北魏) 사람이라고도 하고, 수(隋)나라 혹은 당(唐)나라 사람이라고도 한다. 6세기경 이를 소재로 지어진, 작자 미상의 장편서사시「목란사木蘭辭」가 있다.

일지련이 간언하길,

"아니 되나이다. 아버님께서 이웃나라의 정으로 남만 왕의 간청에 응해 구하러 오셨다가 이제 또 공격하는 것은 의리가 아니니, 아버님께서는 조용히 남만 왕을 만나보시고 원수의 훌륭한 덕을 드높여 스스로 와서 항복하게 하는 것이 옳을까 하나이다."

축융왕이 그 말을 옳게 여겨, 즉시 명나라 진영을 떠나 철목동을 향해 가더라.

한편 나탁이, 축융왕이 세 장수를 데리고 명나라 진영에 투항한 것을 보고 탄식해,

"내가 구원을 두 번 요청했으되 모두 적국을 돕거늘, 장차 이 한을 어떻게 설욕하리오?"

남만 장수가 한마음으로 대답하길,

"양원수의 지략과 홍장군의 용맹에 축융왕과 일지련의 지원까지 더했으니, 쉽게 대적할 수 없음이라. 일찍 항복해 전화위복을 이루는 것이 좋을까 하나이다."

나탁이 묵묵히 한참 있다가 칼을 뽑아 책상을 치며,

"내 골짜기 안에는 십 년 치 곡식이 있고 방비가 철통같으니, 골짜기 문을 단단히 닫고 지키면 날아다니는 새라도 들어올 수 없거늘, 명나라 원수가 어찌하리오? 또다시 항복을 말하는 자가 있다면 이 칼에 베임을 당하리라."

이날부터 골짜기 문을 닫고 지키더라. 무릇 철목동은 지형이 험할 뿐 아니라 남만 왕의 가족과 귀한 재물을 감추어둔 곳이기에 방비가 매우 견고하더라. 나탁이 골짜기 안에서 방비를 단단히 하는데, 갑자기 축융왕이 골짜기 문을 두드리며 만나길 청하니, 나탁이 매우 노해 문루門樓에 올라가 호되게 꾸짖어,

"푸른 눈과 붉은 얼굴을 가진 오랑캐야! 네가 배반하고 목숨을 구걸

해 신의를 저버리니, 내가 마땅히 네 머리를 베어 천하에 신의를 저버린 사람을 징계하리라."

말을 마치매 활을 당겨 쏘아 축융왕의 가슴을 맞히니, 축융왕이 노기 등등해 화살을 뽑으면서 칼을 들어 나탁을 가리켜,

"등불로 날아드는 나방과 가마솥 안 물고기 같이 목숨이 경각에 달려 있음을 모르고 이처럼 무례하도다."

말을 채찍질해 명나라 진영으로 돌아와 양원수에게 청하길,

"원컨대 정예병 오천 기를 빌려주시면, 곧바로 철목동을 격파해 원수의 번뇌를 풀어드리겠나이다."

양원수가 허락하니, 일지련이 간언하길,

"남만 왕이 계책과 힘이 다했으되 항복하지 않고 골짜기를 지키려 하니 분명 믿는 바가 있음이라. 아버님께서는 적을 가볍게 보지 마소서."

축융왕이 듣지 않고 오천 기를 거느리고 주돌통·가달·첩목홀과 더불어 철목동을 포위하고 사흘 밤낮으로 공격하나 격파하지 못하더라. 철목동은 둘레가 백여 리요 사면의 석벽 높이가 수십 장丈이라. 석벽에 둘러 성을 쌓았고, 성 위에 구리를 녹여 부어 견고하기가 철통같고, 외성外城 안쪽도 또 아홉 겹의 성이 있어 겹겹이 방비하니, 사람 힘으로 격파할 수 있는 것이 아니더라. 축융왕이 원래 성미가 급하고 분노가 불같이 일어나니 어찌 참으리오? 이에 주문을 외워 신장과 귀졸을 불러 우레도끼와 우레창으로 둘러싸고 공격하는데 견고하기가 반석 같더라. 다시 다섯 방위의 천화天火를 일으켜 전후좌우에서 불을 지르되, 나탁이 일찍이 성 위 곳곳에 풍거風車를 설치해둔 까닭에 불이 침범하지 못하고, 임계방壬癸方의 물을 끌어와 골짜기 안으로 넣되, 나탁이 이미 골짜기 안에 도랑을 설치한 까닭에 물 한 방울도 고이지 않더라. 축융왕이 돌아와 양원수에게 아뢰길,

"철목동은 험준한 곳이라. 사람의 힘으로는 격파하기 어려울 듯하나

이다."

양원수가 한참 생각하다가,

"대왕은 물러가 쉬소서. 내가 마땅히 다시 생각해보리라."

그날 밤 양원수가 홍사마를 군막으로 불러,

"나탁이 지금 철목동을 지키고 있으니, 격파할 계책이 있으리오?"

홍사마가 대답하길,

"아무리 생각해봐도 진실로 묘책이 없고 다만 한 가지 계책이 있나이다. 나탁의 골짜기 안에 곡식이 산같이 쌓여 있어도 불과 십 년 치라. 원수께서 이곳에 대군을 머물게 하여 십 년을 지키면 항복을 받는 것이 어렵지 않으리이다."

양원수가 크게 놀라,

"그리할 수 없는 까닭이 두 가지라. 공적인 일로 말하건대 대군을 몰아 오랑캐 땅에 오래도록 머물게 할 수 없고, 사적인 일로 말하건대 연로한 부모님이 계셔 고향으로 돌아가고 싶은 마음이 하루가 삼 년 같은지라. 어찌 슬하를 떠나 십 년을 머무르리오? 낭자는 다른 묘책을 생각해보라."

홍사마가 웃으며,

"상공께서 스스로 생각건대 용맹과 날랜 싸움에 있어 축융왕과 비교해 어떠하시니이까?"

양원수가 말하길,

"내가 그보다 못하도다."

홍사마가 말하길,

"남방 풍토와 오랑캐 땅의 지형을 익히 알아 힘으로 골짜기를 차지함에 있어 축융왕과 비교해 어떠하시니이까?"

양원수가 말하길,

"내가 그에 비해 부족하도다."

홍사마가 말하길,

"그런즉 축융왕의 수단으로 사흘 밤낮으로 공격해도 격파하지 못했거늘, 상공께서는 장차 어찌하고자 하시나이까?"

양원수가 오랫동안 묵묵히 있다가,

"낭자의 말과 같을진대, 내가 만리 밖에서 출전해 반년간 고초를 겪다가 끝내 공을 이루지 못하고 그저 돌아간단 말이오?"

홍사마가 웃으며,

"지금 한 가지 계책이 있으니, 과연 상공의 뜻에 맞으리이까?"

알지 못하겠도다. 장차 어떤 계책이 나오리오? 다음 회를 보라.

홍사마는 칼을 짚어 정자를 취하고
양원수는 남쪽 오랑캐를 평정해 승리를 아뢰더라

양원수가 계책을 물으니 홍사마가 웃으며,

"옛적에 위(魏)나라의 오기는 아내를 죽여 장수가 되길 구했고[1], 당(唐)나라의 장순은 애첩을 죽여 군사들을 먹였으니[2], 상공께서 천한 저의 몸을 남만 왕의 머리와 바꾸심이 어떠하리이까?"

양원수가 깜짝 놀라 웃지 않고 홍사마를 그윽이 바라보거늘, 홍사마가 다시 웃으며,

---

1) 오기(吳起)는 아내를~되길 구했고: 춘추시대에 패자(霸者)가 되기를 꿈꾸던 제(齊)나라는 BC 401년에 약한 노(魯)나라를 공격해왔다. 이에 노나라 목공(穆公)은 오기를 대장군으로 기용해 제나라에 대항하려 했으나, 오기의 아내가 제나라 대부 전거(田居)의 딸인지라, 목공은 선뜻 결정을 내리지 못하고 있었다. 이를 알게 된 오기는 자기 손으로 아내를 죽여 노나라에 대한 충정을 표시했다. 목공은 곧바로 오기를 대장군에 임명해 제나라 군대에 맞서 싸우도록 했다.

2) 장순(張巡)은 애첩을~군사들을 먹였으니: 당나라 때 장수인 장순(張巡, 709~757)은 안록산이 반란을 일으키자 허원(許遠)과 함께 군대를 조직해 각지에서 반란군을 격파해 어사중승(御史中丞)에 임명되었다. 적군 10여만 명에게 포위되어 수양성(睢陽城)을 사수한 지 수개월 만에 식량이 떨어지자, 애첩과 종들을 죽여 군사들에게 먹이면서까지 싸움을 독려했지만 결국 패하자 자살했다.

"제가 매일 생각해보았으나 철목동을 격파할 계책이 없으니, 오늘밤 삼경에 변신해 칼을 가슴에 품고 철목동으로 들어가, 이리이리하여 나탁 앞에 있는 금합金盒을 훔쳐 당나라의 홍선[3]처럼 할 것이요, 일이 여의치 못하면 나탁의 머리를 베고자 하나 형가[4]가 살아 돌아오는 것처럼 어려울까 하오니, 이는 제 몸으로 남만 왕의 머리와 바꾸는 것이로소이다."

양원수가 듣기를 마치매 노하여,

"아내를 죽여 장수가 된 것은 오기의 잔인한 행동이요, 애첩을 죽여 군사들을 먹인 것은 장순이 고립된 성에서 계교가 궁했던 탓이라. 내가 지금 백만 대군을 인솔해 남만 왕 한 명을 복종시키지 못해 어찌 구구히 오기와 장순의 일을 본받으리오? 이는 낭자가 나를 자극하려 함이 아니라면 분명 나를 조롱함이로다."

홍사마가 사례하며,

"제가 어찌 상공의 뜻을 모르리이까? 상공의 총애를 믿고 장난한 것이로소이다. 제가 쌍검을 가지고 있은즉 철목동에 있는 남만 왕의 머리를 취함은 주머니 속 물건을 취함과 같으니, 어찌 연나라 협객 형가의 어설픈 검술로 역수[5]의 찬바람에 돌아오지 못하는 것을 본받으리이

3) 홍선(紅線): 당나라 때 여협(女俠). 노주절도사(潞州節度使) 설숭(薛嵩)의 막하에 있었다. 설숭과 사돈을 맺은 위박절도사(魏博節度使) 전승사(田承嗣)가 노주 땅을 엿본다는 소문이 있자, 홍선이 신력을 발휘해 전승사의 막사로 가서 갑사(甲士) 3백 명의 호위를 뚫고 침전(寢殿)에 있는 금합자(金盒子)를 훔쳐왔다. 이튿날 설숭이 금합자를 사신 편에 돌려보내니, 전승사는 자기 음모가 탄로난 것을 알고 두려워 편지를 보내 사과했다. 『태평광기太平廣記』「호협豪俠」에 홍선의 이야기가 수록되어 있다.
4) 형가(荊軻, ?~BC 227): 중국 전국시대 위(衛)나라 협객. 진(秦)나라가 위나라를 멸망시키자 연(燕)나라로 왔다. 연나라의 태자 단(丹)이 진시황을 암살하려 형가를 파견했는데, 형가는 진시황이 탐내던 연나라 땅 독항(督亢)의 지도를 가지고 진나라에 사신으로 가서 기회를 노렸다. 진시황에게 지도를 바치는 순간, 지도에 감춰둔 칼을 뽑아 찌르려 했지만 실패하고 죽임을 당했다.
5) 역수(易水): 중국 하북성(河北省)에 있는 강 이름. 전국시대 형가(荊軻)가 진시황을 암살하러 길을 떠나면서 역수를 건널 때, 친구 고점리(高漸離)가 타는 축(筑)에 맞춰 〈역수가易水歌〉를 불렀다.

까?"

양원수가 한참 생각하다가,

"낭자의 검술이 범상치 않으나, 병들어 약해진 몸으로 실수를 할까 두렵도다. 내일 대군을 이끌고 다시 철목동을 공격해 격파하지 못한다면 그때 다시 의논해도 늦지 않으리라."

이튿날 양원수가 장수와 삼군을 모두 이끌고 철목동을 공격할 새, 구름사다리를 만들어 골짜기 안을 굽어보며 나무와 돌을 쌓아 성 위로 오르려 하니, 나탁이 남만 병사들에게 성 위를 지키게 하고 단단한 쇠뇌[6]로 독화살을 어지러이 쏘더라. 양원수가 다시 성밖으로 나가 성을 둘러싸고 화포火砲를 쏘거늘, 탄환이 비 오듯 땅에 떨어져 석벽을 치니 돌이 부서져 우레 같은 대포 소리와 번개 같은 탄환에 산천이 서로 응하고 천지가 진동해 사방 십여 리에 새와 짐승을 볼 수 없더라. 반나절 동안 공격하되 끝내 격파하지 못하매 다시 땅굴을 뚫어 그 길을 통해 골짜기 안으로 들어가려 하는데, 수십여 장丈을 팠으되 골짜기 안쪽 전후좌우에 철망이 겹겹이 묻혀 있어 뚫을 수 없더라. 홍사마가 말하길,

"예부터 용병술은, 적국이 힘으로 하면 우리는 계책으로 하고, 적국이 간계를 쓰면 우리는 정도로 한다 하나이다. 나탁이 험한 지형을 믿고 힘으로 지키니, 우리는 지략을 써서 차지함이 옳을까 하나이다."

그리고 진영 앞에서 크게 외쳐,

"대명국 원수께서 남만 왕에게 말하고자 하시니, 잠시 성 위로 나오라."

나탁이 성 위에 올라 허리 굽혀 인사의 예를 올리거늘, 홍사마가 큰 소리로 외치더라.

"그대가 지금 골짜기 다섯 개를 잃고 고립된 성을 지키고자 하니, 물

---

6) 쇠뇌: 쇠로 된 발사 장치가 달린 활. 화살 여러 개를 연달아 쏘게 되어 있다.

고기가 솥 가운데에서 놀고 제비가 장막 위에 깃들인 것과 무엇이 다르리오? 원수께서 천자의 명을 받들어 생명을 사랑하는 덕을 베풀고 생명을 죽이는 마음을 두지 않은 까닭에, 그대의 우두머리 자리를 오늘까지 보전하게 했는데, 끝없는 은덕을 알지 못하고 흉악한 마음을 버리지 않아 이처럼 대군을 힘들게 하니, 내가 힘으로 격파하지 않고 마땅히 지략으로 그대의 머리를 취하리라. 십분 방비해 후회가 없도록 하라."

그리고 징을 쳐 군대를 불러들여 본진으로 돌아가더라. 그날 밤 삼경에 홍사마가 축융왕을 군막 앞으로 청해,

"왕께서 나탁과 더불어 이미 이웃나라의 정이 끊어졌으니, 나탁에게 아무 탈이 없는 것은 대왕의 복이 아닐지라. 어찌 이때를 틈타 나탁을 물리쳐, 위로는 천자의 은혜를 갚고 큰 공을 세우며, 아래로는 사사로운 원한을 풀고 후환이 없게 하고자 않나이까?"

축융왕이 놀라며,

"저는 진실로 계책이 없어 남만 왕의 골짜기를 격파하지 못했으니, 장군께서 밝히 가르쳐주신다면 물불을 가리지 않으리이다."

홍사마가 말하길,

"제가 왕의 검술을 아나니, 어찌 남만 왕의 머리를 취하길 어려워하리이까?"

축융왕이 한참 생각하다가 웃으며,

"제 식견이 좁아 철목동을 격파할 계책만 생각하다가 계책이 이에 미치지 못했으나, 이처럼 길을 가르쳐주시니 제가 곧 가리이다."

홍사마가 웃으며,

"왕께서 수고를 아끼지 않고 계책을 행하고자 하신다면 다시 부탁할 것이 있나이다. 원수께서 백만 대군을 거느리고 일개 남만 왕을 은덕으로 복종시키지 못하고 은밀히 자객을 보내 그의 머리를 취함은 본래의 뜻이 아니라. 바라건대 왕께서는 오늘밤에 나탁의 군막 안으로 들어가

그의 머리를 취하지 말고 머리 위에 달린 산호^{珊瑚} 정자^{頂子}만 취해오되, 나탁의 머리 위에 칼자국을 남겨 왕이 다녀간 자취를 표시하소서."

축융왕이 응낙하고 즉시 몸을 일으켜 나가더라. 양원수가 홍사마를 돌아보며,

"낭자는 축융왕의 이번 일이 어떠하리라 생각하시오?"

홍사마가 대답하길,

"축융왕의 검술이 거칠어 나탁을 놀라게만 하고 오리이다."

양원수가 말하길,

"그런즉 이는 잠자는 호랑이의 코를 찌르는 것이라. 어찌 해롭고 무익하지 않으리오?"

홍사마가 웃으며,

"이 가운데서도 계책이 있으니, 다만 그 결과를 지켜보소서."

잠시 뒤에 축융왕이 칼을 들고 군막 안으로 들어오매 숨도 돌리지 못하고 탄식하며 홍사마에게 아뢰길,

"제가 검술을 배운 지 이미 십여 년이라. 백만 대군 속에 칼과 창이 서릿발 같더라도 어려움 없이 출입했거늘, 철목동은 이른바 천라지망^{天羅地網}이라. 제가 함양 궁전 위의 다리 없는 귀신⁷⁾이 될 뻔하다가 간신히 살아 돌아왔나이다."

홍사마가 그 까닭을 물으니, 축융왕이 칼을 던지고 아뢰길,

"제가 철목동 앞에 이르러 칼을 짚고 성을 넘으니, 성 위에 무수한 남만 병사가 앉아 있거나 서 있었나이다. 제가 변신해 바람이 되어 연달아

---

7) 함양(咸陽) 궁전~없는 귀신: 함양은 진(秦)나라 수도로, 지금의 섬서성(陝西省) 함양시(咸陽市) 동북쪽 일대를 아우른다. 연나라 태자 단(丹)이 진시황을 암살하고자 형가를 파견했다. 형가는 진시황이 탐내던 연나라 땅 독항(督亢)의 지도를 가지고 진나라에 사신으로 가서 함양의 궁전에서 기회를 노렸다. 진시황에게 지도를 바치는 순간, 지도에 감춰둔 칼을 뽑아 찌르려 했지만 실패하고, 진시황의 칼에 한쪽 다리를 잃고 끝내 죽임을 당했다.

성 아홉 개를 넘을 때 여덟번째 성에 이르니 성 위에 철망이 늘어서 있고 쇠뇌가 곳곳에 묻혀 있으며, 또 성을 넘으니 궁궐 담장이 하늘에 닿았는데, 이곳이 곧 나탁의 처소라. 둘레가 예닐곱 리요 높이가 수십 장이라. 몸을 솟구쳐 담장을 넘으려 하되 앞길이 끊어지고 쨍그랑 소리가 들려 칼을 멈추고 자세히 보니, 예닐곱 리 되는 궁궐 담장이 구리로 덮였거늘, 누가 들어갈 수 있으리오? 다시 궁궐을 찾아 들어가려는데, 큰 맹수 한 쌍이 으르렁거리며 안에서 나오매 모습은 개와 같으나 키가 십여 장^丈이요 빠르기가 별과 같아, 밤새도록 서로 싸웠나이다. 제가 일찍이 사냥을 좋아해 맹수를 잡을 수 있었으나 이 맹수는 감당하기 어렵더니, 나탁이 궁중에 매복시킨 군사들을 일으켜 공격하기에 도망쳐 왔나이다. 철목동은 과연 천하에 둘도 없는 험한 땅이요, 나탁의 방비는 고금에 들어보지 못한 바로소이다.”

원래 남만 왕에게 큰 삽살개 한 쌍이 있으니, 이름은 사자방^{獅子尨}이라. 남방에 사자^{獅子}가 있고 갈교^{獦狡}가 있으니, 서로 교미해 낳은 새끼가 이른바 사자방이라. 그 사납기가 호랑이와 코끼리를 잡아먹을 정도라 나탁이 그것을 길러 궁궐 문을 지키게 하더라. 홍사마가 웃으며,

“사정이 이와 같으니, 왕께서는 잠시 돌아가 편히 쉬소서. 내일 다시 상의하리이다.”

홍사마가 축융왕을 보내고 양원수에게 아뢰길,

“제가 축융왕을 먼저 보냄은 나탁을 놀라게 해 방비를 더하게 하고, 제가 그 뒤를 따라가 나탁의 머리 위 정자를 취하고자 함이라. 제가 장차 이를 행하리니, 상공께서는 앉아 잠시 기다리소서.”

양원수가 놀라 홍사마의 손을 잡고 탄식하며,

“낭자가 어찌 이같이 당돌한가? 내가 공을 이루지 못하고 돌아갈지언정 낭자를 위험한 곳에 보내지 않으리로다.”

홍사마가 웃으며,

"제가 어찌 상공을 속이고 스스로 위험한 곳에 들어가, 위로는 총애하시는 은덕을 저버리고 아래로는 제 몸을 가볍게 여겨 망령되이 행하리이까? 스스로 생각하는 바가 있으니 상공께서는 마음을 놓으소서."

양원수가 반신반의하며,

"축융왕이 일찍이 철목동에 출입해 그 지형을 대략 아는데도 들어가지 못했거늘, 낭자는 그 지형에 생소한지라. 어찌 위험한 곳에 함부로 들어가리오?"

홍사마가 대답하길,

"이른바 검술은 신령한 기운으로 가고 오는 것이라. 축융왕의 검술은 신령한 기운이 부족해 출입하는 사이에 자취를 드러낸 것이거니와, 저는 비록 나약하나 검을 쓰는 데 신령한 기운을 얻었은즉, 그 빠름이 바람 같고 그 돌아옴이 물 같아서, 잡으려 해도 잡지 못하고 막으려 해도 막지 못하는 것이 곧 저의 검술이라. 어찌 그 지형에 생소하다 하여 걱정하리이까?"

양원수가 또 묻기를,

"낭자가 먼저 축융왕으로 하여금 나탁을 놀라게 해 방비를 더하게 함은 어떠한 까닭이며, 철목동 안에 맹수가 있다고 하니 어찌 조심하지 않으리오?"

홍사마가 미소하며,

"검객의 왕래는 귀신도 헤아리기 어려우니, 어찌 한갓 개를 걱정하리이까? 축융왕이 실패한 것은 그 검술이 허술하기 때문이라. 축융왕으로 하여금 나탁을 놀라게 해 방비를 더하게 한 것은 제 신기한 검술을 보여주어 그의 항복을 빠르게 받고자 함이로소이다."

양원수가 비로소 안심하여 몸소 술을 데워 잔을 들어 권하며,

"밤기운이 서늘하니, 이 술을 사양하지 말라."

홍사마가 웃고 잔을 받아 책상머리에 놓으며,

"제가 마땅히 이 술이 식기 전에 돌아오리이다."

말을 마치매 쌍검을 들고 바람에 나부끼듯 군막을 나가더라.

홍사마가 곧바로 철목동에 이르러 성을 넘어 들어갈 새, 한밤중인지라 달빛은 밝고 등불은 휘황해 무수한 남만 병사가 창과 칼을 들고 늘어서 있으니, 이는 지난밤 축융왕의 풍파를 겪은 뒤에 방비를 더함이더라. 홍사마가 아홉 겹의 성을 지나 곧바로 내성內城에 이르니, 성문이 닫혀 있고 좌우에 푸른 사자방이 호랑이처럼 웅크려 지키고 있거늘 두 눈의 광채가 별과 달 같아 더욱 흉악하고 사납더라.

홍사마가 붉은 기운으로 변해 문틈으로 곧바로 들어가 나탁의 궁궐 안에 이르니, 나탁이 새로 자객의 변고를 겪고 나서 휘하의 남만 장수들을 모아 좌우에 모시고 서 있는데, 창과 칼이 서릿발 같고 등불이 대낮 같더라. 나탁이 창과 칼을 앞에 늘어놓고 촛불 아래 앉아 있는데, 갑자기 촛불이 조금 흔들리면서 쨍그랑 칼소리가 머리 위에서 나거늘, 나탁이 크게 놀라 급히 장검을 들어 공중을 치려 하나 아무 기척 없이 고요하더라. 갑자기 궁궐 문밖에서 우렛소리가 들리거늘, 궁중이 요란해 남만 장수와 병사가 한꺼번에 튀어나와, 아홉 겹의 성 안을 수색하나 그 자취를 찾지 못하고, 다만 사자방이 칼자국이 낭자한 채 죽어 있는 것을 발견하더라. 나탁이 정신이 아득해 모든 장수와 상의하길,

"자객의 변고가 예로부터 있으되 이처럼 신기한 것은 일찍이 듣지 못하던 바라. 사람이 한 것이 아니라 분명 귀신의 조화로다."

그리하여 의론이 분분하더라.

이때 양원수가 홍사마를 보내고 어찌 마음을 놓을 수 있으리오? 철목동으로부터 떨어진 거리를 헤아린즉 홍사마가 거의 골짜기 입구에 접근했으리라 생각할 때 갑자기 장막이 걷히며 홍사마가 들어오거늘, 양원수가 놀랍고 기뻐,

"낭자는 병을 앓은 허약한 몸인지라. 중간에 돌아올 것을 알고 있었노

라."

홍사마가 쌍검을 던지고 숨을 헐떡이며,

"제가 병을 앓고 난 뒤인지라 겨우 골짜기 안으로 들어갔다가 개 두 마리에게 쫓겨 도망쳐 왔나이다."

양원수가 크게 놀라,

"다친 곳은 없는가?"

홍사마가 눈썹을 찡그리며 신음하는 기색으로,

"비록 다친 곳은 없으나 정말로 크게 놀라 가슴이 뻐근하니, 따뜻한 술을 마시며 나탁의 머리 위에 달린 정자를 얻어야 놀란 가슴이 가라앉을까 하나이다."

양원수가 그제야 무사히 다녀온 것을 알고 크게 기뻐 사례해 마지않더라. 홍사마가 웃으며 가슴속에서 나탁의 머리 위 산호 정자를 꺼내놓고 책상머리의 술잔을 가리키며,

"제가 이미 군령을 받들었으니 어찌 감히 헛되이 돌아오리이까?"

양원수가 놀라 바라보니 술이 아직 따뜻하더라. 홍사마가 웃으며 정자 취한 일을 자세히 아뢰길,

"나탁의 방비는 과연 축융왕이 손대기 어렵더이다. 제가 처음에는 정자만 취하고 자취를 누설하지 않으려 했으나, 다시 생각해보니 그로 하여금 검술에 의한 것을 알게 해야 두려움을 일으킬 수 있기에 일부러 칼소리를 내고 문밖으로 나오다 사자방 두 마리를 죽였으니, 오늘밤 나탁이 눈을 뜨고 앉아 꿈결에 저승문으로 들어간 듯하리이다. 날이 밝기를 기다려 편지 한 통을 써서 정자와 함께 보내면, 나탁이 항복하기까지 오래 걸리지 않으리이다."

양원수가 크게 기뻐하며, 홍사마에게 편지를 쓰게 해 화살로 쏘아 철목동으로 보내더라.

한편 나탁이 놀란 가슴을 진정시키지 못하고 모든 장수를 돌아보며,

"먼저 궁중에 들어왔던 자는 깊은 밤인지라 아는 사람이 없고 뜻밖에 나타난 것이니 수긍하겠거니와, 나중에 궁중에 들어온 자는 평범한 자객이 아니라. 궁중 사람들이 잠도 자지 않고 나도 치밀하게 방비했거늘, 형체 없이 들어와 자취 없이 나가니, 이 어찌 형가나 섭정[8]의 부류와 같다고 하리오? 더욱 의심스러운 것은 궁중에 들어오고도 사람을 죽이지 않고, 문밖의 사자방은 호랑이와 표범보다 사납거늘 순식간에 이것들을 죽여 칼자국이 이처럼 낭자하니 어찌 괴이한 변고가 아니리오?"

처자식과 종들을 한곳에 모아 밤새도록 자지 않더라. 이튿날 아침에 성문을 지키는 남만 장수가 아뢰길,

"명나라 원수가 편지 한 통을 화살로 쏘아 골짜기 안으로 보냈기에 집어 바치나이다."

나탁이 받아 보니, 황룡을 수놓은 비단에 글 몇 줄이 다음과 같이 쓰여 있더라.

"대명국 원수는 대군을 수고롭게 해 철목동을 격파하지 않고 군막 안에 누워서 정자 한 개를 가져왔으나, 별로 쓸 곳이 없어 도로 보내노라. 아아! 남만 왕은 골짜기를 더욱 단단히 지킬지어다. 내가 정자를 취하던 수단으로 다시 가져올 물건이 있도다."

나탁이 편지를 읽을 때 글이 다하고 산호 정자가 보이거늘, 어찌 자신의 정자인 줄 모르리오? 이에 크게 놀라 얼굴빛이 하얗게 질려 그제야 머리를 어루만지니 과연 정자가 없는지라. 당황해 쩔쩔매고 정신이 아

---

8) 섭정(聶政): 중국 전국시대 한(韓)나라 협객. 사람을 죽이고 어머니와 누이와 함께 제(齊)나라로 피해 백정(白丁)을 직업으로 삼고 살았다. 엄수(嚴遂)가 한(韓)나라 애후(哀侯)를 섬겼는데, 한나라 재상 협루(俠累)와 사이가 매우 나빴다. 엄수가 협루를 죽여줄 사람을 찾다가 섭정의 소문을 듣고 황금 백 일(鎰)을 예물로 갖고 와 부탁했으나 어머니 봉양을 핑계로 받지 않았다. 어머니가 돌아가시고 나서 자기를 알아준 사람을 위해 목숨을 바치겠다고 하며 엄수를 찾아가 의논한 뒤 협루를 찾아가 찔러 죽이고는, 자기를 알아보지 못하도록 스스로 얼굴 가죽을 벗기고 눈을 도려내고 자신의 배를 갈라 창자를 긁어내고는 숨을 거두었다 한다.

득해 붉은 투구를 벗고 보니 정자를 잘라낸 곳에 칼자국이 선명하더라. 곧바로 맑은 하늘의 벼락이 머리 위에 떨어진 듯, 겨울의 얼음과 눈이 품속으로 들어온 듯, 모골이 송연하고 간담이 서늘해 손을 들어 머리를 어루만지며 좌우를 돌아보고 묻기를,

"내 머리가 어떠한가?"

좌우에서 말하길,

"왕과 같은 영웅께서 어찌 이처럼 놀라시나이까?"

나탁이 탄식하며,

"눈을 뜨고 침상에 앉아 머리 위 물건이 사라져도 몰랐으니, 어찌 그 머리를 지킬 수 있으리오?"

모든 장수가 한목소리로 위로해,

"위험을 경계하는 것은 안전의 근본이요, 두려움을 갖는 것은 기쁨의 근본이니, 변변치 못한 자객을 어찌 이처럼 심히 염려하시나이까?"

나탁이 오랫동안 묵묵히 있다가,

"듣건대 하늘을 거스르는 자는 망하고 하늘을 따르는 자는 흥한다 하거늘, 내가 이미 큰 골짜기 다섯 개를 잃었고, 비록 온 힘을 다해 철목동을 지키고 있으나, 수십 번을 싸우되 터럭만큼의 승리도 없으니, 이 어찌 하늘이 한 바가 아니리오? 내가 굳게 지키고자 한다면 이는 하늘을 거스르는 것이라. 또 내가 거듭 위험한 지경에 이르되 양원수가 끝내 죽이지 않고 살려주니, 내가 이제 복종하지 않는다면 이는 은덕을 저버리는 것이라. 하물며 양원수가 자객을 보내 정자를 취하던 수단을 시험한다면, 내가 살아서는 하늘을 거스르는 사람을 면하기 어렵고 죽어서는 머리 없는 귀신을 면하기 어려우리니, 어찌 한심하지 않으리오? 내가 이제 마땅히 투항하리라."

즉시 항복을 알리는 깃발을 성 위에 세우고, 남만 왕이 흰 수레에 흰 깃발을 세우고 인수印綬를 목에 걸고 나가니, 양원수가 대군을 거느려

진을 펼치고서 군법으로 항복을 받더라. 양원수가 붉은 도포에 금빛 갑옷으로 대우전을 차고 장대帳臺에 오르니, 왼쪽은 좌사마 청룡장군 소유경이요, 오른쪽은 우사마 백호장군 홍혼탈이며, 전부선봉 뇌천풍과 좌익장군 동초와 우익장군 마달과 돌격장군 손야차 등 모든 장수가 동쪽과 서쪽으로 나누어 서니, 질서정연한 깃발이 하늘을 가리고, 북과 뿔피리 소리가 땅을 진동시키더라. 남만 왕이 스스로 손을 뒤로 묶고 관을 짊어지고 무릎으로 기어 군막 아래에서 머리를 조아리며 죄를 청하니, 철목탑과 아발도 등 남만 장수가 다 투구를 벗고 군막 앞에 일제히 엎드리더라. 양원수가 말하길,

"너희가 천명을 알지 못하고 변방을 소란스럽게 한 까닭에 내가 천자의 뜻을 받들어 덕으로 어루만지고 의리로 이끌었도다. 남은 용맹이 있거든 또다시 싸울 수 있겠느냐?"

남만 왕이 머리를 조아리며,

"나탁이 지금까지 살아 있는 것은, 천자의 성스러운 덕이 하늘과 땅처럼 크고 원수의 넓은 은혜가 바다처럼 깊은 덕분이라. 나탁이 오랑캐 사람이어도 오장五臟과 칠정七情을 부여받아 하늘을 머리에 이고 땅 위에 서서 사람 무리에 속해 있으니, 어찌 감동해 마음으로 복종하지 않으리이까? 나탁이 멀리 떨어진 곳에서 태어나고 자라나 인의仁義를 알지 못하고 식견이 고루해 도끼에 베이는 형벌의 죄를 지었나이다. 이제 나탁의 머리카락을 뽑아 죄를 헤아리더라도 오히려 헤아리기 어려울까 하나이다."

양원수가 듣기를 마치고 얼굴빛을 엄정히 하여,

"지금 성스러운 천자께서 위에 계셔 신성한 문무의 덕으로 자애와 긍휼을 베풀어 천하를 다스리시니, 초목과 금수라도 은택을 입지 않음이 없거늘, 네가 천명을 거역한다면 목숨을 보존하기 어려울 것이요, 교화에 감복해 마음으로 복종한다면 천자께서 반드시 용서하시리니, 마땅히

천자께 아뢰어 처분하리라."

남만 왕이 머리를 조아려 백번 절하고 사례해,

"나탁은 죽은 목숨이라. 하늘이 크고 바다가 넓다 해도 어찌 감히 세상에서 살아가길 바라리이까?"

양원수가 즉시 남만 왕을 군중에 가두고, 대군과 모든 장수를 거느리고 철목동으로 들어가 파진악破陣樂을 연주하며 군사들에게 음식을 배불리 먹이더라. 천자께 첩서捷書를 깨끗이 써 보내 아뢸 새, 집으로 보내는 편지 한 통을 쓰니 홍사마가 쓸쓸히 아뢰길,

"제가 오늘 살아 있는 것은 윤소저의 덕이라. 죽더라도 고마운 마음을 감출 수 없으니, 제가 살아 있다는 소식을 알리고자 하나이다."

양원수가 웃으며 허락하더라. 양원수가 좌익장군 동초를 불러,

"장군이 첩서를 받들고 빨리 갔다 돌아와 대군이 변방에 오래 머무르게 하지 말라."

동초가 명을 받들어 그날로 출발해 황성을 향해 가더라.

이때 천자가 잠자는 것도 먹는 것도 편하지 않은 채 양원수의 첩서를 고대하시더니, 동초가 표문表文을 받들어 올리매 자신전紫宸殿에 나와 동초를 탑전으로 불러 보시고 한림학사에게 명해 양원수의 표문을 읽으라 하시니, 그 표문은 이러하더라.

"정남도원수 신 양창곡은 머리를 조아리고 백번 절해 황제 폐하께 편지를 올리나이다. 신이 황상의 명을 받들어 남방을 정벌한 지 이미 반년이라. 지략이 얕고 재주가 부족해 군대를 먼 지역에 오래 머물게 하니 진실로 황공해 머리를 조아리나이다. 신이 이번달 아무 날에 황상의 신령함이 미쳐 철목동 앞에서 남만 왕 나탁의 항복을 받았기에 말을 달려 첩서를 올리오니 마땅히 조서를 기다려 회군하려 하나이다. 신이 생각건대, 남방은 천자의 교화가 미치기에 너무 멀고 풍속이 거칠어 덕화로 어루만질 수 있으나 위력으로 제압할 수 없나이다. 남만 왕 나탁이 비록

죄를 범했으나 이제 마음으로 복종했고, 또 나탁이 아니면 남방을 진정시킬 자가 없으니, 엎드려 바라건대 폐하께서 나탁의 죄를 용서하고 왕의 칭호를 보존케 하여 폐하의 성스러운 덕에 감동해 다시는 배반하는 마음을 갖지 않게 해주소서.”

천자가 이 표문을 듣고 크게 기뻐하시어 황의병과 윤형문 두 각로를 돌아보며,

“양창곡의 장수로서의 지략은 제갈량보다 못하지 않도다. 어찌 나라를 떠받칠 대들보이며 주춧돌이 아니리오?”

동초를 자신전 위로 부르시어,

“너는 어느 지방 사람인고?”

동초가 아뢰길,

“신은 소주 사람으로, 양원수께서 장수 될 사람을 뽑는다는 소문을 듣고 자원해 출전했나이다.”

천자가 좌우를 돌아보며 칭찬하시고 군중에서 겪은 일과 양원수의 용병술에 대해 물으시는데, 동초가 일일이 아뢰니 천자가 크게 놀라더라.

“양원수의 장수로서의 지략은 내가 이미 알거니와, 홍혼탈은 어떠한 장수인고? 무예와 지략이 이처럼 뛰어나니 이는 양원수의 복이로다.”

동초가 대답하길,

“홍혼탈은 본디 중국 사람으로 남방을 떠돌다 산중에서 술법을 배웠는데, 나이가 올해 열여섯이요 사람됨이 의리를 숭상하고 용모와 풍채는 장자방과 비슷하더이다.”

천자가 거듭 칭찬하시더라. 마침 교지交趾 왕의 상소가 이르니 그 상소는 이러하더라.

“교지의 남방 천리 밖은 곧 홍도국紅桃國이라. 예로부터 중국에 조공을 하지 않았고, 먼 지방의 오랑캐 나라라고 배척해 변방을 침범하는 일이

없었는데, 이제 오랑캐 백여 부락과 동맹을 맺어 교지 지방을 침범했나이다. 신이 이 지역의 군사를 징발해 무찌르고자 하여 세 번 싸우되 세 번 모두 패배하니, 적의 기세가 매우 강성해 대적하기 어려운지라. 엎드려 바라건대 폐하께서는 군대를 징발해 평정해주소서."

천자가 읽기를 마치매 크게 놀라 두 각로를 불러 계책을 물으시니, 황의병 각로가 아뢰길,

"적의 기세가 이처럼 헤아리기 어려우니 용렬한 장수로는 대적하기 어려운지라. 양창곡에게 조서를 내리시어 한 부대를 홍혼탈에게 나눠주어 홍도국을 정벌하게 하시고, 양창곡은 이미 공을 이룬지라 대군을 오랫동안 변방에 머물게 할 수 없으니 빨리 회군하게 하소서."

윤형문 각로가 말하길,

"홍혼탈의 천성을 알지 못하니 중대한 임무를 가볍게 허락할 수 없나이다."

황각로가 아뢰길,

"홍혼탈의 사람됨을 들으니, 변방에서 불우한 환경에 처해 있다 이 어지러운 때를 당하여 자기 재주를 드러내 입신양명하고자 함이라. 폐하께서 조서를 내리어 그 사람을 잘 등용하시면 은혜에 보답하려는 마음이 응당 태만하지 않으리이다."

천자가 그 말에 따라 즉시 양창곡에게 조서를 내리실 새, 동초를 호분장군虎賁將軍으로 삼아 밤새 말을 달려 돌아가도록 하더라.

이때 양원외가 아들이 승리해 돌아오길 고대하는데, 동초가 편지를 드리고 바삐 돌아가더라. 양원외가 편지를 펴보니 그 안에 작은 편지가 또 있고 '윤소저' 세 글자가 적혀 있으매 즉시 윤소저의 침실로 보내니, 윤소저가 어찌 홍랑의 글씨를 모르리오? 거듭 놀라고 기뻐 급히 열어보니, 그 편지는 이러하더라.

"천첩 강남홍은 윤소저의 장대粧臺 아래에 편지를 올리나이다. 제가

기박한 운명으로 소저의 편애를 입어 강물 속에서 죽을 뻔한 혼이 산중에 의탁해 운명이 끝내 고생스럽더니, 하늘이 도우시어 도동道童으로 옷을 바꿔 입었다가 다시 모습을 바꿔 장수가 되어 백년 지기의 끊어진 인연을 삼군 진영 앞 군막에서 이었나이다. 청루의 천한 처지를 책망할 것은 없으나 대낮에 모습을 바꿔 귀신과 다름없으니 부끄럽기 그지없나이다. 오직 소저를 은근히 생각하고 자나깨나 그리워하는데, 속세에서 죽어 이별했다가 속세 밖에서 살아나 다시 소저의 존귀한 얼굴을 모시고 가르침을 청해 여생을 보내리니, 이것이 참으로 기쁜 바로소이다."

윤소저가 평소 어떤 일을 당해도 뒤바꾸는 법이 없는데, 뜻밖에 홍랑의 편지를 보고 급히 연옥을 부를 때 앞뒤를 뒤바꿔 말하길,

"홍랑아! 연옥이 살아 있도다."

연옥이 어떻게 말해야 할지 몰라 멍하니 대답하지 않거늘, 윤소저가 다시 웃으며,

"내 말이 뒤바뀌었도다. 연옥아! 네 옛 주인 홍랑이 살아서 편지를 보내왔으니 어찌 기이하지 않으리오?"

연옥이 듣고 당황해 "무슨 말씀이니이까?" 하고 윤소저 앞으로 달려와 우니, 윤소저가 그 모습을 가련히 여겨 등을 어루만지며 위로해 "죽고 사는 것이 운명에 달려 있고, 괴로움과 즐거움은 하늘에 달려 있음이라. 홍랑의 얼굴빛이 부드럽고 복스러운 까닭에 분명 물속의 외로운 혼이 되지 않으리라 생각했는데 과연 살아 있도다" 하고 편지를 읽어 연옥에게 들려주더라. 연옥이 매우 기뻐 미친듯이 눈물을 흘리며 웃음을 띠어,

"천한 여종이 옛 주인을 뵙지 못한 지 어느덧 삼 년이라. 어찌하면 빨리 뵐 수 있으리이까?"

윤소저가 말하길,

"상공께서 오래지 않아 회군하시리니, 자연히 함께 돌아오리라."

연옥이 웃으며,

"상공께서 돌아오시는 날 천한 여종이 남쪽 교외까지 나가 옛 주인을 맞이하고 싶으나, 깨끗한 옷이 없으니 백만 군사 앞에 어찌 부끄럽지 않으리이까?"

윤소저가 웃으며,

"그 편지를 보건대 장수로 모습을 바꾸었다고 하니, 분명 자취를 감춤이라. 잠시 누설하지 말고 다만 앞으로의 일을 살피라."

이튿날 천자가 다시 하교하시길,

"내가 다시 생각해본즉, 적의 기세가 예사롭지 않은데 부장副將으로 하여금 토벌하러 가게 할 수 없도다. 다시 양창곡에게 조서를 내려 힘을 합해 토벌하게 하리라."

즉시 양원수에게 조서를 내리시니 그 조서는 이러하더라.

"그대는 주나라의 방숙方叔·소호召虎 같은 장수요, 송나라의 한기韓琦·부필富弼 같은 신하라. 덕망이 조정에 알려지고 위엄이 변방에 진동해, 준동하던 남쪽 오랑캐가 그대 모습을 보고 기왓장 부서지듯 하니, 이로부터 내가 근심이 없을까 했는데, 홍도국의 급한 보고가 들리매, 적의 기세가 예사롭지 않은지라. 그대는 회군하지 말고 즉시 교지로 향해 도적을 평정하라. 내가 덕화가 부족해 그대로 하여금 버들이 푸르던 때에 떠나 눈비가 휘날리는 때가 되도록 홀로 수고하게 하고, 먼 변경의 전쟁터에서 고향을 그리워하는 마음이 일게 하니, 고개 돌려 남쪽 하늘을 바라보매 부끄러움이 지극하도다. 이제 그대를 특별히 우승상 겸 정남대도독征南大都督에 제수하니, 부원수 홍혼탈을 거느리고 형편에 따라 일을 처리해 내 뜻을 저버리지 말라. 남만 왕 나탁은 그 죄가 무거우나 잠시 용서하노니, 이에 왕의 칭호를 보존해 남방을 진정시켜 반역의 뜻을 품지 않도록 하라."

또 홍혼탈에게 조서를 내리시니, 조서는 어떠한 내용인가? 다음 회를
보라.

늙은 자객은 의리에 감동해 황소저를 욕하고
아름다운 여인은 혼자 수레를 타고 강주로 향하더라

천자가 친필로 홍혼탈에게 조서를 내리시니 그 조서는 이러하더라.

"내가 덕이 부족해 왕위에 있은 지 이제 사 년이 되었음에도, 초야에서 인재를 등용함에 있어 진주를 잃는 탄식이 있고 지혜를 품은 이들의 눈물이 많았도다. 그대처럼 세상에 다시없는 인재가 먼 곳을 떠돌아 그 소문이 조정에 이르지 못하고 그 자취가 오랑캐 땅에 잠겨 있었으니, 이는 내 허물이라. 하늘이 은밀히 도우시고 종묘사직에 복이 많아, 강태공姜太公이 위수渭水가의 낚시를 거두어 주周나라를 붙들어 세우고, 한신韓信이 칼을 짚고 한계寒溪를 지나 한漢나라 고조高祖에게 귀순함 같으니, 이는 장군의 의리가 뛰어남이요, 하늘이 나를 돌아보아 훌륭한 신하를 특별히 내리심이라. 이미 큰 공을 이루었으니 마땅히 공신록功臣錄에 그 공적을 기록하고 역사책에 그 이름을 드러내려니와, 홍도국이 다시 변경을 침범해 기세가 창궐하니, 그대가 아니면 평정하기 어려운지라. 그대를 특별히 병부시랑 겸 정남부원수征南副元帥에 제수하니, 대도독 양창곡과 더불어 대군을 거느리고 교지로 가서 다시 큰 공을 이루라. 전포 한

108

벌, 활과 화살과 절월節鉞, 부원수 인수印綬를 하사하니, 그대는 공경할 지어다."

천자가 즉시 사신에게 명해 조서를 가지고 길을 떠나 밤새 달리도록 재촉하시니, 사신이 조정을 하직하고 남방으로 가더라.

한편 벽성선 낭자가 봄바람 같은 모습과 가을달 같은 자태로 뜻밖의 변고를 당해 죄악의 더러운 이름을 씻지 못하고 호소할 곳도 없어 죄인으로 자처하고 문밖을 나가지 않은 지 이미 반년이더라. 밤에는 외로운 등불을 향해 마음이 서글퍼 잠을 이루지 못하고, 낮에는 문을 닫고 슬픈 눈물이 흘러 옷깃을 적심을 깨닫지 못하거늘, 액운이 아직 다하지 않고 조물주가 시기해 또 한바탕 풍파가 일어나니, 슬프도다. 그 운명의 참혹함이여!

이때 위부인과 황소저가 간특한 마음과 간교한 꾀로 선랑을 두 번 모해했으나 일이 여의치 않아 번뇌하더라. 황소저가 병을 핑계하고 친정에 머무르면서 밤낮으로 초조하고 황급해하는데, 장차 양원수가 회군한다는 소식을 듣고 위부인이 황소저에게 이르길,

"양원수의 회군이 좋은 소식은 아니니, 너는 어찌 처신하려느냐? 악독한 요물이 독을 품은 지 오래되었으니, 양원수가 집에 돌아오면 그 보복이 장차 어느 지경에 이르리오?"

황소저가 고개를 숙이고 대답하지 않으니, 춘월이 웃으며,

"겨울이 지나가면 봄이 오고, 그릇이 가득차면 기울어져 엎어지는 것이 예나 지금이나 일상이라. 부인께서 지난날 행하신 일이 어긋나매 공연히 염려를 하시나이다."

위부인이 탄식하며,

"너는 소저의 심복이라. 죽고 사는 환란에 어찌 모르는 사람의 일 보듯 하느냐? 소저는 천성이 어질고 약해 멀리 헤아리는 생각이 없으니, 네가 어찌 묘책을 생각하지 않느냐?"

춘월이 말하길,

"속담에 '풀을 베려거든 뿌리를 뽑으라' 했거늘, 부인께서 화근을 묻어두고 방법을 물으시니 저인들 어찌하리이까?"

위부인이 춘월의 손을 잡으며,

"이것이 바로 내가 근심하는 바라. 어떻게 하면 뿌리를 뽑을 수 있겠느냐?"

춘월이 대답하길,

"오늘날 풍파가 아직 결말이 나지 않은 것은 선랑을 죽이지 않은 까닭이라. 초패왕楚霸王 항우를 죽이고 나서 팔 년 전쟁이 종식되었거늘, 부인께서 만약 엄수[1]의 많은 돈을 아끼지 않으신다면, 제가 마땅히 장안을 두루 다녀 섭정聶政 같은 자객을 찾아볼까 하나이다."

황소저가 이 말을 듣고 한참 생각하다가,

"이 일이 가장 중대하나 안 되는 까닭이 두 가지라. 매우 엄한 재상의 집안에 자객을 들여보내기가 너무 어려우니 이것이 안 되는 까닭의 한 가지라. 내가 선랑을 모해하고자 함은 그 미모를 시기하고 상공의 은총을 질투함에 불과하거늘, 지금 자객을 보내어 그 머리를 취한즉 그 흔적이 낭자하리니 내 원한을 풀더라도 뭇사람의 이목을 어찌 피할 수 있으리오? 이것이 안 되는 까닭의 두 가지라. 춘월은 다른 계책을 생각하라."

춘월이 웃으며,

"이처럼 겁을 내신다면 소저께서 어찌 별당에 남자를 들여보내고 독약을 구해 죄 없는 사람을 모해하셨나이까? 듣건대, 선랑이 죄인을 자

---

1) 엄수(嚴遂): 중국 전국시대 한(韓)나라 대부(大夫). 자는 중자(仲子). 엄수가 한나라 애후(哀侯)를 섬겼는데, 한나라 재상 협루(俠累)와 사이가 매우 나빴고, 협루에게 살해될까 두려워 망명하게 되었다. 엄수가 협객(俠客)인 섭정(聶政)의 소문을 듣고 황금 백 일(鎰)을 예물로 갖고 찾아가 협루를 죽여줄 것을 부탁했고 섭정은 나중에 협루를 찾아가 죽여 엄수의 원수를 갚아주었다.

처해 거적자리와 베이불에 초췌한 얼굴빛과 가련한 자태로 양원수가 돌아올 날을 손꼽아 기다린다 하니, 비록 대장부의 철석같은 마음이라도, 새로운 정이 미흡해 자나깨나 그리워하던 여자의 이런 모습을 본다면, 어찌 마음이 상해 창자가 끊어지지 않으리이까? 측은한 곳에 사람의 정이 더 생겨나고, 처량한 가운데 사랑이 더해지리니, 아아! 소저는 이제부터 쟁반 위에 굴러다니는 구슬 같은 외톨이 신세가 되리이다.”

황소저가 갑자기 얼굴이 흙빛이 되어 그윽이 춘월을 바라보거늘, 춘월이 또 탄식하더라.

“벽성선은 참으로 당돌한 여자라. 근래에 이런 말을 들었나이다. ‘황소저가 지혜가 있어도 분명 샘이 없는 물이라. 그 물이 곧 마르리니, 동해가 변하고 태산이 무너질지라도 양원수와 벽성선의 애정의 뿌리는 쇠와 돌처럼 굳으리라’ 하더이다.”

황소저가 벌컥 화를 내며 “내가 천한 기생과 더불어 이 세상에 살지 않으리라” 하고 많은 돈을 즉시 춘월에게 내리며,

“너는 빨리 계책을 행하라.”

춘월이 이에 옷을 바꿔 입고 장안을 두루 다니며 널리 자객을 구하더라. 하루는 한 노랑^{老娘}을 데려와서 위부인에게 보이거늘, 위부인이 그 노랑을 보니 키가 오 척이요 흰 귀밑머리와 별 같은 눈에 의협^{義俠}의 기상이 있더라. 위부인이 좌우에 물러가라 하고 묻기를,

“그대의 나이가 몇이며, 성명은 무엇인고?”

노랑이 대답하길,

“제 나이는 칠십이요, 성명은 기억할 필요 없나이다. 평생 의리를 좋아해 불의한 일을 들으면 바로잡으려는 의협의 태도를 늘 흠모하였거늘, 춘월을 우연히 만나 부인과 소저의 일을 자세히 들으니 더없이 측은하더이다. 온 힘을 다해 그 억울함을 설욕해드리고자 하나, 사람을 죽여 복수하는 것은 중대한 일이라. 만약 터럭만큼이라도 협잡이 있다면 도

리어 그 재앙을 입으리니, 부인께서는 깊이 생각하소서."

위부인이 탄식하며 "그대는 의리 있는 사람이라. 내가 어찌 그릇된 마음으로 사람 목숨을 해치리오?" 하고 술과 음식으로 대접하고 그 심경을 말하더라.

"부녀자의 질투는 인간 세상에 일상적인 일이라. 어미 된 자로서 마땅히 웃으며 만류하고 꾸짖어 경계해야 하니, 어찌 복수할 뜻이 있으리오만 오늘 일은 참으로 천고에 없는 바라. 내 딸아이가 본디 어리석어 세상 사람들의 질투가 어떤 일인지 모르더니, 간악한 사람의 손아귀에 들어가 한번 중독되고 나서 병이 골수에 들어갔을 뿐 아니라 시댁으로 돌아가기를 두려워해 이 늙은 어미의 슬하에서 생을 마치려 하니, 내가 어찌 차마 그 모습을 대하리오? 밤낮으로 생각건대, 양씨 가문의 흥망이 딸아이의 평생에 달렸음이라. 요사스러운 기생이 양씨 가문에 들어온 뒤로 집안에 변고가 계속 일어나고 어지러운 말이 형언할 수 없으니, 딸아이 신세는 논하지 않더라도 양씨 가문이 패망을 면하기 어려운지라. 노랑이 원래 의리를 좋아할진대, 서릿발 같은 칼을 던져 양씨 가문을 위기에서 구하고 내 딸아이의 평생을 위해 화근을 없애준다면, 마땅히 천금으로 그 은덕을 갚으리라."

노랑이 위부인의 기색을 살펴보고 웃으며,

"일이 이러하다면 과연 구애될 바 없나이다. 이미 춘월에게 들었사오니 며칠 후에 다시 칼을 갖고 오리이다."

위부인이 크게 기뻐해 많은 돈으로 우선 정성을 표하려 하니, 노랑이 받지 않더라.

"이는 급하지 않으니 성공한 뒤에 내려주소서."

며칠 뒤에 노랑이 작은 칼을 품고 먼저 황부로 가서 위부인과 황소저를 만나고 밤을 틈타 양부로 갈 새, 춘월이 양부 담장 밖에 이르러 후원으로 가는 길과 별당 문을 가르쳐주고 즉시 황부로 돌아가더라.

이때는 삼월 중순이라. 날씨가 맑고 달빛이 빛나는데, 노랑이 칼을 짚고 담장을 넘어 좌우를 돌아보니 후원이 그윽해 과일나무가 숲을 이루며, 살구꽃은 이미 지고 복숭아꽃이 만발했더라. 짝을 이룬 백학은 소나무 아래에서 졸고 층층의 석대^{石臺}에는 이끼가 끼었는데 실 한 올 같은 길이 달빛 아래 희미하거늘, 노랑이 자취를 감춰 몰래 들어가 석대에 서더라. 동쪽과 서쪽의 별당이 좌우에 늘어서 있고, 한 귀퉁이에 월문^{月門}이 고요히 닫혀 있는데, 동쪽 별당을 지나 서쪽 별당에 이르러 칼을 짚고 몸을 날려 담장을 넘어 들어가니, 행각^{行閣}이 좌우에 겹겹이 있더라. 춘월이 가르쳐준 대로 행각의 첫번째 방에 이르러 보니, 침소 문이 닫혀 고요하고 그 옆에 작은 창이 있어 촛불 그림자가 은은하거늘, 몰래 창틈으로 엿보니 두 여종은 촛불 아래 잠들어 있고, 한 미인이 거적자리 위에 누워 있더라. 자세히 살펴보니, 남루한 의상과 수척하고 때묻은 얼굴은 몹시 초췌하나 사뭇 아름다워, 몽롱한 봄잠은 가을 물결 같은 눈길에 담겨 있고, 끝없는 근심은 아름다운 눈썹에 서려 있으니, 양대^{陽臺}에서 운우의 정을 즐기던 초나라 양왕의 꿈이 아니라, 강가 풀밭에서 서성이는 굴원의 근심을 띠었더라. 노랑이 의아해하며 생각하되,

'일흔 살 먹은 내가 세상 일들을 두루 겪어 인정물태^{人情物態}를 한 번 보면 대강 그 뜻을 알 수 있거늘, 저러한 미인에게 어찌 그러한 행실이 있으리오?'

다시 자세히 보는데, 미인이 갑자기 길게 탄식하며 돌아누워 옥 같은 팔을 이마 위에 얹고 즉시 코를 골더라. 노랑이 하염없이 바라보고 천천히 살피니, 낡은 적삼이 잠깐 말려 올라가 옥 같은 팔이 반쯤 드러나매 붉은 점 하나가 촛불 아래 뚜렷하니, 구름 위 선학^{仙鶴}이 이마의 붉은 점을 드러내는 듯하고, 망제의 원혼이 울며 붉은 피를 토하는²⁾ 듯하여 평범한 붉은 점이 아니라 앵혈^{鸚血}이 분명하더라. 노랑이 간담이 서늘해져 칼을 들고 생각하되,

'여자의 질투는 예로부터 있으나, 이름이 같은 증자(曾子)라는 사람이 한 짓을 아들 증자가 사람을 죽였다고 그 어머니에게 거짓말한 것과, 효기가 불효했다고 거짓말한 것[3]은 내가 불쾌히 여기는 바라. 내가 평소 의리를 좋아하니, 이런 사람을 구하지 않는다면 보잘것없는 여자를 면하지 못하리라.'

그리고 칼을 들고 문을 열어 곧바로 들어가니, 미인이 크게 놀라 일어나 앉아 여종을 부르더라. 노랑이 웃으며 칼을 던지고,

"낭자는 놀라지 마소서. 어찌 양원의 자객이 원중랑을 구함[4]이 없으리오?"

미인이 묻기를,

"노랑은 어떤 사람인고?"

노랑이 말하길,

---

2) 망제(望帝)의 원혼(冤魂)이~피를 토하는: 망제는 중국 전국시대 촉(蜀)나라 왕 두우(杜宇)의 제호(帝號). 망제가 문산(汶山)을 지날 때, 시체 하나가 강물에 떠내려오다가 망제 앞에서 눈을 뜨고 살아났다. 그는 별령(鱉靈)이었다. 망제는 하늘이 어진 사람을 보내준 것이라고 생각해 별령에게 정승 벼슬을 내렸다. 별령은 신임을 얻고 나서 오히려 망제를 타국으로 축출하고 자신이 왕위에 올랐다. 망제는 쫓겨난 신세를 한탄하며 울다가 지쳐 죽었는데, 그의 넋이 두견새가 되어 밤마다 '불여귀(不如歸)'를 부르짖으며 목에서 피가 나도록 울었다고 한다.

3) 효기(孝己)가 불효했다고 거짓말한 것: 상(商)나라 고종(高宗) 무정(武丁)의 태자인 효기는 어질고 효성이 지극해 어버이를 섬기느라 하룻밤에 다섯 번 일어났다고 한다. 어머니가 일찍 죽은 뒤에 들어온 후처(後妻)는 효기가 불효했다는 거짓말로 고종을 혹해 효기를 내쫓아 죽게 만들어 천하 사람이 슬퍼했다 한다.

4) 양원(梁園)의 자객이 원중랑(袁中郎)을 구함: 양원은 전한(前漢)의 6대 황제인 경제(景帝)의 아우 양효왕(梁孝王) 유무(劉武)가 귀한 손님들과 노닐던 정원. 지금의 하남(河南) 개봉시(開封市) 동남쪽에 있었다. 원중랑은 전한 때 처음 중랑(中郎)이 되고 나중에 재상을 지낸 원앙(袁盎, ?~BC 148)이다. 경제가 즉위하고 오초(吳楚)의 반란이 평정된 뒤 재상으로 임명되었으나, 경제에게 올리는 상소가 채택되지 않자 벼슬에서 물러나 서민들과 어울리며 지냈다. 아우인 양효왕 유무가 황태제(皇太弟)의 지위를 요구했을 때 경제가 원앙에게 의견을 물었는데, 원앙의 반대로 이 일이 흐지부지되자 양효왕은 앙심을 품고 자객을 보냈다. 자객이 원앙에 대해 탐지할 때 사람들이 모두 원앙을 칭찬하자, 자객은 원앙을 만나 사실을 얘기하고 "내 뒤에도 열 명 이상의 자객이 대기하고 있으니 몸조심하소서" 했다. 그후 원앙은 우울하게 지내다가 결국 양효왕이 보낸 자객의 칼에 죽었다.

"저는 황부에서 보낸 자객이로소이다."

미인이 말하길,

"노랑이 황부에서 왔다면 어찌 내 머리를 베지 않는고?"

노랑이 말하길,

"제 마음속 뜻은 마땅히 들려드리려니와, 먼저 낭자의 처지를 말씀해주소서."

미인이 웃으며,

"노랑이 나를 죽이러 왔는데 어찌 그 까닭을 모르리오? 나는 천지간의 죄인이라. 무슨 다른 말이 있으리오?"

노랑이 탄식하며,

"낭자의 뜻은 나중에 마땅히 들어 알게 되려니와, 저는 본디 낙양 사람이라. 젊었을 때 청루에서 노닐다가 일찍이 검술을 배웠으나, 늙어서는 문 앞이 쓸쓸하고 풍정風情이 다 사라졌나이다. 오직 열협烈俠의 마음이 남아 도문屠門에 의탁해 사람을 죽여 복수하는 것을 일로 삼더니, 황씨 집안 늙은 여자의 말을 잘못 듣고 죄 없는 미인을 죽일 뻔했나이다."

미인이 놀랍고 기뻐,

"저도 낙양 청루에 있던 사람이라. 운명이 기구해 강주에서 떠돌다가 이곳에 이르렀으되, 노류장화의 천한 신분으로 남편을 받드는 첩의 책임을 다하지 못하고 정실부인에게 죄를 얻었으니, 마땅히 의리 있는 사람의 칼끝에 외로운 혼이 될지라. 노랑이 나를 용서함은 잘못이로다."

노랑이 더욱 크게 놀라며,

"그런즉 낭자의 이름이 벽성선이 아니옵니까?"

미인이 말하길,

"노랑이 어찌 내 이름을 아는고?"

노랑이 벽성선의 손을 잡고 눈물을 머금으며,

"제가 이미 낭자의 아름다운 이름을 들었나이다. 그 빙설 같은 지조의 명성이 우레 같거늘, 황씨 집안의 늙은 여자가 하늘과 귀신을 속이고 요조숙녀를 이처럼 모해하니. 제 손 안의 서릿발 같은 칼날이 무디어지지 않았으니, 요사하고 간악한 여자의 피로 검신劍神을 위로하고자 하나이다."

분개하여 일어나거늘, 선랑이 그 소매를 잡으며,

"노랑이 틀렸도다. 처와 첩의 분별은 임금과 신하의 분별과 같으니, 어찌 신하를 위해 임금을 해할 수 있으리오? 이는 의리가 아니라. 노랑이 만약 고집한다면 내 목의 피로 먼저 노랑의 칼을 더럽히리라."

말을 마치매 당당한 기상이 서릿발 같고 햇빛 같더라. 노랑이 또 탄식하며,

"낭자의 명성이 헛되이 전해진 것이 아니로다. 십 년 동안 배운 칼 솜씨를 황부에서 써보지 못해 마음이 가장 불편하나, 낭자의 얼굴을 보아 늙은 여자를 용서하니 낭자는 각별히 몸조심하소서."

칼을 들고 바람에 나부끼듯 나가거늘, 선랑이 여러 차례 당부해,

"노랑이 정실부인을 해친다면, 내 목숨도 그날 다하리니 깊이 생각해 당부를 저버리지 말라."

노랑이 미소하며 "제가 어찌 두 말을 하리오?" 하고 칼을 짚고 담장을 넘어 황부에 이르니, 동방이 이미 밝았더라.

춘월과 황소저가 조급하게 기다리다 노랑이 돌아온 것을 보고 춘월이 맞이해,

"어찌 이다지 늦었으며, 천한 기생의 머리는 어디 있는고?"

노랑이 비웃고 왼손으로 춘월의 머리채를 붙잡고 오른손으로 서릿발 같은 칼을 들어 위부인을 가리키며 한참 노려보다 호되게 꾸짖더라.

"간악한 늙은 여자가 편협한 요부를 도와 정숙한 미인을 모해하니, 내가 손에 든 칼로 네 머리를 베고자 하나 선랑의 충성에 감동해 잠시 용서하거니와, 선랑의 재능과 절개는 밝은 해가 비추고 푸른 하늘이 아는

바라. 십 년간 청루에 있었음에도 붉은 앵혈이 있는 것은 옛 시대에도 찾아볼 수 없거늘, 네가 선랑을 해치려 한다면 내가 비록 천만리 밖에 있더라도 이 칼을 갈아 기다리리라."

말을 마치매 춘월을 끌고 문밖으로 나가니, 황부의 사람이 모두 크게 놀라 소란스럽더라. 남종 수십 명이 일제히 소리지르며 나가 노랑을 잡으려 하는데, 노랑이 호되게 꾸짖어 "너희가 나에게 덤빈다면, 먼저 이 여자를 죽이리라" 하니 감히 손을 쓰지 못하더라. 노랑이 춘월을 끌고 큰길로 나가 소리쳐,

"천하에 열렬한 의리를 가진 사람이 있거든 귀기울여 내 말을 들으라. 나는 자객이라. 황각로 부인 위씨가 간악한 딸을 위해, 걸왕5)을 도와 악을 행하듯 여종 춘월로 하여금 천금으로 나를 사서 양승상의 소실 선랑의 머리를 베어오도록 했도다. 그러나 내가 양부로 가서 선랑의 침실에 이르러 그 움직임을 엿보니, 거적자리와 베이불에 남루한 옷으로 촛불 아래에 누워 있는데 팔뚝 위 붉은 앵혈이 지금까지도 완연하니, 내가 평생 의리를 좋아하다 간악한 사람의 말을 잘못 듣고 정숙한 미인을 죽일 뻔했으니, 어찌 모골이 송연하지 않으리오? 내가 이 칼로 위씨 모녀를 죽여 선랑의 화근을 없애려 했으나, 선랑이 지성으로 만류하고 언사가 강개해 의리가 엄정하니, 아아! 십 년간 청루에 있었음에도 앵혈이 뚜렷한 여자를 음탕한 여자로 지목해, 원수의 악독을 잊고 처첩의 분별을 지키려는 공명정대한 의리의 여인을 간인으로 몰아가니, 어찌 한심하지 않으리오? 내가 선랑의 충심에 감동해 잠시 위씨 모녀를 놓아두고 돌아가나, 만약 이후에 이 일을 듣지 못한 무지한 자객이 위씨의 천금을 탐

5) 걸왕(桀王): 중국 고대 하(夏)나라의 마지막 왕. 포악한 임금의 전형으로 알려져 있다. 걸왕은 웅장한 궁전을 짓고 천하의 희귀한 보화와 미녀를 모았으며, 장야궁(長夜宮)을 지어 애첩 말희(妺喜)와 함께 유흥에 탐닉했다. 어진 신하 이윤(伊尹)의 간언을 듣지 않고 폭정을 일삼다가 하나라는 상(商)나라 탕왕(湯王)에 의해 멸망당했다.

내어 선랑을 해친다면, 내가 반드시 죄를 물을 것이라.”

그리고 칼을 들어 춘월을 가리키며,

“너는 천한 종인지라 말할 것도 없거니와, 또한 오장五臟을 지닌 여자이거늘, 밝은 햇살 아래 어찌 감히 현숙한 미인을 해치려 하는가? 이 칼로 즉시 너를 죽이고자 하되, 다시 생각해보니 뒷날에 황씨의 흉악한 행위를 증거할 만한 것이 없는 까닭에 실낱같은 목숨을 잠시 살려주노니, 그리 알지어다.”

칼날이 서릿발처럼 번뜩이더니 춘월이 땅에 엎어지고 노랑은 간 곳이 없거늘, 주위 사람들이 크게 놀라 춘월을 자세히 보니 유혈이 낭자하고 두 귀와 코가 없더라. 이로부터 노랑의 소문이 도성 안에 자자해, 선랑이 애매한 모함을 입은 것과 위씨 모녀의 간악함을 모르는 사람이 없더라.

한편 황부의 남종이 춘월을 업고 집안으로 들어가니, 위부인과 황소저가 노랑의 기세를 보고 몹시 두려워하다가 춘월의 모습을 보고 더욱 놀라 약을 구해 급히 치료하더라. 위부인이 가만히 생각하되,

‘천지신명이 돕지 않는 것인가? 내 경륜이 밝지 못한 것인가? 내가 보낸 자객이 도리어 나를 해치고 원수를 편들 줄 어찌 생각했으리오? 더욱 원통한 것은 계교를 세 번 행해 한 번도 뜻대로 되지 못하고 딸아이를 위해 눈엣가시를 제거하려 하다가 도리어 불미스러운 이름을 뒤집어써 소문이 낭자하니, 어미 된 자로서 어찌 부끄럽지 않으리오? 만약 선랑을 죽이지 못한다면, 차라리 우리 모녀가 죽어 아무것도 모르는 것이 나으리라.’

다시 계책을 생각해 춘월을 자기 침실에 뉘고 황의병 각로가 내당으로 들어오기를 기다려 다시 계략을 꾸미고자 하더라. 부인과 소저가 실망한 채 앉아 있는 것을 보고 황각로가 이상하게 여겨 묻기를,

“부인에게 무슨 불편한 일이 있소?”

위부인이 말하길,

"상공은 진실로 귀가 먹고 눈이 어둡다 하리이다. 밤에 집안에서 풍파가 일었던 것을 모르시나이까?"

황각로가 크게 놀라,

"무슨 풍파인고? 빨리 말하라."

위부인이 손을 들어 춘월을 가리키며,

"이 모습을 보소서."

황각로가 눈을 씻고 자세히 보니, 한 여자의 얼굴에 피가 가득 흐르고 두 귀와 코가 없어져 차마 눈뜨고 볼 수 없더라. 크게 놀라 묻기를,

"이 아이가 누구인고?"

주위에서 대답하길,

"여종 춘월이니이다."

황각로가 얼굴빛이 하얗게 질려 그 까닭을 물으니, 위부인이 쓸쓸히 말하길,

"세상에서 간악한 사람이 가장 두려운지라. 딸아이가 어리석어 벽성선과 헛되이 원한을 맺어 화를 입으니, 악독한 경륜과 흉악한 행위가 어찌 이에 이를 줄 생각했으리오? 도리어 처음 독을 마셨을 때 조용히 죽은 것만 못하나이다."

황각로가 말하길,

"무슨 말인고?"

위부인이 대답하길,

"지난밤 삼경에 한 자객이 저희 모녀의 침실에 쳐들어왔다가 춘월에게 쫓겨났거늘, 저희 모녀는 목숨을 보전했으나 춘월은 저렇게 크게 다쳤으니 고금천지에 듣지 못하던 변고라. 이를 생각하매 아직도 몸이 떨리나이다."

황각로가 말하길,

"어찌 선랑이 한 짓인 줄 알리오?"

위부인이 말하길,

"제가 어찌 알 수 있으리오마는, 이는 이른바 '봄 꿩이 스스로 욺'이라. 자객이 문밖으로 나가며 외쳐 '나는 자객이라. 황씨를 구하기 위해 선랑을 죽이고자 양부에 이르렀다가 선랑에게 죄가 없음을 알고 위씨 모녀를 죽이러 왔노라' 하니, 이것이 어찌 천한 기생의 요악한 계교가 아니리이까? 또한 자객을 보내어 그 뜻을 이루어 저희 모녀를 죽이되, 만약 불행히 이루지 못하면 흉악한 죄목을 저희 모녀에게 뒤집어씌우려 한 것이 아니리오?"

황각로가 듣기를 마치매 크게 노하여 형부刑部에 기별해 자객을 추적해 잡아들이고 천자께 다시 아뢰어 선랑을 처리하려 하니, 위부인이 말리더라.

"지난날 상공께서 선랑의 일을 황상께 아뢰었으나, 끝내 그 죄를 다스리지 못함은 다름 아니라 그 말이 공평하지 못해 사사로운 마음이 있는 것으로 조정에서 의심한 까닭이라. 상공의 체통으로 구구한 생각을 또 아뢰는 것은 아니 될 듯하니, 제 이질姨姪인 간관諫官 왕세창王世昌을 조용히 초청해 상의하소서. 이는 법의 기강에 관련된 것이요 풍속의 교화를 손상시킨 일이니, 표문을 올려 기강을 바르게 하는 것 역시 간관의 직분일까 하나이다."

황각로가 그 말을 옳게 여겨 즉시 왕세창을 청해 상의하니, 왕세창은 본디 줏대 없는 사람인지라 어려움 없이 승낙하고 가더라. 위부인이 다시 가궁인을 청해 인사하는 예를 마친 뒤에,

"우리의 만남이 이미 오래되었으니, 늘 옛날 일을 생각하면 슬플 따름이라. 오늘은 특별히 병자를 위해 약을 구하고자 그대에게 이렇게 청함이라."

그리고 춘월을 가리키며,

"이 여종은 딸아이의 심복이라. 주인을 대신해 뜻밖의 재앙을 당해 자객의 칼끝에 원혼이 될 뻔하다가 목숨은 보전했으나 얼굴이 망가졌는지라. 신통한 약을 얻지 못해 걱정했는데, 의사가 금창약[6]을 수궁[7]의 피에 섞어 바르면 즉시 낫는다 하더이다. 금창약은 이미 구해 얻었으나, 수궁의 피는 매우 귀한 것이라. 듣건대 궁중에 많다 하니, 남은 목숨에 자비를 베풀어 한때의 수고를 아끼지 마소서."

가궁인이 춘월을 보고 놀라 얼굴빛이 하얗게 질려 그 까닭을 물으니, 위부인이 겪은 일을 일일이 말하며 탄식하길,

"제가 지난날 딸아이의 혼사로 태후께 엄한 가르침을 받아 지금까지 황송해 마지않거늘, 궁인께서는 굳이 태후께 아뢰어 제 죄를 더할 필요 없거니와, 벽성선의 간악함은 독한 전갈이나 요사한 여우와 다름없는지라. 괴이한 변고가 끝이 없어 양씨 가문이 장차 망하는 지경에 이를 것이나, 제가 딸아이의 평생을 위해 모른 척하려 하나이다."

가궁인이 놀랍고 의아해,

"황부의 환란이 이처럼 놀라운데, 어찌 자객을 추적해 잡아들이고 간악한 사람을 조사해 일벌백계하는 도리를 행하지 않나이까?"

위부인이 탄식하며,

"이는 다 딸아이의 운명이라. 어찌 도망쳐 면하리오? 하물며 우리 상공께서는 연세가 많고 기력이 없어 아녀자의 일을 조정에 아뢰려 하지 않으시니 어찌하리오?"

가궁인이 머리를 끄덕이고 즉시 돌아와 약을 보내고서 태후를 뵙고

---

6) 금창약(金瘡藥): 칼이나 창이나 화살 따위의 쇠끝에 다친 상처에 바르는 약.
7) 수궁(守宮): 도마뱀붙이. 도마뱀과 비슷하나, 머리는 삼각형이며 허리가 짧고 납작하며 꼬리는 끝이 짧고 무디다. 경련을 진정시키고 폐와 신장을 보호해주며 천식과 기침을 그치게 하는 약재로 쓰였다. 도마뱀붙이에게 주사(朱砂)를 먹여 기르면 몸이 붉게 변하는데, 도마뱀붙이를 곱게 찧어 여자 몸에 찍어두면 붉은 점이 없어지지 않다가 결혼을 하면 붉은 점이 없어져 수궁이라 했다 한다.

황부의 변고를 아뢰길,

"황소저가 아녀자의 덕이 부족하나, 선랑에게 간악함이 없지 않은 듯하더이다. 위씨는 태후마마께서 돌봐주는 사람이거늘, 이러한 변고를 당했는데도 어찌 굽어살피지 않으시나이까?"

태후께서 불편한 기색을 보이며,

"한쪽 말을 어찌 그대로 믿으리오?"

이튿날 천자가 조회에 임하실 때 간관 왕세창이 표문을 올리니 그 표문은 이러하더라.

"풍속의 교화와 법의 기강은 나라의 큰일이라. 지금 전쟁터에 나가 있는 원수 양창곡의 천첩 벽성선이 음란한 행실과 간악한 마음으로 정실부인을 죽이고자 해 처음에는 독약을 시도했고, 또 자객을 보내어 승상 황의병의 집안에 들어가 여종을 잘못 찔러 목숨이 경각에 달려 있사옵니다. 들리는 소문이 놀랍고 사태가 흉악함은 물론이요, 하물며 첩이 정실부인을 모해하는 것은 풍속의 교화를 해치는 것이며, 자객이 규방에 횡행하는 것은 법의 기강이 없는 것이니, 엎드려 바라건대 폐하께서는 형부에 명해 먼저 자객을 추적해 잡아들이도록 하시고, 벽성선의 죄악을 다스려 풍속의 교화와 법의 기강을 세워주소서."

천자가 읽기를 마치매 크게 놀라 황각로를 돌아보며,

"이는 그대 집안의 큰일이라. 그대는 어찌 말하지 않았는고?"

황각로가 머리를 조아리며,

"신이 죽음을 앞둔 나이에 외람되이 대신의 반열에 올라 일찍 물러나지 못하고, 집안의 불미스러운 일로 감히 자주 말씀을 아뢸 수 없었나이다."

천자가 한참 생각하다가,

"민간의 집에 자객이 출입하는 것이 놀랍고 탄식할 일이거든, 하물며 원로대신의 집에 이러한 변고가 있는가? 자객은 추적해 잡아들이기 어려우리니, 그것이 누구의 소행인지 어찌 조사해 알 수 있으리오?"

황각로가 아뢰길,

"신이 지난날 벽성선의 일을 폐하께 아뢰었으되, 조정의 의론은 신이 협잡하는 것으로 몰아가더이다. 신의 나이가 이미 일흔에 이르렀으니, 어찌 규중 부녀자의 자잘한 일로 거듭 폐하를 번거롭게 하리이까? 벽성선의 간악한 죄상이 도성 안에 낭자하고, 자객이 스스로를 선랑이 보낸 사람이라 일컬은 것이 도성 안에 자자하옵니다. 엎드려 바라건대 폐하께서는 사람을 살리는 덕을 베풀어 벽성선의 죄를 밝혀주소서."

천자가 크게 노하여,

"질투하는 일은 어느 집에나 있거니와, 어찌 자객과 결탁해 이렇듯 소문이 낭자하리오? 먼저 자객을 추적해 잡아들이고 벽성선은 집에서 쫓아내도록 하라."

전전어사殿前御史가 아뢰길,

"벽성선을 쫓아낸즉 보낼 곳을 알지 못하니, 금의부禁義府에 가둠이 좋을까 하나이다."

천자가 오랫동안 묵묵히 생각하더니 하교하시길,

"이에 대해 다시 처분을 내리리니, 벽성선은 잠시 그대로 두고 자객을 신속히 추적해 잡아들이라."

천자가 조회를 끝내고서 태후를 뵙고 선랑의 일을 아뢰고 또 난처함을 아뢰니, 태후가 웃으며,

"나도 들었으나, 규방 안에서의 질투의 일에 불과함이라. 일이 비록 커졌으나 나라에서 간섭할 일이 아니오니, 자잘하고 지나친 말에 조정이 어찌 끼어들리오? 하물며 억울함이 있다면 여자는 편벽된 성질을 갖고 있어 분명 죽고 사는 일을 가볍게 여기리니, 어찌 화평한 기운을 해쳐 성스러운 덕에 누가 되리오?"

천자가 웃으며,

"모후의 가르침이 곡진하시니, 소자가 계책을 내어 잠시 풍파를 진정시키고 양창곡의 귀환을 기다려 조처하게 하리이다."

태후가 웃으며,

"어떠한 계책이 있소?"

천자가 대답하길,

"벽성선을 고향으로 보냄이 어떠하리이까?"

태후가 웃으며,

"폐하가 이렇게 생각하니, 양쪽을 생각하는 방법이 이보다 더 좋을 수 없는지라. 늙은 이 몸의 생각이 미칠 바가 아니로소이다."

천자가 웃으며,

"제가 매번 황씨의 일을 들어보면 사사로운 정이 없지 않거늘, 모후께서는 조금도 돌보아주지 않으시니 혹 억울함이 있을까 하나이다."

태후가 웃으며,

"이것이 곧 위씨를 돌보아주는 길이라. 위씨 모녀가 일찍부터 교만해 아녀자로서 덕을 닦지 않으니, 저들이 나만 믿고 방자한 마음을 키울까 걱정이로소이다."

천자가 탄복해 마지않으시고, 이튿날 조회에서 황의병과 윤형문 두 각로에게 하교하시길,

"벽성선의 일이 매우 놀라우나, 양창곡이 대신의 반열에 있고 내가 예로써 대우하는 신하라. 어찌 조급하게 그의 첩실을 형부에 내리리오? 내가 적절한 방법을 교시하리라. 그대들은 모두 양창곡과 사돈 사이로, 어려운 일이 생겼을 때 서로 도움이 한집안과 같으리라. 오늘 조회를 마치고 나서 양현을 찾아가서 만나고 벽성선은 임시방편으로 고향으로 보내어 집안 풍파를 잠깐 가라앉히고 양창곡의 귀환을 기다려 처리하게 하라."

윤각로가 황각로의 협잡을 아는지라 다투기 싫고, 다시 생각건대 선

랑을 고향으로 보내어 그 몸을 평안하게 하는 것이 좋을 듯해 즉시 아뢰길,

"폐하의 하교가 이처럼 곡진하시니, 신들이 양현을 찾아가 폐하의 뜻을 전하리이다."

조회를 마치고 나갈 새, 황각로가 끝내 불쾌한 생각이 있어 가만히 생각하되,

'내가 딸아이를 위해 치욕을 시원하게 설욕하지는 못했으나, 다행스러운 것은 벽성선을 고향으로 내쫓으면 우선 눈앞의 울분을 설욕하는 것이라. 내가 당장 폐하의 하교를 전하고 즉시 내쫓으리라.'

그리고 즉시 양부에 이르니, 마침내 어찌될 것인가? 다음 회를 보라.

춘월은 모습을 바꿔 산화암으로 가고
우격은 술에 취해 십자로를 지나더라

제20회

황각로가 양부에 이르러 양원외를 만나 천자의 뜻을 전하며,

"내가 황상의 명을 받들고 왔으니, 마땅히 천한 기생을 내쫓고 나서 돌아가리라."

이윽고 윤각로가 이르러,

"오늘 황상의 처분은 앞뒤 풍파를 안정시키고 양원수의 귀환을 기다리는 것이니, 형은 조용히 조치해 황상의 곡진한 뜻을 저버리지 마소서."

하고 즉시 몸을 일으켜 돌아가더라. 양원외가 내당에 들어와 선랑을 불러,

"내가 귀가 먹고 눈이 어두워 수신제가를 제대로 못하고 폐하의 엄한 하교를 받들게 되니, 신하 된 도리에 오늘 처지가 매우 황송한지라. 너는 이제 잠시 고향으로 돌아가 양원수가 돌아오길 기다리라."

선랑이 눈물이 글썽글썽해 감히 우러러 묻지 못하거늘, 양원외가 측은히 여겨 거듭 위로하고서 행장을 꾸리게 하더라. 수레 한 대와 남종 몇 명으로 자연은 부중에 두고 소청만 데리고 떠날 새, 시어머니 허부인

126

과 윤소저에게 하직 인사를 하고 섬돌을 내려가니, 눈물이 비 오듯 흘러 붉은 뺨을 덮고 비단 적삼을 적시더라. 이날 양부의 사람이 모두 슬퍼해 뿌린 눈물이 비를 이루고 위로의 말에 태양도 빛을 잃더라.

윤부와 황부의 여종들이 구경하러 구름같이 모였는데, 차마 보지 못해 흐느껴 울거늘, 황각로가 마음속으로 불쾌해하며,

'예로부터 간악한 인물이 인심을 얻는다더니, 어찌 딸아이의 신상에 해롭지 않으리오?'

선랑이 수레를 몰아 강주로 향할 새, 낙교洛橋의 푸른 구름은 한 걸음 한 걸음 점점 멀어지고, 천리의 긴 노정에는 산천이 겹겹이 가로막혀 있더라. 고단한 행색과 처량한 마음은 강물을 만나고 산을 오를 때마다 창자가 끊어지는 듯하고 넋이 사라지는 듯하더니, 갑자기 광풍과 소나기가 몰아쳐 천지가 아득하고 지척을 분간하기 어려운지라. 삼사십 리도 채 못 가 객점에서 쉬니 어찌 잠을 이루리오? 선랑과 소청이 외로운 등불 아래 처량하게 마주앉았는데 선랑이 생각하되,

'괴이하도다. 내 신세여! 어려서 부모를 잃고 서글픈 처지와 떠도는 자취가 의탁할 곳이 전혀 없다가 다행히 양한림을 만나 한 조각 마음을 바다처럼 기울이고 한몸의 의탁을 태산泰山처럼 기약하더니, 오늘 이 길은 어찌된 까닭인가? 강주에 선영先塋도 친척도 없으니 누구를 바라보고 돌아가며 내가 그곳을 떠난 지 일 년이 못 되어 이처럼 돌아가니, 무슨 면목으로 다시 이웃을 대하리오? 아아! 내가 지금 가는 이 길은 명색이 무엇인가? 나라의 죄인이라 한다면 조정에 지은 죄가 없고, 가문에서 쫓겨난 며느리라 한다면 남편의 뜻이 아니니, 어찌 처신해야 할지 견줄 데가 없도다. 차라리 이곳에서 죽어 천지신명께 사죄하리라.'

행장에서 작은 칼을 꺼내어 목을 향해 곧바로 찌르려 하거늘, 소청이 울며 아뢰길,

"낭자의 빙설 같은 마음은 하늘이 내려다보시고 태양이 비춰주시니,

만약 이곳에서 불행하게 된다면 이는 간악한 사람의 소원을 이루어주고 천고의 누명을 씻기 어렵게 됨이라. 바라건대 마음을 가라앉혀 승당僧堂이나 도관道觀을 찾아가 한몸을 의탁해 때를 기다림이 좋을 듯하거늘, 어찌 이러한 행동을 하시나이까?"

선랑이 탄식하며,

"곤궁한 인생이 갈수록 심해지니 어느 때를 기다리리오? 내 나이가 스물이 되지 않았으니 분명 이승의 죄악이 없으려니와, 전생의 죄악으로 하늘이 벌을 내려 재앙의 그물을 벗어나지 못하니 빨리 죽어 아무것도 모르는 것이 나으리라."

소청이 다시 아뢰길,

"들건대 여자는 의로운 일이 아니면 죽지 않는다 하니, 오늘 낭자의 이러한 마음은 제가 알지 못하겠나이다. 무릇 여자가 절개를 지키고자 죽는 것이 두 가지니, 어려서 어버이를 위해 죽으면 효孝이고, 시집가서 지아비를 위해 죽으면 열烈이라. 이 두 가지가 아닌 일로 죽는다면, 이는 질투하는 간악한 여인의 행위에 불과하거늘, 낭자는 어찌 이를 생각하지 않고 헛되이 죽으려 하시나이까? 하물며 상공께서 만리 떨어진 먼 곳에 계시어 집안의 환란을 아득히 모르시는데, 훗날 집으로 돌아와 이 일을 들으시면 마음이 과연 어떠하리이까? 이부인1)을 생각하고 홍도객2)을 보내시며, 슬프고 침울해 혼을 사르고 애를 끊는 상공의 모습을 낭자

---

1) 이부인(李夫人): 전한 때 중산(中山) 사람. 이연년(李延年, ?~BC 87)의 누이로, 아름다운 외모를 지니고 춤을 잘 춰 무제(武帝)의 총애를 받았다. 그녀가 일찍 죽자 무제는 그 모습을 그림으로 그려 감천궁(甘泉宮)에 걸어두고 항상 그리워했다. 방사(方士) 소옹(少翁)이 그녀의 혼령을 부를 수 있다면서 밤에 등을 켜고 장막을 치고서 무제에게 장막 안에 앉아 먼 곳을 바라보도록 했는데, 이부인의 모습을 닮은 묘령의 여자가 보였다고 한다.
2) 홍도객(鴻都客): 한나라 궁전의 홍도문(鴻都門) 안에 손님으로 와 있는 도사로, 죽은 이의 혼백을 불러올 수 있었다 한다. 당나라 문인 백거이의 「장한가長恨歌」에 "사천성(四川省) 임공(臨邛)의 도사로 홍도문 안에 온 손님이 능히 정성을 들여 혼백을 불러올 수 있다 하네(臨邛道士鴻都客, 能以精誠致魂魄)"라는 시구가 있다.

께서 생각하신다면, 죽은 혼령이라도 분명 방황하며 차마 그 정근을 끊지 못하리니, 그때 낭자께서 지난 일을 후회하더라도 어찌할 것이며, 환혼단還魂丹을 구하려 해도 어찌 얻을 수 있으리이까?"

말을 마치매 선랑이 두 눈에 흐르는 눈물을 멈추지 못해 "소청아! 네가 나를 그르치는 것이 아니냐? 다만 내가 맹렬하지 못해 한스러울 따름이로다" 하고 즉시 객점의 노파를 불러 말하기를,

"나는 지금 낙양으로 가는 길이라. 날마다 객관에서 꾸는 꿈이 불길하기에, 이 근처에 승당이나 도관이 있다면 향불을 피워 기도하고 떠나려 하니, 바라건대 주인은 밝히 가르쳐주소서."

객점의 노파가 대답하길,

"여기에서 황성을 향해 십여 리 돌아가면 승당이 있으니, 이름은 산화암散花菴이라. 관음보살께 공양함이 가장 영험이 있나이다."

선랑이 크게 기뻐해 이튿날 행장을 수습하고 산화암을 찾아가니, 신령한 경계가 과연 그윽하고 깊숙하며 경치가 뛰어나더라. 암자에 여승 십여 명이 있고 불단에 세 부처를 받들어 모셨으니 금빛이 찬란하며, 좌우에 오색 꽃이 꽂혀 있고 비단 휘장과 수놓은 주머니가 무수해 향기가 코를 찌르더라. 여승들이 선랑의 용모를 보며 흠모하지 않음이 없어 앞다투어 다과를 내오니 대우가 자못 극진하더라. 저녁 예불을 마치고 선랑이 주지 여승을 청해 조용히 이르길,

"저는 본디 낙양 사람으로, 집안의 환란을 피해 스님의 처소를 찾아와 몇 달 머물고자 하나니, 보살님의 뜻이 어떠하오?"

여승이 합장하고 대답하길,

"불가佛家는 자비를 마음으로 삼나니, 이처럼 낭자께서 일시 액운을 피해 누추한 절에 의탁하려 하시니 어찌 영광스럽지 않으리이까?"

선랑이 감사를 드리고 행장을 풀고서 남종과 수레를 돌려보낼 때 윤 소저에게 편지를 부쳐 속마음을 대략 알리더라.

이때 황각로가 집으로 돌아와 부인과 황소저에게 말하길,

"내가 오늘 네 원수를 갚았노라."

하고 선랑을 강주로 쫓아낸 일을 말하니, 위부인이 비웃으며,

"독사와 맹수를 죽이지 않고 오히려 화근을 남기니 도리어 후환을 더할지라. 어찌 두렵지 않으리이까?"

황각로가 묵묵히 대답하지 않고 불쾌한 기색으로 외당으로 나가더라. 위부인이 춘월을 지성으로 간호한 지 한 달이 지나니, 상처는 조금 나았으나 얼굴은 원래대로 돌아오기 어려워, 칼날에 베인 추한 얼굴이 지난날의 춘월이 아니더라. 춘월이 거울에 얼굴을 비춰보매 이를 갈고 맹세해,

"지난날의 벽성선은 황소저의 적국이었으나, 지금의 벽성선은 춘월의 원수라. 제가 결단코 이 원수를 갚으리니 뒷일을 지켜보소서."

위부인이 탄식하길,

"천한 기생이 이제 강주로 돌아가 편안히 자고 먹으니, 양원수가 돌아온즉 일이 뒤집혀 우리 모녀와 너의 목숨이 장차 어찌되리오?"

춘월이 말하길,

"부인은 근심하지 마소서. 제가 먼저 선랑이 간 곳을 알아내고 마땅히 계책을 세우리이다."

이때 태후가 가궁인을 불러,

"내가 황상을 위해 해마다 정월 보름에 예불을 올리니, 오늘 산화암에 향불과 과일을 준비해 가서 보름에 경건히 기도를 올리라."

가궁인이 명을 받아 즉시 산화암에 이르러 지성으로 불공을 드릴 새, 일산日傘과 깃발은 산바람에 나부끼고, 법고法鼓와 염불 소리가 도량에 진동하거늘 만세를 불러 천자의 수복壽福을 기원하더라. 가궁인이 불공을 마치고 암자를 두루 구경할 때 동쪽 행각에 이르니 깨끗한 방 한 칸이 있는데 문을 닫아 인적이 없는 듯하거늘, 가궁인이 문을 열려 하니 여승

이 조용히 아뢰길,

"이 방은 손님이 머무는 방이라. 얼마 전에 한 낭자가 이곳을 지나가다 몸이 불편해 이 방에 머물고 있는데, 그분의 성품이 질박해 바깥사람을 꺼리나이다."

가궁인이 웃으며 "만약 남자라면 내가 마땅히 피하겠거니와, 같은 여자인데 잠깐 서로 봄이 무엇이 해로우리오?" 하고 문을 열고 보니, 한 미인이 여종 한 명과 더불어 쓸쓸히 앉아 있는데, 달 같은 모습과 꽃 같은 얼굴은 참으로 경국지색이라. 고운 눈썹에 언뜻 근심을 띠었고 붉은 뺨에 살짝 부끄러워하는 기색이 있어 사뭇 얌전하고 몹시 단아하거늘, 가궁인이 마음속으로 크게 놀라 앞으로 나아가 묻기를,

"어떠한 낭자이기에 이리 고운 자태로 적막한 암자에 머물고 있소?"

선랑이 가을 물결 같은 눈길로 가궁인을 바라보고, 얼굴 가득 홍조를 띠며 꾀꼬리 같은 목소리로 나지막이 대답하길,

"저는 지나가는 나그네라. 몸에 병이 났는데, 객점이 번잡하기에 이곳에 머물며 몸조리하고자 하나이다."

가궁인이 그 말을 듣고 얼굴을 보니 사랑하는 마음이 한껏 생겨나 자리를 같이해 단정히 앉아 말하길,

"나는 잠시 암자에 기도하러 온 사람으로, 성은 가씨賈氏라. 이제 낭자의 아름다운 얼굴을 대하고 단아한 말씀을 들으매 사랑하는 마음이 절로 일어나니, 알지 못하겠도다. 낭자의 나이는 얼마나 되며 성함은 어떻게 되는고?"

선랑이 기뻐하며 대답하길,

"저 역시 가씨賈氏요, 나이는 열여섯이니이다."

가궁인이 더욱 기뻐하며 "같은 성을 가진 사람은 영원한 친척이라. 마땅히 함께 하룻밤을 지내리라" 하고 베개와 이불을 선랑의 침소로 옮기더라.

선랑이 객지에서 외롭게 지내다가 가궁인의 정숙한 성품과 간곡한 뜻을 보고 탄복할 뿐 아니라, 물길은 달라도 샘이 같기에 속마음을 모두 토해내지는 않으나 은근한 정을 아끼지 않더라. 가궁인은 본래 총명한 여자인지라 선랑의 말과 행동이 평범하지 않음을 보고 조용히 묻기를,

"이미 같은 성의 친척이니, 어찌 사귐이 얕아 속마음을 털어놓으려 하지 않으리오? 낭자의 비범한 예절을 보니 민간의 평범한 사람이 아니라. 어찌 이곳에 이르렀는고? 속마음을 숨기지 마오."

선랑이 가궁인의 다정함을 보고, 사실대로 말할 필요는 없으나 지나치게 숨기는 것도 의리가 아니라 생각해 대략 아뢰길,

"저는 본디 낙양洛陽 사람으로, 일찍 부모와 친척을 잃고, 현재 집안의 환란을 만난지라. 갈 곳을 몰라 잠시 이곳에 의탁해 집안의 재앙이 진정되기를 기다리나이다. 제가 비록 나이는 어리나 겪은 일들을 생각해보니, 덧없는 인생에서 괴롭지 않은 것이 없나이다. 일의 기미를 보아, 머리를 깎고 승려가 되거나 도사를 따를까 하나이다."

말을 마치매 두 눈에 눈물이 가득하고 기색이 참담하거늘, 가궁인은 그가 꺼내기 어려운 말이 있음을 알고 다시 묻지는 못하나 측은한 사정을 생각하고 위로해,

"낭자가 당한 고난을 알지는 못하나, 낭자의 용모를 보건대 앞길이 과연 적막하지 않으리니, 어찌 한때의 액운을 견디지 못해 스스로 평생을 그르치리오? 이 암자는 내가 때때로 왕래하는 곳이니 내 집과 다름이 없고, 암자의 여승은 모두 내가 믿을 만한 분인지라. 낭자를 위해 부탁하리니, 바라건대 낭자는 마음을 너그러이 가져 불길한 생각을 품지 마오."

선랑이 감사드리더라.

이튿날 가궁인이 돌아갈 때 선랑의 손을 잡고 애틋해 차마 떠나지 못하며, 모든 여승에게 일일이 부탁하길,

"가낭자와 여종의 아침저녁 식사를 내가 마땅히 조금 도우려니와, 만

약 나이 어린 부인이 편협한 마음으로 검푸른 구름 같은 머리칼에 체도剃刀를 댄다면, 여러 스님은 내 얼굴을 대할 수 없으리라. 내 말을 믿지 않아 혹 믿음을 저버린다면 죄에 대한 책임을 더하리니 반드시 명심하시오."

승려가 모두 합장해 명을 받으니, 선랑이 그 극진한 뜻에 감사하더라. 가궁인이 돌아와 태후께 결과를 아뢴 뒤에 자기 방으로 돌아와 선랑을 잊지 못하거늘, 며칠 뒤 여종 운섬雲蟾을 보내어 돈 수십 냥과 음식 한 상자를 가지고 산화암에 이르러 선랑에게 바치게 하니, 운섬이 명을 받들고 가더라.

한편 춘월이 선랑의 거처를 알고자 변복을 하고 문을 나갈 때 스스로 용모가 부끄러워 푸른 수건으로 머리와 두 귀를 감싸고, 고약 한 조각을 얼굴에 발라 코를 가리고 웃으며,

"옛적의 예양[3]은 온몸에 옷칠을 해 문둥병자의 모습으로 조양자[4]의 원수를 갚았는데, 지금 춘월은 부모님께서 남겨주신 몸을 귀중히 여기지 않고 마음을 다해 선랑을 해치려 하니, 이는 과연 누구를 위한 것인고?"

---

3) 예양(豫讓): 중국 전국시대 진(晉)나라 의사(義士). BC 5세기 중엽 지백요(智伯瑤)가 조양자(趙襄子)를 치려다가, 조(趙)·한(韓)·위(魏)의 연합군에 멸망했다. 이때 조양자는 지백요의 두개골로 술잔을 만들었다고 한다. 지백요의 신하인 예양은 보복을 다짐하고 죄인으로 가장해 조양자의 변소에 잠입해 그를 죽이려다 발각되었으나, 조양자는 그를 의인(義人)이라 생각해 석방했다. 그뒤 예양은 온몸에 옷칠을 해 문둥병자로 변장하고, 조양자가 외출할 때 다리 밑에 숨었다가 찔러 죽이려 했으나, 말이 놀라는 바람에 다시 붙잡혔다. 조양자가 이번에는 그를 석방하지 않았다. 예양은 조양자에게 간청해 그의 옷을 받아 칼로 세 번 치고 "지하에서 지백요에게 보고하겠다"는 말을 남기고 칼로 자결했다.
4) 조양자(趙襄子): 중국 전국시대 진(晉)나라에는 지(智)씨·조(趙)씨·한(韓)씨·위(魏)씨·범(范)씨·중항(中行)씨가 소국을 형성하고 있었다. BC 472년 지씨 제후 지백요(智伯瑤)가 조·한·위를 포섭해 범·중항을 몰아내고 그들의 영토를 분할해 차지했다. 지백요는 실권을 잡고 나서 조·한·위의 제후에게 영토를 반환할 것을 요구했는데, 조씨 제후 조양자는 이를 거부했다. 조양자는 재상 장맹담(張孟談)을 한·위에게 보내 지백요를 배반하도록 종용하고, BC 453년 지백요를 사로잡아 처형했다.

위부인이 웃으며,

"네가 성공한다면, 마땅히 상으로 천금을 주어 일생 쾌락을 누리게 하리라."

춘월이 웃으며 문을 나갈 때 생각하되,

'우물 속 물고기를 바다에 내놓았으니, 누구에게 그 간 곳을 물으리오? 들건대 만세교萬世橋 아래 장張선생의 점술이 신통해 황성에서 가장이름난 점쟁이라 하니, 내가 우선 물어보리라.'

돈 몇 냥을 가지고 장선생을 찾아가 묻기를,

"나는 자금성에 살고 있는데, 마침 원수怨讐가 있어 그 간 곳을 모르니선생은 밝히 가르쳐주소서."

장선생이 한참 생각하다가 점괘를 얻어,

"성인께서 팔괘를 그은 것은, 흉한 일을 피하고 길한 일을 성취해 사람을 구하고자 함이거늘, 지금 점괘를 보니 올해 그대의 운수가 매우 불길하니, 특히 조심해 다른 사람과 척지지 말라. 원수라도 의리로 감화하면 도리어 은인이 될 것이라."

춘월이 웃으며 "선생은 쓸데없는 말을 하지 말고, 원수가 간 곳을 알려달라" 하며 돈 몇 냥을 내주니 장선생이 말하길,

"그대의 원수가 처음에는 남쪽으로 향하다가 걸음을 되돌려 북쪽으로 향했으니, 만약 산속에 숨지 않았다면 분명 죽었으리라."

춘월이 다시 자세히 물으려 하다가 각처에서 점을 보러 오는 사람들이 문 앞에 가득찬 까닭에, 자신의 처지가 탄로날까 두려워 작별하고 즉시 돌아갈 때 길에서 운섬을 만나니, 지난날 위부에서 여러 차례 안면이 있는지라. 춘월이 운섬을 보고 불러,

"운섬은 어디로 가는고?"

운섬이 이상히 여겨 대답하지 않으니, 이는 춘월의 용모와 복색이 지난날과 다른 까닭이더라. 춘월이 웃으며,

"그동안 이상한 병에 걸려 얼굴이 이처럼 흉측하게 되었으니, 낭자가 몰라보는 것이 당연하도다. 만세교 아래에 이름난 의원이 있다 하기에 가서 의약을 처방 받고 오는 길이라. 병중에 바람 쐬는 것이 걱정되어 잠깐 남복을 입었으나, 참으로 우습도다. 낭자는 이상히 여기지 말라."

운섬이 놀랍고 의아해,

"춘월 낭자의 얼굴에 지난날의 모습이 조금도 없거늘 어떤 병에 걸렸기에 이 지경에 이르렀는고?"

춘월이 코를 가리며 탄식하길,

"운수 아닌 것이 없으니, 아직 목숨을 보존해 다행인가 하노라."

운섬이 말하길,

"우리 낭자의 명을 받들어 지금 남쪽 교외에 있는 산화암으로 향하노라."

춘월이 말하길,

"무슨 일로 가는고?"

운섬이 대답하길,

"우리 낭자께서 얼마 전 기도하러 암자에 갔다가 한 낭자를 만났으니 곧 같은 성을 가진 친척이라. 한번 보매 오래 알던 사람같이 여겨져 오늘 편지와 돈을 보내는 까닭에 명을 받아 이에 이르렀노라."

춘월은 본디 음흉한 여자인지라 이 말을 듣고 놀랍고 의아해 그 자취를 알고자 웃음을 머금고,

"운섬 낭자가 나를 속임이라. 나도 얼마 전에 산화암으로 불공을 드리러 갔으되 이러한 낭자를 보지 못했으니, 알지 못하겠도다. 그 낭자가 언제 암자에 왔는고?"

운섬이 웃으며,

"춘월 낭자는 남을 잘 속이거니와 나는 남을 속인 적이 없도다. 내가 여스님이 전하는 것을 듣건대, 그 낭자가 암자에 온 지 보름이 지나지

않았다 하고 여종 한 명과 더불어 객실에 머물며 바깥사람의 출입을 꺼린다 하니, 이는 분명 천성이 질박한 낭자라. 꽃 같은 얼굴과 달 같은 자태가 세상에 비길 데 없는 미인으로, 우리 낭자께서 한번 만나고 돌아와 지금까지 잊지 못해 그 낭자를 위로하고자 나를 보내시니, 내가 어찌 헛된 말을 하리오?"

춘월이 일일이 듣고 몰래 생각하되,

'이는 분명 선랑이로다.'

마음속으로 크게 기뻐해 즉시 운섬과 헤어져 급히 돌아와 위부인과 황소저에게 아뢰니, 위부인이 놀라,

"가궁인이 이 일을 안다면 태후께서 어찌 모를 것이며, 태후께서 안다면 황상께서 어찌 묻지 않았으리오?"

춘월이 대답하길,

"부인께서는 걱정하지 마소서. 벽성선은 정숙한 여자라 가궁인에게 속마음을 토로하지 않았으리니, 제가 몰래 자취를 알아내고서 마땅히 묘책을 행하리이다."

이튿날 춘월이 옷을 바꿔 입고, 산에 노닐러 온 사람의 행색으로 황혼녘에 산화암에 이르러 하룻밤 묵어가기를 청하니, 여승이 객실을 정해 주거늘, 밤이 깊은 뒤에 춘월이 몰래 정당과 행각을 돌아다니며 창밖에서 들으니 곳곳에 염불하는 소리이더라. 동쪽에 객실이 하나 있는데 등불이 깜빡거리고 인적이 고요하거늘, 춘월이 창틈으로 엿보니 한 미인은 벽을 향해 누워 있고 여종 한 명이 촛불 아래 앉아 있으니 이는 곧 소청이라. 춘월이 자취를 감추어 객실로 돌아가서 이튿날 새벽에 여승과 작별하고 황부로 돌아와 황소저와 위부인을 보고 깔깔 웃으며,

"양원수의 부중이 깊고 깊어 제 솜씨를 다할 수 없었는데, 하늘이 도와 선랑과 여종을 이제 지옥에 넣으니 제가 아주 쉽게 계책을 쓸까 하나이다."

136

황소저가 놀라 묻기를,

"선랑이 과연 암자에 있더냐?"

춘월이 탄식하며,

"선랑이 양부에 있을 때는 제가 절대가인으로만 알았으나, 이제 산화암 불등佛燈 앞에서 보니 진실로 속세의 사람이 아니라. 만약 요대의 선녀가 아니라면 분명 옥경의 선녀가 내려옴이니, 양상공께서 철석鐵石 같은 간장肝腸이라도 어찌 미혹되지 않으리오? 이 기회를 잃으면, 우리 소저는 끝내 개밥그릇의 도토리같이 외로운 신세를 면하지 못할까 하나이다."

위부인이 춘월의 손을 잡으며,

"소저의 평생이 곧 너의 평생이라. 소저가 뜻을 이루면 너 역시 뜻을 이루리니, 경솔히 생각하지 말라."

춘월이 이에 주위 사람들을 물리치고,

"저에게 한 계책이 있나이다. 저의 오라버니 춘성春成이 방탕해 장안 사람들을 널리 사귀되 그중에 방탕한 자가 있어 성은 우虞요, 이름은 격㲼이라. 용맹과 힘이 남보다 뛰어나고 술과 여색을 탐해 생사를 돌아보지 않으니, 춘성을 통해 꽃향기를 누설하면 봄바람에 미친 나비가 어찌 바람에 흩날리는 꽃을 탐하지 않으리이까? 일이 뜻대로 되면 선랑의 아름다운 자질이 뒷간에 떨어진 꽃이 되어 평생을 그르칠 것이요, 일이 뜻대로 되지 않으면 실낱같은 목숨이 칼끝의 외로운 혼백을 면하지 못하리니, 어떠하든 우리 소저의 눈엣가시를 없애리이다."

위부인이 크게 기뻐해 빨리 도모할 것을 재촉하니, 춘월이 웃고 나가더라.

우격은 무뢰배로서 자주 법을 어기고도 무뢰배들과 결탁해 이름을 바꾸고 수시로 출몰하였는데, 하루는 우격이 소년 잡류 십여 명과 더불어 십자로十字路에 모여 술을 마시고 떠들다가 춘성을 만나 손잡고 다시 술집

을 찾아가 마실 새, 춘성이 갑자기 길게 탄식하며,

"남자가 세상에 태어나 절세미인을 가까이 두고 차지하지 못하면, 어찌 멋진 남자라 할 수 있으리오?"

우격이 말하길,

"이것이 무슨 말인고?"

춘성이 웃고 대답하지 않으니, 우격이 웃으며 캐묻더라. 춘성이 말하길,

"이곳이 매우 번잡하니, 오늘밤 내 집으로 찾아오라."

우격이 응낙하고 몹시 조급해 황혼녘에 춘성 집에 이르니, 춘성이 그의 손을 잡고 자리에 나아가 웃으며,

"내가 그대를 위해 경국지색을 중매하고자 하나, 그대의 솜씨가 너무 서툴러 일을 이루지 못할까 하노라."

우격이 말하길,

"일단 말할지어다."

춘성이 말하길,

"들건대 강주 청루에 이름난 기생이 있으니, 달 같은 자태와 꽃 같은 얼굴은 고금에 비할 데 없고, 노래와 춤과 풍류는 당대 제일이라. 한번 찡그리면 월나라의 서시西施는 자신의 누추함을 부끄러워하고, 한번 웃으면 당나라 현종의 양귀비는 총애를 잃을까 시기하리니, 그대가 이런 미인을 차지할 수 있으리오?"

우격이 손을 뿌리치고 춘성의 뺨을 때리며,

"이놈, 춘성아! 내가 비록 방탕하나 상·중·하 세 판에 거리낌이 없거늘, 네가 한낱 황부의 종으로 어찌 감히 나를 농락하느냐? 강주가 여기서 몇 리인가?"

춘성이 또 짐짓 말하길,

"속담에 '중매를 잘못하면 뺨을 세 번 맞는다' 하거니와, 간절한 마음속 말을 자세히 듣지도 않고 이리하니, 다시 얘기를 꺼내지 않으리라."

우격이 웃으며,

"그렇다면 밝히 말하라. 내가 술 석 잔을 권해 사과하리라."

춘성이 웃으며 다시 우격의 손을 잡고,

"지금 그 미인이 황성에 왔다가 돌아가는 길에 산화암에 머무르며 몸조리한다 하니, 그대는 빨리 가서 도모하라."

우격이 크게 기뻐해 팔뚝을 휘두르며 "내가 바로 가서 오늘밤을 넘기지 않고 도모하리라" 하고 즉시 몸을 일으키더라. 춘성이 웃으며,

"그러나 그 미인이 지조가 고상해 겁탈하기 어려울까 하노라."

우격이 비웃으며 "이는 내 솜씨에 달려 있으니 걱정하지 말라" 하고 산화암으로 가더라.

한편 양원수가 동초를 보내고 천자의 성지聖旨를 기다려 장차 회군하고자 하는데, 동초가 천자의 명을 받들어 홍혼탈로 하여금 군사 일만을 나누어 홍도국을 정벌하라 하고 양원수는 회군하라 하니, 양원수가 크게 놀라 홍랑을 불러 조서를 보여주더라. 홍랑이 아연실색해,

"제가 무슨 지략으로 이처럼 중대한 임무를 담당하리이까?"

양원수가 한참 생각하다가 "날이 이미 저물었으니 장수는 모두 막사로 물러가라" 하고 홍랑을 군막 안으로 불러 등불을 돋우고 옷깃을 여미고 엄정한 기색으로,

"내가 낭자와 더불어 반년 동안 전쟁터에서 고초를 함께 겪다가, 하늘이 도우셔서 개선凱旋하는 날 수레를 나란히 해 돌아가려 했는데, 천자의 명이 이처럼 정중하시니 이제 길을 나누어 나는 장안으로 향하리이다. 낭자는 군대를 이끌고 교지에서 공을 세운 뒤에 즉시 회군하시오."

홍랑이 듣기를 마치매 고개를 들어 양원수의 기색을 살피고 검푸른 귀밑머리와 붉은 뺨에 눈물을 방울방울 흘리며 말없이 앉아 있더라. 양원수가 다시 얼굴빛을 엄정히 하여,

"내가 비록 용렬하나, 사사로운 정으로 황상의 명을 거역하지 않으리

니, 그대는 빨리 물러가 행장을 준비하시오."

홍랑이 이에 눈물을 거두고 쓸쓸히 대답하길,

"제가 혈혈단신으로 백만 대군의 대열에 참여해 칼을 휘두르고 창을 잡으며 오늘까지 바람 먼지를 무릅쓰고 부끄러움을 참은 이것이, 어찌 공을 세우는 데 뜻을 두고 공후公侯의 부귀를 바란 것이리오? 다만 상공께 몸을 의탁해 생사고락에 오로지 상공을 믿었거늘, 오늘날 상공께서 저를 버리고 가신다니, 이는 제가 자초한 재앙이라. 제가 만약 이름난 가문에서 태어나 규중 예절을 지켜 상공께서 수레 백 대로 저를 마중해5) 배필로 대우하신다면, 어찌 이런 일이 일어나며 이런 말씀을 하시리이까? 제가 비록 청루의 천한 신분이나, 마음을 깨끗이 지킨 빙설 같은 지조는 누구에게도 양보하지 않나이다. 차라리 군령을 어겨 나약한 몸이 칼과 도끼에 베이는 형벌을 받을지언정 외로운 처지로 남자들의 대열에 섞여 홀로 가지 않으리이다."

말을 마치매 열렬한 기상이 눈썹에 가득하고, 처량한 눈물은 옥 같은 얼굴을 적시더라. 양원수가 바야흐로 미소하며,

"천자께서 홍혼탈의 나약함을 살피지 못하고 갑자기 중대한 임무를 맡기시니, 조정의 일이 어찌 한심하지 않으리오?"

홍랑이 비로소 양원수가 놀린 것을 알고 부끄러운 기색으로 대답하지 않으니, 알지 못하겠도다. 마침내 어찌되리오? 다음 회를 보라.

---

5) 수레 백 대로 저를 마중해: 공후(公侯)의 처녀가 시집갈 때 신랑이 수레 백 대로 신부를 맞이하는 것.『시경』「소남召南」「작소鵲巢」에 "까치가 집을 지으면, 비둘기가 가서 사네. 처녀가 시집갈 때엔, 수레 백 대로 마중하네. 까치가 집을 지으면, 비둘기가 들어서 사네. 처녀가 시집갈 때엔, 수레 백 대로 배웅하네(維鵲有巢, 維鳩居之. 之子于歸, 百兩御之. 維鵲有巢, 維鳩居之. 之子于歸, 百兩將之)"라는 시가 있다.

마달이 도적 만난 선랑을 구해주고
선랑이 도관에 의탁해 몸을 편안히 하더라

제21회

양원수가 홍랑을 한번 놀리고, 이튿날 새벽 모든 장수를 모아 상의할 때 소유경 사마를 돌아보며,

"조정의 일이 근래 이처럼 앞뒤가 바뀌어 있으니 어찌 한심하지 않으리오? 내가 이제 표문을 올리고자 하니, 장군은 나를 위해 대신 글을 적으시오."

입으로 표문을 부르니 그 표문은 이러하더라.

"정남도원수 신 양창곡은 머리를 조아려 백번 절하고 황제 폐하께 글월을 올리나이다. 옛적에 성스러운 임금께서 장수를 변방으로 보낼 때 친히 수레를 밀어 보내며 활과 화살, 작은 도끼와 큰 도끼, 방패와 창, 북과 마상고馬上鼓로 그 위의를 드러냄은 군대의 위용을 떨치고 성공을 격려하기 위한 것 뿐 아니라, 종묘사직의 안위와 국가흥망의 중대함이 걸려 있기 때문이라. 지금 남방이 너무 멀리 있어 제왕의 교화가 미치지 못하고 풍속이 유순하지 못해 도적이 자주 일어나는데, 만약 은혜와 의리로 달래고 위력으로 진정해, 때에 따라 사랑하기도 하고 벌하기도 하

며, 혹은 조이기도 하고 늦추기도 하는 도리가 없다면, 이곳을 평정하기 어려울지라. 폐하께서 홍혼탈로 하여금 수천 기를 거느리고 홍도국을 정벌하라 하시니, 신은 폐하의 뜻을 알지 못하겠나이다. 폐하께서 홍도국의 강약을 헤아리기 어려우시고 홍혼탈의 사람됨도 시험해보지 않으셨거늘 갑자기 중대한 임무를 맡기어 종묘사직의 안위와 국가 흥망을 반신반의하며 시험하시니, 신은 의혹을 금할 수 없나이다. 신이 서글피여기는 것은, 근래 조정의 일에 인자함을 위주로 하고 용감한 결단이 없어, 큰일을 당하면 구차하게 미봉해 어려움을 모면하려 하니, 그래서는 아니 됨을 신은 밝히 아나이다. 폐하의 교시가 비록 정중하오나, 잠시 군대를 출발시키지 않고 다시 아뢰옵나니, 엎드려 바라건대 폐하께서는 명령을 거두시고 다시 널리 물으시어 국가의 큰일에 후회가 없게 하소서. 신이 비록 충성스럽지 못하나, 외람되이 폐하의 망극한 은혜를 입어 보답할 길이 없으니, 다시 대군을 거느리고 홍도국을 평정한 뒤에 회군하고자 하오나 감히 스스로 결정할 수 없는지라. 폐하의 명령을 기다려 군대를 출발시키고자 하나이다.”

양원수가 표문을 봉해 마달에게 주며,

“군대 일이 매우 급하니, 장군은 밤낮으로 달려갈지어다.”

마달이 명을 듣고 황성으로 향할 때 갑옷 입은 병사 십여 명을 데려가더라.

마달이 밤낮으로 달려가다 중도에서 천자가 보낸 사신을 만나 다시 조서가 내려진 것을 알았으나 감히 양원수의 명을 거스를 수 없어, 천자가 보낸 사신은 남쪽으로 가고 마달은 황성에 이르러 천자에게 표문을 올리더라. 천자가 크게 기뻐해 황의병 각로와 윤형문 각로를 돌아보며,

“나라를 위한 양창곡의 충성이 이러하니, 작은 도적을 어찌 근심하리오?”

표문을 여러 차례 읽고 나서 뒤 마달을 우익장군右翼將軍에 제수하고

즉시 돌아가라 명하시니, 마달이 은혜에 사례하고 물러나와 남쪽을 향해 가더라.

한편 선랑이 산화암에 의탁해 문밖으로 나오지 않고, 낮에는 여승과 더불어 불경을 강론하고 밤에는 향을 피우고 홀로 앉아 세상 근심을 씻어 보내거늘, 그 한몸은 비록 맑고 깨끗하나 낭군이 만리타향에 있어 자나깨나 애틋한 일편단심은 잊으려 해도 잊기 어렵더라. 하루는 한가로이 창가에 기대어 있는데, 비몽사몽간에 양원수가 옥룡玉龍을 타고 가며 "내가 황제의 명을 받들어 요괴를 잡으러 남방으로 가노라" 하매 선랑이 같이 가길 청하니 양원수가 산호 채찍을 내려주거늘, 선랑이 그것을 잡고 하늘로 오르려다 땅에 떨어져 깜짝 놀라서 깨니 문득 덧없는 꿈이더라. 불길한 예감에 여승을 청해 상의하길,

"요즘 꿈자리가 뒤숭숭하니 부처님 앞에 향을 피우고 기도를 하고자 하나이다."

여승이 말하길,

"삼불제석三佛帝釋은 자비를 주관하실 따름이라. 인간의 화복을 관장하고 마귀를 항복시켜 없애는 것은 시왕十王이 주관하시니, 시왕전十王殿에 기도하소서."

선랑과 소청이 목욕재계하고 향불을 받들어 시왕전에 이르러 향을 피우고 축원하길,

'천첩 벽성선이 전생에 공덕을 닦지 못해 이승에서의 삼재팔난三災八難을 달게 받겠으나, 남편 양창곡은 어르신의 가르침이 있는 가문에서 충효를 제대로 익힌 평판이 있으니, 천지신명께서 복록을 내려주실지라. 이제 황제의 명을 받들어 만리타국에 있사오니, 엎드려 바라건대 시왕께서는 하늘의 도움을 내려주소서. 방패와 창, 북과 마상고馬上鼓 사이에서 평소처럼 먹고 자게 하고 화살과 돌, 바람과 먼지 속에서 아무 탈없이 지내게 해 액운을 없애고 수복이 번창하게 해주소서.'

기도를 마치고 두 번 절한 뒤에 쓸쓸히 길게 탄식하고 서글픈 기색이 있더라. 절에서 되돌아 나오니 여승이 아뢰길,

"오늘밤 달빛이 밝으니, 낭자는 암자 뒤에 있는 석대에 올라 마음을 풀어보소서."

선랑이 마음에 내키지 않으나, 그 간청에 따라 소청과 여승과 더불어 석대에 오르더라. 여승이 아뢰길,

"이 산이 높지는 않으나, 하늘이 맑고 해가 밝을 때 멀리 바라보면 남악南岳 형산衡山이 완연히 눈앞에 있나이다."

선랑이 고개를 들어 남쪽 하늘을 향해 눈물을 머금으니 여승이 묻기를,

"낭자께서는 어떠한 까닭으로 남쪽을 바라보며 이처럼 슬퍼하나이까?"

선랑이 대답하길,

"저는 남방 사람이라 마음이 자연히 슬퍼지나이다."

말이 끝나기도 전에 골짜기 입구에 불빛이 하늘에 닿을 듯이 솟아오르고 사내 십여 명이 무리를 이루어 암자로 들이닥치더라. 여승이 크게 놀라 "이는 필시 강도라" 하고 허둥지둥 넘어지며 내려가는데, 암자가 소란스러운 가운데 한 사내가 험악한 소리로 급히 선랑의 객실을 찾더라. 선랑이 소청을 돌아보며,

"우리 두 사람의 남은 액운이 다하지 않아 간사한 사람의 풍파를 또 만나도다."

소청이 선랑을 붙잡고 울며,

"도적의 기세가 이 같으니, 어찌 앉아서 죽기를 기다리리오?"

선랑이 탄식하며,

"나약한 여자의 몸으로 달아나려 한들 모욕을 더할 따름이니, 어찌 재앙을 피하리오?"

소청이 말하길,

"사정이 급하니 낭자는 머뭇거리지 마소서."

소청이 선랑의 손을 이끌고 산을 넘어 달아날 새, 달빛이 밝으나 산길이 희미해, 열 번 넘어지고 아홉 번 자빠지며 돌에 치이고 덤불을 헤쳐, 수놓은 신발을 잃어버리고 옷은 다 찢기니 다리에 힘이 풀렸더라. 선랑이 주저앉아,

"이런 곤경에 처해 사는 것이 죽느니만 못한지라. 소청아! 너는 살길을 찾아 몸을 숨겼다가 내 시체를 거두어서 양원수가 회군하는 길가에 묻어 망부석을 대신하게 하라."

품속에서 작은 칼을 꺼내어 스스로 목을 찌르려 하거늘, 소청이 허둥지둥 칼을 빼앗으며,

"낭자는 다시 살피소서. 낭자가 불행하게 되면, 제가 어찌 홀로 살겠나이까?"

좌우를 살펴보니 앞에 큰길이 있더라. 잠시 다리를 쉬는데, 불빛이 산을 가득 메우며, 어지러이 나무와 바위 사이를 수색하는 사람 그림자가 비치더라. 선랑과 소청이 온 힘을 다해 다시 몸을 일으켜 큰길을 따라 겨우 수십 걸음 가니, 도적들이 고함지르며 쫓아오매 그 기세가 폭풍우 같더라. 소청이 선랑을 껴안고 길에 엎어져 하늘을 우러러 통곡하길,

"아득한 하늘이여! 어찌 이처럼 무심하신고?"

말이 끝나기 전에 갑자기 말발굽소리와 함께 호되게 꾸짖는 소리가 들리더라.

"도적은 달아나지 말라."

선랑과 소청이 고개를 들어보니, 한 장군이 전포戰袍를 입고 긴 창을 들고 말을 달려 도적들을 쫓는데, 그 뒤에 갑옷 입은 병사 십여 명이 각기 칼을 들고 일제히 함성을 지르며 따르더라. 그 가운데 한 도적이 장수를 대적하려 하거늘, 장수가 호되게 꾸짖고 창을 들어 찌르니, 도적이

창에 얼굴을 찔려 피를 흘리고 다른 도적들은 사방으로 흩어져 간 곳을 알 수 없더라. 그 장수가 바로 말을 돌려 오거늘, 선랑과 소청이 더욱 두려워 벌벌 떨 따름이더라. 장수가 말을 멈추고 그 위에서 소리질러,

"어떤 낭자가 무슨 까닭으로 이처럼 문을 나섰으며, 도적은 어떻게 만난 것이오? 자세히 듣고자 하오."

소청이 놀랍고 두려워 말을 못 하니, 장수가 웃으며,

"나는 장수로서 명령을 받들어 황성에 왔다가 다시 남방으로 돌아가는 길이라. 낭자를 해칠 사람이 아니니, 낭자는 자세히 말씀하시오."

선랑이 놀랍고 기뻐 정신을 차려 소청으로 하여금 말을 전해,

"저희는 지나가는 행인이라. 이처럼 액운을 당했거니와, 감히 묻사오니 장군께서 남방으로 돌아간다 하시니 장차 어디로 가시나이까?"

장수가 대답하길,

"나는 정남도원수 양승상 휘하에 있는 장수라. 무슨 까닭으로 자세히 물으시오?"

선랑과 소청이 '양승상' 세 글자를 들으니 가슴이 막히고 정신이 황홀해 서로 붙잡고 통곡하며 어찌할 바를 모르더라. 원래 그 장수는 다른 사람이 아니라, 마달이 양원수의 표문을 천자에게 올리고 군대 일이 급해 밤낮으로 되돌아가던 길이었는데, 갑자기 길에서 여자의 우는 소리가 들리고 불빛이 밝게 비치는 가운데 무수한 도적이 함성을 지르며 쫓아오니, 이는 묻지 않아도 강도임을 알지라. 돌아가는 길이 바쁘나, 어찌 사람 목숨을 구하지 않으리오? 도적들을 쫓고 나서 그 사정을 알고자 조심스레 물었거늘, 그 여인이 자기 말을 듣고 가슴이 막혀 통곡하는 모습을 보고 크게 의심해 또 묻더라.

"낭자가 내 말을 듣고 통곡함은 어떠한 까닭이오?"

선랑이 미처 대답하지 못하니 소청이 대답하길,

"우리 낭자는 양원수의 소실이니이다."

마달이 말하길,

"양원수는 누구시오?"

소청이 말하길,

"자금성 제일방의 양승상으로, 남방으로 출정하신 지 이제 반년이 지 났나이다."

마달이 크게 놀라 허둥지둥 말에서 내려 물러나 서서,

"과연 그러하다면 여종은 이리 와서 자세히 말하라."

선랑이 소청을 돌아보며 말을 전해,

"제가 이 죽을 지경을 당해, 비록 길을 가던 사람이라도 목숨을 살려 주신 은혜에 사례해 예절에 구애받지 않겠거니와, 하물며 장군께서는 양원수의 심복이라. 한집안 사람과 다름없으니 어찌 자세히 아뢰지 않 으리오? 제가 양원수께서 출전하신 뒤로 집안의 풍파를 만나, 여자의 나약한 마음으로 자결하지 못하고 이런 지경을 거듭 당하니, 부끄럽기 그지없어 입을 열어 말하기 어려우나, 길을 가는 중이라 종이와 붓이 없 어 간절한 심회를 양원수께 아뢸 수 없으니, 장군께서는 돌아가 저를 위 해 자세히 아뢰어주소서. 제가 비록 죽더라도 저 달과 같은 한 조각 마 음은 양원수의 군영 가운데 비추고자 하나이다."

마달이 손을 모으고 몸을 굽힌 뒤 소청을 향해,

"여종은 낭자께 아뢰어라. 저는 양원수 휘하의 우익장군 마달이라. 군 막에서의 의리는 군신·부자와 다르지 않으니, 이제 곤경에 빠진 낭자를 보고 어찌 무심히 출발하리이까? 낭자께서 시댁으로 돌아가시기 어려 울진대, 제가 마땅히 은신할 곳을 찾아 안정시켜드린 뒤에, 돌아가서 양 원수를 뵙고 사정을 자세히 아뢰리이다."

병사들에게 명해 근처 객점에서 작은 가마를 빌려오게 하더라. 선랑 이 사례해,

"저는 곤궁한 운수라. 드넓은 천지에 몸을 의탁할 곳이 없으니, 장군

께서는 너무 염려하지 마소서."

마달이 말하길,

"제가 만약 낭자께서 은신할 곳을 찾지 못하고 군영으로 돌아간다면, 장수와 막하의 체통에 불경할 뿐 아니라 인정에 어긋남이라. 저의 갈 길이 바쁘니, 낭자께서는 지체하지 마소서."

선랑이 어찌할 수 없어 몸을 일으켜 소청을 붙잡고 가며,

"장군께서는 저를 어디에 머물게 하려 하시나이까?"

마달이 창을 짚고 앞에서 인도해 몇 리를 가는데, 병사들이 가마를 가지고 오더라. 마달이 소청을 돌아보며 "여종은 낭자를 가마에 모시라" 하고 창을 짚고 말에 올라,

"도적들이 분명 멀리 가지 않았을 것이니, 낭자께서 이 근처에 머무르신다면 어찌 후환이 없으리이까? 저를 따라 하루이틀 더 가서 한적하고 외진 도관이나 사찰을 찾아가 안정되시는 것을 본 뒤에 돌아갈까 하나이다."

선랑이 지극한 정성에 감동해 즉시 가마에 오르거늘, 마달이 길을 재촉해 백여 리를 전진해 객점에 들어가 묻기를,

"이곳에 도관이나 사찰이 있소?"

객점 주인이 대답하길,

"여기서부터 큰길을 벗어나 동쪽으로 산골짜기를 들어가 몇 리 더 가면 이름난 산이 있으니 유마산^{維摩山}이라 하고, 그 산 아래에 도관이 있나이다."

마달이 크게 기뻐하고 다시 길을 재촉해 산 아래에 이르니, 기이한 봉우리의 맑은 경치가 가장 그윽하고 외진데, 한 도관이 그 아래에 있어 이름이 점화관^{點花觀}이더라. 도관 안에 여도사가 수백 명 있어 깨끗하고 단아하거늘, 마달이 도사를 만나 도관 뒤 객실 몇 칸을 빌려 선랑과 소청을 안정시키고, 갑옷 입은 병사 두 명을 머물게 해 잡인의 출입을 엄

금하라 하더라. 마달이 이별을 아뢰어,

"양원수께서 또 황제의 명을 받들어 교지로 출전하시니, 제가 갈 길이 매우 바쁜지라. 이곳이 한적하고 외져 안정되실 수 있으니, 낭자께서는 귀한 몸을 보중하소서."

선랑이 즉시 양원수에게 편지를 부칠 새, 눈물을 흘리며 작별해,

"제가 체면에 구애되어 큰 은혜에 대한 사례를 다하지 못하오니, 장군께서는 양원수를 좇아 큰 공을 이루시고 빨리 돌아오소서."

마달이 소청과도 작별하며,

"여종은 낭자를 모셔 조심해 보호하라. 이후 회군하는 날에는 안면이 있으니 반갑게 맞이하고 떨지 말라."

소청이 부끄럽기 그지없어 홍조가 두 뺨에 일어나거늘, 마달이 병사에게 분부해 성심껏 보호하라 하고, 웃으며 말에 올라 남쪽으로 가더라. 선랑과 소청이 구사일생으로 다행히 마달을 만나 안정될 길을 얻으니, 소청이 기쁨을 이기지 못해 두 사람이 마달 장군의 은덕을 칭송하고, 모든 도사도 두 사람의 빼어난 자색에 경탄하여 마음을 다해 친근하게 대하더라.

한편 우격이 춘성의 꾀에 넘어가 무뢰배를 모아 산화암으로 들이닥쳐 선랑을 찾으니, 여승들이 어찌 바로 알려주리오? 우격이 크게 화를 내며 여승을 수없이 구타하고 생각하되,

'우리가 골짜기 입구로 들어오는 것을 보고, 저들이 필시 산을 넘어 도망간 것이로다.'

산길을 넘어 곳곳을 수색하더니, 수풀 밑에서 수놓은 신발 한 짝이 벗겨져 있거늘, 우격이 크게 기뻐하며 "그 미인이 분명 이 길을 따라 갔으리라" 하고 수놓은 신발을 주워 들고 일제히 쫓아 산을 넘어 평지에 이르더니, 뜻밖에 한 장군을 만나 창끝에 찔려 얼굴이 상하고 간신히 목숨을 보전해 돌아와 춘성에게 낭패한 까닭을 말하니, 춘성도 흉계가 성공

하지 못함을 한스럽게 여겨 춘월을 만나 일일이 고하더라. 춘월이 머리를 숙이고 묵묵히 생각하다가 웃으며,

"맑고 밝은 세상에 갑옷 입은 병사를 데리고 밤에 다니는 장수가 어찌 도적이 아니리오? 분명 녹림綠林의 여러 장수가 밤을 타서 다니다가 선랑을 잡아갔으리니, 가소롭다. 선랑의 빙설 같은 지조로 하루아침에 도적의 부인이 되었으니, 비록 그 생사를 알 수 없으나 황소저의 화근을 깨끗이 끊어버렸도다."

춘성이 말하길,

"이는 그러하나, 우리가 세운 공이 없으니 어찌 원통하지 않으리오?"

춘월이 웃으며 "내가 장차 오라버니와 우격의 공로를 드러내리니, 오라버니는 누설하지 마소서" 하고 즉시 우격이 주워온 수놓은 신발을 품에 지니고 가서 위부인과 황소저를 뵙더라. 춘월이 깔깔 웃으며 수놓은 신발을 꺼내어 황소저에게 보이며,

"소저께서 이 신발을 아시나이까?"

황소저가 자세히 보다가 집어던지고 춘월을 꾸짖으며,

"천한 기생의 신발을 무엇에 쓰려고 가져왔는가?"

춘월이 다시 주워 들고 웃으며,

"선랑이 이 신발을 신고 천리 강주에서 다정한 낭군을 따라 황성에 이르러 걸음마다 연꽃을 만들듯이 은총을 누리더니, 조물주가 시기해 그 은총을 누리지 못하니, 오늘날 저승에서 마침내 맨발의 귀신이 될 줄 어찌 알았으리오?"

황소저가 당황해,

"무슨 말인고?"

춘월이 황소저와 위부인 앞으로 나아가,

"제가 춘성을 부추겨 우격을 산화암으로 보내 선랑을 겁탈하게 했는데, 선랑은 절개가 있는 여자인지라 끝내 순종하지 않거늘, 우격이 분노

를 이기지 못해 칼로 찔러 죽여 시신을 감추고 수놓은 신발을 가져와 제게 증거로써 보여주었나이다. 이제 선랑이 세상을 떠나 소저의 화근이 영원히 사라졌으니, 이는 곧 저와 춘성과 우격의 공이오니, 부인과 소저는 장차 어떤 물건을 상으로 주시려나이까?"

위부인이 이 말을 듣고 크게 기뻐해 비단 십여 필과 은돈 백 냥으로 춘성과 우격의 공로를 갚으라 하니, 춘월이 비웃으며,

"부인께서 어찌 사소한 재물을 아끼시어 이미 이루어진 일을 그르치려 하시나이까? 춘성이 처음 천금의 재물을 주겠노라 우격에게 약속을 했고, 그 무리가 수십 명이라. 방탕무뢰하지 않은 자가 없으니, 만약 재물을 후하게 하여 입을 막지 않으면 큰일이 누설되어 후환이 어떠할지 두렵나이다."

위부인이 춘월의 말만 믿어 즉시 천금을 내어주고, 선랑이 이미 죽은 줄로 알더라.

한편 양원수가 마달을 보내어 천자에게 표문을 올리고 칙명을 기다리는데, 갑자기 천자가 보낸 사신이 먼저 이르러 칙명을 전하더라. 양원수가 북쪽을 향해 두 번 절하고 장단將壇에 올라 부원수의 군례軍禮를 받을 새, 홍랑이 붉은 전포와 금빛 갑옷에 대우전을 차고 절월을 잡고 군례로 양도독楊都督을 뵈오니, 양도독이 얼굴빛을 고치고 답례해,

"천자의 은혜가 망극해 아무 벼슬 없는 선비를 등용해 원수로 삼으시니, 원수는 어찌 보답하려는가?"

홍원수가 대답하길,

"도독께서 위에 계시니 제가 무슨 방략이 있어 보답하리이까? 다만 북을 치고 깃발을 휘둘러 견마犬馬의 노력을 다할까 하나이다."

양도독이 미소하더라. 홍원수가 물러나 막사로 돌아와 부원수의 깃발과 절월을 세우고 모든 장수의 군례를 차례로 받고 나서 다시 양도독의 군막에 이르러 행군할 계책을 의논하는데, 마달이 말을 달려 천자의

칙명을 아뢰고, 또 편지 한 통을 바치거늘 열어보니 이러하더라.

"천첩 벽성선은 풍류의 자취로 예절과 법도를 배우지 못해, 낭군의 문중에서 가도家道를 어지럽히고 사찰과 객점을 떠돌다 도적의 칼끝에 원혼이 됨을 면하기 어려웠나이다. 다행히 마장군께서 목숨을 구해주심에 힘입어 도관에 몸을 의탁하오니, 이는 상공께서 은혜를 베풀어주신 바라. 제가 어리석어 살아가는 데에 가장 알맞은 도리를 스스로 깨닫지 못하오니, 엎드려 바라건대 낭군께서는 밝히 가르쳐주소서. 대군이 교지로 옮기면 소식이 더욱 아득하리니, 남쪽 하늘을 우러러보매 눈이 빠질 듯하고, 산처럼 쌓인 회포를 붓으로 다 적기 어렵나이다."

양도독이 읽기를 마치매 측은하기 그지없어 홍원수를 돌아보며,

"이는 분명 황씨가 일으킨 풍파라. 선랑의 처지가 몹시 불쌍하나 내가 군중에 있으니 어찌 집안일을 논할 겨를이 있으리오? 그러나 만리 먼 곳에서 소식이 아득하니, 가장 잊기 어려운 바로다."

이튿날 아침에 양도독이 장수와 삼군을 모두 모으고 나탁을 불러 군막 아래 무릎을 꿇게 해 천자의 칙명을 선포하더라. 나탁이 절하며 천자의 은혜에 사례하거늘, 양도독이 군막 안으로 불러 위로해,

"왕께서 특별히 천자의 은덕을 입어 죽은 목숨이 다시 살아났으니, 다시 배반하지 않는다면 자자손손 부귀를 누리며 중국의 예우를 받으리이다."

나탁이 눈물을 흘리며,

"제가 천명을 알지 못해 죽을죄를 지었으나 천자의 아껴주시는 은덕과 원수의 드넓은 은혜를 입어 우두머리 자리를 보전하고 다시 부귀를 누리니, 보답할 방법을 알지 못하나이다."

다시 홍원수를 뵙고 사례해,

"원수께서 산에서 내려오심은 진실로 저 때문이라. 오늘의 공명과 업적이 이처럼 높을 줄 어찌 알았으리오?"

홍원수가 웃으며,

"왕께서 골짜기 다섯 개를 잃지 않고 예전처럼 남만 왕의 부귀를 누리시리니, 이는 모두 천자의 은혜가 망극한 것이요, 저 역시 왕을 저버리지 않음이로소이다."

나탁이 기뻐 웃으며 드넓은 덕을 칭찬하더라. 이튿날 양도독이 행군해 교지로 향할 새, 나탁이 술과 고기를 많이 준비해 수십 리 밖까지 전송해 삼군을 배불리 먹이니, 축융왕과 일지련도 와서 모인지라. 홍원수가 나탁을 돌아보며,

"대군이 다시 남방을 정벌하러 가니, 왕께서 남만 병사 한 부대를 지휘해 길을 안내하소서."

나탁이 응낙하고 즉시 휘하의 남만 병사 삼천 명을 징발하고 남만 장수 철목탑을 선봉으로 삼더라. 홍원수가 웃으며 남만 왕을 대해,

"듣건대 왕께서 축융왕과 사소한 원한 때문에 이웃나라의 의리를 돌아보지 않는다 하는데, 이는 대장부의 일이 아니라. 이제 모두 천자의 신하가 되었으니 서로 화목하게 지내소서."

나탁과 축융왕이 일시에 절해 사례하고 형제의 의리를 맺어 화살을 꺾고 맹세하더라. 나탁과 축융왕이 양도독에게 작별을 아뢰어,

"도독의 은혜와 위엄이 남방에 아울러 행해져, 한漢나라 복파장군伏波將軍 마원馬援과 충무후忠武侯 제갈량에게 앞자리를 양보하지 않으실 만하니, 남방 백성이 장차 묘당廟堂을 세워 천년 세월에 은택을 전하고자 하나이다."

양도독이 웃으며,

"이는 모두 천자의 교화라. 내게 무슨 은택이 있으리오?"

나탁과 축융왕이 홍원수에게 작별을 아뢰어,

"저희가 오랑캐 땅에서 태어나고 자라 안목이 어두웠는데, 이번에 원수를 만나 목숨을 살려주신 은혜에 감동할 뿐 아니라, 사모하는 마음이

황홀하거늘 이제 작별을 아뢰매 국경이 아득하니, 훗날 만약 월상씨가 흰 꿩을 받들고 주周나라 조정에 들어간 것[1]처럼 명나라 조정에 들어가면, 반가운 얼굴로 서로 만나길 바라나이다."

홍원수가 웃으며,

"싸우면 적국이요 사귀면 친구라. 남과 북으로 부평초처럼 떠돌며 만남과 이별이 정해짐이 없으나, 간절한 소망은 이제부터 왕께서 각별히 삼가시어 홍혼탈로 하여금 다시 이 땅에 이르게 하지 마소서."

나탁과 축융왕이 크게 웃더라. 일지련이 홍원수에게 아뢰길,

"제가 이로부터 말채찍을 잡고 원수를 따르고자 하나, 처지가 어색해 뜻을 이룰 수 없으니, 훗날 뵈올 것을 기다리나이다."

홍원수가 생각하되,

'내가 일지련의 용모와 자질을 아껴 곁에 두려 했으나, 저가 나를 따를 마음이 없으니, 이는 오랑캐 종족인지라 성질이 거칠고 인정이 없어 그러함이리라.'

손을 잡고 서운해 오래도록 말이 없더라. 양도독이 행군을 재촉할 새, 남만 장수 철목탑으로 하여금 삼천 기를 거느리게 하여 선봉으로 삼고, 뇌천풍으로 하여금 오천 기를 거느리게 하여 전장군前將軍으로 삼고, 소유경 사마로 하여금 삼천 기를 거느리게 하여 후장군後將軍으로 삼고, 동초와 마달은 좌장군과 우장군으로 삼고, 양도독과 홍원수는 중군이 되어 대군을 거느리고 교지로 향하거늘, 때는 삼월 늦봄이라. 남방이 예로부터 절기가 몹시 이른 까닭에 날씨가 지극히 더워 흡사 중국의 오뉴월과 같더라. 산악에 나무와 풀이 거의 없으며, 한쪽으로는 큰 바다가 하늘에

---

1) 월상씨(越裳氏)가 흰~들어간 것: 월상씨는 오늘날의 베트남 남부인, 교지 남방에 있던 나라 월상국(越裳國)의 왕을 가리킨다. 주나라의 주공(周公)이 성왕(成王)을 도와 천하가 태평해지자, 월상국 왕이 코끼리 세 마리를 타고 통역을 몇 번 거쳐 찾아와 흰 꿩을 바쳤다 한다. 『후한서』「남만열전(南蠻列傳)」에 나오는 이야기다.

닿아 괴이한 바람과 축축한 기운이 사계절 구분이 없고, 벌판이 아득해 오륙백 리를 가도 사람 사는 집이 없더라. 교지 왕이 병사들을 이끌고 변경에서 맞이하거늘, 양도독이 적의 정세를 물으니 교지 왕이 대답하길,

"홍도국 왕 탈해脫解는 오랑캐 종족이라. 천성이 흉악해 아버지의 왕위를 찬탈했고, 아내 소보살小菩薩은 요술이 헤아리기 어려워 쉽게 대적할 수 없으며, 지금 오계동 五溪洞에 있나이다. 원래 남방 여러 나라 가운데 홍도국이 풍기가 문란해 인륜이 없고 위력을 숭상하니, 그 억센 것이 짐승과 다름없나이다."

양도독이 또 묻기를,

"오계동이 여기서 몇 리나 되오?"

교지 왕이 대답하길,

"여기서 사백여 리요, 그 사이에 시냇물이 다섯 개 있으니, 황계黃溪·철계鐵溪·도화계桃花溪·아계啞溪·탕계湯溪라. 황계를 건너면 사람 몸이 누렇게 되어 부스럼이 일어나고, 철계에 빠지면 쇠붙이가 녹아 물이 되고, 도화계는 삼월에 꽃이 피면 물결이 스스로 붉어져 독한 기운이 십 리까지 흐르고, 아계는 그 물을 잘못 마시면 벙어리가 되어 말을 할 수 없게 되고, 탕계는 물이 항상 뜨거워 사람이 들어갈 수 없나이다. 이런 까닭에 강한 병사와 용맹한 장수라도 이곳에 이르러 속수무책이니이다."

양도독이 이 말을 듣고 의심과 근심이 있으나 내색하지 않고 교지 병사 오천 기를 거느려 오계동으로 행군하는데, 한 곳에 이르니 산천이 광활하고 지형이 평탄해 대군이 머무를 만한 곳이더라. 날이 이미 저물어 어느덧 달빛이 밝아오니, 양도독이 홍원수와 더불어 전포를 입고 진영 문밖으로 나와 배회하며 달빛을 구경하는데, 갑자기 풍경風磬 소리가 바람결에 들려오더라. 그곳 병사에게 물으니 대답하길,

"뒷산 아래에 마원馬援 장군의 묘당이 있나이다."

홍원수가 아뢰길,

"마원은 한漢나라 명장이라. 그 정령이 분명 사라지지 않았으리니, 잠시 가서 향을 피우는 것이 좋을까 하나이다."

양도독이 응낙하고 함께 묘당에 이르러 한 줄기 향을 피우고 축원하고서 제단 위의 거북을 집어 한 괘를 얻으니, 효사爻辭에 '군대가 바르므로 사람이 매우 길하다' 하더라. 묘당을 나올 때 밤이 이미 깊었고, 검은 안개가 자욱해 달빛을 가렸더라. 양도독이 홍원수를 돌아보며,

"이것은 남방의 독한 기운이라. 사람에게 닿으면 병이 드는 까닭에 마원 장군이 율무를 먹어 제거하거늘, 이제 장군이 병을 앓은 약한 몸으로 이 독기를 무릅쓰니 어찌 걱정스럽지 않으리오?"

홍원수가 웃으며 대답하길,

"저는 오랑캐 사람이라. 전혀 상관없나이다."

그리고 진영으로 돌아와 잠들었는데, 그날 밤에 홍원수가 갑자기 피를 토하고 기절하니 양도독이 크게 놀라 원수의 막사에 이르러 반나절 동안 간호하니 비로소 소생하더라. 양도독이 주위 사람을 물러나게 하고 조용히 말하기를,

"낭자가 바람 먼지 날리는 전쟁터에서 힘을 쓰고, 또 아까 독한 안개에 닿아 이런 증세가 있게 됨이로다."

홍원수가 한참 있다가 대답하길,

"이는 제가 죽을 때까지 갖게 될 병이라. 십 리 전당錢塘에서 물속의 외로운 원혼이 될 뻔하면서 물을 마셨고, 만리타향에서 떠돌던 몸이 풍토병에 걸려 이런 괴이한 증세가 생겼나이다."

홍원수의 앓는 소리가 끊이지 않으니, 양도독이 근심해 증세에 따른 약을 구해 간호하고 손을 어루만지며 이르길,

"교지는 예로부터 독한 기운이 매우 심한 곳이라. 내가 비록 재주는 없으나 마땅히 낭자를 대신해 오계동을 빼앗으리니, 낭자는 후군이 되어 천천히 오고 편안히 몸조리하라."

이튿날 행군할 때 홍원수가 수레에 누워 군대를 뒤따르더라. 양도독이 대군을 재촉해 먼저 행군할 새 한 곳에 이르니 그곳 병사가 아뢰길,

"이곳이 황계로소이다."

양도독이 멀리 바라보니, 누런 물결이 도도해 하늘에 닿아 완연히 황하 물이 하늘에서 흘러내리는 듯하더라. 그 앞에 다가가서 보니, 깊이는 일 장丈에 불과하나 유속이 빠르고 너비가 백여 간間쯤 되더라. 양도독이 삼군을 호령하여 돌과 나무를 운반해 다리를 만드는데, 중류에 이르면 물결에 휩쓸려 쌓은 것이 무너지고, 군사 수십 명이 미처 몸을 빼지 못해 물에 빠져 죽고, 즉시 구출하더라도 온몸이 이미 누렇게 변하고 부스럼이 온몸을 덮더라. 양도독이 크게 놀라 다시 부교浮橋를 세울 새, 세 번 완성해 세 번 다 무너지니, 다른 방책이 없고 날이 점점 저물더라. 군중이 당황해 황계 앞에서 말에게 물을 마시지 못하게 하려 하는데, 그 가운데 말 한 마리가 고삐를 끊고 물가로 가서 물을 마시거늘, 군사가 급히 끌어내니, 말 역시 부스럼이 생겨 누워 일어나지 못하더라. 양도독이 오래도록 보다가 끝내 방책이 없어 진영을 둑 위로 물리고 장차 밤을 지내려 하더라. 양도독이 소유경과 더불어 물가로 가서 흐르는 물결을 바라보거늘, 밤이 깊어지매 누런 기운이 안개가 되어 사람을 덮치더라. 양도독이 소유경을 돌아보며,

"내가 고금의 병서를 대략 섭렵하고 천문과 지리를 대개 알거니와, 이는 사물의 이치로 미루어도 헤아리기 어렵고, 지혜로 계책을 세우기도 어렵도다. 하늘이 이 나라를 돕지 않고 조물주가 내 성공을 방해함이로다."

소유경이 대답하길,

"홍원수를 청해 의논하는 것이 옳을까 하나이다."

양도독이 웃으며,

"홍원수가 병에 걸렸을 뿐 아니라, 이 독한 기운은 사람의 힘으로 이

길 수 없는 일이거늘 홍원수인들 어찌하리오?"

다시 군막 안으로 들어와 생각이 삭막하여 번민하다가 길게 탄식하고 일어나 군중을 순찰해 홍원수의 막사에 이르니, 홍원수가 침상에 누워 앓는 소리가 끊이지 않고, 양도독이 곁에서 몸을 어루만지되 멍하니 깨닫지 못하거늘, 옥 같은 얼굴이 쓸쓸해 나약한 몸을 침상에 의지하고 있으니 몹시 가련하고 매우 염려스럽더라. 손야차를 명해 곁에서 떠나지 말고 움직임을 일일이 자세히 알리라 하고 진영으로 돌아오는데 마음이 불편해 묵묵히 생각하되,

'내가 대군을 거느려 불모지에 함부로 들어와 큰 공을 세우고자 하다가, 작은 시냇물에 막혀 별다른 계책이 없고, 홍랑의 병 역시 심상치 않으니, 이는 분명 조물주가 시기함이로다.'

책상에 기대어 마음이 우울하고 즐겁지 않더라. 잠시 잠들었다 깨니 새벽바람이 휘장을 말아올리매 찬기가 돌아 한바탕 오한에 떠는데, 이윽고 목이 마르다고 외치는 소리가 사방에서 일어나거늘, 양도독이 책상을 치며 소리질러,

"큰일이 어그러졌도다."

즉시 혼절하니, 주위 사람들이 당황해 홍원수에게 아뢰더라. 이때 홍원수도 혼절해 누워 있다가 이 소식을 듣고 크게 놀라 군복을 입을 겨를도 없이 엎어지고 자빠지며 양도독의 막사에 이르니, 양도독이 침상에 누워 잠들어 있더라. 맥을 짚어보니 맥박이 매우 빠르고 중초[2]에 화기火氣가 타오르거늘, 홍원수가 양도독의 손을 잡고 부르짖길,

"홍혼탈이 여기 왔으니, 도독은 정신을 차려 증세를 밝히 가르쳐주소서."

---

2) 중초(中焦): 상초(上焦)·중초(中焦)·하초(下焦)의 삼초(三焦)의 하나. 중초는 가로막 아래로부터 배꼽 이상의 부위로, 비(脾)와 위(胃)를 포함한다. 상초는 가로막 위, 하초는 배꼽 아래 부위에 해당한다.

양도독이 가느다란 목소리로 대답하길,

"내가 정신을 잃은 것이 아니라 두통과 현기증이 매우 심해 견디기 어렵도다."

홍원수가 소유경을 불러 약 여러 첩을 지어 우선 장과 위를 편안하게 하고 그 경과를 살펴 화기를 가라앉히는 약을 쓰려 하는데, 뜻밖에 증세가 점점 심해져 손을 댈 수 없더라. 원래 양도독이 청춘의 나이로 날카로운 기상이 한창 건장해 용력은 산악을 뽑아내고 기상은 북두성과 견우성을 꿰뚫고자 하되, 나라를 위하는 일편단심이 매우 간절하더니, 이제 황계에 막혀 다른 계책이 없으니 마음을 졸여 화기가 위로 치밀어올라 이 빌미에 이르매 참으로 위급한 증세라. 비유컨대 타오르는 불길 같아 고비를 넘기지 못할 듯하더라.

홍원수가 장수를 모두 불러 군중을 단속하고 멀리 정찰해 소동하지 않도록 하고, 부원수의 막사를 양도독의 막사 앞으로 옮기고 다시 군막 안으로 들어가더라. 양도독이 눈썹을 찡그리고 손으로 가슴을 치면서 말을 하려 하되 하지 못하는 기색이 있거늘, 홍원수가 앞으로 나아가 묻기를,

"두통과 현기증이 전에 비해 어떠하니이까?"

양도독이 손을 들어 입을 가리키며 붓과 벼루를 청하는 듯하니, 홍원수가 즉시 붓과 벼루를 드리거늘, 양도독이 베개에 기대어 글 몇 줄을 홍원수에게 남기니 그 유서는 이러하더라.

"내가 불충불효해 이역 땅에서 병에 걸리니, 벼슬에 등용해주신 황상의 은혜와 자식 기다리는 부모님의 마음을 장차 어찌하리오? 이 병이 예사로운 작은 증세가 아니라. 조물주가 큰 공을 방해함이니, 지금 혀는 마르고 정신은 혼미해 끝없는 생각을 다 기록하기 어렵도다. 막막한 온갖 일을 그대에게 부탁하노라. 그대는 세상에 다시없는 영재요 초인적인 지략이 있으니, 비록 규중에서 자랐으나 벼슬이 이미 조정에 드러났

으니, 나를 대신해 삼군을 지휘하고 승리의 노래를 부르며 고국으로 돌아가 황상과 부모님을 위로해 나의 불충불효한 죄를 조금이나마 덜게 해준다면, 이는 평생 지기의 의리를 저버리지 않음이라. 하루살이 같은 인생이 예로부터 이와 같으니, 그대는 너무 슬퍼하지 말고 마음을 가라앉혀 스스로 보중해 다음 생에서 이생의 다하지 못한 인연을 다시 이을지어다."

양도독이 글쓰기를 마쳐 붓을 던지고 다시 홍원수의 손을 잡고 길게 탄식하다 혼절하더라. 아아! 출병해 이기지 못하고 몸이 먼저 죽어, 오래도록 영웅들로 하여금 눈물이 옷깃에 가득하게 함은 한나라의 존망에 관계된 운수[3]이니, 어찌 사람의 힘으로 하리오? 홍원수가 정신이 아득하고 천지가 까마득해 묵묵히 앉아 생각하되,

'내가 여자로 태어나 부모와 친척이 없고 생사와 영욕이 도독에게 달려 있거늘, 구차하게 살기를 꾀해 여기까지 온 것도 죽음을 겁내서가 아니라 양도독을 위해 그러함이라. 화살과 돌, 바람과 먼지 날리는 전쟁터에서 고초를 겪은 것도 공훈에 뜻을 둠이 아니라 양도독을 위함이거늘, 양도독이 이제 불행해진다면 내가 나라의 안위를 어찌 알며 삼군의 진퇴를 어찌 살피리오? 내가 마땅히 먼저 죽어 온갖 일에 관여하지 않으리라.'

다시 양도독 앞으로 나아가 낮은 목소리로,

"상공은 정신을 차리소서. 제가 하는 말 한마디도 못 들으시나이까?"

양도독이 대답하지 않거늘, 홍원수가 가슴이 꽉 막혀 생각하되,

---

3) 한(漢)나라의 존망에 관계된 운수: 중국 삼국시대 촉한(蜀漢)의 제1대 황제 유비는 위(魏)나라 땅을 되찾지 못하고 죽었으며, '반드시 북방을 되찾아라'는 유언을 남겼다. 제갈량은 유비의 유언을 받들어 군사를 이끌고 위나라를 토벌하러 떠나는데, 떠나는 날 아침 촉한의 제2대 황제 유선(劉禪) 앞에 나아가 「출사표出師表」를 바친다. 그러나 제갈량은 진중(陣中)에서 병에 걸려 죽으니, 나라의 존망이 사람에게 달려 있지 않고 하늘에 관계된다는 의미다.

'내가 일찍이 의약과 점술을 배웠으되, 이 일을 당해 시험해보지 않으면 어찌 끝없는 후회가 없으리오?'

그리고 한 점괘를 얻으니 괘卦와 효爻가 어지러워 길흉을 분별하기 어렵고, 맥을 짚어보고 약을 생각해도 정신이 혼미해 증세를 살펴 알아낼 길이 없거늘, 길게 탄식하며,

"내가 평생에 어려운 일을 당해도 당황하지 않았는데, 이는 분명 하늘이 내 혼을 빼앗음이니 불길한 징조로다."

주위 사람들을 물러가게 하고 양도독의 손을 잡고 울며 아뢰길,

"제가 상공을 만난 지 이제 네 해가 되었나이다. 두 해 동안은 서로 이별해 생사를 모르다가 천리 타향에서 끊어진 인연을 뜻밖에 다시 이어 여생을 의탁하려 하는데, 이제 저를 버리고 가시며 한마디 말씀이 없나이까?"

양도독이 눈을 떠 잠시 보고는 눈썹을 찡그리고 눈물을 머금어 슬퍼하는 기색이 있더라. 홍원수가 그가 깨어난 것을 다행히 여겨 약을 권하고 증세를 묻고자 하는데, 갑자기 양도독이 소리지르고 혼절하니, 아아, 아깝도다! 세상을 뒤엎을 만한 군자요 풍류 호걸이 청춘에 이 지경에 이르니, 하늘이 어찌 안다 할 수 있으리오? 홍원수가 약그릇을 던지고 그 몸을 어루만져보니 조그마한 요행도 없다 하겠더라. 홍원수가 길게 탄식하고 몸을 일으키며 "내가 차마 보지 못하겠도다" 하고 슬퍼하며 창밖으로 나가더라. 손야차가 창밖에 서 있다가 상태를 물으려 하거늘, 홍원수가 곧바로 군영 문밖으로 나가니 손야차가 창을 들고 뒤를 따르고자 하되, 홍원수가 돌아보며,

"노장은 따라오지 말라."

손야차가 당황해 물러나니, 이때 달은 서산에 지고 별빛이 하늘에 가득한데, 군중의 물시계 소리가 벌써 오경을 알리더라. 홍원수가 바로 황계 물가에 이르러 하늘을 우러러 탄식하며,

"아득한 푸른 하늘이 제 몸을 죽여 남쪽 황량한 땅의 외로운 혼이 되게 하심이니, 그렇지 않다면 양도독의 병세가 어찌 이에 이르렀나이까? 제가 어려서는 청루에 노닐어 재주는 뛰어나나 덕이 적었고, 자라서는 좋은 가문에 의탁하되 복이 지나가고 재앙이 생겨나 만리 떨어진 곳에서 목숨이 끊어지게 하시니, 이는 저의 박한 운명 때문일 것이라. 양도독은 부모를 섬김에 효도하고 임금을 섬김에 충성해 모든 행실에 흠이 없으니 신명께 얻은 죄가 없을지라. 하물며 지금 나이가 열여섯이요 앞길이 만리라. 엎드려 바라건대 제 몸으로 양도독을 대신해 황계에 몸을 던지리니, 물의 사나운 성질을 고쳐주시고 양도독의 목숨을 보전해주소서."

말을 마치매 물속으로 뛰어들으려 하는데, 갑자기 등뒤에서 지팡이 소리와 급히 부르는 소리가 들리길,

"홍랑은 헤어진 뒤로 별 탈이 없는가?"

홍원수가 크게 놀라 돌아보니, 다른 사람이 아니라 곧 지난날 가르침을 준 백운도사라. 기쁘면서 놀라워 허둥지둥 앞으로 나아가 두 번 절하고 눈물을 머금고 아뢰길,

"사부님께서 어디로부터 이에 이르셨나이까?"

도사가 미소하며,

"내가 마침 관음보살과 더불어 남천문에 올랐다가 그대에게 오늘 액운이 있음을 알고 구하러 왔도다."

홍원수가 기쁨을 이기지 못해,

"사부님께서 서천으로 가셔서 뵈올 수 없다가 이처럼 뵈옴은 하늘이 도우심이니이다."

도사가 말하길,

"내가 돌아갈 길이 바쁘니 잠시 도독의 병세를 살펴봄이 어떠한가?"

홍원수가 크게 기뻐하며 도사와 더불어 군막 안으로 들어가니, 도독

이 혼절한 지 이미 오래되어 인사불성이더라. 도사가 오래도록 살펴보다가 금단金丹 세 개를 홍원수에게 주며 "이 약을 복용하면 쾌차하리라" 하고 말을 마치매 몸을 일으켜 가더라. 홍원수가 진영 문밖으로 따라 나가 다시 아뢰길,

"도독의 병이 오장육부에 탈이 있음이 아니라 그 근원이 오계五溪에 있나니, 사부님께서는 방책을 밝히 가르쳐주소서."

도사가 웃고 시 세 구를 읊으니, 그 시는 이러하더라.

한 줌의 흙은 물을 이기고
만 자루의 불은 쇠를 녹이도다.

복숭아 꽃잎을 입에 머금어야
도화계桃花溪의 물결을 건너도다.

아계啞溪의 물을 한껏 마시고
한밤중에 탕계湯溪를 건너갈지어다.

도사가 읊기를 마치매 홍원수를 돌아보며 "그대의 눈썹 사이의 액운이 오늘로 다했으니 앞길에 부귀가 극진하리라" 하고 갑자기 손에 들고 있던 백팔 보리주菩提珠를 주며,

"이것은 석가세존께서 오묘한 불법佛法을 강론하실 때 돌리면서 염불하시던 염주라. 하나하나가 마음을 바르게 가다듬어 배우고 얻은 것이라 사악한 기운이 침범하지 못하니 쓸 데가 있거니와, 훗날 자개봉紫蓋峯 대승사大乘寺 보조국사輔祖國師에게 전하라."

말을 마치매 한바탕 부는 맑은 바람으로 변해 간 곳을 알 수 없더라. 홍원수가 하늘을 향해 수없이 절을 하며 사례하고 즉시 군막 안으로 들

어가 급히 금단을 복용시키니, 첫번째 알에 가슴속이 상쾌해지고, 두번째 알에 정신이 맑아지고, 세번째 알에 기운이 평상시와 같아지더라. 원래 금단은 선가仙家의 최상품 영약이라. 양도독이 약을 복용하고 나서 병세가 즉시 쾌차하고 총명과 정력이 지난날보다 갑절로 좋아지더라. 홍원수가 양도독의 병세가 쾌차한 것을 보고 기쁨을 이기지 못해, 백운도사가 진영에 오셨던 것을 먼저 아뢰고 이어 비결 세 구를 읊으니, 양도독이 듣고는 놀라 감탄해 마지않더라. 홍원수가 시 세 구를 읊으며 행군할 새, 군중에 명령을 내려,

"대군이 한꺼번에 각각 황토를 한 줌씩 가지고 황계를 건너되, 만약 목이 마르거든 황토를 입에 머금고서 물을 마시라."

백만 대군이 앞다투어 황토를 가지고 건널 새, 장수의 명령에 따라 행군하니, 대군이 과연 병이 없이 건강하더라. 삼군이 껑충껑충 뛰며 환호해 그 소리가 우레 같더라.

이튿날 철계鐵溪에 이르니, 물빛이 검푸르고 차가운 기운이 서로 엉기어 병기兵器에 스민즉 과연 녹아서 물이 되더라. 홍원수가 명령을 내려,

"삼군이 각각 횃불 한 자루씩 가지고 건너라."

대군이 한꺼번에 풀을 묶어 횃불을 만들어 불을 붙이고 건널 새 불빛이 철계를 덮으니, 그 불빛이 부족한 곳은 병사와 말이 차가운 기운을 이기지 못해 횃불을 더한 뒤에야 건너더라. 이어 도화계에 이르니, 때는 삼월 초순이라. 복숭아꽃은 만발하고 물결은 도도한데, 떨어진 꽃잎이 어지러이 물 가운데 떠내려오니, 물빛은 꽃잎을 비추어 붉고, 독한 기운이 코를 찌르는지라. 나이 어린 병사가 손가락으로 물을 찍어 맛보니 순식간에 손가락이 부풀어오르고 입으로 피를 토하거늘, 홍원수가 명령을 내려,

"대군은 언덕 위로 올라가 각각 복숭아꽃을 한 가지씩 꺾어, 사람과 말이 모두 다리에 문지르고서 입에 물고 건너라."

대군이 앞다투어 복숭아꽃을 꺾으니, 순식간에 복숭아꽃이 모두 없어졌더라. 이에 북을 치며 도화계를 건너는데 꽃 그림자가 점점이 물속에 비치니, 홍원수가 양도독과 더불어 말을 나란히 하여 건널 새, 낭랑히 웃으며,

"강남 전당호 십 리의 연꽃을 아름다운 풍경이라 하나, 이를 넘어서지는 못하리로다."

양도독이 미소하고 도화계를 건너 아계에 이르니, 홍원수가 명령을 내려,

"장수와 삼군 중에 목마른 사람이 있거든 물을 한껏 마시고 건너라."

모든 군사가 오히려 머뭇거리거늘, 손야차가 소리질러,

"홍원수는 신인神人이라. 어찌 의심하는가?"

표주박을 들어 먼저 마시고 뇌천풍을 돌아보며 상쾌함을 말하려 하는데 갑자기 혀가 말려 말을 하지 못하매, 표주박을 던지고 눈물을 흘리며 가슴을 치고 크게 통곡하더라. 홍원수가 크게 웃고 다시 몇 바가지를 권하니 손야차가 겁내어 주저하다가 억지로 몇 바가지를 마시니 가슴속이 시원해지고 목소리가 분명해지더라. 손야차가 크게 기뻐하며 홍원수에게 아뢰길,

"제가 옛적에 원수를 등에 업고 물속으로 들어갈 때 절강 물을 배불리 마셨으되 일찍이 이처럼 상쾌하지 않더이다."

홍원수가 눈썹을 찡그리며 눈짓해,

"내가 부질없이 몇 바가지를 더 마시게 해 그대로 하여금 횡설수설하게 함이로다."

손야차가 묵묵히 물러나더라. 대군이 한꺼번에 아계의 물을 한껏 마시니, 용기가 전보다 갑절로 더하더라. 이튿날 탕계에 이르니, 물결이 솟구쳐 햇빛을 따라 끓어 불같이 뜨거우니 사람이 감히 가까이할 수 없더라. 홍원수가 강가에 진을 치고 밤을 기다릴 새 몸소 물가에 이르니,

밤이 이미 해시亥時에서 자시子時로 넘어가는 때라. 물결이 잔잔하고 차가운 기운이 수면에 떠돌거늘, 홍원수가 삼군을 호령해 일시에 탕계를 건너게 하니, 백만 대군이 오계의 험한 곳을 모두 무사히 건넌지라. 모든 장수와 군졸이 서로 치하하고 홍원수의 신기함에 탄복하더라. 원래 황계는 토정土精인지라 토土로 토土를 이긴 것이고, 철계는 금정金精인지라 화火로 금金을 이긴 것이라. 도화계는 복숭아꽃의 독한 기운인지라 독毒으로 독을 제어한 것이고, 아계는 풍토가 달라 처음 먹으면 벙어리가 되나 한껏 마시면 위장에 익숙해지며, 탕계는 남방의 화기火氣인지라 한밤중에 하늘이 열리면서 물을 만들어[4] 자연히 상극을 이룬 것이라. 무릇 천하의 사물이 화기를 많이 받으면 독한 기운이 저절로 생기는데, 남방은 산천초목이 화기를 받지 않은 것이 없기에, 독한 기운이 이곳에 모인 것이더라.

한편 홍도국 왕 탈해와 그의 아내 소보살이 명나라 군대가 이르렀다는 소식을 듣고 모든 장수와 더불어 상의하길,

"명나라 군대가 어찌 오계를 건널 수 있으리오?"

그러나 무사히 오계를 건넜다는 소식을 듣고 탈해가 크게 놀라 즉시 발해拔解를 부르니, 발해는 탈해의 동생이라. 사내 만 명도 당할 수 없는 용맹이 있고, 성질이 불같이 급하더라. 탈해가 발해에게 이르길,

"명나라 군대가 지금 오계를 건넜으니, 계책을 낼 수 없도다. 어떻게 방비하리오?"

발해가 팔뚝을 휘두르며,

---

4) 하늘이 열리면서 물을 만들어: '천일생수(天一生水),' 하늘이 열릴 때 첫째로 물을 낳는다는 것. 『주역』의 수리(數理)에 의하면 하늘은 홀수이고 땅은 짝수이다. 주자(朱子)가 『근사록近思錄』 「태극도설주太極圖說註」에 오행 생성의 이치를 말해, "하늘이 일(一)로 수(水)를 낳으면 땅은 이(二)로 화(火)를 낳고, 하늘이 삼(三)으로 목(木)을 낳으면 땅은 사(四)로 금(金)을 낳는다" 했다.

"북을 한번 쳐서 변변치 못한 패잔병들을 땅에 묻으리니, 어찌 방비를 근심하리오?"

탈해가 말하길,

"아우는 적을 업신여겨 쉽게 말하지 말라. 내가 정예병 삼천 기를 주리니 자고성鷓鴣城을 지켜 들어오는 길을 끊으라."

발해가 응낙하고 가더라. 원래 자고성은 오계동 북쪽에 있으니, 그곳에 자고새가 많은 까닭에 자고성이라 하더라.

이때 양도독이 오계동을 향해 행군할 새 한 곳을 바라보니, 산 위에 나무가 하늘을 찌를 듯하고, 외딴 성이 은은하게 높이 솟아 있더라. 홍원수가 크게 놀라 교지의 병사를 불러 물으니 병사가 대답하길,

"오계 남쪽은 발길이 닿지 않은 곳이라 자세히 알 수 없으나, 전해지는 말을 들은즉 오계동으로 들어가는 길에 자고성을 지나간다 하더이다."

홍원수가 고개를 끄덕이고 양도독에게 아뢰길,

"탈해가 자고성에 복병을 두어 대군의 뒤를 습격한다면 낭패를 보리니, 먼저 자고성을 취함이 좋을까 하나이다."

양도독이 말하길,

"어떻게 취할 수 있으리오?"

홍원수가 말하길,

"오늘밤 대군을 이곳에 머물게 하고, 동초·마달로 하여금 오천 기를 거느려 자고성 북쪽에 매복하게 하고, 날이 밝기 전에 대군을 거느려 오계동으로 향한즉 자고성의 복병이 분명 나와서 길을 막으리니, 이때를 틈타 동초·마달로 하여금 자고성을 빼앗게 함이 묘한 계책일까 하나이다."

양도독이 허락하고 대군을 머물게 해 밤을 지낼 새, 이날 밤 삼경에 동초·마달에게 오천 기를 거느리게 하여 보내고, 날이 밝기를 기다려

북과 나팔을 울리며 대군을 몰아 오계동을 바라보고 행군하니 그 기세가 폭풍우 같더라. 발해가 정예병을 거느리고 산에서 내려오며 호되게 꾸짖어,

"쥐새끼 같은 아이가 겁없이 호랑이 입으로 들어오니, 어찌 이같이 담대한가?"

말을 몰아 싸움을 걸어오거늘, 홍원수가 급히 진영의 형세를 이루어 후군을 선봉으로 삼고 선봉을 후군으로 삼아 일시에 말 머리를 돌려 깃발을 휘두르며 나아가더라. 홍원수가 양도독과 더불어 진영 앞에서 바라보니, 발해가 키는 십 척이요 얼굴은 노구솥 밑바닥 같고, 호랑이의 눈과 곰의 허리를 한 흉악한 모습이 사람 형상 같지 않고, 두 손에 각각 철퇴를 들고 소리지르며 진영을 나서더라.

양도독이 홍원수를 돌아보며 "이것이 어찌 사람의 부류이리오? 귀신이 아니면 분명 짐승의 부류로다" 하고 뇌천풍으로 하여금 출전하게 하더라. 뇌천풍이 벽력부를 들고 발해를 공격하려 하니, 발해가 오른손으로 철퇴를 들고 왼손으로 벽력부를 빼앗으려 하더라. 뇌천풍이 크게 노해 벽력부를 붙잡고 놓지 않으매, 발해가 갑자기 소리지르며 철퇴를 휘두르니 뇌천풍이 몸이 뒤집혀 말에서 떨어지더라. 발해가 크게 웃으며,

"네가 어찌 나를 대적하리오? 내 용력을 알고자 하거든 이 철퇴를 들어보라."

즉시 철퇴를 말 앞에 던지니, 뇌천풍이 분노해 온 힘을 다해 들으려 하나 무게가 천 근이 넘더라. 스스로 들 수 없음을 알고 몸을 솟구쳐 말에 올라 본진으로 돌아와 탄식하길,

"이는 보통 사람의 힘이 아니라. 옛적 촉 땅의 산을 옮기던 다섯 명의 역사[5]가 아니면, 분명 구정을 들어올리던 초패왕 항우[6]의 후신(後身)이로다."

말을 마치기도 전에 발해가 소리쳐 "너의 백만 대군은 물론이고, 명나

라 천자가 몸소 나라의 힘을 다 기울여 오더라도 나는 조금도 겁내지 않노라" 하거늘 양도독이 크게 노하여,

"오랑캐 아이가 감히 이같이 무례하니, 그 머리를 취하지 못하면 맹세컨대 회군하지 않으리라."

홍원수가 웃으며 대답하길,

"제가 비록 용력이 없으나 한번 싸우길 원하나이다."

양도독이 한참 동안 대답하지 않으니, 홍원수가 다시 웃으며,

"저의 쌍검은 평생 아끼는 칼이라. 변변치 못한 오랑캐 아이의 피로 어찌 더럽히리오? 화살 다섯 개가 있으니 세 개로 오랑캐 장수를 쓰러뜨리지 못하면 군령에 맡기리이다."

쌍검을 끌러 손야차에게 주고 큰 칼을 차고 활과 화살을 허리에 두르고 말에 오르니, 아름다운 용모와 꽃 같은 얼굴은 오랑캐 장수와 비교한즉 상대가 되지 않더라. 장수와 삼군이 모두 진영 앞으로 나와 승부를 구경하는데, 양도독도 진영 위에 앉아 홍원수가 위급하게 되면 장차 대군을 몰아 구하려 하더라. 알지 못하겠도다. 승부가 어찌되리오? 다음 회를 보라.

---

5) 촉(蜀) 땅의~다섯 명의 역사(力士): 중국 전국시대 진(秦)나라 혜왕(惠王)이 촉나라를 정벌하려 했으나 험준한 산길을 넘는 것이 불가능하자, 석우(石牛) 다섯 마리를 만들어 꽁무니에 황금을 묻히고서 황금 똥을 누는 소라고 속였다. 이에 촉나라 왕이 산을 옮기고 만균(萬鈞)을 들 수 있는 다섯 명의 역사를 시켜 검각(劍閣)의 험준한 산길을 뚫어 끌고 오게 했다. 이로써 혜왕은 촉나라로 가는 길을 확보할 수 있었다.

6) 구정(九鼎)을 들어올리던 초패왕(楚覇王) 항우(項羽): 『사기』 「항우본기項羽本紀」에 따르면 항우는 "신장은 팔 척이 넘고, 힘은 능히 구정을 들었다"고 했다. 구정은 하(夏)나라 시조 우왕(禹王)이 천하 구주(九州)의 수장들이 바친 진귀한 금속으로 만들었다는 아홉 개의 정. 정(鼎)은 발이 셋, 귀가 둘 달린 솥을 말한다.

양도둑이 슬병을 든 채 자고새 울음소리를 듣고
홍원수가 하늘 기운을 바라보고 여우갖옷을 보내더라

발해가 진영의 형세를 펼치고 급히 싸움을 돋우고자 명나라 진영을 향해 무수히 욕을 해대거늘, 갑자기 명나라 진영에서 한 소년 장군이 칠성관을 쓰고 금빛 전포를 입고 대완설화마大宛雪花馬를 타고, 대우전을 차고 보조궁寶雕弓을 허리에 두르고 진영을 나서니, 옥 같은 얼굴과 별 같은 눈에 기상이 우뚝하고 풍채가 빼어나, 화살과 돌, 바람과 먼지가 날리는 전쟁터에서 보기 드문 인물이더라. 손에 병기가 없고 섬섬옥수로 말고삐를 잡아 천천히 진영을 나서니, 발해가 바라보고 크게 웃으며,

"늙어 추한 자는 목을 움츠리고, 어린 묘령의 아이가 몸을 드러내니, 내게 한때의 구경거리를 제공함이로다."

철퇴를 공중으로 던져 자기 재주를 자랑하며 홍원수를 조롱해,

"네 얼굴을 보니, 귀신이 아니라면 경국지색이라. 내가 마땅히 사로잡아가리라."

철퇴를 옆에 끼고 말을 달려 곧바로 사로잡으려 하거늘, 홍원수가 미소하고 말을 돌려 보조궁을 당겨 첫번째 화살을 쏘니, 옥 같은 손이 한

번 움직이매 발해의 왼쪽 눈을 맞혀 눈알이 튀어나오더라. 발해가 외마디소리를 지르고서 한 손으로 화살을 뽑고 한 손으로 철퇴를 들고, 분노가 하늘을 찌를 듯해 갑옷을 벗어 땅에 던지고 검은 몸을 드러내며,

"네가 요술을 믿어 이처럼 당돌하게 구니 다시 화살 한 발을 쏘라. 내가 마땅히 붉은 가슴으로 받으리라."

이를 갈며 달려들거늘, 홍원수가 또 미소하고 짐짓 활을 당기는 시늉을 해 활시위 소리를 내니, 발해가 말 위에 서서,

"내가 마땅히 배로 네 화살을 받으리니, 요괴는 철퇴를 받을 수 있겠는가?"

오른손으로 철퇴를 들고 홍원수를 향해 던지거늘, 홍원수가 몸을 돌려 피하고 옥 같은 손을 한번 움직이매, 활시위 소리가 나면서 화살이 유성처럼 날아가 발해의 입을 맞추어, 발해가 그 화살을 뽑으니 선혈이 입에 가득하더라. 하나 남은 눈이 불처럼 빛을 내는데 분노를 삭이지 못해 말에서 뛰어내려 맹호처럼 달려드니, 홍원수가 말을 채찍질해 급히 피하며 호되게 꾸짖더라.

"네가 눈이 있으나 하늘이 높은 줄 모르기에 먼저 네 눈을 쏜 것이요, 말을 삼가지 않기에 나중에 그 입을 쏜 것이거늘, 여전히 이처럼 무례하니 이는 심장 구멍이 꽉 막혀 흉악한 배와 반역하는 창자를 감싸고 있음이로다. 내게 화살이 하나 더 있으니 다시 네 심장을 쏘아 그 막힌 구멍을 뚫으리라."

말을 마치매 옥 같은 손이 한번 움직이고 활시위 소리가 울리니, 발해의 흉악함으로도 가슴을 가리며 피하거늘, 깜박 속은 것을 깨닫고 더욱 분노해 날뛰며 다시 달려드니 그 형세가 매우 급하더라. 홍원수가 호되게 꾸짖고 별 같은 눈동자를 깜빡이더니 화살이 날아가 발해 가슴을 맞혀 그 등을 뚫고 나가더라. 발해가 반 장*이나 뛰어올랐다가 외마디소리를 지르고 땅에 엎어지거늘, 홍원수가 칼을 뽑아 발해 머리 위의 붉은

투구를 찍어 들고 본진으로 돌아오니, 양도독이 크게 기뻐하고 모든 장수와 삼군이 서로 돌아보며 홍원수의 활솜씨에 경탄하더라.

이때 동초·마달이 자고성 북쪽에 매복해 있다가 발해가 산에서 내려오는 것을 보고 한꺼번에 말과 군사의 입에 나무막대기를 물리고 행군해 자고성을 빼앗고, 양도독이 홍원수와 더불어 대군을 몰아 패잔병을 공격해 자고성으로 들어가니, 험준한 성을 힘들이지 않고 얻은지라. 성지城池를 둘러보니 그 견고함이 철옹성 같거늘, 창고를 열어보니 군량미가 적지 않고, 수전水戰에 사용되는 병기와 배를 만드는 목재가 산더미처럼 쌓여 있더라. 양도독이 크게 놀라,

"우리 군대가 수전을 익히지 못했는데, 탈해가 만약 계책이 궁하고 힘을 다 써버려 우리 군대에 수전을 청하면 어떻게 대응하리오?"

홍원수가 웃으며,

"제가 진실로 육전陸戰에는 재능이 없으나, 수전에서는 주유1)와 제갈량이 살아 돌아온다 하더라도 양보하지 않으리이다."

양도독이 크게 기뻐하더라. 이날 양도독이 대군을 배불리 먹이고서 처소를 정해 주둔시키더라. 자고성 동쪽에 높은 석대가 있어 경치가 가장 뛰어나거늘, 양도독이 홍원수를 돌아보며,

"우리가 오래도록 바람 먼지 속에 있어 조용히 술 마실 겨를이 없었는데, 만리 외딴 곳에서 이러한 경치를 만나니 이 또한 얻기 어려운지라. 좋은 술과 맛있는 안주로 한때의 마음을 푸는 것이 어떠하오?"

홍원수가 미소하고 장수를 모두 물러가게 하고 손야차만 거느려 평

---

1) 주유(周瑜, 175~210): 중국 삼국시대 오(吳)나라 명신. 처음 손견(孫堅)을 섬기다가 손견이 죽자 그 아들 손책(孫策)을 섬겨 양자강(揚子江) 하류 지방을 평정하는 데 큰 공을 세웠다. 200년에 손책이 사망하고 그 동생 손권(孫權)이 등극하자 주유는 손권을 보필했다. 208년 9월 위(魏)나라 조조가 화북(華北)을 평정하고 형주(荊州)로 진격해오자, 오나라 대도독으로 군사를 이끌고 참전해 적벽대전에서 화공(火攻)으로 위나라 군대를 대파했다.

상복 차림으로 석대에 걸어 오르니, 석양의 산빛은 울창해 눈 아래 펼쳐 있고, 하늘가에 떠도는 구름은 아득해 끝없이 멀리 있더라. 자고새의 울음소리는 곳곳에 낭자해 나그네의 시름을 불러일으키는데, 양도독이 손야차에게 명해 술을 따르게 해 각각 거나하게 취하매 홍원수가 갑자기 슬픈 기색을 보이더라. 양도독이 손을 잡고 웃으며,

"낭자가 어찌 즐겁지 않은 기색이 있는고?"

홍원수가 대답하길,

"제가 일찍이 들으니, 나그네는 고향을 그리워하며 슬퍼하고, 물고기도 옛적에 노닐던 물을 생각한다 하더이다. 이 자고새의 울음소리 또한 강남의 자고새 울음소리와 같은지라. 그 울음소리는 푸른 풀에 비 내리는 때나 황릉[2]에 꽃 떨어지는 때와 다름이 없으되, 지난날은 어찌 그리 화창했으며 오늘은 어찌 이리 처량하나이까? 저는 본래 청루의 천한 신분으로 뜻밖에 상공을 만나 영광이 오늘날 지극하니 여한이 거의 없으나, 아녀자의 마음이 스스로 만족할 줄 모르고, 매번 이러한 아름다운 경치를 만나면 제나라 경공의 눈물[3]과 양호의 탄식[4]이 아무 까닭 없이

2) 황릉(黃陵): 황릉묘(黃陵廟)를 가리키는 듯하다. 황릉은 중국 호남성(湖南省) 북부에 있는 동정호(洞庭湖) 호숫가에 있는 지명. 동정호는 일찍부터 소상팔경(瀟湘八景)의 하나로 꼽힌 아름다운 풍광으로 유명한데, 동정호의 동안(東岸)에 위치한 악양루(岳陽樓) 앞에 있는 상산(湘山)에는 순(舜)임금의 죽음을 슬퍼해 상수(湘水)에 몸을 던진 아황(娥皇)·여영(女英) 두 비(妃)를 기리는 황릉묘가 있다.

3) 제(齊)나라 경공(景公)의 눈물: 중국 춘추시대 제나라의 제26대 군주인 경공 치세에 제나라는 명재상 안영(晏嬰)의 수완으로 번영을 누려, 공자도 제나라 관직에 임명되기를 원할 정도였다. 경공은 사치를 즐기는 어리석은 임금이었으나, 재상 안영의 간언에는 귀기울였다고 한다. 경공이 우산(牛山)에 놀러가 북쪽에 있는 자기 나라를 바라보고 슬픔에 잠겨, 인생의 영화(榮華)도 오래가지 못함을 탄식하며 눈물을 흘렸다는 고사가 있다.

4) 양호(羊祜)의 탄식: 서진(西晉)의 명장인 양호는 양양(襄陽)에 부임했을 때 산수를 좋아해 늘 현산(峴山)에 올랐다. 술을 마시며 현산의 아름다운 경치를 감상하면서, 이 산에 올랐던 수많은 현인재사(賢人才士)가 역사 속으로 사라진 것처럼 자신도 이름 없이 사라질 것을 탄식했다고 한다. 훗날 현산에는 덕이 높은 양호를 추모한 비석이 세워졌는데, 사람들이 그 앞을 지나며 그의 덕을 추모하느라 눈물을 떨어뜨려 타루비(墮淚碑)로 불렸다고 한다.

생기나이다. 이는 다름아니라 제가 오래도록 풍류 마당에서 노닐어 규방 범절로 단속하는 것을 알지 못하고 음풍농월과 노래와 춤을 하는 가운데 강개慷慨한 마음이 있어, 세월이 물 흐르듯 흘러감을 탄식하고 우리 인생이 매우 짧은 것을 슬퍼해, 하염없이 그리워하는 마음을 차마 잊지 못하는 까닭이로소이다. 상공께서는 저 자고새의 울음소리를 들어보소서. 삼월 봄바람에 북녘 산에 꽃이 피고 남녘 산에 잎이 푸르러, 구십 일 봄볕이 흐드러져 호탕할 때, 쌍쌍의 자고새는 꽃가지로 날아들어 암수가 서로 화답하니 그 소리가 화창해, 봄바람에 언덕의 버들은 버들개지를 날리고 가랑비에 강둑의 풀은 더욱 푸르니, 한 번 울매 풍류 소년의 준마를 멈추게 하고, 두 번 울매 청루 소녀의 몸단장을 재촉해, 번화한 소리와 아리따운 웃음이 자고새를 시기하고 봄빛을 다투나이다. 그러다가 석 달 봄날이 물 흐르듯 지나면 떨어지는 꽃이 어지럽고, 가을바람이 쓸쓸하면 그 소리가 서글퍼, 한 번 울매 열사의 옥호가 조각조각 부서지고[5], 두 번 울매 미인의 푸른 옷소매에 눈물 자국이 흥건하니, 이는 다름아니라 무심無心한 자고새를 유심有心하게 들음이니이다. 제가 강남에서 떠돌다 우연히 상공을 만나 정을 맺었다가 만리타향에서 용검龍劍이 신물神物 만나듯 서로 만나니, 나탁과 축융의 서릿발 같은 칼과 창, 폭풍우 같은 화살과 돌 사이에서 한 조각 정근이 조금도 흔들리지 않아, 생사의 환란 속에서도 서로 헤어지지 않아 다시 이 석대에 올랐나이다. 그러나 다만 한스러운 것은, 흰 머리칼은 무정하고 청춘의 얼굴은 시드는 때가 있거늘 해 질 무렵 자고새가 마음을 건드리니, 저는 알지 못하겠나

5) 열사(烈士)의 옥호(玉壺)가 조각조각 부서지고: 동진(東晉)의 장군 왕돈(王敦, 266~324)은 술에 취하면 언제나 비분강개해 옥호를 두드려 박자를 맞추면서, 조조의 「보출하문행步出夏門行」 가운데 "늙은 천리마는 마구간에 엎드려 있어도 뜻은 천리를 달리고, 열사는 늙어서도 씩씩한 마음이 다하지 않노라(老驥伏櫪, 志在千里, 烈士暮年, 壯心不已)"라는 구절을 노래해 옥호가 부서졌다 한다.

이다. 오늘의 마음이 백 년 뒤에는 마땅히 어떤 모습이리이까?"

양도독이 웃으며,

"그대의 식견으로 어찌 이러한 마음을 갖는고? 내가 그대와 더불어 이 석대에 오른 것도 우연한 일이요, 자고새의 울음도 우연한 일이라. 살아서 정을 맺음이 이미 망령된 일이거늘, 하물며 죽어서 정에 머물리오? 한몸에 탈없이 백 년을 평안히 보내면 이는 백 년의 영광이요, 하루를 한가하고 평안하게 보내면 이는 하루의 복이라. 서녘 산의 지는 해를 배웅하고 동녘 고개의 밝은 달을 맞이함이 더없이 아름다운 경치이니, 군중에 남은 술이 있거든 다시 가져오라. 내가 그대와 더불어 한번 취해 그대의 울적한 마음을 풀어주리라."

홍원수가 미소하고 다시 몇 잔을 마실 새, 밤이 이미 깊었고 이슬이 옷깃을 적시더라. 홍원수가 조용히 아뢰길,

"상공께서 도독의 귀한 지위에 있으면서 술에 취해 모든 장수를 대하면 아니 될 일이라. 밤이 깊고 술이 충분하니, 천금 같은 몸을 돌아보시어 한때의 즐거움을 탐하지 마시고 일찍 군영으로 돌아가소서."

양도독이 웃으며,

"내가 오랫동안 술을 마시지 못해 울적한 마음이 있었는데, 오늘 군중에 일이 없고 이곳 경치가 시원하니 한때의 취함이 무슨 아니 될 일이리오? 그대는 한 잔을 더 마시라. 만리 외딴 곳에서 이러한 경치를 만나기 어렵도다."

홍원수가 또 간언하길,

"군중은 죽음의 땅이라. 장수와 삼군이 모두 칼을 안고 창을 베고 누워, 위태로운 생각과 두려운 근심으로 밤마다 편안히 잠들지 못하거늘, 상공께서 그것을 돌아보지 않고 술 마시는 것을 일삼으려 하시니, 이는 천첩의 죄라. 제가 감히 가까이 모시지 못할까 하나이다."

양도독이 갑자기 분노의 기색을 띠며,

"그대의 기색에 유순한 태도라고는 조금도 없고 내 뜻을 많이 거스르니, 이는 무슨 도리인가?"

홍원수가 오랫동안 묵묵히 있다가 다시 한 잔을 따라 양도독에게 바치고 부드러운 목소리로 나직이 아뢰길,

"제가 비록 배운 것이 없으나, 일찍이 들건대 '남편의 뜻을 어기지 말고, 반드시 공경하고 반드시 조심해야 한다' 하니, 상공의 말씀을 거스르고 다시 누구에게 순종하리이까? 상공께서 춘추가 한창때여서 날카로운 기상만 믿고 귀한 몸을 보존하지 않으시어 밤새 술 마시는 것을 본받으려 하시는데, 만리 밖에서 늙으신 부모님이 아침저녁으로 초조하게 기다리는 탄식을 어찌 생각하지 않으시나이까?"

양도독이 듣기를 마치매 더욱 불편한 기색이 있어 술잔을 받지 않고 몸을 일으켜 즉시 군막 안으로 들어가니, 홍원수가 따라 들어와 감히 자리에 앉지 못하고 반나절 동안 모시고 서 있거늘, 양도독이 얼굴빛을 엄정히 하여,

"원수의 귀한 몸으로 이처럼 오래 서 있는 것이 도리어 불안하니, 처소로 돌아가 쉬는 것이 좋을까 하노라."

홍원수가 더욱 공손히 받들어 모시며 물러가지 않거늘, 양도독이 손야차를 불러 분부하길,

"원수를 모시고 빨리 막사로 돌아가, 내 명령 없이 군막 안으로 출입하지 않도록 하라."

말을 마치매 기색이 매우 엄숙하니, 홍원수가 두려워하며 물러나와 막사로 돌아가더라. 손야차가 조용히 묻기를,

"원수께서 도독과 무슨 불편한 일이 있나이까?"

홍원수가 말하길,

"이는 노장이 알 바 아니니, 너무 염려하지 말라."

이날 밤에 홍원수가 군복을 벗지 않고 이리저리 뒤척이며 잠 못 이루

고 생각하되,

'도독의 성품이 본디 너그러워 일찍이 편협하게 화내는 것을 본 적이 없었는데, 오늘 일은 분명 곡절이 있을지라. 내일 자연히 알게 되리라.'

침상에 누워 있다가 다시 생각하길,

'내가 본디 청루의 천한 몸으로 얼굴빛으로 사람을 섬겼는데, 근래에 이르러 씩씩한 풍모만 많고 유순한 기색이 없어 도독께서 못마땅하게 보심이라. 어찌 내가 저지른 잘못이 아니리오?'

거울에 얼굴을 비춰보며, 온순한 기색으로 고치고자 하더라. 생각이 이에 미치니 자연히 번뇌해 잠을 이루지 못하더라. 날이 밝으매 홍원수가 즉시 양도독의 군막 앞에 이르러 감히 들어가지 못하고 배회하거늘, 양도독이 손야차를 불러 얼굴빛을 엄정히 하며 꾸짖기를,

"어제 내가 명령한 바 있거늘, 원수가 감히 군막 앞에 이른 것은 어찌 된 일인가? 빨리 물러가게 하라."

홍원수가 즉시 물러나 울적해 즐거워하지 않으니, 우습도다! 양도독이 홍원수를 사랑하고 홍원수가 양도독을 믿음이여! 어찌 분노가 있으며 어찌 의심이 있으리오마는, 애정이 지극하면 가려지는 면이 있고, 친함이 깊으면 노하기 쉬움이라. 홍원수의 안목과 지혜로 양도독의 근심을 근심하고 양도독의 기쁨을 기뻐하며 지내왔는데, 이제 뜻밖의 질책을 당하니 마침내 마음이 유약하고 생각이 삭막해져, 처음에는 곡절이 있는가 의심하다 나중에는 자기 잘못을 생각해 울적하고 즐겁지 않으니, 이는 부부 사이의 간절하고 극진한 정이라. 만약 이런 마음이 없다면 여자의 본모습이 아니요, 혹 이런 마음이 지나치면 아녀자의 덕에 흠이 되리니, 어찌 삼가지 않을 수 있으리오?

이때 양도독이 홍원수의 충언을 듣고 마음속으로 탄복하나, 사랑하는 마음이 더욱 절실해 도리어 염려되어,

'하늘이 모든 사람을 내매, 얼굴이 아름다운 사람은 덕이 부족하고 재

주가 많은 사람은 지혜가 얕거늘, 내가 홍랑을 만난 지 몇 해가 되었으나 의심할 만한 부분을 보지 못하니, 내가 홍랑에게 깊이 빠져 그러한 것이 아니라면 홍랑을 위해 염려가 적지 않도다. 흠 없는 옥이 이지러지기 쉽고 꽃다운 풀이 무성해지기 어려우니, 어찌 도리어 애석하지 않으리오? 내일 다시 오계동에 출전하면 홍랑이 분명 함께 가려 하리니, 나약한 몸으로 날마다 힘을 다하는 것이 진실로 미안한지라. 내가 마땅히 이 틈을 타 놀리면서 불편한 기색을 보여 골짜기 안에 머무르게 해 몸조리하게 하리라.'

하고 술을 마시던 중의 사소한 일로 무정한 질책을 더하니, 홍원수가 심란해 막사로 돌아와 책상에 기대어 말도 하지 않고 웃지도 않고 근심스레 있더라. 손야차가 아뢰길,

"도독께서 군중에 명령을 내려 내일 오계동을 공격하라 하더이다."

홍원수가 묵묵히 대답하지 않고 앉아 있다가 바람에 나부끼듯 몸을 일으켜 양도독의 장대將臺에 이르더라. 양도독이 마침 병서를 보고 있거늘 홍원수가 군막 안으로 불쑥 들어와 아뢰길,

"저의 어제 일은 만번 죽더라도 오히려 가벼우나, 오늘 출전을 허락하지 않으시니, 구차하게 바라는 바는 아니로소이다. 그러나 제가 발해를 보매 그 흉악함을 충분히 알지라. 오계동은 험한 땅이고 오늘 전투는 첫 전투이니 그 허실虛實을 모르고 쉽게 대적할 수 없나이다. 제가 이미 상공을 좇아 이곳에 왔는데, 상공께서 홀로 위험한 곳에 들어가는 것을 보고 어찌 편안히 앉아 있으리오? 제게 뾰족한 계책은 없으나, 바라건대 말채찍을 잡고 출전해 환란을 함께하리이다."

양도독이 대답하길,

"원수가 없으면 낭패할 것이나, 이기고 지는 것은 병가兵家의 일상적인 일이라. 오늘 전투는 어리석은 양도독이 주관하리니, 원수는 번뇌하지 말라."

홍원수가 분함을 참지 못해 군영으로 돌아온 지 얼마 되지 않아, 손야차가 또 군령을 받들어 이르더라. 홍원수가 살펴보니, 군사 삼천 명과 손야차는 자고성에서 홍원수를 모시고, 그 밖의 모든 장수와 대군은 오늘 오계동으로 행군하라 함이더라. 이윽고 소유경 사마가 홍원수를 뵙고 말하길,

"오늘 오계동 전투를 쉽게 여길 수 없거늘, 도독께서 원수의 병환을 염려해 홀로 가려 하시니, 염려가 적지 않나이다."

홍원수가 말하길,

"이는 장군이 알지 못함이로소이다. 칼과 창을 휘둘러 적의 머리를 베고 적진에 쳐들어가는 것에는 내가 능력이 조금 있으나, 도독께서는 질서정연한 진법과 당당한 병법으로 문무를 겸비해 어디를 가든 대적할 자가 없으니, 홍혼탈 열 명이 어찌 양도독 한 명을 당하리오? 다만 휘하에 장수가 없으되 내가 병 때문에 좇지 못하니, 장군은 도독을 좇아 출전했다가 만약 급한 일이 있거든 즉시 내게 알려 환란을 함께 구하게 하소서."

소사마가 응낙하고 가더라. 해가 뜨자 행군할 새, 자고성에서 오계동에 이르기까지 불과 이십 리인지라. 이에 대군을 다섯 부대로 나누어, 선봉장군 뇌천풍이 제일대가 되고, 좌익장군 마달이 제이대가 되고, 우익장군 동초가 제삼대가 되고, 우사마 소유경이 제사대가 되고, 도독이 중군이 되어 오계동 앞에 진을 치더라. 기병騎兵은 동쪽과 서쪽의 모서리에 배치해 일자진一字陣을 치고, 거포車砲와 보병步兵은 중앙에 배치해 동쪽과 서쪽의 모서리를 연결하게 하매, 변화에 응하는 진의 형세가 매우 어색하거늘, 소사마가 생각하되,

'오랑캐 병사는 말을 달려 공격하는 기술이 뛰어난지라. 적병이 우리 진영 가운데를 공격해오면, 머리와 꼬리가 서로 끊어지리니 장차 어찌하리오?'

몰래 진의 형세를 그려 홍원수에게 보내어 득실을 묻더라.

이때 양도독이 진을 펼치고 나서 격서檄書를 오계동 골짜기 안으로 쏘아 보내니 그 격서는 이러하더라.

"내가 황제의 명을 받들어 이곳에 와서 남방을 덕으로 복종시키려 하매 정도로 싸울 것이요 간사한 속임수로 대결하지 않으리니, 홍도왕은 빨리 승부를 가릴지라."

이때 탈해가 진영 안에 있다가 동쪽 문에 올라 명나라 진영을 바라보고 말하길,

"명나라 원수가 십만 대군으로 일자진을 펼치니, 이는 허장성세虛張聲勢라. 듣건대 내실을 기하는 자는 겉치레를 자랑하지 않는다 하니, 내가 기습병을 내보내 가운데를 공격하면 양끝이 나뉘게 되어 분명 그들의 패배를 보리라."

소보살이 말하길,

"내가 명나라 진영을 보니, 깃발이 질서정연하고 수레와 말이 어지럽지 않으니, 가벼이 대적할 수 없나이다."

말을 마치기 전에, 격서가 오계동 안으로 날아 떨어지더라. 탈해가 그것을 보고 크게 웃으며,

"내 짐작을 벗어나지 않았도다. 명나라 원수는 사리에 어두운 선비인지라 정도를 말하거늘, 내가 마땅히 북을 한번 쳐서 사로잡으리라."

탈해가 즉시 동쪽 문을 열고 정예병 육칠천 명을 거느려 곧바로 명나라 진영을 공격하니, 기세가 폭풍우 같더라. 양도독이 급히 깃발을 휘두르고 북을 치자 동쪽과 서쪽의 모서리가 서로 합하니, 머리와 꼬리가 서로 응해 원진圓陣으로 변하더라. 탈해가 진영 안에 포위되자 급히 오랑캐 병사들을 한곳에 모아 방진方陣을 펼치고서 몸소 창을 들고 명나라 진영을 공격하고자 하거늘, 양도독이 탈해를 바라보니 신장이 십여 척이요, 얼굴빛이 검푸르고 고리눈에 호랑이 수염이더라. 양도독이 좌우를 돌아보며,

"누가 탈해를 잡아올 수 있겠는가?"

뇌천풍이 도끼를 들고 나가니, 탈해가 크게 노해 눈을 부릅뜨고 수염을 세우고 우레처럼 외치니, 산악이 무너질 듯해 뇌천풍이 탄 말이 놀라 십여 걸음을 물러나더라. 동초·마달과 모든 장수가 일시에 힘을 합쳐 돌격하되, 탈해가 조금도 겁내지 않고 좌충우돌하매 기세가 더욱 흉악하더라. 소사마가 도독에게 아뢰길,

"탈해가 이처럼 흉악하니, 사로잡고자 한다면 다치는 사람이 매우 많으리니, 급히 궁노수弓弩手를 불러 일시에 화살을 쏘게 하소서."

양도독이 웃으며,

"병서에 이르길, '궁지에 몰린 도적을 쫓지 말라' 했으니, 이제 그 형세를 보고 나서 도모함이 무방하리로다."

소사마가 말하길,

"탈해는 호랑이 같은 사나운 장수라. 함정에 빠진 호랑이를 청산에 놓아주면 후환이 적지 않으리이다."

양도독이 허락하고 즉시 궁노수 수만 명을 소집해 좌우에서 화살을 쏘게 하니, 탈해가 그 위급함을 보고 즉시 말에서 뛰어내려 창으로 화살을 막되 응전할 겨를이 없어 이미 수십여 발을 맞았더라. 선혈이 흥건해 철갑옷을 온통 더럽히되 탈해가 오히려 우레처럼 외치고 몸을 수차례 솟구쳐 날아서 겹겹의 포위를 넘어 진영 밖으로 나가 그 기상이 더욱 흉악하거늘, 누가 감히 앞을 막으리오? 양도독이 대군을 몰아 오랑캐 병사들을 무찌르니, 소보살이 오계동 안의 오랑캐 병사들을 거느리고 탈해를 구하러 오다가 양도독의 대군을 만나 싸울 새, 함성은 천지를 흔들고 시체는 산처럼 쌓였더라. 탈해가 중상을 입고 돌아오는 것을 소보살이 보고 급히 오랑캐 병사들을 불러들여 오계동 안으로 되돌아가 즉시 골짜기 문을 닫더라. 날이 저물었기에 양도독도 군대를 돌려 본진으로 돌아오는데, 갑자기 손야차가 말을 달려오거늘 양도독이 크게 놀라

그 까닭을 물으니, 손야차가 대답하길,

"원수께서 소사마께 편지를 보냈나이다."

양도독이 또 묻기를,

"원수는 오늘 무엇을 하던가?"

손야차가 대답하길,

"종일 신음하는 가운데 우리 진영의 움직임을 몰라, 자고대 위에서 종일 남쪽을 바라보시고 우울해 즐거워하지 않는 기색이 있더이다."

양도독이 미소하고 생각하되,

'내가 잠깐 놀렸거늘, 조급한 여인에게 병이 더할까 걱정이로다.'

한편으로 후회하며 소사마에게 홍원수의 편지에 대해 물으니, 소사마가 웃으며 대답하길,

"제가 도독님의 진의 형세를 의아하게 여겨 홍원수께 여쭈었으니, 이는 분명 그에 답하는 편지로소이다."

양도독이 웃으며 열어보니 그 편지는 이러하더라.

"진의 형세를 그린 것을 자세히 보니, 이는 장사진長蛇陣이라. 상산에 큰 뱀이 있으니, 그 이름이 장사라[6]. 그 머리를 치면 꼬리가 응하고, 꼬리를 치면 머리가 응하며, 그 허리를 치면 머리와 꼬리가 일시에 응해 합하니, 이 진법은 이를 본뜬 것이라. 그 진세가 매우 어색한 까닭에 이 진법을 모르는 자들이 그 허리를 공격하면 낭패하리니, 생각건대, 탈해의 사람됨이 발해와 같다면 분명 진영 안으로 들어오리니, 궁지에 몰린 도적을 쫓지 않는 것이 좋을까 하나이다."

양도독이 편지를 보고 미소하더라. 대군이 자고성에 이르니 홍원수

---

6) 상산(常山)에 큰~이름이 장사(長蛇)라: 상산은 중국의 오악(五岳)의 하나. 상산에 사는 솔연(率然)이라는 머리가 둘인 뱀은, 목을 치려 하면 꼬리가 돕고, 꼬리를 치려 하면 목이 돕고, 몸통을 공격하면 목과 꼬리가 함께 도왔다고 한다. 장사진은 상산의 뱀처럼, 선진(先進)과 후진(後進), 우익(右翼)과 좌익(左翼)이 서로 이어지며 공방(攻防)하는 진형(陣形)을 말한다.

가 성문에 나와 맞이하거늘, 양도독이 삼군을 쉬게 하니 날이 이미 저물었더라. 군막 안에 촛불이 밝게 비치는데, 양도독이 짐짓 얼굴빛을 엄정히 하고 말없이 앉아 있으니, 홍원수가 홀로 옆에 서 있는데 눈썹을 낮게 숙이고 복숭아꽃 같은 두 뺨에 홍조를 가득 띠어, 넋을 잃고 잠자는 듯 차분하고 유순한 태도가 마치 그림 속 사람 같더라. 양도독이 흘깃 보다가 참지 못하고 길게 탄식하며 "안으로는 훌륭한 장수가 없고 밖으로는 강적이 있으니, 이를 장차 어찌하리오?" 하고 침상에 눕더라. 홍원수가 은근히 눈길을 보내 양도독의 안색을 살피고 조용히 묻기를,

"오늘 진영에서의 득실이 어떠하옵니까?"

양도독이 또 탄식하며,

"내가 백면서생으로 미처 병서를 읽지 못했는데, 다행히 소유경 사마에게서 한 진법을 얻으니 그 이름이 장사진이라."

말을 마치기도 전에 홍원수가 고개를 숙이고 미소하거늘, 양도독이 비로소 크게 웃고 몸을 일으켜 홍원수의 손을 잡아 침상에 앉히더라.

"백만 대군 가운데 장수가 되는 것은 쉽거니와, 정신이 혼미한 진영에서 가장家長이 되는 것은 어렵도다. 내가 탈해를 무찌르기 전에 불편한 기색을 보여 그대로 하여금 출전하지 않고 몸조리하게 했는데, 장수로서 지략이 부족해 옛적 청루에서 노닐던 마음을 억제하지 못해 본색이 드러났으니, 비로소 세상에 영웅열사英雄烈士가 없음을 알리로다."

홍원수가 부끄러움을 이기지 못해 묵묵히 대답하지 않거늘, 양도독이 다시 탄식하며,

"나와 그대는 모두 어린 나이라. 만리 떨어진 외딴 곳에서 여러 해 동안 전쟁을 겪어 마음이 울적하나 해소할 길이 없는지라. 어제 일은 한때의 장난으로 심심하지 않게 시간을 보내고자 함이나, 오늘 진영 위에서 잠깐 소보살을 살펴보니 모략이 많아 헤아리기 어려우니 근심이 적지 않도다."

홍원수가 웃으며,

"제가 비록 재주는 없으나 마땅히 소보살을 사로잡으리니, 상공께서는 탈해를 사로잡으시어 각각 힘을 다함이 어떠하리이까?"

양도독이 웃고 허락하더라. 이날 밤에 양도독이 홍원수를 군막 안에 머무르게 하며,

"내가 그대와 더불어 일찍이 세 가지 약속을 했으나, 이는 모두 나탁을 무찌르기 전의 일이라. 오늘은 잠자리를 같이해 적막한 회포를 위로하리라."

손야차를 불러 분부하길,

"오늘밤 군중에서 상의할 일이 있어 원수가 마땅히 밤이 깊은 뒤에 막사로 돌아가리니, 막사를 비우지 않도록 하라."

손야차가 응낙하고 은근히 웃으며,

'세상 남자들이 총애하는 여자를 두매, 사랑이 지극하면 서로 다투고 다툰 뒤에 동침한다 하더니, 도독의 점잖은 체통과 원수의 단아함으로, 어제의 풍파가 오늘 운우의 즐거움으로 변할 줄 어찌 알았으리오?'

이때 양도독과 홍원수가 잠자리를 함께하매, 금슬이 화락해 애틋한 정이 전쟁터의 지루한 근심을 잊게 하더라. 홍원수가 자연히 피곤해 봄 졸음이 몽롱하거늘, 양도독이 먼저 일어나 순시하니 군영 안 물시계의 물이 이미 끊어지고 서산의 새벽달이 군막 안을 비추더라. 홍원수가 원앙 베개 위에 비취 이불을 반쯤 덮어, 눈처럼 흰 살결과 꽃처럼 고운 얼굴이 달빛 아래 드러나고 구름 같은 머리칼과 파르스름한 귀밑머리는 침상에 드리워 있어, 숨소리가 은은하고 기색이 미미해 자못 어리고 사뭇 연약하더라. 양도독이 홍원수의 몸을 어루만지며 생각하되,

'이렇게 연약한 몸을 장수로 삼아 창과 칼, 화살과 돌이 날리는 전쟁터에 출몰하게 하니, 나는 박정한 남자로다.'

홍원수가 바야흐로 놀라 깨어 허둥지둥 전포를 입거늘, 양도독이 말

하길,

"내가 그대의 기색을 보니 염려가 적지 않도다. 오늘 전투에 그대는 나가지 말고 몸조리하라."

홍원수도 생각건대, 기력이 약해져 출전할 수 없을 듯한지라 미소를 머금고 대답하지 않으니, 양도독이 말하길,

"내가 오계동을 살펴보매 지형이 낮고 앞에 큰 강이 있으니, 오늘 격파하지 못하면 내일은 물을 끌어다 오계동 안으로 들이붓고자 하니, 이 계책이 어떠한가?"

홍원수가 말하길,

"이는 지형을 자세히 살핀 뒤에 행하소서."

양도독이 고개를 끄덕이더라. 이날 새벽에 양도독이 손야차를 불러 홍원수와 더불어 성을 지키라 하고, 대군을 거느려 오계동 앞에 이르러 진의 형세를 펼치더라. 양도독이 소유경 사마를 돌아보며,

"오늘 오계동에 괴이한 기운이 가득하니, 이는 소보살이 요술을 행하고자 함이라. 무곡진武曲陣을 펼쳐 지키며 다만 움직임을 살피리라."

소사마가 명령을 듣고 나가더라.

한편 홍원수가 양도독과 대군을 보내고 나서 즉시 자고대 위에 올라 오계동을 바라보다가 갑자기 놀라는 기색이 있어 급히 진영 안으로 돌아와 손야차를 부르더라.

"오늘 서녘 바람이 음산하고 차가우매 도독께 여우갖옷을 보내려 하니, 그대는 빨리 갈지어다."

그리고 붉은 보자기에 싼 것을 주며,

"이 안에 갖옷과 편지가 있으니 몸소 도독께 드리라."

손야차가 명령을 듣고 즉시 오계동으로 향하더라.

이때 양도독이 무곡진을 펼치고 싸움을 돋우니, 탈해가 오계동 문을 견고히 닫고 아무런 움직임이 없더라. 양도독이 의아해 마지않는데, 갑

자기 손야차가 이르러 여우갖옷을 바치거늘 양도독이 이상히 여겨 묻기를,

"오늘 날씨가 따뜻해 춥지 않거늘, 무슨 까닭으로 이것을 보냈는고?"

손야차가 말하길,

"그 안에 편지가 있나이다."

양도독이 즉시 열어보니 과연 편지가 있더라. 그 편지는 이러하더라.

"도독께서 출전하고 나서 제가 자고대에 올라 동남쪽을 바라보니, 괴이한 기운이 가득하더이다. 병서에 이르길, '검은 기운 아래 반드시 요술이 있다' 했으니, 소보살의 요술이 비상함을 제가 이미 들었는지라. 만약 마왕魔王을 부린다면 가장 제압하기 어려우매, 제가 일찍이 한 진법을 배웠으니 이름은 항마진降魔陣이라. 제석帝釋이 마왕을 사로잡는 진법이니, 소보살의 이름이 불가佛家에 가깝고 마왕은 불가의 신장神將이기에, 제가 깊이 염려하는 바로소이다. 혹 누설될까 두려워 여우갖옷을 함께 보내나이다."

양도독이 읽기를 마치매 봉한 편지가 또 있거늘, 열어보니 이는 곧 진법도陣法圖라. 양도독이 손야차를 돌아보며,

"돌아가 홍원수께 아뢰되, 오늘 날씨가 따뜻하나 오계동 바람의 기세가 음산하고 차가워 과연 여우갖옷을 때맞춰 사용할 만하다고 전하라."

손야차가 즉시 돌아와 아뢰니, 홍원수가 고개를 끄덕이고 미소하더라. 양도독이 손야차를 보내고 책상에 기대어 진법도를 펴보는데, 갑자기 함성이 크게 일어나고 소보살이 진영 밖으로 나와 싸움을 걸어온다 하더라. 알지 못하겠도다. 승부가 어찌되리오? 다음 회를 보라.

소보살이 술법을 펼쳐 마왕을 내려오게 하고
홍원수가 혼자 말을 달려 양도독을 구하더라

제23회

탈해가 패해 오계동 안으로 돌아가 소보살과 마주하고 적을 격파할 계책을 의논할 새, 소보살이 비웃으며,

"왕께서 평소 용맹을 자랑하셨는데 이제 백면서생을 당하지 못해 이렇게 낭패하시니, 제가 얕은 재주를 시험해 왕의 원수를 갚고자 하나이다."

오랑캐 병사들을 거느리고 나아가 싸움을 돋우거늘 양도독이 진영 위에서 바라보매, 소보살이 붉은 두건을 쓰고 오색 옷을 입은 채 오른손에 창과 칼을 들고 왼손으로 방울을 흔들며 나오는데, 오색구름 같은 모습과 요사스러운 태도가 참으로 오랑캐 땅의 경국지색이더라. 소보살이 오른손의 칼을 들어 공중을 가리키고 왼손의 방울을 흔드니, 오색구름이 진영 위를 둘러싸고 수많은 신장神將이 마왕魔王을 휘몰아 내려오는데, 괴이한 형상과 흉악한 거동이 혹 코끼리를 타거나 호랑이를 멍에 메우고, 혹 사자를 채찍질하거나 곰을 휘몰아, 천강성 서른여섯과 지살성 일흔둘[1]이 야차와 귀졸鬼卒을 거느려 명나라 진영을 쳐들어오더라. 한

마왕이 사자를 타고 황금 갑옷을 입고서 두 눈썹에 일월^{日月}을 띠고 머리에 칠성^{七星}을 쓴 채 가슴에 이십팔수^宿를 벌이니, 광채가 시방^{十方}을 비추고 기세가 사람을 쏘아 감히 앞으로 나아가 당할 사람이 없더라.

양도독이 급히 진세를 바꿔 항마진을 펼칠 새, 오백 기는 북방의 육감수^{六坎水}에 응해 머리를 풀고 맨발을 하고 입으로 진언을 외우고, 일천 기는 창을 들고 동남방을 향해 서고, 일천 기는 칼을 들고 서남방을 향해 서고, 일천 기는 북을 치고 징을 울리며 사방으로 돌아다니라 하니, 모든 장수와 삼군이 그 까닭을 알지 못하나 지휘를 따를 뿐이더라.

무릇 불법^{佛法}이 황당하나 팔만대장경이 마음을 쓰는 법에 불과함이라. 부처는 마음이요 마왕은 욕망이니, 마음이 안정되면 욕망이 사라지는 까닭에 마왕을 제압하는 데는 부처 외에 다른 도리가 없더라. 불가에서 말하는 청정^{淸淨}과 적멸^{寂滅}은 마음과 욕망에 불과하니, 마음은 물의 청정 같고 욕망은 불의 적멸 같다 함이 곧 불가의 참된 진리라. 북방의 육감수에 응해 물이 불을 이기고, 욕망의 불을 이겨 마음의 물을 만들어 냄이요, 진언을 외우는 것은 마음을 하나로 모으는 것이라. 마음의 물이 안정되면 이것이 이른바 '청정'이요, 욕망의 불이 소멸되면 이것이 이른바 '적멸'이라. 홍원수의 항마진이 어색한 듯하나 북방 육감수의 청정에 응함이니, 마왕의 욕망의 불이 어찌 소멸되지 않으리오?

이때 마왕이 야차와 귀졸을 몰아오다 명나라 진영을 바라보니, 나한^{羅漢} 오백 명과 금갑신^{金甲神} 이천 명이 창과 칼을 짚고 서 있거늘 전후좌우에 겹겹이 둘러싸 마왕이 도저히 들어갈 길이 없고, 마왕의 광채가 봄눈 녹듯 사라지고 간 곳이 없더라. 양도독이 대군을 호령해 오랑캐 진영

---

1) 천강성(天罡星) 서른여섯과 지살성(地煞星) 일흔둘: 실재하는 것이 아닌 신화적 의미의 별자리. 북두칠성 주변에 백여덟 개의 별이 모여 있으며, 그 별 하나하나에 신장(神將)이 머물러 있다 한다. 북두칠성 자루에는 '천강'이라 불리는 별 서른여섯 개가 있고, 그 주변에 '지살'이라 불리는 별 일흔두 개가 있다 한다.

을 공격하니, 소보살이 크게 놀라 즉시 오랑캐 병사들을 거두어 오계동 안으로 들어가 탈해를 보고 탄식하길,

"명나라 원수는 지략이 출중할 뿐 아니라 도술도 신이하니, 잠시 골짜기 문을 닫고 기회를 보아 계책을 행할지라."

이때 양도독이 소유경 사마를 불러,

"소보살이 패해 돌아가 골짜기 문을 닫고 나오지 않으니, 내일은 물을 끌어다 골짜기 안으로 들이부으려 하노라. 장군은 동초·마달을 거느리고 오계동 동북쪽 지형을 자세히 탐지하고 오라."

소사마가 명령을 받아 두 장수를 거느리고 가더라.

한편 탈해가 소보살과 마주하고 적을 격파할 계책을 상의하는데, 척후병이 와서 아뢰길,

"방금 명나라 장수 세 명이 오계동 동북쪽에서 배회하며 지형을 엿봄이라."

탈해가 크게 노해,

"빨리 칼과 갑옷을 가져오라. 내가 마땅히 칼로 통쾌히 적장의 머리를 베리라."

소보살이 웃으며,

"왕께서는 노하지 마소서. 지형을 엿보는 자는 장수 몇 명에 불과하니, 그들의 머리를 베는 것이 무슨 통쾌한 일이리이까? 듣건대 지혜가 있는 사람은 먼저 그 기회를 살핀다 하니, 지금 명나라 장수들이 지형을 엿보는 것은 분명 오늘밤에 성지城池를 공격하고자 함이라. 이 기회를 틈타 계교를 쓸지니, 왕께서는 오늘밤에 오천 기를 거느려 오계동 동쪽에 매복하시고, 저는 오천 기를 거느려 오계동 북쪽에 매복해 있다가, 명나라 군대가 성을 공격하거든 일시에 돌격해 동쪽과 서쪽에서 서로 합하고, 오계동 안에 남아 있는 군사들과 약속해 골짜기 안에서 함성이 일어나기를 기다려 일제히 달려나와 안팎으로 응하면 명나라 군대를 격파

할 수 있으리이다.”

탈해가 크게 칭찬하고 그 계교대로 행하더라.

이때 소사마가 동초·마달과 함께 지형을 살피고 돌아와 양도독에게 아뢰되, 세 장수가 각기 자신의 견해를 내어 분명하지 않더라. 양도독이 말하길,

“일을 소홀히 할 수 없으니, 오늘밤에 내가 마땅히 몸소 살피리라.”

소사마를 군막 안에 머물게 하고, 이날 밤 삼경에 양도독이 뇌천풍·동초·마달을 거느리고 휘하의 갑옷 입은 병사 백 명을 거느려 오계동 북쪽에 이르니, 언덕이 높고 골짜기가 깊으며, 골짜기 안의 지형이 낮아 물이 흘러나갈 곳이 없더라. 양도독이 크게 기뻐하며 한참 돌아보고 달빛을 띠어 돌아오는데, 갑자기 오계동 북쪽에서 함성이 크게 일어나며 소보살이 길을 막고, 탈해가 동쪽에서 길을 막아 좌우에서 협공하더라. 오계동 안에 있던 오랑캐 병사들이 일제히 달려나와 양도독을 철통같이 포위하니, 양도독은 갑옷 입은 병사 백 명으로 방진方陣을 펼치게 하고, 동초·마달·뇌천풍이 출전해 온 힘을 다해 공격하나, 오랑캐 병사들이 이미 산과 들에 가득해 그 숫자를 알 수 없더라. 동쪽을 치면 서쪽을 에워싸고 서쪽을 치면 남쪽을 에워싸니 겹겹의 포위를 뚫을 길이 없더라. 함성은 천지를 흔들고 화살과 돌이 비 오듯 쏟아져 포위된 한가운데에서 위태롭거늘, 뇌천풍이 도끼를 휘두르며 양도독에게 아뢰길,

“사태가 위급하니, 제가 마땅히 온 힘을 다해 오랑캐 진영을 헤치고 길을 뚫으리니, 도독께서는 필마단기로 제 뒤를 따르소서.”

양도독이 웃으며,

“내가 남방에 온 뒤로 일찍이 한 번도 패한 적이 없었는데, 오늘 잠시 소홀히 계책을 행하다 이 같은 곤경에 처하니, 이는 계책을 분명히 행하지 못했기 때문이라. 어찌 화살과 돌을 무릅쓰고 필마단기로 도망쳐 구차하게 모욕을 당하리오? 다만 급한 재앙을 막으며 대군이 와서 구해주

길 기다리리라."

양도독이 말고삐를 잡고 서니, 동초·마달이 창을 들고 적을 막아 양도독을 보호하는데, 갑자기 함성이 또 크게 일어나고 오랑캐 병사들이 더욱 견고히 에워싸더라. 원래 소사마가 양도독이 곤경에 처한 것을 알고 대군을 몰아 쳐들어오매, 소보살이 병사들을 지휘해 급히 도독을 공격하니, 형세가 매우 다급하더라.

한편 홍원수가 자고성에 있다가 심신이 피곤해 책상에 기대어 잠깐 졸고 있는데, 갑자기 자고새 한 쌍이 창밖에서 길게 울거늘, 홍원수가 놀라 잠에서 깨어 손야차를 불러 묻기를,

"지금 몇 시인고?"

손야차가 대답하길,

"거의 이경이 되었나이다."

홍원수가 말하길,

"밤이 이미 깊었거늘, 도독께서 어찌 돌아오시지 않는고?"

몸을 일으켜 군막을 나와 달 아래 배회하며 하늘을 우러러 천문을 보니, 날씨는 맑고 뭇별이 반짝이는데, 한 큰 별이 광채가 희미해 검은 구름에 잠겼거늘 자세히 보니 문창성이라. 홍원수가 크게 놀라,

"도독께서 아직 돌아오시지 않고, 주성主星이 위태로운 기운에 휩싸여 있으니 분명 무슨 까닭이 있도다."

즉시 한 점괘를 얻으니 중천重天의 건괘乾卦라. 홍원수가 경악해 얼굴빛이 하얗게 질려,

"건괘의 상구효上九爻가 움직였으니, 괘사卦辭에 이르길, '상구는 하늘 끝까지 다다른 용龍은 후회할 때가 있음이라' 했으니, 군중에 어떠한 소홀함이 있는가? 분명 후회할 일이 있으리로다. 또 이르길, '용이 들에서 싸우니, 그 길이 곤궁함이라' 했으니, 곤궁함이 적지 않을지라. 내가 어찌 몸소 가지 않으리오?"

    손야차를 불러 전포와 쌍검을 가져오라 명하고 말에 올라 성을 나갈 새, 손야차로 하여금 성 안에 남아 지키게 하고 갑옷 입은 병사 백 명을 거느려 급히 오계동으로 향하더라. 갑자기 앞에서 함성이 천지를 진동하거늘 홍원수가 더욱 급히 달려가 순식간에 오계동에 이르더라. 한 기병이 급히 말을 달려오다 홍원수를 보고 말에서 내려 헐떡이는 숨을 진정하지 못하고 아뢰길,

"도독께서 오랑캐 진영에 포위되었는데, 사태가 어떠한지 알지 못하겠나이다."

    홍원수가 정신이 아득해져 더는 묻지 못하고 말을 달려 진영 앞에 이르니, 소사마가 바야흐로 대군을 거느리고 오랑캐 진영을 쳐들어가 크게 싸우다 멀리서 보고 외쳐,

"홍원수께서는 잠깐 말을 멈추소서."

    홍원수가 말을 멈추어 묻기를,

"도독께서는 어디 계신고?"

    소사마가 말하길,

"진영 안에 포위되어 계시나, 그곳을 알지 못하나이다."

    홍원수가 대답하지 않고 즉시 진영 안으로 돌입하거늘, 오랑캐 병사 수만 명이 들판에 퍼져 바다를 이루니, 묘연한 양도독의 한몸이 어디에 있는지 어찌 알리오? 다만 쌍검을 들고 오랑캐 병사들이 모여 있는 곳을 바라보며, 오랑캐 장수와 오랑캐 병사들을 만나는 대로 목을 베며 앞길을 열어갈 새, 쌍검이 닿는 곳에 십 장*의 푸른 안개가 가득 일어나 진영 안이 요란하거늘, 소보살이 보고 크게 노해 즉시 오랑캐 장수의 목을 베어 군중을 진정시키려 하나 어찌할 수 없더라. 어디선가 온 칼날빛이 동쪽에서 번뜩이면 오랑캐 장수들의 머리가 땅에 떨어지고, 서쪽에 나타나면 오랑캐 병사들의 머리가 땅에 떨어지더라. 동쪽을 겨우 진정시키면 서쪽이 요란하고, 앞쪽을 겨우 막으면 뒤쪽이 다급해, 바람같

이 신속하고 번개 같이 빠르게 오가는 자취가 황홀해 헤아리기 어렵더라. 말 한 마리의 그림자가 번쩍번쩍 지나가면 어지러이 오랑캐 병사들의 목이 한꺼번에 사라지니, 소보살이 아무 계책이 없어 진중에 분부해 독화살을 마구 쏘라 하더라. 오랑캐 장수들이 일시에 활을 당겨 동쪽을 향해 쏘면 어느새 북쪽에 있고, 남쪽을 향해 쏘면 어느새 서쪽에 있어, 동서남북을 왔다갔다하니, 한 화살도 맞지 않고 오랑캐 병사들이 맞아 죽어 시체가 산처럼 쌓였더라. 소보살이 크게 놀라,

"이 장수를 사로잡지 못하면, 억만 대군이 있더라도 어찌할 수 없을지라. 양도독은 오히려 근심할 바 아니니 다시 이 장수를 포위하라."

오랑캐 병사들이 바로 양도독을 백여 겹 에워싸고 있다가 일시에 포위를 풀고 다시 홍원수를 에워싸더라. 이때 양도독이 세 장수와 갑옷 입은 병사들과 더불어 이 곤경에 처해 있다가, 적군이 일제히 고함을 지르고 갑자기 포위를 풀어 서남쪽으로 옮겨 에워싸거늘, 양도독이 그 까닭을 모른 채 세 장수와 병사들을 거느려 나오는데, 오랑캐 병사들의 시체가 진영 안에 가득하니 양도독이 의아해하더라. 길에서 대군을 거느리고 오는 소사마를 만나니, 양도독이 비로소 위험한 지경을 벗어났더라. 소사마가 도독에게 묻기를,

"장수와 병사 중에 다친 사람이 없나이까?"

양도독이 말하길,

"다행히 아무도 다치지 않았도다."

소사마가 말하길,

"홍원수는 어디로 가셨나이까?"

양도독이 크게 놀라,

"홍원수가 어찌 포위 한가운데에 이르렀는가?"

소사마가 말하길,

"원수께서 조금 전에 필마단기로 도독을 구하러 포위 가운데로 들어

갔나이다."

양도독이 이 말을 듣고 경악해 눈물을 머금고,

"홍혼탈이 죽었으리로다. 탈해 군대는 천하의 막강한 군대라. 그들의 수 역시 감당할 수 없으리니, 홍혼탈이 자못 용맹하나 나를 찾다 만나지 못하면 분명 그냥 돌아오지 않으리라. 몸이 약하고 나이가 어리매 어찌하리오?"

또 탄식하길,

"홍혼탈이 나를 지기로 생각해 한 해 동안 전쟁터에서 환란을 함께하다 오늘 나 때문에 위험한 지경에 빠져 생사를 분간할 수 없거늘, 내가 어찌 차마 그를 버리고 홀로 가리오? 옛말에 이르길, '나라의 선비로서 대우하거든, 나라의 선비로서 갚는다' 하니, 내가 평생 창을 잡지 않았으나 대략 들은 바가 있으니, 오늘 홍혼탈을 찾지 못한다면 나 역시 돌아가지 않으리라."

힘차게 창을 잡고 오랑캐 진영으로 돌입하고자 하거늘, 모든 장수가 일제히 간언하길,

"저희가 비록 용맹이 없으나 각기 군령에 따라 오랑캐 진영을 격파하고 홍원수를 구해오리니, 도독께서는 잠시 쉬소서."

양도독이 젊고 씩씩한 기운으로, 비록 신분을 돌아보아 경솔히 행할 수 없으나 평소 총애하는 홍랑이 자기 때문에 죽음의 땅으로 들어갔으니, 생사를 건 환란에 어찌 의리를 저버리리오? 평생의 용력을 일시에 떨치니, 십만 오랑캐 병사가 한낱 지푸라기처럼 보이더라. 칼로 고삐를 끊고 바로 오랑캐 진영으로 돌입하니, 뇌천풍·동초·마달이 칼과 창을 들고 죽기 살기로 따를 새, 양도독이 창을 휘두르며 오랑캐 진영으로 쳐들어가매 아무도 없는 곳에 들어가듯 하니, 세 장수가 마음속으로 크게 놀라 그제야 양도독의 용력이 보통 사람보다 뛰어남을 깨닫더라.

이때 홍원수가 혈혈단신으로 오랑캐 진영을 두루 짓밟으나 양도독을

찾지 못하니 마음이 다급해 눈물이 앞을 가리며 좌충우돌하더라. 소보살이 진영 위에서 바라보다가 좌우를 돌아보며,

"일찍이 들건대 상산의 조자룡이 당양當陽의 장판교를 횡행했다[2] 하나, 저 장수에는 미치지 못할지라. 저 장수는 사로잡지 못하리로다."

한참 생각하다가,

"내가 보건대, 저 장수가 동서남북으로 황급히 무언가를 찾는 모양이거늘 분명 명나라 도독의 휘하 장수로 도독을 찾고자 함이라. 오랑캐 병사의 머리를 베어 진영 위에 보이고 '도독이 죽었노라' 한다면, 저 장수가 분명 기세가 꺾여 사로잡기 쉬울까 하노라."

죽은 병사의 머리를 가져다가 깃대에 달고 소리쳐,

"너는 헛되이 진영 안을 돌아다니지 말라. 도독의 머리가 이미 여기 있으니, 너는 자세히 보라."

홍원수가 비록 눈이 밝으나, 달빛에 어찌 분간할 수 있으리오? 다만 양도독의 세상을 압도하는 풍모와 홍원수의 총명한 안목으로 평소 믿고 의지함이 거울같이 분명하니 어찌 간계에 속으리오마는, 사람이 당황하면 마음이 흔들리고 마음이 흔들리면 팔공산 초목을 군사로 착각하는[3] 것이니, 하물며 양도독을 향한 홍원수의 정성이 지극하니 그 당

---

2) 상산(常山)의 조자룡(趙子龍, ?~229)이~장판교(長板橋)를 횡행했다: 조자룡은 중국 삼국시대 촉한(蜀漢)의 무장. 상산군(常山郡) 진정현(眞定縣) 출신으로, 이름은 운(雲)이고, 자는 자룡이다. 207년 유비가 당양현(當陽縣) 장판(長坂)에서 조조에게 쫓겨 달아날 때, 유비의 어린 아들 유선(劉禪)을 품에 안고 유비의 부인 감씨(甘氏)를 보호하는 공을 세워 아문장군(牙門將軍)에 올랐다. 소설 『삼국지연의』에, 당양현 장판에서 유선을 품에 안고 필마단창(匹馬單槍)으로 조조의 천군만마를 헤집고 다니는 용맹한 장수이자 사려 깊은 행동으로 유비와 제갈량의 신뢰를 받는 충직한 무장으로 묘사되었다.

3) 팔공산(八公山) 초목을 군사로 착각하는: 전진(前秦)의 왕 부견(苻堅)이 383년에 대군을 거느리고 동진(東晉)에 쳐들어왔다가 비수(淝水) 싸움에서 사현(謝玄)에게 대패하고 수양성(壽陽城)에 올라 떨리는 마음으로 팔공산을 바라보니, 산 위의 초목이 모두 동진의 군사로 보였다는 고사가 전한다. 팔공산은 중국 안휘성(安徽省) 회남시(淮南市) 서쪽에 있는 산으로, 전한(前漢)의 회남왕(淮南王) 유안(劉安)이 팔공(八公)과 함께 이 산에 올랐기에 붙여진 이름이라 한다.

황함이 어떠하리오? 진영 위에서 소리치는 것을 듣고 머리에 벼락이 내리치듯 놀라다가 정신이 나가는 듯하더라. 갑자기 가슴속 불이 솟구치매, 삶과 죽음이 기러기 털처럼 가볍게 여겨져 즉시 쌍검을 들고 이르길,

"쌍검아! 네가 나를 따라 한 조각 마음을 서로 비추었으니, 오늘은 홍랑이 생사를 결정하는 날이라. 너 역시 귀중한 보배로 분명 신령함이 있으리니, 나를 돕고자 하거든 맑은 소리를 내라."

말을 마치기도 전에, 부용검 두 자루가 일시에 맑게 울리거늘, 홍원수가 또 설화마를 타이르며,

"네가 비록 사나운 짐승이나, 또한 천지간의 신령한 존재라. 주인을 돕고자 할진대 생사를 함께하는 것이 오늘에 달려 있도다."

설화마가 그 말을 듣고 길게 한 번 울거늘, 홍원수가 칼을 들고 말을 채찍질해 곧바로 진영에 이르러 두 손에 든 쌍검을 번개처럼 휘두르더라. 이때 소보살이 탈해와 더불어 진영에서 군사들을 지휘할 새, 모든 용맹한 장수와 건장한 병졸이 좌우에서 호위하고, 서릿발 같은 칼날이 앞뒤에 늘어서 있는데, 갑자기 칼소리와 말발굽소리가 바람이 휘몰아치듯 번개가 번쩍이듯 하더니, 한 조각 하얀 눈발과 한 줄기 푸른 안개가 달빛 아래 번뜩이더라. 좌우에서 당황해 일제히 창을 들어 어지러이 찌르고자 하더니, 서늘한 찬바람이 화살처럼 지나간 곳에 오랑캐 장수 몇 명의 머리가 느닷없이 땅에 떨어지더라. 탈해가 몹시 놀라 소리지르며 소보살을 옆에 끼고 몸을 솟구쳐 달아나니, 홍원수가 추격해 형세가 매우 급한지라. 소보살이 달아나며 애걸하길,

"장군은 어찌 이같이 핍박하는가? 내가 일찍이 도독을 해치지 않았고 잠시 장군을 속임이니, 장군께서는 복수하려 하지 마소서."

홍원수가 더욱 통분해 한마디도 대답하지 않고 칼을 날려 치려 하니, 탈해가 소보살을 말 아래로 던지고 말을 돌려 여러 합 크게 싸우나, 어

찌 홍원수의 검술에 대적할 수 있으리오? 바로 몸을 빼어 달아나려 하는데, 오랑캐 장수 수십 명과 대군 한 무리가 다시 홍원수를 에워싸 일진일퇴하며 왼쪽을 치기도 하고 오른쪽을 치기도 해, 여러 겹으로 에워싸 홍원수를 번갈아 대적하더라. 홍원수 한 명이 만 명을 대적할 검술이 있으나, 백만 대군 속에서 필마단기로 횡행하며 밤새도록 힘을 다 쓰고, 오랑캐 장수와 병사들이 죽기로써 싸우니 어찌 위태로운 지경이 아니리오? 갑자기 진영 안이 요란스러우매 한 장군이 말을 몰아 창을 휘두르며 오랑캐 진영으로 쳐들어오니, 기세가 당당하고 위풍이 늠름해, 빼어난 풍모와 비범한 모습이 마치 푸른 바다의 신비한 용이 물결을 박차는 듯, 깊은 산속의 용맹한 호랑이가 포효하는 듯하더라. 한바탕 큰바람이 불며 먼지를 일으키는데 그 장수가 탄 말이 울부짖으며 지나가니, 홍원수가 크게 놀라,

"이는 상공께서 타는 말의 울음소리와 몹시 비슷하도다."

말을 달려 그 앞에 이르러 보니, 비록 깊은 밤이지만 어찌 양도독을 분간하지 못하리오? 말 앞에서 외쳐,

"도독께서는 어디로 가시나이까? 홍혼탈이 여기 있나이다."

양도독이 놀라,

"장군이 죽었다 생각했는데, 어찌 아직 이 위태로운 곳에 있는고?"

홍원수가 말하길,

"이제야 상공을 찾음이로소이다. 탈해와 소보살이 오계동 안으로 들어갔으나, 오랑캐 병사들이 아직 포위를 풀지 않았으니, 빨리 군영으로 돌아가소서."

그리고 양도독과 더불어 말을 나란히 하여 나오매 시신이 땅에 가득하더라. 무수한 오랑캐 병사가 겁먹고 놀라, 칼을 들고 말을 모는 장수를 만나면 정신을 잃고 낙담해 머리를 감싸쥐고 쥐구멍을 찾거늘, 뇌천풍·동초·마달이 승리의 기세를 타고 무수히 죽이며 달려나오더라. 양

도독이 홍원수와 더불어 본진으로 돌아와 말에서 내리는데 홍원수가 땅에 엎어지며 기절하거늘, 양도독이 크게 놀라 촛불을 들고 보니 홍원수의 전포에 핏자국이 흥건하더라. 양도독이 더욱 크게 놀라 몸소 전포를 벗기고 자세히 보니, 땀이 흘러 등을 적시고 특별히 다친 곳은 없더라. 이윽고 말을 돌보는 병사가 말하길,

"홍원수의 말안장에 점점이 핏자국이 있나이다."

양도독이 약을 조제해 홍원수에게 권하고 측은함을 이기지 못해 사랑하는 마음을 금할 수 없더라. 반나절이 지난 뒤에 홍원수가 일어나 앉아 정신을 차려,

"상공께서 천금같이 귀중한 몸을 스스로 가벼이 여겨 매번 위험한 곳에 들어가시니, 이는 모두 저의 죄라. 상공께서 처음 오랑캐 병사들에게 포위된 것은 나라를 위해 그리한 것이니 제가 감히 논할 바 아니거니와, 다시 오랑캐 진영에 들어오신 것은 제가 생각건대 해서는 안 될 일이라 하겠나이다. 아녀자는 반드시 남편을 따라야 하니, 저는 마땅히 상공을 따라 생사를 함께하겠거니와, 상공의 안위는 어찌 저를 따라 함께할 수 있으리이까? 어리석은 여자라면 혹 감격해 잊기 어렵겠으나, 식견 있는 사람이 본다면 도리어 저를 비웃어, 바른 도리로 군자를 섬기지 못하고 한때의 정에 미혹되게 한다 하리이다. 이는 상공께서 저를 사랑하심이 아니요, 제가 바라는 바도 아니로소이다."

양도독이 얼굴빛을 고치고,

"이는 금석 같은 말이니 내가 마땅히 명심하겠도다. 다만 내가 그대를 대함에 지기의 벗으로 인정하고 부부로서 대하지 않았으니, 어찌 그대를 구하려는 의로운 태도가 없으리오? 그러나 나는 오히려 자중함이 있거니와, 그대는 매번 열협烈俠의 기상이 있어 생사를 돌아보지 않으니, 이 또한 경계할 바라. 삼가고 또 삼갈지어다."

홍원수가 사례하더라. 홍원수가 다시 쌍검을 어루만지며 도독에게

아뢰길,

"보잘것없는 오랑캐 여자가 흉악한 말을 떠벌여 사람을 놀라게 해 아직까지 마음이 서늘하고 살이 떨리니, 이 통분한 마음을 풀고 나서야 그칠지라. 제가 오늘밤 오계동 안에 물을 들이부어 반드시 소보살과 탈해를 사로잡고자 하나이다."

양도독이 말하길,

"수차水車를 아직 준비하지 못했으니 어찌하리오?"

홍원수가 말하길,

"제가 며칠 동안 자고성에 머물면서 미리 준비했으니, 도독께서는 염려하지 마소서."

마달에게 이르길,

"장군은 자고성에 가서 수차를 가져오라."

이윽고 마달이 수차 십여 척을 운반해오거늘, 그 제도가 정교해 세속의 수차와 다르더라. 대략 그 제도를 보건대, 목의 길이가 육 척이니 육 감수에 응함이요, 꼬리의 길이가 십이 척尺 구 촌寸 육 푼分이니 해와 달이 성하고 쇠하는 도수度數를 취함이요, 둘레는 가로가 일, 세로가 삼이니 열두 시에 응함이라. 첫번째 층은 둘로 나뉘어 물을 끌어들이니 자시子時 한밤중에 하늘이 물을 내는 것을 취함이요, 삼백육십 바퀴를 회전하나 하늘의 삼백육십 도度를 취함이요, 두 번 돌아서 다섯 층을 올리니 오년 동안 두 번 있는 윤달에 응함이라. 거듭 이으면 길이가 사십구 척이니, 대연大衍의 수數에 응함이요, 합하면 사십오 촌이니 용의 머리와 물고기 꼬리, 거북의 등과 고래의 배에 응함이라. 양도독이 보고 탄복해 '홍랑의 수차는 제갈량의 목우유마4)보다 못하지 않도다' 하더라.

---

4) 목우유마(木牛流馬): 중국 삼국시대 촉한(蜀漢)의 전략가인 제갈량이 위(魏)나라와 싸울 때 험준한 산길에서 군량을 운반하기 위해 나무로 만든, 우마 모양의 독륜거(獨輪車)와 사륜거(四輪車)를 말한다.

홍원수가 병사 사백 명을 선발해 수차 열두 척을 가지고 오계동 물가에 이르러 지형을 살피고 배치하니 곧 열두 방위에 응함이요, 각 수차에 병사 서른세 명을 분배하니 곧 삼십삼천三十三天에 응함이라. 일제히 물을 끌어들여 오계동에 들이부으니, 큰 고래가 냇물을 다 마시는 듯, 은하수가 하늘가에 떨어지는 듯하더라. 우레 같은 물소리와 안개 같은 물방울이 공중에 어지러이 폭우처럼 쏟아지더라. 홍원수가 일찍이 분부해 뇌천풍에게 오천 기를 거느려 오계동 북문 밖에 매복하게 하고, 동초·마달에게 이천 기를 거느려 오계동 서문 밖에 매복하게 하고, 소유경 사마에게 일천 기를 거느려 수차를 보호하게 하고, 양도독과 홍원수는 대군을 거느려 오계동 남문 밖에 진을 펼치고 골짜기 안의 움직임을 살피며 기다리더라.

한편 탈해와 소보살이 오계동 안으로 들어가 모든 장수와 병사의 수를 점검하니, 오랑캐 병사 만여 명 중 죽은 자가 절반이 넘더라. 탈해가 칼을 만지며 모든 장수를 돌아보아,

"명나라 도독과 원수는 입에서 젖내 나는 어린아이에 불과하거늘, 오늘의 실패는 참으로 항우가 등나무 덩굴에 걸려 넘어진 것과 같을지라. 내가 내일 마땅히 필마단기로 출전해 승부를 겨루리라."

소보살이 만류해,

"명나라 원수는 천고에 다시없는 영웅이라. 육전으로는 대적하기 어려우니, 내일 수군을 징발해 승부를 겨룸이 어떠하리이까?"

탈해가 말하길,

"부인의 말이 매우 좋으나, 수전에 사용되는 기구가 모두 자고성에 있으니 어찌하리오?"

소보살이 한참 있다가,

"대룡동大龍洞의 수군이 만여 명이고, 대룡강大龍江의 전선戰船이 백여 척인데, 어찌 명나라 군대를 걱정하리이까?"

말을 마치기 전에, 갑자기 오계동 안이 요란스럽더라. 장수와 군졸이 모두 허둥지둥하며 아뢰길,

"왕께서는 빨리 몸을 피하소서."

어떠한 까닭인지 알지 못하겠도다. 다음 회를 보라.

양도독이 남방 오랑캐를 물리쳐 군대를 돌리고
홍원수가 도관에 들어가 미인을 놀라게 하더라

제24회

탈해가 급한 보고를 듣고 크게 놀라 소보살과 더불어 장대將臺에 올라 바라보니, 근원을 알 수 없는 물줄기가 공중에서 쏟아져, 마치 하늘이 갈라지고 바다가 기울어진 듯 순식간에 오계동이 물나라가 되었더라. 탈해가 크게 놀라,

"이는 분명 명나라 군대가 수차로 물을 들이부음이라. 골짜기 안에 물길이 없고 물줄기 힘이 이러하니, 만약 시각을 넘기면 몸을 피할 길이 없으리라. 이때를 틈타 급히 북쪽 문을 열고 달아남이 좋으리로다."

소보살이 말하길,

"아니 되나이다. 명나라 군대가 물을 들이붓고 분명 곳곳에 매복해 앞길을 막으리니, 큰길을 버리고 성을 넘어 각자 목숨을 보전함이 좋을까 하나이다."

탈해가 그리 여겨 즉시 소보살과 더불어 장대에서 내려와 말과 군졸을 돌아보지 않고 칼 한 자루만 들고 저녁 어둠을 틈타 성을 넘어 달아날 때, 오랑캐 장수 몇 명이 칼을 들고 그 뒤를 따라 대룡동으로 들어가

더라.

이때 양도독이 홍원수와 더불어 남쪽 문을 지키며 움직임을 살피거늘, 물이 남쪽 문으로 넘쳐 오계동 안이 바다 같더라. 홍원수가 양도독에게 아뢰길,

"골짜기 안이 이러하되 탈해가 끝내 움직임이 없으니, 분명 이미 다른 길로 도망했으리라."

그리고 수차를 부수고 성 위에 올라가 오계동 안을 굽어보니, 아득한 큰 바다에 닭과 개와 말들이 오리 머리처럼 떴다 가라앉았다 하더라. 홍원수가 탄식하며,

"옛적에 제갈량이 등갑군藤甲軍을 불태우고는 자기 수명이 줄었다고 탄식했다 하는데, 오늘 내가 오계동을 물에 잠기게 하여 산 목숨을 이처럼 죽이니 어찌 복을 잃지 않으리오?"

이윽고 동초·마달·뇌천풍이 군사를 거두어 돌아오니, 하늘이 이미 밝은지라. 양도독이 말하길,

"오계동은 이미 물나라가 되어 따로 정돈할 바 없으니, 다시 자고성으로 돌아가 깊이 생각해보리라."

장수와 삼군을 모두 거느려 자고성으로 돌아가 장수 가운데 영리한 사람 한 명을 뽑아 적의 움직임을 탐지하게 하니, 돌아와 보고하길,

"탈해와 소보살이 이미 대룡동에 가 있으니, 여기서 삼십 리라. 동쪽에 큰 강이 있으니 이름이 대룡강이요, 강머리에 전선 백여 척이 있어, 탈해와 소보살이 수군을 징발한다 하더이다."

양도독이 홍원수에게 이르길,

"과연 짐작한 바로다. 오늘 일은 장군이 나를 대신해 수군을 지휘하고 그대가 편한 대로 일을 처리하라."

홍원수가 명령을 받들고 즉시 동초·마달을 불러,

"장군은 일천 기를 거느리고 강머리로 거슬러올라가 왕래하는 배가

있거든 크든 작든 많든 적든 따지지 말고 즉시 빼앗아오라."

뇌천풍을 불러,

"장군은 삼천 명을 거느리고 산에 올라 나무를 베어오되, 좋고 나쁨을 가리지 말고 많이 모아 강머리에 쌓아두라."

세 장수가 명령을 받들고 가더라. 또 소유경 사마를 불러,

"군중에 배가 없으니 내가 배 수십 척을 만들고자 하나, 제도가 세속의 배와 다르니, 장군은 장인匠人을 감독해 빨리 만들라."

그림을 그려 제도를 알려주거늘, 넓이가 오백 척이요, 머리와 꼬리가 날카롭고 몸체는 둥글고, 양끝에 문을 내고 푸른색으로 무늬를 넣으니, 그 모습이 악어와 비슷해 이름이 타선鼉船이라. 네 방면에 발이 달려 있어 안에서 기계를 조종하면 방향과 속도를 마음대로 할 수 있고, 머리를 숙이면 물 위로 떠올라 폭풍우같이 빠르게 나아가더라. 안에 작은 배가 있는데, 바깥 배가 비록 물 위로 떠올랐다 가라앉았다 하더라도 안에 있는 배는 조금도 흔들리지 않고, 네 방면에 각각 군사 백 명을 수용하더라. 소사마가 제도에 따라 작업을 시작할 새, 홍원수가 운용 원리를 가르치니, 모든 장수가 탄복하지 않음이 없더라. 이튿날 동초·마달이 배 수십 척을 빼앗아오니, 홍원수가 손야차와 철목탑을 불러 배를 주고 은밀히 약속을 정해 보내더라.

이때 뇌천풍이 명령을 받들고 나가, 가까운 산에 있는 나무를 베어 강가에 쌓아두고 와서 아뢰거늘, 홍원수가 군졸과 장인들에게 명해 나무를 다듬어 뗏목을 만들게 해 미리 대비하더라.

한편 탈해와 소보살이 대룡강 위에서 수군을 훈련시키는데, 수군장이 아뢰길,

"무기가 모두 자고성에 있고 전선 역시 부족해 진의 형세를 펼치기 어렵나이다."

소보살이 매우 근심하더라. 그때 갑자기 강물 위로 여러 어부가 어선

여러 척을 타고 노를 저어 내려오거늘, 소보살이 오랑캐 병사들로 하여금 뱃머리에 서서 큰 소리로 어선을 부르되, 어부들이 대답하지 않고 배를 돌려 곧바로 달아나더라. 소보살이 크게 노해 쾌속선 한 척을 보내며 쫓아가 잡아오라 하여 호되게 꾸짖기를,

"너희는 어떤 어부이기에 내 명령을 감히 거역하는가?"

어부가 대답하길,

"저희는 바다 위의 어부라. 며칠 전 자고성 앞 바다에서 두 장군을 만나 어선 수십 척을 빼앗기고 아직 겁이 나 이러하나이다."

소보살이 크게 기뻐하며,

"그러면 남은 배는 몇 척인가?"

어부가 대답하길,

"십여 척이니이다."

소보살이 묻길,

"어디에 있는가?"

어부가 대답하길,

"십여 척의 배는 상류에서 바람을 기다리고, 저희는 물고기를 따라 이곳에 이르렀나이다."

소보살이 즉시 오랑캐 장수와 병사들에게 어선들을 운반해오라 하더라. 이윽고 오랑캐 장수가 어선들을 운반해오는데, 배 위의 어부가 푸른 도롱이를 입고 손에 작살을 들었거늘 검은 얼굴에 누런 머리카락이 묻지 않아도 바닷사람인 것을 알겠더라. 소보살이 크게 기뻐해,

"너는 분명 오랑캐 사람이라 우리 편이리니 군중에서 배를 만들라."

검은 얼굴의 어부가 흔쾌히 말하길,

"제가 바닷가에서 자라 물속을 평지와 다름없이 드나드니, 왕께서 저를 휘하에 두신다면 힘을 다해 섬기리이다."

소보살이 기뻐하며,

"네가 물속을 능히 드나든다 할진대, 지금 보고자 하노니 잠시 재주를 보이라."

어부가 즉시 강물 속으로 뛰어들었다가 고래처럼 솟구쳐 물결에 부딪치되 육지를 걸어다니는 것처럼 하니, 보는 이들이 칭찬하고 감탄하더라. 소보살이 크게 기뻐해 그에게 전선 만드는 일을 맡기더라.

홍원수가 소사마로 하여금 군사 일천 명을 거느려 타선을 이끌고 가서 이리이리하라 하고, 홍원수는 장수와 대군을 거느려 뗏목을 타고 물길을 거슬러올라가 대룡강으로 향하는데, 때는 사월 보름 무렵이더라. 연일 남녘 바람이 크게 불어오니, 탈해와 소보살이 바람 따라 북을 울리며 배를 몰아 강 중류에 이르렀는데, 갑자기 명나라 진영에서 대포 소리가 울리더니 난데없는 불길이 오랑캐 배에서 일어나면서, 어부 두 명이 소리지르고 급히 어선을 저어 명나라 진영으로 달아나더라. 원래 검은 얼굴의 어부는 손야차요, 또다른 사람은 철목탑이니, 홍원수의 명령을 받들어 유황과 염초焰硝와 인화물引火物을 배 안에 감추었다가 명나라 진영의 대포 소리에 맞추어 불을 지르고 달아남이더라.

바람이 불길을 돕고, 불이 바람의 위력에 따라, 순식간에 강 북쪽의 오랑캐 전선 백여 척에 불길이 번지니, 탈해가 분개하여 창을 들고 불길을 무릅쓰고 배의 닻줄을 끌러 언덕을 바라보며 곧바로 달아나는데, 갑자기 명나라 진영에서 북소리가 진동하며 타선 십여 척이 강 위에 떠서 바람같이 빠르게 내려오니, 그 모양이 기괴해, 입을 한번 벌리매 우레 같은 대포 소리와 함께 우박 같은 탄환이 공중에서 떨어져 탈해의 배를 어지러이 치더라. 탈해의 배가 뒤로 십여 걸음 물러나니, 타선은 물속으로 들어가고 또다른 타선이 물 위로 솟아나 입을 한번 벌리매 대포 소리와 탄환이 천지를 진동해, 수십 척이 번갈아가며 반나절 내내 소란스러우니, 탈해의 흉악함과 소보살의 지략으로도 막을 방법이 없더라. 뱃머리가 부서지고 돛대가 이미 꺾여 형세가 위급한데, 수십 걸음 밖에서 또 한 척의 타선이 머리를 숙이고 물속으로 들어가더니, 순식간에 탈해의 배 앞에 이르러 머리를 들고 물 위로 솟아나 탈해의 배를 뒤집어엎으니, 탈해와 소보살이 한꺼번에 물에 빠지더라. 탈해는 본디 물에 익숙한지라 소보살을 업고 물 위로 솟구치거늘, 한 오랑캐 장수가 급히 작은 배를 저어 그들을 구해 육지에 오르는데, 한 척의 타선이 또 물속으로 들어가더라. 소보살이 그 위급함을 보고 요술을 행하려 손으로 사방을 가리키며 진언을 외우고자 하나, 미처 술법을 행하기 전에 타선이 탈해의 배를 뒤집어, 탈해와 소보살이 또 물속에 빠지더라. 오랑캐 진영의 장수와 군졸 가운데 물에 빠져 죽은 이가 태반이요, 전선이 불에 타 침몰하니, 병든 오랑캐 장수와 약한 병사들이 정신을 차려 부서진 배 한 척으로 겨우 탈해와 소보살을 구해 남쪽으로 달아나더라. 홍원수가 대군을 지휘해 추격해 무찌르는데, 갑자기 강물 위에 무수한 해랑선海浪船이 순풍에 돛을 달고 북을 울리며 오더라. 홍원수가 크게 놀라,

"이것이 어찌 탈해의 구원병이 아니리오?"

이때 뱃머리에 한 소년 장군이 서서 창을 들고 크게 외쳐,

"패한 적은 달아나지 말라. 명나라 홍원수의 군대가 여기 있으니, 빨리 와서 항복하라."

탈해가 소보살을 돌아보며,

"내가 이제 바다의 여러 나라에 구원병을 청하려 했는데, 뜻밖에 적병이 앞뒤를 막으니 저항할 방법이 없는지라. 이를 장차 어찌하리오?"

즉시 배에서 내려 소보살을 데리고 대룡동으로 달아나더라. 강물 위로 떠내려오던 배가 곧바로 명나라 진영 앞에 이르러, 소년 장군이 쌍창을 들고 길게 읍하더라.

"홍원수께서 그동안 평안하셨나이까?"

홍원수가 자세히 보니, 곧 일지련이라. 홍원수가 크게 기뻐하며 배를 가까이 대고 흔쾌히 손을 잡으며,

"철목동 앞에서 헤어진 뒤에 장군은 고국으로 돌아가고 나는 남쪽으로 왔거늘, 부평초 같은 발자취로 이처럼 다시 만날 줄 어찌 알았으리오?"

일지련이 웃으며,

"제가 홍원수께 죽은 목숨을 다시 살려주신 은혜를 입었거늘, 어찌 간단한 몇 마디 말로 이별을 고하리이까? 마음속으로 오늘을 기약한 까닭에 잠시 휘하를 떠난 것이니이다."

홍원수가 일지련의 손을 잡고 양도독을 찾아가 뵈니, 양도독도 크게 기뻐하며,

"장군께서 나라를 위해 강한 적군을 무찌르니, 그 공로가 감격스럽도다."

일지련이 가을 물결 같은 눈길을 흘려 양도독을 보고 자못 부끄러워하는 기색이더니, 홍원수를 향해,

"저는 한낱 여자일 뿐이라. 작은 공로를 어찌 논할 수 있으리오? 저의 이 길은 아버님의 힘을 도와 도독과 원수의 은혜를 갚으려 함이로소이다."

말이 끝나기 전에, 축융왕도 이르러 양도독과 홍원수를 뵙고 아뢰길,

"제가 지난날 철목동 앞에서 즉시 종군하려 했으나, 스스로 생각하되, 홍도국은 땅이 넓고 남쪽에 큰 바다가 있으며, 바닷가에 백여 부락이 있으니, 만약 이를 평정하지 않으면 후환이 있을까 두려운 까닭에, 딸아이를 데리고 바닷가를 순시하며 모든 부락을 토벌해, 도독께서 남쪽을 돌아보는 근심을 없앴나이다."

양도독이 크게 기뻐해 사례하기를 마지않더라. 홍원수가 축융왕을 마주해,

"왕께서 우리 명나라 조정을 위해 이처럼 충성을 다하니 나라의 복이 아닐 수 없으나, 탈해와 소보살을 아직 잡지 못한 것이 큰 근심이라. 왕

께서 이번에 함께 온 장수와 군졸이 몇 명이니이까?"

축융왕이 말하길,

"제 휘하에 있는 정예병 칠천 명과 첩목홀·주돌통·가달 세 장수가 함께 왔나이다."

홍원수가 크게 기뻐하며 양도독에게 아뢰길,

"제가 동초·마달 두 장수를 보내어 이미 탈해가 달아나는 길을 막았으니, 급히 대군을 거느려 그 뒤를 공격함이 좋을까 하나이다."

양도독이 즉시 대군을 거느려 육지에 올라 대룡동으로 향하더라.

한편 탈해와 소보살이 걸어서 언덕에 오르니, 패한 오랑캐 장수와 병사들이 차차 모여 탈해와 소보살을 모시고 대룡동으로 돌아가려 하는데, 갑자기 골짜기 문에 깃발이 휘날리며 한 장군이 큰소리로 꾸짖기를,

"대명국 좌익장군 동초가 이미 대룡동을 빼앗았으니, 탈해는 장차 어디로 가려 하는가? 빨리 와서 항복하라."

탈해가 소보살을 돌아보며,

"장수와 병사가 모두 피곤하고 또 대룡동을 잃었으니, 아무런 계책이 없도다. 남쪽으로 성수해星宿海를 건너 다른 나라에 몸을 의탁했다가 다시 복수할 계책을 꾀하느니만 못하리라."

소보살과 더불어 한 오랑캐 장수를 데리고 남쪽을 향해 가는데, 갑자기 함성이 크게 일어나고 한 장군이 가는 길을 막으며,

"대명국 우익장군 마달이 여기서 기다린 지 오래니, 빨리 이 칼을 받으라."

탈해가 크게 노해 십여 합을 힘써 싸우는데, 갑자기 등뒤에서 대포 소리가 나매, 북소리와 뿔피리 소리가 하늘에 울리고 깃발이 하늘을 덮으며 양도독의 대군이 벌써 이르렀더라. 탈해가 허둥지둥 말을 몰아 달아나려 하되, 백만 대군이 철통같이 에워싸고 공격해 벗어날 수 없더라. 탈해가 오랑캐 병사 백여 명으로 진을 펼쳐 소보살을 호위하고 힘껏 창

을 겨누고 나오며,

"하늘이 나를 돕지 않아 이처럼 곤경을 당하니, 내가 마땅히 명나라 장수와 짧은 병기로 직접 싸워 우열을 가리리라."

축융왕이 칼을 휘두르며 나아가 호되게 꾸짖기를,

"도독께서 황제의 명을 받들어 삼군을 지휘하시거늘 어찌 무도한 오랑캐와 몸소 힘을 다투시리오? 나는 남방의 축융왕이라. 네 머리를 베러 왔으니 빨리 나오라."

탈해가 크게 웃으며,

"축융동은 남방에 종속된 나라라. 네가 작은 나라의 왕으로, 이웃나라의 의리를 모르고 어찌 감히 이처럼 무례한가?"

축융왕이 웃으며,

"사람의 마음을 얻으면 적국과도 화목하게 지내고, 천도天道를 거스르면 이웃나라도 배반하나니, 내가 이웃나라에 있으면서 어찌 네 죄를 듣지 못했으리오? 네가 부귀를 탐해 네 아비의 왕위를 찬탈했으니, 이는 삼강오륜의 죄를 지은 것이요, 나라를 다스림에 오로지 힘을 숭상하고 인의仁義를 본받지 않아 교지 이남을 짐승의 소굴로 만들었으니, 이는 풍속을 어지럽힌 것이라. 내가 이제 네 머리를 베어 홍도국 백성에게 보답하고 남방의 수치를 씻으리라."

탈해가 크게 노해 맞붙어 백여 합을 싸울 새, 탈해는 용맹해 호랑이처럼 날뛰고 축융왕은 사나워 곰처럼 달리니, 산악이 무너지듯 천지가 흔들리듯 반나절 동안 싸우더라. 양도독이 홍원수와 더불어 이를 바라보며,

"탈해의 기세가 이처럼 흉악하니 쉽게 잡기 어려울지라. 장수와 삼군이 모두 힘을 합해 공격하라."

왼쪽은 뇌천풍·손야차·동초·마달이요, 오른쪽은 주돌통·첩목홀·가달이라. 군사를 거느리고 북을 울리며 일제히 나아가, 창과 칼이 서릿발같이 사방에서 에워싸 공격하니, 탈해가 십여 곳에 상처를 입고 말에

서 떨어지거늘, 모든 장수가 일시에 달려들어 탈해를 결박해 본진으로 보내더라. 이때 소보살은 탈해가 사로잡힌 것을 보고 크게 놀라 급히 진언을 외우며 공중제비를 넘어 광풍으로 변신해 돌과 모래를 날려보내며 무수한 귀졸이 기괴한 형상으로 군중에 가득해 포위를 뚫으려 하더라. 축융왕이 크게 노해,

"요물이 도술을 자랑하고자 함이로다."

또한 나찰羅刹 대여섯 명으로 변신해 한바탕 몰아서 쫓으니, 무수한 귀졸이 흔적도 없이 사라지고, 괴이한 바람이 마른 나뭇잎을 날려 사방으로 흩어지면서 나뭇잎들이 껄껄 크게 웃으며,

"축융은 번뇌하지 말라. 산과 물에서 노니는 아득한 내 자취를 누가 잡을 수 있으리오?"

홍원수가 크게 놀라며,

"오늘 이 요물을 잡지 못하면 후환이 적지 않으리라."

부용검을 들어 공중을 가리키며 진언을 외우니, 나뭇잎들이 어지러이 땅에 떨어져 더는 변신하지 못하고 원래의 소보살로 돌아와 황급히 달아나더라. 홍원수가 대군을 재촉해 급히 에워싸고 잡으려 하는데, 소보살이 다시 변해 백여 명의 소보살이 되니, 모든 장수와 군졸이 눈이 현란해 그를 잡을 방법을 알지 못하더라. 홍원수가 즉시 주머니 속에 넣어두었던 백운도사의 보리주를 꺼내어 공중에 던지니, 백팔 개의 보리주가 백팔 개의 금테로 변해 소보살 백여 명의 머리를 덮으니, 백칠 명의 소보살은 간 곳이 없고, 소보살 한 명이 머리를 붙들고 땅 위에서 구르며 목숨을 구해주길 애원하더라. 홍원수가 무사들에게 호령해 끌어내어 목을 베라 하니, 소보살이 겁을 먹고 애걸해,

"원수께서는 어찌 백운동 창밖에 서 있던 여자를 모르시나이까? 옛적의 안면을 생각해 은택을 베풀어 이 목숨을 살려주시면, 멀리 달아나 인간 세상에 다시는 나타나지 않을 것을 맹세하나이다."

홍원수가 이 말을 들으니 기억이 어렴풋하거늘, 한참 있다가 비로소 깨달아,

"네가 보잘것없는 여우의 정령으로, 어찌 포학한 탈해를 도와 남방을 어지럽혔는가?"

소보살이 대답하길,

"이 또한 하늘과 땅의 운수라. 어찌 제가 한 것이리오? 제가 백운동에 있을 때 백운도사의 설법을 몰래 엿들어 일찍이 깨달은 바가 있거니와, 이제부터는 속세를 벗어나 부처님 앞으로 돌아가 악업惡業을 짓지 않으리이다."

홍원수가 한참 생각하다가 보리주를 거두고 부용검을 들어 소보살의 머리를 치며 소리쳐,

"요물은 어서 가라. 훗날 소란을 피운다면, 내게 부용검이 있느니라."

소보살이 머리를 조아리고 거듭 절하며 사례하고 다시 여우로 변신해 간 곳을 알 수 없더라. 모든 장수가 크게 놀라 홍원수에게 아뢰길,

"이러한 요물을 다시 풀어주시니, 어찌 훗날 근심이 없으리이까?"

홍원수가 미소하고 지난날 백운동에서의 일을 자세히 얘기하며,

"예로부터 여우의 정령이 사람 때문에 괴이한 요술을 부리나니, 나라가 태평하고 사람이 모두 덕을 닦으면, 그가 어찌 일을 만들리오? 시대의 운수가 불행하고 사람의 마음이 착하지 않으면, 산속에 무수한 여우의 정령이 있으리니, 어찌 다 죽일 수 있으리오?"

양도독이 군대를 돌려 대룡동에 이르니, 날이 이미 저물었더라. 홍원수가 양도독의 군막 안에 이르러 조용히 아뢰길,

"상공께서는 축융왕이 멀리까지 와서 수고한 뜻을 아시나이까?"

양도독이 말하길,

"나 역시 짐작하는 바가 있으나, 원수의 말을 먼저 듣고자 하노라."

홍원수가 웃으며,

"축융왕은 욕심이 많은 사람이라. 홍도국은 땅이 광활한 남방 대국이니, 축융왕이 바라는 것이 여기에 있을 듯하나이다."

양도독이 웃으며,

"나도 이를 짐작했노라. 흉악무도한 탈해의 목숨을 살려줄 수 없을진대, 홍도국을 안정시킬 사람이 없으니, 마땅히 천자께 아뢰어 축융왕의 소원을 이루어주리라."

홍원수도 좋다고 하더라. 이튿날 아침에 양도독이 대군을 거느려 오계동 앞에 진을 치고 탈해를 잡아들여 군막 아래 무릎 꿇게 하니, 탈해가 무릎을 꿇지 않고 하늘을 우러러 큰소리로 꾸짖어,

"나도 남방의 만승萬乘의 큰 나라 임금이라. 명나라 천자와 대등한 예禮로 대우받으리니, 어찌 네게 무릎을 꿇으리오?"

양도독이 웃으며,

"벌레처럼 어리석은 오랑캐가 하늘 높은 줄 모르니 비록 꾸짖을 것도 없으나, 너 역시 천지 오행의 기운을 받아 오장과 칠정을 가지고 있거늘, 네가 어찌 너의 죄를 모르리오? 사람이 이 세상에 태어나 충효보다 중요한 것이 없거늘, 네가 네 아비를 죽이고 왕위를 찬탈했으니 이는 아버지와 아들 사이의 친애親愛에 죄를 지은 것이요, 군대를 동원해 중국을 침범했으니 이는 임금과 신하 사이의 의리에 죄를 지은 것이라. 내가 황상의 명을 받들어, 죽을 죄인을 특별히 살려주는 덕을 베풀고자 했으나, 너의 흉악무도함은 용서할 수 없도다."

탈해가 눈을 부릅뜨고 수염을 세우며,

"부귀를 바라는 마음은 사람마다 갖고 있는 바라. 충효를 말해 무슨 소용이리오? 내게 사내 만 명도 당할 수 없는 용맹이 있고 땅과 하늘을 흔들 만한 위력이 있으나, 시대의 운수가 불행해 이 지경에 이르렀거늘, 네가 어찌 사특한 학설로 충효를 말하는가? 저 길짐승을 보라. 약한 자가 강한 자에게 먹히거늘, 예절과 충효는 교묘하게 꾸미는 말일 따름이

라. 내게 더는 말을 꺼내지 말라."

양도독이 모든 장수를 돌아보며 탄식하길,

"이는 참으로 교화할 수 없는 무리로다. 지금 죽이지 않으면, 어찌 이역의 어리석은 풍속을 교화하리오?"

무사에게 호령해 탈해의 머리를 베어 진영 문밖에 매달게 하더라.

이때 양도독이 홍도국을 평정하고 축융왕을 청해 이르길,

"왕께서 우리 조정을 위해 멀리서 와서 충성을 다하니 그 공로가 적지 않은지라. 내가 마땅히 천자께 아뢰어 그 공로를 표창하겠거니와, 이제 홍도국을 안정시킬 사람이 없으니, 왕께서는 홍도국 왕의 정무를 대행하되 백성을 가르쳐 다시는 배반하지 않게 하소서."

축융왕이 몸을 일으켜 거듭 절하고,

"제가 외람되이 황상의 덕을 입었나이다. 큰 죄를 용서하고 목숨을 살려주는 은혜를 베풀어주시고 또 홍도국 통치를 대신 행하게 해주시니, 망극한 은혜를 갚을 길이 없는지라. 대대손손 은혜를 뼈에 새겨 잊지 않고 도독의 밝은 가르침을 받들어 행하리이다."

양도독이 크게 기뻐하며 대군을 배불리 먹이고 상을 내린 뒤에, 노인과 백성을 불러 위로하고 효제충신으로 교화를 널리 펴 극진히 깨우치니, 노인과 백성이 머리를 조아리고 감복해 칭송해 마지않더라.

며칠 뒤 양도독이 회군하니, 축융왕이 장수와 군졸을 모두 거느리고 양도독을 전송할 새, 홍원수를 향해 슬퍼해 마지않으며,

"제가 비록 오랑캐 사람이나 자식을 사랑하는 정은 마찬가지라. 딸아이 일지련이 천성이 이상해 중국을 보고 싶어하는 한결같은 마음이 간절하였는데, 홍원수의 풍모를 흠모해 만리 타향으로 가 아비를 버리고 홍원수를 따르고자 하니, 그 뜻을 막기 어려운지라. 바라건대 원수께서는 딸아이를 거두어 가르쳐주소서."

다시 일지련의 손을 잡고 눈물을 머금으며,

"'여자는 시집가, 부모 형제와 멀어진다' 하니, 너는 원수를 모시고 오래도록 부귀를 누리거라. 아비가 만약 황상의 은총을 입어 조정에 들어가는 것이 특별히 허락되면, 부녀간의 정을 서로 나눌 날이 있으리라."

일지련이 축융왕의 손을 받들고 눈물을 비 오듯 뿌리며 말을 못 하다가 흐느끼며,

"소녀가 불초해 슬하를 떠나 혈혈단신으로 만리 먼길을 가니 이 또한 인연이라. 엎드려 바라건대, 아버님께서는 불초한 딸자식을 생각하지 마시고 홍도국의 부귀를 오래도록 누리며 만수무강하소서."

이윽고 양도독이 행군할 새, 선봉장군 뇌천풍이 제일대가 되고, 좌익장군 동초가 제이대가 되고, 우익장군 마달이 제삼대가 되고, 양도독과 홍원수는 중군이 되고, 손야차가 제오대가 되고, 소유경 사마는 후군으로 제육대가 되니, 일지련은 홍원수를 모시고 군중에 있더라. 남만 장수 철목탑이 오랑캐 병사들을 거느려 작별을 아뢰니, 양도독이 군중에 남아 있던 돈과 비단을 오랑캐 병사들에게 상으로 내리고, 남만 왕에게 편지를 보내 철목탑을 상장군上將軍에 제수해 그 공로를 표창하게 하더라. 양도독이 북쪽으로 행군할 때, 장수와 삼군이 모두 기쁨을 이기지 못해 북을 울리고 칼춤을 추며 고국의 강산을 바라보고 개선가를 부르며 가더라. 하루는 마달이 양도독에게 아뢰길,

"저 푸른 봉우리가 곧 유마산維摩山이라. 그 아래 점화관點火觀이 있나이다."

이때 해가 서산에 저물고, 달이 숲속을 비추는지라. 양도독이 유마산 앞에 군사들을 머무르게 하고 밤을 지내는데, 홍원수가 양도독에게 아뢰길,

"제가 벽성선과 더불어 서로 얼굴을 본 적은 없으나 형제 사이처럼 서로 간에 마음을 잘 아나니, 이때를 틈타 한번 놀려주어 정을 나누려 하나이다."

양도독이 웃고 허락하니, 홍원수가 전포를 입고 쌍검을 찬 채 설화마를 타고 점화관으로 향하더라.

이때 벽성선이 도관에 몸을 의탁하고 있는데, 낮에는 도사를 좇아 시간을 보내나 밤에는 무료한 마음을 억누르기 어려워 달빛 비치는 창가에서 그윽이 생각하되,

'여자의 몸으로 일가친척 없는 곳에 외로운 몸을 의탁하고 있으니, 장차 무슨 희망이 있으리오? 저 하늘의 둥근 달은 내 마음을 가져가 만리타향에 계시는 상공께 비춰주리니, 상공도 저 달을 마주해 나를 생각하시는 마음이 내가 상공을 생각하는 마음과 같을까?'

답답한 마음을 금하지 못하는데, 뜨락 앞 나무의 그림자가 은은한 가운데 문득 인기척이 나거늘, 한 소년 장군이 삼척검三尺劍을 끌고 돌연 들어와 촛불 아래 서더라. 선랑이 몹시 놀라 급히 소청을 부르니, 장군이 웃으며,

"낭자는 놀라지 말라. 나는 녹림객綠林客이라. 낭자의 재물을 탐하는 것도 아니요, 낭자를 해치려 함도 아니라. 다만 낭자의 높은 명성을 듣고 자나깨나 생각하다가, 꽃을 탐하는 미친 나비처럼 향기를 맡고 이곳에 이르렀거늘, 낭자는 젊은 미인이요 나는 녹림호걸이라. 산속 도관에 있으면서 달 같은 태도와 꽃 같은 얼굴을 쓸쓸하게 하지 말고 나를 따라 산채山寨의 부인이 되어 부귀를 누리라."

선랑은 환란에서 살아남고 풍파를 겪어 겁을 먹은지라 간담이 서늘하고 몸이 떨려 어찌할 바를 모르더라. 장수가 칼을 들고 앞으로 다가와 웃으며,

"낭자는 이제 포위되어 벗어날 수 없으리니 주저하지 말라. 내가 일찍이 낭자의 절개에 대해 들으니, 십 년 청루 생활에 붉은 앵혈을 지킴은 고금에 드문 바나 이제 어찌하리오? 낭자가 죽으려 해도 죽을 수 없고 달아나려 해도 달아나지 못하리니 즉시 일어나 나를 따르라. 순종하면

부귀를 누릴 것이요, 거역하면 재앙을 겪으리라."

선랑이 당황해 어찌할 바 모르더니 이 지경에 이르러 도리어 악한 마음이 생기니 어찌 생사를 돌아보리오? 즉시 몸을 일으켜 책상머리에 놓인 작은 칼을 잡으려 하되, 장수가 웃으며 앞을 막고 선랑의 손을 잡더라.

"낭자는 고집부리지 말라. 인생 백년이 풀잎의 이슬과 같은지라. 북망산北邙山 흙 한 줌에 아름다운 얼굴이 쓸쓸해지면 낭자의 구차스러운 지조를 누가 알아주리오?"

선랑이 손을 뿌리치고 물러나 앉아 호되게 꾸짖어,

"태평성대에 개 같은 도적이 어찌 감히 이리도 무례한가? 내가 너 때문에 입술과 혀를 더럽히지 않으리니, 빨리 내 머리를 베어가거라."

말을 마치매 기색이 서릿발같이 당당하거늘, 장수가 웃으며 말하길,

"낭자가 이처럼 맹렬하나, 이 뒤에 또 낭자를 겁탈하려는 사람이 있거늘, 그때도 순종하지 않으려는가?"

말을 마치기도 전에 골짜기 어귀가 소란스럽더니, 한 장군이 부장 두 명과 갑옷 입은 병사 십여 명을 거느리고 현란한 위의로 의젓하게 천천히 걸어들어오더라. 선랑이 탄식하길,

"괴이하도다, 내 신세여! 온갖 고초를 겪고도 남은 재앙이 다하지 않아 끝내 적장의 칼끝에 원혼이 될 줄 누가 알았으리오? 피하려 해도 피할 수 없고 죽으려 해도 죽을 수 없으니, 세상에 어찌 이처럼 답답한 경우가 있으리오?"

장군이 대청에 올라 부장과 병사들을 물러가게 하고 곧바로 방안으로 들어와 촛불 아래 서거늘, 선랑이 고개를 들어 잠깐 보매 옥 같은 얼굴이 문득 변해 망연자실하다가 정신을 가다듬어 자세히 보니, 이는 다른 사람이 아니요 곧 양도독이라. 원래 양도독이 먼저 홍원수를 보내어 한바탕 희극戱劇을 연출하게 하고, 자신은 대군을 안정시키고 나서 온

것이더라. 양도독이 자리를 정하고 미소하며,

"낭자는 평지풍파를 무수히 겪었으되, 뜻밖에 방탕한 미친 나그네를 만났으니 큰 욕을 면할 수 있을지 개탄스럽도다."

선랑이 놀란 가슴이 진정되지 않아 말을 못 하다가 양도독의 얼굴을 보고 양도독의 말을 듣고는 취한 듯도 하고 미친 듯도 하고 기쁘기도 하고 슬프기도 해 쓸쓸히 대답하길,

"제가 도관에 머무른 뒤로 세상 소식이 아예 끊겼으니, 오늘 상공께서 이처럼 행차하심은 참으로 생각지 못한 일이라. 저 장군은 누구니이까?"

양도독이 미소하고 홍원수를 가리키며,

"이 장수는 낭자의 지기인 강남홍이요, 나의 원수 元帥인 홍혼탈이라."

홍원수가 선랑의 손을 잡고 탄식하며,

"낭자는 강주에 살고 저는 강남에 살아, 보잘것없는 갈대가 옥 같은 나무에 의지하는 아름다운 교제를 그리워했으나 얼굴을 미처 뵙지 못했소이다. 영서빙호[1]에 마음속 생각을 서로 비춰, 부평초 같은 발자취로 한번 뵙기를 원했는데, 우리 모두 기박한 운명이라. 평지풍파와 물속 원혼이 될 뻔한 온갖 환란을 겪고 이곳에 이르러 이처럼 서로 만날 줄 어찌 짐작했으리오?"

선랑이 대답하길,

"저는 화살에 맞아 놀란 새요 그물에 든 물고기라. 어찌 놀라고 겁내지 않으리오? 낭자께서 강물 속 원혼이 된 것이 꿈인가 의심하였는데, 그 몸이 장군이 되어 제 목숨을 겁박하시니, 이는 꿈속의 꿈인가 하나이

---

1) 영서빙호(靈犀氷壺): 영서는 무소의 머리 위 뿔로 통천서(通天犀)라고도 한다. 안을 갈라 보면 하얀 선처럼 보이는 무늬가 뿔의 앞뒤를 관통하고 있어 이를 신령하다 여겨 '영서'라고 불렸고, 앞뒤가 통하는 데에 비유해 사람의 의기(義氣)가 서로 통함을 뜻하게 되었다. 빙호는 얼음을 넣은 항아리로, 아주 깨끗하고 맑은 마음을 비유한 것이다.

다.”

양도독이 말하길,

“허다한 이야기는 묻지 않아도 알 수 있으나, 낭자는 이미 엄명을 받들어 고향으로 내쫓겼으니 나를 따라 황성으로 들어갈 수 없는지라. 이곳이 가장 조용하고 도사들도 낯익은 분들이니, 잠시 여기 머물면서 훗날을 기다리라.”

선랑이 응낙하니 홍원수가 웃으며,

“선랑이 녹림객을 만나 크게 놀랐으니, 내가 마땅히 놀란 마음을 진정시키기 위한 술을 권하리라.”

손야차로 하여금 군중에 남은 술을 가져오게 하더라. 양도독이 웃으며,

“세상에 저렇게 아름다운 녹림객이 있으며, 또 저렇게 나약한 산채부인山寨夫人이 있으리오?”

각기 취흥을 띠어 손뼉 치며 크게 웃더라. 양도독이 홍원수와 더불어 군중으로 돌아갈 새, 모든 도사를 불러 비단과 돈을 하사하고 일일이 사례하니, 도사들이 황공함을 이기지 못해 선랑을 더욱 흠모하고 공경하더라.

이때 천자가 양도독의 대군이 가까이 이르렀다는 소식을 듣고 예부시랑 황여옥을 보내어 양도독을 영접하라 하시더라. 원래 황여옥은 그날 전당호에서 관아로 돌아온 뒤로 참회하는 마음이 문득 싹터 탄식하길,

“내가 방탕해 옥같이 깨끗한 여자로 하여금 물속 원혼이 되게 했으니 어찌 천지신명께 죄를 지은 것이 아니리오? 옛말에 이르길, ‘사람이 누군들 허물을 짓지 않으리오? 허물을 고치는 것이 중요함이라’ 하니, 그 허물을 알고도 고치지 않으면 대장부가 아니로다.”

그리고 술과 여색을 아예 끊고 정무에 힘쓰니, 몇 달 사이 소주 지역

이 잘 다스려져, 이웃 고을 백성이 날마다 거처를 옮겨와 밭과 들이 아주 넓어지고 살림집이 즐비하며, 산을 뚫어 길을 만들고 뽕나무를 심어 마을을 이루어, 치적이 크게 일어나더라. 천자가 그 사실을 듣고 황여옥을 예부시랑에 제수해 바로 부르시니, 친구와 친척 중에 기뻐하지 않는 사람이 없고 그가 허물 고친 것에 탄복하더라.

이때 천자가 황여옥 시랑을 가까이 불러 하교하시길,

"정남도독 양창곡과 부원수 홍혼탈이 회군해 황성의 경계에 들어왔다 하니, 그대가 나를 대신해 나아가 영접하라. 양창곡은 곧 그대의 매부이니, 그동안 쌓인 회포를 풀도록 하라."

황시랑이 즉시 나아가니, 양도독의 대군이 백여 리 밖에 이르렀더라. 황시랑이 관복을 갖춰 입고 진영 문에 명함을 들여보내니, 양도독이 진영 문을 열고 안내해 서로 예를 마친 뒤에 양도독이 고개를 들어보니, 황시랑의 행동이 온화하고 기상이 준수해, 지난날 압강정에서 본 황자사가 아니더라. 양도독이 크게 놀라 경의를 표하려 몸을 굽힌 뒤 웃으며,

"지체 높은 문하에 인사 올린 지 벌써 여러 해가 지났으되, 형을 이제야 마주하게 되어 서먹한 듯하나이다. 혹 압강정 잔치 자리의 양창곡을 기억하시나이까?"

황시랑이 얼굴빛을 고치고 사과해,

"제가 어리석어 풍류의 허물로 상공께 지은 죄가 많으나, 이미 지나간 일이 흔적 없이 사라지고 세월도 흘렀으니 너무 꾸짖지 마소서."

양도독이 크게 웃고 그가 허물 고친 것에 탄복하더라. 황시랑이 부원수 뵙기를 청하니, 양도독이 그 본색이 탄로날까 두려우나 공적인 일에 관계된지라 만류하지 못하더라. 황시랑이 홍원수의 군막에 이르러 예를 마치고 자리를 정하매 고개를 들어 홍원수를 보니, 붉은 입술과 흰 치아에 아름다운 눈썹이요, 검푸른 귀밑머리와 붉은 얼굴의 아름다운 용모

더라. 칠성관을 쓰고 전포를 입고 무릎을 모아 단정히 앉아 있으니, 정숙한 태도와 당돌한 기상이 사뭇 눈에 익어 순간 어렴풋하게 떠올라 말하길,

"하늘이 이 나라에 훌륭한 신하를 내려주시어 원수의 명성이 우레같이 귀에 들리매 한번 뵙기를 원했나이다. 이제 황상의 명을 받들어 존귀한 얼굴을 뵈오니 어찌 영광이 아니리이까?"

홍원수가 눈길을 흘려 황시랑의 행동을 살피고 그의 말을 들으니, 옛날 소주 자사 황여옥이 아니더라. 이상히 여겨 대답하길,

"홍혼탈이 오랑캐 땅에서 떠돌던 처지로, 황상의 은혜가 망극해 이제 다시 중국의 의관과 문물을 보게 되니 지난날 바라지 못하던 일이로소이다."

황시랑이 다시 그 목소리를 들으니, 옥이 부서지는 듯 낭랑하고 대나무가 쪼개지는 듯 또렷해 자못 귀에 익숙하더라. 마음속으로 당황해 반신반의하다가 어슴푸레 크게 깨달아 '이 어찌 강남홍의 후신이 아니리오? 모습이 똑같은 사람은 많으나, 홍랑은 비할 데 없는 미색이라. 세상에 다시 없을진대, 홍원수의 용모와 목소리가 어찌 그리 홍랑과 흡사한가?' 하고 묻기를,

"홍원수의 연세가 어떻게 되시나이까?"

대답하길,

"스물다섯이로소이다."

황시랑이 말하길,

"원수께서 저를 속임이라. 연세가 스물이 넘을진대 용모가 어찌 이렇게 어리시나이까?"

그리고 가만히 손가락을 꼽아보더니 다시 미소하며,

"잠시 원수의 용모를 뵈오니, 연세가 열일곱을 넘지 않으시리이다."

홍원수가 이 말을 듣고 생각하되,

'황여옥이 옛 버릇을 고쳤으나, 내 나이를 잊지 않고 이처럼 물으니 어찌 괴롭지 않으리오?'

무릎을 모아 얼굴빛을 엄정히 하며,

"대장부가 평생 작은 일에 얽매이지 않고 광명정대해야 하거늘 어찌 나이를 속일 수 있으리오? 이는 황시랑이 홍혼탈을 멸시함이로다."

황시랑이 얼굴빛을 고치고 사죄하며 말실수한 것을 후회하더라. 즉시 몸을 일으켜 양도독의 군막에 이르러 웃으며,

"도독께서 남방을 정벌해 나라를 지킬 인재를 얻으시매, 이제 그 용모를 뵈오니 과연 명불허전이나 도리어 남자의 기상이 적으니 이상하게 생각되나이다."

양도독이 웃으며,

"한나라의 장자방은 호걸 세 명에 들었으되 얼굴이 아녀자와 같았다 하니, 홍혼탈의 여자 같은 기상이 어찌 이상하리오?"

양도독이 황시랑을 군중에 머무르게 하고 홍원수를 불러 웃으며,

"낭자는 황시랑을 보니 반가운 마음이 없던가?"

홍원수가 말하길,

"여러 해 사이 모든 일이 꿈만 같아 은혜도 원한도 다 잊었으니, 무엇이 반갑고 무엇이 미우리이까?"

양도독이 웃으며,

"황시랑은 낭자의 은인이라. 만약 전당호의 풍파가 없었다면, 부원수의 공명이 어찌 있으리오?"

홍원수가 말하길,

"황시랑은 본디 혼탁한 사람이라. 강남홍과 홍혼탈을 자세히 구분하지 못하니 우습기는 하나, 사람됨이 변해 군자가 되니 앞으로 압강정 위에서 '양창곡을 붙잡아오라' 하던 거동이 없을까 하나이다."

양도독이 크게 웃고, 즉시 행군해 전군前軍이 벌써 남쪽 교외 십 리 밖

에 이르니, 천자가 어가御駕를 명해 성밖에 삼 층의 단을 쌓고 헌괵지례[2])를 받고자 하시어 문무백관을 거느리고 단상에 올라 양도독의 대군을 기다리더라. 이윽고 붉은 먼지가 어지러운 가운데 군마 한 무리가 앞서 행군해 이르니, 이는 전부선봉 뇌천풍이라. 단 아래 백여 걸음 밖에 진을 펼치고, 양도독과 홍원수가 뒤이어 장수와 삼군을 모두 거느리고 차례대로 이르러 단 아래에 진의 형세를 펼치는데, 깃발이 하늘을 뒤덮고 북과 뿔피리 소리가 하늘을 흔들어, 출전하던 날과 다름이 없더라. 구경하는 사람들이 구름처럼 모여들어, 십 리 교외가 온통 인산인해를 이루더라.

양도독과 홍원수가 붉은 전포와 금빛 갑옷을 입은 채 허리에 활과 화살을 차고 손에 깃발을 들고서 모든 장수를 지휘해 헌괵지례를 행할 새, 북을 세 번 울려 방진을 펼치고 군악으로 승전곡을 연주하매 삼군이 개선가를 부르며 춤추어 천지가 흔들리더라. 부장 한 사람은 '정남대도독' 깃발을 잡고 첫째 자리에 서고, 한 사람은 흰 창을 들고 둘째 자리 왼쪽에 서고, 한 사람은 황금 도끼를 들고 오른쪽에 서고, 한 사람은 탈해의 머리를 받들고 셋째 자리에 서고, 양도독은 넷째 자리에 서더라. 부장 한 사람은 '정남부원수' 깃발을 잡고 다섯째 자리에 서고, 한 사람은 흰 창을 들고 여섯째 자리 왼쪽에 서고, 한 사람은 황금 도끼를 들고 오른쪽에 서고, 홍원수는 갑옷과 투구 차림으로 일곱째 자리에 서더라. 소유경·뇌천풍·동초·마달·손야차 등 모든 장수가 차례로 줄지어 서서 북을 울리며 단에 오를 새, 제이층에 이르러 깃발과 절월을 좌우로 나누어 세우더라. 양도독이 몸소 탈해의 머리를 받들고 홍원수와 더불어 제일층에 올라 탑전에 바치고, 세 걸음 뒤로 물러나 군례로 알현하니 천자가 답례하시더라. 헌괵지례를 마치매, 양도독이 홍원수와 더불어 본진

---

2) 헌괵지례(獻馘之禮): 적과 싸워서 이겨 잘라온 우두머리의 머리를 임금에게 바치던 예식.

으로 돌아와 삼군을 배불리 먹이고 파진악罷陣樂을 연주하니, 모든 병사가 취하고 배부름에 춤을 추며 즐거워하는 소리가 하늘과 땅을 흔들더라. 양도독이 징을 쳐 군대를 모으고 명령하길,

"육군六軍이 각각 충의忠義를 품고 맹렬한 적의 날카로운 칼날 아래 몸을 던져 황상의 성스러운 은혜로 열 명, 백 명을 감당하는 공로를 세워 이제 오랑캐 우두머리가 목을 길게 빼고 속죄하니, 행군을 멈추고 개선가를 부르며 돌아왔도다. 다시 하늘과 태양을 보는 것이 누구의 힘 덕분인가? 훌륭한 많은 선비가 맞이해 우리의 노고를 위로하도다. 공을 이룬 그대들을 만류할 수 없으니, 이제 바라는 대로 부모님을 뵈러 가도록 하라."

모든 장수와 병사가 차마 갑자기 이별을 알리지 못하고 도리어 눈물을 머금고 말을 세우더라.

이때 종군했던 병사들의 부모와 처자가 앞다투어 진영 문밖으로 찾아와 각기 손을 잡고 환영하거늘, 눈물을 흘리기도 하고 춤을 추기도 하고 엎어지기도 하며 오래도록 서로 만나지 못한 회포를 이기지 못하더라. 백만 대군 중에 죽거나 다친 이가 한 사람도 없으니, 모든 사람이 일제히 칭송해 "천자의 성스러운 덕과 도독의 복은 천고에 없는 바라" 하더라.

양도독이 군대를 물러나게 하는 것을 천자가 보시고 기쁜 기색으로 황의병과 윤형문 두 각로를 돌아보며 "나의 양창곡은 한漢나라의 주아부3)라도 감당하지 못할지라" 하시더라. 어가가 환궁하시니 양도독이

---

3) 주아부(周亞夫, ?~BC 143): 전한(前漢) 문제(文帝) 때 명장. 유방(劉邦)을 도와 한(漢)나라를 건국하는 데 공을 세운 주발(周勃)의 아들로, 문제 때 아버지의 뒤를 이어 조후(條侯)로 봉해졌다. 흉노가 침략하자 장군이 되어 세류영(細柳營)에서 방어했다. 문제가 군대를 위문하고자 했으나 병사들이 막아서 들어가지 못했는데, 문제는 사신에게 지절(持節)을 들게 해 장군에게 보내 예를 갖춘 뒤에 떠났고, 군대의 기강이 엄명(嚴明)하다고 칭찬하면서 그를 중위(中尉)에 임명했다. 경제(景帝) 때 오초(吳楚)의 반란을 평정하고 승상이 되었다.

홍원수와 더불어 집으로 돌아갈 새, 홍원수가 가만히 양도독에게 아뢰길,

"제가 남복 차림으로 시댁에 들어가는 것이 아니 될 일인가 하나이다."

양도독이 웃으며,

"천자 앞에서도 군례로 알현했으니, 시부모님 앞에서 어찌 남복 차림을 꺼리리오?"

휘하 장수와 병사 각각 백여 기를 거느리고 일지련과 손야차와 더불어 황성으로 들어가더라.

한편 양부에서는 양도독이 황성으로 들어왔다는 소식을 듣고 하인이 모두 기뻐 날뛰더라. 양원외는 외당을 청소해 손님맞이할 준비를 하고, 허부인은 문에 기대어 기다리며, 윤소저는 술과 음식을 준비하니, 남녀 하인들이 쉴새없이 분주하더라. 양도독이 홍원수와 더불어 문 앞에 이르러 말에서 내리고는 하인에게 명해 홍원수를 자기 침실로 안내하라하고 즉시 외당에 이르더라. 양원외가 성품이 본디 과묵하고 정대해 희로애락을 얼굴에 드러내지 않는데, 오늘은 양도독을 보고 얼굴에 반가운 기색이 가득해 손을 잡고 탄식하길,

"네가 나라를 위해 출전하였거늘 공을 이루어 빨리 돌아오길 날마다 축원했노라. 이역의 위험한 땅으로 너를 보낸 뒤로 잠자고 밥 먹는 것이 불안하고, 무사히 돌아오길 바라는 마음이 간절했는데, 지난번에 승리 소식을 들었고 이제 군대를 돌리어 돌아오니, 나라의 부흥과 나의 행복을 어찌 다 말할 수 있으리오?"

즉시 아들을 데리고 내당으로 들어갈 때 걸음마다 엎어지며 두건과 신발이 벗겨지는 것도 깨닫지 못하더라. 허부인이 나와 양도독의 손을 잡고 너무나 기뻐 울며 양도독의 등을 어루만지며,

"우리 아들이 한 해 동안 바람 먼지 속에서 괴로움이 많았을 터이나

용모가 풍성하고 기상이 장대하니, 어찌 기이하지 않으리오?"

양원외가 말하길,

"며느리 윤씨에게서 홍랑이 살아 있다는 소식을 대략 들었노라. 오늘 들으니 부원수가 집에 이르렀다 하거늘, 이 사람이 홍랑이 아닌가?"

양도독이 웃으며,

"강남홍이 자취를 감추고 나라를 위해 부원수 자리에 있었던 것은 나라를 위해 그리한 것 뿐이요, 집에 이르러는 여자옷이 없어 아직 뵙지 못함이로소이다."

양원외가 크게 웃으며,

"황상께서 이미 원수의 예로 대우하셨으니, 임금과 아비는 한몸이라. 내가 어찌 거리낌이 있으리오? 즉시 불러 들어오게 하라."

이때 홍원수가 사가私家의 방에 있으나 아직 벼슬에 매인 몸인지라, 장수와 병사가 모두 문 앞에 머물러 잡인의 출입을 금하더라. 오직 연옥이 홍랑의 자취를 알고 급히 뵙고자 하여 문밖에서 방황하면서 감히 들어가지 못하거늘, 홍원수가 손야차를 불러 분부하길,

"내가 사가의 방에 있어 장수와 병사들의 출입이 지난날과 다르니, 물러나 명령을 기다리게 하라."

장수와 병사가 일제히 명령을 듣고 물러나는데, 일지련과 손야차만 곁에서 모시고 있더라.

이때 내당 여종이 양도독의 명으로 홍원수를 부르러 왔다가 문밖에서 연옥을 만나 장수가 다 물러난 것을 보고 함께 이르니, 한 늙은 장수가 군복을 입고 활과 화살을 차고 문밖에 서 있거늘 검은 얼굴과 푸른 눈이 자못 흉악하더라. 내당 여종이 놀라 여러 걸음 물러서나, 연옥이 어찌 손삼랑을 모르리오? 반가워 손을 잡고 통곡하다 목이 메니, 늙은 장수도 눈물을 머금고 "홍원수께서 방안에 계시니, 시끄럽게 하지 말라" 하고 즉시 방으로 들어갔다 나와 연옥을 부르더라.

연옥이 방밖에 여종을 머무르게 하고 늙은 장수를 따라 침실로 들어가니, 저승길 문턱에서 서로 헤어짐에 그리워한 목소리와 얼굴이 눈앞에 삼삼하고 마음속에 아득하던 옛 주인 강남홍이 돌연히 앉아 있더라. 연옥이 놀랍기도 하고 반갑기도 하여 홍원수 앞에 엎드려 대성통곡하니, 홍원수의 대장부 같은 마음으로도 쏟아지는 눈물을 멈추지 못해 한참 동안 말을 이루지 못하다가 연옥의 손을 잡고 일어나며 탄식하길,

"우리 두 사람이 죽지 않고 다시 만났으니 끝없는 회포를 풀 날이 많이 있으려니와, 양도독께서는 어디 계시는데 나를 부르시느냐?"

연옥이 말하길,

"내당 여종이 상공의 명을 받들어 문밖에 와 있나이다."

홍원수가 즉시 여종을 부르니, 여종이 방안으로 들어와 잠시 홍원수의 용모를 보고 생각하길,

'내가 우리 윤소저와 벽성선 같은 천하절색이 없다고 여겼는데, 어찌 또 이러한 자색이 세상에 있는가?'

눈이 황홀하고 마음을 빼앗겨 말없이 서 있거늘, 홍원수가 묻기를,

"너는 어느 내당 여종인고?"

여종이 대답하길,

"저는 정당 부인 아래 있는 여종이로소이다."

홍원수가 또 묻기를,

"도독께서 지금 어디 계시며, 나를 어디로 오라 하시더냐?"

여종이 대답하길,

"도독께서는 윤소저 침실로 들어가시면서, 원수께서 정당으로 오시길 청하더이다."

홍원수가 일지련과 손야차를 돌아보고 웃으며,

"내가 남복 차림으로 백만 대군 속에서 횡행하되 조금도 부끄러움이 없었는데, 이제 이런 모습으로 노상공과 노부인을 뵈오니 어찌 부끄럽

지 않으리오?"

활과 화살과 쌍검을 풀어 손야차에게 주고서 칠성관과 전포 차림으로 연옥을 따라 내당으로 들어가더라. 홍원수가 일지련을 돌아보며 "내가 처소를 정한 뒤에 그대와 손야차를 부르리라" 하고 대청을 내려가니, 본부의 여종 십여 명이 섬돌 아래에 늘어서 있다가 홍원수가 문을 나서는 모습을 보고 앞다투어 그 뒤를 따르며 남몰래 찬탄하길,

"참으로 우리 상공의 소실이로다. 우리 상공과 벼슬이 같으시니, 천자께서도 공경하고 중히 여기시는 분이라. 어찌 우리 집안의 경사가 아니리오?"

홍원수가 침실 중문을 걸어들어가니, 윤부와 황부의 여종과 황성의 모든 귀족 가문의 여종이 구름같이 모여들어 온갖 말로 칭찬하길,

"우리가 높은 벼슬 가문에서 태어나고 자라 일찍이 규중 숙녀를 많이 보았으되, 이러한 절색은 처음 본다 할지라. 붓으로 그리려 해도 칠할 색이 없고, 옥으로 새기려 해도 흠이 있으리니, 하늘이 어떠한 조화로 이처럼 기이하고 절묘하게 세상에 내셨는고?"

의론이 분분한 가운데 여종 여러 명이 반가워하며 나오거늘, 홍원수가 자세히 보니 윤부의 여종으로 항주에 있던 이들이더라. 홍원수가 위로하고 잠시 걸음을 멈추어 윤각로와 소부인의 안부를 낱낱이 자세히 묻는데, 동자와 남종이 또 앞으로 나와 인사드리거늘, 동자는 지난날 양수재가 항주에 거느리고 왔던 이요, 남종은 지난날 자신이 청루에서 데리고 있던 심부름꾼이라. 홍원수가 측은하게 여겨 얼굴빛을 고치고 일일이 위로하더라. 내당 섬돌 아래 이르러 걸음을 멈추고 여종으로 하여금 안으로 들어가 아뢰도록 하니, 양원외와 허부인이 즉시 대청에 올라오라 명하더라. 홍원수가 대청에 올라 두 손을 모으고 서 있으니, 양원외가 가까이 앉으라 명하고 한참 동안 자세히 살펴보다가 얼굴에 기쁜 기색이 가득하더라.

"부모로서 그 자식이 애첩 두는 것은 기뻐할 일이 아니로되, 너는 우리 집안에 하늘이 정해주신 인연이라. 아들의 평범한 첩으로 대우하지 않으리로다. 너 역시 불행해 전당호 물속에서 재앙을 겪었거늘 내가 그 사정을 듣고 참담함을 이길 수 없었는데, 뜻밖에 생명을 보전해 외국에서 떠돌다가 세상을 뒤덮을 만한 영광으로 고국에 금의환향해, 그 명망이 한 시대를 움직이고 천자께서도 예우를 하시니, 내가 무슨 복으로 이러한 영예를 누리는고? 너도 조심하여 시부모의 뜻을 저버리지 말고 다른 부인들과 화목하게 지낼지어다."

허부인이 말하길,

"내가 네 이름을 알고 있다가 놀라운 소식을 듣고는 애석해 마치 내 자녀를 잃은 듯했는데, 천지신명이 도와 다시 며느리의 반열에 들게 되었으니 어찌 기쁘지 않으리오?"

홍원수의 전포 소매를 걷고 그 손을 어루만지고 웃으며,

"네 나이가 몇인고?"

대답하길,

"열일곱이로소이다."

허부인이 말하길,

"이처럼 연약한 몸으로 화살과 돌, 바람과 먼지 속에서 장수로 성공한 것은 참으로 헤아리기 어렵도다."

홍원수가 부끄러워하며 머리를 숙이고 대답하지 않으니, 허부인이 다시 웃으며,

"내가 늙은 나이에 할일이 없어 적적할 때가 많거늘, 너는 시어머니를 예로써 대우하지 말고 친구로 여기며 전쟁 이야기로 소일거리를 삼게 하고 어색해하지 말지어다."

홍원수가 엎드려 말씀을 듣고 거듭 사례하며 군복 차림으로 오랫동안 곁에서 모시는 것이 옳지 않다고 여겨 문밖으로 물러나더라. 양원외

가 허부인에게 말하길,

"예로부터 미인박명이라 하나, 홍랑은 절세미인으로 분명 오래 살 것이라. 여자로서 장수가 되어 살기殺氣가 드러날까 의심했으나 이제 보매 유순하고 온화한 태도가 이처럼 뚜렷하니, 어찌 우리 가문의 행복이 아니리오?"

이때 홍원수가 허부인의 침소에 이르렀다는 소식을 듣고 윤소저가 연달아 여종과 연옥을 보내어 홍원수를 부르거늘, 반가워하는 정이 과연 어떠하리오? 다음 회를 보라.

군공을 논해 도독이 왕의 자리에 오르고
생황을 연주해 동홍이 자취를 드러내더라

제25회

홍원수가 윤소저의 침실에 이르니, 윤소저도 문밖에 나와 홍원수의 손을 잡으며,

"네가 이 세상에 살아 있다가 옛 친구를 찾아온 것이냐?"

홍원수가 윤소저의 손을 받들고 눈물을 흘리며 대답하지 못하다가 이윽고 눈물을 거두고 아뢰길,

"나를 낳아준 이는 부모요 나를 살린 이는 소저로소이다. 물속의 외로운 혼이 구출되고 살아나 공명을 세우고 고향으로 돌아온 것이 누구의 은덕이니이까? 이제 이후로 제 삶은 모두 소저께서 내려주신 것이니, 감격을 이길 수 없나이다."

이어 침실로 들어가 그간 쌓인 회포를 서로 위로하매, 기뻐하다가 슬퍼하다가 웃다가 얘기하다가 하더라. 윤소저가 묻기를,

"물속 야차인 손삼랑은 어떠한고?"

홍원수가 웃으며,

"저를 따라 문밖에 와 있나이다."

윤소저가 신기하게 여겨 연옥에게 명해 손야차를 부르니, 손야차가 즉시 들어와 인사드리더라. 윤소저가 놀랍기도 하고 기쁘기도 하여,

"그대의 지난날 용모를 이제 알아볼 수 없도다. 그때 전해지는 얘기를 듣고 나 때문에 그대가 물속 원혼이 된 줄로 알고 진심으로 슬퍼하고 놀라며 늘 마음에 두고 있었거늘, 원기 왕성한 장수가 되어 나라에 이름을 드러낼 줄 짐작이나 했으리오?"

손야차가 대답하길,

"이는 모두 윤소저와 홍원수의 은덕이로소이다."

양도독이 후원 동쪽 별당을 수리해 홍원수의 처소로 정하니, 홍원수가 손야차·일지련·연옥을 데리고 가더라. 이날 밤 양도독이 어버이를 모시고 얘기를 나누는데, 양원외와 허부인이 측은한 기색으로 벽성선이 겪은 풍파에 대해 대략 얘기하며,

"네 아비가 눈이 침침하고 귀가 먹어 집안일을 알지 못하니, 네가 헤아려 이를 처리하도록 하라."

양도독이 자리에서 물러나며,

"이는 다 저의 죄라. 부질없이 여러 처첩을 두어 불효가 이에 이르니 후회막급이로소이다. 그러나 사태가 커져 이미 천자께 알려졌으니, 제가 마음대로 처리하기 어려울까 하나이다."

이튿날 천자가 문무백관을 모으고 군공軍功을 의논하실 새 양도독이 군복을 입고 바로 대궐에 들어가려 하거늘, 홍원수가 아뢰길,

"제가 한때의 방편으로 장수가 되어 헌괵지례를 올리기 전까지 감히 벼슬에서 물러날 수 없었으나, 오늘 공훈을 논하는 자리에 더는 참석하지 못하오니 이제 상소를 올려 실상을 아뢰고자 하나이다."

양도독이 말하길,

"나도 이를 권하려 했으니, 그대의 말이 옳도다."

양도독이 즉시 소유경·뇌천풍·동초·마달을 거느리고 조회에 들어가

니, 천자가 묻기를,

"홍원수가 어찌하여 참석하지 않았는고?"

한림학사가 표문을 받들어 천자에게 아뢰길,

"부원수 홍혼탈이 조회에 참석하지 않고 진정표陳情表를 올렸나이다."

천자가 한림학사에게 명하여 앞으로 나와 읽으라 하시니 그 표문은 이렇게 시작하더라.

"부원수 홍혼탈은 항주의 천한 기생이라."

천자가 들으시다가 아연실색해 좌우를 돌아보며,

"이것이 무슨 말인고? 이어 읽도록 하라."

한림학사가 이어 읽으니,

"운명이 기박해 바람과 파도 속을 표류하니, 푸른 바다의 좁쌀 한 톨처럼 거의 죽다가 겨우 살아났나이다. 남쪽 하늘 만리 밖으로 떠나가 돌아오지 못해 깊은 산속 도관에 자취를 감춰 도동이 되었고, 멀리 떨어진 외딴 곳의 바람 먼지 속에 몸을 맡겨 장수가 되었으니, 이는 다만 고국에 돌아가기 위함이요 공명을 바란 것이 아니옵니다. 그런데 뜻밖에 이름이 조정에 알려져 외람되이 원수의 벼슬을 받으니 남쪽 교외에서 헌괵지례를 할 때 땀이 흘러 등을 적셨나이다. 임금을 속인 죄를 모면하기 어렵거니와, 하물며 오늘 공로를 의논하는 자리에 당돌하게 참석한다면, 이는 임금을 오랫동안 속이고 조정을 조롱하는 것이라. 엎드려 바라건대 폐하께서는 온 세상의 어버이시니, 저의 정황을 불쌍히 여기시어 분에 넘치는 벼슬을 깎아주시고, 여자로서 남복 차림을 하고 임금을 속인 죄를 다스려 제 처지가 위태롭지 않게 해주소서."

천자가 듣기를 마치매 대경실색해 양도독을 돌아보시며 "이것이 무슨 곡절인고?" 하시니 양도독이 황공해 머리를 조아리며,

"신이 불충해 이제까지 임금을 속였사오니 죽을죄를 지었나이다."

천자가 웃으며,

"이는 나를 위해 그리한 것이니 그 자세한 사정을 듣고자 하노라."

양도독이 황공해 일일이 아뢰길,

"신이 선비의 신분으로 과거를 보러 갈 때 홍랑을 만나 백년의 기약을 맺었고, 신이 상경한 뒤 홍랑이 전당호에 빠졌기에 죽은 줄로만 알았다가 뜻밖에 군대 진영 앞에서 만나 권도로 군대를 통솔했나이다."

천자가 무릎을 치며 "기이하고 아름답도다! 천고에 없는 일이로다. 나는 홍혼탈을 명장으로만 알았거늘, 열협의 풍모가 이처럼 대단할 줄 짐작이나 했으리오?" 하시고 즉시 비답批答을 내리시더라.

"기이하도다. 그대의 일이여! 주나라의 유능한 신하 열 명 가운데 여자가 있었으니[1], 나라가 사람을 등용함에 그 재주를 취할 뿐이라. 어찌 남녀를 따져 택하거나 버리리오? 그대는 벼슬을 사양하지 말고 나라를 도와, 만약 큰일이 있거든 남복 차림으로 조회에 오르고, 작은 일은 집 안에서 결정하도록 하라."

양도독이 머리를 조아리며 아뢰길,

"홍혼탈이 신을 좇아 화살과 돌, 바람과 먼지 가득한 전쟁터에서 온 힘을 다했으나, 그 본뜻을 말씀드리면 남편을 좇아 그리한 것에 불과하오니, 신의 벼슬이 곧 홍혼탈의 벼슬인지라, 미천한 여자로 오래 벼슬을 함이 옳지 않을 듯하나이다."

천자가 웃으며,

"그대가 사랑하는 여인을 위해 내 믿음직한 인재를 빼앗으려 하거늘, 이는 평소에 서로를 믿는 도리가 아니로다. 내가 홍혼탈을 불러 만나는

---

1) 주(周)나라의 유능한~여자가 있었으니: 『논어』「태백泰伯」에 공자가 "나에게 유능한 신하 열 명이 있도다(予有亂臣十人)"라고 한 무왕(武王)의 말을 인용하고서 "그중 부인이 있으니, 실은 아홉 사람뿐이라(有婦人焉, 九人而已)"고 하는 대목이 있다. 여기서 '난신(亂臣)'은 세상이 어지러운 때에 천하를 다스릴 유능한 신하라는 뜻이고, 신하 열 명은 주공 단(周公 旦), 소공 석(召公 奭), 강태공(姜太公), 필공(畢公), 영공(榮公), 태전(太顚), 굉요(閎夭), 산의생(散宜生), 남궁괄(南宮适), 그리고 문왕(文王)의 비인 읍강(邑姜)을 가리킨다.

데 대신大臣의 소실로 대우함은 예절에 어긋나니, 벼슬을 사양하지 말라."

공로를 의논하길 재촉할 새, 정남도독 양창곡은 연왕燕王에 봉해 우승상右丞相의 일을 맡게 하고, 부원수 홍혼탈은 난성후鸞城侯에 봉해 병부상서兵部尚書의 일을 맡게 하고, 군사마 소유경은 형부상서刑部尚書 겸 어사대부御史大夫에 제수하고, 뇌천풍은 상장군上將軍에 제수하고, 동초와 마달은 좌장군과 우장군에 제수하고, 손야차는 파로장군破虜將軍에 제수하고, 그 밖의 장수는 다 각기 공로에 따라 벼슬을 올려주시더라. 양도독이 또 아뢰길,

"장수 가운데 손야차 역시 강남 여자라. 멀리까지 홍혼탈을 좇은 공로가 있기는 하나, 벼슬을 올려줌은 옳지 않을 듯하나이다."

천자가 말하길,

"공로가 있는 이에게 벼슬을 내림은, 나라에서 인재를 등용하는 바른 도리라."

그리고 직첩을 내리시고 황금 천 냥을 상으로 내리시니, 양도독이 아뢰길,

"남쪽 오랑캐 땅의 축융왕이 홍도국 전투에서 공로를 세웠을 뿐 아니라, 축융왕이 아니면 홍도국을 진정시킬 자가 없기에 홍도국 왕을 대신해 섭정하라 했사오니, 그를 왕으로 봉하시어 그의 소망을 이루어줌이 좋을까 하나이다."

천자가 윤허하시니, 연왕이 은덕에 감사를 올리고 조회에서 물러나 집으로 돌아오는데, 천자가 또 하교하시길,

"난성후 홍혼탈에게 저택이 없으니, 호부로 하여금 자금성 제일방에 연왕부燕王府와 난성부鸞城府를 건립하라."

그리고 남종 백 명과 여종 백 명, 비단 삼천 필과 황금 삼천 냥을 내리시니, 연왕과 난성후가 거듭 사양하되 천자가 윤허하지 않으시더라. 몇

달 뒤 난성부가 완성되니 장대함과 화려함이 연왕부와 별 차이가 없으나, 난성후가 이곳에 들어가 거처하지 않고 여종과 하인들만 머물게 하고 자신은 늘 연왕부에서 지내더라. 연왕이 왕으로 봉해지고 나서 예부로부터 양원외와 허부인, 윤소저와 황소저의 직첩이 내려오니, 양원외는 연국태공燕國太公이요, 허부인은 연국태비燕國太妃요, 윤소저는 연국상원부인燕國上元夫人이요, 황소저는 연국하원부인燕國下元夫人이요, 소실은 숙인淑人으로 봉해졌더라.

하루는 연왕이 조회를 마치고 물러나는데, 천자가 조용히 그를 불러 보시고 하교하시길,

"그대가 출전한 뒤로 집안에 요란한 일이 있었기에, 그대의 소실을 고향으로 내려보내고 그대가 돌아오길 기다려 그대가 어떻게 조치할지 들으려 했거늘, 이제 돌아왔으니 모름지기 거리끼지 말고 그대의 뜻대로 처리하라."

연왕이 머리를 조아리고 벽성선의 일을 아뢰니, 천자가 웃으시며,

"예로부터 사람 사는 집에 혹 이러한 일이 있으니, 그대는 조용히 처리해 화목에 힘쓰도록 하라."

연왕이 황공해 사례하고 조회에서 물러나 집으로 돌아올 새 윤부에 이르니, 소부인이 반가움을 이기지 못해 축하의 잔을 들어 그의 개선凱旋을 칭송하고 기쁜 기색으로 천천히 말하길,

"승상의 나이가 젊으나 벼슬이 왕공王公에 이르니, 도리어 사위로서의 정다움이 없고 큰손님을 높이는 예절만 차리게 되니, 끝없는 회포를 다 말하기 어려운지라. 자주 찾아와 즐거이 얘기를 나누며 사위의 정다움을 보여주소서."

연왕이 웃으며 응낙하거늘, 소부인이 또 말하길,

"근래 딸아이를 오래 보지 못했는데, 엄연히 왕공의 부인이 되었으니 그 기특함을 말로 표현할 수 없거니와, 내가 포대기에 싸인 어린아이 대

하듯이 사랑만 주고 가르침을 준 것이 없으니, 알지 못하겠도다. 혹 잘 못해 실수는 없는고?"

연왕이 살짝 술에 취해 눈썹에 봄바람이 일어나 화사한 얼굴에 웃음을 띠며,

"사위가 본디 허물이 많은 사람이라. 아내의 허물이 있는지 알지 못하거니와, 위로는 어버이께서 어질다 칭찬하시고 아래로는 종들이 원망하지 않으니, 평소 가르침을 주신 덕택인가 하나이다. 그러나 한 가지 부족한 점이 있더이다."

소부인이 무안한 기색으로,

"딸아이의 부족한 점이 열 가지도 넘을지라. 어찌 한 가지뿐이리오?"

연왕이 웃으며,

"사위가 방탕해 기생 출신 첩을 두 명 두었는데, 아내가 질투가 너무 심해 해괴한 일이 많이 생기거늘, 이것이 진실로 제가 근심하는 바로소이다."

소부인이 마음속으로 크게 놀라, 윤소저가 벽성선의 일에 간섭함이 있는가 염려해 묵묵부답이더라. 연왕이 다시 웃으며,

"장모님께서는 혹 강남홍의 일을 아시나이까?"

소부인이 대답하길,

"내가 강남홍을 항주에서 보고, 그의 단아한 모습을 아직까지 잊지 못하고 있소이다."

연왕이 말하길,

"사위가 지난번에 남방을 정벌하러 갔다가 강남홍을 만나 데려왔는데, 아내가 매우 즐거워하지 않고 해괴한 일이 많이 생기니, 이는 모두 제 탓이로소이다."

소부인이 웃으며,

"이는 승상이 나를 속임이로다. 딸아이가 강남홍과 더불어 본디 지기

의 벗이라. 어찌 그런 일이 있으리오?"

연왕이 웃으며,

"장모님께서 자애로운 마음에 가리어 자세히 살피지 못하심이라. 아내가 지난날에는 공정한 마음으로 벗을 사귀어 지기로 사랑했는데, 이제는 적으로 보아 도리어 눈엣가시로 여기거늘, 이 또한 나이 어린 여자가 보통 가지는 마음이라. 장모님께서 조용히 훈계해주소서."

소부인이 그 말을 듣고는 갑자기 얼굴이 붉어지고 몸 둘 바를 몰라 묵묵부답이더라. 연왕이 미소하고 작별을 아뢰고 집으로 돌아올 때 황부에 이르니, 위부인이 인사를 마치고,

"이미 성공해 돌아오니 반가움을 이길 수 없으나, 불초한 딸자식이 우연히 병이 들어 골수에 깊어졌으니, 이는 이른바 '남쪽 궁궐에서는 노래하고 피리 불며 북쪽 궁궐에서는 근심하는'2) 것이라. 이 또한 조물주가 시기하는 바로다."

연왕이 비웃으며,

"길흉화복은 자기에게 달려 있는 것이요 타인에게 달려 있는 것이 아니니, 어찌 조물주를 원망하리이까?"

위부인이 다시 대답하려 하는데, 연왕이 바쁘다고 핑계하고는 바로 집으로 돌아오더라.

한편 윤부인이 시집온 지 몇 년이 지났는데도 모든 언행이 사흘 된

---

2) 남쪽 궁궐에서는~궁궐에서는 근심하는: 당나라 시인 배교태(裴交泰)의 「장문원長門怨」에 나오는 시구다. "장문궁(長門宮)을 닫은 지 몇 년이 지나, 비단옷은 눈물로 흠뻑 젖었네. 아름다움은 한결같은데 이 달 밝은 밤에, 남쪽 궁궐에서는 노래하고 피리 불며 북쪽 궁궐에서는 근심하네(自閉長門經幾秋, 羅衣濕盡淚還流. 一種蛾眉明月夜, 南宮歌管北宮愁)." 장문궁은 한(漢)나라 무제(武帝) 때 진황후(陳皇后)가 소박맞고 유폐되어 지낸 곳이다. 이 시는 『악부시집 樂府詩集』 권42에 수록되어 있다. 조선의 이수광(李睟光, 1563~1628))이 『지봉유설』 권11 「당시唐詩」에서 이 시구를 풀이해 『주례周禮』를 살펴보면, 왕의 여섯 침궁(寢宮)은 남쪽에 있고, 후비(后妃)의 여섯 궁은 북쪽에 있으니, 시어는 이로부터 나온 것이다(唐詩, 南宮歌管北宮愁, 按周禮, 王六寢在南, 后六宮在北, 詩語蓋出此)"했다.

신부와 다름없고, 시부모에게 효도하며 남편에게 순종해 「관저關雎」와 「규목樛木」의 풍모가 있더라. 하루는 유모 설파가 소부인의 편지를 받들어 오거늘, 윤부인이 즉시 열어보니 그 편지는 이러하더라.

"내가 너를 가르치기를 사내아이 가르치듯 해 시댁으로 보낼 새, 비록 영예로운 소문은 들리지 않더라도 오히려 허물이 있다는 소문은 없기를 바랐거늘, 이제 들건대, 현숙한 덕행은 없고 해괴한 소문이 낭자해 늙은 어미로 하여금 몸 둘 바를 모르게 하니, 어찌 한심하지 않으리오? 무릇 아녀자의 질투는 칠거지악七去之惡 중 가장 더러운 허물이라. 진실로 몸을 수양한다면 남편에게 여러 첩이 있더라도 도리어 도움이 될 것이요, 만약 덕이 없으면 남편에게 첩이 없더라도 어찌 은혜와 의리를 지키리오? 내가 세상에 덕이 있으면서 질투하는 사람을 보지 못했거늘, 아아, 내 딸아! 어찌 이에 이르렀는고?"

윤부인이 읽기를 마치매 미소하며 말이 없다가 설파를 돌아보며,

"유모가 올 때 노부인께서 무슨 말씀이 있던가?"

설파가 한참 있다가,

"특별히 다른 말씀은 없으셨나이다. 저는 질투가 무엇인지 알지 못하나, 노부인께서 소저의 질투하는 마음을 근심하더이다."

윤부인이 또 미소하니, 설파가 은근히 묻기를,

"무엇을 가리켜 질투라 하나이까? 소저께서는 하지 마소서. 노부인께서 크게 걱정하시는 기색이 있더이다."

윤부인이 웃으며 대답하지 않으니, 설파가 또 묻기를,

"질투가 무엇이니이까?"

윤부인이 매우 괴롭게 여겨,

"그것을 알아 무엇 하려는가? 잘 먹고 잘 자는 것을 질투라 하느니라."

설파가 크게 놀라,

"노부인께서 노망이로소이다. 저는 나이가 일흔이 넘었으나 늘 생각하는 것은 질투밖에 없나이다."

윤부인이 우스워 몸을 가누지 못하더라. 난성후가 마침 이르거늘, 윤부인이 어머니의 편지를 꺼내 보여주며,

"그대가 출처를 알 수 있으리오?"

난성후가 읽기를 마치매 낭랑히 웃으며,

"제가 마땅히 부인을 위해 오늘밤 이 말의 출처를 알아내 내일 의혹을 풀어드리리니, 부인께서는 이리이리하소서."

윤부인이 미소하고 난성후도 돌아가더라. 연왕이 난성후를 찾아 별당에 이르니, 난성후가 촛불 아래 쓸쓸히 앉아 얼굴에 근심이 가득하더라. 연왕이 가까이 와서 묻기를,

"그대에게 불편한 기색이 있으니, 이는 어떠한 까닭인고?"

난성후가 대답하길,

"기색이 불편한 것이 아니라 마음속이 불편함이라."

연왕이 놀라며,

"무슨 불편한 일이 있는고?"

난성후가 웃으며,

"사람이 의심을 받는 처지에 놓인다면 속마음을 밝히기 어렵고, 속마음을 밝히기 어렵다면 평소의 지기라도 자연히 사이가 멀어지나니, 어찌 슬프지 않으리이까?"

연왕이 놀라 그 까닭을 물으니, 난성후가 한참 생각하다가 대답하길,

"제가 아까 윤부인의 침실에 갔는데, 윤부인의 유모 설파가 모부인의 편지를 받들어 가져왔거늘, 그 뜻이 이러이러하고 설파가 저를 의심하는 듯하더이다. 제가 일찍이 화살과 돌, 바람과 먼지 가득한 전쟁터에서도 겁먹은 적이 없었는데, 이 일에 이르러는 해명할 길이 없으니 자연히 땀이 흘러 등을 적심이라. 비로소 인간 세상에서 여러 첩 중 하나로 사

는 어려움을 알겠나이다."

연왕이 웃으며,

"이는 그대의 비좁은 마음이라. 윤부인이 총명하거늘 어찌 그대를 의심하리오?"

난성후가 말하길,

"제가 입장을 바꿔 생각해보더라도 달리 의심할 사람이 없는데, 윤부인의 태임·태사[3]와 같은 덕은 세상이 모두 아는 바이거늘, 이 말이 어디에서 나왔으리이까?"

말을 마치매 기색이 참담해 즐거워하지 않거늘, 연왕이 웃으며 난성후의 손을 잡고,

"이는 내가 한때 농담 삼아 한 말에서 비롯함이니, 일을 저지른 사람이 해결해야 하는 법이라. 내가 마땅히 윤부인을 만나 의혹을 풀리라."

즉시 몸을 일으켜 윤부인 침실로 가더라. 난성후가 웃으며 몰래 뒤를 좇아 창밖에서 엿들으니, 연왕이 곧바로 침실로 들어가 윤부인에게 묻기를,

"설파가 어떠한 편지를 가져왔는고? 내가 장모님을 찾아뵙지 못한 것을 질책하심인가?"

윤부인이 말하길,

"아니옵니다."

연왕이 웃으며,

"편지가 어디에 있는고? 잠깐 보고자 하노라."

---

3) 태임(太妊)·태사(太姒): 중국 고대에 부녀자의 덕행이 뛰어났던 두 여인. 태임은 주(周)나라 왕계(王季)의 비요 문왕(文王)의 어머니. 태임의 성품은 바르고 엄격했으며, 문왕을 임신했을 때는 눈으로 나쁜 것을 보지 않고 귀로 음란한 소리를 듣지 않고 입으로 거만한 소리를 내지 않았다고 한다. 태사는 주나라 문왕의 비요, 무왕(武王)과 주공(周公)의 어머니. 문왕과 혼인해 아들 무왕을 비롯해 자식 열 명을 낳았고, 자식을 키우고 가르치는 데 정성이 지극해 칭송이 높았다고 한다.

상자를 뒤져 편지를 찾아 윤부인을 돌아보고 웃으며,

"혹 은밀한 사연이 있는가?"

윤부인이 머리를 숙이고 대답하지 않더라. 연왕이 촛불 아래 소리 높여 큰 소리로 읽고,

"내가 어리석어 부인에게 질투하는 마음이 있는 줄 몰랐거늘, 장모님께서 어찌 천금 같은 딸에게 이처럼 무정한 책망을 하시는가?"

윤부인이 또 대답하지 않거늘, 연왕이 웃으며,

"부인은 노하지 말고 앞으로는 질투하는 마음을 끊어버리시오. 속담에 '아니 땐 굴뚝에 연기 나랴?' 하니, 장모님의 밝은 헤아림으로 어찌 석연치 않은 말씀을 하시리오?"

윤부인이 말하길,

"어머님께서 밖에 계시는데, 소문이 어찌 저절로 어머님께 이르리이까?"

연왕이 웃으며,

"그러면 누가 이런 말을 지어냈으리오?"

윤부인이 말하길,

"군자의 사귐은 물처럼 담백하고, 소인의 사귐은 꿀처럼 달다 하더이다. 그 사람과 꿀처럼 달게 사귀면 반드시 변하게 되거늘, 제가 부질없이 꿀처럼 달게 사귀어 마음을 허락했는데, 그 마음이 점점 당돌해져 이에 이른 것인가 하나이다."

연왕이 비로소 윤부인이 난성후에 대해 말하는 것임을 깨닫고 후회하여 '윤부인이 사리가 밝다 해도 한쪽으로 치우친 여자의 성품이 있음이라. 내가 부질없는 말을 해 두 사람을 갈라놓았도다' 하고 웃으며,

"이는 내 농담 때문이라. 어제 장모님을 뵈었는데 사위로서의 정다움이 없음을 한탄하시고 부인에게 제대로 가르침을 주지 못했다고 겸양하시기에 이리이리했는데, 장모님께서 내 말에 속아 이 지경에 이르렀

도다."

윤부인이 참지 못하고 크게 웃거늘, 갑자기 창밖에 인기척이 나면서 난성후가 웃으며 들어와 자리를 같이하더라.

"상공께서 백만 대군을 거느리고 강적을 상대하되 한 번도 굴복하지 않았는데, 오늘은 규중 부인을 대적하지 못하고 이처럼 항복 깃발을 세우시나이까?"

연왕이 난성후의 계교임을 알고 크게 웃으며,

"내가 부인에게 항복함이 아니라, 오랑캐 장수 홍혼탈의 간교한 계책에 빠짐이로다."

난성후와 윤부인을 향해 웃으며,

"오늘 농담은 한번 웃고자 함이니, 부인과 난성후가 아니라면 어찌 경솔히 할 수 있으리오? 예로부터 부녀자의 질투는 칠거지악에서 가장 더러운 허물이라. 불행히 우리 집안에 이것을 범한 사람이 있어 조정에까지 알려졌으니, 내가 엄정하게 조사하면 옥과 돌을 가릴 수 있거니와, 자객을 잡고 나면 모든 일이 드러나게 되리라. 근래 조정에 일이 많아 개인적인 일을 처리할 겨를이 없었으니, 산속 객관에서 홀로 지내며 고초를 겪는 사람이 어찌 측은하지 않으리오?"

이때 조정에 일이 많아 연왕이 날마다 밤이 깊은 뒤에 집에 돌아오더라. 하루는 달빛이 매우 밝은데, 연왕이 일찍 대궐에서 물러 나와 관복을 벗지 않은 채 부모님을 뵙고 나서 곧바로 동쪽 별당으로 들어가니, 난성후가 난간에 기대어 달을 바라보거늘, 연왕이 웃으며,

"홍혼탈아! 오늘밤 동쪽 별당의 달빛이 지난날 연화봉의 달빛과 비교해 어떠한가?"

난성후가 몸을 일으켜 웃으며 맞이해,

"이제 지난 일을 생각하면 봄꿈이 아닌 것이 없나이다. 맑고 한가로운 저 밝은 달이 어찌 홍혼탈을 보고 웃지 않으리이까?"

연왕이 크게 웃고 난성후의 손을 잡고 대청을 내려와 달빛 아래 배회하며 천문을 우러러보니, 푸른 하늘에 구름 한 조각 없고 별빛이 반짝여 유리 쟁반에 구슬을 흩어놓은 듯한데, 천자를 상징하는 북쪽 자미원紫微垣에 검은빛이 가득하고 삼태팔좌[4]에 괴이한 기운이 감돌고 있더라. 연왕이 한참 보다가 놀라 난성후를 돌아보며,

"그대는 저 기운을 아는가?"

난성후가 눈길을 흘려 자세히 보더니 대답하길,

"제가 어찌 천문의 별자리를 알리오마는 일찍이 백운도사께 들은 적이 있나이다. 삼태팔좌에 괴이한 기운이 있고 자미원에 검은 기운이 감돌면, 간신이 조정을 어지럽히고 천자의 총명을 가리고 있는 것이라 하니, 어찌 나라의 큰 근심이 아니리이까?"

연왕이 탄식하길,

"나 역시 이를 근심하는 것이라. 예로부터 임금이 백성의 괴로움을 밝게 헤아리면 천하가 잘 다스려지는 법이라. 지금 황상께서 한창 혈기가 왕성하시고 총명하고 지혜로우시어 사방이 무사하나, 좌우에서 모시는 신하들이 식견이 없어, 충성된 말을 아뢰어 요·순의 덕을 돕는 일은 하지 않고, 아첨하는 말과 얼굴로 귀에 거슬리는 일은 조금도 하지 않아, 은총과 부귀를 탐할 뿐 멀리 염려하고 깊이 생각하는 자가 없으니, 이것이 내가 근심하는 바라. 오늘 천문이 이와 같으니, 내가 대신의 반열에 있으면서 어찌하면 좋으리오?"

난성후가 조용히 대답하길,

"나라의 큰일을 제가 어찌 감히 망령되이 논하리오마는, 상공의 연세

---

4) 삼태팔좌(三台八座): 삼태는 큰곰자리에 있는 자미성(紫微星)을 지키는 별자리인 삼태성(三台星)을 가리킨다. 각각 별 두 개로 된 상태성(上台星)·중태성(中台星)·하태성(下台星)으로 이루어져 있다. 삼태성은 삼정승(三政丞)을 상징한다. 팔좌는 백관조공성(百官朝拱星)의 한 부류로, 재신(宰臣)의 반열에 해당하는 여덟 고위 관료를 상징한다.

가 서른이 못 되어 출장입상^{出將入相}해 안으로는 벼슬이 높고 밖으로는 병권^{兵權}을 잡으셨으니, 군자는 그 지나침을 의심하고 소인은 그 권세를 시기할 것이라. 엎드려 바라건대, 상공께서는 조정의 큰일을 마음대로 결단하지 마시고 말씀과 행동을 자못 삼가시어 권위와 명망을 다른 이에게 양보함이 좋을까 하나이다."

연왕이 손을 뿌리치며,

"그대의 식견이 누구보다 뛰어나, 보잘것없는 장부로서는 그대를 감당하지 못하리라 여겼는데, 오늘밤 이 말은 아녀자의 말투로다. 내가 본디 남쪽 지방 선비로서 황상의 망극한 은총을 입어 지위가 왕후장상에 올랐으니, 만약 이 몸이 나라를 이롭게 하는 데 쓰인다면 만번 죽더라도 사양하지 않으리니, 어찌 형벌을 두려워해 보신할 계책만 꾀하리오?"

난성후가 사례하며,

"상공의 말씀은 밝은 달이 비추는 것 같으니, 제가 어찌 감히 고개를 들어 대답하리오마는, 듣건대 천도^{天道}는 가득차는 것을 싫어해, 달은 가득차면 이지러지고 그릇은 가득차면 기운다 하니, 상공께서는 깊이 헤아려 겸손히 물러나소서."

연왕이 묵묵히 대답하지 않더라.

무릇 천하가 다스려지고 어지러워짐과 국가가 흥하고 망함은 평안히 지낼 때 위태로움을 생각해야 하나니, 사람의 몸에 비유하건대, 팔다리가 게으르며 정신이 흐릿하고 기력이 나른하면 온갖 병이 번갈아 침범함이라. 그러므로 요·순 같은 성인이 천하를 교화해 풍속과 기상이 즐겁고 화평했으되, 고요·기·후직·설 같은 신하는 위태로움이 아침저녁에 달려 있다고 말했으니, 그 안일함을 경계한 것 아니리오?

남쪽 오랑캐를 평정한 뒤로 나라 밖으로 근심이 없는 까닭에 조정이 해이하고 사방이 무사한 듯해, 조정과 내각에서는 도리를 논하며 나라를 경영하는 기풍이 오래도록 없고, 궁중 후원에서 꽃을 감상하고 물고

기를 잡는 즐거움만 있으니, 놀며 즐기는 것이 독주를 마시는 것과 같고, 임금과 신하의 가까운 만남 속에 재앙이 싹트는 것은, 군자가 경계하는 바인지라. 연왕이 이를 매우 근심해 조정에 들어갈 때마다 충직한 말과 정직한 풍모로 자기 몸을 돌보지 않고 형벌을 피하지 않는 기상이 있거늘, 군자는 태산과 북두성을 우러러보듯이 그 덕망을 믿으나, 소인은 그 위엄을 겁내 모해할 기회를 엿보더라. 그러나 바람과 구름, 물고기와 물이 서로 떨어질 수 없듯 임금과 신하의 뜻이 서로 맞으니, 물이 스며드는 듯한 참소가 어찌 행해질 수 있으리오?

세월이 훌쩍 흘러 봄이 지나고 여름이 되어 날씨가 매우 더운지라, 천자가 온갖 정무를 보는 틈에 후원에서 더위를 피하시더라. 하루는 달빛이 명랑해 천자가 신하들을 거느리고 후원에서 달빛을 구경하시는데 갑자기 바람결에 생황 소리가 끊어질 듯 이어지며 처량하게 구름 속에서 들리거늘, 천자가 본디 음악을 좋아하시는지라 그 소리를 듣고 한참 있다가 좌우를 돌아보시며,

"이 소리가 어디에서 나는고? 알아내 보고하라."

궁중 하인이 그 소리를 좇아가 한 곳에 이르니, 장안의 소년이 한 소년과 더불어 탕춘대湯春臺에 올라 달빛을 구경하며 생황을 불거늘, 하인이 즉시 생황 부는 소년을 붙들어 전각殿閣 밖에서 대령하게 하고 안으로 들어가 아뢰니, 천자가 웃으시며 "내가 생황 부는 사람이 누구인지 알고자 함이거늘, 어찌 이렇게 붙잡아왔는가?" 하시고 그 사람을 불러보시니, 얼굴이 아름답고 행동이 민첩해 용모와 기색이 여자와 비슷하더라. 천자가 묻기를,

"그대 이름이 무엇인고?"

대답하길,

"소인의 성은 동董이요 이름은 홍弘으로, 황성에 살고 있나이다."

천자가 미소하며,

"그대의 생황을 가져왔는가?"

동홍이 허리춤에서 생황을 꺼내어 바칠 때 소매를 떨쳐 두 손으로 받들어 환관에게 전하거늘, 그 행동이 자못 민첩해 조금도 어그러짐이 없더라. 천자가 그 영리함을 크게 칭찬하시고 생황을 살펴보고서 돌려주며,

"내가 지금 무료하니, 한 곡 불어보라."

동홍이 꿇어앉아 생황을 받아들고 달을 향해 맑고 아름답게 한 곡을 부니, 천자가 칭찬해 마지않으시고 묻기를,

"네가 연주할 줄 아는 악기가 또 있는가?"

동홍이 말하길,

"대략 배운 바가 있으되 잡박해 정교하지는 않으나, 감히 명을 따르겠나이다."

천자가 크게 기뻐해 궁중 악기들을 가져오라 명해 차례로 시험하시니, 동홍이 평생 배운 바를 다해 그 재주를 드러내더라. 천자가 크게 칭찬하시고 후하게 상을 내리며 하교하시길,

"내가 한가한 날에 다시 부르리라."

동홍이 머리를 조아려 명을 받더라. 아아! 소인이 조정을 어지럽히는 것 역시 나라의 운명이라. 하늘은 반드시 그 고비를 겪게 하나니, 임금이 어찌 행동 하나하나를 삼가지 않을 수 있으리오?

이때 참지정사 노균이 가문의 기풍을 이어받아 소인의 마음씨로 임금을 농락해 권위를 마음대로 하고자 하나, 연왕이 해를 뚫는 충성과 하늘에 통하는 재능으로 천자와 뜻이 잘 맞고 큰 공을 거듭 세워 명망과 공훈이 빛나는 까닭에, 흉악한 마음을 펼칠 곳이 없어 기운이 꺾여 있더라. 연왕이 과거에 급제했을 때 천자 앞에서 자기를 논박하던 일과 급제를 축하하는 잔치에서 자기의 누이로써 연왕에게 구혼했다 낭패 본 일이 겹겹이 쌓여, 노균의 마음이 괴롭고 우울해 자연히 병이 생기매, 날

마다 음악과 여색으로 즐기며 마음을 위로할 새, 잡스러운 소년들이 노균의 문하에 가득하더라. 하루는 한 소년이 와서 동홍의 일을 아뢰거늘, 노균은 본디 눈치 빠른 사람인지라 듣자마자 계책을 생각해 그 일에 대해 자세히 알아내고자 하여 몰래 묻기를,

"내가 재상의 반열에 있어 조정의 크고 작은 일 중 모르는 것이 없는데, 일찍이 이 일에 대해 듣지 못했으니, 그대의 말은 낭설 아닌가?"

소년이 대답하길,

"이는 전해들은 말이 아니라. 장안의 소년이 동홍과 더불어 놀다가 그때 목격함이요, 그뒤 때때로 동홍을 만나 여러 차례 들었으니, 어찌 이것이 낭설이리이까?"

노균이 정색하며,

"이는 황상께서 직접 궁궐 안에서 하신 일이니, 소년은 경솔하게 퍼뜨리지 말라."

소년이 사죄하며,

"참정 각하께서 음악을 좋아하시기에 우연히 말씀드린 것이오나, 비밀을 어찌 누설하리이까?"

노균이 다시 웃으며,

"비록 그러하나 나는 거리끼는 바 없고 때때로 이런 부류를 좋아하니, 한번 조용히 불러오라."

소년이 응낙하고 가더라.

노균이 소년을 보내고 별당에 누워 사흘 밤낮을 말도 하지 않고 웃지도 않고 몰래 생각하더라. 며칠 뒤에 소년이 과연 미남자를 데려오거늘, 노균이 좌우를 물리치고 몸을 일으켜 맞이해,

"그대는 동생童生이 아닌가?"

동홍이 머뭇거리며,

"저는 미천한 사람이라. 각하의 정성스러운 대우를 감당하기 어렵나

이다.”

노균이 슬퍼하며 탄식하길,

“그대 조상의 고향이 미산眉山 아닌가?”

대답하길,

“그러하나이다.”

노균이 말하길,

“미산 동씨는 본디 지체 높은 집안의 성씨라. 내가 그 화려한 가문의 내력을 자세히 아나니, 중간에 침체해 잠시 벼슬이 끊어졌다 하여, 어찌 공경하고 대우하지 않을 수 있으리오? 옛적에 이름난 선비가 친구를 위해 거문고를 연주한 적이 있었으니, 나도 그대의 뛰어난 연주를 듣고자 하노라.”

동홍이 절하며 사례하고 즉시 소매 안에서 단소短簫를 꺼내어 몇 곡을 부니, 노균이 크게 칭찬하거늘 본디 음악을 좋아하는지라 동홍을 서당에 머물게 하고 밤낮없이 질탕하게 놀더라. 하루는 궁중 하인이 천자의 명을 받들어 동홍을 찾으러 노균의 집에 이르니, 동홍이 노균을 뵙고 입궐을 아뢰매 노균이 크게 기뻐하며 몰래 몇 마디 말을 가르쳐 보내더라.

동홍이 궁중 하인을 따라 입궐하니, 밤이 이미 깊었는지라. 천자가 편전便殿에서 자기를 가까이 모시는 신하를 거느리고 한가롭게 노니실새 동홍에게 편전 위로 올라오라 명하고 다시 자세히 보시거늘, 태도가 선명하고 용모가 아름다워 남자 가운데 제일가는 미남이라 할 만하더라. 천자가 미소하시고 음악 몇 곡을 들은 뒤 묻기를,

“내가 너를 대궐 안에 두려 하노니, 네 소원이 무엇이냐?”

동홍이 머리를 조아리며,

“소인이 미천한 출신으로 외람되이 황상의 은총을 입어 감히 가까이 모시게 되었으니, 두렵고 떨려 어떻게 보답할지 모르겠사오니, 무슨 소원이 있으리이까?”

천자가 미소하시고 거듭 물으시니 동홍이 대답하길,

"성스러운 말씀이 이 같으시니, 신이 어찌 우러러 아뢰지 않으리이까? 신이 본디 대대로 높은 벼슬을 하는 가문이었으나, 후한 때 이르러 역적 동탁5)의 일로 인해 평민으로 격하되었고 점점 추락해 이제 천민이 되었나이다. 구차스러운 소원은 충효의 행실을 닦아 다시 옛적 가문의 명성을 회복하는 것이로소이다."

천자가 듣고 그 사정을 측은하게 여겨 좌우를 돌아보시며,

"군자의 은택도 다섯 세대를 지나면 끊어지고, 소인의 영향도 다섯 세대를 지나면 끊어지나니, 동탁의 죄명은 천년 세월이 지나도 씻기 어려우나 어찌 그 방계 후손에까지 이어져 여전히 폐족廢族이 되게 하리오?"

다시 동홍에게 이르길,

"네가 일찍이 글을 배웠느냐?"

동홍이 대답하길,

"대략 아는 바가 있나이다."

천자가 책 한 권을 하사하고 읽기를 명하시니, 동홍이 공손히 받아서 무릎을 꿇고 읽거늘 그 소리가 옥이 깨지는 듯하고 가락에 잘 맞더라. 천자가 책상을 치며 크게 칭찬하시고 가까이에 있는 신하를 돌아보며,

"선비가 경서經書 한 권에 통달하면, 급제를 허락하는 것이 옛법 아니냐?"

좌우에서 어찌 천자의 뜻을 모르리오? 한꺼번에 몸을 굽혀 대답하길,

---

5) 동탁(董卓, 139~192): 후한(後漢) 말기의 무장. 영제(靈帝) 때 동중랑장(東中郎將)이 되고 이어 병주목(幷州牧)에 임명되었다. 189년 영제가 죽고 그의 장남인 소제(少帝)가 즉위하자, 대장군 하진(何進)이 십상시(十常侍)라 불리는 환관들을 없애려다가 오히려 살해되었다. 환관들이 소제와 그의 동생 유협(劉協)을 인질로 붙잡아 달아났는데, 동탁이 군대를 이끌고 소제와 유협을 구출해 낙양으로 돌아와 군사권을 장악했다. 소제를 폐하고 유협을 헌제(獻帝)로 옹립하면서 권력을 잡았고, 수도를 낙양에서 장안으로 천도했다. 그는 황제가 타는 수레를 탔으며, 자기 의견에 반대하는 사람들을 무자비하게 죽이는 공포정치를 하다가 부하 장수인 여포(呂布)에게 살해되었다.

"그러하나이다."

천자가 즉시 명해 급제를 허락하고 채화彩花와 법악法樂을 내려 노균의 집으로 보내실 때 하교하시길,

"동홍의 집을 궁궐 가까운 곳으로 정해 내려주도록 하라."

하시니 조정이 그 까닭을 알지 못해 자못 의아해하더라. 이튿날 어사대부 소유경이 상소하니 그 상소는 이러하더라.

"과거 시험을 실시해 선비를 뽑는 것은 나라가 인재를 등용하는 올바른 방법인지라 반드시 광명정대해야 법이 바로 서는 것이옵니다. 신이 동홍의 사람됨을 보지 못했으나, 폐하께서 인재를 취하려 하실진대 마땅히 여러 선비를 모아 그 재능을 비교해야 하나이다. 위로는 조정으로부터 아래로는 천하에 이르기까지 듣는 자들과 보는 자들로 하여금 반드시 이견이 없게 해야 하거늘, 어찌 한밤중에 비밀리에 동홍을 궁궐에 불러 정중한 은총과 막대한 장원급제를 마치 아이들 장난처럼 내리시나이까? 저 산간의 곤궁한 집에서 부모는 헐벗고 굶주리며 처자식은 처량한데, 책상 앞에서 책을 읽는 가난한 선비들이 목은 마르고 기력은 다해 심신이 피폐해져 흰머리가 귀를 덮으나, 일편단심으로 북쪽 대궐을 우러러보며 부모와 처자식을 위로해 '성스러운 천자께서 위에 계시니, 재능을 갈고닦는다면 마땅히 등용되어야 할 사람을 빠뜨리는 탄식이 없으리라' 하다가, 만약 이 이야기를 듣는다면, 책을 덮고 눈물을 흘리며 '옛사람들이 나를 속임이로다. 서책 만 권이 내 머릿속에 들어 있으나 굶주림과 추위를 면할 수 없으며, 고금의 성공과 실패를 마음에 새겼으나 몸을 돌볼 계책을 꾀하기 어렵도다. 만약 이 지름길이 없으면 십년 공부가 도리어 가난으로 이어지고, 이 기회를 잡으면 생황 연주 한 곡으로 부귀를 얻을 수 있음이라' 하리이다. 그러면 분명 과거 시험장이 텅 빌 것이고, 그 지름길만 엿보는 자가 있으리니, 이것이 어찌 선비들의 기상을 길러 인재를 장려하고 선발하는 뜻이리이까? 엎드려 바라건

대 폐하께서는 동홍에게 내린 장원급제를 빨리 거두어, 나라의 인재 등용하는 법에 신중을 기해주소서."

이때 모든 관리가 좌우에 늘어서 있거늘, 천자가 어사대부 소유경의 상소를 보시고 불쾌해,

"근래 조정에서 인재를 등용함에 과연 터럭만큼도 사사로움이 없었는가? 내가 홀로 한 사람을 등용할 수 없단 말인가?"

참지정사 노균이 아뢰길,

"동홍이 비록 미천하나 본디 그 문벌은 대단한 집안이라. 폐하께서 이제 그를 장려해 뽑으시니 사람들이 한결같이 성스러운 덕을 칭송하고 있는데, 소유경이 이렇게 상소하니 신은 그 뜻을 알지 못하겠나이다."

윤형문 각로가 아뢰길,

"나라에서 과거 시험을 치르는 법은 모르는 사람이 없게 해야 하거늘, 만약 이러한 길이 한번 열린다면 뒷날 폐단이 끝없을지라. 소유경의 상소는 이를 염려한 것이옵니다."

노균이 분노한 목소리로 다시 아뢰길,

"비록 벼슬아치의 가문이라도 각기 여러 문객이 있거늘, 폐하께서 만승의 존귀함으로 어찌 동홍 한 사람을 등용하지 못하리이까? 신이 듣건대 가까이에서 동홍의 재능을 시험하시어 경서의 장구章句를 잘 읽었다 하니, 어찌 공정한 도리가 아니리이까?"

천자가 진노해 "어사대부 소유경의 관직을 삭탈하라" 하시니, 연왕이 앞으로 나아와 아뢰길,

"간관諫官은 조정의 귀와 눈이라. 폐하께서 이제 간관을 엄하게 견책해 그 귀와 눈을 막으시니, 장차 어떻게 허물을 아시리이까? 설사 소유경의 상소가 과격하다 하더라도 폐하께서 용납하시어 그 직분을 다한 것을 표창해야 하거늘, 하물며 충직한 간언은 어떠하리오? 폐하께서 이제 '조정에서 인재를 등용함에 사사로움이 없었는가?' 하시니, 신들이

불초해 공정한 도리로 인재를 등용하지 못했으니 마땅히 죄를 밝히시고 태만을 감독하실지라. 어찌 격한 말씀으로 신하를 억압해 그로 하여금 입을 열지 못하게 하시나이까? 신들이 사사로움을 따르고 공정한 도리를 해친 것은 폐하를 속이고 자신을 이롭게 하려 함이니, 그 죄가 만번 죽어도 아깝지 않을 만큼 무겁나이다. 폐하께서 이 때문에 사사로운 정으로 급제를 내려 인재를 등용하심은 장차 누구를 이롭게 하고자 하심이니이까? 조정은 폐하의 조정이요, 천하는 폐하의 천하라. 불초한 신하를 다스리시어 폐하께서는 자못 공정한 마음이 있으시나, 신하들이 폐하를 돕는 것이 이처럼 공적이 없거늘, 이제 재상 가문에서 문객을 뽑는 것을 본받으시어 사사로이 인재를 등용하고자 하시니, 이는 윗사람과 아랫사람이 경쟁해 서로 사사로운 정을 둠이니, 폐하의 조정과 천하를 그 누가 다스리겠나이까? 간관을 엄하게 견책하면 임금께서 덕을 잃게 되거늘, 조정이 소유경의 죄를 논해 폐하로 하여금 허물을 알 수 없게 하니, 신이 마음이 서늘해짐을 이기지 못하겠나이다."

연왕의 말이 자못 간절하면서도 충직하고 명쾌하니, 간사한 노균도 말이 막히고 기운이 꺾여 땀이 흘러 등을 적시더라. 천자가 기뻐 웃으시며,

"임금에게 마땅히 이렇게 간언해야 하니, 그대의 말은 금석 같은 논의라. 비록 그러하나 동홍은 진실로 내가 총애하는 자라. 이미 급제를 내렸으니 어찌 도로 거두리오? 소유경은 특별히 용서해 직첩을 되돌려주라."

모든 관리가 조회에서 물러가자, 천자가 연왕을 머무르게 해 가까이 앉으라 하시고 얼굴에 온화한 기색이 가득해 미소하시며,

"내가 용모로써 사람을 취하는 버릇이 있거늘, 동홍은 참으로 빼어난 사람이라. 본디 대대로 벼슬하던 가문이 몰락해 천민이 되매 몹시 불쌍한 까닭에 장려해 뽑은 것이니, 그대는 양해하라. 내가 동홍에게 명해

그대를 찾아뵙도록 하리니, 나를 위해 잘 교훈하라."

연왕이 황공해 머리를 조아리며,

"신이 비록 불충하오나 폐하께서 아끼시는 사람을 어찌 아끼지 않으리이까? 다만 염려스러운 것은, 그 인품을 모르시고 용모만 보고 동홍을 거두어 편애하시니, 두렵건대 훗날 후회가 있으실까 함이로소이다."

천자가 웃으시며,

"동홍은 영리한 인물에 지나지 않음이라. 훗날 무슨 폐단이 있으리오?"

연왕이 조회에서 물러나 천자와 나눈 말씀을 양태야楊太爺에게 아뢰길,

"비록 동홍을 보지 못했으나, 노균의 당돌하고 간악함이 진실로 염려스럽나이다."

얼마 있다 문지기가 명함을 바치거늘, 보니 곧 동홍이더라. 연왕이 자기 처소로 돌아가 들어오라 명하니, 동홍이 오사모를 쓰고 초록색 도포를 입고 대청에 올라 연왕을 뵙더라. 연왕이 눈길을 흘려 동홍을 잠깐 보니, 관옥 같은 얼굴과 복숭아꽃 같은 얼굴빛, 봄 산 같은 눈썹과 앵두 같은 입술이 자못 여자의 기상이더라. 연왕이 온화한 얼굴빛으로 조용히 묻기를,

"그대의 나이가 몇인가?"

동홍이 대답하길,

"열아홉이로소이다."

연왕이 또 묻기를,

"천자의 은혜가 망극해 이처럼 그대를 장려해 뽑아주시니, 어떻게 보답하고자 하는가?"

동홍이 이 말을 듣고 고개를 들어 연왕의 기색을 살피고 대답하길,

"저는 본디 미천한 사람인지라. 오로지 각하의 교훈을 따르고자 하나

이다.”

연왕이 웃으며,

“내가 무슨 지식이 있으리오마는, 그대는 다만 자신의 몸을 잃어버리지 말라.”

동홍이 당황해 말이 없거늘, 연왕이 다시 웃으며,

“그대가 내 말을 알지 못하는가? 자식이 되어 불효하고 신하가 되어 불충하다면 그 죄가 장차 어느 지경에 이르겠는가? 마땅히 그 머리를 보존하지 못하리니, 이것이 어찌 자신의 몸을 잃어버리는 것이 아니겠는가?”

동홍이 얼굴이 흙빛이 되어 더는 대답하지 못하고 돌아가 노균을 뵙고,

“연왕은 평범한 인물이 아니더이다. 그의 한마디 말이 마른하늘에 날벼락처럼 제 머리를 치는 듯해, 등에 흐른 식은땀이 아직 마르지 않았나이다.”

연왕이 경계한 말을 아뢰니, 노균이 비웃으며,

“세상에 충신이 몇 명이나 있더냐? 초나라의 굴원과 오나라의 오자서는 만고의 충신이로되, 맑은 강의 물고기 뱃속에 차가운 뼈를 장사지내고, 차가운 파도 위에서 백마 탄 원혼이 되었거늘, 이는 모두 쓸모없는 선비가 일상적으로 하는 말이로다.”

동홍이 말없이 서당으로 돌아가더라.

한편 노균에게 누이동생이 하나 있는데, 일찍이 연왕과 혼인하려 하다가 낭패한 뒤로 부녀자의 덕이 없어 사람들이 모두 싫어하매, 바야흐로 열아홉 살에 혼기가 늦어지는 탄식이 있거늘, 예로부터 소인이 일을 꾸밈에 어찌 윤리를 알며 체면을 돌아보리오? 천자가 동홍을 총애하심을 보고 노균이 처남·매부의 의를 맺고자 하여 생각하되,

‘만약 동홍과 혼인을 맺으면, 누이의 앞날 부귀는 말할 것도 없고 나

도 이로 말미암아 좋은 방도가 있으리라.'

　이튿날 조용히 동홍을 불러 묻기를,

　"내가 그대의 용모와 재능을 보건대 훗날 큰 부귀를 누리겠거니와, 다만 조정이 미천한 문벌을 의심해 벼슬길에 지장이 있음이라. 내게 누이 동생이 있는데 그 재능과 덕행 역시 남에게 뒤지지 않으니, 청컨대 그대가 백 대의 수레를 거느리고 와 마중해 나와 더불어 처남·매부의 의를 맺으면, 미천한 이름을 씻을 수 있을 것이요, 나는 나이가 많고 지위가 높아 선배의 반열에 있으니, 그대의 앞날을 위해 주선하는 방도가 있으리라."

　동홍이 자리를 피하며 사례하고 그 대우를 받아들이기 어렵다는 뜻을 아뢰니, 노균이 웃으며,

　"문벌로 사람을 논하는 것은 근래의 풍습이라. 사람이 만약 뛰어나다면 천한 출신이라도 혁혁한 문벌이 되는 것이요, 만약 못났으면 명문거족이라도 가문의 명성을 유지하지 못하리니, 내가 어찌 이런 것에 구애되리오?"

　즉시 좋은 날을 잡아 혼례를 치를 새, 천자가 소식을 들으시고 비단 백 필을 하사하시고, 동홍을 자신전학사紫宸殿學士에 제수하시니, 이는 특별히 장려해 발탁하고자 함이더라. 조정의 관리가 모두 천자의 뜻을 받들어 노균의 집에 모여 잔치 자리에 참석하나, 오직 연왕과 윤형문 각로, 그리고 소유경·황여옥·뇌천풍·동초·마달 등 십여 명은 참석하지 않더라. 이로부터 조정의 의론이 분분해, 청렴결백한 사람들은 노균의 비루한 아첨을 배척해 연왕을 따르니 이들을 '청당淸黨'이라 부르고, 권세를 탐하고 이해득실을 따지는 사람들은 연왕의 정대한 위엄을 꺼려 노균과 동홍을 따르니 이들을 '탁당濁黨'이라 부르더라.

　청당과 탁당의 두 당파가 조정에 생겨나니, 천자가 비록 청당의 올바름과 탁당의 그릇됨을 아시나, 음식에 비유하건대 사람들이 콩과 물의

담백함을 알아도 평범한 것으로 돌리고, 야릇한 맛의 음식을 즐기며 수놓은 비단의 화려함을 좋아하나니, 겉으로는 청당을 예우하며 신임하지만, 속으로는 탁당을 사랑하며 은근히 보호하시더라.

몇 달 뒤 동홍에게 하사한 저택이 준공되어 동홍이 노소저盧小姐를 맞이해 집안을 이루고 나서 날마다 대궐에 들어가니 천자의 총애가 날로 두터워지더라. 동홍이 몸가짐을 더욱 삼가고 조심해 오직 천자의 뜻에 맞춰 입안의 혀처럼 아첨하며, 때로는 평상복 차림으로 수시로 대궐을 출입해 밤을 새우기도 하니, 궁중 사람이 모두 한漢나라 문제[6]의 등통[7]이라고 부르더라.

이때 천자가 가까운 신하들을 데리고 밤에 잔치를 베풀 새, 동홍이 천자를 곁에서 모시고 뭇 궁녀가 아름다운 화장과 화려한 장식을 한 채 좌우에 늘어서 있으나 동홍이 눈길을 한 번도 돌리지 않거늘, 궁녀들이 서로 이르길,

"동홍 학사는 남자 중의 여자라."

하니, 천자가 동홍을 더욱 기특히 여겨 상으로 내린 재물이 매우 많더라. 동홍이 그 재물을 문객들에게 나눠주고 조정과 변방의 소식을 알아내 아뢰니, 천자가 매우 기뻐해 동홍의 말을 믿고 때로는 조정에서 인재

6) 문제(文帝, BC 202~157): 전한(前漢)의 5대 황제이자 태평성대를 이룬 군주. 이름은 유항(劉恒). 고조(高祖) 유방의 넷째 아들. 고조의 군국제(郡國制)를 계승하고, 가혹한 형벌을 폐지했으며, 세금을 대폭 감면하고 농업을 장려했다. 몸소 검소한 생활을 실천해 화려한 건물을 신축하지 않았고, 자신은 검정물 들인 거친 명주(明紬)로 지은 옷을 입었다. 흉노에 대한 화친정책을 펼쳐 민생 안정과 국력 배양에 힘을 기울였다.

7) 등통(鄧通): 전한 문제의 총애를 받았으나 무능했던 사람. 문제가 총애해 벼슬이 상대부(上大夫)에 이르렀다. 관상쟁이가 등통을 보고 굶어 죽을 관상이라고 하자, 문제가 등통에게 촉(蜀) 엄도(嚴道)의 동산(銅山)을 하사해 마음대로 돈을 주조하도록 해 부자로 만들어주었고, 이후 등통이 만든 돈이 세상에 유통되었다. 등통이 일찍이 문제의 종기를 입으로 빨았는데, 문제가 묻기를 "세상에서 누가 나를 제일 사랑하겠는가?" 하자 등통은 태자라고 말했다. 그래서 문제가 태자를 불러 종기를 빨라 했으나 태자는 이를 어렵게 여겼다. 문제가 죽고 태자가 경제(景帝)로 즉위하자, 등통은 이 일로 미움을 받아 면직되어 재산이 모두 관아에 몰수된 채 굶어 죽는 신세가 되었다.

등용하는 일을 상의하시니, 동홍의 문 앞에 수레와 말이 구름같이 모여들어 재상이나 귀인이라도 그를 한번 보기를 원하더라. 하루는 천자가 동홍에게 묻기를,

"지금 조정에서 인기를 논한다면, 누가 제일이 되겠느냐?"

동홍이 머리를 조아리며,

"임금보다 신하를 잘 아는 사람이 없다 하니, 폐하의 밝으심으로 어찌 모르실 리가 있으리이까?"

천자가 웃으시며,

"네 말을 듣고자 함이니, 다만 너의 소견을 아뢰어보라."

동홍이 대답하길,

"임금이 신하를 등용하는 도리는 장인匠人이 재목을 사용하는 것과 같으니, 큰 나무는 기둥과 들보로 사용할 수 있고, 작은 나무는 서까래로 사용할 수 있어, 각기 그 재질에 따라 사용되나이다. 연왕 양창곡은 문무를 겸비하고 용모와 풍채가 옛사람을 압도하며, 참지정사 노균은 글솜씨가 출중하고 재능이 보통 사람보다 뛰어나며 사람됨이 진중하고 경륜이 노련하니, 인기로 말한다면 연왕이 첫째이고 노균이 둘째라. 연왕은 출장입상해 안으로 조정의 권력을 잡고 밖으로 병권을 가져 명망과 위엄이 천하에 진동하나, 나이가 어리고 기상이 날카로우니 폐하께서 그 날카로운 기운을 억누르고 그 권세를 낮추심이 곧 연왕을 아끼시는 도리일 것이요, 노균은 환란을 정벌하는 능력은 없으나 천성이 공손하고 옛일을 두루 겪어, 태평성대를 이루는 예악과 황상을 보필하는 문장은 옛사람에게 뒤지지 않으리이다."

천자가 미소하시고, 이튿날 노균을 자신전태학사紫宸殿太學士 겸 경연시강관經筵侍講官에 제수하시어 날마다 불러 보시더라. 하루는 천자가 조용히 묻기를,

"근래 조정이 청당과 탁당으로 서로 나뉘어 있다 하니, 이것이 무슨

이름인가?"

노균이 말하길,

"당론이 예로부터 있으나, 이는 나라의 복이 아니옵니다. 인심이 어긋나고 기강이 문란해 임금께 아부해 순종하는 자들을 탁당이라 이르고, 임금을 핍박하는 말을 스스로 충간(忠諫)이라 일컬으며 의론이 따로 세워진 자들을 청당이라 이르나이다."

천자가 웃으시며,

"청당의 우두머리는 누구이며, 탁당의 우두머리는 누구인가?"

노균이 대답하길,

"폐하께서 동홍을 편애하시어 장려해 발탁하시니, 동홍은 본디 미천한 가문이라. 신도 그 재능을 아껴 처남·매부의 의를 맺었는데, 조정의 준엄하고 격렬한 의론이 신을 지목해 권세를 추종한다 하여 신을 탁당의 우두머리라 하니, 신이 어찌 변명할 수 있겠나이까? 연왕 양창곡은 의론이 조정을 압도하고 위엄과 권세가 천하에 진동하고 스스로 가문을 이루어, 임금이라도 그 뜻을 굴복시킬 수 없기에 연왕을 청당의 우두머리라 하나이다."

천자가 말없이 들으시매 불편한 기색이 있더라. 아아! 소인의 참소의 간교함이여! 태평한 날이 오래 이어지면 불행한 운명이 다가옴은 예로부터 있는 이치이니, 이것이 어찌 나라의 복이리오? 이때가 곧 큰 것이 가고 작은 것이 오는 때이니, 다음 회를 보라.

| 원문 |

옥루몽
2

救蠻王紅娘下山　鬪陣法元帥退軍

第十三回

却說. 江南紅이 以萬死餘生으로 漂泊異域ᄒ야 不知所向이러니 托身
山中ᄒ야 心神이 平安ᄒ야 渾忘客懷ᄒᄂ 思故國而心事悲愴이러니 一日
은 道士ㅣ 召紅娘曰

"老夫ㅣ 觀紅娘之顔則他日富貴之像이니 老夫ㅣ 雖無所識이나 欲以所
聞之術로 傳於娘ᄒ노라."

紅이 辭曰

"弟子ㅣ 聞之ᄒ니 女子之行은 但議釀酒炊飯이라 ᄒ니 學尊術而將焉
用이리잇고?"

道士ㅣ 笑曰

"娘이 欲辭人間而終身山中인된 所學이 無所用이어니와 若有故國之戀
ᄒ야 欲其歸去ᆫ된 學數件術業ᄒ야 以作歸國之階ᄒ라."

紅娘이 再拜ᄒ고 自此日로 定師弟之誼ᄒ야 着道童之服而請敎ᄒ되 道
士ㅣ 大悅ᄒ야 先敎以醫藥卜筮天文地理ᄒ니 紅이 以聰明穎悟로 聞一知
十ᄒ야 敎易而學不難이라. 道士ㅣ 且喜且愛ᄒ야 曰

"老夫ㅣ 南來以後로 有弟子二人이니 一은 彩雲洞雲龍道人이라 法術이 未成ᄒ고 爲人이 昏弱ᄒ야 老夫之所憂요 一은 牀前煮茶之道童靑雲이니 雖有小才나 天性이 輕妄ᄒ야 易入於雜術故로 不傳老夫之所學이러니 今見汝之才性則非雲龍·靑雲之類라. 他日에 有大用處ᄒ리니 着心學之ᄒ라."

ᄒ고 乃以兵法으로 傳授曰

"六韜三略[1]合變之手段과 八門九宮[2]變化之方法은 皆傳於世라 學之猶不難이어니와 至於老夫之兵法ᄒ야ᄂ 卽先天秘書ㅣ라. 若非其人則不傳ᄒ니 其法이 全是三災三生과 五行相克이 無一毫權術이ᄂ 風雲造化之妙와 役鬼降魔之術法이 至精至妙ᄒ니 汝ㅣ 平生需用이라도 不聞妖誕之名ᄒ리라."

紅이 一一受敎ᄒ야 數朔之間에 無不慣通ᄒ니 道士ㅣ 大喜曰

"此ᄂ 天才라 老夫ㅣ 不敢當也ㅣ로니 如此則幾無敵於世어니와 更學一武藝ᄒ라."

ᄒ고 遂敎劍術曰

"昔者에 徐夫人은 但知擊劍之法ᄒ고 不知用劍ᄒ며 公孫大娘은 知用劍ᄒ되 不知擊劍之術ᄒ니 老夫之所傳은 天上欃槍星官[3]之秘訣이라 其周

---

1) 육도삼략(六韜三略): 중국의 병서(兵書)인 『육도』와 『삼략』을 아울러 일컫는 말. 『육도』의 도는 화살을 넣는 주머니 혹은 감싸는 것을 뜻하며, 깊이 감추고 나타내지 않는다는 뜻으로 병법의 비결을 의미한다. 문도(文韜)·무도(武韜)·용도(龍韜)·호도(虎韜)·표도(豹韜)·견도(犬韜) 등 6권으로 이루어져 있다. 『삼략』의 략은 기략(機略)을 뜻하며, 상략·중략·하략의 3권으로 이루어져 있다. 모두 주(周)나라의 강태공(姜太公)이 지었다는 설이 있으나, 후세의 가탁으로 추정된다.
2) 팔문구궁(八門九宮): 하(夏)나라 우왕(禹王)이 홍수를 다스렸을 때 낙수(洛水)에서 나온 신령스러운 거북의 등에 쓰여 있던 글인 낙서(洛書)에 기초한 아홉 방위의 자리인 구궁과, 그 구궁에 맞춰 음양가(陰陽家)가 길흉을 판단하는 여덟 가지 문(門), 즉 휴문(休門)·생문(生門)·상문(傷門)·두문(杜門)·경문(景門)·사문(死門)·경문(驚門)·개문(開門)을 이른다. 구궁은 땅에 속하고, 팔문은 하늘에 속한다.
3) 참창성관(欃槍星官): 참창성을 인격화한 존재. 참창은 참창(欃搶)으로도 쓴다. 혜성의 이름으로, 천참성(天欃星)과 천창성(天搶星)을 가리킨다. 옛날 사람들은 이별의 흉조를 알리는 요성(妖星)으로 여겨, 이 별이 낮에 빛나면 병화(兵禍)가 일어날 조짐이라 했다.

旋은 如風雨ᄒ며 其變化는 起雲雨ᄒ니 非但敵萬人이라."

乃於篋中에 出數把劍ᄒ니 名曰芙蓉劍이라 帶日月精氣星斗文章ᄒ야 能斫石斷鐵ᄒ니 非龍泉太阿·干將鏌鎁之類의 所可比也ㅣ러라. 道士ㅣ 曰

"吾ㅣ 不欲容易傳之於凡人이러니 到今遇汝天才而傳之ᄒ노니 善用之ᄒ라."

紅이 拜受ᄒ니 自此로 夜則侍道士而講論兵法劍術ᄒ고 晝則率三娘而登山ᄒ야 設陣地ᄒ야 陣法劍術로 自爲消遣ᄒ니 頓忘寂寞踽凉之懷러라. 一日은 紅이 持芙蓉劍ᄒ고 至鍊武場ᄒ야 私習劍術이러니 道童靑雲이 持一冊而來ᄒ야 笑曰

"師兄이 旣學劍術ᄒ니 又見此書ᄒ라. 此則先天遁甲方書니 先生이 適藏之故로 暗取以來로다."

紅이 大驚曰

"師父ㅣ 愛我而無所敎어늘 此則不必妄視니 急還故處ᄒ라."

靑雲이 笑曰

"吾ㅣ 夜則乘先生之就寢ᄒ야 取此方書而看之ᄒ니 最爲妙之法이라. 吾且試之라."

ᄒ고 念呪後에 折草葉而投空中ᄒ니 化爲一個靑衣童子ㅣ라. 靑雲이 復笑而再次念呪ᄒ고 亂投草葉ᄒ니 彩雲이 四起에 草葉이 化爲神將鬼卒과 仙官仙女ᄒ야 紛紛下降이러라. 忽有曳履聲이어늘 顧視之ᄒ니 道士ㅣ 招靑雲曰

"汝何敢自矜妖誕之才오? 急速收之ᄒ라."

顧紅曰

"遁甲은 虛誕之術이라 不欲傳之於汝러니 今已漏泄ᄒ니 略知之無妨이라. 他日에 得此道ᄒ야 汚神明而大狼狽者는 必靑雲이라."

ᄒ더라. 是夜에 道士ㅣ 召紅曰

"行于世間之道ㅣ有三ᄒ니 儒佛仙이라. 儒道ᄂᆞᆫ 主其正大ᄒ고 仙佛은 近於神異ᄂᆞ 修其心而不變於外物은 一般이라. 後世僧尼道士ㅣ 不知仙佛 之本ᄒ고 以謊誕之術로 眩亂世人耳目ᄒ니 此所謂遁甲이라. 遁甲之法이 流傳于世ᄒ니 但以正道로 所不能制라. 汝今略解ᄒ니 用於困厄之時ᄒ 라."

ᄒ고 擇其至精至妙之方書而敎之ᄒ니 以紅娘聰明으로 何難解得이리 오? 道士ㅣ 大喜曰

"汝ㅣ 心本端正而不雜ᄒ니 不須更託이어니와 十分操心ᄒ야 勿以此 從事ᄒ라. 自古吉人貴人은 不學此術ᄒ니 無他ㅣ라 神機漏泄則恐有害於 福祿이니라."

紅娘이 一一受敎ᄒ고 退歸寢所홀식 方出門外ᄒ니 一個女子ㅣ 立草堂 窓下ᄒ야 聞道士與紅娘之問答이라가 見紅娘之出而大驚ᄒ고 因忽不見 이어놀 紅娘이 大驚ᄒ야 告於道士ᄒᆫ디 道士ㅣ 笑曰

"此處ᄂᆞᆫ 山中이라 有鬼魅狐精ᄒ야 往往如此ᄒ니 不必驚動이어니와 但不幸者ᄂᆞᆫ 彼鬼魅狐精이 已聽我遁甲方書問答ᄒ니 日後爲患이면 恐暫 爲人間騷動일가 ᄒ노라."

一日은 紅娘이 與孫三郎으로 更擧芙蓉劍ᄒ고 出鍊武場ᄒ야 私習劍術 이라가 神氣困惱ᄒ야 收劍而登岸遙望ᄒ니 靑山은 疊疊ᄒ고 白雲은 溶 溶ᄒ며 向陽花木과 洞口楊柳ᄂᆞᆫ 感他鄕之春光이러라. 紅娘이 茫然而望 之ᄒ고 無端珠淚가 自濕衣袖라 顧孫三娘曰

"吾入山中이 已周年이라. 故國山川은 渺如夢中ᄒ고 異域春光은 搖動 心事ᄒ니 不知커라. 何時에 復睹中原文物이며 且對十里錢塘之景槪리 요?"

三娘이 笑曰

"老身은 在江南時에 終日勞碌ᄒ야 行于水中에 得數個珠數尾魚則如得 千金ᄒ야 爲口腹之計러니 到此以後로 十指不動ᄒ고 一身安閑ᄒ야 飽食

煖衣하며 身體淸淨ᄒᆞ고 黑顔이 還白ᄒᆞ니 別無故鄕之思니이다."

紅娘이 微笑曰

"人生於世에 必有七情이오 有七情則亦生情根ᄒᆞ니 情根者ᄂᆞᆫ 所着之地에 其堅이 或化爲石ᄒᆞ며 其剛이 亦能斷金ᄒᆞᄂᆞ니 吾與老娘으로 同是江南人이라. 西湖錢塘에 淸秀峰巒과 曲坊靑樓의 美麗物色이 個個有情ᄒᆞ고 一一入思ᄂᆞᆫ 人之常情이니 此所謂情根이라. 以此觀之컨딘 山川物色도 猶留情根而思之어든 況親戚朋友與知己의 遠別之懷乎아?"

三娘이 知紅娘之思楊公子ᄒᆞ고 愀然改容이러라. 紅娘이 歸草堂ᄒᆞ야 有不能成寐之色ᄒᆞ니 道士ㅣ 呼謂紅娘曰

"汝在山之日은 不多ᄒᆞ고 出世之日은 不遠ᄒᆞ니 此莫非一時緣分이라 勿爲怊悵ᄒᆞ라."

ᄒᆞ고 自篋中으로 出一個玉笛ᄒᆞ야 親吹數曲ᄒᆞ고 敎紅娘曰

"漢之張子房이 鷄鳴山秋夜月에 吹簫散楚兵ᄒᆞ니 汝學得此玉笛則自有用處라."

紅娘이 素不生疎於音律이라 須臾間에 學正變之調ᄒᆞ니 道士ㅣ 大喜曰

"此玉笛이 本是一雙으로 一個ᄂᆞᆫ 在於文昌星君이라. 汝他日歸故國之機會ㅣ 似在於此ᄒᆞ니 藏之勿失ᄒᆞ라."

光陰이 倏忽ᄒᆞ야 紅娘入山이 將近二年이라. 一日은 道士ㅣ 與紅娘으로 徘徊於草堂ᄒᆞ야 翫賞月色이라가 擧竹杖而指天象曰

"汝知此星耶아?"

紅娘이 望見ᄒᆞ니 一個大星이 繞於紫微垣이라. 對曰

"此非文昌星乎잇가?"

道士ㅣ 微笑ᄒᆞ고 更指南天曰

"近日太白이 犯於南斗ᄒᆞ니 必有南方之兵火요 文昌星이 光采輝煌ᄒᆞ야 護衛帝垣ᄒᆞ니 必於中國에 生人才ᄒᆞ야 以致七十年泰平之治ᄒᆞ리라."

紅이 笑曰

"旣有兵火則豈致泰平之治리잇고?"

道士ㅣ 笑曰

"一亂一治는 循環之理라. 一時兵火를 何足論哉리오?"

夜深에 紅이 歸來暫睡러니 神魂이 飄蕩中에 到一處ᄒ니 殺氣騰天ᄒ고 風雨大作혼데 一個猛獸ㅣ 大吼而欲咬一男子어놀 詳視其男子ᄒ니 卽楊公子ㅣ라. 紅娘이 大驚ᄒ야 擧芙蓉劍ᄒ야 擊其猛獸而大呼ᄒ니 三娘이 臥於其傍이라가 呼紅娘曰

"今做何夢이니잇고?"

紅이 因覺而轉輾不寐ᄒ고 心中暗思호디

'公子ㅣ 必有何等厄會라. 吾ㅣ 今在萬里之外ᄒ야 消息이 頓絶ᄒ니 欲救不得이라.'

慇懃之憂와 無窮之懷가 達夜煩悶ᄒ더라. 一日은 侍於道士而講論兵法이러니 山門外에 忽有馬蹄聲이라. 童子ㅣ 急報曰

"南蠻王이 到外ᄒ야 請拜謁이라."

ᄒ거늘 道士ㅣ 顧紅娘而微笑ᄒ고 卽起身下堂ᄒ야 出迎哪咤ᄒ야 禮畢坐定後에 哪咤이 避席再拜曰

"寡人이 得聞先生之高名이 如雷灌耳ᄒᄂ 以誠意之淺薄으로 今纔拜謁ᄒ오니 甚所不敏이로소이다."

道士ㅣ 笑曰

"大王이 山中閑人을 何以尋訪이시닛고?"

蠻王이 又再拜曰

"南方五大洞天은 寡人之世世相傳舊基라. 今無故而幾至見失於中國ᄒ오니 先生은 矜憐之ᄒ소셔."

道士ㅣ 微笑曰

"山野老夫ㅣ 惟是對山看水而已라 有何謀計而助大王乎잇가?"

蠻王이 流涕懇請曰

"寡人은 聞之호니 胡馬는 嘶北風호고 越鳥는 巢南枝라[4] 호니 先生이 亦南方之人이라 處於此地호야 不救患難호니 是豈義理乎잇가? 伏望先生은 矜憐寡人之失所호사 敎其回復之策호소셔."

道士ㅣ 笑曰

"老夫ㅣ 更思之호리니 暫休於門外호소셔."

哪咤이 大喜호야 出外堂호니 道士ㅣ 招紅娘호야 執手而怊悵曰

"今日은 娘의 歸國之日이라. 老夫ㅣ 與娘으로 結數年師弟之誼호야 相慰寂寞之懷러니 今當遠別호니 豈不悵然가?"

紅娘이 且驚且喜호야 問其故흔디 道士ㅣ 笑曰

"老夫는 非別人이라 西天文殊菩薩[5]이러니 受觀世音之命호야 欲傳兵法於君이라. 今君이 否盡泰來[6]호니 歸故國而享富貴어니와 眉宇에 猶有半年之殺氣호야 必經兵火니 十分操心호라."

紅이 含淚曰

"弟子ㅣ 以一個女子로 雖學若干兵法이나 尙不知歸國之路호노니 詳敎之호소셔."

道士ㅣ 笑曰

"君이 本非世間之人이라. 以天上星精으로 與文昌으로 會有宿緣이러니 謫降於人間이라 相逢於此行호야 享他日富貴호리니 此皆觀音之所導也ㅣ라. 自然湊合호야 非人力所爲也ㅣ니 望君은 勿慮어다."

且謂曰

---

4) 호마시북풍(胡馬嘶北風), 월조소남지(越鳥巢南枝): "오랑캐 말은 북녘 바람에 우짖고, 월(越)나라 새는 남녘 나뭇가지에 깃든다."『문선文選』권29에 실려 있는 한(漢)나라 무명씨의 「고시古詩」의 시구.
5) 문수보살(文殊菩薩): 최고의 지혜를 상징하는 불교의 보살. 석가모니가 죽은 뒤에 인도에서 태어나 '반야(般若)'의 도리를 선양했다고 하며, 『반야경』을 결집해 편찬한 보살로 알려져 있다.
6) 비진태래(否盡泰來): 막힌 운수가 다하고 터진 운수가 다가옴. 비태는 막힌 운수와 터진 운수로, 즉 불행과 행운을 아울러 일컫는 말.

"哪吒은 亦是天狼星[7]之精이라. 君이 若不救之則非義이니라."

紅娘이 再拜受命하고 珠淚가 盈盈曰

"今日拜別先生이면 何時更見이리잇고?"

道士ㅣ 曰

"萍水逢別을 不可豫定이어니와 同享天上之樂은 在於七十年後ㅣ니라."

說罷에 復請蠻王曰

"老夫ㅣ 病且老하야 代送弟子一人하노니 名은 紅渾脫이라. 大王舊基를 當不永失하리이다."

哪吒이 拜謝而出門이어눌 紅이 告別於道士홀시 不禁淚下ㅣ라. 道士ㅣ 亦悵然曰

"佛家戒律이 不結情緣하나니 老夫ㅣ 謬與娘相逢하야 既愛其才하고 自然許心하야 情緣이 亦深하니 今雖靑山白雲에 逢別이 無常이나 有玉京淸道之後約이리니 望須速了人間塵緣하고 歸于上界極樂하라."

紅娘이 揮淚而告曰

"弟子ㅣ 救蠻王而歸故國之日에 更入山門하야 欲拜別先生하노이다."

道士ㅣ 笑曰

"老夫ㅣ 亦是西天歸路ㅣ 甚急하니 君雖更來나 不可相逢이리라."

紅이 涕泣不忍去하니 道士ㅣ 慰之하고 且催起程혼되 紅이 無可奈何하야 再拜告別하고 與靑雲으로 握手相別後에 率孫三娘하고 隨蠻王而去하니라. 哪吒이 與紅娘으로 同歸홀시 暗思하되

'吾ㅣ 盡誠請救ㅣ라가 率歸一個孱弱少年하니 豈可免一世之嘲ㅣ리오? 且其容貌姿色이 彷彿女子ㅣ라. 若非男子ㅣ면 五大洞天을 如棄弊履

7) 천랑성(天狼星): 겨울철 남쪽 하늘에 보이는 별자리인 큰개자리를 한국과 중국에서 부르는 이름. 북반구와 남반구를 통틀어 가장 밝은 별인 시리우스를 비롯해 여러 밝은 별로 구성되어 있다.

ᄒ고 五湖扁舟로 效范大夫ᄒ리라'

ᄒ더라.

且說. 紅娘이 率孫三娘而至陣ᄒ야 潛藏踪跡ᄒ니 眞一個少年名將與一個健壯老卒이러라. 紅娘이 與蠻王으로 詳察洞中地形則東方에 有一座小山ᄒ니 名曰蓮花峰이라. 紅娘이 登峰上ᄒ야 巡視四方ᄒ고 顧蠻王曰

"吾欲先察明陣ᄒ노라."

ᄒ고 此夜三更에 至花果洞而見地形ᄒ고 歎曰

"明元帥ㅣ 若陣於洞中이런들 一人도 難可生還이어ᄂᆞᆯ 今得生旺方ᄒ니 不可猝破也ㅣ리니 明日對陣ᄒ야 見其用兵也ㅣ리라."

ᄒ고 卽傳檄于明陣ᄒ니 檄文에 曰

"南蠻王은 檄于大明元帥麾下ᄒ노라. 寡人은 聞之ᄒ니 聖王은 以德懷柔ᄒ고 不以力戰ᄒᄂᆞ니 今大國이 以十萬熊羆之士로 臨偏邦陋地ᄒ시니 其危ㅣ 朝不慮夕이라 當不違軍令ᄒ고 收拾殘兵ᄒ야 明日相見於太乙洞前ᄒ오리니 率貴兵而蓐食來會를 是望ᄒᄂᆞ이다."

楊元帥ㅣ 覽檄大驚曰

"此書ㅣ 辭簡意盡ᄒ야 無南蠻强悍之氣ᄒ고 有中華文明之像ᄒ니 豈不怪哉리오?"

ᄒ고 卽答檄曰

"大明都元帥ᄂᆞᆫ 致答于南蠻王ᄒ노니 惟我皇帝陛下ㅣ 子視萬方ᄒ샤 雖以文德誕敷ᄒ시나 有苗[8]之來格이 尙遲故로 調發大兵ᄒ샤 欲問貢茅不入之罪ᄒ시니 大軍所到에 雷厲風飛ᄒ야 蠢爾蠻荊[9]이 必見土崩瓦解로되

---

8) 유묘(有苗): 중국 남방 오랑캐 종족의 명칭. 삼묘(三苗)라고도 한다. 고대에 유묘가 반란을 일으켜, 순(舜)임금이 우(禹)로 하여금 유묘를 치게 했으나 이기지 못하고 돌아오자, 순임금이 '문덕(文德)을 크게 베풀고 간우(干羽)의 춤을 대궐 뜰에서 추니, 70일 만에 유묘가 항복해왔다(誕敷文德, 舞干羽于兩階, 七旬有苗格.)'(『서경』 「대우모大禹謨」)고 한다.
9) 만형(蠻荊): 형만(荊蠻). 옛날 중국 한족(漢族)의 문명의 혜택을 아직 받지 못한 민족들이 살던 양자강 이남 땅.

特施好生之德[10]ᄒᆞ샤 以仁義感化ᄒᆞ고 不以威武肅殺ᄒᆞ야 明日은 當率大軍ᄒᆞ고 如期而往ᄒᆞ리니 嗟爾蠻王은 戒爾士卒ᄒᆞ고 修爾戈矛ᄒᆞ야 無至七擒之悔어다.”

紅娘이 見答檄ᄒᆞ고 愀然慷慨曰

“吾於蠻貊之邦에 蟄伏數年ᄒᆞ야 不見故國文物이러니 見此檄書則可知中華文章이로다. 豈不喜幸이리오?”

ᄒᆞ더라.

翌日紅娘이 乘一輛小車ᄒᆞ고 率蠻兵而整軍容ᄒᆞ야 陣於太乙洞前ᄒᆞᆫ딕 楊元帥ㅣ 亦率大軍ᄒᆞ야 布成陣勢於數百步之外어ᄂᆞᆯ 紅娘이 驅車而出陣前ᄒᆞ야 望見明陣ᄒᆞ니 旗幟ㅣ 蔽日ᄒᆞ고 鼓角이 喧天ᄒᆞᆫ데 一員少年將軍이 紅袍金甲으로 佩大羽箭ᄒᆞ고 執手旗ᄒᆞ고 前後左右諸將이 擁衛ᄒᆞ고 高座帳上ᄒᆞ니 紅이 知其爲明元帥ᄒᆞ고 使孫三娘으로 高聲于陣前曰

“小國이 在於南方僻陋之處ᄒᆞ야 雖無文武雙全之才나 今日에 欲以陣法一戰ᄒᆞ야 以較大國之用兵ᄒᆞ노니 明元帥ᄂᆞᆫ 請設一陣ᄒᆞ소셔.”

楊元帥ㅣ 見其辭令이 雍容ᄒᆞ야 有三代戰國之風ᄒᆞ고 心中驚疑ᄒᆞ야 望見蠻陣ᄒᆞ니 一員少年將軍이 服草綠金縷狹袖[11]戰袍ᄒᆞ고 帶碧紋鴛鴦雙股腰帶ᄒᆞ고 頭戴星冠ᄒᆞ고 腰佩芙蓉劍ᄒᆞ고 端坐車中ᄒᆞ니 嬋妍態度ᄂᆞᆫ 秋霄明月이 出於蒼海ᄒᆞ고 突兀氣像은 西風豪鷹이 下於碧空이라. 元帥ㅣ 大驚ᄒᆞ야 顧諸將曰

“此必非南方之人이로다. 哪咤이 請援於何處ᄒᆞ야 得如彼人物고?”

元帥ㅣ 乃擊鼓揮旗ᄒᆞ야 分六六三十六爲六方ᄒᆞ야 結六花陣ᄒᆞ니 紅娘

---

10) 호생지덕(好生之德): 사형에 처할 죄인을 특별히 살려주는 제왕의 덕. 『서경』「대우모大禹謨」에, 법관인 고요(皐陶)가 순임금의 호생지덕을 찬양하면서 “무고한 사람을 죽이기보다 차라리 경도(經道)를 잃어버렸다는 비난을 받는 것이 낫다고 여기시어, 특별히 살려주는 덕이 백성의 마음에 흠뻑 젖어들었습니다(與其殺不辜, 寧失不經, 好生之德, 洽于民心)”라 했다.
11) 협수(狹袖): 검은 두루마기에 붉은 안을 받치고 붉은 소매를 달며 뒷솔기를 길게 터서 지은 군복.

이 笑而亦擊鼓ᄒ고 指揮蠻兵ᄒ야 雙雙二十四騎를 分十二隊ᄒ야 作蝴蝶陣而衝突六花陣ᄒ야 使孫三娘으로 大呼曰

"六花陣은 昇平儒將之淸閑陣法이라. 小國에 有蝴蝶陣ᄒ야 足可對敵이니 更設他陣ᄒ소셔."

ᄒ니 元帥ㅣ 擊鼓揮旗而變六花陣ᄒ야 分八八六十四爲八方位ᄒ야 作八卦陣ᄒ니 紅娘이 更擊鼓ᄒ고 指揮蠻兵ᄒ야 設大衍五十五의 五方方圓陣ᄒ야 衝突八卦陣ᄒ야 入生門而出奇門ᄒ며 擊陰方而襲陽方ᄒ고 更使孫三娘으로 大呼曰

"漢諸葛武侯ㅣ 合六花陣兩儀陣ᄒ니 此所謂八卦陣이라. 有生死門奇正門ᄒ고 又有動靜方陰陽方ᄒ니 小國에 有大衍陣ᄒ야 足可對敵이니 更設他陣ᄒ소셔."

元帥ㅣ 大驚ᄒ야 急收八卦陣ᄒ고 成左右翼而結鳥翼陣ᄒ니 紅娘이 亦變方圓陣ᄒ야 設長蛇陣ᄒ야 穿鳥翼陣ᄒ고 大聲曰

"鳥翼陣은 對敵國而廝殺之陣이라. 小國이 當以長蛇陣으로 衝突也리니 請設他陣ᄒ소셔."

元帥ㅣ 急揮手旗而合左右翼ᄒ야 成鶴翼陣ᄒ야 擊長蛇陣頭ᄒ고 使雷天風으로 高聲曰

"南方之兒ㅣ 但知以長蛇陣으로 突鳥翼陣ᄒ고 豈不念鳥翼陣이 變爲鶴翼陣ᄒ야 以擊長蛇陣之頭乎아?"

紅이 微笑擊鼓ᄒ고 分長蛇陣ᄒ야 成數處魚鱗陣ᄒ니 此ᄂᆫ 欺敵國之陣이라. 元帥ㅣ 大怒ᄒ야 分大軍十隊ᄒ야 包魚鱗陣ᄒ야 十面環圍ᄒ니 紅이 笑而大呼曰

"此ᄂᆫ 淮陰侯之十面俚伏이라 固非陣法이오 小國에 猶有一陣法ᄒ야 足可防備니 請見之ᄒ소셔."

ᄒ고 乃變魚鱗陣而分五隊ᄒ야 成方陣ᄒ니 擊其東方則南北方이 爲左右翼而防備ᄒ고 擊其北方則東西方이 爲左右翼而防備어날 楊元帥ㅣ 望

見而歎曰

"此는 天下奇才로다. 此陣法은 古今所無也라. 應五行相克之理ᄒᆞ야 自爲創開之陣ᄒᆞ니 雖孫臏[12]·吳起[13]라도 不能破也ㅣ라."

ᄒᆞ고 自知陣法之不勝ᄒᆞ고 卽鳴金收軍ᄒᆞ고 使雷天風으로 呼於陣前曰

"今日에 兩陣이 旣見陣法ᄒᆞ니 更有以武藝相戰者어든 出來ᄒᆞ라."

鐵木塔이 應聲挺鎗而出ᄒᆞ야 大戰數合에 鐵木塔이 數避身이어놀 孫夜又ㅣ 挺鎗而出ᄒᆞ야 大叱曰

"汝旣敗於陣法ᄒᆞ니 亦當更敗於武藝ᄒᆞ리라."

雷天風이 大怒曰

"無鬚老蠻은 莫敢唐突ᄒᆞ라."

ᄒᆞ고 又戰數十合홀시 明將董超·馬達이 一時出助雷天風이어날 孫夜又ㅣ 不能抵敵ᄒᆞ고 撥馬而走ᄒᆞ니 紅이 見孫夜又之避身ᄒᆞ고 大怒ᄒᆞ야 下車乘馬ᄒᆞ고 出陣前ᄒᆞ야 鳴金而召還鐵木塔ᄒᆞ고 大呼曰

"明將은 莫誇胡亂[14]鎗法ᄒᆞ고 先受我箭ᄒᆞ라."

言畢에 自空中으로 飛箭이 宛如流星ᄒᆞ야 正中雷天風之冑而落地ᄒᆞ니 董馬兩人이 大怒ᄒᆞ야 一時合力ᄒᆞ야 舞劍而欲取紅娘이러니 紅이 擧玉手發矢ᄒᆞ야 弓弦響處에 流矢隨後而入ᄒᆞ야 中董馬兩將之掩心甲ᄒᆞ야 鏘然而破어날 兩將이 無心戀戰ᄒᆞ야 回馬歸陣ᄒᆞ니 雷天風은 拾冑而改着ᄒᆞ고

---

12) 손빈(孫臏): 중국 전국시대 제(齊)나라 병법가. 손무(孫武)의 후예로, 이름은 미상. 방연(龐涓)과 함께 귀곡선생(鬼谷先生)에게 병법을 배웠는데, 방연이 위(魏)나라의 참모가 되고 나서 자신보다 뛰어난 손빈을 시기하고 모함해 그의 발을 잘라냈다. 그래서 이름이 빈(臏)이 되었다. 그뒤에 손빈은 제나라 위왕(威王)의 군사(軍師)가 되어 계책을 써서 위나라 군대를 대파하니, 궁지에 몰린 방연은 자살했다. 저서로『손빈병법』이 있다.

13) 오기(吳起, BC 440~BC 381): 중국 춘추시대 병법가. 위(衛)나라 사람. 노(魯)나라에 가서 증자(曾子)에게 배우고 노나라와 위(魏)나라에서 벼슬하고서 초(楚)나라에 가서 도왕(悼王)의 재상이 되어 개혁을 추진해 나라를 강성하게 했으나, 도왕이 죽자 종실과 대신들에게 살해당했다. 병법(兵法)으로 손무·손빈과 이름을 나란히 해, 저서로『오기吳起』를 남겼으나 없어졌고, 지금 전하는『오자吳子』는 후세 사람이 편집한 것이다.

14) 호란(胡亂): 한데 뒤섞여 어수선하고 분간하기 어려움.

揮霹靂斧ᄒ고 大叱曰

"么麽蠻將은 恃其小才ᄒ고 莫敢無禮ᄒ라."

ᄒ고 欲赴紅娘이러니 忽然翻身落馬ᄒ니 未知何故오. 且看下回ᄒ라.

却說. 雷天風이 忿氣騰天ᄒ야 揮斧而赴紅娘흔디 紅이 天然而笑ᄒ고
杖芙蓉劍而植立不動ᄒ니 天風이 尤怒ᄒ야 大呼一聲에 盡力揮斧ᄒ야 擊
紅娘홀ᄉᆡ 紅이 忽揮雙劍ᄒ고 聳身於半空ᄒ니 天風이 仰擊空中ᄒ고 急
欲收斧러니 鏘然之聲이 忽出於頭上이러니 飛劍이 落自空中而擊破頭上
之冑ᄒ니 天風이 慌忙ᄒ야 翻身落馬흔디 紅이 更不顧視而收劍이러라.
原來紅娘之用劍이 素有淺深ᄒ야 只破冑而不傷人이나 老將이 旣不能收
拾精神ᄒ야 自疑吾頭ㅣ 何在오 ᄒ고 不能更戀接戰이라 回馬而急走本陣
ᄒ니 楊元帥ㅣ 望見於陣上이라가 大怒曰

"口尙乳臭之一個蠻將을 三將이 不能抵敵ᄒ니 吾當親戰ᄒ야 必擒其將
ᄒ리라."

ᄒ고 上馬出陣이어ᄂᆞᆯ 蘇司馬ㅣ 諫曰

"以元帥之体重으로 何必與一個蠻將으로 輕身接戰이리잇고? 小將이
雖無勇이나 出戰蠻將ᄒ야 獻其頭於麾下ᄒ리다."

ᄒ고 縱馬而出ᄒ니 原來蘇裕卿이 年少銳氣로 自負鎗法ᄒ야 欲爲一抗

이라 乃擧方天戟ᄒᆞ고 卽取紅娘ᄒᆞ니 紅이 回馬ᄒᆞ야 接戰數合에 見蘇司馬鎗法之精妙ᄒᆞ고 撥馬而退數十步ᄒᆞ야 向空中而投右手之芙蓉劍ᄒᆞ니 其劍이 飛下半空ᄒᆞ야 欲犯蘇司馬之頭어놀 蘇司馬ㅣ 避身於馬上ᄒᆞ야 欲擧方戟而防之러니 紅이 旣退而復進ᄒᆞ니 蘇司馬ㅣ 連忙伏於馬上ᄒᆞ야 揮戟欲防ᄒᆞᆯᄉᆡ 以左手奉劍ᄒᆞ고 走馬而並投手中雙劍이어놀 蘇司馬ㅣ 慌忙避之ᄒᆞ되 應接不暇ᄒᆞ야 不能接戰이라. 紅이 更向空中ᄒᆞ야 受雙劍ᄒᆞ고 回旋如風ᄒᆞ야 舞於馬上ᄒᆞ야 驅馳四方ᄒᆞ니 似紛紛白雪이 飄於空中ᄒᆞ고 片片落花ㅣ 翻於風前이러니 忽然一道靑氣ㅣ 似霞而起ᄒᆞ야 漸不見人馬ㅣ라. 蘇司馬ㅣ 大驚ᄒᆞ야 擧方天戟而衝突于東則無數芙蓉劍이 落下空中ᄒᆞ며 衝突于西則亦有芙蓉劍이 落下空中ᄒᆞ니 蘇司馬ㅣ 慌忙ᄒᆞ야 仰視則千百芙蓉劍이 散亂於天ᄒᆞ고 俯視則千百芙蓉劍이 彌滿於地ᄒᆞ야 劍水刀山에 無得脫之路어놀 精神이 迷亂ᄒᆞ고 進退無路ᄒᆞ야 如在雲霧中이라. 蘇司馬ㅣ 仰天歎曰

"吾ㅣ 豈知死於此處리오?"

ᄒᆞ고 擧方天戟ᄒᆞ야 欲披靑氣而出이러니 忽然空中에 以琅琅之聲으로 大呼曰

"天朝名將을 以吾手殺之ᄂᆞᆫ 非義也라. 借一條生路ᄒᆞ노니 將軍은 歸告元帥ᄒᆞ야 急收大軍而歸ᄒᆞ라."

說罷에 靑氣漸收ᄒᆞ고 其將이 更執芙蓉劍ᄒᆞ고 飄然而笑歸本陣ᄒᆞ니 蘇司馬ㅣ 不敢追ᄒᆞ고 歸見元帥ᄒᆞ고 喘息이 未定ᄒᆞ야 茫然自失曰

"小將이 雖劣이나 讀幾行兵書而學如干武藝ᄒᆞ야 臨陣無惻ᄒᆞ고 對敵生勇이러니 今日蠻將은 非人間之人이오 必是天上之神이니 其疾이 如風ᄒᆞ고 其急이 如電ᄒᆞ야 眩荒難測이 如鬼如神ᄒᆞ야 追捕不能이오 欲逃難避라 雖有司馬穰苴[1]之兵法과 孟賁[2]·烏獲[3]之勇力이라도 無用於此將之前이러이다."

元帥聞此言ᄒᆞ고 心中甚憂ᄒᆞ야 曰

"今日은 已暮ᄒ니 明日更戰ᄒ야 若不能擒此將이면 吾ㅣ 誓不還軍ᄒ리라."

哪咤이 見紅之兵法與劍術ᄒ고 方大喜曰

"天矜寡人ᄒᄉ 賜將軍ᄒ시니 他日에 當半分南方之地ᄒ야 以報將軍之功ᄒ리라."

ᄒ고 謂紅曰

"願與將軍으로 同處於軍中ᄒ노라."

紅이 笑曰

"山人은 好閑ᄒ야 厭軍中之擾亂ᄒ니 得一間客室於幽閑處ᄒ야 與手下老卒로 同處가 足矣니이다."

哪咤이 難逆其意ᄒ야 別定客室ᄒ니 紅이 與孫三娘으로 過夜홀ᄉᆡ 心中思之호ᄃᆡ

'吾雖兒女子나 豈可不知大義ᄒ고 助蠻王而負故國이리오? 我若殺一個明陣將卒이면 義所不安이어니와 但以師父之命으로 欲救哪咤而來라가 無所成功而空還이 亦非道理니 何以則兩便이리오?'

ᄒ더니 忽思一計ᄒ고 顧孫三娘曰

"今夜月色이 最佳ᄒ니 吾ㅣ 出洞中ᄒ야 上蓮花峰ᄒ야 察明陣動靜ᄒ리라."

ᄒ고 與孫夜叉로 帶月色ᄒ야 持白雲道士所授玉笛ᄒ고 上蓮花峰ᄒ야

---

1) 사마양저(司馬穰苴): 중국 춘추시대 제(齊)나라 병법가. 본래 성은 전(田). 제나라 경공(景公) 때 진(晉)나라와 연(燕)나라가 쳐들어왔는데, 안영(晏嬰)의 추천으로 장군이 되어 이를 물리치고 땅을 되찾으니, 경공이 대사마(大司馬)로 높여 '사마양저'라 부르게 되었다. 저서로 『사마병법』이 있다.
2) 맹분(孟賁): 맹열(孟說). 중국 전국시대 위(衛)나라의 역사(力士). 혹은 제나라 사람이라고도 한다. 땅에서는 맹수와 마주쳐도 두려워하지 않았고, 물속에서는 교룡과의 싸움도 피하지 않았다고 한다.
3) 오획(烏獲): 중국 전국시대 진(秦)나라 무왕(武王)의 신하인 역사(力士). 천 균(鈞)을 들 수 있었다고 한다. 무왕이 오획과 함께 솥 들기 경쟁을 하다가 맥이 끊겨져 죽었다고 한다.

278

望見明陣ㅎ니 鼓角이 寂寥ㅎ고 燈燭이 明滅ㅎ디 更鼓之聲이 報三更이어늘 紅이 抽玉笛而弄一曲ㅎ니 此時西風은 蕭瑟ㅎ고 星月이 皎潔흔데 嶺上歸鴻과 洞中哀猿은 正助他鄕客懷러라. 又況離父母於萬里絶域ㅎ며 夢妻子於天涯家室者乎아? 寒露ᄂ 滿積衣襟ㅎ고 明月은 照耀營中ㅎ니 或枕戈而睡ㅎ며 或擊劍而嘆이러니 忽然風便에 一聲玉笛이 飄揚半空ㅎ야 曲調之悽凉은 鐵石이 鎖鑠ㅎ고 聲音之嗚咽은 山川이 變色이라. 此夜에 明陣十萬大兵이 一時驚夢ㅎ야 老者ᄂ 戀妻子ㅎ고 少者ᄂ 思父母ㅎ야 或揮淚而歎息ㅎ고 歌故鄕而彷徨ㅎ니 軍中이 自然擾亂ㅎ야 部伍錯亂이라. 馬軍大將은 遺鞭ㅎ고 茫然而立ㅎ며 軍門都尉ᄂ 按盾ㅎ고 慷慨而坐ㅎ니 蘇司馬ㅣ 大驚ㅎ야 召董馬兩將ㅎ야 欲操束軍中이러니 兩將이 亦氣色이 悽凉ㅎ고 擧止가 殊常이어늘 蘇司馬ㅣ 急告楊元帥ㅎ니 楊元帥ㅣ 適枕兵書而欲睡라가 神魂이 飄蕩ㅎ야 登天而欲入南天門에 一個菩薩이 擧白玉如意而遮路어늘 元帥ㅣ 大怒ㅎ야 拔劍擊如意ㅎ니 其聲이 鏘然落地ㅎ야 爲一朶花ㅎ야 紅光奇香이 震動天地어늘 元帥ㅣ 大驚而覺ㅎ니 乃是南柯一夢이라. 心甚怪之러니 蘇司馬ㅣ 忙入帳中ㅎ야 報軍中動靜흔데 元帥ㅣ 驚出帳外ㅎ야 問夜漏ㅎ니 已近四五更이라. 三軍이 棲屑⁴⁾ㅎ야 陣中이 沸騰ㅎ고 一陣西風이 飄拂手旗흔데 一聲玉笛이 因風便而來ㅎ야 哀怨悽絶ㅎ니 以英雄之懷로도 不勝悲帳이라. 元帥ㅣ 側耳一聽ㅎ니 豈不知其曲이리오? 顧諸將曰

"古之張子房이 登鷄鳴山ㅎ야 吹簫散楚兵이러니 不知케라. 此處何人이 能知此曲고? 吾於幼時에 學得玉笛ㅎ야 粲記數曲이러니 今當試一曲ㅎ야 以鎮三軍之悽凉心思ㅎ리라."

ㅎ고 抽匣中玉笛ㅎ야 高捲帷幄ㅎ고 倚書案而吹一曲ㅎ니 其聲이 和平豪放ㅎ야 如千里春水ᄂ 流於長江ㅎ며 又如三月和風은 到於芳樹ㅎ야 纔

---

4) 서설(棲屑): 일정한 거처 없이 떠돌아다님.

吹一聲에 悽凉之懷ㅣ 怡然自解ᄒᆞ고 再吹에 浩蕩之心이 油然而生ᄒᆞ니 軍中이 自然安穩이어늘 元帥ㅣ 又變音律ᄒᆞ야 吹一曲ᄒᆞ니 其聲이 雄壯 磊落ᄒᆞ야 似屠門俠客之和歌筑ᄒᆞ며 如出塞將軍之鳴鐵騎ᄒᆞ야 帳下三軍 이 氣勢凜凜ᄒᆞ야 撫鼓舞劍ᄒᆞ고 更欲一戰ᄒᆞ니 元帥ㅣ 笑而止曲ᄒᆞ고 還 入帳中ᄒᆞ야 轉輾不寐而思호ᄃᆡ

'吾ㅣ 雖不能遍游天下ᄒᆞ야 盡見大才나 豈知蠻貊之邦에 有此超群絶倫 之才리오? 見蠻將之武藝兵法ᄒᆞ니 眞國士無雙이오 天下奇才러니 此夜玉 笛이 亦非凡人의 所能吹니 此ᄂᆞᆫ 皇天이 不佑大明ᄒᆞ고 造物이 猜我大功 ᄒᆞ야 生人材而佐蠻王이로다.'

ᄒᆞ고 不能成寐라가 更召蘇司馬於帳中ᄒᆞ야 問日

"將軍이 昨日陣上에 詳見蠻將容貌乎아?"

蘇司馬ㅣ 對日

"荊棘叢中에 芳草ㅣ 分明ᄒᆞ고 瓦礫場裏에 寶玉이 宛然이라. 雖暫見이 나 豈可忘之리오? 唐突之氣ᄂᆞᆫ 當世英雄이오 嬋妍之態ᄂᆞᆫ 千古佳人이라 弱腰細眉ᄂᆞᆫ 已少男子之風ᄒᆞ고 表逸之容과 驍勇之氣ᄂᆞᆫ 亦非女子之態니 盖以男子論之則今無古無之人材요 以女子論之則傾國傾城之姿色이러이 다."

元帥ㅣ 聽之ᄒᆞ고 默默無言이러라. 此時紅娘이 以師父之命으로 欲救 蠻王而來나 亦不能負父母之國ᄒᆞ야 欲以從容玉笛으로 欲效張子房의 吹 散江東子弟之術이러니 意外明陣中에 亦和玉笛ᄒᆞ야 曲調雖異나 音律이 不差ᄒᆞ고 氣像이 雖殊나 意思ㅣ 無異ᄒᆞ야 如朝陽彩鳳이 雄唱雌和ᄒᆞ니 紅娘이 停玉笛而茫然自失ᄒᆞ야 俯首久思日

'白雲道士ㅣ 日 '此玉笛이 本是一雙으로 一個ᄂᆞᆫ 在於文昌ᄒᆞ야 歸國之 機ㅣ 在此라' ᄒᆞ더니 今大明元帥ㅣ 安知非文昌星精이리오? 然이나 天生 玉笛에 豈生一雙이며 今旣有雙則豈使失偶於南北ᄒᆞ야 相合이 如此其晩 也리오?'

280

又思曰

'此玉笛이 旣有其偶則其吹之者ㅣ 必爲其偶리니 皇天이 俯鑑ᄒ시고 明月이 照臨ᄒ시니 爲江南紅之偶者ᄂ 楊公子一人이라. 或造物이 助佑ᄒ시고 菩薩이 慈悲ᄒ사 吾之公子ㅣ 今爲明陣都元帥而來乎잇가? 吾ㅣ 昨日陣前에 已見兵法ᄒ고 今夜月下에 更聞笛聲ᄒ니 今世無雙之人才라. 吾當以明日挑戰ᄒ야 詳見元帥之容貌ᄒ리라.'

ᄒ고 卽還客室ᄒ야 待朝而見蠻王曰

"今當挑戰ᄒ야 以決雌雄ᄒ리니 大王은 先率蠻兵ᄒ고 陣於洞前ᄒ소셔."

哪咤이 應諾ᄒ고 率軍而出이어ᄂᆯ 紅娘이 下車乘馬ᄒ야 與孫夜叉로 出陣前ᄒ니 楊元帥ㅣ 亦布成陣勢어ᄂᆯ 紅娘이 騎捲毛雪花馬ᄒ고 佩芙蓉劍ᄒ고 帶弓矢ᄒ고 立於陣門ᄒ야 使孫夜叉로 大呼曰

"昨日之戰은 初試武藝故로 曾有所恕어니와 今日則能有當我者어ᄃᆫ 卽出ᄒ고 若不能當이어ᄃᆫ 勿須出戰ᄒ야 以添白骨ᄒ라."

左翼將軍董超ㅣ 大怒ᄒ야 挺鎗而出ᄒ니 紅娘이 按轡而少不擾動ᄒ고 曰

"匹夫ᄂ 突擊將이라 非吾敵手니 急送他將ᄒ라."

董超ㅣ 大怒ᄒ야 舞戟而欲衝突이러니 紅娘이 笑而叱曰

"匹夫ㅣ 若不退면 吾當射落汝鎗頭象毛ᄒ리니 汝能避乎아?"

言未畢에 董超所揮之鎗端에 有鏘然之旋聲ᄒ고 象毛ㅣ 落於馬前이라. 紅娘이 更呼曰

"吾ㅣ 更中汝之左目ᄒ리니 能避之乎아?"

言未畢에 弦響이 出커ᄂᆯ 董超ㅣ 伏於馬上ᄒ야 慌忙歸本陣ᄒ니 雷天風이 望見ᄒ고 不勝忿怒ᄒ야 揮斧而出이어ᄂᆯ 紅娘이 笑曰

"老將은 勿妄費衰老精力ᄒ라. 吾當貸汝性命ᄒ리니 老將은 察甲上之劍痕ᄒ고 見我手段ᄒ라."

言未畢에 舞芙蓉劍而接戰數合에 雷天風이 俯視之ᄒᆞ니 劍痕이 狼藉라 更不能戀戰ᄒᆞ고 撥馬而還ᄒᆞ니 明陣諸將이 相顧而無出戰者어ᄂᆞᆯ 楊元帥 ㅣ 大怒ᄒᆞ야 奮然起身ᄒᆞ야 跨靑驄獅子馬ᄒᆞ고 擧丈八撑天李花鎗ᄒᆞ고 着紅袍金甲ᄒᆞ고 帶弓矢ᄒᆞ고 出立陣前ᄒᆞ니 蘇司馬 ㅣ 諫曰

"元帥 ㅣ 奉皇命ᄒᆞ사 董督三軍ᄒᆞ시니 國家之安危ㅣ 懸於一身ᄒᆞ고 宗社5)之重大 ㅣ 在於進退어ᄂᆞᆯ 今以匹馬單騎로 親冒矢石ᄒᆞ고 以一時之憤으로 欲抗勝負ᄒᆞ시니 是豈保身爲國之意乎잇가?"

此時楊元帥 ㅣ 以少年銳氣로 知紅之武藝絶倫ᄒᆞ고 期欲一抗ᄒᆞ야 不聽諫言ᄒᆞ고 走馬而出ᄒᆞ니 紅이 見元帥出來ᄒᆞ고 亦縱馬舞劍而迎戰ᄒᆞ야 未至一合에 以紅娘之聰明으로 豈不知楊公子之容貌리오? 喜極淚先ᄒᆞ고 精神이 悅惚ᄒᆞ야 不知所爲나 以元帥之知己知心으로도 豈料黃泉夜臺永訣之紅娘이 今爲萬里絶域의 接戰之蠻將이리오? 此時楊元帥 ㅣ 擧鎗ᄒᆞ야 欲刺紅娘ᄒᆞ나 紅娘이 俯首避之ᄒᆞ며 投雙劍落地ᄒᆞ고 琅琅而聲曰

"小將이 失手遺劍ᄒᆞ니 元帥ᄂᆞᆫ 暫停鎗ᄒᆞ야 使收劍ᄒᆞ소셔."

元帥 ㅣ 聽其聲音이 慣耳ᄒᆞ고 收鎗而察其容貌ㅣ러니 紅娘이 收劍上馬ᄒᆞ야 顧元帥曰

"賤妾江南紅을 何以忘之乎잇가? 妾當卽隨相公이나 手下老卒이 在於蠻陣ᄒᆞ니 今夜三更에 期於軍中ᄒᆞ노이다."

言畢에 策馬向本陣ᄒᆞ야 飄然而歸ᄒᆞ니 元帥 ㅣ 杖鎗ᄒᆞ고 立如泥塑ᄒᆞ야 久而望之라가 還于本陣ᄒᆞ니 蘇司馬 ㅣ 問曰

"今日蠻將이 不盡其技ᄂᆞᆫ 何也잇고?"

元帥 ㅣ 笑而不答ᄒᆞ고 退陣于花果洞ᄒᆞ니라.

---

5) 종사(宗社): 종묘사직(宗廟社稷). 종묘는 역대 임금과 왕비의 위패를 모시던 왕실 사당. 사직은 토지신(土地神)과 곡식신(穀食神)이라는 뜻으로, 옛날에 임금이 국가의 무사안녕을 기원하고자 사직단에서 토지신과 곡식신에게 제사를 지냈으므로, '사직'은 국가의 기반, 또는 국가를 뜻하게 되었다.

且說. 紅娘이 見蠻王曰

"今日明元帥를 庶可生擒이러니 身氣不平而退陣ᄒᆞ니 今夜調病ᄒᆞ야 明日更戰ᄒᆞ리이다."

哪咤이 大驚曰

"將軍이 身氣不平則寡人이 當侍左右ᄒᆞ야 親審醫藥호리이다."

紅曰

"大王은 勿慮ᄒᆞ시고 以許靜養ᄒᆞ소셔."

哪咤이 卽移客室於最所閑僻處ᄒᆞ니 是夜에 紅娘이 謂孫夜叉曰

"俄逢楊公子於陣上ᄒᆞ야 約於今夜三更에 相聚於明陣이로라."

三娘이 大喜ᄒᆞ야 收拾行具以待三更時分이러라.

此時元帥ㅣ 歸于本陣ᄒᆞ야 臥帳中而思호ᄃᆡ

'今日逢於陣上者ㅣ 眞是紅娘則非但更續斷緣이라 爲國家ᄒᆞ야 平定南蠻이 亦可容易리니 豈不喜幸이리오마는 紅娘이 生存世間ᄒᆞ야 逢於此處ᄂᆞᆫ 夢寐之所不期라. 必娘之冤魂이 不散ᄒᆞ고 南方에 自古로 多忠臣烈女之溺水者ᄒᆞ니 楚江白馬와 蕭湘斑竹에 孤魂이 尙在ᄒᆞ야 往來逍遙라가 知我來此ᄒᆞ고 豈非欲訴其平生之冤懷乎아? 彼旣期於今夜軍中ᄒᆞ니 但待其時ᄒᆞ리라.'

ᄒᆞ고 剪燭而倚書案ᄒᆞ야 計數更點之聲而坐ㅣ러니 已而오 報三更一點이어ᄂᆞᆯ 辟左右ᄒᆞ고 捲帳而待ᄒᆞ니 忽然寒風이 吹燭ᄒᆞ고 一道靑氣ㅣ 自帳中起어ᄂᆞᆯ 元帥ㅣ 凝神詳視ᄒᆞ니 一個少年將軍이 杖雙劍ᄒᆞ고 飄然而入ᄒᆞ야 立於燭下어ᄂᆞᆯ 元帥ㅣ 驚視之ᄒᆞ니 宛然是悠悠九原에 生離死別ᄒᆞ야 耿耿一念이 寤寐不忘之紅娘이라. 元帥ㅣ 黙黙良久에 曰

"紅娘아! 汝ㅣ 死而靈魂이 來耶아? 生而眞面이 來耶아? 我ㅣ 但知其死요 不信其生이로다."

紅娘이 亦是含泣嗚咽ᄒᆞ야 不能成言曰

"妾이 蒙相公之愛恤ᄒᆞ와 以免水中冤魂ᄒᆞ고 萬里絶域에 復見久慕之容

光ᄒ오니 胷中無窮之言을 不可倉卒而盡也로소이다. 左右耳目이 煩多ᄒ니 但恐露出妾之行色ᄒᄂ이다."

元帥ㅣ 卽起身下帷ᄒ고 執紅娘之手而坐ᄒ야 悲喜交集에 雙淚汪汪이어늘 紅娘이 執元帥之手ᄒ고 珠淚盈盈於秋波曰

"相公이 以妾之生存으로 知以夢寐ᄒ시나 妾은 以爲相公之今日來於此處ㅣ 亦是夢也라 ᄒ노이다."

元帥ㅣ 歎曰

"丈夫行藏[6]은 本無定處이어니와 娘은 孱孱女子라. 以孱弱之身으로 逢風濤之患ᄒ야 到於此處도 亦所奇異어든 況爲少年名將ᄒ야 欲救蠻王而來ᄂ 實是意外로다."

紅娘이 備陳經歷ᄒ야 當初遭逼迫於刺史之事와 尹小姐ㅣ 送三娘而救之之事와 漂泊蹤跡이 逢道士而托身學劍術兵法之事와 今爲蠻王ᄒ야 因師父命而下山之事를 一一詳告ᄒ니 元帥ㅣ 亦擧奉別後娶尹小姐而率來碧城仙ᄒ고 以皇命으로 娶黃氏之說ᄒ야 一一詳陳ᄒ니 娓娓談話를 不可盡形이러라. 元帥ㅣ 燭下에 看紅娘之顔ᄒ니 淸眉瘦頰에 無一點塵埃之氣ᄒ야 嬋妍嬌妖ㅣ 倍加前日이라 愛情如新ᄒ야 解戰袍而聯枕帳中홀시 古情之繾綣과 新情之慇懃이 恨轅門鼓角之催曉러라. 天色이 欲明ᄒ니 紅娘이 更着戰袍ᄒ고 笑曰

"妾이 逢相公於杭州之時에 變服爲書生이러니 今日此處에 變服爲將帥ᄒ니 可謂文武兼全之材라 不愧爲征南都元帥之小室이나 但非閨中女子之服色이라 當更入山中而藏跡이라가 平定南方後에 欲隨後車而去ᄒᄂ이다."

元帥聽罷에 愕然曰

"吾入異域ᄒ야 無心腹ᄒ고 軍務가 多疎어늘 今若不顧則是豈百年知己

---

6) 행장(行藏): 나서서 일을 행함과 물러나 숨음.

의 同患亂之意리오?"

紅娘이 笑曰

"相公이 使妾爲將인된 有三條約ㅎ니 一은 至回軍之日히 勿近小妾ㅎ시고 二는 藏妾之踪跡ㅎ사 勿泄於諸將ㅎ시고 三은 平定南方後에 勿殺哪咤ㅎ사 使因存王號ㅎ야 勿負小妾師父之所托ㅎ소셔."

元帥ㅣ 快諾而微笑曰

"二條는 不難이어니와 但第一件事는 恐或失信이라도 勿咎ㅎ라."

紅娘이 笑曰

"旣奉元帥之命而爲將ㅎ니 相公이 雖欲待以前日之紅娘이나 軍令이 不立ㅎ리니 更加深思ㅎ소셔."

ㅎ고 因起身告曰

"妾之今夜侍相公은 私情이라. 軍中이 截嚴ㅎ야 出入을 不可不光明이니 妾이 今歸去ㅎ야 如此如此ㅎ리니 相公도 亦如此如此ㅎ소셔."

說罷에 擧雙劍ㅎ고 飄然而出ㅎ니 紅娘此去ㅣ 畢竟如何오? 且看下回ㅎ라.

紅渾脫賞月蓮花峰 孫夜叉夜入太乙洞

第十五回

却說. 楊元帥ㅣ 送紅娘ᄒ고 卽招蘇司馬於帳中而謂之曰

"紅渾脫은 本是中國之人이라. 恥爲哪咤之麾下ᄒ야 知其有歸順之意ᄒ니 將軍은 今以匹馬單騎로 往蓮花峰下則渾脫이 必於峰下에 賞月彷徨ᄒ리니 將軍은 須見機而喩以義理ᄒ야 與之俱來ᄒ라."

司馬ㅣ 趍起曰

"紅渾脫은 何如之將也ㅣ잇고?"

元帥ㅣ 笑曰

"嚮日舞雙劒而戰者也ㅣ니라."

司馬ㅣ 且驚且喜曰

"元帥ㅣ 若得此將則平定南方은 不難[1]이나 小將이 嘗觀其爲人ᄒ니 何可以口舌로 誘降이리잇고?"

---

1) [교감] 불난(不難): 적문서관본 영인본 156쪽에는 '부족위야(不足爲也)'로 되어 있으나, 의미상 오식으로 여겨져 바로잡는다. 덕흥서림본 제1권 158쪽에는 '불난(不難)'으로 바르게 되어 있다.

元帥이 曰

"渾脫은 有義之將이라. 我ㅣ 已知有歸順之意ᄒᆞ니 將軍은 勿疑ᄒᆞ라."

司馬ㅣ 應諾而出ᄒᆞ야 自思於心ᄒᆞ되

'吾見前日陣上에 元帥ㅣ 與蠻將接戰ᄒᆞᆯ시 其蠻將이 不盡其才ᄒᆞ기로 心甚異之러니 庸詎知心志相通ᄒᆞ야 已有約束이리오? 雖然이나 其將之 劍術은 我ㅣ 尙今膽寒ᄒᆞ니 不可輕往이라.'

ᄒᆞ고 乃藏短兵於身邊ᄒᆞ고 匹馬單騎로 向蓮花峰而往ᄒᆞ니라.

此時紅娘이 還到客室ᄒᆞ야 對孫夜叉ᄒᆞ야 細述往明陣而逢楊元帥之事 ᄒᆞ고 因拾行裝與玉笛ᄒᆞ고 率孫三娘而至蓮花峰下ᄒᆞ야 玩月彷徨ᄒᆞᆯ시 蘇 司馬ㅣ 奉元帥命ᄒᆞ고 草草單騎로 向蓮花峰而來ᄒᆞ니 半輪明月은 掛於西 山ᄒᆞ고 東天曙色은 依俙於遠村이라. 見一員將이 與一個老卒로 徘徊玩月 ᄒᆞ고 且驚且喜ᄒᆞ야 意謂此必紅渾脫이로다 ᄒᆞ고 遂進前長揖曰

"方今兩陣이 相對ᄒᆞ야 爲將者固無閑隙이어늘 將軍은 奚爲吟風詠月ᄒᆞ 야 有書生蕭散之氣乎잇가?"

渾脫이 遂按雙劍而答禮曰

"君은 何如人也오?"

對曰

"僕은 明陣斥候之將이러니 欽仰將軍之淸閑風采ᄒᆞ야 以便服으로 擺脫 而來也로이다. 昔日羊叔子・杜元凱ᄂᆞᆫ 爲大將이로되 輕裘緩帶로 不疑敵 國이러니 今將軍이 亦有古將之遺風乎아?"

渾脫이 笑曰

"大丈夫ㅣ 處世에 若有知心者則豈可畏死리오? 君旣許心ᄒᆞ야 以好意 訪之ᄒᆞ니 吾亦放心ᄒᆞ고 無隱而語ᄒᆞ리라. 我ㅣ 雖無藻鑑이나 見君之儀 ᄒᆞ고 聞君之言ᄒᆞ니 非以羊叔子之好意로 來也라 欲誇䤜徹之三寸舌이로 다."

蘇司馬ㅣ 笑曰

"蒯徹은 不過一妄言之辯士라. 無端說淮陰侯ᄒ야 誤其平生ᄒ니 僕所不取어니와 今僕之來此ᄂ 欲救山東李少卿이니 將軍은 豈不念李少卿의 無雙之才로 甘受椎髻左袵ᄒ고 轉禍爲福乎아?"

渾脫이 冷笑曰

"吾ㅣ 昨日陣上에 見楊元帥則年少氣銳之將이라 安能旣知其人而不猜其才리오? 吾寧藏跡於山中ᄒ야 以送平生이언뎡 不願爲不知心者之麾下ᄒ노라."

蘇司馬ㅣ 嘆曰

"楊元帥ᄂ 知將軍이어ᄂᆞᆯ 將軍은 不知元帥ㅣ 可乎아? 僕이 實受元帥之命而來ᄒ니 元帥ㅣ 送僕而命之曰 '紅將軍은 有義氣之將이라. 若從我則當知己許心ᄒ야 以爲平生之交라' ᄒ니 此言이 豈猜將軍者哉리오? 楊元帥ㅣ 雖年少나 雄才大略은 已無可論이어니와 禮諸將而愛人才ᄒ야 吐哺握髮²⁾之盛德이 豈但有孟嘗君³⁾·平原君⁴⁾의 下士之風이리오?"

紅渾脫이 聞此言ᄒ고 俯首沉吟良久에 忽擧劍擊岩ᄒ니 岩忽分爲二片이라 因杖劍而起曰

---

2) 토포악발(吐哺握髮): 주(周)나라의 주공(周公)이 아들 백금(伯禽)을 노(魯)나라에 봉하면서 "나는 문왕(文王)의 아들이고, 무왕(武王)의 아우이며, 성왕(成王)의 숙부이니, 나 역시 천하에서 천한 존재가 아니다. 그러나 목욕 한 번 할 때 머리를 세 번 움켜쥐고(握髮), 밥 한 그릇 먹을 때 입에 든 밥을 세 번 뱉고(吐哺) 일어나 선비를 기다렸다. 그러면서 오히려 천하의 어진 사람을 놓칠까 염려했거늘, 너도 노나라에 가거든 삼가 국왕으로 남에게 교만하게 굴지 말라" 했다. 『사기』 「노주공세가魯周公世家」에 나오는 일화다.
3) 맹상군(孟嘗君): 중국 전국시대 제(齊)나라 정치가. 성은 전(田). 이름은 문(文). 맹상군은 시호(諡號). 위(魏)나라 신릉군(信陵君), 조(趙)나라 평원군(平原君), 초(楚)나라 춘신군(春申君)과 더불어 '전국사공자(戰國四公子)'로 불린다. 식객 수천 명을 거느렸을 정도로 천하의 인재를 모아 후하게 대접해 명성이 높았다. 그의 식객 중에 닭울음소리(鷄鳴)를 잘 흉내내는 사람과 좀도둑질(狗盜)을 잘하는 사람이 있어 그들의 도움으로 위기를 모면한 내용의 고사 '계명구도(鷄鳴狗盜)'가 유명하다.
4) 평원군(平原君): 중국 전국시대 조(趙)나라 정치가. 성은 조(趙). 이름은 승(勝). 산동성(山東省) 평원 땅에 봉해져 평원군이라 했다. 세 차례에 걸쳐 재상이 되었으며, 식객 삼천 명을 거느렸을 정도로 천하의 인재를 모아 후하게 대접해 명성이 높았다.

"大丈夫ㅣ 決事를 當如此巖이라."

ᄒᆞ고 顧謂蘇司馬曰

"將軍은 爲我紹介ᄒᆞ라."

司馬ㅣ 大喜ᄒᆞ야 率紅與老卒而歸本陣ᄒᆞ야 立於轅門外ᄒᆞ고 入告元帥ᄒᆞ디 元帥ㅣ 大喜曰

"吾看渾脫ᄒᆞ니 爲人이 驕昻唐突이라 不可以尋常降將으로 待之라."

ᄒᆞ고 卽脫戎服而具鶴氅衣與綸巾ᄒᆞ고 出轅門外ᄒᆞ야 執紅渾脫之手而笑曰

"四海雖廣이나 在於一天之下ᄒᆞ고 九州ㅣ 雖大나 處於六合之內어ᄂᆞᆯ 僕은 眼目이 孤陋ᄒᆞ야 同世生長二十年之英雄豪傑을 晩逢於此處ᄒᆞ니 豈不可恨哉리오?"

紅渾脫이 昻然對曰

"蠻將降卒이 豈言知己리오마ᄂᆞᆫ 今見元帥下士之風ᄒᆞ오니 小將의 杖劍相從之跡이 庶無後悔로소이다."

因相與執手而入陣中ᄒᆞᆯᄉᆡ 渾脫이 指老卒曰

"此老將은 小將之心腹이라. 姓名은 孫夜叉요 略知鎗法ᄒᆞ오니 望須調用於麾下ᄒᆞ소셔."

元帥ㅣ 許之러라. 天明에 元帥ㅣ 會諸將而指紅渾脫曰

"紅將軍은 本是中國之人으로 流落南方이라가 今爲天朝名將ᄒᆞ니 但是同苦風塵之人이라. 各施寒暄之禮ᄒᆞ라."

先鋒將雷天風이 笑進而謝曰

"小將이 但恃其鑱斧ᄒᆞ고 再犯虎鬚라가 雖被活命之恩이나 甲上劍痕이 一無完全處ᄒᆞ고 霜髮蕭蕭之頭ㅣ 尙今若無ᄒᆞᄂᆞ이다."

一座ㅣ 大笑ᄒᆞ니 蘇司馬ㅣ 笑而撫渾脫所佩之劍曰

"將軍所佩가 合爲幾柄이니잇고?"

渾脫이 答曰

"但佩二柄이로라."

蘇司馬ㅣ 笑曰

"若然則向日陣上에 何其彌滿而爲千百劍乎잇가? 吾ㅣ 尙今毛骨이 竦然ᄒᆞ고 精神이 眩荒이러니 今見此劍ᄒᆞ니 猶不覺眼目之迷亂이로소이다."

一座大笑ᄒᆞ더라. 元帥ㅣ 以蘇裕卿으로 爲左司馬靑龍將軍ᄒᆞ고 以紅渾脫로 爲右司馬白虎將軍ᄒᆞ고 以孫夜叉로 爲前部突擊將軍ᄒᆞ니라. 此時元帥ㅣ 置紅娘於帳中ᄒᆞ야 更續已絶之緣ᄒᆞ니 非徒中心之喜悅이라. 晝則論軍務ᄒᆞ고 夜則慰客懷ᄒᆞ야 一時를 不離左右나 以紅之機警敏捷으로 承上接下ᄒᆞ야 不露踪跡ᄒᆞ니 諸將三軍이 不知其爲女子러라. 且說. 哪咤이 翌日淸晨에 到客室ᄒᆞ야 問紅娘之安否ᄒᆞ니 寂無動靜이라. 問於守門卒ᄒᆞ니 對曰

"紅將軍이 未明에 率手下老卒ᄒᆞ고 出於洞口이오나 不敢問其去就로소이다."

哪咤이 四面訪問에 終不知其去處라. 晚乃知其逃走ᄒᆞ고 哪咤이 始乃驚魂落膽이러니 已而요 怒曰

"吾ㅣ 待渠盡心이어늘 今不告而去ᄒᆞ니 此ᄂᆞᆫ 蔑視寡人이라. 吾ㅣ 當往白雲洞ᄒᆞ야 殺其道士ᄒᆞ고 求救於他處ᄒᆞ야 以雪此恥ᄒᆞ리니 如之何則可오?"

ᄒᆞ고 憂悶不已어늘 帳下一人이 應聲曰

"小將이 薦一人ᄒᆞ리니 雲南國祝融洞에 有一位大王ᄒᆞ야 天下無雙之英雄이오 那大王이 又有一個小嬌ᄒᆞ니 能使雙鎗ᄒᆞ야 有萬夫不當之勇이나 但祝融大王이 多慾ᄒᆞ야 若少其禮幣則必不肯來也리이다."

哪咤이 大喜ᄒᆞ야 卽備蠻布二百疋·明紬二百疋·金銀彩緞ᄒᆞ야 尋往祝融洞홀ᄉᆡ 召蠻將鐵木塔與兒拔都ᄒᆞ야 定約曰

"寡人回還之前에ᄂᆞᆫ 堅閉洞門ᄒᆞ야 明元帥ㅣ 雖挑戰이라도 勿爲輕率出

戰ᄒ라."

兩將이 應諾이러라. 經過幾日에 紅司馬ㅣ 告元帥曰

"蠻王哪咤이 久無動靜ᄒ니 必是請兵而去ㅣ라. 乘此時而取太乙洞이
爲妙策이니다."

元帥曰

"蠻中洞壑이 異於中國城池ᄒ야 若堅守之則一夫當關에 萬夫莫開라 將
軍은 有何妙計오?"

紅司馬ㅣ 告曰

"妾은 見蠻陣諸將의 有智謀者ㅣ 少ᄒ야 欺之不難ᄒ니 如此如此ㅣ 似
好로소이다."

元帥ㅣ 稱善曰

"吾ㅣ 久惱於軍務ᄒ니 娘은 代我ᄒ야 莫惜經綸與才能ᄒ라. 自今으로
楊元帥ㅣ 高臥於帳中ᄒ야 欲養閑自在ᄒ노라."

紅司馬ㅣ 微笑ᄒ고 此夜에 召孫夜叉於帳中ᄒ야 暗定約束ᄒ니라. 翌
日平明에 楊元帥ㅣ 聚諸將ᄒ야 論軍事ᄒ실시 紅司馬ㅣ 告元帥曰

"南蠻은 天性奸巧ᄒ야 反覆無常이 一無可信이라 所擒蠻兵을 久留陣
中則還爲神機漏洩이니 一並斬於陣前ᄒ야 以絕禍根호리라."

孫夜叉ㅣ 諫曰

"兵書에 云 '降者不殺이라' ᄒ니 今若盡誅則此ᄂ 拒投降之路ᄒ야 以
助敵兵之一心이니 不可로소이다."

紅司馬ㅣ 怒曰

"吾有所料어ᄂᆯ 老將이 何敢雜談고?"

孫夜叉曰

"雖不知司馬之所料나 蠻中之民이 亦是我聖天子蒼生이라. 豈可無故殺
戮ᄒ야 減傷天和ㅣ리잇고?"

紅司馬ㅣ 大怒曰

"汝ㅣ 若是顧護蠻兵ᄒ니 必是爲哪咤而有反心이라. 吾ㅣ 當與蠻兵同斬之ᄒ리라."

孫夜叉ㅣ 亦怒曰

"我本山人이라 與將軍으로 欲救蠻王而來ᄒ니 豈有將幕体統之截嚴이리오? 吾ㅣ 年今六十에 白髮이 星星이어눌 將軍이 如是蔑視ᄒ니 豈可苟從將軍ᄒ야 甘受此辱乎아?"

紅司馬ㅣ 尤怒ᄒ야 瞋[5]星眸倒綠眉ᄒ고 大罵號令曰

"老卒이 安敢無禮至此오? 汝不過白雲洞草堂前에 掃庭採薪之人이라. 受師父之命ᄒ야 執戟隨我ᄒ니 豈無將幕之分이리오?"

孫夜叉ㅣ 又益大怒曰

"將軍이 若念師父之命인딘 胡乃棄蠻王而反覆投降乎아? 卽此一事에 可知將軍之無信義也ㅣ니 我本蠻中人이라 爲蠻王而來라가 反害蠻王이면 非義라. 今當還入山中ᄒ야 不爲無義無信者之麾下ᄒ리라."

紅司馬ㅣ 聽此言ᄒ고 勃然起身拔劍ᄒ야 欲斬孫夜叉혼딘 元帥與左右諸將이 勸而止之ᄒ야 扶孫夜叉而出送門外ᄒ니 紅司馬ㅣ 愈益憤然이러라. 孫夜叉ㅣ 出門外ᄒ야 不勝憤鬱曰

"我ㅣ 年老而多所勤勞於彼어눌 彼今恃小才ᄒ고 如是驕亢ᄒ니 吾ㅣ 豈長受此辱이리오?"

諸將軍卒이 皆慰之曰

"紅將軍之天性이 如是躁急ᄒ니 將軍은 更入謝之ᄒ고 勿逆其意ᄒ소셔."

孫夜叉ㅣ 仰天歎曰

"吾ㅣ 頭髮이 如霜이어눌 豈可無罪而負荊[6]謝罪於口尙乳臭之兒리

---

5) [교감] 진(瞋): 적문서관본 영인본 159쪽에는 '눈 감을 명(瞑)'으로 되어 있으나, 오식으로 여겨져 바로잡는다. 덕흥서림본 제1권 162쪽에는 '부릅뜰 진(瞋)'으로 되어 있다.
6) 부형(負荊): 땔나무를 진다는 뜻으로, 사죄(謝罪)의 뜻을 나타내는 말.

오?"

因有鬱鬱不樂之色ᄒ야 當夜에 杖鎗而徘徊月下ᄒ야 長吁短歎ᄒ고 過俘虜蠻兵之留置處ᄒ니 蠻兵이 叩頭謝曰

"小的之今日生存은 孫將軍之德이라. 將軍은 更指生路ᄒ소셔."

孫夜叉ㅣ 歎曰

"汝皆我同鄉之人이라 豈可隱諱心曲이리오? 見昨日紅將軍之擧動ᄒ고 吾今欲歸故鄉ᄒ노니 汝輩도 亦一時逃命ᄒ라."

ᄒ고 即時拔劍ᄒ야 解縛而謂曰

"汝當越城而逃走ᄒ라. 吾亦欲匹馬單騎로 抽身而逃ᄒ리라."

蠻兵이 不勝感激ᄒ야 揮淚曰

"將軍은 欲往何處잇고?"

孫夜叉ㅣ 歎曰

"此處ㅣ 煩擾ᄒ니 非久言之地라. 出於洞口ᄒ야 尋幽僻處而待我ᄒ라."

是夜三更에 孫夜叉ㅣ 牽馬携劍ᄒ고 暗出洞門ᄒ니 守門軍이 問其去處어놀 孫夜叉ㅣ 曰

"我ㅣ 今爲斥候而去ㅣ로라."

ᄒ고 出洞門而上馬ᄒ야 帶月而行數里러니 蠻兵五六人이 出迎曰

"將軍은 來何晚耶잇고?"

孫夜叉ㅣ 駐馬而問曰

"多數蠻兵이 皆何往而唯汝等이 在此오?"

蠻兵이 對曰

"將軍은 暫下馬而聽小的之言ᄒ소셔. 小的等이 欲報將軍生活之德이나 苦無其路故로 一隊ᄂᆫ 先往太乙同ᄒ야 稱將軍盛德於鐵木塔將軍ᄒ고 只留小的等ᄒ야 陪將軍而入洞中ᄒ야 欲永享蠻中富貴ᄒᄂ이다."

孫夜叉ㅣ 笑曰

"吾豈區區求此富貴리오? 爲同鄉人之故ㅣ니 汝等은 速歸免禍ᄒ라. 吾

논 自此歸山中而逐鹿獵兎ㅎ야 欲無拘束於平生ㅎ야 以送餘年ㅎ노라.”

仍策馬而行이어눌 蠻兵이 揮淚執轡而挽留호디 固執不回러라. 此時鐵木塔·兒拔都ㅣ 在於太乙洞ㅎ야 閉門不出이러니 忽然十餘蠻兵이 自明陣으로 乘夜逃來ㅎ야 泣告曰

“小的等은 幾乎死矣러니 若非孫將軍救護之德이면 豈有今日生還이리오?”

鐵木塔이 問其故ㅎ디 十餘蠻兵이 一時跪告曰

“紅將軍은 悍毒之人이러이다. 無端欲殺小的等於陣前ㅎ니 孫將軍이 力諫이어눌 紅將軍이 大怒ㅎ야 擧劍欲斬孫將軍터니 幸賴諸將與元帥之挽止ㅎ야 出送門外ㅎ니 孫將軍이 終夜忿鬱ㅎ야 有歸故山之志ㅎ고 解縛小的等而指示逃走ㅎ니 此는 專爲同鄕人情이라. 有如此義氣之人을 誘引而置於陣中則一은 與紅將軍으로 已有嫌隙ㅎ니 當我盡力이오 二는 同享他日富貴ㅎ야 圖報生活之恩일싸 ㅎ 노이다.”

鐵木塔이 沉吟良久에 曰

“此ㅣ 安知非計리오?”

十餘蠻兵이 一時起身告曰

“此則小的等之所目睹者라 決非詭計러이다. 小的이 見孫將軍之氣色ㅎ니 暗歎悲淚로 忿鬱不平ㅎ야 怨紅將軍之聲이 痛入骨髓ㅎ며 結於心曲ㅎ니 此豈假飾而然也리잇고?”

兒拔都ㅣ 曰

“孫將軍이 方今安在오?”

言未畢에 數個蠻兵이 又忙忙來告曰

“孫將軍이 今以匹馬單騎로 過於洞前故로 小的等이 懇請同入호디 固執不聽이러이다.”

兒拔都ㅣ 顧鐵木塔曰

“軍中에 旣少將材ㅎ고 且孫將軍이 曾從道士ㅎ야 所學이 必多ㅣ라. 今

若眞背明陣而去ᄂ딘 豈不惜哉리오? 孫將軍은 亦是南方之人이라. 吾今追往而觀其氣色ᄒ야 若無疑心이어든 當誘來矣리라."

鐵木塔이 終是趑趄不決이어놀 兒拔都ㅣ 擧鎗起身曰

"吾當單騎先往ᄒ야 察其動靜而決之ᄒ리라."

ᄒ고 卽率蠻兵五六名ᄒ고 驅馬而至ᄒ니 果然孫夜叉ㅣ 匹馬單鎗으로 帶月色ᄒ야 向南而行에 帶踽凉悃悵之色이어놀 兒拔都ㅣ 大聲曰

"孫將軍은 別來無恙가? 暫有所語ᄒ니 駐馬而待ᄒ라."

孫夜叉ㅣ 回馬而立於路傍이어놀 兒拔都ㅣ 亦駐馬而語曰

"將軍이 旣有意於功業ᄒ야 矢石風塵에 備嘗苦楚라가 豈可更向山水ᄒ야 如彼踽凉而歸乎아?"

孫夜叉ㅣ 笑曰

"人生百年이 如草露ᄒ고 功名勳業은 如浮雲이어놀 大丈夫ㅣ 霜鬢이 飄蕭혼데 死生苦樂을 豈付於他人掌中이리오? 南方山川이 處處吾家라 飮流水而獵走獸ᄒ야 以免飢渴이 亦快樂之事로다."

兒拔都ㅣ 笑曰

"將軍이 欲辭風塵而尋山水ᄂ딘 此所謂天地間淸閑客이라 無敵國之所嫌이니 暫留陋洞ᄒ야 以叙一宿之緣이 尙爲未晚일쌔 ᄒ노라."

孫夜叉ㅣ 沉吟曰

"將軍之言이 雖極感謝나 歸心이 如矢ᄒ니 不可暫留로다."

兒拔都ㅣ 把袖馬上而再三懇請ᄒ니 孫夜叉ㅣ 不得已聯馬首而入太乙洞혼딘 鐵木塔이 心中不悅이나 見其單騎以來ᄒ고 亦無所惻ᄒ야 迎接座定에 兒拔都ㅣ 向鐵木塔而笑曰

"今日孫將軍은 非昨日孫將軍이라 昨日敵國孫名將이러니 今日則同鄕故人이라 當不隱心曲而相論ᄒ리라."

鐵木塔曰

"吾ㅣ 雖交淺而無深嫌이나 爲孫將軍ᄒ야 有不取者ㅣ 二라. 將軍이 與

紅將軍으로 同爲下山ᄒᆞ니 軍中은 危險地라 紅將軍이 驍勇無比ᄒᆞ고 且今年少어눌 因一時口舌之爭ᄒᆞ야 棄而去之ᄒᆞ니 其不取者ㅣ 一이오 以明元帥之雄材大略과 紅將軍之武藝兵法으로 成功而歸中國ᄒᆞ야 以享富貴가 在於朝夕이어눌 今將軍이 不忍小忿ᄒᆞ야 以誤大事ᄒᆞ니 其不取者ㅣ 二라. 若欺我則可어니와 果棄明陣而去ᄂᆞ딘 此ᄂᆞᆫ 兒女子之偏性이라 豈是大丈夫洪大之度量이리오?"

孫夜叉ㅣ 長歎不答이러니 向兒拔都曰

"吾欲謝將軍厚誼ᄒᆞ야 暫入洞中이어니와 我ᄂᆞᆫ 從此告歸ᄒᆞ노니 兩位將軍은 同心合力ᄒᆞ야 以立大功ᄒᆞ소셔."

言畢而欲起身이어눌 兒拔都ㅣ 更爲把袖曰

"將軍은 暫坐ᄒᆞ야 更飮數杯而去ᄒᆞ라."

鐵木塔이 笑曰

"我恃同鄕之誼ᄒᆞ고 欲盡心曲이러니 麤率之言이 或有逆於將軍之耳乎아? 若不然則縱云歸於靑山白雲之踪이나 何必如是忽忽也오?"

孫夜叉ㅣ 笑而更坐ᄒᆞ야 酒行數巡에 孫夜叉ㅣ 大醉ᄒᆞ야 歔欷長歎ᄒᆞ고 數行之淚ㅣ 縱橫이어눌 兒拔都ㅣ 曰

"將軍이 有何煩惱之事오? 今日則非矢石風塵이라 乃飮酒之席이니 何不快道胷中不平之事ᄒᆞ야 相示無間之意乎아?"

孫夜叉ㅣ 乃切齒奮臂而大叱曰

"反覆無信之兒가 恃其么麽武藝ᄒᆞ고 如彼驕亢ᄒᆞ니 吾以爲彼必見敗ᄒᆞ노라."

兒拔都ㅣ 問曰

"此乃責誰오?"

孫夜叉ㅣ 歎曰

"將軍이 問以心曲ᄒᆞ시니 吾亦不隱也리라. 白雲道士ㅣ 送紅渾脫時에 慮其年少孤單ᄒᆞ야 命老夫而爲羽翼ᄒᆞ니 七十老物이 爲彼而不惜此身ᄒᆞ

고 冒危險而備嘗苦楚어놀 今乃作朝晉暮楚之反覆小人ㅎ고 末乃如是驅迫
ㅎ야 若無傍人之救런들 吾不知死於何人之手니 豈不寒心이리오? 我亦從
道士ㅎ야 彼之所學을 我亦無所不學이어놀 如是蔑視ㅎ니 吾豈俯首而甘
受리오? 俄者鐵木將軍이 雖以二不取로 責我ㅎ시나 彼欲殺我ㅎ니 吾豈
顧彼며 性躁智淺ㅎ야 不聽忠言ㅎ니 何可與同事리오? 故로 老夫ㅣ 乘此
而歸故鄕ㅎ야 欲免他日追悔ㅎ노라. 然이나 吾ㅣ 十年山中에 學兵法鎗
法은 丈夫ㅣ 生斯世間ㅎ야 欲免名聲之與草木同腐러니 命數奇薄ㅎ고 時
運이 不幸ㅎ야 不遇期會ㅎ니 今借數盃之酒氣ㅎ야 不能藏胷中不平心事
ㅎ노니 兩位將軍은 莫笑老將落拓之歎ㅎ소셔.”

此時鐵木塔이 聽孫夜叉之言ㅎ니 深怨紅渾脫ㅎ야 似有確定其心이라
更笑而擧盃慰之曰

“以將軍之勇으로 無所往不得成功이어놀 反欲終身於寂寞山中은 恐非
丈夫之志氣라 ㅎ노라.”

孫夜叉ㅣ 笑曰

“老夫ㅣ 聞將軍之論ㅎ니 矜憐孫夜叉之孤還身勢ㅎ야 欲收置於麾下나
老夫ㅣ 白首風塵에 豈可再行追悔之事리오?”

鐵木塔曰

“何謂再行追悔오?”

孫夜叉曰

“老夫ㅣ 初以師父之命으로 欲救蠻王而來라가 見欺於無信人之奸計ㅎ
야 投降明陣이러니 今當此境ㅎ니 其追悔ㅣ 一也라. 若更欲依托於麾下則
不啻顔厚ㅣ라 將軍은 知夜叉之心曲이어니와 蠻王이 豈可容納이시리
오? 此는 二次追悔라. 早歸山中ㅎ야 逐虎而試鎗法ㅎ고 聚石而講陣法ㅎ
야 消遣餘生이 可也라 ㅎ노라.”

鐵木塔이 聞此言ㅎ고 乃執孫夜叉之手曰

“將軍은 無疑어다. 惟我大王이 愛人才而度量이 寬洪ㅎ샤 較諸紅將軍

偏狹性質과 明元帥之年少銳氣ᄒ면 不啻有勝ᄒ니 將軍은 本是蠻中之人이라 他日에 同享蠻中富貴가 豈不美哉리오?"

孫夜叉ㅣ 熟視鐵木塔이라가 厲聲曰

"吾受紅將軍之命ᄒ야 欲詐降而行計以來ᄒ니 將軍은 更思之ᄒ라."

鐵木塔이 大笑曰

"孫將軍之藻鑑은 可謂如明鏡이로다. 吾ㅣ 俄見將軍之行色ᄒ고 暫有所疑나 此則敵國間常事니 將軍은 勿爲掛念ᄒ라."

孫夜叉ㅣ 亦大笑曰

"兩位將軍이 如此欵待ᄒ시니 吾豈不感動이리오? 但待蠻王回還ᄒ야 以定去就라."

ᄒ고 更爲飮酒閑談홀시 夜已四五更이라 軍中에 漏殘ᄒ고 曉星이 高於東天이러라. 鐵木塔·兒拔都ㅣ 自然爲杯酒所困ᄒ야 各自解甲ᄒ고 眉睫에 醉睡朦朧이러니 忽然喊聲이 大作於北門外어늘 鐵木塔·兒拔都ㅣ 大驚ᄒ야 急被甲而號令大軍ᄒ야 欲赴北門이러니 孫夜叉笑曰

"將軍은 勿爲驚動ᄒ소셔. 此ᄂ 紅將軍之兵이라 欲擊南門이면 先襲北門이니 往備南門ᄒ소셔."

鐵木塔이 猶且未信ᄒ고 自率精兵而防備北門이러니 果然寂寞無聲ᄒ고 喊聲이 又作於西門이어늘 鐵木塔이 更分精兵而守西門ᄒ니 孫夜叉ㅣ 又笑曰

"此亦紅將軍之兵法이라 將欲伐東門이로다."

鐵木塔이 半信半疑ᄒ야 猶堅守西北門이러니 已而오 西北門에 喊聲이 寢息ᄒ고 明兵이 果擊東南ᄒ야 砲聲이 震動天地ᄒ고 如巖飛彈이 雨下於東門ᄒ야 勢甚危急이어날 鐵木塔·兒拔都ㅣ 方知孫將軍之言이 果中ᄒ고 急收西北門之精兵ᄒ야 分作二隊ᄒ야 鐵木塔은 守南門ᄒ고 兒拔都ᄂ 守西門ᄒ야 使餘軍으로 防備東北兩門이러니 忽然孫夜叉ㅣ 挺鎗上馬ᄒ야 大呼一聲에 飛至北門ᄒ야 守門軍卒을 一鎗斬之ᄒ고 以開北門ᄒ니

一隊明兵이 一時吶喊ᄒ고 一員大將이 突入如矢ᄒ야 擧霹靂斧ᄒ고 大聲如雷曰

"大明先鋒將軍雷天風이 在此ᄒ니 鐵木塔은 須勿守空門ᄒ라."

ᄒ고 蘇司馬ᄂ 率數千騎ᄒ고 繼其後而廝殺ᄒ니 孫夜叉ㅣ 又開西門이라. 董超·馬達이 驅一隊軍馬ᄒ야 突入西門ᄒ니 此時砲響이 猶不絕於東南兩門이라. 鐵木塔·兒拔都ㅣ 手脚이 慌亂ᄒ야 不能防備ᄒ고 一時挺鎗而敵明將ᄒᆯ시 蘇雷董馬四將이 合力廝殺ᄒ니 蠻將이 安可當也리오? 孫夜叉ㅣ 笑而揮鎗縱馬ᄒ고 向南門而走ᄒᆯ시 大呼曰

"鐵木將軍은 隨我ᄒ라. 又開南門ᄒ야 以假逃命之路ᄒ리라."

鐵木塔이 慌忙之中에 見孫夜叉ᄒ니 胷中無明[7]業火[8]ㅣ 湧出三萬丈이라 大叱曰

"如王婆之無鬚賊漢아! 我ㅣ 不知姦計ᄒ고 爲汝所欺나 當取汝肝ᄒ야 快雪此忿ᄒ리라."

ᄒ고 舞鎗而欲直刺이러니 孫夜叉ㅣ 不答而走馬ᄒ고 呵呵大笑曰

"將軍은 勿須忿怒어다. 山中歸客을 無端强留ᄒ야 使之奔走而開各門ᄒ니 豈不勞哉아?"

ᄒ고 策馬疾走ᄒ야 又開南門ᄒᄃᆡ 楊元帥ㅣ 與紅司馬로 率大軍而突入洞中ᄒ니 此時七將及十萬大軍이 正如水沸潮上ᄒ야 方方圍匝ᄒ며 處處掩殺ᄒ니 喊聲은 翻洞壑ᄒ고 氣勢ᄂ 搖天地어ᄂᆯ 鐵木塔·兒拔都ㅣ 雖有萬夫不當之勇이나 豈可防備리오? 且看下回ᄒ라.

---

7) 무명(無明): 불교에서 영원히 변하지 않는 진리라 하는 고제(苦諦)·집제(集諦)·멸제(滅諦)·도제(道諦)의 근본의(根本義)에 통달하지 못한 마음의 상태. 가장 근본적인 번뇌.
8) 업화(業火): 악업의 갚음으로 받는 지옥의 맹렬한 불.

却說. 鐵木塔·兒拔都 | 欲逃無路ᄒ고 欲戰難敵이라 但挺鎗ᄒ고 衝殺東方而南走ᄒ고 衝殺西方而北走ᄒ야 盡力而戰이나 豈能脫天羅地網이리오? 見東門而開路ᄒ고 縱馬向東而走ᄒ니 孫夜叉 | 又揮鎗大呼曰

"鐵木將軍은 當急行이어다. 老夫 | 紛擾ᄒ야 未及開東門ᄒ니 將軍은 親開而出ᄒ라. 明日老夫 | 當歸山中ᄒ리니 欲入鐵木洞ᄒ야 更飮餘酒ᄒ노라."

此時鐵木塔이 逢孫夜叉ᄒ니 忿氣更欲衝天ᄒ야 大號一聲而赴ᄒ야 欲刺夜叉ᄒ되 孫夜叉 | 笑而策馬以走ᄒ고 明元帥大軍이 已至라. 鐵木塔·兒拔都 | 無奈而開東門ᄒ고 僅保性命ᄒ야 入鐵木洞ᄒ야 點考敗殘兵卒ᄒ니 死者 | 過半이라. 兒拔都 | 向鐵木塔而慨然長歎曰

"今日之敗ᄂᆫ 是我之過라. 不聽將軍之明見ᄒ고 納孫老賊이라가 自取此禍ᄒ니 誰怨孰尤 | 며 何面目으로 對將軍而見大王이리오?"

ᄒ며 欲拔劍自刎ᄒ니 鐵木이 急扶曰

"我等이 同受大王之命ᄒ야 守洞壑ᄒ니 成功이라도 同享富貴요 得罪라

도 共受其律이니 將軍之請夜叉도 亦爲王事라. 論其心則無一毫之異어늘 如此自狹ᄒ야 懷婦人女子之心ᄒ야 自輕其身ᄒ니 決非平日所恃로다.”

說罷에 奪劍投地ᄒ니 兒拔都ㅣ 起身謝曰

“知我者도 鮑叔이오 愛我者도 鮑叔이라.”

ᄒ더라.

此時楊元帥ㅣ 又取太乙洞ᄒ야 安頓大軍於洞中ᄒ고 大犒諸軍홀ᄉᆡ 蘇司馬ㅣ 顧紅司馬曰

“今日之戰은 將軍用兵之初라 吾ㅣ 但知將軍之武藝絶倫이러니 豈料雍容氣像과 整齊智略이 有儒將之風이리오?”

孫夜叉ㅣ 答曰

“太乙洞之戰은 都是小將之手段이라. 匹馬單鎗으로 帶月獨行ᄒ야 强作不悲之淚와 無心之歎ᄒ야 欲做亡命老將之色이나 鐵木塔은 足智多謀之將이라 疑雲이 滿於眉宇어늘 乃奮虺臂而切落齒ᄒ야 埋怨於紅將軍ᄒ니 是豈無才智者之所可能也ㅣ리오?”

ᄒ니 一座ㅣ 大笑러라.

且說. 哪咤이 至白雲洞而訪道士ᄒ니 行跡이 已無去處ᄒ고 只是靑山이 疊疊ᄒ고 白雲이 悠悠어늘 哪咤이 不勝忿恨而彷徨이라가 回身向祝融洞而去홀ᄉᆡ 消磨幾日光陰ᄒ야 纏到信地ᄒ니 洞壑이 崎嶇ᄒ고 山川이 壯大ᄒ야 獅豹之嘯와 豺狼之跡이 橫行於白日이러라. 至洞中而見祝融大王ᄒ니 生得碧眼朱顔에 虎鬚熊腰요 身長이 九尺이라. 以賓主之禮로 迎哪咤而座定에 哪咤이 獻彩緞與明紬[1]珍寶ᄒ고 備說明陣對峙飽經艱苦之狀ᄒ고 懇救不已ᄒ니 祝融이 對曰

“寡人이 處於隣國ᄒ야 豈可不同患亂也이리오?”

---

1) [교감] 명주(明紬): 적문서관본 영인본 166쪽에는 '명주(明珠)'로 되어 있으나, 15회에 나탁이 준비한 예물이 '명주(明紬) 이백 필(二百疋)'로 나온 바 있으므로, '명주(明紬)'의 오식으로 여겨져 바로잡는다.

ㅎ고 卽率手下蠻將三人而去홀시 其一은 天火將軍朱突通이니 善使剛鐵三叉矛[2]ㅎ고 其二는 觸山將軍帖木忽이니 善用開山大斧[3]ㅎ고 其三은 遁甲將軍賈鵬이니 善用偃月刀[4]ㅎ야 各有絶人之勇이러라. 哪咤이 更請於祝融曰

"寡人이 聞之ㅎ니 大王之小嬌ㅣ 英勇無雙이라 ㅎ니 雖不敢請이나 侍父王而從軍則尤所感謝ㄹ가 ㅎ나이다."

祝融이 沉吟曰

"女兒ㅣ 年幼性拙ㅎ야 不肯從軍則奈何오?"

哪咤이 更獻明紬百枚·蠻布二百疋而懇請ㅎ니 祝融이 方始許之而命從軍이러라. 原來祝融이 有一女ㅎ니 名은 一枝蓮이라. 芳年이 十三이오 姿色이 絶倫ㅎ고 奇妙武藝와 聰慧性情이 無南蠻風氣ㅎ고 常有不遇慷慨之心ㅎ야 中原文物을 雖願一見之나 萬里南天에 但望北斗ㅎ고 以女子有行이 異於男子로 寤寐之間에 每多不遇之歎이러니 至是에 父王이 傳哪咤之語ㅎ니 一枝蓮이 慨然承命ㅎ고 挺雙鎗而從行ㅎ니라.

此時哪咤이 得此援助에 滿帶喜悅之心ㅎ야 歸視本國則其間에 已失太乙洞而據鐵木洞이어놀 哪咤이 大驚ㅎ야 尋鐵木塔·兒拔都ㅎ니 左右ㅣ 對曰

"兩將이 待罪於陣門外로소이다."

蠻王이 命招ㅎ니 兩將이 免胄荷斧ㅎ고 伏於帳前而請死曰

"小將等이 不能謹守大王之敎而失洞壘ㅎ오니 難逃軍律이라. 伏願大王은 斬小將之頭ㅎ야 以戒軍中ㅎ소셔."

蠻王이 歔欷而嘆ㅎ고 命陞階而慰曰

---

2) 강철삼척모(剛鐵三叉矛): 강철로 만든, 끝이 세 갈래로 갈라진 창.
3) 개산대부(開山大斧): 자루가 긴 도끼로, 말을 탄 장수들이 사용하는 무기. 산에 갇힌 어머니를 구하기 위해 이 도끼로 산을 쪼갰다는 전설에 따라 붙여진 이름이다.
4) 언월도(偃月刀): 칼날 끝이 넓고 뒤로 젖혀 초승달 모양으로 된 무기.

"此ᄂ 寡人之命數라 豈將軍之故爲리오?"

因問明陣動靜ᄒ디 兩將이 槪告其狀ᄒ고 因言紅將軍之智略이 有加於
楊元帥라 ᄒ니 祝融大王이 忿然曰

"寡人이 雖不敏이나 粗解行軍之法ᄒ니 大王已失之地를 當不日回復矣
리니 明日更爲挑戰ᄒ소셔."

ᄒ더라.

此時紅娘이 以佳人軟弱之質로 失攝於矢石ᄒ야 每有神氣不平이러니
一日은 元帥ㅣ 從容召至帳中ᄒ야 居議軍務ᄒᆯᄉᆡ 見容色之憔悴ᄒ고 大驚
曰

"娘이 因我而如此苦楚ᄒ니 年少弱質이 不可强迫이니 請思數日休養之
道ᄒ라."

娘이 笑而謝曰

"爲將者ㅣ 數日風塵을 豈足稱勞리잇고?"

元帥ㅣ 微笑ᄒ고 擧手ᄒ야 撫桃花兩頰曰

"以芙蓉帳鏡臺前에 粧梅花怵曉氣之玉顔紅頰으로 使蒙旗幟鎗劍之惡風
ᄒ니 汝所謂楊公子ᄂ 薄情男子로다."

紅娘이 嚬蛾眉而退坐曰

"將不還令이라 三章之約을 業已忘之乎잇가? 窓外에 有蘇司馬曳履聲
이로이다."

已而오 諸將이 至어ᄂᆯ 紅司馬ㅣ 退歸幕次而休息이러니 是日夜半에
孫夜叉ㅣ 急告元帥曰

"紅司馬ㅣ 方寒戰而苦痛이니이다."

元帥ㅣ 大驚ᄒ야 親至幕次而視之ᄒ니 紅司馬ㅣ 燭下倚枕ᄒ야 綠雲雙
鬟에 星冠은 已欹ᄒ고 柳弱細腰에 戰袍ᄂ 似重ᄒ야 濃態病顔에 精神이
昏昏ᄒ야 呻吟之聲이 隱隱在喉中이어ᄂᆯ 元帥ㅣ 坐側撫身ᄒ니 紅娘이
驚起而坐曰

"何若是區區出入乎잇가?"

元帥ㅣ 不答而診脈ᄒ고 笑曰

"此ᄂ 風寒所祟ㅣ라 雖無深慮나 十分操心ᄒ라."

ᄒ고 親解戰袍腰帶ᄒ고 要臥寢床ᄒ니 紅娘이 辭曰

"軍中이 異於閨中ᄒ야 元帥之一動一靜을 諸將軍卒이 拭目傾耳ᄒ느니 相公이 還次則妾이 當臥矣리이다."

元帥ㅣ 笑而起身曰

"我ㅣ 空使娘爲將ᄒ야 他日歸家後에 難改此習ᄒ야 有介冑不拜之風ᄒ고 無花燭柔閑之態則奈何오?"

紅娘이 亦微笑러라. 元帥ㅣ 曰

"望須數日調攝ᄒ야 勿參軍務ᄒ라."

ᄒ고 仍卽爲回還ᄒ니라.

翌日哪吒이 送蠻將挑戰ᄒ니 元帥ㅣ 召蘇司馬曰

"紅渾脫之病勢不輕故로 已許數日調攝ᄒ니 今日之事ᄂ 吾與將軍으로 周旋矣리라."

蘇司馬ㅣ 曰

"哪吒이 已請救兵而來라 ᄒ니 不可輕敵이니이다."

元帥ㅣ 點頭ᄒ고 行軍而陣於鐵木洞前ᄒᆯ시 應先天十方而成陰陽陣ᄒ니 一千騎ᄂ 持黑旗而陣於北方ᄒ고 二千騎ᄂ 持紅旗而分二隊ᄒ야 陣於南方ᄒ고 三千騎ᄂ 持靑旗而分三隊ᄒ야 陣於正東方ᄒ고 六千騎ᄂ 持黑旗而分六隊ᄒ야 陣於正北第二位ᄒ고 七千騎ᄂ 持赤旗而分七隊ᄒ야 陣正南第二位ᄒ고 八千騎ᄂ 持靑旗而分八隊ᄒ야 陣於正東方第二位ᄒ고 九千騎ᄂ 持白旗而分九隊ᄒ야 陣於正西方第二位ᄒ고 五千騎ᄂ 持黃旗而分五隊ᄒ야 爲中軍ᄒ야 陣於中央方ᄒ니 此所謂先天陰陽陣이라. 如是布陣後에 前部先鋒將雷天風이 出陣挑戰ᄒ니 祝融이 頭戴紅巾ᄒ고 身被銅甲ᄒ고 手執紅旗ᄒ고 跨騎巨象ᄒ고 率蠻兵而出ᄒᆯ시 擊鼓鳴錚에 行伍ㅣ 無

序이어눌 元帥ㅣ 顧蘇司馬曰

"吾ㅣ 略見古今兵書나 如彼兵法은 今始初見이로다."

言未畢에 一個蠻恃이 揮三脊矛ᄒ고 縱馬而出曰

"我ᄂᆫ 天火將軍朱突通이니 有當我者어든 受我三脊矛ᄒ라."

雷天風이 擧霹靂斧而出ᄒ야 大呼曰

"我ᄂᆫ 大明先鋒將雷天風이오 我斧ᄂᆫ 霹靂斧라. 汝自謂天火將軍이라 ᄒ니 天火ᄂᆫ 隨霹靂之火ㅣ라. 速出而受我斧ᄒ라."

ᄒ고 迎戰十餘合에 不分勝負ㅣ러니 一個蠻將이 又擧開山大斧而出曰

"我ᄂᆫ 觸山將軍帖木忽이라. 我亦有大斧ᄒ야 斫山則山壞ᄒ느니 老將之頭ㅣ 能如山堅固乎아?"

ᄒ거눌 自明陣中으로 董超ㅣ 舞鎗而出ᄒ야 大叱曰

"我ᄂᆫ 大明左翼將軍白日豹董超ㅣ라. 我手中에 有一條長鎗ᄒ야 久未祭鎗神이러니 今以帖木忽之血로 慰鎗神호리라."

四將이 如虎躍熊赴ᄒ야 大戰十合에 雷天風이 忽撥馬而走ᄒ니 朱突通이 擧三脊矛而追來어눌 雷天風이 大呼一聲에 飛身揮斧而望後擊之ᄒᆫ디 朱突通이 未及避身ᄒ야 馬倒於地ᄒ고 翻身落馬ㅣ라. 蠻陣中遁甲將軍賈韡이 大怒ᄒ야 揮月刀而大呼曰

"我ᄂᆫ 祝融大王麾下名將遁甲將軍賈韡이라. 明陣兩將은 急速延頸ᄒ야 受我月刀ᄒ라."

ᄒ고 直取雷天風ᄒ야 舞刀而來ᄒ니 明陣中孫夜叉ㅣ 挺鎗躍馬ᄒ고 大笑曰

"汝能遁甲인딘 我斬汝頭ᄒ리니 能爲改備乎아?"

賈韡이 大怒ᄒ야 與孫夜叉로 大戰數合에 賈韡이 忽挾月刀ᄒ고 觔斗[5]

---

5) 근두(觔斗): 공중제비. 두 손을 땅에 짚고 두 다리를 공중으로 쳐들어 반대 방향으로 넘는 재주.

其身ᄒᆞ야 爲一個白頭大虎ᄒᆞ야 赴於孫夜叉어ᄂᆞᆯ 雷天風이 大驚ᄒᆞ야 急揮
斧而欲救러니 白頭虎ㅣ 更勔斗ᄒᆞ야 變爲兩個大虎ᄒᆞ야 咆哮而赴ᄒᆞ니 楊
元帥ㅣ 望見於陣上ᄒᆞ고 大驚曰

"蠻將之幻術이 如彼ᄒᆞ니 恐或有失이라."

ᄒᆞ고 卽鳴金收軍ᄒᆞ되 此時祝融大王이 較見勝負於陣前이라가 見楊元
帥之收軍ᄒᆞ고 急揮手旗ᄒᆞ고 口念呪文ᄒᆞ니 紅雲이 四起ᄒᆞ고 無數鬼卒이
滿山遍野ᄒᆞ야 口吐火鼻吹烟ᄒᆞ야 衝突明陣이어ᄂᆞᆯ 楊元帥ㅣ 約束諸將ᄒᆞ
야 急閉陣門ᄒᆞ고 隨其方位ᄒᆞ야 整齊旗幟ᄒᆞ고 勿爲錯亂隊伍ᄒᆞ라 ᄒᆞ더
니 祝融之鬼兵이 環圍四面ᄒᆞ되 不能攻破라. 祝融이 更念呪文ᄒᆞ고 指玄
武方而作法ᄒᆞ니 頃刻에 天地昏黑ᄒᆞ고 風雨大作ᄒᆞ야 揚沙走石이나 明陣
에 旗幟ᄂᆞᆫ 依然整齊ᄒᆞ고 鼓角은 淵淵ᄒᆞ야 少不擾動ᄒᆞ더라. 原來楊元帥
之陰陽陣은 卽武曲星君의 扈衛帝垣之陣이니 全應陰陽五行相生之理ᄒᆞ야
渾然一團和氣라 邪氣豈敢侵犯이리오? 祝融이 但知妖術而不知陣法故로
見再犯而不破ᄒᆞ고 心中疑訝ᄒᆞ야 卽收軍還陣ᄒᆞ야 謂哪咤曰

"明元帥ㅣ 雖知陣法이나 別無神奇道術ᄒᆞ니 寡人이 明日에 更當挑戰
ᄒᆞ고 呼請六丙六戊神將ᄒᆞ고 號召六丁六甲[6]鬼卒ᄒᆞ면 明元帥ᄂᆞᆫ 不難生
禽ᄒᆞ리라."

哪咤이 大喜러라.

且說. 元帥ㅣ 召蘇司馬於帳中曰

"祝融麾下에 猛將이 多ᄒᆞ고 恠術이 難測ᄒᆞ니 不可猝破라. 何以則好리
오?"

蘇司馬ㅣ 曰

---

6) 육정육갑(六丁六甲): 도교에서 받드는 천제(天帝)가 부리는 신으로, 바람과 우레를 일으키고
귀신을 제압할 수 있다. 육정은 정묘(丁卯)·정사(丁巳)·정미(丁未)·정유(丁酉)·정해(丁亥)·정축(丁
丑)으로 음신(陰神), 즉 여신(女神)이고, 육갑은 갑자(甲子)·갑술(甲戌)·갑신(甲申)·갑오(甲午)·갑
진(甲辰)·갑인(甲寅)으로 양신(陽神), 즉 남신(男神)이다.

"紅渾脫이 曾從道士ㅎ야 學得神術ㅎ니 自有制妖之術法이로소이다."

元帥ㅣ 沉吟良久에 自思於心中曰

'紅娘之病이 全是絶域風塵에 惱心勞力之祟라. 彼蠻敵의 擾亂之擧와 陰譎之氣를 今若更爲接觸則病中弱質이 豈不觸傷이리오?'

ㅎ고 顧蘇司馬曰

"紅將軍이 有病故로 吾已許調攝ㅎ니 將軍은 今往見之ㅎ고 從容問計以來ㅎ라."

蘇司馬ㅣ 應命而去ㅎ니라. 此時紅娘이 精神이 昏昏ㅎ야 解戎衣而臥於寢床이러니 見蘇司馬之至ㅎ고 起身倚案而坐ㅎ니 寒粟之氣는 滿於鬢邊ㅎ고 困惱之色은 凝於眉睫ㅎ야 喘息이 脈脈ㅎ고 聲音이 微微어늘 蘇司馬ㅣ 心中驚疑曰

'吾知紅渾脫이 英勇無敵ㅎ고 國士無雙이러니 胡乃帶西施之嚬과 貴妃之睡오?'

ㅎ고 前進問曰

"將軍之病勢ㅣ 今日何如오?"

紅司馬曰

"賤疾은 一時微恙이라 不足爲慮나 今日陣上에 動靜이 如何오?"

蘇司馬ㅣ 略言而詳傳元帥問計之意ㅎ니 紅司馬ㅣ 大驚曰

"小將이 有何妙計리오마는 兵難遙度이니 不如親往見之라."

ㅎ고 着戰袍持雙劍ㅎ고 隨蘇司馬而至陣中ㅎ니 元帥ㅣ 大驚曰

"將軍病勢가 不可以風이어늘 何以强作如是오?"

紅司馬ㅣ 對曰

"小將之病은 所祟ㅣ 不重ㅎ니 無足過慮어니와 但今敵勢ㅣ 如何잇고?"

元帥ㅣ 曰

"哪吒이 新得救兵ㅎ니 名曰祝融大王이라. 道術이 非常ㅎ고 猛將이 無

數하니 自吾征南以後로 初當之强敵이라. 乃知不可輕敵하고 閉門守之느明日更爲挑戰則無決勝之策하니 將軍은 有何妙計오?"

紅司馬ㅣ 對曰

"小將이 俄者暫觀陣勢則元帥之陣은 天上武曲星官扈衛帝垣之先天陰陽陣이라 足以自守나 不足取勝이니 小將이 當結後天陣而擒敵하리니 暫借元帥手旗하소셔."

元帥ㅣ 大喜許之혼디 紅司馬ㅣ 卽擧元帥手旗하고 擊鼓布陣홀시 正東正南은 依舊置之하고 正西正北은 換其方位하며 北方第二位느 移置東北間方하고 西方第二位느 移置西北間方하고 東方第二位느 移置東南間方하고 南方第二位느 移置西南間方호되 正方之軍은 皆持紅旗하야 各面其方而立하고 間方之軍은 皆持黑旗하야 各背其方而立하고 更約束曰

"擊鼓而擧紅旗어든 正方之軍이 應하고 擧黑旗어든 間方之軍이 應하라."

하야 已變陣勢而定約束하니 元帥ㅣ 出陣而望見하고 心中奇之曰

'吾但知紅娘이 一個傾國美人이러니 豈知有如許經天緯地之才리오?'

紅司馬ㅣ 更召諸將하야 各其暗定約束後에 入帳中而告元帥曰

"兵不厭詐라 祝融妖術을 豈但以正道對敵이리잇고? 妾이 曾從白雲道士하야 學得先天遁甲兵書與降魔制殺之法하니 其法이 忌外人이라. 元帥느 暫爲操束諸將하소셔."

하고 是夜三更에 垂帳於陣中中央하고 紅娘이 剪爪沐浴하고 應五方而明五燈之火하고 杖芙蓉劍而暗暗作法하니 擧措秘密하야 外人은 莫知러라. 翌日에 祝融이 率蠻兵而布陣홀시 分十二方而揷五色旗하고 軍士ㅣ各持鎗劍而出하니 紅司馬ㅣ 望見微笑하고 使雷天風挑戰혼디 蠻陣中帖木忽이 出戰數合에 明將董超·馬達이 一時揮鎗大呼曰

"今日은 當斬祝融之頭하리니 帖木忽은 速歸而出送祝融하라."

蠻陣中天火將軍朱突通과 遁甲將軍賈驊이 大怒而出하야 六將이 大戰

十餘合에 明將三人이 一戰一退ᄒᆞ니 哪吒이 顧祝融曰

"明將이 不戰漸退ᄒᆞ니 此必有誘引之計라. 明元帥之詭術은 難測이니 請收三將ᄒᆞ야 毋至狼狽ᄒᆞ소셔."

祝融은 本是性急之人이라 聽此言而奮然曰

"今日에 吾ㅣ 不擒明元帥則不歸라."

ᄒᆞ고 急揮旗而念祝文ᄒᆞ니 忽然狂風이 大作ᄒᆞ고 陰雲飛揚之處에 無數鬼兵이 以奇恠之形과 眩荒之儀로 滿山遍野ᄒᆞ야 以助三將之威勢ᄒᆞ야 衝突明陣이어ᄂᆞᆯ 紅司馬ㅣ 卽時擊鼓揮旗ᄒᆞᆫᄃᆡ 間方之軍이 開陣門而分立ᄒᆞ니 此時蠻將三人이 驅鬼兵而圍明陣ᄒᆞ야 四面攻之호ᄃᆡ 不能破러니 忽見陣門開處ᄒᆞ고 驅鬼兵突入이어ᄂᆞᆯ 紅司馬ㅣ 更鳴鼓而揮黑旗ᄒᆞ야 閉間方陣門ᄒᆞ고 擧芙蓉劍而向五方ᄒᆞ야 暗暗作法ᄒᆞ니 忽然一陣淸風이 從劍頭而起ᄒᆞ고 陰雲鬼兵이 消似春雪ᄒᆞ야 變爲草根木葉而落空中이어ᄂᆞᆯ 蠻將三人이 大驚ᄒᆞ야 匹馬單鎗으로 彷徨軍中ᄒᆞ야 衝突四方ᄒᆞᆯ시 紅司馬ㅣ 高坐陣上ᄒᆞ야 擧芙蓉劍而指南에 起三离火而火光이 冲天ᄒᆞ고 指北에 湧六坎水而大海茫茫ᄒᆞ며 指東西에 雷雨大作ᄒᆞ고 大澤이 當前ᄒᆞ니 三將이 精神이 迷亂ᄒᆞ야 莫知所之라. 遁甲將軍賈韃이 觔斗而欲變身이어ᄂᆞᆯ 紅司馬ㅣ 擧芙蓉劍而指之ᄒᆞ니 一道紅氣ㅣ 厭頭ᄒᆞ야 三次觔斗而不得變形ᄒᆞ고 大呼一聲而落馬라. 朱突通·帖木忽이 仰天而歎ᄒᆞ고 欲拔劍自刎이러니 紅司馬ㅣ 使孫夜叉로 呼於陣上曰

"蠻將은 聽之ᄒᆞ라. 假爾性命而不殺ᄒᆞ노니 速歸而傳於祝融ᄒᆞ야 使之早降ᄒᆞ라. 若遲則不免後悔ᄒᆞ리라."

ᄒᆞ고 念眞言而開門ᄒᆞ니 三將이 抱頭鼠竄而歸ᄒᆞ야 見祝融而歎曰

"紅將軍之道術은 正正之道ㅣ라 不敢當이리니 大王은 勿爲角勝ᄒᆞ시고 早爲降服이 可也로소이다."

祝融이 大怒ᄒᆞ야 叱退三將ᄒᆞ고 擧劍而更指十二方位ᄒᆞ고 久念呪文이러니 忽然空中에 一聲砲響이 震天ᄒᆞ고 殺氣充滿ᄒᆞ야 四面八方으로 無

數神將이 如雲來集ᄒ야 陰濕之氣와 凶獰之貌로 各執兵器ᄒ고 以天傾地
崩之勢로 一時에 掩殺明陣이어ᄂᆞᆯ 紅司馬ㅣ 高擧手旗ᄒ고 下令曰

　“諸將三軍은 但望此手旗ᄒ되 若有顧他者ㅣ면 斬ᄒ리라.”

　ᄒ니 諸軍은 聽令ᄒ고 一齊仰見手旗ᄒ고 軍中이 肅然ᄒ야 不敢搖動
이어ᄂᆞᆯ 紅司馬ㅣ 乃擊鼓ᄒ야 以中央五千騎로 結方陣而守之ᄒ고 更鳴鼓
而揮紅旗ᄒ니 東西南北正方之軍이 一時에 開門分立이라. 此時祝融이 號
令神將ᄒ야 欲穿明陣이라가 忽見陣門之開ᄒ고 大喜ᄒ야 急驅神將突入
ᄒ니 紅司馬ㅣ 望見ᄒ고 卽擊鼓揮旗而閉陣門ᄒ고 擧芙蓉劍而指五方ᄒ
디 五色彩雲이 起於五方ᄒ야 滿於陣中ᄒ니 神將之身體ᄂᆞᆫ 不見於三軍之
眼ᄒ고 但聞馬蹄聲이오 旗幟鎗劍이 閃忽紛紛於雲霄러라. 紅司馬ㅣ 方鳴
鼓合戰ᄒᆞᆯᄉᆡ 正西方九百騎ᄂᆞᆫ 以金克木으로 擊甲乙方ᄒ고 正東方三千騎
ᄂᆞᆫ 以木克土로 擊戊己方ᄒ고 正南方一千騎ᄂᆞᆫ 以火克金으로 擊庚辛方ᄒ
고 正北方七千騎ᄂᆞᆫ 以水克火로 擊丙丁方ᄒ고 中央五千騎ᄂᆞᆫ 以土克水로
擊壬癸方ᄒ니 其勢ㅣ 如山崩海沸ᄒ며 天地震動ᄒ야 交戰一場이러니 紅
司馬ㅣ 更鳴鼓而揮黑旗ᄒ니 東西南北間方之軍이 一時開陣門이어ᄂᆞᆯ 此
時十二神將이 不勝五行之相克ᄒ야 欲爲退軍이라가 見間方陣門之開ᄒ
고 一齊退出ᄒ야 散於四方ᄒ야 不知去處러라. 祝融이 望見於陣勢ᄒ고
憤氣衝天ᄒ야 更念呪文ᄒ고 手中長劍을 投於空中ᄒ니 是何妖術고? 且
看下回ᄒ라.

却說. 祝融大王이 大怒ᄒᆞ야 手中長劍을 一投空中ᄒᆞ니 三尺長劍이 變
爲百餘尺長劍이어늘 更觔斗而變身ᄒᆞ니 身長이 百餘尺이라 揮長劍而向
明陣ᄒᆞ니 紅司馬ㅣ 望見微笑ᄒᆞ고 起身入帳中ᄒᆞ야 垂帷於四面ᄒᆞ고 寂然
無動靜이러니 忽然一條白氣가 自帳中起ᄒᆞ야 變爲紅司馬ᄒᆞ니 身長이 百
餘尺이요 手中芙蓉劍이 亦爲百餘尺이라. 對峙相敵타가 祝融이 變作如豆
小人ᄒᆞ야 揮如針小劍而來어늘 紅司馬ㅣ 亦變作如塵小人ᄒᆞ고 揮如毫芙
蓉劍ᄒᆞ야 凝於祝融之劍刃而不移ᄒᆞᄃᆡ 祝融이 更爲變身ᄒᆞ니 人與劍은 忽
無去處ᄒᆞ고 化作一條黑氣ᄒᆞ야 接天際어늘 紅司馬ㅣ 更作一條靑氣ᄒᆞ야
靑黑兩氣ㅣ 相接於半空ᄒᆞ야 但聞鏘然劍聲이 相擊於雲霄러니 忽然黑氣
가 變爲白猿而走에 靑氣ㅣ 變爲彈丸ᄒᆞ야 追白猿ᄒᆞ니 猿變爲蛇ᄒᆞ야 入
於巖隙이어늘 彈丸이 變爲霹靂ᄒᆞ야 擊破其岩ᄒᆞᄃᆡ 蛇吐黑氣ᄒᆞ야 不辨咫
尺이라. 霹靂이 變爲大風ᄒᆞ야 吹散雲霧ᄒᆞ니 天地明朗ᄒᆞ고 邪氣가 一無
所見이러라. 已而오 紅司馬ㅣ 笑而出自帳中ᄒᆞ니 此時諸將三軍이 望見陣
前ᄒᆞ고 精神이 恍惚ᄒᆞ야 莫知所措러니 見紅司馬之出於帳中ᄒᆞ고 進前

問曰

"祝融은 何處去며 將軍之今日道術은 是何妙法이니잇고?"

紅司馬ㅣ 笑曰

"世間妖術이 不出於五行ㅎᄂ니 知其相生相克之理而制之則至易也니라. 大抵人之目은 屬木ㅎ고 人之心은 屬火ㅎ니 目視搖亂則木氣虛ㅎ고 木氣虛則木生火라 火氣亦虛니 火氣亦虛則心弱ㅎ고 心氣虛則火空即發이라. 火氣起而克金氣ㅎᄂ니 金은 殺伐之氣라 人無殺伐之氣則雜念이 生ㅎ나니 妖術이 豈不使衆心眩亂이며 一爲眩亂則以何術而能制之리요? 故로 吾結後天陣ㅎ야 設五行相克之理ㅎ고 高擧手旗ㅎ야 三軍之耳目與心을 遂爲全一ㅎ니 三軍之心이 全一ㅎ고 五行相克之理를 不失則妖術이 豈敢犯也리요? 其後相戰者는 劍術이니 其變化가 易大難小ㅎ며 黑氣는 妖術이요 靑氣는 道術이라 白猿은 唐之袁公劍法이요 彈丸은 漢之魏氏劍術이며 爲蛇는 陶將軍之秘法이오 霹靂은 滄海君之兵法이며 爲霧爲風은 劍術者之尋常法이라. 盖劍家之所忌ㅣ 有三ㅎ니 一曰貪財用劍이오 二曰殺賢用劍이오 三曰爲睚眦之怨[1]ㅎ야 無故殺人이 是也라. 祝融之劍術이 多雜念而非正道로디 我所不殺은 不欲輕殺人命이나 想應祝融이 再敗術窮ㅎ니 必不能更試他術ㅎ리라."

諸將이 歎服이러라.

此時祝融이 敗歸本陣ㅎ야 不勝憤愧ㅎ야 欲拔劍自刎이러니 一枝蓮이 諫曰

"小女ㅣ 旣侍爺爺從軍ㅎ야 至於此處ㅎ니 當一出戰ㅎ야 以決死生ㅎ리니 父親은 暫息憤怒ㅎ야 以待小女之歸ㅎ소셔."

祝融이 歎曰

"汝父之勇으로도 不能當也어늘 汝는 一個女子ㅣ라 何可敵也리오? 明

---

1) 애자지원(睚眦之怨): 대단치 않은 원망. 아주 작은 원망.

312

將之兵法劍術은 天神이 下降이라도 無以加此ㅣ니 非女兒之所可當이니라."

一枝蓮이 奮然上馬ᄒᆞ야 出陣挑戰ᄒᆞᆫ딕 紅司馬ㅣ 方欲驅大軍而掩殺蠻陣이러니 忽聞一個女將之挑戰ᄒᆞ고 出陣望見ᄒᆞ니 果然一位少年女將이 頭着紅帽ᄒᆞ고 身被草綠繡衣ᄒᆞ고 乘大宛馬²⁾ᄒᆞ고 舞雙鎗而出ᄒᆞᆯᄉᆡ 白雪顏色에 微帶紅暈ᄒᆞ야 如桃花半開ᄒᆞ니 可知其年幼요 遠山蛾眉³⁾에 秋波脈脈ᄒᆞ야 精氣凝濃ᄒᆞ니 可知其聰慧라. 皓齒丹脣의 絶代姿色과 綠鬢雲髮의 華麗氣像이 絶不似南方風土의 生長之人이러라. 紅司馬ㅣ 心中驚訝ᄒᆞ야 命孫夜叉對敵ᄒᆞ니 夜叉ㅣ 擧鎗而笑曰

"此必祝融이 施術請鬼라. 南方之蠻으로 豈生如此女子리오?"

ᄒᆞ고 相戰數十餘合에 一枝蓮이 挾雙鎗而擒孫夜叉ᄒᆞ야 歸本陣이어늘 紅司馬ㅣ 大驚ᄒᆞ야 顧左右曰

"有誰能生擒彼將者乎아?"

雷天風이 挺身擧霹靂斧ᄒᆞ고 奮然出戰ᄒᆞ야 不過四五合에 天風之用斧ㅣ 胡亂ᄒᆞ야 不能暇及於拒鎗이어늘 董超·馬達이 急欲救之ᄒᆞ야 一時擧鎗ᄒᆞ고 助天風ᄒᆞ야 戰至十餘合에 一枝蓮이 精神이 如秋月ᄒᆞ고 氣像이 突兀ᄒᆞ야 鎗法이 少不胡亂ᄒᆞ고 又無一毫詭術이어날 紅司馬ㅣ 望見ᄒᆞ고 愛其才貌ᄒᆞ니 同是少年女子로 豈無心癢而好勝이리오? 卽鳴金收三將ᄒᆞ고 親自上馬曰

"以三將之力으로 未能取一個女子ᄒᆞ니 何其無能也오? 今日紅渾脫이 雖負病이나 一出而生擒彼將矣리라."

---

2) 대완마(大宛馬): 대완에서 산출되는 명마. 대완은 한(漢)나라 때 타슈켄트 지방에 있었던 나라로, 명마의 생산지였다.

3) 원산아미(遠山蛾眉): '파랗게 그린 먼 산 같은 아름다운 눈썹'이라는 뜻으로, 미인의 눈썹을 형용해 일컫는 말. 아미는 '누에나방의 눈썹'이라는 뜻으로, 가늘고 길게 굽이진 아름다운 눈썹을 일컫는다.

ᄒ고 舞雙劍而出ᄒ니 一枝蓮이 方交戰數合홀ᄉᆡ 元帥ㅣ 知紅娘之出戰
ᄒ고 大驚ᄒ야 親往陣前ᄒ야 鳴金收軍ᄒ니 紅司馬ㅣ 歸本陣ᄒ야 問故
ᄒᆞᆫᄃᆡ 元帥ㅣ 正色曰

"吾非偏愛將軍이라. 爲國家ᄒ야 愛干城之將ᄒ노니 須小心調病ᄒ라
旣再三付托이어늘 率爾出戰은 何也오?"

紅司馬ㅣ 對曰

"孫夜叉ᄂᆞᆫ 小將之故人이라. 今爲蠻陣所擒故로 欲救其人이로소이다."

元帥ㅣ 笑曰

"吾知將軍之意ᄒ노니 以少年銳氣로 見年少女子之挑戰ᄒ고 欲試武藝나
今將軍之容貌氣色이 異於前日ᄒ야 不可妄自出戰이라 豈無他將乎ㅣ리
오?"

雷天風이 大聲曰

"小將이 更爲出戰ᄒ야 欲試俄者未盡用之斧ᄒᄂᆞ이다."

元帥ㅣ 大喜許之ᄒ니 紅司馬ㅣ 笑曰

"吾見蠻將ᄒ니 無雙之姿요 絶人之材라. 心竊愛之惜之ᄒ노니 將軍은
愼勿殺害ᄒ고 生擒以來ᄒ소셔."

雷天風이 大笑曰

"天風이 行年七十이요 丈夫之心이라 口尙乳臭之孱弱女子를 豈可以斧
取之리오? 當爲紅將軍ᄒ야 無恙抱來ᄒ리라."

ᄒ고 縱馬以出ᄒ더라. 此時一枝蓮이 收雙鎗ᄒ고 徘徊於陣前ᄒ야 心
中自思曰

'吾ㅣ 未嘗見中國文物이러니 今日에 見明元帥之用兵將略과 諸將之人
氣物色ᄒ니 嗟乎라! 生長於我蠻貊之邦者ᄂᆞᆫ 眞井底蛙로다. 今中國은 不
負蠻王이어늘 蠻王이 無端起兵ᄒ야 抗拒天威ᄒ니 此豈非螳螂拒轍이리
오? 吾又聞之ᄒ니 明元帥ㅣ 不忍殺戮ᄒ고 專主義理ᄒ야 欲以仁德으로
感化南方이라 ᄒ니 吾當乘此時ᄒ야 歸順於天朝ᄒ야 以釋父王之彌天大

罪ᄒᆞ리라.'

更自疑曰

'俄者에 用雙劍之將은 非但容貌風采之非凡이라. 見其氣色與用劍之術則雖有愛惜人命之意나 眉目이 淸美ᄒᆞ고 聲音이 幽閑ᄒᆞ야 絶非男子之氣像이니 豈不怪哉리오?'

ᄒᆞ더니 見雷天風之更來挑戰ᄒᆞ고 隨卽應戰ᄒᆞᆯᄉᆡ 以左手之鎗으로 拒斧ᄒᆞ고 以右手之鎗으로 籠絡天風ᄒᆞ니 如霜劍刃이 閃忽紛紛ᄒᆞ야 過老將之鬢頰에 疾如迅風호ᄃᆡ 一切無傷이어ᄂᆞᆯ 雷天風이 心中疑之호ᄃᆡ 知其難當ᄒᆞ고 盡力揮斧而擊之ᄒᆞ니 一枝蓮이 忽然聳身ᄒᆞ야 以右手之鎗으로 電擊天風之胄而破之ᄒᆞ니 天風이 翻身落馬ᄒᆞᆫᄃᆡ 一枝蓮이 琅琅大笑曰

"將軍은 老矣라 速歸本陣ᄒᆞ고 出送俄用雙劍之將ᄒᆞ라."

天風이 自知不能當ᄒᆞ고 歸于本陣ᄒᆞ야 對紅司馬而詳告其所言ᄒᆞ고 且盛說鎗法之絶倫ᄒᆞᆫᄃᆡ 紅司馬ㅣ 告元帥曰

"小將이 成習於南方風土之强ᄒᆞ야 若有憤心이면 不顧死生ᄒᆞ나니 今若不許出戰則反爲添病矣리니 伏望約定十合ᄒᆞ야 若不能擒蠻將이어든 更爲鳴金收軍ᄒᆞ소셔."

元帥ㅣ 猶不肯許之러니 紅娘이 再三懇請ᄒᆞᆫᄃᆡ 元帥ㅣ 恐其露跡ᄒᆞ야 黽勉許之어ᄂᆞᆯ 紅司馬ㅣ 飛身上馬ᄒᆞ야 揮雙劍而出陣ᄒᆞ니 一枝蓮이 亦舞雙鎗而來ᄒᆞ야 接戰數合에 未決勝負ㅣ러니 紅娘이 自思ᄒᆞ되

'一枝蓮之鎗法이 一無詭術ᄒᆞ니 吾亦以正道戰ᄒᆞ야 以決雌雄이라.'

ᄒᆞ고 亂揮手中雙劍ᄒᆞ야 一進一退ᄒᆞ니 此ᄂᆞᆫ 老龍弄珠法이라. 一枝蓮이 見紅娘之劍術이 有法度ᄒᆞ고 知其不可輕敵ᄒᆞ야 舞雙鎗而直赴紅娘ᄒᆞ니 此ᄂᆞᆫ 秋鶻下山法이라. 紅娘이 以左手之劍으로 投於空中ᄒᆞ고 以右手之劍으로 擬一枝蓮ᄒᆞ야 回馬而走ᄒᆞ니 此는 鷰蹴飛花法이라. 一枝蓮이 以右手之鎗으로 拒劍ᄒᆞ고 以左手之鎗으로 取紅娘ᄒᆞ니 此ᄂᆞᆫ 獼猴偸果法이라. 紅娘이 欠身避劍ᄒᆞ고 以雙手劍으로 投之空中ᄒᆞ고 走馬以進ᄒᆞ니

此는 猛虎摺尾法이라. 一枝蓮이 聳身馬上ᄒᆞ야 以雙鐗으로 拒雙劍ᄒᆞ고
走馬進紅娘ᄒᆞ니 此는 白狼逐鹿法이라. 紅司馬ㅣ 仍回馬首에 以右手之劍
으로 擬於空中ᄒᆞ고 以左手之劍으로 欲擊一枝蓮ᄒᆞ니 此는 獅子搏兔法이
라. 一枝蓮이 擬以雙鐗ᄒᆞ여 一進一退ᄒᆞ니 此는 蜘蛛縛蝶法이라. 忽然雙
劍雙鐗이 一時接應ᄒᆞ야 霜劍電鐗이 閃忽紛紛ᄒᆞ니 此는 回風滾雪法이
라. 已而오 人與鐗劍은 不知去處요 兩條靑氣ㅣ 擬於半空而相戰ᄒᆞ니 此
는 雙蛟飛天法이라. 未至半晌에 一枝蓮이 收雙鐗而撥馬欲走ᄒᆞ니 此는
驚鴻望雲法이라. 紅娘이 走馬而進ᄒᆞ야 挾芙蓉劍ᄒᆞ고 伸臂ᄒᆞ야 擒一枝
蓮於馬上ᄒᆞ니 此는 蒼鷹攫雉法이라. 紅娘이 戰至六合에 生擒一枝蓮ᄒᆞ
고 歸于本陣ᄒᆞ니 蓋此回之戰은 敵手相逢ᄒᆞ야 棄詭術而較以正道ᄒᆞ니 一
枝蓮之心悅誠服은 尙矣勿論이오 紅娘之愛一枝蓮이 尤爲深切이라 卽至
陣中ᄒᆞ야 紅娘이 執蓮娘之手曰

"吾今日之擒娘은 非劍術之勝也ㅣ라. 殆天佑知己之相逢이신가 ᄒᆞ노
라."

一枝蓮이 謝曰

"妾은 敗軍之將이라 豈可以知己言之리잇고? 將軍이 若矜憐此賤身이
면 當爲麾下賤卒ᄒᆞ야 以盡犬馬之誠호리이다."

紅司馬ㅣ 笑曰

"我雖不敏이ᄂ 娘이 若不避棄我則願結朋友之誼ᄒᆞ노라."

一枝蓮이 涕泣對曰

"妾父ㅣ 早無罪於天朝ᄒᆞ고 徒以隣國之誼로 欲救蠻王而來라가 犯罔赦
之罪ᄒᆞ니 豈敢望生이리오마는 以將軍仁慈之德과 元帥寬洪之心으로 若
能惻隱垂憐ᄒᆞ사 赦罪而使保首領ᄒᆞ시면 將軍之恩을 當結草而報ᄒᆞ리이
다."

紅司馬ㅣ 答曰

"此는 告於元帥則似有道理일ᄭᅵ ᄒᆞ노라."

ㅎ고 乃率一枝蓮而見於元帥ᄒ신ᄃᆡ 紅司馬ㅣ 從容告曰

"祝融이 雖助蠻王ᄒ야 得罪於天朝나 推其本心則難却隣國之請而行之요 非敢包藏不測之心이오니 恕其罪而納其降則必無反覆ᄒ리이다."

元帥ㅣ 視一枝蓮而沉吟良久에 曰

"我奉聖旨ᄒ야 南方을 本欲以德化之ᄒ고 不欲以力服之ᄒ노니 祝融이 若誠心投降則何嗇容貸已也리오?"

一枝蓮이 叩頭而謝於帳下ᄒ야 感淚盈盈이어ᄂᆞᆯ 元帥ㅣ 亦憐其志ᄒ야 慰之曰

"若誠心投降則寬救矣리니 安心而歸ᄒ라."

ᄒ니 蓮娘이 拜謝而歸蠻陣ᄒ니라.

此時祝融이 見女兒被擒於明陣ᄒ고 方欲投降而救一枝蓮이러니 意外에 一枝蓮이 還陣ᄒ야 稱頌楊元帥之恩與紅司馬之德ᄒᆫᄃᆡ 祝融이 聽罷定計ᄒ야 卽率朱突通三將ᄒ고 引孫夜叉ᄒ야 從女兒而投降于明陣이어ᄂᆞᆯ 元帥ㅣ 欣然歆待ᄒ야 無一毫疑心ᄒ니 祝融은 本是愚直無罪者라 見元帥·紅司馬之歆曲ᄒ고 感淚如雨ᄒ야 嚼指而血流淋漓曰

"寡人이 雖蠻貊之種이나 猶禀七情ᄒ야 異於木石ᄒ니 元帥之德을 刻骨不忘ᄒ야 子子孫孫이 敢不感頌ᄒ오리잇가?"

元帥ㅣ 大喜ᄒ야 使定幕次於軍中ᄒ야 率麾下三將與一枝蓮ᄒ고 使之同留陣中ᄒ니 一枝蓮이 侍父王ᄒ고 歸於幕次ᄒ야 暗思ᄒᄃᆡ

'我雖無藻鑑이나 紅將軍은 必非男子라. 若是女子면 爲誰而從軍於萬里之外리오? 吾見楊元帥之容貌風采則非凡之將이오 又看紅將軍之氣色言辭則雖十分小心ᄒ야 不露怠慢之意나 眉宇之間에 似帶慇懃之情ᄒ니 此豈非知己相從ᄒ야 變服從軍이리오?'

又疑於心曰

'女子妬忌ᄂᆞᆫ 世上婦女之常情이니 若非男子則紅將軍之如此愛我ᄂᆞᆫ 何他오?'

終是不覺하고 聰慧之心에 不堪促急之情하야 欲知紅司馬之本色하야 從容至幕次하니 適紅司馬ㅣ 寂然獨坐어늘 一枝蓮이 進前告曰

"妾이 蒙將軍生活之德하야 侍於麾下하야 欲盡犬馬之誠이러니 更思之則踪跡이 異於男子하고 軍中之女子는 自古所忌라 妾父ㅣ 已在軍中하니 妾은 當還本國하야 庶免行止之麤脆일신 하ᄂ이다."

紅司馬ㅣ 笑曰

"娘言이 過矣로다. 昔者에 木蘭은 代其爺爺而從軍萬里호ᄃ 曾無批評者어늘 娘이 奚獨拘碍於此리오?"

蓮娘이 流秋波하야 見紅娘而笑曰

"妾이 生長於蠻夷之方하야 雖不講論禮法이나 男女不同席은 聖人之明敎라. 若處於軍中則豈無與男子로 比肩同席이리잇고? 故로 妾은 以爲木蘭이 忠孝는 雖極이나 似不足於閨範內則端正之行이라 하ᄂ이다."

紅司馬ㅣ 聽此言하고 擧眼視一枝蓮하니 豈不解一枝蓮之意리오? 覺其欲知自己踪跡하고 長嘆曰

"世間에 端正貞一하야 不違閨範禮節之女子가 能有幾人고? 或有當患難하야 迫不得已而出者하며 或有從時機하야 不顧禮節而行者하니 豈可以一揆論之리오?"

一枝蓮이 謝而歸호신 心中自笑曰

'我之藻鑑이 果不違料로다. 不知紅司馬ㅣ 以何許女子로 從軍이나 觀其言語義氣ᄂ틴 必不負我平生矣리니 我ㅣ 誓觀中國之繁華하리라.'

翌日에 祝融이 從容告元帥曰

"寡人이 聞之하니 有罪者는 以功贖之라 하니 元帥ㅣ 乘此時하야 攻鐵木洞則寡人이 雖無才나 以助一臂之力而贖罪矣리이다."

一枝蓮이 諫曰

"此는 不可하ᄂ이다. 爺爺ㅣ 以隣國之誼로 應蠻王之懇而來救라가 今又攻之는 非義也니 爺爺ㅣ 從容見蠻王하시고 鋪張元帥之盛德하야 使自

來而降이 似可ㅣ니이다."

祝融이 然其言ᄒᆞ야 卽離明陣ᄒᆞ야 向鐵木洞而去ㅣ러라.

且說. 哪咤이 見祝融이 率三將而投降明陣ᄒᆞ고 歎曰

"我ㅣ 再次請救ᄒᆞ야 皆資敵國ᄒᆞ니 將何以雪此恨고?"

諸蠻將이 對曰

"以楊元帥之將略과 紅將軍之勇猛으로 今復加以祝融·一枝蓮之羽翼ᄒᆞ니 不可輕敵이라. 不如早降ᄒᆞ야 轉禍爲福이니다."

哪咤이 黙黙良久에 拔劍擊案曰

"我洞中에 米穀이 可支十年이오 防備가 與鐵甬相似ᄒᆞ니 堅閉洞門而固守則雖飛鳥라도 不能入矣리니 明元帥ㅣ 於余에 何哉리오? 若有復言降者면 與同此案ᄒᆞ리라."

ᄒᆞ고 自此日로 閉洞門而守之ᄒᆞ니 盖鐵木洞은 非但地勢之凶險이라 蠻王之妻子眷屬과 寶貝財物을 藏置於此處故로 其所備ㅣ 十分堅固ᄒᆞ더라.

哪咤이 還于洞中ᄒᆞ야 申飭防備러니 忽然祝融이 叩洞門而請見혼디 哪咤이 大怒ᄒᆞ야 登門樓而大叱曰

"碧眼赤面之蠻아! 汝ㅣ 反覆偸生ᄒᆞ야 無義無信ᄒᆞ니 我當斬汝頭ᄒᆞ야 以懲天下之負信義者ᄒᆞ리라."

說罷에 挽弓射之ᄒᆞ야 以中祝融之胄ᄒᆞ니 祝融이 怒氣騰騰ᄒᆞ야 一邊拔矢ᄒᆞ고 擧劍指哪咤曰

"撲燈火之蛾와 入釜中之魚ㅣ 不知命在朝夕ᄒᆞ고 如此無道로다."

策馬還明陣ᄒᆞ야 請於元帥曰

"願借精兵五千騎ᄒᆞ야 卽日에 破鐵木洞ᄒᆞ야 以解元帥之煩惱矣리다."

元帥ㅣ 許之ᄒᆞ니 一枝蓮이 諫曰

"蠻王이 計窮力盡ᄒᆞ되 不肯歸降ᄒᆞ고 欲守洞壑ᄒᆞ니 必有所恃라. 爺爺는 勿爲輕敵ᄒᆞ소셔."

祝融이 不聽ᄒᆞ고 率五千騎ᄒᆞ야 與朱突通·賈驊·帖木忽로 圍鐵木洞ᄒᆞ

고 攻之三日三夜에 不能破ᄒ니 鐵木洞은 周回百餘里요 四面石壁이 高可數十丈이라. 緣石壁而築城ᄒ며 城上에 以銅鎔注ᄒ야 堅如鐵筒ᄒ고 外城之內에 又有九重城ᄒ야 重重疊疊而防備ᄒ니 非人力之可破ㅣ러라. 祝融이 原來性急ᄒ고 憤氣如火ᄒ니 豈可忍也ㅣ리오? 乃以口呪로 招神將鬼兵ᄒ야 以雷斧鎗으로 環而攻之ᄒ되 堅如磐石이라 復起五方天火ᄒ야 衝火於前後左右ᄒ니 哪咤이 早置風車於城上處處ᄒ야 火不能犯ᄒ고 又引壬癸方[4]之水ᄒ야 灌于洞中ᄒ되 哪咤이 已置隱溝於洞中故로 一點之水ㅣ 無所渟溜ᄒ니 祝融이 還告元帥曰

"鐵木洞은 天險之地라 以人力難破러이다."

元帥ㅣ 沉吟答曰

"大王은 歸休ᄒ소셔. 我當更思ᄒ리라."

ᄒ고 此夜에 元帥ㅣ 召紅娘於帳中曰

"哪咤이 今守鐵木洞ᄒ니 何以能出擊破之計오?"

紅娘이 對曰

"妾이 思之久矣나 實無妙策이오 只有一計ᄒ니 哪咤之洞中積穀이 雖如山이나 不過十年之計라. 元帥ㅣ 留大軍於此ᄒ야 守之十年則受降이 不難이리이다."

元帥ㅣ 大驚曰

"此는 不可爲者ㅣ 有二ᄒ니 以公事言之라도 驅大軍而久留於胡가 不可요 以私事로 言之라도 鶴髮이 在堂ᄒ야 歸心이 一日如三秋ㅣ라 豈可離膝下ᄒ야 以留十年이리오? 娘은 更思妙計ᄒ라."

紅娘이 笑曰

"相公이 自料컨된 好勇鬪狼이 孰與祝融이니잇고?"

---

4) 임계방(壬癸方): 임계의 방위. 북쪽에서 동쪽으로 15도에서 30도 방향. 임은 천간(天干)의 아홉번째, 계는 천간의 열번째를 말한다.

元帥曰

"吾ㅣ 不如也로라."

紅娘曰

"熟知南方風土與蠻中地形ᄒ야 力可以取洞壑이 孰與祝融이니잇고?"

元師ㅣ 曰

"我ㅣ 不及也로다."

紅娘曰

"然則以祝融之手段으로도 擊之三日三夜에 不破ᄒ니 相公은 將欲何如잇고?"

元師ㅣ 黙黙良久에 曰

"若如娘言인딘 我ㅣ 出戰於萬里之外ᄒ야 苦楚半年이라가 竟不成功而空還乎아?"

紅娘이 笑曰

"今有一計ᄒ니 果合於相公之意乎잇가?"

不知計將安出고? 且看下回ᄒ라.

紅司馬仗劍取頂子　楊元帥報捷平南賊
第十八回

却說. 元帥ㅣ 問計ᄒᆞᆫ디 紅娘이 笑曰

"昔日에 魏之吳起ᄂᆞᆫ 殺妻而求爲將ᄒᆞ고 唐之張巡은 殺愛妾而饋軍ᄒᆞ니 相公은 以賤妾으로 換蠻王之頭ㅣ 如何잇고?"

元帥ㅣ 愕然不笑ᄒᆞ고 熟視紅娘이어늘 紅娘이 復笑曰

"妾이 連日商量ᄒᆞ되 更無破鐵木洞之策ᄒᆞ니 今夜三更에 變身懷劍ᄒᆞ고 入鐵木洞而如此如此ᄒᆞ야 盜哪咤前金盒ᄒᆞ야 以爲唐之紅線이오 事不如意則取哪咤之頭ᄒᆞ야 難爲荊卿之生還일가 ᄒᆞ니 此ᄂᆞᆫ 以賤妾으로 換蠻王之頭니이다."

元帥聽罷에 怒曰

"殺妻求將은 吳起之殘忍薄行이오 殺妾饋軍은 張巡之孤城計窮也라. 我ㅣ 今率百萬大兵ᄒᆞ야 不服一個蠻王ᄒᆞ고 豈區區效吳起·張巡之事리오? 此ᄂᆞᆫ 娘이 若非激我則必嘲我也로다."

紅娘이 謝曰

"妾이 豈不知相公之意리잇고? 恃其寵愛而戱也로소이다. 妾이 持雙劍

則取鐵木洞中哪咤之頭는 知如以探囊取物ㅎ리니 豈以燕南俠客齟齬之劍
術로 作易水寒風不歸之難이리잇고?”

元帥沉吟曰

“娘之劍術이 雖非凡常이나 病餘弱質이 恐有所失일ᄉᆞ ㅎ노니 明日率
大軍ㅎ고 更擊鐵木洞而不破則更爲商議가 未晚이니라.”

翌日元帥ㅣ 率諸將三軍而擊鐵木洞ᄒᆞᆯ시 搆雲梯而俯視洞中ㅎ며 積木
石而欲登上ㅎ니 哪咤이 以蠻兵으로 守城頭ㅎ고 毒矢强弩로 亂射어ᄂᆞᆯ
更出城外ㅎ야 環攻而放火砲ㅎ니 彈丸이 落地如雨ㅎ야 打石壁而石碎ㅎ
며 如雷砲響과 似電彈丸이 山川이 相應ㅎ고 天地震動ㅎ야 四面十里에
絶無飛禽走獸ㅎ되 擊之半日而終不破ㅣ라. 乃更掘地通道ㅎ야 欲入洞中
이러니 鑿山數十餘丈호되 洞中前後左右에 埋置鐵網ㅎ야 重重疊疊ㅎ야
鑿之無策이라. 紅司馬ㅣ 曰

“自古用兵之道ㅣ 敵國이 以力則我以計ㅎ며 敵國이 用詭術則我用正道
ㅎᄂᆞ니 哪咤이 恃其險而力守ㅎ니 我用智略取之ㅣ 可也ㅣ라.”

ㅎ고 大呼陣前曰

“大明元帥ㅣ 欲與蠻王面談ㅎ니 暫出城上ㅎ라.”

ᄒᆞᆫ디 哪咤이 登城長揖이어ᄂᆞᆯ 紅司馬ㅣ 大聲曰

“汝失五大洞天ㅎ고 欲守一片孤城ㅎ니 與魚遊鼎中과 鷰棲幕上으로 何
以異리오? 元帥ㅣ 奉皇命ㅎ사 施好生之德ㅎ고 無殺伐之心故로 汝首領
을 尙保今日이어ᄂᆞᆯ 不知罔極之恩ㅎ고 不改凶頑之心ㅎ야 勞此大軍ㅎ니
我不欲以力破之ㅎ고 當以智略으로 取汝首矣리니 十分防備ㅎ야 無致後
悔ㅎ라.”

ㅎ고 鳴金收軍而歸本陣ㅎ니라. 是夜三更에 紅司馬ㅣ 請祝融於帳前曰

“大王이 與哪咤으로 今旣絶隣國之誼ㅎ니 哪咤之無恙은 非大王之福也
ㅣ니 不欲乘此時而取哪咤ㅎ야 上報天恩而立大功ㅎ고 下洩私怨而無後患
乎아?”

祝融이 瞿然曰

"寡人이 實無計策ᄒ야 不能破蠻王洞窟ᄒ니 將軍이 明以敎之則雖赴湯蹈火라도 不敢辭也ㅣ리이다."

紅司馬ㅣ曰

"吾知大王之劍術ᄒ오니 豈難取蠻王之頭리요?"

祝融이 久思笑曰

"寡人之淺識은 但料破鐵木洞之策ᄒ고 計不及此러니 如此指路ᄒ시니 寡人이 自此而往ᄒ리이다."

紅司馬ㅣ笑曰

"大王이 欲不惜勞苦而行計인딘 更有所托ᄒ니 元帥ㅣ率百萬大兵ᄒ고 一個蠻王을 不能以恩德으로 心服ᄒ고 暗送刺客ᄒ야 取其首ᄂ 非其本意라. 望大王은 今夜에 入哪吒帳中ᄒ야 勿取其頭ᄒ고 但取其頭上珊瑚頂子ᄒ디 留劍痕於哪吒頭上ᄒ야 以表大王之踪跡ᄒ소셔."

祝融이 應諾ᄒ고 卽起身而去ᄒ니라. 元帥ㅣ顧紅司馬曰

"娘은 以爲祝融之此行이 何如오?"

紅娘이 對曰

"祝融之劍術이 麤率ᄒ야 但驚哪吒而來ᄒ리이다."

元帥曰

"然則此所謂宿虎衝鼻라 豈非有害無益이리오?"

紅娘이 笑曰

"此中에 亦有一計ᄒ니 第觀其終ᄒ소셔."

少頃에 祝融이 携劍而入帳中ᄒ야 喘息이 未定ᄒ고 歔欷歎息ᄒ면서 告紅司馬曰

"寡人之學劍術이 已爲十餘年이라 雖百萬軍中에 劍戟이 如霜이라도 無難出入이러니 鐵木洞은 可謂天羅地網이라 寡人은 幾作咸陽殿上無脚之鬼라가 艱辛生還이로소이다."

紅司馬ㅣ 問其故ᄒᆞᆫ디 祝融이 投劍而告曰

"寡人이 至洞前ᄒᆞ야 仗劍越城ᄒᆞ니 城上無數蠻兵이 或坐或立이어늘 寡人이 變身爲風ᄒᆞ야 連越九城홀시 至第八城ᄒᆞ니 城上에 羅列鐵網ᄒᆞ고 弓弩를 埋於各處ᄒᆞ며 又越其城ᄒᆞ니 宮墻이 接天이라. 此ᄂᆞᆫ 哪吒之處所니 周回六七里요 高過數十丈이러라. 卽欲聳身越墻이러니 前路가 遮斷ᄒᆞ고 有鏘然之聲이어ᄂᆞᆯ 停劍詳視ᄒᆞ니 六七里宮墻을 覆以銅墻ᄒᆞ니 誰能 入去리오? 更尋宮門而欲入이러니 忽有一雙大獸가 叫吼凶獰ᄒᆞ고 自內而 出ᄒᆞ니 形雖似狗나 體高十餘丈이오 其疾이 如星ᄒᆞ야 相爭半夜라. 寡人 이 曾好田獵ᄒᆞ야 能捕猛獸나 至於此獸ᄒᆞ야ᄂᆞᆫ 難可抵當이러니 哪吒이 發宮中埋伏之兵而擊退故로 逃命而歸ᄒᆞ니 鐵木洞은 果天下無雙險地요 哪吒之防備ᄂᆞᆫ 古今所未聞者러이다."

原來蠻王陣中에 有一雙大猰ᄒᆞ니 名曰獅子猰이라. 南方에 有獅子ᄒᆞ고 又有獦狣ᄒᆞ니 相交生雛則名爲獅子猰이라. 其猛이 能食虎象故로 哪吒이 養守宮門이러라. 紅司馬ㅣ 笑曰

"事機如此ᄒᆞ니 大王은 暫歸安休ᄒᆞ소셔. 明日에 更爲商議ᄒᆞ리이다."

此時紅娘이 送祝融而告元帥曰

"妾이 先送祝融은 欲驚哪吒ᄒᆞ야 使加防備ᄒᆞ고 妾從其後ᄒᆞ야 欲取其 頭上頂子ㅣ라. 妾將行之ᄒᆞ니 相公은 坐而暫待ᄒᆞ소셔."

元帥ㅣ 驚執紅娘之手而歎曰

"娘之唐突이 何其如此오? 吾ㅣ 寧不成功而空還이언뎡 不欲送娘於危 地로다."

娘이 笑曰

"妾이 何可欺罔相公ᄒᆞ고 自入危地ᄒᆞ야 上負寵愛之恩ᄒᆞ고 下輕其身而 妄作이리잇고? 自有所料ᄒᆞ니 相公은 放心ᄒᆞ소셔."

元帥ㅣ 半信半疑曰

"祝融이 嘗出入於鐵木洞ᄒᆞ야 槪知其地形이로디 猶不能入이어ᄂᆞᆯ 今

娘은 生疎踪跡이라 豈可擅入危地리오?"

紅娘이 對曰

"所謂劍術은 以神去來어눌 祝融劍術은 以神之不足으로 出入之間에
多露痕跡이어니와 妾雖孱弱이나 用劍得神則其疾이 如風ᄒ고 其歸ㅣ 如
水ᄒ니 捉之不得이오 防之不能者ᄂ 乃劍術이라 何患其生疎ㅣ리잇고?"

元帥ㅣ 又問曰

"娘이 先使祝融으로 驚動哪咤ᄒ야 使加防備ᄂ 何故이며 洞中에 又有
猛獸ᄒ니 可不愼哉아?"

紅娘이 微笑曰

"劍客之往來ᄂ 鬼神도 難測이니 何患一狗리오? 此ㅣ 祝融劍術之麤率
이오 使祝融으로 驚哪咤而加防備ᄂ 欲以見妾의 劍術之神異ᄒ야 使其降
服之迅速이니이다."

元帥ㅣ 放心ᄒ고 親自煮酒ᄒ야 擧盃而勸曰

"夜氣寒冷ᄒ니 莫辭此酒ᄒ라."

紅娘이 笑而受盃ᄒ야 置於案頭曰

"妾當於此酒未冷之前에 歸ᄒ리이다."

言畢에 擧雙劍而飄然出帳ᄒ니라.

此時紅娘이 卽到鐵木洞ᄒ야 越城將入홀시 時夜將半이라 月色은 明朗
ᄒ고 燈燭은 輝煌ᄒ야 無數蠻兵이 擧鎗劍而列立ᄒ니 此ᄂ 昨夜祝融風
波以後에 更加防備홈이러라. 紅娘이 過九重城而直到內城ᄒ니 城門이
已閉ᄒ고 左右靑猊이 蹲守如虎ᄒᆫ데 兩眼光彩가 轉如星月ᄒ야 甚是凶獰
이라. 紅娘이 變爲赤氣ᄒ야 直入門隙ᄒ야 卽到哪咤宮中ᄒ니 哪咤이 新
經刺客之變ᄒ고 會集麾下蠻將ᄒ야 侍立左右ᄒ야 劍戟이 如霜ᄒ고 燈燭
이 似晝러라. 哪咤이 列鎗劍於前ᄒ고 坐於燭下러니 忽然燈燭이 微動에
鏘然劍聲이 出於頭上이어눌 哪咤이 大驚ᄒ야 急擧長劍ᄒ야 欲擊空中이
러니 寂然更無動靜이라가 忽然宮門外에 有霹靂聲이어눌 宮中이 擾亂ᄒ

야 蠻將蠻兵이 一時突出ㅎ야 搜索九重城中ㅎ디 不見其跡이요 但見獅子獒이 劍痕이 狼藉而死] 라. 哪咤이 精神이 飛越ㅎ야 與諸將商議曰

"刺客之變이 自古有之나 如此神怪 는 未嘗聞之라. 非人之所爲요 必鬼物之造化] 로다."

ㅎ야 議論이 紛紛이러라.

此時元帥] 送紅娘ㅎ고 豈可放心이리오? 度鐵木洞之遠近則紅娘이 幾近洞口라 ㅎ고 思量之際에 忽然捲帷而娘入이어늘 元帥] 且驚且喜曰

"娘은 病餘弱質이라 吾] 固知中路而還이로라."

紅娘이 投雙劍ㅎ고 喘息이 脈脈曰

"妾이 病餘라 僅入洞中이라가 爲二狗所逐ㅎ야 逃命而歸니이다."

元帥] 大驚曰

"能無傷處乎아?"

紅娘이 魔蛾眉而有呻吟之色曰

"雖無傷處나 果爲大驚ㅎ야 胃膈이 牽引ㅎ니 飮溫酒而得哪咤頭上之頂子라야 可以壓驚이니이다."

元帥] 方知無事歸來ㅎ고 大喜ㅎ야 致謝不已ㅎ니 紅娘이 笑而自懷中으로 搜出哪咤頭上之珊瑚頂子ㅎ고 指案頭酒盃曰

"妾이 已奉軍令ㅎ니 豈敢虛還이리잇고?"

元帥] 愕然視之ㅎ니 酒尙溫矣러라. 紅娘이 笑而詳告頂子之事曰

"哪咤之防備 는 果非祝融의 所可下手라. 妾이 初取頂子ㅎ고 不欲漏泄踪跡이러니 更思之ㅎ니 使彼로 知劍術之所致然後에야 可以惹起惶怯之心故로 故出劍聲ㅎ고 出門外라가 又殺二頭獒ㅎ니 今夜哪咤이 開眼而坐ㅎ야 如夢鬼關이라 待天明ㅎ야 修一封書而送頂子면 哪咤之降이 當在不久ㅎ리이다."

元帥] 大喜ㅎ야 使紅娘으로 修一封書ㅎ야 射送鐵木洞ㅎ니라.

且說. 哪咤이 驚魂이 未定ㅎ야 顧諸將曰

"先入宮中者 暮夜無知에 出其不意 無足疑어니와 後入宮中者
非尋常刺客之變이라. 宮中이 不寐 寡人防備ㅣ 甚密 如同白晝
어 無形而入 無跡而出 니 是豈荊卿·聶政之類의 所可侔議리오?
尤爲可疑者 旣入宮中 不殺人命 門外獅子猊 猛於虎豹어
倉卒에 殺之而劍痕이 如是浪藉 니 豈非怪變이리오?"

고 妻子宮屬을 聚集一處 야 達夜不寐러니 翌日平朝에 守門蠻將이
告曰

"明元帥ㅣ 以一幅書로 射投洞中故로 取之以呈 나이다."

哪吒이 接視之 黃龍繡一片緞에 書數行이라. 其書에 曰

"大明元帥 今不勞大軍而破鐵木洞 고 臥於帳中 야 取一個頂子而
來러니 別無用處 兹以還送 노니 嗟乎라 蠻王은 益加堅守洞壑이어
다! 吾以取頂子之手段으로 更有取來之物이로다."

哪吒이 覽書홀 書窮而珊瑚頂子ㅣ 見 豈不知自己頂子ㅣ리오?
乃大驚失色 方撫頭上 果無頂子ㅣ라. 手脚이 慌忙 고 精神이
飛越 脫紅兜子而視之 頂子截斷處에 劍痕이 分明이라 驀然如靑
天霹靂이 落於頭上 고 冬月氷雪이 入於懷中 毛骨이 竦然 心
膽이 俱寒 舉手撫首 顧左右而問曰

"寡人之頭ㅣ 何如오?"

左右ㅣ 對曰

"以大王之英雄으로 何若是驚動乎잇가?"

哪吒이 歎曰

"開眼坐床 失頭上之物而不覺 豈可保其首乎아?"

諸將이 一時에 齊聲慰之曰

"戒危 安之本이오 有懼 喜之本이니 么麽刺客을 豈可如是深慮乎
잇가?"

哪吒이 默默良久에 曰

"寡人이 聞之호니 逆天者는 亡호고 順天者는 昌이라 호니 寡人이 旣失五大洞天호고 鐵木洞을 雖盡力守之나 前後數十餘戰에 毫無一利호니 此豈非天之所爲리오? 我欲堅守ㅣ면 此는 逆天也요 且寡人이 屢經危地호되 楊元帥ㅣ 終不殺害호고 曲軫生活호니 我今不服이면 此는 背恩也ㅣ라. 況楊元帥의 送刺客取頂子之手段을 試思호면 此는 寡人이 生不免逆天之人이오 死難免無頭之鬼호리니 豈不寒心哉아? 寡人이 今當投降이라."

호고 卽立降旙於城上호고 蠻王이 以素車白旗로 繫印綬於項而出혼디 楊元帥ㅣ 率大軍布陣호고 以軍法으로 受降홀시 元帥ㅣ 以紅袍金甲으로 佩大羽箭호고 登將臺호니 左便은 左司馬靑龍將軍蘇裕卿이오 右便은 右司馬白虎將軍紅渾脫이라. 前部先鋒雷天風과 左翼將軍董超와 右翼將軍馬達과 突擊將軍孫夜叉 等 一隊諸將이 分立東西호니 井井旗幟와 淵淵鼓角이 蔽空動地러라. 蠻王이 面縛轝櫬[1]호고 膝行匍匐호야 叩頭請罪於帳下홀시 鐵木塔·兒拔都 等 諸蠻將이 免冑齊伏於帳前이어놀 元帥ㅣ 曰

"汝等이 不知天命호고 騷擾邊方故로 吾奉聖旨호야 以德撫之호고 以義導之호노니 汝ㅣ 若有餘勇이어든 亦能再戰乎아?"

蠻王이 叩頭曰

"哪咤이 于今生存은 皇上之聖德이 大如天地호시고 元帥之洪恩이 深如河海ㅣ라. 哪咤이 雖蠻夷之人이나 亦稟五臟七情호야 頂天立地호야 參于人類者ㅣ라 豈不感化而心服이리잇고? 哪咤이 生長於絶域호야 不知仁義호고 識見이 孤陋호야 自就斧鉞之誅호얏스오니 今投哪咤之頭髮호야 數哪咤之罪라도 猶不可量也ㅣ로소이다."

元帥ㅣ 聽罷에 正色曰

"方今聖天子ㅣ 在上호샤 聖神文武호시고 慈仁愛恤호샤 統四海而治

---

1) 면박여츤(面縛轝櫬): 사죄(謝罪)를 위해, 스스로 두 손을 등뒤로 묶고, 얼굴을 사람들에게 보이도록 앞으로 쳐들고, 관을 짊어지고 있는 모양.

ᄒ시니 雖草木禽獸ㅣ라도 無不被惠澤者어늘 汝ㅣ 抗拒天命이면 難保身命이오 感服王化ᄒ야 果以心服之則聖天子ㅣ 必有容貸ᄒ시리니 當奏聞而處之ᄒ리라."

蠻王이 叩頭百拜而謝曰

"哪咤은 死者ㅣ라 雖天大海濶이나 豈敢望容身乎잇가?"

元帥ㅣ 卽留蠻王於軍中ᄒ고 率大軍諸將而入鐵木洞ᄒ야 奏罷陣樂ᄒ며 大犒軍士後에 繕出捷書一度ᄒ야 發送奏聞ᄒ실ᄉᆡ 繼作一封家書ᄒ니 紅娘이 愀然告曰

"妾之今日生存은 尹小姐之德이라. 死生之間에 不可欺心이니 欲傳妾之生存消息ᄒ노이다."

元帥ㅣ 笑而許之ᄒ니라. 元帥ㅣ 召左翼將軍董超曰

"將軍이 奉捷書ᄒ고 速爲往還ᄒ야 勿使大軍으로 久留邊地ᄒ라."

董超ㅣ 聽令ᄒ고 卽日登程ᄒ야 向皇城而去ᄒ니라.

且說. 此時天子ㅣ 寢食이 不甘ᄒ샤 苦待元帥之捷書ㅣ러시니 董超ㅣ 奉表奏達ᄒ니 天子ㅣ 臨御紫宸殿ᄒ사 引見董超於榻前ᄒ시고 命翰林學士ᄒ야 讀元帥之表ᄒ시니 其表에 曰

"征南都元帥臣楊昌曲은 頓首百拜上書于皇帝陛下ᄒ노이다. 伏以臣이 奉皇命而征南이 今已半年이라. 智淺才短ᄒ야 天兵이 逗遛遠方ᄒ오니 誠惶誠恐頓首頓首ᄒ나이다. 臣이 今月某日에 皇靈攸暨에 蠻王哪咤을 受降於鐵木洞前ᄒ고 馳報捷書ᄒ오니 當待詔而回軍이어니와 臣은 以爲南方이 王化ㅣ 絶遠ᄒ고 風俗이 强悍ᄒ야 可以德化撫之요 不可以威力制之라. 蠻王哪咤이 雖犯罪나 今旣心服이오 且非哪咤則無鎭定南方者ᄒ오니 伏願陛下ᄂᆞᆫ 赦哪咤之罪ᄒ시고 因存王號ᄒ야 使感服聖德ᄒ야 更無反覆之心케 ᄒ소셔."

天子ㅣ 聽表大喜ᄒ사 顧黃尹兩閣老而下敎曰

"楊昌曲之將略은 不下於諸葛武侯라 豈非國家之棟樑柱石이리오?"

ᄒ시고 招董超於殿上ᄒ샤 曰

"汝ᄂᆫ 何方之人고?"

董超ㅣ 奏曰

"臣은 蘇州人이러니 聞元帥之選將材ᄒ고 自願出戰ᄒ니이다."

上이 顧左右而讚之ᄒ시고 又問軍中經歷之事와 及楊元帥用兵之術ᄒ
신ᄃᆡ 董超ㅣ 一一奏達ᄒ니 天子ㅣ 大驚曰

"楊元帥之將略은 吾已知之어니와 紅渾脫은 是何將帥오? 武藝韜略이
如是絶倫ᄒ니 此ᄂᆫ 元帥之福이로다."

董超ㅣ 對曰

"紅渾脫은 本以中國人으로 流落南方ᄒ야 修術山中ᄒ야 年今十六歲요
爲人이 尙義氣ᄒ고 容貌風采ᄂᆫ 彷彿張子房이러이다."

天子ㅣ 再三讚之러니 適交趾王之上疏ㅣ 至ᄒ니 其에 曰

"交趾南方千里之外ᄂᆫ 卽紅桃國이라. 自古로 不通朝貢於中國ᄒ고 擯
斥以遠方蠻夷之國ᄒ야 無侵邊方之事러니 今締結蠻人百餘部落ᄒ야 侵犯
交趾地方故로 臣이 調發土兵ᄒ야 期欲勦滅ᄒ오ᄃᆡ 三戰三敗ᄒ오니 賊勢
最盛ᄒ야 不能交鋒이라. 伏願陛下ᄂᆫ 早發天兵而平定ᄒ소셔."

天子ㅣ 覽畢大驚ᄒ야 召兩閣老而問計ᄒ신ᄃᆡ 黃閣老ㅣ 奏曰

"賊勢ㅣ 如是難測ᄒ니 不可以庸將敵之라. 下詔楊昌曲ᄒ샤 分軍一隊
而賜紅渾脫ᄒ야 使伐紅桃國ᄒ시고 昌曲은 旣爲成功者ㅣ라 大軍을 久留
邊方이 似有不可ᄒ니 使速回軍ᄒ소셔."

尹閣老ㅣ 曰

"不知紅渾脫之天性ᄒ고 重任을 不可輕許ㅣ니이다."

黃閣老ㅣ 奏曰

"聞渾脫之爲人則落拓邊方이라가 當此亂時ᄒ야 欲顯其才藝ᄒ야 立身
揚名이라. 陛下ㅣ 若下詔ᄒ샤 調用其人이면 其圖報之心이 應不怠慢일
가 ᄒᆞᄂᆞ이다."

上이 從其言ᄒᆞ사 卽下詔於昌曲하실ᄉᆡ 拜董超爲虎賁將軍ᄒᆞ야 星夜回程ᄒᆞ니라.

此時楊員外ㅣ 苦待兒子之凱旋이러니 董超ㅣ 納書ᄒᆞ고 忙忙回程이어ᄂᆞᆯ 員外ㅣ 開見書札ᄒᆞ니 內又有小札而寫尹小姐三字어ᄂᆞᆯ 員外ㅣ 卽送小姐寢室ᄒᆞ니 小姐ㅣ 豈不知紅娘筆跡이리오? 再三驚喜ᄒᆞ야 急開而視ᄒᆞ니 其書에 曰

"賤妾江南紅은 上書于尹小姐粧臺下ᄒᆞ노이다. 妾이 奇薄命道로 蒙小姐偏愛之德ᄒᆞ야 江中驚魂이 依托山中ᄒᆞ야 命逢辛苦ㅣ러니 皇天이 黙佑ᄒᆞ사 變服爲童ᄒᆞ고 幻形爲將帥ᄒᆞ야 百年知己의 已斷之緣을 復續以三軍陣前之帳幕ᄒᆞ니 靑樓賤踪을 無足可責이오나 白日幻形이 無異鬼物ᄒᆞ오니 慚愧莫甚이로소이다. 但慇懃思之ᄒᆞ고 寤寐慕之러니 死別世間타가 生存物外ᄒᆞ야 更侍尊顔請敎ᄒᆞ야 以送餘生ᄒᆞ리니 是所自喜로소이다."

尹小姐ㅣ 素無臨事顚倒ㅣ러니 意外에 見紅娘書ᄒᆞ고 急呼蓮玉홀ᄉᆡ 先後倒錯ᄒᆞ야 曰

"紅娘아! 蓮玉이 生存이로다."

蓮玉이 莫知所謂ᄒᆞ야 茫然不答이어ᄂᆞᆯ 小姐ㅣ 更笑曰

"吾言이 倒錯이로다. 蓮玉아! 汝之故主紅娘이 生存付書ᄒᆞ니 豈不奇異哉리오?"

蓮玉이 聞來唐荒曰

"是何言也잇고?"

ᄒᆞ고 赴於小姐之前而泣ᄒᆞ니 小姐ㅣ 憐其情境ᄒᆞ야 撫背慰之曰

"死生이 有命ᄒᆞ고 苦樂이 在天이라. 紅之顔色이 和吉故로 意謂必不爲水中孤魂이러니 果是生存이로다."

ᄒᆞ고 讀書簡而使蓮玉聞之ᄒᆞ니 玉이 喜極如狂ᄒᆞ야 揮淚帶笑曰

"賤婢ㅣ 不見故主ㅣ 於焉三年이라. 何以則速見乎잇가?"

小姐ㅣ 曰

"相公이 不久回軍ᄒ시리니 自然同還矣리라."

蓮玉이 笑曰

"相公還駕之日에 賤婢ㅣ 欲出於南郊ᄒ야 迎候故主나 但無鮮明之衣ᄒ니 百萬軍前에 豈不羞愧哉리잇고?"

尹小姐ㅣ 笑曰

"見其書簡則幻形爲將이라 ᄒ니 必藏其踪跡이라. 姑勿漏泄ᄒ고 第觀下回ᄒ라."

翌日에 天子ㅣ 更下敎曰

"朕이 更思之則賊勢非輕이라 不可使一個偏將으로 往討ㅣ니 更詔楊昌曲ᄒ야 使之幷力勦平ᄒ리라."

ᄒ시고 卽下詔於楊元帥曰

"卿은 周之方召요 宋之韓富ㅣ라. 德望이 聞於朝廷ᄒ고 威嚴이 振於邊方ᄒ야 蠢爾蠻荊이 望風瓦解ᄒ니 從今以後로 朕이 可以高枕無憂ㅣ라 ᄒ더니 繼聞紅桃國急報ᄒ니 賊勢非輕이라. 卿은 勿爲回軍ᄒ고 卽向交趾ᄒ야 討平盜賊而還ᄒ라. 朕이 德化不足ᄒ야 使卿으로 獨賢[2]勞於雨雪楊柳[3]ᄒ고 助長慕於嶺海風塵ᄒ니 回首南天에 慚愧極矣로다. 今以卿으로 特拜右丞相兼征南大都督ᄒ노니 率副元帥紅渾脫ᄒ고 便宜從事ᄒ야 勿負朕意ᄒ라. 蠻王哪咤은 其罪雖重이나 姑爲容赦ᄒ노니 仍存王號而鎭

---

2) 독현(獨賢): 유독 자신만 혹사당하는 고통을 말한다. 『시경』 「소아小雅」 「북산지집北山之什」 「북산北山」에, "왕의 일을 튼튼히 해야 하기에, 우리 부모를 근심하게 하노라. 하늘 아래 왕의 땅 아닌 곳이 없으며, 땅 위 그 누구도 왕의 신하 아닌 사람이 없거늘, 대부가 공평하지 못한지라, 홀로 어질다 해서 나만 부리는구나(王事靡盬, 憂我父母. 溥天之下, 莫非王土, 率土之濱, 莫非王臣. 大夫不均, 我從事獨賢)"에서 온 말이다.

3) 우설양류(雨雪楊柳): '예전에 버들이 푸르러 무성하더니, 이제는 눈비가 부슬부슬 휘날린다.' 시간이 많이 지난 것을 뜻하는 말. 『시경』 「소아小雅」 「녹명지집鹿鳴之什」 「채미采薇」에 나오는 구절. "예전에 내가 떠나올 때는, 버들이 푸르러 무성하더니, 이제 내가 돌아갈 것을 생각하니, 눈비가 부슬부슬 휘날리네.(昔我往矣, 楊柳依依. 今我來思, 雨雪霏霏)"

定南方ᄒᆞ야 使無懷不軌之心[4]케 ᄒᆞ라."

又下詔於紅渾脫ᄒᆞ시니 詔書何如오? 且看下回ᄒᆞ라.

---

4) 불궤지심(不軌之心): 법이나 도리에 어긋나는 마음. 반역을 꾀하는 마음.

老娘感義辱黃婦 佳人單車向江州
第十九回

却說. 天子ㅣ 以親筆로 下詔於紅渾脫ㅎ시니 詔에 曰

"朕이 德薄ㅎ야 處於寶位ㅣ 于今四年이라 用人才에 有遺珠之歎ㅎ고 擧草野에 多抱玉之淚ㅣ라. 如卿絶世之材로 流離遠方ㅎ야 未達朝廷ㅎ고 踪跡이 沉淪蠻鄕ㅎ니 此는 朕之過ㅣ라. 上天이 黙佑ㅎ시고 宗社ㅣ 多福ㅎ야 收釣渭濱而扶周ㅎ고 仗劍寒溪而歸漢ㅎ니 此는 將軍之義氣卓越이오 上天이 顧朕ㅎ샤 特賜良弼이라. 旣成大功ㅎ니 當以丹書鐵卷1)에 論其勳業ㅎ고 更有靑史竹帛2)에 顯其姓名ㅎ려니와 紅桃國이 更犯邊境ㅎ야 形勢猖獗ㅎ니 非卿則莫可平定이라. 以卿으로 特拜兵部侍郎兼征南副元帥ㅎ노니 與大都督楊昌曲으로 率大軍而前往交趾ㅎ야 更成大捷之功ㅎ라. 戰袍一領과 弓矢節鉞과 副元帥印綬를 下送ㅎ니 卿其欽哉어다!"

1) 단서철권(丹書鐵卷): 쇳조각에 지워지지 않게 주서(朱書)해 공신(功臣)에게 주어, 대대로 죄를 면하게 한 증명서.
2) 청사죽백(靑史竹帛): 역사상의 기록을 적은 책. 옛날 종이가 없을 때 참대나 비단 조각에 글이나 그림을 남겼던 데서 유래한다.

天子ㅣ 卽命天使一人ᄒ야 齎詔書而催促登程ᄒ야 星夜赴馳ᄒ라 ᄒ시니 天使ㅣ 辭朝ᄒ고 卽向南方ᄒ니라.

且說. 仙娘이 以春風之像과 秋月之態로 當不意之變ᄒ야 不雪陋名罪惡ᄒ고 號訴無處ᄒ야 以罪人自處ᄒ고 踪跡을 不出門外가 已半年이라. 夜則向孤燈而心思悄悄ᄒ야 不能成眠ᄒ고 晝則閉門戶而悲淚潸潸ᄒ야 不覺沾襟이러니 餘厄이 未盡ᄒ고 造物이 猜忌ᄒ야 又起一場風波ᄒ니 嗟乎라 其身數之孔慘이여! 此時衛氏母女가 以姦慝之心과 奸巧之謀로 再次謀害仙娘이나 事不如意ᄒ야 心思煩惱라가 黃小姐ㅣ 故爲稱病ᄒ고 處於本府ᄒ야 晝宵一念이 焦燥着急이러니 聞楊元帥之回軍ᄒ고 衛氏ㅣ 謂小姐曰

"元帥之回軍이 非好消息이니 汝將何以處之오? 惡物之含毒이 已久ᄒ니 元帥ㅣ 還家則其報復之擧가 將至於何境이리오?"

小姐ㅣ 俯首不答ᄒ니 春月이 笑曰

"冬去春來ᄒ고 器盈則覆은 古今常事라. 夫人이 前日行事ㅣ 齟齬ᄒ샤 空費無益之心慮로소이다."

衛氏歎曰

"汝則小姐心服이라 死生患亂에 豈可視同路人之事乎아? 小姐는 天性이 仁弱ᄒ야 都無遠慮ᄒ니 汝豈不思出妙策乎아?"

春月曰

"諺에 曰 '斬草除根이라' ᄒ야늘 夫人이 埋置禍根而問方略ᄒ시니 賤婢ㄴ들 將奈何乎잇고?"

衛氏ㅣ 執春月之手曰

"此正吾之所憂라. 何如則可以拔根乎아?"

春月이 對曰

"今日風波之尙未決末은 不殺仙娘之故라. 殺楚霸王이라야 寢息八年風塵이리니 夫人이 不惜嚴仲子百金則賤婢ㅣ 當遍踏長安ᄒ야 可圖聶政之

銳劍일가 ᄒᆞ나이다."

小姐] 聞此言而沉吟曰

"此事] 最爲張大ᄒᆞ야 有不可者] 二라. 深嚴宰相之家에 入送刺客이 十分疎忽ᄒᆞ니 其不可者] 一也요 我所欲謀害仙娘은 不過猜其美貌而妬 其恩寵이라 今送刺客而取其頭則形跡이 狼藉ᄒᆞ야 雖可以雪我怨恨이나 衆人耳目을 豈可避也] 리오? 此其不可者] 二也라. 春婢ᄂᆞᆫ 更思他計ᄒᆞ 라."

春月이 笑曰

"若如是畏㤼인딘 小姐] 豈送男子於別堂이며 求毒藥而害無罪之人乎 잇가? 賤婢聞之ᄒᆞ니 仙娘이 以罪人自處ᄒᆞ야 草席布被에 憔悴顔色과 可 憐姿態로 元帥之還家를 屈指苦待라 ᄒᆞ니 雖丈夫鐵石肝腸이나 以寤寐不 忘ᄒᆞ야 新情未洽之寵姬로 瞥見如此之狀則豈不傷心斷腸乎잇가? 惻然之 處에 倍生人情ᄒᆞ고 凄凉之中에 尤加愛心ᄒᆞ리니 嗟乎라! 小姐之身勢ᄂᆞᆫ 自此로 爲盤中之轉珠矣리이다."

黃小姐] 忽然面色이 如土ᄒᆞ야 脈脈而視春月이어놀 春月이 又歎曰

"碧城仙은 眞是唐突女子러이다. 近聞其言則黃小姐] 雖有智謀나 必 爲無源之水] 라. 其水之乾이 必在朝夕이니 雖東海變而泰山崩이라도 楊 元帥碧城仙之情根은 堅如金石이라 ᄒᆞ더이다."

小姐] 勃然大怒曰

"吾與賤妓로 不當幷生於此世ᄒᆞ리라."

ᄒᆞ고 以百金으로 卽賜春月曰

"汝速行計ᄒᆞ라."

春月이 乃變服而遍踏長安ᄒᆞ야 廣求刺客이러니 一日은 率一個老娘而 見於夫人이어놀 衛氏] 見其老娘ᄒᆞ니 身長이 五尺이오 霜鬢星眸에 確 有義俠之氣어놀 辟左右而問曰

"老娘之年이 幾何며 姓名은 何也오?"

老娘이 對曰

"賤年은 七十이오 姓名則不必記存이나 平生에 好義氣ᄒᆞ야 聞不快之事則恒慕急難之風3)이러니 偶逢春月ᄒᆞ야 詳聞夫人與小姐之事ᄒᆞ니 惻然莫甚故로 遂欲盡力ᄒᆞ야 以雪其不平之心이나 殺人報讎ᄂᆞᆫ 重大之事라 若有一毫挾雜이면 反受其禍ᄒᆞ나니 夫人은 熟思之ᄒᆞ소셔."

衛夫人이 歎曰

"老娘은 有義氣者ㅣ라. 吾豈有雜念而殺害人命이리오?"

ᄒᆞ고 以酒饌待之ᄒᆞ고 語其所懷曰

"婦女之相妬ᄂᆞᆫ 人間常事ㅣ라 爲其母者ㅣ 當笑而挽止ᄒᆞ고 責而警戒니 豈可有報讎之意리오마ᄂᆞᆫ 今日之事ᄂᆞᆫ 可謂千古所無ㅣ라. 吾女兒ㅣ 本是昏暗ᄒᆞ야 不知世上之妬忌ㅣ 爲何事ㅣ러니 入於姦人手中ᄒᆞ야 一次中毒後에 非徒病入骨髓ㅣ라. 畏歸舅家ᄒᆞ야 欲終身於老身膝下ᄒᆞ니 吾ㅣ 何忍見其狀貌리오? 晝夜思之ᄒᆞ니 楊家興亡이 在於女兒之平生이라 自妖妓入楊府之後로 家中恠變이 層生疊出ᄒᆞ고 搖亂之說이 不可形言ᄒᆞ니 女兒之身勢ᄂᆞᆫ 置之勿論ᄒᆞ고 楊家一門이 未免敗亡之患이라. 老娘이 旣好義氣인딘 一投三尺霜刃ᄒᆞ야 救楊氏一門之危ᄒᆞ고 爲女兒平生之事ᄒᆞ야 除其禍根則當以千金으로 報其恩德矣리라."

老娘이 熟視衛氏氣色ᄒᆞ고 笑曰

"事若如此則果無所拘碍로소이다. 已聞於春月ᄒᆞ오니 數日後更携劍而來ᄒᆞ리이다."

衛氏ㅣ 大喜ᄒᆞ야 以百金으로 欲先表情흔디 老娘이 不受曰

"此ᄂᆞᆫ 不急之事니 於成功後賜之ᄒᆞ소셔."

數日後老娘이 懷小劍ᄒᆞ고 先往黃府ᄒᆞ야 見衛夫人及小姐ᄒᆞ고 乘夜往

---

3) 급난지풍(急難之風): 남의 어려운 일을 구해주는 의협심 있는 태도. [교감] 적문서관본 영인본 193쪽에는 '급란지풍(急亂之風)'으로 되어 있으나, 오식이므로 바로잡는다. 덕흥서림본 제1권 198쪽에는 '급난지풍(急難之風)'으로 바르게 되어 있다.

楊府호시 春月이 至楊府墻外호야 指示後園之路與別堂之門호고 卽還黃府호니라. 此時눈 三春中旬이라 天氣눈 浩蕩호고 月色은 照耀혼디 老娘이 仗劍越墻호야 顧視左右호니 後園이 幽邃호야 果木이 成林혼데 杏花눈 已盡호고 桃花눈 滿發이라. 雙雙白鶴은 睡於松下호고 層層石臺눈 沉於蒼苔호니 如綫一路가 迷於月下어눌 藏跡暗入호야 立於石臺호니 東西別堂이 列於左右호고 一角月門이 閉之寂寂이어눌 過東別堂而至西別堂호야 仗劍飛身호야 踰墻而入호니 行閣이 疊疊左右라. 依春月之所指호야 至行閣第一房而視之호니 閉寢門而寂寂호고 傍有小窓호야 燭形이 隱映이어눌 暗窺窓隙호니 兩個丫鬟은 眠於燭下호고 一位美人이 臥於席上이어눌 詳視之호니 草席之上에 襤褸衣裳과 瘦顔垢面이 十分憔悴호고 七分嬌妖호야 朦朧春睡눈 乍合秋波호고 無窮愁色은 鎖深蛾眉호니 非陽臺雲雨의 楚襄王之夢이오 帶江潭芳草의 屈三閭之愁어눌 老娘이 疑訝호야 心中暗思호디

'我七十老眼이 多閱世事호야 一見人情物態則槪知其意어눌 如許美人이 豈有其行이리오?'

호고 更加詳視러니 美人이 忽然長歎而回臥호야 玉腕을 加於額上호고 因卽鼻鼾이어눌 老娘이 脈脈視之호고 細細察之호니 弊衫을 乍捲에 玉腕半露혼데 一片紅點이 宛然於燭下호니 似雲霄仙鶴이 露出頂紅호고 如望帝寃魂이 泣吐紅血호야 非尋常紅點이오 分明是鸚血一點이어눌 老娘이 心寒膽落호야 擧劍自思호디

'女子之妬눈 自古有之나 曾子之殺人과 孝己[4]之不孝눈 老身之所不快라. 吾常好義氣호니 不救如此之人則不免爲碌碌女子라.'

호고 擧劍開門而直入호니 美人이 大驚起坐而呼丫鬟이어눌 老娘이 笑

---

4) [교감] 효기(孝己): 적문서관본 영인본 194쪽에는 '효기(孝起)'로 되어 있으나, 인명 '효기(孝己)'의 오식이므로 바로잡는다.

而投劍曰

"娘子는 勿爲驚動ᄒ소셔. 豈知梁園刺客이 不救袁中郎이리오?"

美人이 問曰

"老娘은 何如人고?"

老娘曰

"老身은 黃府所使之刺客이로소이다."

美人曰

"娘이 自黃府而來면 何不取去吾頭오?"

老娘曰

"老身之所懷는 從當聞之어니와 先言娘子之處地ᄒ소셔."

美人이 笑曰

"老娘이 欲殺此人而來ᄒ니 豈不知其故乎아? 妾은 天地間罪人이라 有何他言이리오?"

老娘이 歔欷歎曰

"娘子之所懷는 從當聞知어니와 老身은 本是洛陽人이라. 年少時에 遊於靑樓ᄒ야 曾學劍術矣러니 年老에 門前이 冷落ᄒ고 風情이 消盡ᄒ되 猶餘一種烈俠之心ᄒ야 依於屠門ᄒ야 以殺人報讎로 爲事러니 誤聽黃家老嫗之言ᄒ고 幾殺無罪佳人이로다."

美人이 驚喜曰

"妾亦洛陽靑樓之人으로 命道奇薄ᄒ야 漂泊江州라가 至於此處ᄒ니 以路柳墻花之賤踪으로 不修小星巾櫛之責ᄒ고 得罪於主母ᄒ니 當爲有義氣者之劍頭孤魂이니 老娘之恕ᄒ 誤矣로다."

老娘이 尤爲大驚曰

"然則娘子之名이 非碧城仙乎잇가?"

美人이 曰

"老娘이 安知妾之名乎아?"

老娘이 執仙娘之手而含淚曰

"老身이 已聞娘子之芳名ᄒ야 氷雪之操를 如雷慣耳어눌 黃家老婦ㅣ 瞞天欺神ᄒ야 窈窕淑女를 如此謀害ᄒ니 老身手中에 霜刃이 不鈍이라 以妖婦姦女之血로 欲慰劍神이라."

ᄒ고 奮然而起어눌 仙娘이 把其袖曰

"娘은 誤矣로다. 妻妾之分은 如君臣之義ᄒ니 何可爲其臣而害其君이리오? 此非有義理之事라. 老娘이 若固執則以妾之頭血로 先汚娘劍ᄒ리라."

言畢에 堂堂之氣ㅣ 如霜如日이어눌 老娘이 又歎曰

"娘子ᄂ 可謂名不虛傳이로다. 十年一劍을 未試於黃府ᄒ니 心中이 最不平이나 看娘子之面ᄒ야 以恕老婦ᄒ노니 娘子ᄂ 千萬保重ᄒ소셔."

ᄒ고 擧劍飄然而出이어눌 仙娘이 再三申托曰

"老娘이 若害妾之主母則妾命이 同日亦盡ᄒ리니 深思勿負ᄒ라."

老娘이 微笑曰

"老身이 豈可二言이리오?"

ᄒ고 仗劍越墻而至黃府ᄒ니 東方이 旣白이러라. 春月奴主ㅣ 躁急苦待라가 見老娘之回ᄒ고 春月이 出曰

"何其遲也며 賤妓之頭ᄂ 在於何處오?"

老娘이 冷笑ᄒ고 以左手로 把春月之頭髮ᄒ고 右手로 擧霜刃ᄒ야 指衛夫人ᄒ고 側目久視라가 大叱曰

"姦惡老嫗ㅣ 助偏狹妖婦ᄒ야 謀害淑女佳人ᄒ니 我以手中三尺之劍으로 欲斬汝首ㅣ러니 感於仙娘之忠心ᄒ야 姑爲容恕어니와 仙娘之才藝節操ᄂ 白日所照요 蒼天所知라. 十年靑樓에 一片紅點은 求之古昔에도 亦之難得이어눌 汝欲害仙娘이면 我雖在千萬里之外라도 磨此劍而待ᄒ리라."

ᄒ고 言畢에 曳春月而出門外ᄒ니 黃府上下ㅣ 大驚搖亂ᄒ야 數十蒼頭ㅣ 齊

聲而出ㅎ야 欲捕老娘ㅎ니 老娘이 大叱曰

"汝若犯我ㅣ면 先殺此女라."

ㅎ니 左右ㅣ 不敢下手러라. 老娘이 曳春月而出大路ㅎ야 大呼曰

"天下에 如有熱性義氣之人이어든 傾耳而聽我言ㅎ라. 老身은 刺客이라 黃閣老夫人衛氏가 爲其姦惡女子에 助桀爲虐ㅎ야 使侍婢春月로 損千金求老身ㅎ야 使斬楊丞相小室仙娘之首어늘 老身이 卽往楊府ㅎ야 至仙娘寢室ㅎ야 窺視其動靜則仙娘이 草席布被에 以鑑縷衣裳으로 臥於燭下ㅎ되 臂上紅點이 至今宛然ㅎ니 老身이 平生好義氣라가 誤聽姦人之言ㅎ고 幾乎誤殺淑女佳人ㅎ니 毛骨이 豈不竦然이리오? 老身이 欲以此劍으로 殺衛氏母女ㅎ야 以除仙娘之禍根이러니 仙娘이 至誠挽留ㅎ고 言辭慷慨ㅎ야 義理截嚴ㅎ니 嗟乎라! 十年靑樓에 鸚血分明之女子를 以淫女指目ㅎ고 忘却怨讐之慘毒而固守妻妾之分ㅎ야 義理正大之婦女를 歸之於姦人ㅎ니 豈不寒心哉리요? 老身이 感於仙娘之忠告ㅎ야 姑捨衛氏母女而歸ㅎ니 若或日後에 無聞無知之刺客이 貪衛氏之千金ㅎ야 有害仙娘者ㅣ면 吾必有聞見이라."

ㅎ고 乃擧劍指春月曰

"汝는 賤人이라 無足言也어니와 亦有五臟之女子ㅣ라. 白日之下에 安敢欲害賢淑佳人乎아? 我以此劍으로 卽欲殺汝로되 更思之則日後黃氏之凶惡節次를 無證據之處故로 一縷殘命을 姑爲付存ㅎ노니 以此知之어다."

ㅎ고 翻刃如霜이러니 春月이 伏地昏倒ㅎ고 老娘은 無去處어늘 左右ㅣ 大驚ㅎ야 詳視春月ㅎ니 流血이 浪藉ㅎ고 無兩耳與鼻러라. 自此로 老娘之風聲이 藉藉於都下ㅎ야 仙娘之曖昧와 衛氏母女之姦惡을 無人不知러라.

且說. 黃府蒼頭ㅣ 負入春月於府中ㅎ니 此時衛氏母女ㅣ 見老娘之氣勢ㅎ고 十分悚懼라가 見春月之狀ㅎ고 尤驚且愕ㅎ야 求金瘡之劑ㅎ야 急速

治療ᄒᆞ니라. 衛氏ㅣ 暗思ᄒᆞ되

'天地神明이 不佑歟아? 經綸이 不明歟아? 豈意我送之刺客이 反爲害我而護其讎人이리오? 尤所痛忿者ᄂᆞᆫ 三次用計에 一不如意ᄒᆞ고 爲女兒ᄒᆞ야 欲拔眼中釘이라가 反蒙不美人名ᄒᆞ야 所聞이 狼藉ᄒᆞ니 爲其母者ㅣ 豈不愧哉리오? 若使仙娘으로 生在於此世면 吾母女ㅣ 寧先死ᄒᆞ야 溘然不知라.'

ᄒᆞ고 更思一計ᄒᆞ야 臥春月於自己寢室ᄒᆞ고 以待閣老之入內堂ᄒᆞ야 更欲設謀러니 閣老ㅣ 見夫人與小姐之失心而坐ᄒᆞ고 恠而問曰

"夫人은 有何不平之事乎아?"

衛氏曰

"相公은 誠可謂耳聾眼昏이로소이다. 一室之內에 不知夜間風波乎잇가?"

閣老ㅣ 大驚曰

"有何風波오? 速言之ᄒᆞ라."

夫人이 擧手指春月曰

"見此狀ᄒᆞ소셔."

閣老ㅣ 拭目詳視ᄒᆞ니 一個女子ㅣ 流血이 滿面ᄒᆞ고 無兩耳與鼻ᄒᆞ야 不忍正視어ᄂᆞᆯ 大驚問曰

"此兒爲誰오?"

左右ㅣ 對曰

"侍婢春月이니이다."

閣老ㅣ 失色ᄒᆞ야 問其故ᄒᆞ되 衛氏ㅣ 愀然曰

"世間에 最所畏者ᄂᆞᆫ 姦惡之人이라. 女兒ㅣ 昏暗ᄒᆞ야 與碧城仙으로 空作嫌怨ᄒᆞ야 自取其禍ᄒᆞ니 惡毒經綸과 凶獰擧措ㅣ 豈意至此리오? 反不如初次飮毒之時에 從容而死也로소이다."

閣老ㅣ 曰

"是何言也오?"

衛氏對曰

"去夜三更에 有一個刺客이 突入妾之母女寢室이라가 爲春月之所逐而去ᄒ야 妾之母女ᄂᆫ 今雖保存性命이나 春月은 如此重傷ᄒ니 古今天地에 所未聞之變怪라. 念之에 尙今內顫이로소이다."

閣老ㅣ 曰

"何以知仙娘之所爲오?"

衛氏曰

"妾이 豈可知之리오마ᄂᆫ 所謂春雉自鳴[5]이라 其刺客이 出於門外而大呼曰 '我ᄂᆫ 刺客이라. 爲救黃氏ᄒ야 欲殺仙娘而至楊府라가 知仙娘之無罪ᄒ고 欲殺衛氏之母女而來라' ᄒ니 此豈非賤妓妖惡之計며 亦豈非彼欲送刺客ᄒ야 遂其意則殺妾之母女ᄒ고 若不幸이면 以凶獰之目으로 嫁禍於妾之母女乎잇가?"

閣老ㅣ 聽罷에 大怒ᄒ야 欲通奇於刑部ᄒ야 跟捕刺客ᄒ고 再欲奏達天陛ᄒ야 處治仙娘ᄒ니 衛氏止之曰

"前日相公이 以仙娘之事로 奏達皇上호ᄃᆡ 終不得治其罪ᄂᆫ 無他라 其言이 非公ᄒ야 朝廷이 疑其有私故也라. 以相公之體重으로 區區所懷를 今又仰達이 似或不可ᄒ니 諫官王世昌은 妾之姨姪이라 從容招議則此ᄂᆫ 法綱所關이요 風化損傷之事니 上一章表ᄒ야 以正紀綱이 亦是諫官之職일ᄊᆡ 하나이다."

閣老ㅣ 善其言ᄒ야 卽請世昌而議ᄒ니 世昌은 本是中無所主者ㅣ라 無難承諾而去ㅣ러라. 衛氏ㅣ 復請賈宮人ᄒ야 寒暄禮畢에 曰

"吾ㅣ 相逢이 已久하니 每思昔日之事則非但有怊悵之心而已라. 今日

5)춘치자명(春雉自鳴): '봄철의 꿩이 스스로 운다'는 뜻으로, 제 허물을 스스로 드러내어 화를 자초함을 일컫는 말.

則特爲病者ㅎ야 欲求藥於君故로 專此請邀라."

ㅎ고 因指春月曰

"此婢는 女兒之心腹婢子ㅣ라. 代主人而當橫厄ㅎ야 幾爲刺客劍頭寃魂
이라가 今雖保性命이나 毀傷面目ㅎ야 不勝嗟愕이라 不得神藥ㅎ야 方且
悶悶이니 醫士之言이 以金瘡藥으로 和於守宮血而塗之則卽差라 ㅎ니 金
瘡藥은 旣所求得이어니와 守宮血은 極貴之物이라 吾聞之ㅎ니 多於宮中
이라 ㅎ니 慈悲殘命ㅎ야 不惜一時之勞乎아?"

賈宮人이 見春月ㅎ고 愕然失色ㅎ야 問其故ㅎ니 衛氏ㅣ 擧所經事ㅎ야
一一詳告而歎曰

"老身이 向因女兒婚事ㅎ야 承嚴敎於皇后ㅎ고 于今不勝悚懍ㅎ니 宮人
은 不必登徹ㅎ야 以添老身之罪어니와 碧城仙之姦惡은 無異毒蝎妖狐라.
怪變이 無窮ㅎ야 楊氏門戶가 將至危亡之境ㅎ리니 老身이 爲女兒平生ㅎ
야 欲溘然不知로라."

賈宮人이 驚訝曰

"黃府患亂이 如此駭然ㅎ니 豈無跟捕刺客ㅎ고 査覈姦人ㅎ야 爲懲一勵
百之道乎잇가?"

衛氏ㅣ 歎曰

"此는 都是女兒之身數라 奈何逃免이리오? 況是相公이 年老無氣ㅎ야
閨門之事를 不欲登徹於朝廷ㅎ시니 奈何오?"

賈宮人이 點頭卽還而送藥ㅎ고 入見太后而奏黃府之變曰

"黃氏雖婦德이 不足이나 仙娘이 亦不無姦邪닌가ㅎ오니 衛氏는 娘娘
之所顧恤이라 當如此之變ㅎ니 豈不垂察이시니잇고?"

太后ㅣ 氣色이 不平하샤 曰

"一便之言을 豈可準信이리오?"

翌日天子ㅣ 臨朝ㅎ실ᄉᆡ 諫官王世昌이 上一章表文ㅎ니 其表에 曰

"風化法綱은 國之大政이라. 出戰元帥楊昌曲之賤妾碧城仙이 以淫亂之

行과 姦惡之心으로 欲殺主母ㅎ야 初試毒藥ㅎ고 又送刺客ㅎ야 突入丞相
黃義炳之府中ㅎ야 誤刺侍婢ㅎ야 命在頃刻ㅎ오니 聽聞이 駭然ㅎ고 事機
凶慘은 尙矣勿論이오 況是衆妾이 謀害主母ᄂᆞᆫ 爲風化之損傷이오 刺客이
橫行閨門은 無法綱之事이오니 伏願陛下ᄂᆞᆫ 申飭於刑部ㅎ샤 爲先跟捕刺
客ㅎ시고 又治碧城仙之罪惡ㅎ샤 以立風化法綱ㅎ소셔."

上이 覽畢大驚ㅎ샤 顧黃閣老曰

"此ᄂᆞᆫ 卿家大事ㅣ라. 卿何不言乎아?"

黃閣老ㅣ 頓首曰

"臣이 以朝暮之年으로 猥處大臣之列ㅎ와 不能早退ㅎ고 以家間不美之
事로 不敢煩數奏達이로소이다."

天子ㅣ 沉吟曰

"雖閭巷小民之家라도 刺客出入이 猶所驚嘆이어든 況元老大臣之家에
有如此之變乎아? 刺客을 猝難跟捉이니 豈可査探而知其何人所爲리오?"

閣老ㅣ 奏曰

"臣이 前日以碧城仙之事로 奏達榻前ㅎ오니 朝廷之議ㅣ 歸臣於挾雜이
오나 臣이 犬馬之齒가 已及七旬이라 豈以閨中婦女細瑣事情으로 屢煩天
聽乎잇가? 碧城仙之姦狀은 浪藉都下ㅎ고 今日刺客이 自稱仙娘之所使
ㅎ야 藉藉都下ㅎ오니 伏願陛下ᄂᆞᆫ 垂好生之德ㅎ샤 明正其罪ㅎ소셔."

上이 大怒曰

"妬忌之事ᄂᆞᆫ 或人家所有어니와 豈可締結刺客ㅎ야 如此浪藉乎ㅣ리
오? 爲先跟捕刺客ㅎ고 碧城仙은 逐出本府ㅎ라."

ㅎ신ᄃᆡ 殿前御史ㅣ 奏曰

"碧城仙을 逐出本府則不知其所置處ㅎ니 囚於禁義府ㅣ 可也ᄅᆞᆯᄊᆡ ㅎ나
이다."

上이 良久에 黙然思之러시니 教曰

"此則更有處分矣리니 碧城仙은 姑爲置之ㅎ고 刺客을 迅速跟捕ㅎ라."

ᄒ시다. 天子ㅣ 罷朝ᄒ시고 見太后而告仙娘之事ᄒ시고 且告以難處之端ᄒ시니 太后ㅣ 笑曰

"吾亦聞之나 不過閨門內妬忌之事라. 事雖張大나 非國家之干涉이오니 細瑣褻慢之言을 朝廷이 豈可參與리오? 況若有寃抑則女子ᄂᆫ 偏性이라 必輕其死生ᄒ리니 豈可減傷和氣ᄒ야 以累聖德이리오?"

上이 笑曰

"母后下敎ㅣ 如是曲軫ᄒ시니 小子ㅣ 有一計ᄒ야 姑定風波ᄒ고 以待 楊昌曲之還軍ᄒ야 措處케 호리이다."

太后ㅣ 笑曰

"有何計較오?"

上이 對曰

"送碧城仙于故鄕이 何如ᄒ니잇고?"

太后ㅣ 笑曰

"陛下ㅣ 如此思之ᄒ니 兩便之道ㅣ 無過於此也ㅣ라. 非老身之所及也ㅣ로라."

上이 笑曰

"小子ㅣ 每聞黃氏事면 不無私情이어늘 母后ᄂᆫ 少不顧念ᄒ시니 似或 抑鬱이로소이다."

太后ㅣ 曰

"此正顧恤衛氏라. 衛氏母女ㅣ 早挾驕傲ᄒ야 不修婦德ᄒ니 但恐彼恃 老身ᄒ고 滋長其驕傲放恣일까 ᄒ나이다."

上이 歎服不已ᄒ시고 翌日朝會에 對黃尹兩閣老ᄒ샤 下敎曰

"碧城仙之事가 雖十分駭然이나 楊昌曲이 在於大臣之列ᄒ고 朕之所禮 待者라 豈可遽使其媵妾으로 就於刑部리오? 朕이 敎示便宜之方ᄒ리니 卿等은 盡是昌曲姻婭之間이라 患難相救之事ㅣ 便同一室也ㅣ리니 今日 退朝之路에 往見楊賢ᄒ고 碧城仙은 以一時之權으로 送其故鄕ᄒ야 家間

風波를 姑爲寢息ᄒ고 以待昌曲之還家而處置ᄒ라."

此時 尹閣老ㅣ 知黃閣老之挾雜ᄒ고 不欲相爭이오 更思之則送仙娘于故鄕ᄒ야 使安其身이 似好ㅣ라 卽奏曰

"聖敎ㅣ 如是曲軫ᄒ시니 臣等이 往見楊賢而傳聖旨ᄒ리이다."

ᄒ고 罷朝退出ᄒ실시 黃閣老ㅣ 終有不快之思로되 暗想

'我爲女兒ᄒ야 雖不快雪其恥나 猶所幸者는 放逐故鄕則先雪目前之憤鬱矣리니 我當傳聖敎而卽爲逐出ᄒ리라.'

ᄒ고 卽至楊府ᄒ니 畢竟如何오? 且看下回ᄒ라.

春月變服散花庵 虞格醉過十字街
第二十回

且說. 黃閣老ㅣ 至楊府ᄒ야 見員外而傳聖旨曰

"老夫ㅣ 旣奉皇命而來ᄒ니 當出送賤妓而歸ᄒ리라."

已而오 尹閣老ㅣ 至曰

"今日皇上處分은 安頓前後風波ᄒ고 以待元帥之還家也ㅣ시니 兄은 從容措處ᄒ야 勿負聖上曲軫之意ᄒ라."

ᄒ고 卽起身而歸ᄒ니 員外ㅣ 入內堂而召仙娘曰

"我ㅣ 耳聾眼昏ᄒ야 不能修身齊家ᄒ고 奉承嚴敎ᄒ니 爲臣子之道에 今日處地가 極爲惶懍이라. 汝ㅣ 今姑還鄕ᄒ야 以待元帥之回軍ᄒ라."

仙娘이 珠淚盈盈ᄒ야 不敢仰問이어늘 員外ㅣ 惻然ᄒ야 再三慰之ᄒ고 指揮行裝ᄒ야 一輛小車·數個蒼頭로 紫鸞은 置之府中ᄒ고 只率小蟾而行홀ᄉᆡ 下直於夫人及尹小姐而下階ᄒ니 珠淚如雨ᄒ야 被紅頰而濕羅衫ᄒ니 此日楊府上下ㅣ 無不愁慘ᄒ야 揮淚成雨ᄒ고 慰勞之言은 白日이 無光이라. 尹黃兩府侍婢ㅣ 雲集觀景이러니 不忍見之ᄒ야 不覺嗚咽이어늘 黃閣老ㅣ 心中不樂而自思호ᄃᆡ

'自古로 姦邪人物이 洽得人心이니 豈不有害於女兒身上이리오?'
ᄒ더라.

且說. 仙娘이 驅車向江州홀시 洛橋靑雲은 步步漸遠ᄒ고 千里長程은 疊疊山川이라. 孤單行色과 悽凉心思ᄂᆫ 臨水登山에 寸腸이 幾斷ᄒ고 夢魂이 欲消ㅣ러니 忽然狂風驟雨에 天地茫茫ᄒ야 不辨咫尺이라 僅行三十里而投宿客店ᄒ니 豈可成夢이리오? 奴主兩人이 坐於孤燈之下ᄒ야 凄凉相對ᄒ야 自思호ᄃᆡ

'惟哉라 吾之身勢여! 早失父母ᄒ고 悲愴處地와 漂泊踪跡이 全無依托處라가 幸逢楊翰林ᄒ야 一片之心을 傾如大海ᄒ고 一身之托을 期如泰山이러니 今日此行은 是何故耶오? 江州에 無墳墓親戚ᄒ니 望誰而歸며 我離此處ㅣ 不過一年에 今更如此而歸ᄒ니 何面目으로 更對隣里리오? 嗟乎라! 我之今行은 名色이 何也오? 謂國家之罪人인ᄃᆡᆫ 無得罪於朝廷이오 謂私門之出婦인ᄃᆡᆫ 實非君子之本意니 進退行藏[1]에 無所可比라. 寧死於此處ᄒ야 以謝天地神明이라.'

ᄒ고 以行中小刀로 欲向喉直斷이어ᄂᆞᆯ 小蜻이 泣告曰

"娘子氷雪之心은 蒼天이 下鑑ᄒ고 白日이 照臨ᄒ시니 若不幸於此處則此ᄂᆫ 遂姦人之所願ᄒ고 難雪千古累名이라. 望須寬抑心思ᄒ야 尋僧尼道觀ᄒ야 依托一身而待時ㅣ 可也어ᄂᆞᆯ 奈何欲行此擧ㅣ니잇고?"

仙娘이 嘆曰

"窮迫人生이 去益甚焉ᄒ니 待何時期리오? 我年이 未滿二十이라 必無此生之罪惡이어니와 以前生罪惡으로 蒼天이 賜罪ᄒ사 不脫禍網ᄒ니 不如速死而不知로다."

小蜻이 又告曰

---

1) 진퇴행장(進退行藏): 시세(時勢)에 응해 벼슬에 나아가기도 하고 물러설 줄도 아는 처신의 신중함.

"賤婢는 聞之호니 女子는 非義不死ㅣ라 호니 娘子之今日如此執心은 賤婢之所不知로소이다. 凡女子之死節이 有二호니 幼時에 爲父母而死則 孝也요 及嫁에 爲其夫而死則烈也ㅣ라. 外此二者而死則此는 不過妬婦姦 人之行이니 娘子는 豈不念此而浪死乎잇가? 況是相公은 在於萬里絶域之 外호야 家中患亂을 茫然不知어시늘 他日還家호야 若聞此事호시면 其 心事ㅣ 果何如호시리잇가? 思李夫人호며 送鴻都客호시고 黯然悢悵호 샤 消魂斷腸之狀을 娘子ㅣ 若或思之호시면 雖死後精靈이라도 必爲之顚 倒彷徨호며 不忍斷其情根矣리니 當此之時호야 娘子ㅣ 雖追悔已過之事 ㅣ느 何可及也ㅣ며 欲求還魂丹이느 豈可得也ㅣ리잇고?"

言未畢에 仙娘이 不禁兩行淚호야 曰

"小蜻아! 汝非誤我者耶아? 但恨心不能猛烈이로라."

호고 卽招店婆而問曰

"我는 方向洛陽之路ㅣ라. 連日客舘에 夢事不吉호니 此近에 或有僧堂 道觀이면 欲以香火로 祈禱而往호노니 望主人은 明敎호라."

店婆ㅣ 對曰

"自此로 還向皇城而入十餘里則有一僧堂호니 名曰散花庵이라. 供養觀 音菩薩이 最有靈驗이니이다."

仙娘이 大喜호야 明日收拾行裝而尋往散花庵호니 一座靈境이 果然幽 邃호고 景槪絶勝호며 庵中에 猶有十餘女僧호고 榻上에 奉安三佛호니 金光이 燦爛호며 左右에 揷彩花호고 錦帳繡囊이 無數호야 香臭觸鼻러 라. 寺中女僧이 爭見仙娘容貌호고 莫不欽慕호야 競進茶果호고 待遇ㅣ 頗厚ㅣ러라. 罷夕齋後에 仙娘이 請住持女僧호야 從容謂曰

"妾本洛陽人으로 避家中患亂호야 來尋禪寺方丈호야 欲留數月호노니 菩薩之意ㅣ 如何오?"

女僧이 合掌對曰

"佛家는 以慈悲爲心호느니 如此娘子ㅣ 避一時厄運호야 欲托陋寺호

시니 豈不榮幸이리잇고?"

仙娘이 致謝하고 安頓行裝後에 還送蒼頭車仗홀시 寄一封書於尹小姐
ᄒ야 略通心曲ᄒ니라.

此時黃閣老ㅣ 歸本府ᄒ야 謂夫人與小姐曰

"吾ㅣ 今日은 報汝怨讐ㅣ라."

ᄒ고 詳言逐出仙娘於江州之事ᄒ니 衛氏ㅣ 冷笑曰

"毒蛇猛獸를 不能殺之ᄒ고 尙留禍根ᄒ니 還加後患이라 豈不悚哉잇
가?"

閣老ㅣ 黙黙不答ᄒ고 以不快辭色으로 出於外堂이러라. 衛氏ㅣ 乃以
至誠으로 救護春月ᄒ야 過一朔ᄒ니 傷處ᄂᆞᆫ 雖有少差나 不能成完人ᄒ야
刀痕醜面이 非前日之春月이러라. 春月이 對鏡照面에 切齒誓之曰

"前日碧城仙은 小姐之敵國이러니 今日碧城仙은 春月之怨讐ㅣ라. 賤
婢ㅣ 決報此讐矣리니 第觀後事ᄒ소셔."

衛氏ㅣ 歎曰

"賤妓ㅣ 今歸江州ᄒ야 安保眠食ᄒ니 元帥ㅣ 還家則事必飜覆矣리니
吾母女奴主之性命이 其將如何哉리요?"

春月曰

"夫人은 勿憂ᄒ소셔. 小婢ㅣ 先探仙娘去處然後에 當行計ᄒ리이다."

此時皇太后ㅣ 召宮人賈氏曰

"吾爲皇上ᄒ야 年年正朝上元에 每行佛事ᄒᄂᆞ니 今日에 往散花庵ᄒ
야 具香火果品ᄒ고 上元日에 虔誠祈禱ᄒ라."

ᄒ시니 宮人이 受命ᄒ고 卽至散花庵ᄒ야 至誠佛供홀시 寶盖雲旛은
飄拂山風ᄒ고 法鼓佛音은 震動道場ᄒ야 呼萬歲而祝壽福ᄒ야 賈宮人이
供佛事畢에 遍觀庵中홀시 至東便行閣ᄒ니 有一個精灑之房혼데 閉門而
似無人跡이어늘 宮人이 欲開門ᄒ니 女僧이 從容告曰

"此房은 客室이라. 日前에 一位娘子ㅣ 過此라가 以身上之不平으로 留

於此處호니 其人이 性拙호야 切忌外人호노이다."

賈宮人이 笑曰

"若是男子則吾當避矣어니와 同是女子라 暫時相面이 何害리오?"

호고 開門視之호니 一位美人이 與一個丫鬟으로 蕭瑟端坐호니 月態花容은 眞是傾國之色이라. 蛾眉에 暫帶憂愁之態호고 紅頰에 微留羞澁之色호야 七分窈窕호고 十分端雅어놀 賈宮人이 心中大驚호야 進前問曰

"是何娘子ㅣ 如彼姿態로 逗遛於寂寞僧堂이니잇고?"

仙娘이 擧秋波而視宮人호고 紅暈이 滿面에 以嚦嚦鶯聲으로 低聲對曰

"妾은 過客이라. 因緣身病호야 以客店之煩雜으로 欲留於此處而調攝이니이다."

宮人이 聞其言而見其容호고 親愛之心이 藹然而生호야 同席端坐曰

"妾은 一時庵中祈禱之人이라. 姓은 賈니 今接娘子之美妙容光호고 又聞端雅言辭則向慕之心이 無異熟親이니 不知케라. 娘子之春光은 幾何며 尊姓은 誰也잇고?"

仙娘이 有喜色而對曰

"妾亦賈氏요 賤年이 十六이로소이다."

賈宮人이 尤爲歡喜曰

"同姓은 百代之親이라 妾當一夜同寢이라."

호고 因移枕衾於娘子寢所호니 仙娘이 客懷孤寂이라가 見宮人貞一之性과 欸曲之意호고 非徒欽歎이라 亦是同源異流故로 雖不十分吐情이노 不惜慇懃情懷호니 賈宮人은 本是聰慧女子ㅣ라 見仙娘言語動作之非凡호고 從容問曰

"妾이 已是同姓之親이니 豈可以交淺而言不深乎아? 妾見娘子非凡之節則非尋常閭巷之人이라 何以至此오? 勿欺心曲호라."

仙娘이 見其多情호고 以實直言은 似或不緊이노 過度欺情이 亦是非義라 호고 槪告曰

"妾本洛陽人으로 早失父母親戚专고 今逢家中患亂专야 莫知所向专고 姑爲依托此處专야 以待家禍鎭定专느니 妾雖年幼느 推思閱歷之事专니 草露人生이 無非苦海라 第觀事機专야 削髮爲僧而欲從道士专느이다."

言畢에 一雙秋波에 珠淚ㅣ 盈盈专고 氣色이 慘澹이어놀 賈宮人이 知其有難發之言专고 雖不更問이느 思其情境之惻然专고 慰之曰

"妾이 雖不知娘子之所遭느 見娘子之容貌則前程이 果不寂寞矣리니 豈可不堪一時厄運专야 自誤平生이리오? 此庵은 卽妾의 時時往來之處ㅣ니 無異吾家요 庵中女僧이 盡是心腹이니 爲娘子而付托专리니 幸望娘子는 寬大心志专고 勿懷不吉之念专라."

仙娘이 致謝ㅣ러라.

翌日賈宮人이 還歸홀새 執仙娘之手专고 戀戀而不忍相離러니 向諸女僧而一一面托曰

"賈娘子奴主之朝夕飯供은 吾當若干助之어니와 若以年少婦人偏狹之性으로 綠鬢雲髮에 一近剃刀則諸位菩薩이 無對我之面矣리라. 不信我言专고 若或失信則加以罪責专리니 極爲銘心专라."

諸僧이 合掌受命专니 仙娘이 謝其極盡之意러라. 賈宮人이 歸復太后之命专고 歸其私室专야 不忘仙娘专야 數日後에 送侍婢雲蟾专야 數十兩銀子와 一盒饌物로 至散花庵专야 獻於娘子专라 雲蟾이 應命而往专니라.

且說. 春月이 欲知仙娘去處专야 變服出門홀새 自愧容貌专야 以靑巾으로 裹其首及兩耳专고 一片膏藥을 以其面而掩其鼻专고 笑曰

"古之豫讓은 漆身爲癩专야 爲趙襄子而報讐ㅣ러니 今之春月은 不重父母遺體专고 以一片苦心으로 欲害仙娘专니 此果爲誰잇고?"

衛氏ㅣ 笑曰

"汝若成功則當賞之以千金专야 俾享一生快樂케 专리라."

春月이 笑而出門홀새 自思曰

'井中之魚를 放於大海专니 向誰而問其去處리오? 吾ㅣ 聞之专니 萬世

橋下에 張先生之占術이 神異ᄒ야 皇城第一名卜이라 ᄒ니 我ㅣ 先問卜호리라.'

ᄒ고 卽持數兩銀子ᄒ고 訪張先生而問曰

"我ᄂ 居在紫禁城이러니 適有讐人ᄒ야 不知去處ᄒ니 先生은 明敎ᄒ소셔."

張先生이 沉吟良久에 得卦ᄒ고 曰

"聖人之畫八卦는 避凶就吉ᄒ야 欲救人生이어늘 今見卦象ᄒ니 君之今年身數가 大不吉ᄒ니 十分操心ᄒ야 勿與他人으로 作嫌ᄒ라. 雖讐人이라도 以義感化則還爲恩人이니라."

春月이 笑曰

"先生은 勿爲饒舌ᄒ고 但言讐人去處ᄒ라."

ᄒ며 出給數兩銀子ᄒ니 張先生曰

"君之讐人이 始向南方이라가 旋向北天ᄒ니 若不隱於山中이면 必死矣리라."

春月이 更欲詳問이라가 各處問卜者ㅣ 充滿門戶故로 恐其踪跡綻露ᄒ야 作別卽還홀시 路逢雲蟾ᄒ니 前日衛府에 有數次顔面이라. 春月이 見而召曰

"雲娘은 從何而來오?"

雲蟾이 怪而不答ᄒ니 此ᄂ 春月之容貌服色이 異於前日故也ㅣ러라. 春月이 笑曰

"吾ᄂ 間得怪疾ᄒ야 面目이 如是凶怪ᄒ니 雲娘之不識이 當然이로다. 吾聞萬世橋下에 有名醫故로 往問醫藥而來러니 恐病中觸風ᄒ야 暫着男服이ᄂ 眞是可笑라. 雲娘은 勿怪ᄒ라."

雲蟾이 驚訝曰

"春娘之顔面이 一無前日之樣ᄒ니 罹於何病而至於此境乎아?"

春月이 掩鼻而歎曰

"無非身數라 尙保性命이 自謂萬幸이로라."

雲蟾이 曰

"我는 以吾娘子之命으로 今向南郊散花庵이로라."

春月曰

"緣何事而去오?"

蟾이 答曰

"吾娘子ㅣ 日前祈禱次로 前往庵中이라가 逢一娘子ᄒᆞ니 便是同姓之親이라. 一面如舊ᄒᆞ야 今日修書送金故로 受命到此로라."

春月은 本是陰譎女子라 聞此言ᄒᆞ고 且驚且疑ᄒᆞ야 欲知其眞跡ᄒᆞ야 含笑曰

"雲娘이 欺我로라. 我亦日前佛供於散花庵이로ᄃᆡ 未見如此娘子ᄒᆞ니 不知케라 其娘子ㅣ 何日來庵고?"

蟾이 笑曰

"春娘은 能欺人이어니와 我는 未甞欺人이라. 我聞女僧所傳ᄒᆞ니 其娘子之到庵이 不過一望이니 與一個丫鬟으로 處於客室ᄒᆞ야 忌外人出入이라 ᄒᆞ니 此必性拙娘子ㄴ 花容月態는 可謂無雙姿色이라. 吾娘子ㅣ 一次相面而還ᄒᆞ시고 于今不忍忘懷ᄒᆞ야 欲慰而送我ᄒᆞ니 我豈虛言이리요?"

春月이 ᅳᅳ聽之하고 暗暗自思曰

'此必仙娘이로다.'

心中大喜ᄒᆞ야 卽別雲蟾ᄒᆞ고 茫茫而歸ᄒᆞ야 告於夫人小姐훈ᄃᆡ 夫人이 驚怵曰

"賈宮人이 若知其事機則太后ㅣ 何可不知시며 太后ㅣ 知之則皇上이 何不下問이시리오?"

春月이 對曰

"夫人은 勿憂ᄒᆞ소셔. 仙娘은 貞淑女子라 對賈宮人ᄒᆞ야 不吐其心曲矣리니 賤婢ㅣ 秘探踪跡然後에 當行妙計ᄒᆞ리이다."

ᄒ고 翌日春月이 改着服色ᄒ야 以遊山客之行色으로 帶黃昏而至散花
庵ᄒ야 請一夜留宿ᄒ니 女僧이 定一間客室이어눌 夜深後春月이 暗巡正
堂行閣ᄒ야 聞於窓外則處處誦經念佛之聲이라. 東便에 有一客室ᄒᄃᆡ 燈
火明滅ᄒ고 人跡이 寂寥어눌 春月이 窺視窓隙ᄒ니 一位美人은 主壁而
臥ᄒ고 一個丫鬟은 坐於燭下ᄒ니 此乃小蜻이라. 春月이 卽時藏跡還于
客室ᄒ야 翌日未明에 作別女僧ᄒ고 還于府中ᄒ야 見小姐與夫人ᄒ고 呵
呵笑曰

"楊元帥之府中이 深邃ᄒ야 不能盡春月之手段이러니 皇天이 佑之ᄒ사
仙娘奴主를 今囚地獄ᄒ니 春月之用計ㅣ 十分容易로소이다."

黃小姐ㅣ 驚問曰

"仙娘이 果在庵中乎아?"

春月이 歎曰

"仙娘之在於楊府時에 小婢ㅣ 但知絶代佳人이러니 今見於散花庵佛燈
之前ᄒ니 實非塵世人物이라. 若非瑤臺仙女면 必是玉京仙女下降이니 楊
相公이 雖鐵石肝腸이라도 豈不沉惑哉리오? 若失此機면 我小姐身勢ᄂᆫ
恐終不免狗槽之橡實이니이다."

夫人이 執春月之手曰

"小姐平生이 卽汝之平生이라. 小姐ㅣ 若得意則汝亦得意리니 汝之置
心을 勿爲輕率ᄒ라."

春月이 乃辟左右曰

"賤婢ㅣ 有一計ᄒ니 賤婢之男兄春成이 放蕩無賴ᄒ야 廣交長安人ᄒ니
其中에 有一個放蕩者호ᄃᆡ 姓은 虞요 名은 格이라. 勇力이 絶人ᄒ고 貪
於酒色ᄒ야 不顧死生ᄒᄂᆞ니 因春成而漏泄花香則春風狂蝶이 豈不貪飛
花리잇고? 事果如意則仙娘之芳質이 爲厠中之花ᄒ야 誤其平生이요 事不
如意則一縷殘命이 不免劍頭孤魂矣리니 於此於彼에 拔去我小姐眼中之棘
이리이다."

夫人이 大喜ᄒᆞ야 促其周旋之速ᄒᆞ니 春月이 笑而出이러라.

此時虞格이 以無賴者流로 頻數觸犯於罪網ᄒᆞ고 締結無賴輩而變其姓名ᄒᆞ고 出沒無常이러니 一日은 與雜類少年十餘人으로 聚於十字街頭ᄒᆞ야 飮酒喧嘩라가 逢春成而携手ᄒᆞ고 更尋酒家而飮ᄒᆞᆯ시 春成이 忽然長歎曰

"男子出世라가 置絶代佳人於咫尺而不取면 豈可曰好漢이리요?"

虞格曰

"是何言也오?"

春成이 笑而不答ᄒᆞ니 虞格이 亦笑而採問이어ᄂᆞᆯ 春成曰

"此處甚煩ᄒᆞ니 今夜에 來訪我家ᄒᆞ라."

虞格이 應諾ᄒᆞ고 心甚着急ᄒᆞ야 乘黃昏而至春成家ᄒᆞ니 春成이 執手就座而笑曰

"我ㅣ 爲君ᄒᆞ야 欲媒一個傾國之色이ᄂᆞ 君之手段이 甚拙ᄒᆞ야 恐不能成事ㅣ로다."

虞格曰

"但言之어다."

春成曰

"吾聞江州靑樓에 有一個名妓ᄒᆞ니 月態花容은 古今無雙이오 歌舞風流ᄂᆞᆫ 獨步當時ᄒᆞ야 一嚬에 越國之西施ᄂᆞᆫ 羞其陋醜ᄒᆞ고 一笑에 明皇[2]之貴妃[3]ᄂᆞᆫ 猜其失寵ᄒᆞ니 君이 如許佳人을 可圖之乎아?"

虞格이 拂其所執之手ᄒᆞ고 批春成之頰曰

"此漢春成아! 我雖放蕩이ᄂᆞ 上中下三板에 無所拘碍어ᄂᆞᆯ 汝ㅣ 不過黃

---

2) 명황(明皇, 685~762): 당나라 제6대 황제인 현종(玄宗). 명황은 시호. 안으로 민생 안정을 꾀하고 밖으로 국경 방비를 튼튼히 해 수십 년 동안 태평시대를 구가했다. 그러나 노년에 접어들어 정치를 등한히 하고 도교에 빠져 국력을 낭비했다. 특히 양귀비를 총애해 정사를 포기하고, 국정을 권신 이임보(李林甫)에게 맡겼다. 755년 안록산의 난을 피하던 도중 양귀비는 호위 병사에게 살해되고, 이듬해 아들 숙종(肅宗)에게 왕위를 양위했다.

府奴屬으로 安敢籠絡我乎아? 江州ㅣ 此距幾里오?"

春成이 又佯言曰

"諺에 云ㅎ되'誤媒者는 三次批頰'이어니와 衷曲之言을 未及詳聞ㅎ고 至於如此ㅎ니 吾不欲更言ㅎ노라."

虞格이 笑曰

"若然則明言之ㅎ라. 我勸三盃酒而謝過ㅎ리라."

春成이 笑而復執虞格之手曰

"今其美人이 來皇城이라가 還歸之路에 留於散花庵ㅎ야 調攝身病ㅎ니 君은 速往圖之ㅎ라."

虞格이 大喜而奮臂曰

"我ㅣ 卽往ㅎ야 不踰此夜而圖之호리라."

ㅎ고 卽席起身이어늘 春成이 笑曰

"雖然이느 其美人이 志操高尚ㅎ야 恐難劫奪이니라."

虞格이 冷笑曰

"此느 正在吾手段ㅎ니 勿憂ㅎ라."

ㅎ고 向散花庵而往ㅎ니라.

且說. 楊元帥ㅣ 送董超而待聖旨ㅎ야 將欲回軍이러니 超ㅣ 奉皇命ㅎ야 使紅渾脫로 分軍一萬ㅎ야 伐紅桃國ㅎ고 元帥는 回軍ㅎ라 ㅎ니 元帥ㅣ 大驚ㅎ야 召紅司馬而出視詔勅흔디 紅娘이 愕然失色曰

"小將이 以何將略으로 主此重任이리잇고?"

元帥ㅣ 沉吟良久에 曰

---

3) 귀비(貴妃, 719~756): 당나라 현종의 비. 고아 출신으로 양씨 가문에 양녀로 들어오고, 17세 때 현종의 아들 이모(李瑁)의 비가 되었다. 현종이 그녀가 절세미인임을 알아, 아들에게는 새로운 여자를 아내로 맞이하게 하고, 그녀를 태진(太眞)이란 이름의 여도사(女道士)로 만들어 가까이 두다가 귀비로 삼았다. 755년 양귀비의 친척 양국충(楊國忠)과의 반목이 원인이 되어 안록산이 반란을 일으키자, 현종과 함께 피하던 도중 호위 병사에게 살해되었다.

"日已暮矣라 諸將은 各退舍次ᄒ라."

ᄒ고 召入紅司馬於帳中ᄒ야 挑燈整襟ᄒ고 帶正大之色ᄒ야 曰

"我ㅣ 與娘으로 半年風塵에 同閱苦楚ㅣ라가 皇天이 黙佑ᄒ사 凱旋之
日에 欲同車而歸러니 皇命이 如此鄭重ᄒ시니 今則分路ᄒ야 明日에 我
向長安ᄒ노니 娘은 總督軍旅ᄒ야 立功於交趾ᄒ고 卽爲回軍ᄒ라."

紅娘이 聽罷에 微擧秋波而察元帥之氣色ᄒ고 綠鬢紅顔에 珠淚ㅣ 點點
이오 無語端坐어ᄂᆞᆯ 元帥ㅣ 更正色曰

"楊昌曲이 雖庸愚ㅣ나 不以私情으로 拒逆君命矣리니 娘은 速退ᄒ야
準備行裝하라."

紅娘이 乃收淚ᄒ고 愀然對曰

"妾이 孑孑單身으로 參於百萬大軍行伍之中ᄒ야 揮劍執鎗ᄒ고 至于今
日히 冒風塵而忍羞恥ᄂᆞᆫ 是豈有意於立功ᄒ야 望公侯富貴ㅣ리오? 但托身
於相公ᄒ야 死生苦樂을 專恃相公이러니 今日相公이 棄妾而歸신ᄃᆡ 此ᄂᆞᆫ
妾의 自取之禍라. 妾이 若以高門大族之君子好逑로 守閨範內則之禮節ᄒ
야 相公이 以百兩將之ᄒ사 待之以仇儷ᄒ시면 豈有如此之事와 如此之言
이리잇고? 妾雖靑樓賤踪이나 持心則欲潔ᄒ야 不讓於氷雪之操ᄒ니 寧
以冒違軍令으로 孱弱一身이 受刀斧手之刑이언졍 不願以孤單踪跡으로
參丈夫之列而獨行이니이다."

言畢에 貞烈之氣ᄂᆞᆫ 滿於彩眉ᄒ고 悽凉之淚ᄂᆞᆫ 濕於玉顔이라. 元帥ㅣ
方微笑曰

"天子ㅣ 不能下燭紅渾脫之孱弱ᄒ시고 遽授重任ᄒ시니 朝廷之事ㅣ 豈
不寒心이리오?"

紅娘이 方知元帥之籠絡ᄒ고 有羞澁之色而不答ᄒ니 不知케라. 畢竟如
何오? 且看下回ᄒ라.

逢賊漢馬達救人　托道觀仙娘安身

第二十一回

却說. 此時楊元帥ㅣ 一次籠絡紅娘ᄒ고 翌日淸晨에 會諸將而商議홀ᄉᆡ 顧蘇司馬曰

"朝廷之事ㅣ 近日如是顚倒ᄒ니 豈不寒心哉리오? 我今欲上表ᄒ노니 將軍은 爲我代書ᄒ라."

ᄒ고 口號表文ᄒ니 曰

"征南都元帥臣楊昌曲은 頓首百拜上書于皇帝陛下ᄒ노이다. 古之聖君 이 遣將於邊方也에 推轂以送ᄒ며 以弓矢斧鉞과 干戈鼓鼙로 襃獎其威儀 ᄂᆞᆫ 不但助軍容而激成功이라. 爲其宗廟社稷之安危와 國家興亡之重大也 니 今南方이 絶遠ᄒ야 王化ㅣ 不及ᄒ고 風俗이 不順ᄒ야 盜賊이 數起ᄒ 니 若不以恩義撫摩ᄒ고 以威力鎭定ᄒ야 無春生秋殺[1]一張一弛之道則恐 無平定之日이라. 陛下ㅣ 使紅渾脫로 率數千騎ᄒ야 往征紅桃國ᄒ라 ᄒ

---

1) 춘생추살(春生秋殺): 봄은 만물을 살리고 가을은 만물을 죽임. 때에 따라 사랑하기도 하고 벌을 주기도 함.

시니 臣은 不知聖意之攸在로소이다. 紅桃國之强弱은 陛下ㅣ 不能測ㅎ시고 紅渾脫之爲人을 陛下ㅣ 亦不曾試어시눌 遽委重任ㅎ야 宗社安危와 國家興亡을 嘗試於疑信之間ㅎ시니 臣은 不勝其疑惑이로소이다. 臣之所 慨然者눈 近日朝廷之事ㅣ 以仁慈爲主而無勇斷ㅎ야 當大事則苟且彌縫ㅎ 야 謀避艱難ㅎ니 臣이 明知其不可ㅣ로소이다. 聖敎ㅣ 雖鄭重ㅎ시오나 姑未發軍ㅎ고 更此奏聞ㅎ오니 伏願陛下눈 亟收成命ㅎ시고 更爲博詢ㅎ 사 國家大事에 無有後悔케 ㅎ소셔. 臣雖不忠이누 猥蒙聖朝罔極之恩ㅎ 와 無報答之地ㅎ오니 更率大軍ㅎ야 討平紅桃國然後에 欲爲回軍이오누 不敢自專이라 以待下詔ㅎ와 將欲發軍ㅎ누이다.”

元帥ㅣ 封表而授馬達曰

“軍務至急ㅎ니 將軍은 晝夜兼行ㅎ라.”

馬達이 聽令ㅎ고 向皇城홀시 率甲士十餘人而行이러라.

此時馬達이 晝夜倍道ㅎ다가 逢天使於中路ㅎ야 雖知更有下詔나 不敢違 越元帥之命ㅎ야 天使눈 向南ㅎ고 馬達은 至皇城ㅎ야 上表ㅎ디 天子ㅣ 大 悅ㅎ사 顧黃尹兩閣老曰

“楊昌曲之爲國盡忠이 如此ㅎ니 小賊을 何可憂也ㅣ리오?”

ㅎ시고 讀表再三ㅎ신 後에 以馬達로 拜右翼將軍ㅎ야 卽命回程ㅎ라 ㅎ시니 馬達이 謝恩而退ㅎ야 向南而去ㅣ러라.

且說. 仙娘이 依托於散花庵ㅎ야 不出門外ㅎ고 晝則與女僧으로 講論 佛經ㅎ며 夜則焚香獨坐ㅎ야 消遣世慮ㅎ니 一身은 雖爲淸淨이나 君子ㅣ 在於萬里天涯ㅎ야 寤寐耿耿之一片丹心이 欲忘不忘이라. 一日은 閒依禪 窓이러니 似夢非夢間에 楊元帥ㅣ 駕玉龍而行曰

“我奉皇命ㅎ야 欲捕妖怪而往南方이라.”

ㅎ야눌 仙娘이 請同往ㅎ디 元帥ㅣ 垂下珊瑚鞭이어눌 娘이 執而欲騰 空이라가 落地驚覺ㅎ니 乃蘧蘧然[2]南柯一夢이라. 心中에 疑其不吉ㅎ야 請女僧相議曰

"近日夢事ㅣ 擾亂ᄒᆞ니 焚香佛前ᄒᆞ야 欲爲祈禱ᄒᆞ노라."

女僧曰

"三佛帝釋[3]은 但主慈悲而已라. 司人間禍福而降魔除殺은 十王[4]之所主
ㅣ니 祈禱於十王ᄒᆞ쇼셔."

仙娘奴主ㅣ 沐浴齋戒ᄒᆞ고 奉香火而至十王殿ᄒᆞ야 焚香暗祝曰

'賤妾碧城仙이 前生에 不修功德ᄒᆞ야 此生에 甘受三災八難이오ᄂᆞ 家
夫楊公은 詩禮[5]門中에 訓習忠孝家聲ᄒᆞ야 天地神明이 宜降福祿이라. 今
奉皇命ᄒᆞ와 在於萬里他國ᄒᆞ오니 伏願十王은 俯賜冥助ᄒᆞ사 干戈鼓鼙에
寢食如常ᄒᆞ고 矢石風塵에 起居無恙ᄒᆞ야 消滅天厄ᄒᆞ고 壽福昌盛케 ᄒᆞ쇼
셔.'

禱畢再拜後에 悽然長歎ᄒᆞ고 有悒悵之色이러라. 還出寺門ᄒᆞ니 女僧이
告曰

"今夜月色이 明朗ᄒᆞ니 娘子ᄂᆞᆫ 登庵後石臺ᄒᆞ야 以解心懷ᄒᆞ쇼셔."

仙娘이 心雖不肯이ᄂᆞ 因其懇請ᄒᆞ야 與小蟾及女僧으로 登石臺ᄒᆞ니 女
僧이 告曰

"此山이 雖不高ᄂᆞ 天晴日朗時에 遙望則南岳衡山[6]이 宛然在眼前이니

---

2) 거거연(蘧蘧然): 깜짝 놀라는 모양. 누워 있다가 문득 일어나는 모양. 『장자』 「제물론齊物
論」에 있는 「호접몽蝴蝶夢」 이야기에 나오는 표현이다.

3) 제석(帝釋): 원래 '인드라(Indra)'라는 인도 신령의 중국 역어(譯語)로, 수미산(須彌山) 정상
의 희견성(喜見城)에 있으면서 33천(天)을 통괄하고, 아수라(阿修羅)라는 마신(魔神)과 싸워 인
류를 보호할 뿐 아니라, 우주의 동서남북을 한 달씩 순회하면서 큰 거울로 그곳 인간의 선악을
살핀다고 한다.

4) 시왕(十王): 『시왕경十王經』에 나오는, 명계(冥界)에서 사자(死者)에 대한 죄의 경중을 다루
는 열 명의 왕. 사람이 죽고 나서 49일 되는 날까지 7일마다 차례로 시왕 앞에 일곱 번 나아가
생전에 지은 죄업의 경중과 선행·악행을 심판받는다고 한다. 불가에서 49재를 지내는 까닭도
여기서 연유한다.

5) 시례(詩禮): 시례지훈(詩禮之訓). 시와 예의 가르침이라는 뜻으로, 자식이 아버지에게서 받
는 교훈을 일컫는다.

6) 형산(衡山): 중국 호남성(湖南省) 형산현(衡山縣) 서북쪽에 있는 산. 중국의 오악(五岳)이라
불리는 5대 명산 중 남쪽에 위치해 남악(南岳)으로도 불린다.

이다.”

仙娘이 擧秋波而向南天호야 潸然含淚호니 女僧이 問曰

“娘子ㅣ 何故로 向南方而如此悲愴乎잇가?”

仙娘이 答曰

“我는 南方人이라 心事ㅣ 自然怊悵이로라.”

言畢에 洞口에 火光이 冲天호고 十餘漢子가 成群作黨호야 向庵中而走入호니 女僧이 大驚曰

“此必强盜라.”

호고 慌忙顚倒而下去ㅣ러니 庵中이 擾亂혼데 一個漢子ㅣ 以凶獰之聲으로 急覓娘子客室이어놀 仙娘이 顧小蜻曰

“吾奴主ㅣ 餘厄이 未盡호야 又逢姦人風波ㅣ로다.”

小蜻이 扶娘而涕泣曰

“賊勢如此호니 豈可坐而待死ㅣ리오?”

仙娘이 歎曰

“以孱弱女子로 雖欲逃避나 但添汚辱이니 豈可免禍ㅣ리오?”

小蜻曰

“事ㅣ 急矣라. 娘子는 勿爲趑趄호소셔.”

호고 携仙娘之手而踰山逃走혼시 月色이 雖明이나 山路依俙하야 十顚九倒호며 蹴石披棘호야 失却繡鞋호고 衣裳이 盡裂호니 脚力이 已盡이라. 仙娘이 因坐曰

“如此困厄은 生不如死라. 小蜻아! 汝는 尋生路而隱身이라가 收我身體호야 埋於元帥回軍之路邊호야 以代望夫山一片石호라.”

호고 抽懷中小刀호야 欲自刎이어놀 小蜻이 慌忙奪刀曰

“娘子는 更見事機호소셔. 事如不幸則賤婢何可獨生이리잇고?”

顧察左右而進호니 前有大路ㅣ라. 暫時歇脚이러니 火光이 滿山而來호야 人影이 散亂에 搜索樹木巖石之間이러라. 仙娘奴主ㅣ 盡力起身호야

從大路而僅行數十步ᄒ니 賊漢等이 高喊逐來ᄒ야 勢如風雨어ᄂᆞᆯ 小蜻이 抱仙娘而顚倒於地ᄒ야 呼天大哭曰

"悠悠蒼天아 何其如此無心고?"

言未畢에 忽有躍馬追趕에 高聲大呼曰

"賊漢은 莫走ᄒ라!"

仙娘奴主ㅣ 擧目視之ᄒ니 一位將軍이 身被戰袍ᄒ고 手執長鎗ᄒ고 走馬而追賊黨ᄒᄂᆫ데 其後에 十餘甲士ㅣ 各持刀劍ᄒ고 一齊喊聲而追러니 其中一個賊漢이 欲敵其將이어ᄂᆞᆯ 其將이 大叱ᄒ고 擧鎗一刺ᄒ니 其賊이 傷面血流ᄒ고 散之四方ᄒ야 不知去處러라. 其將이 方回馬而來어ᄂᆞᆯ 仙娘奴主ㅣ 尤爲恐惻ᄒ야 戰栗不已러니 其將이 到前駐馬ᄒ고 高聲於馬上曰

"是何娘子로 有何事故而如彼出門이며 賊漢은 何故逢之오? 欲聞其詳ᄒ노라."

小蜻이 且驚且惻ᄒ야 不能成言ᄒ니 其將이 笑曰

"吾奉將令ᄒ야 來於皇城이라가 還歸南方之路ㅣ라 非害娘子之人이니 娘子ᄂᆫ 詳言之ᄒ라."

仙娘이 且驚且喜ᄒ야 收拾精神ᄒ야 使小蜻으로 傳言曰

"吾等은 一時過客이라 當厄如此어니와 敢問將軍은 還向南方이라 ᄒ시니 將向何處乎잇고?"

其將이 答曰

"我ᄂᆫ 征南都元帥楊丞相之麾下偏將이라. 何故詳問也오?"

仙娘奴主ㅣ 聞楊丞相三字ᄒ니 胷中이 抑塞ᄒ고 精神이 怳惚ᄒ야 相扶大哭에 不知所措ᄒ니 原來其將이 非別人이라. 馬達이 上元帥之表於天陛ᄒ고 着急於軍事ᄒ야 星夜回程이러니 忽然路上에 聞女子哭聲ᄒ고 火光照耀之中에 無數賊漢이 喊聲逐來ᄒ니 不問可知爲强盜ㅣ라 歸路雖忙이ᄂᆞ 豈可不求人命이리오? 擊逐賊漢ᄒ고 欲知其故ᄒ야 辛勤問之러니

見其女人이 聞自己踪跡而抑塞痛哭ㅎ고 心中大疑ㅎ야 又問曰

"娘子ㅣ 聽我言而大哭何也오?"

仙娘이 未及答에 蜻이 對曰

"吾娘子는 楊元帥之小室이니이다."

馬達曰

"楊元帥는 誰也오?"

蜻曰

"紫禁城第一坊楊丞相이시니 南方出征이 于今半年이로소이다."

馬達이 大驚ㅎ야 慌忙下馬而退立曰

"果如此則丫鬟은 來此詳言ㅎ라."

仙娘이 顧小蜻傳語曰

"妾이 當此死境ㅎ야 雖行路之人이라도 爲謝生活之恩ㅎ야 不拘禮節이어든 況將軍은 楊元帥之心腹이라 無異一室이오니 豈不詳告리잇고? 妾이 自元帥出戰以後로 當家中風波ㅎ야 以女子懦弱之心으로 未能自決ㅎ고 屢當如此光景ㅎ니 慚愧莫甚이라 無所開口어니와 路上에 無紙筆ㅎ야 區區心懷를 未得上達於元帥ㅎ오니 將軍은 還次ㅎ야 爲妾詳告ㅎ소셔. 妾雖死나 如月片心이 欲照於元帥營中이니이다."

馬達이 拱手欠身而向小蜻曰

"丫鬟은 告于娘子ㅎ라. 小將은 元帥麾下右翼將軍馬達이라. 將幕之義는 無異君臣父子니 今見娘子之困厄ㅎ고 豈可無心發程乎잇가? 娘子ㅣ 不歸本府신디 小將이 當求安身之處ㅎ야 以爲整頓ㅎ고 歸見元帥之日에 詳告事狀이리이다."

ㅎ고 命甲士ㅎ야 借來小轎於附近客店ㅎ니 仙娘이 謝曰

"妾은 窮迫身數라 廣大天地에 無容身之處ㅎ니 將軍은 勿爲過念ㅎ소셔."

馬達이 曰

"小將이 若不見娘子安身之處而歸營則將幕體統에 非徒不敬이라 亦非人情이니 小將之歸路ㅣ 忽急ᄒ니 娘子ᄂᆞᆫ 勿爲遲滯ᄒ소셔."

仙娘이 無可奈何ᄒ야 起身扶小蜻而行曰

"將軍이 使妾安往이니잇고?"

馬達이 仗鎗前導而行數里러니 甲士ㅣ 持轎子而來어ᄂᆞᆯ 馬達이 顧小蜻曰

"丫鬟은 陪娘子於轎子ᄒ라."

ᄒ고 仗鎗上馬曰

"賊漢이 必不遠去矣리니 娘子ㅣ 逗遛於近處면 豈無後患이리오? 隨小將而又行一兩日ᄒ야 更尋幽僻道觀古刹ᄒ야 見其安頓而歸일ᄉᆡ ᄒᄂ이다."

仙娘이 感其至誠ᄒ야 卽上轎子어ᄂᆞᆯ 馬達이 促行ᄒ야 前進百餘里ᄒ야 入於客店而問曰

"此處에 有道觀寺刹乎아?"

店主對曰

"自此로 捨大路而東入山谷則數里之外에 有一座名山ᄒ니 名曰維摩山이오 山下에 有道觀이니다."

馬達이 大喜ᄒ야 更促行而至山下ᄒ니 奇峰淸景이 最爲幽僻ᄒᆫᄃᆡ 一個道觀이 在於其下ᄒ니 名曰點花觀이라. 觀中에 有數百女道士ᄒ야 淸淨端雅어ᄂᆞᆯ 馬達이 乃見道士ᄒ고 借觀後數間客室ᄒ야 安頓仙娘奴主ᄒ고 留甲士二人ᄒ야 嚴禁雜人ᄒ라 ᄒ고 馬達이 告別曰

"元帥ㅣ 又奉皇命ᄒ야 出戰交趾ᄒ시니 小將之去路ㅣ 甚忙이라. 此處幽僻ᄒ야 庶可安身이니 娘子ᄂᆞᆫ 尊体保重ᄒ소셔."

娘이 卽時付書於元帥ᄒᆯᄉᆡ 揮淚作別曰

"妾이 拘碍體面ᄒ야 未能盡謝盛恩ᄒ오니 將軍은 從元帥而早成大功ᄒ시고 從速凱旋ᄒ소셔."

馬達이 又向小蜻作別曰

"丫鬟은 侍娘子而操心保護ᄒ라. 此後回軍之日은 便是熟面이니 其時
ᄂ 觀而迎之ᄒ고 勿須戰栗ᄒ라."

小蜻이 不勝羞愧ᄒ야 紅暈이 起於兩頰이어놀 馬達이 分付甲士ᄒ야
誠心保護ᄒ라 ᄒ고 笑而上馬ᄒ야 向南而去ᄒ니라. 仙娘奴主ㅣ 以十生
九死之身으로 幸逢馬達ᄒ야 得安身之方ᄒ니 小蜻이 不勝歡喜ᄒ야 奴主
ㅣ 稱頌馬將軍之恩德ᄒ고 諸道士ㅣ 亦是驚歎仙娘奴主之出衆姿色ᄒ야
極盡親近이러라.

且說. 虞格이 被春成之誘引ᄒ야 集無賴輩而突入散花庵ᄒ야 搜索賈娘
子ᄒ니 女僧等이 豈肯直告ㅣ리오? 虞格이 大怒ᄒ야 女僧을 無數歐打ᄒ
고 自量호ᄃ

'彼見我等之入洞口ᄒ고 必踰山而逃ㅣ로다.'

追踰山路而進ᄒ야 搜索方方谷谷ᄒ니 林下에 脫下一隻繡鞋어놀 格이
大喜曰

"其美人이 必從此路而去ㅣ라."

ᄒ고 拾取繡鞋ᄒ고 一齊逐之ᄒ야 踰嶺到平地러니 意外에 逢一位將軍
ᄒ야 觸於鎗頭ᄒ야 面部被傷ᄒ고 僅保性命而還ᄒ야 見春成ᄒ고 言狼狽
之由ᄒ니 春成이 亦恨凶計之不成ᄒ야 見春月而一一詳陳혼ᄃ 春月이 俯
首黙想이러니 笑曰

"淸明世界에 率甲士而夜行之將이 豈非賊漢이리오? 此必綠林諸將이
乘夜而行이라가 取仙娘而去也ㅣ니 可笑ㅣ로다. 以仙娘氷雪之操로 一朝
에 爲壓寨夫人ᄒ니 雖不知其死生이나 快絶黃小姐禍根이로다."

春成曰
"此則然矣어니와 至於我等은 功無所立ᄒ니 豈不切痛이리오?"

春月이 笑曰
"我將顯哥哥與虞格之功ᄒ리니 哥哥ᄂ 勿爲漏泄ᄒ라."

ᄒ고 卽懷虞格之所拾繡鞋ᄒ야 見夫人與小姐홀시 春月이 呵呵大笑ᄒ
고 出繡鞋ᄒ야 以示小姐曰

"小姐는 知此鞋乎잇가?"

小姐ㅣ 詳見이라가 擲而責春月曰

"賤妓之鞋를 有何所用而持來乎아?"

春月이 更拾而笑曰

"仙娘이 着此鞋ᄒ고 千里江州에 隨多情郎而到皇城ᄒ야 步步生蓮花
ㅣ러니 造物이 猜忌ᄒ야 不能享其恩寵ᄒ니 誰知今日九原夜臺에 竟爲跣
足之鬼乎잇가?"

小姐ㅣ 唐荒曰

"春婢는 是何言也오?"

春月이 進小姐與夫人前曰

"賤婢ㅣ 衝動春成ᄒ야 使送虞格于散花庵ᄒ야 劫辱仙娘이러니 仙娘은
有節行之女子라 終不順從이어늘 虞格이 不勝憤怒ᄒ야 以刀刺殺ᄒ야 藏
尸身ᄒ고 取其繡鞋ᄒ야 見賤婢而爲證ᄒ니 從今以後로는 仙娘이 離於此
世ᄒ야 永滅小姐之禍根ᄒ니 此卽小婢與春成·虞格之功이오니 夫人與小
姐는 將以何物로 賞之시니잇고?"

衛氏ㅣ 聽此言而大喜ᄒ야 以十餘疋彩緞과 百兩銀子로 表春成·虞格之
功ᄒ라 ᄒ딕 春月이 冷笑曰

"夫人은 何惜些少之財ᄒ야 誤其已成之事乎잇가? 春成이 初以千金之
財로 言于虞格而其黨이 數十名이라 無非放蕩無賴者니 若不厚其財而緘
其口則大事漏泄ᄒ야 恐有後患之如何ᄒ리이다."

衛氏ㅣ 只信春婢之言ᄒ야 卽出千金而與之ᄒ고 但料仙娘이 果已死矣
러라.

且說. 楊元帥ㅣ 遣馬達而上表於天子ᄒ고 以待皇命이러니 忽然天使ㅣ
先到ᄒ야 傳皇勅이어늘 元帥ㅣ 北向再拜ᄒ고 升將壇ᄒ야 受副元帥軍禮

홀시 紅娘이 以紅袍金甲으로 佩大羽箭ᄒ고 執節鉞ᄒ고 軍禮로 見都督
ᄒ니 都督이 改容答禮曰

"聖恩이 罔極ᄒ야 元帥를 以白衣擇用ᄒ시니 元帥ᄂ 何以報答聖恩乎
아?"

紅元帥ㅣ 對曰

"都督이 在上ᄒ시니 小將이 有何方略而報答乎잇가? 只以擊鼓揮旗ᄒ
야 欲盡犬馬之力ᄒᄂ이다."

都督이 微笑러라. 紅元帥ㅣ 退還幕次ᄒ야 始立副元帥之旗號節鉞ᄒ고
次第受諸將軍禮後에 復至大都督帳中ᄒ야 議行軍之計러니 馬達이 馳報
皇命ᄒ고 又呈一封書札이어ᄂᆯ 開視之ᄒ니 其書에 曰

"賤妾碧城仙은 以風流放蕩之踪으로 不學禮節法度ᄒ야 君子門中에 家
道를 濁亂ᄒ고 山寺野店에 踪跡이 漂泊ᄒ야 未免賊漢之劍頭寃魂이러니
賴馬將軍救活之力ᄒ야 托身道觀ᄒ오니 此ᄂ 相公之所賜ㅣ라. 妾이 昏
暗ᄒ야 進退死生에 自不覺得中之道ᄒ오니 伏望君子ᄂ 明敎之ᄒ소셔.
大軍이 移於交趾則音信이 尤爲蒼茫이라 翹首南天에 望眼이 欲穿이오 如
山積懷를 一筆難記로소이다."

都督이 覽畢에 不勝惻然ᄒ야 顧紅元帥曰

"此必黃氏風波ㅣ라. 仙娘之處地는 十分矜惻이ᄂ 吾ㅣ 處於軍中ᄒ야 何
暇論家事ㅣ리오? 然이ᄂ 萬里絶域에 消息이 蒼茫ᄒ니 最所難忘者ㅣ로
다."

翌日平明에 都督이 會諸將三軍ᄒ고 召入哪咤ᄒ야 跪於帳下ᄒ야 宣諭
皇命ᄒ니 哪咤이 拜謝天恩이어ᄂᆯ 乃召入帳中而慰之曰

"大王이 特蒙聖朝再生之德ᄒ야 更無變覆이면 世世子孫이 以享富貴ᄒ
야 受中國之禮待ᄒ리이다."

哪咤이 流涕曰

"寡人이 不知天命ᄒ고 誤犯於死罪어ᄂᆯ 蒙天子愛恤之德ᄒ고 被元帥寬

洪之恩ᄒ와 得保首領ᄒ고 再享富貴ᄒ오니 不知所以報答之道ㅣ로소이다."

復見紅元帥而謝曰

"元帥之下山은 實因寡人이라. 今日功名勳業이 豈知如此嵬嵬잇고?"

紅元帥ㅣ 笑曰

"大王이 不失五大洞天ᄒ시고 蠻王富貴를 依舊享之ᄒ시니 此皆聖恩之罔極이오 渾脫이 亦不負大王이로소이다."

哪吒이 欣笑ᄒ고 稱謝寬洪之德이러라. 翌日都督이 行軍而向交趾ᄒᆯ시 哪吒이 多備酒肉ᄒ야 餞於數十里外ᄒ야 大饋三軍ᄒ니 祝融與一枝蓮이 亦來會러라. 元帥ㅣ 顧蠻王曰

"大軍이 復爲南征ᄒ니 大王은 指揮一隊蠻兵而指路ᄒ소셔."

蠻王이 應諾ᄒ고 卽發麾下蠻兵三千ᄒ야 蠻將鐵木塔으로 爲先鋒ᄒ니라. 紅元帥ㅣ 笑對蠻王曰

"吾聞大王이 與祝融으로 結睚眦之怨ᄒ야 不顧鄰國之誼라 ᄒ니 非丈夫之事라. 今則皆爲聖朝之臣ᄒ니 互相和睦ᄒ라."

蠻王·祝融이 一時拜謝ᄒ고 相結兄弟之誼ᄒ야 折矢爲誓ᄒ니라. 哪吒·祝融이 告別於都督曰

"都督之恩威ㅣ 倂行南方ᄒ야 無足讓頭於漢之馬伏波·諸葛武侯라. 南方之民이 將建廟宇ᄒ야 欲傳惠澤於千秋ㅣ니이다."

都督이 笑曰

"此皆皇上之敎化라. 昌曲이 有何惠澤이리오?"

又告別於紅元帥曰

"寡人이 生長於蠻貊之邦ᄒ야 眼目이 孤陋러니 今見元帥ᄒ니 悅惚思慕之誠이 非徒感生活之恩이라. 從此告別에 關山이 渺然ᄒ니 他日에 若奉越裳氏之白雉而入朝면 願歡顔相對ᄒᄂ이다."

紅元帥ㅣ 笑曰

"戰則敵國이오 交則故人이라. 萍水南此에 逢別이 無定이니 區區所望은 自今以後로 大王은 千萬自愛ᄒᆞ야 莫使紅渾脫로 更至此地케 ᄒᆞ소셔."

哪吒·祝融이 大笑러라. 一枝蓮이 告紅元帥曰

"妾이 欲自此로 執鞭而隨元帥나 踪跡이 艱危ᄒᆞ야 未得遂意ᄒᆞ니 以待他日之承顏이로소이다."

紅元帥ㅣ 心中自思曰

'我愛一枝蓮之容貌姿質ᄒᆞ야 欲置左右러니 彼無隨我之心ᄒᆞ니 此ᄂᆞᆫ 蠻種이라 風氣强悍ᄒᆞ야 必無人情而然也ㅣ라.'

ᄒᆞ고 執手悵然ᄒᆞ야 良久無言이러라. 都督이 董督行軍ᄒᆞᆯᄉᆡ 使蠻將鐵木塔으로 率三千騎ᄒᆞ야 爲先鋒ᄒᆞ고 雷天風은 率五千騎ᄒᆞ야 爲前將軍ᄒᆞ고 蘇司馬ᄂᆞᆫ 率三千騎ᄒᆞ야 爲後將軍ᄒᆞ고 董超·馬達은 爲左右將軍ᄒᆞ고 都督與元帥ᄂᆞᆫ 爲中軍ᄒᆞ야 率大軍而向交趾ᄒᆞᆯᄉᆡ 時則三月暮春이라 南方이 自古로 節序太早故로 天氣極熱ᄒᆞ야 恰如中國之五六月이라. 山岳이 童濯ᄒᆞ야 草木이 稀疎ᄒᆞ며 一邊은 大海接天ᄒᆞ야 怪風瘴濕이 四時無別ᄒᆞ고 郊野曠邈ᄒᆞ야 或至五六百里에 全無人家ㅣ라. 交趾王이 率土兵而迎候於境上이어ᄂᆞᆯ 都督이 問賊情ᄒᆞᆫ대 對曰

"紅桃王脫解ᄂᆞᆫ 蠻人之種이라 天性이 凶獰ᄒᆞ야 篡奪其父ᄒᆞ고 其妻小菩薩은 妖術이 難測ᄒᆞ니 不可輕敵이오 今則在於五溪洞ᄒᆞ니 原來南方諸國에 紅桃國이 風紀無度ᄒᆞ야 無人倫而主威力ᄒᆞ니 其强勁이 無異禽獸ㅣ니이다."

都督이 又問曰

"五溪洞이 此距幾里오?"

對曰

"四百餘里요 其間에 有五溪ᄒᆞ니 一은 黃溪요 二ᄂᆞᆫ 鐵溪요 三은 桃花溪요 四ᄂᆞᆫ 啞溪요 五ᄂᆞᆫ 湯溪니 渡黃溪則人身이 黃而瘴疾이 起ᄒᆞ고 溺於鐵溪則金鐵이 自鎔爲水ᄒᆞ고 桃花溪ᄂᆞᆫ 三春에 花發則水波自紅ᄒᆞ야 毒氣

流十里ᄒ고 啞溪ᄂᆫ 誤飮其水者ㅣ 爲啞ᄒ야 不通語ᄒ고 湯溪ᄂᆫ 水常熱ᄒ야 人不能入ᄒ니 故로 雖强兵猛將이라도 至於此處則束手無策이니이다.”

都督이 聽此言而雖有疑憂ᄂᆞ 不動辭色ᄒ고 率交趾土兵五千騎ᄒ야 行軍向五溪洞홀ᄉᆞ 至於一處ᄒ니 山川이 廣濶ᄒ고 地形이 平坦ᄒ야 可留大軍이러라. 日已暮矣라 已而오 月色이 明朗ᄒ니 都督이 與元帥로 着戰袍而出陣門外ᄒ야 徘徊玩月이러니 忽然風磬之聲이 從風而來어ᄂᆞᆯ 問於土兵ᄒᆞᆫᄃᆡ 對曰

“後山下에 有伏波將軍之廟니이다.”

紅元帥ㅣ 告曰

“馬伏波ᄂᆫ 漢之名將이라. 其精靈이 必不泯滅ᄒ리니 暫往焚香이 似好ㅣ로소이다.”

都督이 應諾ᄒ고 同至廟中ᄒ야 焚一炷香ᄒ고 暗祝後에 執榻上筮龜ᄒ야 得一卦ᄒ니 爻辭[7]에 曰 ‘師貞人大吉[8]이라.’ 出廟門홀ᄉᆞ 夜色이 已深ᄒ고 黑霧ㅣ 沉翳月光이어ᄂᆞᆯ 都督이 顧元帥曰

“此ᄂᆫ 南方瘴氣라 觸人則爲病故로 馬伏波ㅣ 得薏苡實以除之러니 今將軍이 以病餘弱質로 冒此毒氣ᄒ니 豈不可慮리오?”

紅元帥ㅣ 笑而對曰

“小將은 蠻人이라 不甚關係니이다.”

ᄒ고 還陣就寢이러니 是夜에 元帥ㅣ 忽然吐血昏絶ᄒ니 都督이 大驚而至元帥幕次ᄒ야 救之半晌에 方始回甦ㅣ라. 都督이 屛左右ᄒ고 從容

---

7) 효사(爻辭): 『주역』에서, 괘(卦)를 구성하는 각 ‘효(爻)’를 풀이한 말. 64괘에 대한 효사 386개가 있다. 『주역』 상경(上經)에 30괘, 하경(下經)에 34괘를 싣고, 괘마다 괘상(卦象)을 설명한 괘사와 효를 풀이한 효사가 있어, 점을 쳐서 괘를 얻어 길흉화복을 판단한다.
8) 사정(師貞), 인대길(人大吉): ‘군대가 바르므로 사람이 매우 길하다.’ 『주역』 사괘(師卦)에 나오는 구절. 『주역』에는 “사정(師貞), 장인길무구(丈人吉无咎)”로 나온다.

問曰

"娘이 勞力風塵ᄒᆞ고 又觸俄者毒霧ᄒᆞ야 致有此症이로다."

紅娘이 沉吟對曰

"此ᄂᆞᆫ 妾의 終身之疾이라. 十里錢塘에 幾作水中孤魂而飲水ᄒᆞ고 天涯絕域에 漂泊踪跡이 受傷於風土ᄒᆞ야 有此性症이니이다."

ᄒᆞ고 痛聲이 不絕이어늘 都督이 悶然ᄒᆞ야 對症議藥以救之ᄒᆞ고 撫手而謂曰

"交趾ᄂᆞᆫ 自故로 瘴氣甚多之處ㅣ라. 吾雖無才ᄂᆞ 當代娘而取五溪洞矣리니 娘爲後軍ᄒᆞ야 徐徐以行ᄒᆞ고 安穩調攝ᄒᆞ라."

翌日行軍홀ᄉᆡ 紅元帥ㅣ 臥車中而後軍ᄒᆞ니라. 都督이 董督大軍而先行홀ᄉᆡ 至一處ᄒᆞ니 土兵이 告曰

"此處ᄂᆞᆫ 黃溪니이다."

都督이 遙望之ᄒᆞ니 黃波ㅣ 滔滔接天ᄒᆞ야 宛如一帶黃河가 自天上來라. 當前而視ᄒᆞ니 深不過一丈이오 流急而廣可百餘間이러라. 都督이 號令三軍ᄒᆞ야 輸運木石而橋홀ᄉᆡ 至中流ᄒᆞ야 爲波濤所激ᄒᆞ야 隨築旋壞ᄒᆞ고 數十役卒이 未及抽身而溺死ᄒᆞ야 雖卽拯出이ᄂᆞ 全身이 已黃ᄒᆞ고 瘡疾이 纏身이어늘 都督이 大驚ᄒᆞ야 更築浮橋홀ᄉᆡ 三成三壞ᄒᆞ니 更無方略而日色이 漸暮ㅣ라. 軍中이 惶惶ᄒᆞ야 皆臨溪而欲不飲馬9)러니 其中一馬ㅣ 斷轡ᄒᆞ고 赴溪而飲이어늘 軍士ㅣ 急爲牽出ᄒᆞ니 馬亦發瘡疾ᄒᆞ야 臥而不起라. 都督이 視之良久에 終無方策ᄒᆞ야 退陣於堤上ᄒᆞ고 將欲經夜홀ᄉᆡ 都督이 與蘇司馬로 臨溪邊ᄒᆞ야 望見流波ㅣ러니 夜深에 黃氣成霧而襲人이라. 都督이 顧蘇司馬曰

9) [교감] 개임계이욕불음마(皆臨溪而欲不飲馬): 적문서관본 영인본 218쪽에는 '개임계이욕음마(皆臨溪而欲飲馬)'로 되어 있으나, 의미상 황계(黃溪) 물이 몸에 닿으면 피부병이 생기므로 '개임계이욕불음마(皆臨溪而欲不飲馬)'로 되어야 하기에, 오식으로 여겨져 바로잡는다. 신문관본 제2권 89쪽에는 '모도 물을 림ᄒᆞ야 몰머리를 돌니고 섯더니'로 의미상 바르게 되어 있다.

"吾ㅣ 略涉古今兵書호고 槪知天文地理나 此는 推以物理로도 難可測
度이니 以智力으로 難與爲謀者ㅣ라. 上天이 不佑國家호고 造物이 沮吾
成功이로다."

蘇司馬ㅣ 對曰

"請紅元帥商議ㅣ 可也ㅣ니이다."

都督이 笑曰

"紅元帥ㅣ 非但罹病이라 非人力之所能爲어늘 紅元帥는 奈何오?"

호고 復還帳中호야 意思ㅣ 索漠호고 心神이 煩惱라가 長歎而起호야
巡行軍中홀시 至紅元帥幕次호니 元帥ㅣ 方臥寢床호야 痛聲이 不絶於喉
間호고 都督이 在側撫身호되 茫然不省호고 玉顔이 蕭瑟호야 孱弱之軀
를 貼在寢床호니 十分可憐호고 七分念慮ㅣ라. 命孫夜叉호야 不離左右
호고 動靜을 一一詳報호라 호고 還于陣中홀시 心懷不平호야 黙黙自思
호되

'我ㅣ 率大軍而擅入不毛호야 欲成大功이러니 隔一小溪호야 無他謀計
호고 紅娘之病이 亦非尋常호니 此必造物之所猜로다.'

호고 倚於書案호야 胃中이 鬱鬱不樂이러니 暫睡而驚覺호니 曉風이
捲帳에 寒氣侵入호야 一場寒戰이러니 已而오 呼渴之聲이 起於四面이어
늘 都督이 擊案大聲曰

"大事ㅣ 去矣로다."

호고 因卽昏倒호니 左右ㅣ 惶惶호야 告於元帥혼디 此時紅元帥ㅣ 亦
是昏倒而臥ㅣ라가 聽此消息而大驚호야 未暇戎服호고 顚之倒之而至帳
中호니 都督이 臥於床上而睡라. 診脈則十分洪大호야 中焦에 火氣熾盛이
어늘 元帥ㅣ 執都督之手而呼曰

"紅渾脫이 來此호니 都督은 收拾精神호야 明敎症候호소셔."

都督이 細聲而答曰

"我ㅣ 非失精神이라. 痛頭眩氣가 太甚호야 不能堪耐로다."

元帥ㅣ 召蘇司馬ᄒᆞ야 製藥數帖ᄒᆞ야 先和腸胃ᄒᆞ고 觀其動靜ᄒᆞ야 欲用降火之劑러니 意外에 症勢漸急ᄒᆞ야 不能着手ㅣ라. 元來都督이 以靑春之年으로 銳氣方壯ᄒᆞ야 力能拔山岳ᄒᆞ고 氣欲穿斗牛ᄒᆞ되 一片丹心이 洞洞屬屬이러니 今爲黃溪所隔ᄒᆞ야 無他經綸ᄒᆞ니 心甚煩惱ᄒᆞ야 火氣衝上ᄒᆞ야 致有此崇ᄒᆞ니 誠是急症이라 譬如烈烈火勢ᄒᆞ야 時刻을 若將不保ㅣ라. 紅元帥ㅣ 召諸將而操束軍中ᄒᆞ고 遠斥候而勿爲騷動ᄒᆞ라 ᄒᆞ고 副元帥之幕次를 移於都督帳前ᄒᆞ고 復入帳中ᄒᆞ니 都督이 蹙眉搥胷ᄒᆞ고 有欲言未言之色이어ᄂᆞᆯ 紅元帥ㅣ 進前問曰

"頭痛眩昏이 比前何如잇고?"

都督이 擧手指口ᄒᆞ고 似請筆硯이어ᄂᆞᆯ 元帥ㅣ 卽呈筆硯호ᄃᆡ 都督이 倚枕ᄒᆞ야 以數行之書로 遺於紅娘ᄒᆞ니 其遺書에 曰

"吾ㅣ 不忠不孝ᄒᆞ야 罹病於絶域ᄒᆞ니 聖主推轂之恩과 兩親倚閭之懷를 其將奈何오? 病非尋常小崇ㅣ라 造物이 沮戲大功이니 至今舌乾神昏ᄒᆞ야 無窮所懷를 一筆難記라 悠悠萬事를 寄託於元帥ᄒᆞ니 元帥ᄂᆞᆫ 絶世英才요 超人智略이라 踪跡이 雖長於閨中이나 官爵이 旣顯於朝廷ᄒᆞ니 代我而總督三軍ᄒᆞ고 唱凱歌而歸故國ᄒᆞ야 以慰君親ᄒᆞ야 使昌曲不忠不孝之罪로 減其一分이면 此ᄂᆞᆫ 不負平生知己之義라. 蜉蝣人生이 自來如此ᄒᆞ니 娘은 勿須過悲ᄒᆞ고 寬抑自保ᄒᆞ야 後天他日에 更續此生未盡之緣홀지어다."

都督이 寫畢投筆ᄒᆞ고 復執紅娘之手而歔欷長嘆ᄒᆞ고 因爲昏絶ᄒᆞ니 嗚乎라! 出師未捷身先死ᄒᆞ야 長使英雄淚滿襟[10]은 漢室存亡關係之運이러니 豈人之所能爲리오? 此時紅娘이 精神이 飛越ᄒᆞ고 天地渺茫ᄒᆞ야 黙然坐思호ᄃᆡ

'我以一個女子로 無父母親戚ᄒᆞ고 死生榮辱이 依於都督ᄒᆞ니 區區偸生

---

10) 출사미첩신선사(出師未捷身先死), 장사영웅루만금(長使英雄淚滿襟): '출병해 이기지 못하고 몸이 먼저 죽어, 오래도록 영웅들로 하여금 눈물이 옷깃에 가득하게 하네.' 당나라 시인 두보가 촉한 재상 제갈량에 대해 지은 칠언율시 「촉상蜀相」에 나오는 시구.

ᄒᆞ야 至于今日도 不是畏死ㅣ라 爲楊都督而然也요 矢石風塵에 備嘗苦楚도 非意功勳이라 亦爲都督이어늘 都督이 今若不幸則國家安危를 吾何知之며 三軍進退를 吾何察之리오? 我當先死ᄒᆞ야 不干萬事ᄒᆞ리라.'

ᄒᆞ고 更進都督之前ᄒᆞ야 低聲曰

"相公은 收拾精神ᄒᆞ소셔. 不能聽妾之一言乎잇가?"

都督이 不答이어늘 紅娘이 不勝抑塞ᄒᆞ야 自思호ᄃᆡ

'我ㅣ 曾學醫書卜術ᄒᆞ야 當此不試면 豈非無窮之悔哉리오?'

ᄒᆞ고 得一卦ᄒᆞ니 卦爻亂動ᄒᆞ야 吉凶難辨이오 診脈思劑則精神이 怳惚ᄒᆞ야 執症無路어늘 長歎曰

"我曾平生에 雖當難事나 心神이 猶不蒼黃이러니 此必天奪我魂ᄒᆞ야 將有不吉之兆ㅣ로다."

ᄒᆞ고 因屛左右ᄒᆞ고 執都督之手而泣告曰

"妾逢相公이 于今四年에 二年을 相別而不知死生이라가 千里他鄕에 斷絃復續ᄒᆞ야 依托餘生이러니 今忍棄之ᄒᆞ사 無一語遺敎乎잇가?"

都督이 擧眼暫視ᄒᆞ고 虌眉含淚而有悲愴之色이어늘 紅娘이 猶幸其有覺ᄒᆞ야 以藥勸之ᄒᆞ고 欲問症勢러니 忽然大號而奄忽ᄒᆞ니 嗚呼惜哉라! 盖世君子요 風流豪傑이 靑春之年에 至於此境ᄒᆞ니 蒼天이 豈有所知리오? 紅娘이 急投藥器而撫其身ᄒᆞ니 可謂百無一幸이라. 紅娘이 長歎起身曰

"我不忍見之로다."

ᄒᆞ고 慨然出於窓外ᄒᆞ니 孫夜叉ㅣ 立於窓外라가 欲聞動靜이러니 元帥ㅣ 直出轅門外ᄒᆞ니 孫夜叉舉鎗欲從호ᄃᆡ 元帥ㅣ 顧謂曰

"老將은 莫隨ᄒᆞ라."

孫夜叉ㅣ 唐荒以退ᄒᆞ니 此時月落西山ᄒᆞ고 星光이 滿天혼ᄃᆡ 軍中漏水ㅣ 已報五更이러라. 紅娘이 直到黃溪邊ᄒᆞ야 仰天歎曰

"悠悠蒼天이 欲殺妾身ᄒᆞ사 使作南荒孤魂케 ᄒᆞ심이니 不然則都督之病

이 何以至此잇고? 妾이 幼而遊於靑樓ᄒ니 才勝德薄이오 長而托於朱門
ᄒ니 福過災生ᄒ야 更使絶命於萬里絶域ᄒ시니 妾之薄命所致나 都督은
孝於事親ᄒ며 忠於事君ᄒ야 百行이 無欠ᄒ니 庶無得罪於神明이라. 况
是年今二八이오 前程이 萬里라? 伏願以妾身으로 代都督而投於黃溪ᄒ야
以改水性之悍毒ᄒ시고 保全都督之命ᄒ소셔."

言畢에 欲投水中이러니 忽然背後에 有携節聲而急呼曰

"紅娘은 別來無恙乎아?"

元帥ㅣ 大驚顧視ᄒ니 便非別人이라 卽前日受學之白雲道士라. 一喜一
驚ᄒ야 慌忙進前再拜ᄒ고 含淚告曰

"師父ㅣ 自何處而至此잇고?"

道士ㅣ 微笑曰

"老夫ㅣ 適與觀音菩薩로 登南天門이러니 知君有今日之厄ᄒ고 欲救而
來로다."

元帥ㅣ 不勝歡喜ᄒ야 謝曰

"師父ㅣ 一去西天以後로 未得拜謁이러니 如此見謁은 上天所佑로소이
다."

道士曰

"我ㅣ 歸路忽急ᄒ니 暫看都督之病勢가 如何오?"

元帥ㅣ 大喜ᄒ야 與道士로 入帳中ᄒ니 都督이 昏絶已久ᄒ야 不省人
事어놀 道士ㅣ 良久視之라가 三個金丹을 付與元帥曰

"用此藥則快蘇矣리라."

ᄒ고 言畢에 起身而去어놀 元帥ㅣ 隨出陣門外ᄒ야 復告曰,

"都督之病이 非臟腑之祟라. 其源이 在於五溪ᄒ니 師父는 明敎方略ᄒ
소셔."

道士ㅣ 笑而誦三句詩曰

一抔土克水　萬柄火消鐵

必含桃花葉　泛彼桃花浪

痛飮啞溪水　夜半渡湯溪

道士ㅣ 吟畢에 顧元帥曰

"娘之眉間厄運이 今日已盡ᄒ니 前程富貴ㅣ 極矣리라."

ᄒ고 忽然擧手中百八菩提珠而授之曰

"此ᄂᆫ 釋迦世尊이 講論妙法之時에 輪回念佛之珠ㅣ라. 個個聽得正心工夫ᄒ야 邪氣ㅣ 不犯ᄒᄂ니 自有用處어니와 他日傳於紫盖峰大乘寺輔祖國師ᄒ라."

言畢에 化爲一陣淸風ᄒ야 不知去處어ᄂᆯ 元帥ㅣ 向空中而百拜致謝ᄒ고 卽入帳中ᄒ야 急用金丹혼ᄃᆡ 一個에 胷中이 爽然ᄒ고 二個에 精神이 淸明ᄒ고 三個에 神氣如常이러라. 原來金丹은 仙家上品靈藥이라 都督이 服藥後病勢卽快ᄒ고 聰明精力이 倍於前日ᄒ니 此時紅元帥ㅣ 見都督之病勢快差ᄒ고 不勝喜悅ᄒ야 先告白雲道士之臨陣ᄒ고 次誦三句之秘訣ᄒ니 都督이 聽罷에 驚歎不已러라. 元帥ㅣ 誦三句詩而行軍홀식 下令軍中曰

"大軍이 一時에 各持一抔黃土ᄒ고 渡黃溪호ᄃᆡ 若有渴者어든 以土含口然後에 飮水ᄒ라."

百萬大軍이 爭持黃土而渡홀식 依將令而行之ᄒ니 大軍이 果無病이러라. 三軍이 踊躍歡呼ᄒ야 其聲이 如雷러라.

翌日到鐵溪ᄒ니 水色이 靑黑ᄒ고 寒氣相凝ᄒ야 浸兵器則果鎔爲水라. 紅元帥ㅣ 下令曰

"三軍이 各持炬火一柄而渡ᄒ라."

大軍이 一時에 束草爲炬ᄒ야 燃火而渡홀식 火光이 覆鐵溪ᄒ니 其火光稀少之處則軍馬ㅣ 不勝寒氣ᄒ야 添其炬火然後에 方渡ㅣ러라. 次至桃

花溪ᄒ니 時則三月初旬이라 桃花ᄂᆫ 滿發ᄒ고 水波ᄂᆫ 滔滔ᄒ디 落花紛
紛ᄒ야 泛泛中流ᄒ니 水色은 暎花而紅ᄒ고 毒氣ᄂᆫ 觸鼻而逆이라. 軍中
年少者ㅣ 指醮水而嘗ᄒ니 頃刻에 手指浮腫ᄒ고 口中吐血이어ᄂᆞᆯ 元帥ㅣ
下令曰

"大軍이 登岸上ᄒ야 各折桃花一枝ᄒ야 人馬ㅣ 塗脚含口而渡ᄒ라."

大軍이 爭折桃花ᄒ니 頃刻之間에 桃花ㅣ 全疎러라. 乃鳴鼓而渡溪ᄒᆞᆯ
시 點點花影이 照耀水中ᄒ니 紅元帥ㅣ 與都督으로 聯馬而渡ᄒᆞᆯ시 琅然
笑曰

"江南錢塘湖十里荷花를 雖云佳景이나 無過於此ㅣ니이다."

都督이 微笑ᄒ고 渡桃花溪而至啞溪ᄒ니 紅元帥下令曰

"諸將三軍에 若有渴者어든 各自快飲而渡ᄒ라."

諸軍이 猶爲趑趄어ᄂᆞᆯ 孫夜又大聲曰

"元帥ᄂᆫ 神人이라 有何所疑乎아?"

擧瓢先飲ᄒ고 顧雷天風而欲言其快러니 忽然舌捲ᄒ야 不能言語ᄒ고
投瓢流涕에 搥胷大哭이어ᄂᆞᆯ 元帥ㅣ 大笑ᄒ고 更勸數器ᄒ니 孫夜又心怯
趑趄라가 强飲數瓢ᄒ니 胷中이 清快ᄒ고 聲音이 分明이라. 夜又ㅣ 大喜
ᄒ야 告元帥曰

"老身이 昔年에 負元帥而行水中ᄒᆞᆯ시 飽食浙江潮水호디 不曾若是清快
ᄒ더이다."

元帥ㅣ 顰眉秋波曰

"吾謾添數瓢ᄒ야 使之橫說竪說이로다."

孫夜又ㅣ 嘿然而退ᄒ니 大軍이 一時痛飲啞溪水則勇氣倍前이러라. 翌
日到湯溪ᄒᆞᆫ디 水波洶湧ᄒ야 隨日光而湯熱如火ᄒ니 人不敢近이라. 元帥
ㅣ 陣於江頭而待夜ᄒᆞᆯ시 親至水邊ᄒ니 夜已亥末子初[11]라 水波不興ᄒ고
寒氣浮於水面이어ᄂᆞᆯ 元帥ㅣ 令三軍ᄒ야 一時渡溪ᄒ니 此時百萬大軍이
利涉五溪險地라 諸將軍卒이 相與致賀ᄒ고 歎服紅元帥之神奇러라. 原來

黃溪ᄂ 土精이라 以土克土ᄒ고 鐵溪ᄂ 金精이라 以火克金ᄒ고 桃花溪
ᄂ 桃花毒氣라 以毒制毒ᄒ고 啞溪ᄂ 以風土所殊로 初飮則爲啞ᄒ고 痛
飮則慣於腸胃ᄒ며 湯溪ᄂ 南方火氣라 子夜之半에 天一生水ᄒ야 自有相
克ᄒ니 凡天下之物이 多受火氣則毒氣가 自生ᄒᄂ니 南方은 山川草木이
無非火氣라 故로 毒氣聚於此處러라.

且說. 紅桃王脫解與其妻小菩薩이 聞天兵之到ᄒ고 與諸將商議曰

"明兵이 豈能渡五溪리오?"

ᄒ더니 聞無事渡溪ᄒ고 脫解大驚ᄒ야 卽請小大王拔解ᄒ니 拔解ᄂ 脫
解之弟라 有萬夫不當之勇ᄒ고 性急如火ᅵ러라. 脫解ᅵ 謂拔解曰

"明兵이 今已渡五溪ᄒ니 計無所出이라 何以則防備乎아?"

拔解ᅵ 奮臂曰

"么麽殘兵을 一鼓坑之矣리니 何患防備리오?"

脫解曰

"賢弟ᄂ 勿爲輕敵易言ᄒ라. 吾授精兵三千騎ᄒ노니 守鷓鴣城而拒絕入
路ᄒ라."

拔解ᅵ 應諾而去ᄒ니라. 原來鷓鴣城은 在五溪洞之北ᄒ니 其處에 多
鷓鴣故로 名曰鷓鴣城이라. 此時都督이 向五溪洞而行軍ᄒᆯᄉᆡ 望見一處ᄒ
니 山上에 樹木이 參天ᄒ고 一片孤城이 隱隱高出이어ᄂᆯ 紅元帥ᅵ 大驚
ᄒ야 召交趾土兵而問之ᄒ니 對曰

"小的等이 五溪以南은 踪跡不到處라 未能詳知오ᄂ 聞其傳說則入五溪
洞之路에 過鷓鴣城이라 ᄒ더이다."

紅元帥ᅵ 點頭而告都督曰

"脫解ᅵ 若伏兵於鷓鴣而襲大軍之後則狼狽矣리니 先取鷓鴣城이 可也ᅵ니

11) 해말자초(亥末子初): 해시(亥時)에서 자시(子時)로 넘어가는 때. 해시는 십이시의 열두째 시
로, 밤 9시부터 11시까지다. 자시는 십이시의 첫째 시로, 밤 11시부터 오전 1시까지다.

이다."

都督이 曰

"何以則可取오?"

元帥ㅣ 曰

"今夜에 留大軍於此處ᄒᆞ고 使董馬兩將으로 率五千騎ᄒᆞ야 埋伏於鷿鵲
城之北邊ᄒᆞ고 未明에 率大軍而向五溪洞則鷿鵲城伏兵이 必出拒路ᄒᆞ리
니 乘此時ᄒᆞ야 使董馬로 取鷿鵲城이 似是妙計로소이다."

都督이 許之ᄒᆞ고 留大軍而經夜ᄒᆞᆯ시 是夜三更에 使董馬로 率五千騎而送之
ᄒᆞ고 待天明ᄒᆞ야 鳴鼓角而驅大軍ᄒᆞ야 望五溪洞而行ᄒᆞ니 勢如風雨ㅣ라. 拔
解ㅣ 率精兵而下山大叱曰

"如鼠小兒ㅣ 無惻而過虎口ᄒᆞ니 何若是膽大乎아?"

ᄒᆞ고 縱馬請戰이어ᄂᆞᆯ 元帥ㅣ 急成陣勢ᄒᆞ야 以先鋒爲後軍ᄒᆞ고 以後軍
爲先鋒ᄒᆞ야 一時回馬揮旗而出ᄒᆞᆯ시 元帥ㅣ 與都督으로 望見陣前ᄒᆞ니 拔
解ㅣ 身長이 十尺이오 面如鍋底ᄒᆞ고 虎眼熊腰로 凶獰之狀이 不似人形
이오 兩手에 各持鐵椎ᄒᆞ고 大聲出陣ᄒᆞ니 都督이 顧謂元帥曰

"是豈人類리오? 若非鬼神則必是獸屬이로다."

ᄒᆞ고 使雷天風出戰ᄒᆞ니 雷天風이 擧霹靂斧而欲擊拔解ᄒᆞ디 拔解ㅣ 右
手로 持鐵椎ᄒᆞ고 左手로 欲奪霹靂斧ᄒᆞ니 天風이 大怒ᄒᆞ야 執斧不捨러
니 拔解ㅣ 忽出大聲而揮之ᄒᆞ야 天風이 翻身落馬ㅣ라. 拔解ㅣ 大笑曰

"汝豈能敵我ㅣ리오? 欲知我之勇力인댄 擧此鐵椎ᄒᆞ라."

ᄒᆞ고 卽投鐵椎於馬前ᄒᆞ니 天風이 憤怒ᄒᆞ야 雖盡力欲擧나 重過千斤이
라 自知不及ᄒᆞ고 聳身上馬ᄒᆞ야 還于本陣ᄒᆞ야 歎曰

"此非凡人之力이라. 若非昔日拔蜀山之五丁力士則必是扛九鼎之楚霸王
後身이로다."

言未畢에 拔解ㅣ 大呼曰

"汝之百萬大軍은 尙矣勿論ᄒᆞ고 大明天子ㅣ 親自傾國而來라도 我無小

惻이라.”

ᄒᆞ야ᄂᆞᆯ 都督이 大怒曰

“蠻雛之無禮가 乃敢如此ᄒᆞ니 不取其頭則誓不回軍ᄒᆞ리라.”

紅元帥ㅣ 笑而對曰

“小將이 雖無勇力이ᄂᆞ 願爲一戰ᄒᆞᄂᆞ이다.”

都督이 沉吟不答ᄒᆞ니 元帥ㅣ 復笑曰

“小將雙劍은 平生所愛者ㅣ라. 以么麽蠻雛之血로 豈可汚也리요? 有矢五介ᄒᆞ니 以三介로 不取蠻將則置軍令矣리라.”

ᄒᆞ고 解雙劍而授孫夜叉ᄒᆞ고 佩大刀帶弓矢而上馬ᄒᆞ니 美貌花容은 比於蠻將則果不相敵이라. 諸將三軍이 出於陣前而觀其勝負ᄒᆞᆯ시 都督이 亦坐陣上ᄒᆞ야 紅元帥ㅣ 若有危急則將欲驅大軍而救之러라. 未知勝負如何오. 且看下回ᄒᆞ라.

楊都督携酒聽鷓鴣　紅元帥望氣送狐裘

第二十二回

却說. 小大王拔解ㅣ 布成陣勢ᄒᆞ고 急欲挑戰ᄒᆞ야 向明陣而無數叱辱이
러니 忽然明陣中에 一位少年將軍이 星冠金袍에 乘大宛雪花馬ᄒᆞ고 佩大
羽箭帶寶雕弓而出陣ᄒᆞ되 玉顔星眸에 精神이 突兀ᄒᆞ고 風采表逸ᄒᆞ야 矢
石風塵에 罕見之人物이라. 手中에 無兵器ᄒᆞ고 纖纖玉手로 執轡而緩緩出
陣ᄒᆞ니 拔解ㅣ 望見大笑曰

"老醜者ᄂᆞᆫ 縮頸ᄒᆞ고 少妙者ㅣ 現身ᄒᆞ니 好供我一時消遣이라."

ᄒᆞ고 投鐵椎於空中而自矜其才ᄒᆞ고 嘲元帥曰

"觀汝之面ᄒᆞ니 非鬼物則傾國佳人이라. 老爺ㅣ 當生擒而去호리라."

ᄒᆞ고 挾椎馳馬而直取ㅣ어늘 紅娘이 微笑回馬ᄒᆞ고 挽寶雕弓ᄒᆞ야 初發
一矢홀싀 玉手一翻에 正中拔解左目ᄒᆞ야 眼睛이 突出ᄒᆞ니 拔解ㅣ 大號
一聲에 一手로 拔矢ᄒᆞ고 一手로 擧椎ᄒᆞ야 怒氣騰天ᄒᆞ야 脫甲投地ᄒᆞ고
露出黑身曰

"汝信妖術而如是唐突ᄒᆞ니 更射一矢ᄒᆞ라. 老爺ㅣ 當以赤胃受之라."

ᄒᆞ고 切齒直衝이어늘 紅娘이 又微笑ᄒᆞ고 故作挽弓之狀而虛發弦響ᄒᆞ

니 拔解ㅣ 立於馬上曰

"老爺ㅣ 當以腹受汝矢ᄒᆞ리니 妖怪ᄂᆞᆫ 能受椎乎아?"

ᄒᆞ고 以右手之鐵椎로 向紅娘而投어늘 娘이 回身而避ᄒᆞ고 一翻玉手ᄒᆞ
야 弦響起處에 矢如流星ᄒᆞ야 卽中拔解之口ᄒᆞ니 拔解ㅣ 拔去其矢ᄒᆞ고
鮮血이 滿口ㅣ라 一隻餘眼이 光如火起ᄒᆞ고 不勝忿氣ᄒᆞ야 躍而下馬ᄒᆞ야
赴如猛虎ᄒᆞ니 紅娘이 策馬急避ᄒᆞ고 大責曰

"汝雖有眼이ᄂᆞ 不知天高故로 先射汝目이오 不愼言語故로 後射其口어
늘 尙且如此無禮ᄒᆞ니 此ᄂᆞᆫ 心竅閉塞ᄒᆞ야 包藏凶肚逆腸이로다. 我有一
矢ᄒᆞ니 更射心經ᄒᆞ야 以通其塞ᄒᆞ리라."

言畢에 玉手ㅣ 一翻에 弦響이 憂然ᄒᆞ니 以拔解之凶獰으로도 掩胃避
之러니 自覺見欺ᄒᆞ고 尤爲忿怒ᄒᆞ야 踴躍而更赴ᄒᆞ니 其勢甚急이라. 紅
娘이 大叱ᄒᆞ고 乍轉星眸에 流矢가 正中其胃ᄒᆞ야 穿出其背ᄒᆞ니 拔解ㅣ
躍之半丈이라가 大號一聲而仆地어늘 紅娘이 拔劍ᄒᆞ야 取其頭上紅兜子
而還于本陣ᄒᆞ니 都督이 大喜ᄒᆞ고 諸將三軍이 面面相顧ᄒᆞ야 驚歎元帥之
弓法이러라.

此時董馬兩將이 伏於鷦鷦城北이라가 見拔解之出山ᄒᆞ고 一時啣枚而
取鷦鷦城ᄒᆞ니 都督이 與元帥로 驅大軍而厮殺敗兵ᄒᆞ고 入鷦鷦城ᄒᆞ니 天
險之城을 不勞而得이라 巡視城池ᄒᆞ니 其堅牢가 與鐵甕相似러라. 開視府
庫則軍糧이 不少ᄒᆞ고 水戰兵器와 造船材木이 積如邱山이라. 都督이 大
驚曰

"我軍이 不習水戰ᄒᆞ니 脫解ㅣ 若計窮力盡ᄒᆞ야 請我軍以水戰則如何應
之오?"

紅元帥ㅣ 笑曰

"小將이 實粗有糟粕於陸戰이ᄂᆞ 至於水戰ᄒᆞ야ᄂᆞᆫ 雖周公瑾·諸葛武侯
ㅣ 復生이라도 猶不讓頭로소이다."

都督이 大喜러라. 是日都督이 犒饋大軍ᄒᆞ고 敦定處所ᄒᆞ니라. 鷦鷦城

東에 有一高臺ᄒᆞ야 景槪快絶壯絶이어늘 都督이 顧元帥曰

"吾ㅣ 久在風塵ᄒᆞ야 未暇從容於盃酒之間이러니 萬里絶域에 今逢如此 景槪ᄒᆞ니 亦是難得이라. 美酒佳肴로 一時消暢이 如何오?"

元帥ㅣ 微笑ᄒᆞ고 退諸將ᄒᆞ고 只率孫夜叉ᄒᆞ야 以便服으로 步上石臺ᄒᆞ니 夕陽山色은 鬱鬱蒼蒼ᄒᆞ야 列在眼下ᄒᆞ고 天涯歸雲은 悠悠茫茫ᄒᆞ야 一望無際라 鷦鴣之聲은 處處狼藉ᄒᆞ야 惹起客懷러라. 都督이 命孫夜叉而 酌酒ᄒᆞ야 各自大醉ᄒᆞ니 紅娘이 忽然有怊悵之色이어늘 都督이 執手笑曰

"娘이 何有不樂之色乎아?"

紅娘이 對曰

"妾은 曾聞之ᄒᆞ니 游子ᄂᆞᆫ 悲故鄕이라 魚類도 猶思舊游之水ㅣ라 ᄒᆞ니 鷦鴣ᄂᆞᆫ 亦如江南이라. 其聲이 無異於雨昏靑草花落黃陵之時ᄂᆞ 前日은 何 其和暢이며 今日은 何其棲凉이니잇고? 妾本靑樓賤踪으로 意外에 逢相 公ᄒᆞ야 榮極今日ᄒᆞ니 庶無餘恨이나 兒女子之心이 不知自足ᄒᆞ고 每逢如 此佳景則齊景公之淚와 羊叔子之歎이 無端而生ᄒᆞ니 此ᄂᆞᆫ 無他ㅣ라 妾이 久遊於風流場ᄒᆞ야 不知閨範內則之操束ᄒᆞ고 有風月歌舞慷慨之胸襟ᄒᆞ야 嘆光陰之如流ᄒᆞ고 哀吾生之須臾ᄒᆞ야 戀戀情根을 不忍忘却故也ㅣ로소 이다. 相公은 聽彼鷦鴣聲ᄒᆞ소셔. 三月春風에 北岳花發ᄒᆞ고 南山葉靑ᄒᆞ 고 九十韶光이 爛熳浩蕩之時에 雙雙鷦鴣ᄂᆞᆫ 飛入花枝ᄒᆞ야 雄唱雌和ᄒᆞ니 其聲이 和暢ᄒᆞ야 東風에 岸柳翻黃ᄒᆞ고 細雨에 江草滋綠ᄒᆞ니 一鳴에 留 五陵少年之駿馬ᄒᆞ고 再鳴에 催娼家少婦之丹粧ᄒᆞ야 繁華之聲과 美妙之 笑ㅣ 猜鷦鴣而爭春光이라가 三春이 如流ᄒᆞ야 落花紛紛ᄒᆞ고 金風이 蕭 蕭에 其聲이 哀寃ᄒᆞ야 一鳴에 烈士玉壺ᄂᆞᆫ 片片碎聲이오 再鳴에 佳人翠 袖ᄂᆞᆫ 點點淚痕이니 此ᄂᆞᆫ 無他ㅣ라 無心鷦鴣를 有心聽之故也ㅣ니이다. 妾이 萍水江南에 偶侍相公ᄒᆞ야 一結情根이라가 天涯絶域에 如龍劍神物 之相會ᄒᆞ오니 哪咤·祝融의 霜雪劍戟과 風雨矢石에 一片情根이 少無撓 動ᄒᆞ야 死生患亂에 不曾相離ᄒᆞ고 更上此臺ᄒᆞ니 但其所恨者ᄂᆞᆫ 白髮이

無情ᄒ고 紅顔이 有時ᄒ야 夕陽鷓鴣가 振觸心思ᄒ니 妾은 不知케라. 今日之心이 百年後에 當作如何樣乎잇가?"

都督이 笑曰

"以娘之知見으로 豈有如此心懷리오? 吾與娘으로 上此臺도 亦是偶然之事오 鷓鴣之鳴도 亦是偶然이라. 生結情根이 旣是妄擧어ᄂᆞᆯ 況可以死留情根이리오? 一身無恙에 百年安過則此ᄂᆞᆫ 百年之榮이오 一日閑暇ᄒ야 從容安過則此ᄂᆞᆫ 一日之福이라. 送西山落照ᄒ고 迎東嶺明月이 無非景槪니 軍中에 若有餘酒어든 更爲酌來ᄒ라. 吾ㅣ 欲與娘一醉ᄒ야 聊以消娘鬱鬱之懷ᄒ노라."

紅娘이 微笑ᄒ고 更飮數盃홀ᄉᆡ 夜已黑矣오 寒露ㅣ 侵襟이어ᄂᆞᆯ 紅娘이 從容告曰

"相公이 以元戎之體重으로 醉對諸將이 甚所不可ㅣ오 夜深酒足ᄒ니 請顧千金之軀ᄒ사 勿貪一時之樂ᄒ시고 早爲還營ᄒ소셔."

都督이 笑曰

"吾ㅣ 久不飮酒ᄒ야 每有鬱鬱之懷러니 今日에 軍中無事ᄒ고 此處景槪ㅣ 快活ᄒ니 一時之醉ㅣ 有何不可리오? 娘은 更酌一盃ᄒ라 萬里絶域에 難得如此之景이로다."

娘이 又諫曰

"軍中은 死地라 諸將三軍이 抱劍枕鎗ᄒ야 危殆之思와 恐懼之憂ㅣ 夜不安寢이어ᄂᆞᆯ 相公은 不顧ᄒ시고 欲事盃酒ᄒ시니 此ᄂᆞᆫ 賤妾之罪라 妾이 不敢近侍로소이다."

都督이 忽有怒色曰

"娘之氣色이 一無柔順之態ᄒ고 多逆我意ᄒ니 是何道理乎아?"

紅娘이 黙然良久에 更酌一盃ᄒ야 獻於元帥ᄒ고 下氣怡聲而告曰

"妾이 雖無所學이나 曾聞無違夫子ᄒ야 必敬必戒라[1] ᄒ니 逆相公之言ᄒ고 更於何人而順從乎잇고? 相公이 春秋壯盛ᄒ사 但恃銳氣ᄒ시고 不

保尊體ᄒ사 欲效長夜之飮ᄒ시니 萬里之外에 豈不思兩堂鶴髮의 朝夕倚閭之歎乎잇가?"

都督이 聽罷에 尤有未安之色ᄒ야 不受酒盃ᄒ고 起身卽入帳中ᄒ니 紅娘이 隨入ᄒ야 不敢坐席ᄒ고 侍立半晌이러니 都督이 正色曰

"以元帥之體重으로 如是久立ᄒ니 還爲不安이라. 歸息處所ᅵ 可也ᅵ니라."

元帥ᅵ 尤爲恭敬而不退어늘 都督이 召孫夜叉而分付曰

"導元帥而速歸幕次ᄒ야 若非吾令則勿爲出入帳中ᄒ라."

言畢에 氣色이 甚嚴ᄒ니 紅元帥ᅵ 惶懼而退ᄒ야 還于幕次홀시 孫夜叉ᅵ 從容問曰

"元帥ᅵ 與都督으로 有何未安之事乎잇가?"

元帥ᅵ 曰

"此非老將之所知니 勿爲過慮ᄒ라."

是夜에 紅娘이 不脫戎服ᄒ고 轉輾不寐而自思호디

'都督之性이 本是寬洪ᄒ야 不曾見偏狹之怒ᅵ러니 今日之事ᄂ 必有曲折이라. 明日에 自然知之라.'

ᄒ고 臥於寢床이라가 更思曰

'我本青樓賤踪으로 以顏色事人矣러니 至若近日則多趑趄之風ᄒ고 無柔順之色ᄒ야 君子ᅵ 視以未妥라. 豈非我自作之過리오?'

ᄒ고 以鏡照面ᄒ며 欲幡然改以溫順之色ᄒ야 思之及此ᄒ니 自然心思ᅵ 煩惱ᄒ야 不能成寐ᄒ고 天明에 元帥ᅵ 卽至都督帳前ᄒ야 不敢入而彷徨

---

1)무위부자(無違夫子), 필경필계(必敬必戒): '남편의 뜻을 어기지 말고, 반드시 공경하고 반드시 조심해야 한다.'『맹자』「등문공 하滕文公 下」에 나오는 구절. "여자가 시집갈 때는 어머니가 명하는 것이니, 문에서 보내며 훈계하길, '네가 시집가서는 반드시 공경하고 반드시 조심해, 남편의 뜻을 어기지 말라' 하니, 유순함으로 바름을 삼는 것이 부녀자의 도리다(女子之嫁也, 母命之, 往送之門, 戒之曰, '往之女家, 必敬必戒, 無違夫子.' 以順爲正者, 妾婦之道也)."

이러니 都督이 召孫夜叉ᄒᆞ야 正色大責曰

"昨日에 我有所令이어ᄂᆞᆯ 元帥ᅵ 冒至帳前은 何也오? 卽爲速退ᄒᆞ라."

紅娘이 卽退ᄒᆞ야 自然鬱鬱不樂ᄒᆞ니 可笑라! 都督之愛紅娘이며 紅娘之恃都督이여! 豈有怒氣며 何有疑心이리오마ᄂᆞᆫ 情極則有蔽ᄒᆞ고 親深則易怒ᄒᆞ나니 以紅娘之藻鑑慧點로 至於楊都督之事ᄒᆞ야ᄂᆞᆫ 憂其憂ᄒᆞ며 樂其樂이러니 今當意外深責ᄒᆞ니 終是心情이 柔弱ᄒᆞ고 意思가 索莫ᄒᆞ야 初疑曲折이라가 後思過失ᄒᆞ야 有鬱鬱不樂之懷ᄒᆞ니 此則夫婦之間에 懇切逼盡之情이라. 若無此心則非女子之本色이오 或過此心則爲婦德之損傷이니 豈不可愼者ᅵ리오?

此時都督이 聞紅娘之忠言ᄒᆞ고 雖心中嘆服이나 愛心益切ᄒᆞ야 還爲念慮호ᄃᆡ:

'天生萬人에 顔美者ᄂᆞᆫ 德薄ᄒᆞ고 才勝者ᄂᆞᆫ 智淺ᄒᆞᄂᆞ니 我逢紅娘이 于今幾年에 不見可疑處ᄒᆞ니 我若非沈惑而然則爲紅娘而念慮不少로다. 無瑕之玉이 易缺ᄒᆞ고 芬芳之草ᅵ 難盛이니 豈不還爲愛惜哉리오? 明日에 更出戰于五溪洞則紅이 必欲同去矣리니 以屛弱姿質로 連日勞力이 實是不安이라 吾當乘此籠絡ᄒᆞ야 示其未安之氣色ᄒᆞ고 留置於洞中ᄒᆞ야 使之調攝ᄒᆞ리라.'

ᄒᆞ고 盃酒之間에 因微細之事ᄒᆞ야 加無情之責ᄒᆞ니 此時紅元帥ᅵ 心亂而還幕次ᄒᆞ야 倚書案而不言不笑ᄒᆞ고 憂心悄悄ᅵ러니 孫夜叉ᅵ 告曰

"都督이 下令軍中ᄒᆞ야 明日擊五溪洞이라 ᄒᆞ더이다."

元帥ᅵ 黙黙不答而坐ᅵ러니 飄然起身ᄒᆞ야 至都督將臺ᄒᆞ니 都督이 適見兵書어ᄂᆞᆯ 紅娘이 突入帳中而告曰

"妾의 昨日之事ᄂᆞᆫ 萬死猶輕이나 今日에 不許從軍ᄒᆞ시니 非區區所望이로소이다. 妾見拔解ᄒᆞ니 足知其凶獰이라 五溪洞은 險地오 今日之戰은 初戰이라 不知其虛實ᄒᆞ고 不可輕敵이오니 妾이 已從相公而來此ᄒᆞ야 見相公이 獨入危地ᄒᆞ고 豈可晏然而坐ᄒᆞ리잇고? 妾雖別無奇策이나 願

執鞭從軍호야 與同患亂호리이다."

都督이 答曰

"若非元帥則狼狽나 然이나 勝敗눈 兵家常事라. 今日之戰은 庸劣楊都
督이 自主矣리니 元帥눈 勿爲煩惱호라."

紅娘이 不勝慨然호야 還營未幾에 孫夜叉ㅣ 又奉軍令而至어눌 視之호
니 軍士三千과 孫夜叉눈 侍元帥而在於鸚鵡城호고 其外諸將大軍은 今日
行軍于五溪洞호라 호얏더라. 已而오 蘇司馬ㅣ 又見元帥曰

"今日五溪洞之戰이 不可輕易어눌 都督이 慮元帥之病患호샤 欲爲獨行
호시니 區區之慮ㅣ 不少ㅣ로소이다."

元帥ㅣ 笑曰

"此눈 將軍이 不知로소이다. 舞劍揮鎗호야 斬敵之首호고 衝突敵陣은
渾脫이 雖有小能이나 井井之陣과 堂堂之法으로 文武兼全호야 所向無敵
은 十個渾脫이 豈能當都督一人이리오? 但麾下에 無諸將이어눌 渾脫이
以病不從호니 將軍은 從都督出戰이라가 若有所急커던 卽時通奇于渾脫
호야 同救患亂케 호라."

蘇司馬ㅣ 應諾而去호니라. 平明에 行軍홀시 自鸚鵡城으로 至五溪洞
이 不過二十里라. 乃分大軍爲五隊호야 先鋒將軍雷天風은 爲第一隊호고
左翼將軍馬達은 爲第二隊호고 右翼將軍董超눈 爲第三隊호고 右司馬蘇
裕卿은 爲第四隊호고 都督이 爲中軍호야 下寨於五溪洞前홀시 騎兵은
處東西角而結一字陣호고 車砲步兵은 處中央而連東西角호야 應變之勢ㅣ
甚爲齟齬어눌 蘇司馬ㅣ 心中自思호디

'蠻兵馳突이 最長技也ㅣ라 敵兵이 若衝突我陣中間이면 頭尾相絶矣리
니 將奈何오?'

호고 暗圖陣勢호야 送於元帥호야 欲問得失이러라.

此時都督이 結陣後에 射送檄書於洞中호니 其書에 曰

"我奉皇命以來호야 南方을 欲以德服之호야 以正道戰之오 不可以詭術

相抗矣리니 紅桃王은 速決勝負호라.”

此時脫解ㅣ 在於營中이라가 登東門而望見明陣호고 曰

“大明元帥ㅣ 以十萬大軍으로 結一字陣호니 此ᄂᆞᆫ 虛張聲勢ㅣ라. 吾聞
內實者ᄂᆞᆫ 不矜外라 호니 我出奇兵호야 衝突其中間則分爲兩段호야 必見
其敗호리라.”

小菩薩이 曰

“妾見明陣호니 旗幟井井호고 車馬不亂호니 不可輕敵이니이다.”

言未畢에 檄書ㅣ 飛落洞中이어ᄂᆞᆯ 脫解ㅣ 見而大笑曰

“不出寡人所料ㅣ로다. 明元帥ᄂᆞᆫ 迂闊儒將이라 能言正道호니 吾當一
鼓生擒호리라.”

卽開東門호야 率精兵六七千名호고 直衝明陣호니 勢如風雨ㅣ라. 都督
이 急揮手旗而鳴鼓호야 東西相合호니 首尾相應호야 變爲圓陣이라. 脫
解ㅣ 被圍陣中호야 急聚蠻兵於一處호야 以結方陣호고 親自擧鎗호고 欲
衝突明陣이어ᄂᆞᆯ 都督이 望見脫解호니 身長이 十餘尺이오 面色이 靑黑
호고 環眼虎鬚ㅣ라. 都督이 顧左右曰

“誰能取脫解乎아?”

雷天風이 擧斧而出호니 脫解ㅣ 大怒호야 瞋目逆鬚호고 大呼如雷호니
山岳이 欲崩호야 天風之馬ㅣ 驚退數十步어ᄂᆞᆯ 董馬兩將麾下諸將이 一時
合力突擊호듸 脫解ㅣ 少無驚怖호고 東衝西突에 氣勢ㅣ 尤加凶獰이어ᄂᆞᆯ
蘇司馬ㅣ 告都督曰

“脫解ㅣ 如是悍惡호니 欲生擒則傷者ㅣ 太多矣리니 急召弓弩手호야
一時射之케 호소셔.”

都督이 笑曰

“兵書에 云‘窮寇를 莫追라’호니 今觀其勢而圖之無妨이로다.”

蘇司馬ㅣ 曰

“脫解ᄂᆞᆫ 如虎猛將이라 陷阱之虎를 放於靑山則後患이 不少矣리이다.”

都督이 許之혼디 卽時召集弓弩手數萬ᄒᆞ야 左右射之ᄒᆞ니 脫解ㅣ 見其危急ᄒᆞ고 卽時下馬ᄒᆞ야 以鎗拒矢호디 應接不暇ᄒᆞ야 已中數十餘矢라. 淋漓鮮血이 滿濺鐵衣어ᄂᆞᆯ 脫解가 猶且如雷大號ᄒᆞ고 聳身數次에 飛越重圍ᄒᆞ야 出於陣外ᄒᆞ니 氣像이 尤爲凶獰이라. 誰敢當前이리오? 都督이 因驅大軍而廝殺ᄒᆞ니 此時小菩薩이 率洞中蠻兵ᄒᆞ고 欲救脫解而來라가 逢都督大軍ᄒᆞ야 一場搏戰홀ᄉᆡ 喊聲은 動天地ᄒᆞ고 積尸如山이라. 見脫解被重傷而還ᄒᆞ고 急收蠻兵ᄒᆞ야 還入洞中ᄒᆞ야 卽閉洞門혼디 都督이 亦因日暮ᄒᆞ야 回軍還本陣홀ᄉᆡ 忽然孫夜叉ㅣ 馳馬而來어ᄂᆞᆯ 都督이 大驚ᄒᆞ야 問其故혼디 夜叉ㅣ 對曰

"元帥ㅣ 送書于蘇司馬ㅣ니이다."

都督이 又問曰

"元帥ㅣ 今日做何오?"

夜叉ㅣ 對曰

"終日呻吟中에 不知陣中動靜ᄒᆞ샤 鷗鷺臺上에 終日南望ᄒᆞ시고 有鬱鬱不樂之色이러이다."

都督이 微笑ᄒᆞ고 心中自思호되

'吾一時籠絡이어ᄂᆞᆯ 燥急女兒가 恐或添病이로다.'

一邊追悔ᄒᆞ고 向蘇司馬而問元帥之書혼디 蘇司馬ㅣ 笑而對曰

"小將이 疑都督之陣勢ᄒᆞ야 問元帥ㅣ러니 必答其事로소이다."

都督이 笑而開見ᄒᆞ니 其書에 曰

"詳見陣圖ᄒᆞ니 此ᄂᆞᆫ 長蛇陣이라. 常山에 有大蛇ᄒᆞ니 名曰長蛇ㅣ라. 擊其頭則尾應ᄒᆞ고 擊其尾則頭應ᄒᆞ며 擊其腰則頭尾相應而合ᄒᆞᄂᆞ니 此陣之法이 倣此ㅣ라. 其勢ㅣ 甚齟齬故로 不知此法者ㅣ 擊其腰則狼狽矣ㄴ니 竊想脫解爲人이 如拔解則必入陣中矣리니 窮寇를 莫追ㅣ 可也ㄹ가 ᄒᆞᄂᆞ이다."

都督이 見而微笑러라. 大軍이 至鷗鷺城ᄒᆞ니 元帥出門迎之어ᄂᆞᆯ 都督

이 休息三軍ᄒ니 日已黃昏이라. 帳中에 燈燭이 照耀ᄒᄃᆡ 都督이 故爲正色無言而坐러니 紅元帥獨自侍立ᄒ야 低垂蛾眉ᄒ고 桃花兩頰에 紅暈을 滿帶ᄒ야 如癡似眠ᄒ니 晏然柔順之態가 恰似畵中之人이라. 都督이 流目睇視라가 忍之不得ᄒ야 長嘆曰

"內無良將ᄒ고 外有强敵ᄒ니 此將奈何오?"

ᄒ고 因臥寢床이어ᄂᆞᆯ 紅娘이 暗送秋波而察都督之顔色ᄒ고 從容問曰

"今日陣上得失이 何如ᄒ니잇고?"

都督이 又嘆曰

"吾以白面書生으로 未讀兵書ㅣ러니 幸因蘇司馬ᄒ야 得一陣法ᄒ니 名曰長蛇陣이라."

言未畢에 紅娘이 俯首微笑어ᄂᆞᆯ 都督이 方大笑ᄒ고 起身執紅娘之手ᄒ야 坐於寢床ᄒ고 曰

"百萬軍中에 爲將則易어니와 迷魂陣中에 爲家長則難矣로다. 吾破脫解之前에 以示未妥之色ᄒ야 欲使娘으로 勿爲從軍而調病이러니 將略이 不足ᄒ야 昔年遊靑樓之心을 不能抑制ᄒ야 本色이 綻露ᄒ니 始知世間에 無英雄烈士ㅣ로다."

紅娘이 不勝羞愧ᄒ야 默默不答이어ᄂᆞᆯ 都督이 復歎曰

"吾與娘이 同時少年이라 萬里絶域에 經歷周年風塵ᄒ야 心思鬱寂ᄒᄃᆡ 消暢無路ㅣ라. 昨日之事ᄂᆞᆫ 以一時之戲로 欲爲消遣이나 今日陣上에 暫看小菩薩ᄒ니 多謀足智ᄒ야 怳惚難測ᄒ니 愁惱ㅣ 不少ㅣ로다."

紅娘이 笑曰

"妾雖無才나 當擒小菩薩ᄒ리니 相公은 擒脫解ᄒ사 各盡其力이 如何잇고?"

都督이 笑而許之ᄒ니라. 是夜에 都督이 留元帥於帳中曰

"吾與娘으로 曾有三章之約이나 此皆破哪吒以前之事ㅣ니 今日은 欲連衾同枕ᄒ야 以慰寂寞之懷라."

ᄒ고 召孫夜叉而分付曰

"今夜則有軍中相議事ᄒ야 元帥ㅣ 當夜深後還次矣리니 勿爲空虛幕次
ᄒ라."

夜叉ㅣ 應諾ᄒ고 心中暗笑曰

'世俗男子ㅣ 置寵妾에 愛極相爭ᄒ고 爭後同枕이라 ᄒ더니 以都督之
體重과 元帥之端雅로 豈知昨日之風波가 變爲今日之雲雨ㅣ리오?'

ᄒ더라.

此時都督與元帥ㅣ 連衾而睡ᄒ야 琴瑟이 和樂ᄒ고 戀戀之情이 忘却鼓
鼙支離之憂ᄒ니 元帥ㅣ 自然困惱ᄒ야 春睡朦朧이어늘 都督이 先起而巡
視ᄒ니 軍中漏水ㅣ 已絶ᄒ고 西山殘月이 流照帳中ᄒ되 元帥ㅣ 鴛鴦枕
上에 半披翡翠衾ᄒ야 雪膚花容을 露出月下ᄒ고 雲鬟綠髮은 蟠於寢床ᄒ
야 喘息이 脈脈ᄒ고 氣色이 微微ᄒ야 十分幼稚ᄒ고 七分軟弱이라. 都督
이 撫身自思ᄒ되

'如彼弱質을 使之爲將ᄒ야 出沒於劍戟矢石之中ᄒ니 我ᄂᆫ 可謂薄情男
子라.'

ᄒ더니 元帥ㅣ 方驚覺ᄒ야 慌忙着戰袍어늘 都督이 曰

"我見娘之氣色ᄒ니 念慮不少라. 今日之戰則娘은 勿爲出戰ᄒ고 調攝
身病ᄒ라."

元帥ㅣ 亦自思量컨듸 身氣不平ᄒ야 似不可以出戰이라 元帥ㅣ 含笑不
答ᄒ니 都督曰

"吾見五溪洞則地形이 低下ᄒ고 前有大江ᄒ니 今若不破則明欲引水ᄒ
야 以灌洞中ᄒ노니 其計ㅣ 如何오?"

元帥ㅣ 曰

"此則詳察地勢然後에 行之ᄒ소셔."

都督이 點頭ㅣ러라. 此日平明에 都督이 召孫夜叉ᄒ야 與元帥로 守城
ᄒ라 ᄒ고 率大軍而至五溪洞前ᄒ야 設陣勢홀시 都督이 顧蘇司馬曰

"今日五溪洞에 恠氣充滿ᄒ니 此ᄂ 小菩薩이 欲行妖術이라. 結武曲陣而守之ᄒ야 第觀動靜矣리라."

蘇司馬ㅣ 聽令而出ᄒ니라.

且說. 紅元帥ㅣ 送都督與大軍ᄒ고 卽上鷾鵠臺上ᄒ야 望見五溪洞ㅣ라가 忽有驚色而急還陣中ᄒ야 召孫夜叉曰

"今日西風이 陰冷이라 欲送都督之狐白裘ᄒ노니 娘은 速去어다."

ᄒ고 授一封紅褓曰

"此中에 有裘衣書簡ᄒ니 親呈都督ᄒ라."

夜叉ㅣ 聽令ᄒ고 卽向五溪洞ᄒ니라.

此時都督이 結武曲陣而挑戰ᄒ니 脫解ㅣ 堅閉洞門ᄒ고 寂無動靜이어ᄂᆞᆯ 都督이 疑訝不已러니 忽然孫夜叉ㅣ 獻狐白裘어ᄂᆞᆯ 都督이 怪問曰

"今日日氣ㅣ 溫和不寒이어ᄂᆞᆯ 何故送此物고?"

夜叉ㅣ 曰

"其中에 有書簡이로소이다."

都督이 卽時開見ᄒ니 果有小札이라. 其書에 曰

"都督이 出軍後에 妾上鷾鵠臺ᄒ야 望見東南間ᄒ니 怪氣가 充滿이라. 兵書에 云 '黑氣之下에 必有妖術이라'ᄒ니 小菩薩之妖術非常은 妾已聞矣라 若使魔王則最所難制니 妾이 嘗學一陣法하니 名曰降魔陣이라 帝釋의 擒魔王之陣法이니 小菩薩이 名近佛家ᄒ고 魔王은 佛家之神將이라 故로 妾所深慮者ㅣ로소이다. 恐或漏泄ᄒ야 同送狐白裘ᄒ나이다."

都督이 覽畢에 又有一封書어ᄂᆞᆯ 開見則此乃陣法圖ㅣ라. 都督이 顧孫夜叉曰

"回報元帥ᄒ되 今日日氣雖溫이나 五溪洞風勢ㅣ 陰冷ᄒ야 狐白裘를 果可以適用이라 ᄒ라."

孫夜叉ㅣ 卽還報命ᄒ니 元帥ㅣ 點頭微笑러라. 都督이 送夜叉而倚書案

ᄒ야 閱覽陣圖ㅣ러니 忽然喊聲이 大作ᄒ고 小菩薩이 出陣挑戰이라 ᄒ
니 不知勝負如何오. 且看下回ᄒ라.

菩薩作法降魔王　紅娘單騎救都督
第二十三回

却說. 脫解ㅣ 敗歸洞中ᄒᆞ야 對小菩薩而相論破敵之計ᄒᆞᆯ식 小菩薩이 冷笑曰

"大王이 平日에 每自矜勇猛이러시니 今不能當一白面書生ᄒᆞ야 如是狼狽ᄒᆞ시니 妾願試薄才ᄒᆞ야 以報大王之讎라."

ᄒᆞ고 率蠻兵而出挑戰이어ᄂᆞᆯ 都督이 望見陣上ᄒᆞ니 小菩薩이 頭戴紅巾ᄒᆞ고 身着五色衣ᄒᆞ고 右手로 擧鎗劍ᄒᆞ고 左手로 搖鈴而出ᄒᆞ니 彩雲之狀과 妖邪之態ᄂᆞᆫ 眞蠻貊之方의 傾國姿色이라. 小菩薩이 右手로 擧劍指空中ᄒᆞ며 左手로 搖鈴ᄒᆞ니 五色彩雲이 繞於陣上ᄒᆞ고 無數神將이 驅魔王而來ᄒᆞ니 怪異形狀과 凶猛擧動이 或騎象駕虎ᄒᆞ며 或鞭獅馼熊ᄒᆞ야 三十六個天罡星과 七十二個地煞星이 率夜叉鬼卒ᄒᆞ야 衝殺明陣ᄒᆞ니 一個魔王이 乘獅子被黃金甲ᄒᆞ고 兩眉에 戴日月ᄒᆞ며 頭戴七星ᄒᆞ고 胸列二十八宿ᄒᆞ야 光彩ㅣ 照于十方ᄒᆞ고 氣焰이 射人ᄒᆞ야 無敢當前而出者ㅣ러라.

都督이 急變陣勢ᄒᆞ야 結降魔陣ᄒᆞᆯ식 五百騎ᄂᆞᆫ 應北方六坎水ᄒᆞ야 被髮

跣足ᄒᆞ며 口誦眞言ᄒᆞ고 一千騎ᄂᆞᆫ 擧鎗ᄒᆞ야 向東南方而立ᄒᆞ고 一千騎ᄂᆞᆫ 擧劍ᄒᆞ야 向西南方而立ᄒᆞ고 一千騎ᄂᆞᆫ 擊鼓鳴錚ᄒᆞ야 巡行四方ᄒᆞ라 ᄒᆞ니 諸將三軍이 雖莫曉其故나 但從指揮ㅣ러라. 夫佛法이 荒唐이나 八萬大藏經이 不過一個心法이라. 佛은 心이오 魔王은 慾이니 心定則慾消故로ㅣ 制魔王則佛以外에ᄂᆞᆫ 更無他道ㅣ라. 佛家之言이 淸淨寂滅은 不過心與慾이니 心者ᄂᆞᆫ 如水之淸淨ᄒᆞ고 慾者ᄂᆞᆫ 如火之寂滅이 乃佛家眞諦라. 應北方六坎水而水克火ᄒᆞ야 克慾火而生心水ㅣ오 念眞言者ᄂᆞᆫ 取心專一이니 心水ㅣ 安靜則此所謂淸淨이오 慾火ㅣ 消滅則此所謂寂滅이라. 紅娘之降魔陣이 似齟齬ㅣ나 應北方六坎水之淸淨ᄒᆞ니 魔王慾火ㅣ 豈不消滅이리오?

此時魔王이 驅夜叉鬼卒ᄒᆞ야 望見明陣ᄒᆞ니 五百羅漢[1]과 二千金甲神이 杖鎗劍而立ᄒᆞ니 前後左右에 天羅地網이 重重疊疊ᄒᆞ야 魔王이 都無入路ᄒᆞ고 魔王之光彩ㅣ 消如春雪ᄒᆞ고 不見去處어ᄂᆞᆯ 都督이 號令大軍ᄒᆞ야 厮殺蠻陣ᄒᆞ니 小菩薩이 大驚ᄒᆞ야 卽收蠻兵而入洞中ᄒᆞ야 見脫解而嘆曰

"明元帥ᄂᆞᆫ 非但將略이 出衆이라 道術이 亦是神異ᄒᆞ니 姑閉洞門ᄒᆞ고 見機行計라."

ᄒᆞ더라.

此時都督이 召蘇司馬曰

"小菩薩이 敗歸ᄒᆞ야 閉洞門而不出ᄒᆞ니 欲於明日引水灌洞中ᄒᆞ노니 將軍은 率董馬兩將ᄒᆞ고 詳探五溪洞東北地勢ᄒᆞ라."

---

1) 나한(羅漢): 산스크리트어를 음역한 '아라한(阿羅漢)'의 약칭. 석가모니의 제자 가운데 뛰어난 사람 16명을 '16나한'이라 하며, 이들은 무량의 공덕과 신통력을 지녀 열반에 들지 않고 속세에서 지내며 불법(佛法)을 수호하는 존자(尊者)다. 또한 석가모니가 열반한 뒤 제자 가섭(迦葉)이 부처의 설법을 정리하려고 소집한 회의에 모인 제자 5백 명을 '5백나한'이라 한다. 나한은 인간의 소원을 들어준다고 여겨져 신앙의 대상이 되었다.

蘇司馬 ㅣ 領命ᄒᆞ고 率兩將而去ᄒᆞ니라.

且說. 脫解 ㅣ 對小菩薩而相議破敵之計러니 斥侯蠻兵이 來報曰

"方今明將三人이 徘徊于本洞東北ᄒᆞ며 窺視地形이라."

ᄒᆞ야ᄂᆞᆯ 脫解 ㅣ 大怒曰

"速取劍甲而來ᄒᆞ라! 我當以劍으로 快取敵將ᄒᆞ리라."

小菩薩이 笑曰

"大王은 勿怒ᄒᆞ소셔. 窺視地形者ᄂᆞᆫ 不過是數將이니 取其頭而何快於事리잇고? 妾은 聞之ᄒᆞ니 有智者ᄂᆞᆫ 先察其機라 ᄒᆞ니 今明將이 窺視地形은 必是今夜에 欲劫城池也ㅣ라. 當乘此機而用計니 大王은 今夜에 率五千騎而埋伏於五溪洞之東便ᄒᆞ고 妾은 率五千騎而埋伏於北便이라가 若見明兵이 劫城이어던 一時突擊ᄒᆞ야 東西相合ᄒᆞ고 約束洞中餘軍이라가 竢洞中喊聲之起ᄒᆞ야 一齊擁出ᄒᆞ야 內外相應이면 明兵을 可破리이다."

脫解 ㅣ 大加稱賞ᄒᆞ고 依計而行ᄒᆞ니라.

此時蘇司馬 ㅣ 與董馬兩將으로 察地形ᄒᆞ고 回報都督ᄒᆞ니 三將之言이 各出己見ᄒᆞ야 未得分明이라. 都督이 曰

"事不可輕忽이니 今夜에 吾當親審ᄒᆞ리라."

ᄒᆞ고 留蘇司馬於帳中ᄒᆞ고 是夜三更에 都督이 率雷天風·董超·馬達ᄒᆞ고 率麾下甲士百名ᄒᆞ야 至五溪洞北便ᄒᆞ니 岸高洞深ᄒᆞ고 洞中地形이 低下ᄒᆞ야 水無流出處라. 都督이 大喜ᄒᆞ야 巡視良久에 帶月而歸ᄒᆞᆯ시 忽然喊聲이 大作於洞北ᄒᆞ야 小菩薩이 拒路ᄒᆞ고 脫解 ㅣ 拒路於東便ᄒᆞ야 左右挾攻ᄒᆞ고 洞中蠻兵이 一齊突出ᄒᆞ야 圍住都督이 與鐵筒相似ᄒᆞ니 都督이 使甲士百人으로 結方陣ᄒᆞ고 董馬兩將과 雷天風이 奮然出戰ᄒᆞ야 盡力衝突이나 蠻兵이 已爲滿山遍野ᄒᆞ야 不知其數ㅣ러라. 擊東則圍西ᄒᆞ고 擊西則圍東ᄒᆞ야 重重疊疊ᄒᆞ야 潰圍無路ᄒᆞ니 喊聲은 掀天動地ᄒᆞ고 矢石이 如雨ᄒᆞ야 困在垓心이어ᄂᆞᆯ 雷天風이 揮斧而告都督曰

"事 ㅣ 急矣라. 小將이 當盡力而披蠻陣開路矣리니 都督은 單騎로 隨後

ᄒᆞ소셔.”

都督이 笑曰

“我ㅣ 南來以後로 曾無一敗러니 今日에 暫疎漏行計而出陣이라가 如此見困ᄒᆞ니 此是取計不明이라. 豈可冒矢石ᄒᆞ고 匹馬以走ᄒᆞ야 苟且受辱이리오? 但防其急禍ᄒᆞ야 以待大軍之來救ㅣ라.”

ᄒᆞ고 都督이 執轡而立ᄒᆞ니 董馬兩將이 擧鎗防敵ᄒᆞ야 以護都督이러니 忽然喊聲이 又大作ᄒᆞ고 蠻兵이 尤爲堅圍ᄒᆞ니 原來蘇裕卿이 知都督之受困ᄒᆞ고 驅大軍而衝突이라. 小菩薩이 指揮軍士ᄒᆞ야 急攻都督ᄒᆞ니 勢甚蒼黃이러라.

且說. 紅娘이 在於鷦鴣城ᄒᆞ야 身氣疲困ᄒᆞ야 倚案暫睡ㅣ러니 忽然一雙鷦鴣ㅣ 長鳴于窓어ᄂᆞᆯ 元帥ㅣ 驚起ᄒᆞ야 召孫夜叉問曰

“今將何時오?”

夜叉ㅣ 對曰

“幾至二更이로소이다.”

元帥ㅣ 曰

“夜已深矣어ᄂᆞᆯ 都督이 豈不回還乎아?”

ᄒᆞ고 起身出帳ᄒᆞ야 徘徊月下ᄒᆞ며 仰見天象ᄒᆞ니 天氣淸冷ᄒᆞ고 衆星이 歷歷ᄒᆞ되 一個大星이 光彩熹迷ᄒᆞ야 沉於黑雲이어ᄂᆞᆯ 詳視之ᄒᆞ니 文昌星이라. 元帥ㅣ 大驚曰

“都督이 尙不回軍ᄒᆞ시고 主星이 沉於劫氣ᄒᆞ니 必有緣故로다.”

ᄒᆞ고 卽占一卦ᄒᆞ니 重天乾卦[2]라ㅣ 元帥ㅣ 愕然失色曰

“乾卦上九爻[3]ㅣ 動ᄒᆞ니 卦辭[4]에 曰 ‘上九ᄂᆞᆫ 亢龍有悔[5]라’ᄒᆞ니 軍中

---

2) 건괘(乾卦):『주역』 64괘 가운데 첫번째 괘. 건괘는 양효(陽爻)로만 이루어진 순양괘(純陽卦)다. 건은 생명력을 의미하는 글자로, 하늘의 성격과 본질적 기능을 의미한다.
3) 상구효(上九爻):『주역』 건괘 맨 위 양효의 이름.
4) 괘사(卦辭):『주역』의 괘 아래에 써넣은 설명.『주역』 상경(上經)에 30괘, 하경(下經)에 34괘

에 有何疎漏오? 必有所悔로다. 又曰 '龍戰于野ᄂᆞᆫ 其道窮也ㅣ라'[6] ᄒᆞ얏
스니 其困이 不少ㅣ라 吾豈不親往고? 當親往ᄒᆞ리라."

ᄒᆞ고 召孫夜叉ᄒᆞ야 命取戰袍雙劍ᄒᆞ야 騎馬出城홀ᄉᆡ 使孫夜叉로 留守
城中ᄒᆞ고 率甲士百人而急向五溪洞이러니 忽然前面喊聲이 震動天地어
ᄂᆞᆯ 元帥ㅣ 尤爲忽急ᄒᆞ야 頃刻之間에 至五溪洞ᄒᆞ니 一個騎兵이 走馬急
來라가 見元帥而下馬ᄒᆞ야 喘息未定而告曰

"都督이 被圍於蠻陣ᄒᆞ니 不知事機如何니이다."

元帥ㅣ 精神이 飛越ᄒᆞ야 不能更問ᄒᆞ고 走馬至陣前ᄒᆞ니 蘇司馬ㅣ 方
率大軍ᄒᆞ야 衝殺蠻陣而大戰이라가 遙望大呼曰

"元帥ᄂᆞᆫ 暫時駐馬ᄒᆞ소셔."

紅娘이 駐馬問曰

"都督이 在於何處오?"

司馬ㅣ 曰

"圍在陣中ᄒᆞ야 不知其處로이다."

紅娘이 不答ᄒᆞ고 卽突入陣中ᄒᆞᆫ딕 屢萬蠻兵이 遍野成海ᄒᆞ니 渺然都督
一身이 豈在於何處ㅣ리오? 只擧雙劍ᄒᆞ고 望見蠻兵屯聚之處ᄒᆞ며 蠻將蠻
卒을 逢輒斬之ᄒᆞ야 以開前路홀ᄉᆡ 雙劍到處에 十丈靑霞가 彌滿而起ᄒᆞ야
陣中이 擾亂이어ᄂᆞᆯ 小菩薩이 見之大怒ᄒᆞ야 卽斬蠻將而欲鎭軍中이ᄂᆞ 無
可奈何ㅣ라. 何來劍光이 東閃而蠻將之頭ㅣ 落地ᄒᆞ며 西忽而蠻卒之頭ㅣ

를 싣고, 괘마다 괘상(卦象)을 설명한 괘사(卦辭)와 효를 풀이한 효사(爻辭)가 있어, 점을 쳐서
괘를 얻어 일의 길흉화복을 판단한다.
5) 항룡유회(亢龍有悔): '하늘 끝까지 다다른 용은 후회할 때가 있음이라.'『주역』건괘의 상구
효를 설명한 효사에 나오는 구절. 연못 깊숙이 잠복해 있는 잠룡(潛龍), 땅 위로 올라와 자신을
드러낸 현룡(現龍), 하늘을 힘차게 나는 비룡(飛龍)에 이어, 하늘 끝까지 다다른 용이 항룡이다.
그 기상이 한없이 뻗쳐 좋지만, 결국 하늘에 닿으면 떨어질 수밖에 없으므로, 존귀한 지위에
올라간 자가 조심하고 겸손히 물러날 줄 모르면 반드시 실패함을 비유하는 말이다.
6) 용전우야(龍戰于野), 기도궁야(其道窮也): '용이 들에서 싸우니, 그 길이 곤궁함이라.'『주역』
곤괘(坤卦)의 상육효(上六爻)를 설명한 효사에 나오는 구절.

落地ᄒᆞ야 東方을 纏鎭則西方이 擾亂ᄒᆞ고 前面을 纏備則背後ㅣ 蒼黃ᄒᆞ야 迅之如風ᄒᆞ고 疾之如雷ᄒᆞ며 往來踪跡이 怳惚難測이어놀 一匹馬影이 閃閃過去ᄒᆞ며 紛紛蠻卒之頭ㅣ 一時掃除ᄒᆞ야 菩薩이 百無一策ᄒᆞ야 分付陣中ᄒᆞ되 以毒矢亂射ᄒᆞ라 ᄒᆞ니 蠻將이 一時挽弓ᄒᆞ고 向東以射則已在於北ᄒᆞ고 向南而射則已在於西ᄒᆞ야 東西南北에 倏往倏來ᄒᆞ야 一矢不中ᄒᆞ고 蠻兵이 中矢而死ᄒᆞ야 積屍如山이라. 菩薩이 大驚曰

"不擒此將이면 雖億萬大軍이라도 無可奈何라. 楊都督은 猶不足爲憂ㅣ니 更圍此將ᄒᆞ라."

ᄒᆞ니 蠻兵이 方圍都督百餘匝이라가 一時解圍ᄒᆞ고 更圍元帥ᄒᆞ니 此時 都督이 與三將甲士로 當此困境이라가 敵軍이 一聲吶喊에 忽然自解ᄒᆞ야 移圍西南方이어놀 都督이 不知其故ᄒᆞ고 率三將甲士而出홀ᄉᆡ 蠻兵之屍ㅣ 遍滿陣中이어놀 都督이 自疑러니 路逢蘇司馬之率大軍而至ᄒᆞ야 都督이 方脫危地ㅣ라. 司馬ㅣ 問於都督曰

"將卒이 無傷者乎잇가?"

都督曰

"幸無一人所傷이로라."

司馬ㅣ 曰

"紅元帥ᄂᆞᆫ 何去잇고?"

都督이 大驚曰

"元帥ㅣ 何至於圍中乎아?"

司馬ㅣ 曰

"元帥ㅣ 俄以匹馬單騎로 欲救都督而入圍中이니이다."

都督이 聞此言ᄒᆞ고 愕然含淚曰

"紅渾脫이 死矣로다! 脫解之軍은 天下莫强이라 其數를 亦不敢當也ㅣ라 渾脫이 頗驍勇ᄒᆞ야 尋我不逢則必不空還ᄒᆞ리니 奈氣弱年幼에 何오?"

又嘆曰

"渾脫이 以我爲知己호야 周年風塵에 以同患亂이라가 今日爲我而陷於 危地호야 死生을 未分호니 吾何忍棄之而獨行이리오? 古語에 云 '以國士 遇之어든 以國士報之라'[7] 호니 吾ㅣ 平生에 雖不執鎗이노 略有所聞호 니 今日에 若不審渾脫이면 我亦不還이라."

호고 慨然執槍호야 欲爲衝突蠻陣이어놀 諸將이 一齊諫曰

"小將等이 雖無勇이노 各置軍令호고 破蠻陣而救元帥호리니 都督은 暫休호소셔."

都督이 年壯之氣로 雖顧體面而不爲輕率이노 平生寵愛之紅娘이 由我 而入死地호니 死生患亂에 義豈相負ㅣ리오? 平生勇力을 一時奮發호니 十萬蠻兵을 視如草芥라 以刀斷轡호고 直入蠻陣호니 天風董馬ㅣ 各持劍 戟호고 以死隨之홀시 都督이 揮鎗호고 衝突陣中호야 如入無人之境호니 三將이 心中大驚호야 方知都督之勇力過人이러라.

此時紅娘이 孑孑單身으로 遍踏陣中이노 不見都督호니 心思惶急호야 眼淚遮前호야 東西奔馳홀시 菩薩이 望見陣上이라가 顧左右曰

"吾ㅣ 曾聞常山趙子龍이 橫行當陽長坂橋ㅣ라 호노 不及彼將이라. 此 將은 不可禽이로다."

沉吟良久에 曰

"吾見彼將이 東西南北에 忙忙急急호야 有搜覓之狀態호니 必以明都督 之麾下褊將으로 欲尋都督이라. 斬蠻兵死者之首호야 示陣上曰 '都督ㅣ 不幸이라'호면 彼必喪氣호야 似可容易着手라."

---

7) 이국사우지(以國士遇之), 이국사보지(以國士報之): '나라의 선비로서 대우하거든, 나라의 선 비로서 갚는다.' 중국 전국시대 진(晉)나라 사람 예양(豫讓)이 여러 사람을 섬겼으나 인정받지 못했다. 그런 그를 지백요(智伯瑤)는 극진히 대우했다. 그후 지백요는 조양자(趙襄子)와 싸워 패전 끝에 죽였는데, 예양이 지백요를 위해 복수를 여러 차례 시도했으나 결국 조양자에게 사 로잡혔다. 이때 예양이 "지백요는 나를 나라의 선비로서 대우했다. 그러므로 나도 나라의 선 비로서 갚으려 했다" 하고 스스로 목숨을 끊었다.

ᄒ고 即取死兵之首ᄒ야 懸旗而高聲曰

"彼將은 莫須空行陣上ᄒ라! 都督之首ㅣ 已在於此ᄒ니 汝ᄂ 詳視ᄒ라."

紅娘이 雖眼明이ᄂ 月下에 豈可分辨이리오? 但以楊都督盖世之風과 紅娘聰明之鑑으로 平生所恃者ㅣ 其明如鏡ᄒ니 豈被姦計所欺리오마ᄂ 人當蒼黃則心動ᄒ고 心動則亦有八公山草木之疑어던 况紅娘의 向都督至極之誠에 其當如何哉리오? 聞陣上之揚言ᄒ고 驚之如霹靂이 壓頭ᄒ야 精神이 若滅若沒이라가 忽然胸中之火ㅣ 陡起에 死生이 輕如鴻毛ᄒ야 即擧雙劍而謂曰

"雙劍아! 汝從我ᄒ야 相照一片之心ᄒ니 今日則決紅娘之生死ㅣ라. 汝亦重寶로 必有其靈이리니 欲助我어던 錚錚出聲ᄒ라."

言未畢에 兩介芙蓉劍이 一時錚然而鳴이어놀 紅娘이 又戒雪花馬曰

"汝雖頑然一個走獸ᄂ 亦是天地間靈物이라 欲助主人인딘 同爲死生이 在於今日이로다."

馬聽其言ᄒ고 長嘶一聲이어놀 紅娘이 擧劍策馬ᄒ고 直到陣上ᄒ야 兩手雙劍을 揮之如電ᄒ니 此時小菩薩이 與脫解로 臨陣而指揮軍士홀ᄉ 猛將健卒이 左右擁圍ᄒ고 雪鋩霜刃이 前後羅列이러니 忽然劍聲馬跡이 如風馳電掣ᄒ니 渾是一片白雪一條靑霞가 閃忽於月下러라. 左右ㅣ 蒼黃ᄒ야 一齊欲擧鎗亂刺러니 習習寒風이 如矢過處에 數個蠻將之頭가 不覺落地어놀 脫解ㅣ 大驚ᄒ야 大呼一聲에 挾菩薩而聳身逃走ᄒ니 紅娘이 追之ᄒ야 勢甚急矣라. 菩薩이 走而哀乞曰

"將軍은 何若是相逼乎아? 吾ㅣ 曾不害都督ᄒ고 暫欺將軍이니 將軍은 勿欲報讎ᄒ소셔."

紅娘이 尤爲痛恨ᄒ야 不答一言ᄒ고 飛劍欲擊호딘 脫解ㅣ 投菩薩放馬下ᄒ고 回馬大戰數合에 豈能敵紅娘之劍術이리오? 方欲脫身逃走러니 蠻將數十과 一隊大軍이 更圍紅娘ᄒ야 一進一退ᄒ며 或左或右ᄒ야 圍之數

圍ᄒ야 迭敵紅娘ᄒ니 一個紅娘이 雖有敵萬人之劍術이나 百萬軍中에 單騎橫行ᄒ야 終夜盡力ᄒ고 蠻將蠻兵이 以死力戰ᄒ니 豈非危境이리오? 忽然陣中이 擾亂에 一位將軍이 縱馬揮鎗ᄒ야 衝突蠻陣ᄒ니 氣勢堂堂ᄒ고 威風이 凜凜ᄒ야 出群之儀와 非凡之像이 如蒼海神龍之蹴波ᄒ며 似深山猛虎之嘯風이라. 一陣大風이 吹塵而起혼데 所騎馬ㅣ 大嘶一聲而過ᄒ니 紅娘이 大驚曰

"此ㅣ 酷似相公之馬聲이로다."

ᄒ고 走馬當前而見ᄒ니 雖深夜ㅣ나 豈不能辨楊公子리오? 呼馬前曰

"都督은 何去ㅣ시니잇고? 紅渾脫이 在此ㅣ니이다."

都督이 驚曰

"吾謂將軍이 死矣러니 何故로 尙在於此危險之地오?"

紅娘이 曰

"方尋相公이로소이다. 脫解·菩薩이 雖入洞中이나 蠻兵이 猶不解圍ᄒ니 請速還營ᄒ소셔."

ᄒ고 乃與都督으로 聯馬而出ᄒ니 屍身이 滿地혼데 無數蠻卒이 喫怵猶驚ᄒ야 若遇擧劍騎馬之將이면 喪魂落膽ᄒ야 抱頭鼠竄이어ᄂᆞᆯ 天風董馬ㅣ 有乘勝之氣ᄒ야 無數斯殺而突出ᄒ니 都督이 與元帥로 還于本陣ᄒ야 方下馬홀ᄉᆡ 紅元帥ㅣ 伏地昏絶이어ᄂᆞᆯ 都督이 大驚ᄒ야 秉燭視之ᄒ니 娘之戰袍에 血痕이 淋漓라 尤爲大驚ᄒ야 都督이 親解戰袍而詳視之ᄒ니 汗出沾背ᄒ고 別無傷處러니 已而오 秣馬軍이 告曰

"元帥馬鞍에 點點有血痕ᄒ니이다."

都督이 調藥勸紅娘ᄒ고 不勝惻然ᄒ야 難禁憐愛之心이러니 半响에 紅娘이 起坐ᄒ야 收拾精神曰

"相公이 自輕千金貴體ᄒ사 每入危地ᄒ시니 此皆妾罪라. 相公이 初圍於蠻兵은 爲國事而然也라 非妾之所敢論이어니와 再入陣中은 妾이 竊以爲不可라 ᄒ노이다. 女必從夫ㅣ라 妾之死生은 當從相公而同也어니와

相公安危를 何可從妾이시니잇고? 蒙昧女子는 或感激難忘이어니와 以有識者로 觀之則還嘲小妾의 不以其道로 事君子ᄒᆞ야 使惑於一時之情이라 ᄒᆞ리니 此는 非相公之愛小妾이오 亦非妾之所望이로소이다."

都督이 改容答曰

"此는 金石之言이라 吾當銘心이어니와 唯吾於娘에 認以知己之友ᄒᆞ고 不以夫婦待之ᄒᆞ니 豈無急難之風이리오? 然이ᄂᆞ 吾는 猶有自愛어니와 娘은 每有烈俠之氣ᄒᆞ야 不顧死生ᄒᆞ니 此亦所可戒ㅣ라. 愼之愼之어다."

紅娘이 謝之러라. 紅娘이 更撫雙劍ᄒᆞ고 告於都督曰

"么麽蠻女가 揚凶說而驚人ᄒᆞ야 尙今心冷肉顫ᄒᆞ니 解此痛恨之心而乃已라. 妾欲今夜에 灌水洞中ᄒᆞ야 必禽菩薩·脫解ᄒᆞ노이다."

都督曰

"水車를 姑未準備ᄒᆞ니 奈何오?"

紅娘曰

"妾이 數日閑處鷦鴣城ᄒᆞ야 已有準備ᄒᆞ니 都督은 勿慮ᄒᆞ소셔."

謂馬達曰

"將軍은 往鷦鴣城ᄒᆞ야 持灌水機械而來ᄒᆞ라."

已而오 馬達이 運來十餘隻水車ᄒᆞ니 制度精妙ᄒᆞ야 異於時俗水車ㅣ러라. 槪見其制ᄒᆞ니 頭長이 六尺이니 應六坎水오 尾長이 十二尺九寸六分이니 取日月消長之數오 圍圓이 經一緯三이니 應十二時오 第一層은 折半而引水ᄒᆞ니 取子時夜半에 天一生水오 回旋作三百六十週ᄒᆞ니 取天三百六十度오 二旋而作五層ᄒᆞ니 應五年再閏이오 累連則長이 四十九尺이니 應大衍之數오 合則四十五寸이니 應龍頭魚尾와 龜背鯨腹이라. 都督이 見之ᄒᆞ고 心中自歎曰

"紅娘之水車는 比於諸葛武候木牛流馬不啻過之라."

ᄒᆞ더라. 元帥ㅣ 選軍四百人而持十二隻水車ᄒᆞ고 至五溪洞水邊ᄒᆞ야 察

地形而排置ᄒ니 正十二方位也오 每隻水車에 分排軍士三十三名ᄒ니 則
三十三天[8])也라. 一齊引水以灌ᄒ니 似長鯨之飮百川이오 如銀河之落九天
ᄒ야 如雷水聲과 如霧水氣가 擾亂半空ᄒ야 暴注如雨ᄒ니 元帥ㅣ 早已
分付ᄒ야 使雷天風으로 率五千騎ᄒ야 伏於五溪洞北門外ᄒ고 董超·馬達
로 率二千騎ᄒ야 伏於五溪洞西門外ᄒ고 蘇司馬로 率一千騎ᄒ야 保護水
車ᄒ고 都督與元帥ᄂ 率大軍ᄒ고 結陣於五溪洞南門外ᄒ야 以待洞中之
動靜이리라.

且說. 脫解·小菩薩이 入于洞中ᄒ야 點考諸將軍卒ᄒ니 萬餘名蠻兵에
死者ㅣ 太半이라. 脫解ㅣ 按劍而顧諸將曰

"大明都督·元帥ᄂ 不過口尙乳臭之兒라 眞所謂項羽가 罹藤蘿蔓而顚仆
也ㅣ로다. 寡人이 明日에 當單騎出戰ᄒ야 以決雌雄ᄒ리라."

菩薩이 挽留曰

"明陣元帥ᄂ 千古無雙英雄이라 以陸戰으로 不能敵也니 明日에 當調
發水軍ᄒ야 以決勝負가 何如ᄒ니잇고?"

脫解曰

"夫人之言이 甚妙也ㅣ나 然이나 水戰諸具ㅣ 在於鸚鵡城ᄒ니 奈何
오?"

小菩薩이 沉吟曰

"大龍洞水軍이 萬餘名이오 大龍江戰船이 百餘隻이니 豈憂明兵이리잇
고?"

言未畢에 忽然洞中이 擾亂ᄒ고 諸將軍卒이 慌忙告曰

---

8) 삼십삼천(三十三天): 불교 우주관에서 분류되는 천(天)의 하나. 세계 중심에 있는 수미산(須
彌山)의 꼭대기에 있으며, 모양은 사각형을 이루고 네 모서리에는 각각 봉우리가 있고, 중앙에
는 선견천(善見天)이라는 궁전이 있다. 선견천 안에는 제석천(帝釋天)이 머무르고, 제석천을 중
심으로 사방에 각기 8천성(天城)이 있는데, 이 32천성에 제석천을 더해 33천이 된다. '도리천
(忉利天)'이라고도 하는데, '도리'는 산스크리트어의 음사(音寫)로 33이라는 뜻이다.

"大王은 速爲避身ᄒ소셔."

未知何故오. 且看下回ᄒ라.

平南賊都督回天兵 入道觀元帥驚玉人

第二十四回

却說. 脫解ㅣ 聞急報ᄒ고 大驚ᄒ야 與菩薩로 上將臺而望見ᄒ니 無源之水가 從空中而暴注ᄒ야 如天圻海傾ᄒ야 頃刻之間에 五溪洞이 爲水國이라. 脫解ㅣ 大驚曰

"此必明兵이 以水車灌水ㅣ라. 洞中에 無水道ᄒ고 水勢如此ᄒ니 若過時刻則幷無脫身之路ᄒ리니 乘此時而急出北門이 可也ㅣ로다."

菩薩이 曰

"不可ᄒ다. 明兵이 灌水ᄒ고 必處處伏兵ᄒ야 以拒前路ᄒ리니 自此로棄大路而越城ᄒ야 各自圖生이 可也ㅣ니이다."

脫解ㅣ 然之ᄒ야 卽與菩薩로 下臺ᄒ야 不顧馬匹軍卒ᄒ고 但持短兵ᄒ고 乘晚越城ᄒ야 徒步而走ᄒᆯ시 數個蠻將이 杖劍隨後ᄒ야 入于大龍洞ᄒ니라.

此時都督이 與元帥로 守南門而觀動靜이러니 水溢南門ᄒ야 洞中이 如海어ᄂᆞᆯ 元帥ㅣ 告都督曰

"洞中이 如此ᄒ되 脫解ㅣ 終無動靜ᄒ니 必是早已脫走他路ㅣ라."

ᄒᆞ고 破水車而登城上ᄒᆞ야 俯視洞中ᄒᆞ니 茫茫大洋에 鷄犬馬匹이 出沒如鴨頭어늘 元帥ㅣ 歎曰

"昔者에 諸葛武侯ㅣ 火燒藤甲軍ᄒᆞ고 歎其減壽러니 今日紅渾脫이 水浸五溪洞ᄒᆞ야 生物을 如彼殺害ᄒᆞ니 豈不損福이리오?"

已而오 董馬兩將과 雷天風이 收軍而還ᄒᆞ니 天已明矣라. 都督이 曰

"五溪洞은 已爲水國ᄒᆞ니 別無所整頓이나 更往鷫鵠城ᄒᆞ야 以作商量이라."

ᄒᆞ고 率諸將三軍而還鷫鵠城ᄒᆞ야 擇諸將中伶俐者而查探動靜이러니 偵者回報曰

"脫解·菩薩이 已在於大龍洞ᄒᆞ니 距此三十餘里라. 東有大江ᄒᆞ니 名曰大龍江이오 江頭에 有百餘戰船ᄒᆞ야 脫解·菩薩이 調發水軍이라 ᄒᆞ더이다."

都督이 謂元帥曰

"果不出所料ㅣ로다. 今日之事ᄂᆞᆫ 將軍이 代我ᄒᆞ야 董督水軍ᄒᆞ고 便宜從事ᄒᆞ라."

元帥ㅣ 受命ᄒᆞ고 卽召董超·馬達曰

"將軍은 率一千騎而溯上江頭ᄒᆞ야 有往來船隻이어든 不計大小多寡ᄒᆞ고 卽爲奪取ᄒᆞ라."

召雷天風曰

"將軍은 率三千兵ᄒᆞ고 登山伐木ᄒᆞ되 不擇好否ᄒᆞ고 多數鳩聚ᄒᆞ야 積置江頭ᄒᆞ라."

三將이 聽令而去ᄒᆞ니라. 又招蘇司馬曰

"軍中에 無船隻ᄒᆞ니 我欲造數十隻船이나 制度ㅣ 異於俗船ᄒᆞ니 將軍은 看檢工匠而速成ᄒᆞ라."

ᄒᆞ고 圖給制度ᄒᆞ니 廣이 五百尺이오 首尾尖銳ᄒᆞ고 形體團圓ᄒᆞ야 開門兩端ᄒᆞ고 以靑成紋ᄒᆞ니 其形이 似龜故로 名曰龜船이라. 四面有足ᄒᆞ

야 用機械於其內則往來遲速을 可以任意ᄒ고 低其頭則浮於水上ᄒ야 疾如風雨ᄒ며 內有小船ᄒ니 外船이 雖出沒無常이나 內船은 少無搖動ᄒ고 四面에 各容軍卒百名이러라. 蘇司馬] 依制度而始役ᄒᆯᄉᆡ 元帥] 敎其運用之理ᄒ니 諸將이 莫不歎服이러라. 翌日董馬兩將이 奪取數十船隻ᄒ니 元帥] 暗召孫夜叉·鐵木塔ᄒ야 付與船隻ᄒ고 暗定約束而送ᄒ니라.

此時雷天風이 領命而出ᄒ야 伐近山之木ᄒ야 積置江上而來告] 어ᄂᆞᆯ 元帥] 命軍卒及工匠ᄒ야 一邊治木一邊作筏ᄒ야 以爲預備ᄒ니라.

且說. 脫解·小菩薩이 鍊習水軍於大龍江上이러니 水軍將이 告曰

"兵器盡在於鷦鴣城ᄒ고 戰船이 亦不足ᄒ야 難成陣勢니이다."

菩薩이 甚憂之러니 忽自水上으로 數人漁父] 乘數隻漁船ᄒ고 搖櫓而下어ᄂᆞᆯ 小菩薩이 使蠻兵으로 立於船頭ᄒ야 大呼漁船ᄒ니 漁父] 不答ᄒ고 回船直走어ᄂᆞᆯ 小菩薩이 大怒ᄒ야 送快船一隻ᄒ야 追往捕來ᄒ야 大責曰

"汝ᄂᆞᆫ 何如漁父완ᄃᆡ 乃敢拒逆吾命고?"

漁父對曰

"小的ᄂᆞᆫ 海上漁翁이라. 日前鷦鴣城前에 逢將軍兩人於海上ᄒ야 見奪數十隻漁船ᄒ고 餘怵이 未盡故로 如是니이다."

菩薩이 大喜曰

"然則餘船은 幾何오?"

對曰

"十餘隻이니이다."

菩薩이 曰

"在於何處오?"

對曰

"在於上流而待風ᄒ고 小的ᄂᆞᆫ 追魚類而至此니이다."

菩薩이 卽使將卒로 運來漁船이러니 已而오 蠻將이 運到船隻ᄒ니 船

上漁父ㅣ 着綠蓑衣ㅎ고 手執斫鉤ㅎ니 黑面黃髮이 不聞可知海上人이라. 菩薩이 大喜曰

"汝必蠻中之人이라 無非我軍이니 在於軍中ㅎ야 以造船隻ㅎ라."

黑面漁父ㅣ 欣然對曰

"小的ㅣ 長於海上ㅎ야 水中出入을 無異平地ㅎ오니 大王이 若置麾下 則盡力事之ㅎ리이다."

菩薩이 喜曰

"汝能出入水中인디 今欲見之ㅎ노니 暫試其才ㅎ라."

漁父ㅣ 卽入江中ㅎ야 跳躍如鯨ㅎ고 衝突水波ㅎ되 如踏陸地ㅎ니 見者ㅣ 莫不稱歎이라 菩薩이 大喜ㅎ야 使掌戰船이러라. 紅元帥ㅣ 使蘇司馬로 率軍一千ㅎ야 領去鼉船而如此如此ㅎ라 ㅎ고 元帥는 率諸將與大軍ㅎ고 乘筏溯流ㅎ야 向大龍江홀시 時則四月望間이라 連日南風이 大作ㅎ니 脫解·菩薩이 隨風鳴鼓而行軍ㅎ야 至中流ㅎ니 忽然明陣中一聲砲響에 無根之火ㅣ 起於蠻船ㅎ면셔 兩個漁父ㅣ 大呼一聲에 急搖一葉漁船ㅎ야 逃歸明陣ㅎ니 元來黑面漁父는 孫夜又오 一人은 鐵木塔이니 領元帥將令ㅎ고 藏硫黃焰硝引火之物於船中이라가 應明陣砲響ㅎ야 衝火而走ㅣ라. 風助火勢ㅎ고 火因風威ㅎ야 頃刻之間에 延燒於江北蠻船百餘隻ㅎ니 脫解ㅣ 奮然擧鎗ㅎ고 冒火而解纜一隻戰船ㅎ고 望岸直走러니 忽然明陣中에 鼓響이 震動ㅎ고 十餘戰船이 浮來江上ㅎ니 其疾이 如風ㅎ고 形容이 奇恠ㅎ야 一次開口에 如雷砲響과 如雹彈丸이 飛下空中ㅎ야 亂擊脫解船이라. 蠻船이 退後十餘步ㅎ니 鼉船은 入于水中ㅎ고 更有一隻鼉船이 湧出ㅎ야 一次開口에 砲響彈丸이 震動天地ㅎ야 數十隻鼉船이 次第交迭ㅎ야 騷亂半晌ㅎ니 雖脫解之凶獰과 菩薩之智謀로도 杳無方略이오 船頭가 多傷ㅎ고 帆檣이 已折ㅎ야 勢甚急矣러니 數十步外에 又有一個小船이 俯頭而入于水中ㅎ야 瞬息間에 至敵船之前ㅎ야 擧頭湧出ㅎ야 翻覆脫解之船ㅎ야 脫解菩薩이 一時溺水ㅣ라. 脫解는 素慣於水ㅎ야 負小菩薩而湧

身水上ᄒ니 一個蠻將이 急搖一葉小船而救脫解上陸ᄒ되 一個䑸船이 又入水中이라 菩薩이 見其危急ᄒ고 欲行妖術ᄒ야 手指四方而念眞言이러니 未及作法ᄒ야 䑸船이 又覆脫解之船ᄒ야 脫解菩薩이 又溺水中이라. 蠻陣將卒이 溺水死者ㅣ 太半이오 戰船이 火焚水沈ᄒ니 病將弱卒이 收拾精神ᄒ야 以破船一隻으로 僅救脫解菩薩ᄒ야 向南而走어ᄂᆞᆯ 元帥ㅣ 董督大軍ᄒ야 追擊廝殺이러니 忽然水上無數海浪船이 順風掛帆ᄒ고 鳴鼓而來어ᄂᆞᆯ 元帥ㅣ 大驚曰

"此豈非脫解之救兵이리오?"

ᄒ더니 船頭一員少年將軍이 擧鎗大呼曰

"敗賊은 莫走ᄒ라! 大明元帥之一枝軍이 在此ᄒ니 速來投降ᄒ라!"

ᄒ되 脫解ㅣ 顧小菩薩曰

"寡人이 自此로 欲請援於海上諸國矣러니 意外敵兵이 前遮後趕ᄒ니 抵抗이 沒策이라 此將奈何오?"

ᄒ고 卽時下陸ᄒ야 率小菩薩ᄒ고 向大龍江而走러라. 自水上下來之船이 直抵明陣前ᄒ야 那少年將軍이 擧雙鎗而長揖曰

"元帥ᄂᆞᆫ 別來萬福가?"

元帥ㅣ 詳視之ᄒ니 卽一枝蓮이라. 元帥ㅣ 乃大喜ᄒ야 引船接近ᄒ고 欣然執手曰

"分路於鐵木洞前ᄒ야 將軍은 歸故國ᄒ고 僕은 向南而來ᄒ니 萍水踪跡이 豈意如此相逢이리오?"

一枝蓮이 笑曰

"妾이 蒙元帥再生之恩ᄒ야 豈可以草草數語로 告別이리잇고? 心中에 旣期於今日故로 暫離麾下로소이다."

元帥ㅣ 携一枝蓮之手ᄒ고 拜謁都督ᄒ니 都督이 亦大喜曰

"將軍이 爲國家ᄒ야 擊破勁敵ᄒ니 其功이 可感이로다."

一枝蓮이 流秋波而見都督ᄒ고 頗有羞澁之色이러니 向紅元帥曰

"妾은 一個女子ㅣ라 微功을 何足論이리오? 妾之此行은 欲助父王之力ᄒ야 以報都督·元帥之恩이로소이다."

言未畢에 祝融이 又至ᄒ야 見都督[1]·元帥而告曰

"寡人이 嚮日鐵木洞前에 卽欲從軍이나 心中自思ᄒ니 紅桃國은 地方이 廣濶ᄒ야 南臨大海ᄒ고 沿海而有百餘部落ᄒ니 若不平定此地則恐有後患故로 寡人이 率女兒ᄒ고 巡視海上ᄒ고 諸部落을 已盡討滅ᄒ니 庶有以除都督南顧之憂로소이다."

都督이 大喜ᄒ야 致謝不已러라. 元帥ㅣ 對祝融曰

"大王이 爲天朝ᄒ야 如是盡忠ᄒ니 莫非國家之福이나 脫解·菩薩을 尙今未捕ᄒ니 莫大之憂ㅣ라. 大王之此行에 諸將軍卒이 幾何오?"

祝融曰

"寡人의 手下精兵七千과 帖木忽·朱突通·賈韙三將이 同來니이다."

元帥ㅣ 大喜ᄒ야 告都督曰

"小將이 遣董馬兩將ᄒ야 已拒解脫走路ᄒ니 急率大軍ᄒ야 厮殺其後ㅣ 可也ㄹ싸 ᄒ나이다."

都督이 卽率大軍而上陸ᄒ야 向大龍洞ᄒ니라.

且說. 脫解·菩薩이 走登岸上ᄒ니 敗軍諸將이 稍稍會集ᄒ야 陪脫解·菩薩ᄒ고 欲歸大龍洞이러니 忽然洞門에 旗幟飄拂ᄒ면셔 一位將軍이 高聲大叱曰

"大明左翼將軍董超ㅣ 已取大龍洞ᄒ니 脫解ᄂ 將欲何往고? 速來投降ᄒ라!"

脫解ㅣ 顧菩薩曰

"將困兵疲ᄒ고 又失洞天ᄒ니 百無一策이라. 不如南渡星宿海ᄒ야 托

---

1) [교감] 도독(都督): 적문서관본 영인본 250쪽에는 '보살(菩薩)'로 되어 있으나, '도독(都督)'의 오식이므로 바로잡는다. 덕흥서림본 제2권 24쪽에는 '도독(都督)'으로 바르게 되어 있다.

身隣國이라가 更圖報讐之策이라."

호고 與菩薩로 率一個蠻將호고 向南而去ㅣ러니 忽然喊聲이 大作에
一員大將이 攔住去路曰

"大明右翼將軍馬達이 待此久矣니 疾受此劍호라!"

脫解ㅣ 大怒호야 力戰至十餘合이러니 忽然背後一聲砲響에 鼓角이 喧
天호고 旌旗蔽空호야 楊都督大軍이 已至어날 脫解ㅣ 慌忙撥馬欲走호되
百萬大軍이 圍得鐵筒相似호야 圖脫不得이라. 脫解以百餘蠻兵으로 結陣
호야 以衛菩薩호고 奮然挺鎗而出曰

"天不助我호야 受困如此호니 吾當與明將으로 短兵接戰호야 以決雌雄
호리라."

祝融이 揮劍而出호며 大責曰

"都督이 奉皇命호야 董督三軍호시니 豈可與無道之蠻으로 親爭其力이
리요? 寡人은 南方祝融大王이라. 欲斬汝頭而來호니 疾速出來호라!"

脫解ㅣ 大笑曰

"祝融洞은 南方附庸之國이라. 汝以小國之王으로 不知隣國之誼호고
何敢如此無禮오?"

祝融이 笑曰

"得人心則敵國도 和睦호고 逆天理則隣國도 背叛호니 寡人이 處隣國
호야 豈不聞汝罪리오? 汝ㅣ 貪富貴호야 簒奪汝父호니 此는 得罪綱常이
오 治國에 專尙其力호고 不效仁義호야 使交趾以南으로 爲禽獸之窟호니
此는 壞亂風俗이라. 吾今斬汝頭호야 以謝紅桃國百姓호고 且以雪南方狉
獉[2]之恥호리라."

脫解ㅣ 大怒호야 迎戰百餘合홀시 脫解之英勇은 躍之如虎호며 祝融之
摯猛은 赴之如熊호야 山岳이 欲崩호고 天地欲動호야 惡戰半晌호니 都

---

2) 비진(狉獉): '비'는 짐승이 떼 지어 달리는 모양. '진'은 잡목이 무성한 모양.

督이 與元帥로 望見曰

"脫解氣勢ㅣ 如此凶獰ᄒ야 難可易擒이니 諸將三軍이 合力攻之ᄒ라."

혼ᄃ 左便은 雷天風·孫夜叉·董超·馬達이오 右便은 朱突通·鐵木塔·賈轟이라. 率軍鳴鼓ᄒ고 一齊出陣ᄒ니 鎗劍이 如霜ᄒ야 四面輻湊에 脫解ㅣ 中傷十餘處而落馬어날 諸將이 一時突入ᄒ야 縛脫解而送本陣ᄒ니 此時小菩薩이 見脫解被擒ᄒ고 大驚失色ᄒ야 急念眞言ᄒ며 一觔斗에 變身爲狂風ᄒ야 飛沙走石ᄒ며 無數鬼卒이 奇形怪狀으로 遍滿軍中ᄒ야 欲破圍어날 祝融이 大怒曰

"妖物이 欲矜道術이로다."

亦變身爲五六個羅刹[3]ᄒ야 驅逐一場ᄒ니 無數鬼物이 消滅無迹ᄒ고 怪風이 吹乾葉하야 散之四方하면셔 枝枝葉葉이 呵呵大笑曰

"祝融은 勿煩惱ᄒ라. 綠水青山에 渺然踪跡을 誰能捕捉이리오?"

紅元帥ㅣ 大驚曰

"今日에 若不擒妖物이면 後患이 不少ㅣ리라."

하고 擧芙蓉劍而指空中ᄒ며 暗誦眞言하니 其葉이 紛紛落地ᄒ야 更不變形ᄒ고 依舊爲一個菩薩하야 蒼黃欲走어놀 元帥ㅣ 催促大軍ᄒ야 急圍欲捕러니 菩薩이 更變爲百餘菩薩ᄒ니 諸將軍卒이 眼目이 眩亂ᄒ야 不知其捕捉之道러니 元帥ㅣ 卽出囊中所藏白雲道士菩提珠ᄒ야 投之空中ᄒ니 百八菩提珠ㅣ 變爲百八金箍兒ᄒ야 蒙百餘個小菩薩ᄒ니 百七個菩薩은 不知去處ᄒ고 一個小菩薩이 扶首而轉於地上ᄒ야 哀求饒命이어놀 紅元帥ㅣ 號令武士ᄒ야 推出斬之ᄒ라 ᄒ니 菩薩이 惶怵ᄒ야 哀乞曰

"元帥는 豈不識立於白雲洞窓外之女子乎잇가? 以舊日顔面으로 若蒙恩澤ᄒ야 活此殘命이면 遠逃踪跡ᄒ야 誓不復見形於人間矣리이다."

---

3) 나찰(羅刹): 원래 고대 인도의 신으로, 산스크리트어로 '락샤사(Raksasa)'라 하는데, 불교에 들어온 이후로 악귀의 총칭이 되었다. 푸른 눈, 검은 몸, 붉은 머리털을 하고 사람을 잡아먹으며, 지옥에서 사람을 괴롭히는 임무를 맡고 있다고 한다.

元帥ㅣ 聽此言而依俙러니 良久乃方覺曰

"汝以么麽狐精으로 何助脫解之虐ㅎ야 以亂南方고?"

菩薩이 對曰

"此亦天地氣數ㅣ라 豈吾所爲리오? 吾在白雲洞時에 竊聽道士之說法ㅎ야 曾有所覺이어니와 從今以後로는 脫劫塵歸佛前ㅎ야 不作惡業ㅎ리이다."

元帥ㅣ 沉吟良久에 收菩提珠ㅎ고 擧芙蓉劍ㅎ야 打菩薩之頭ㅎ며 大聲曰

"妖物은 速去ㅎ라! 若或日後作孼則我有芙蓉劍이라."

ㅎ니 小菩薩이 稽首百拜而謝ㅎ고 亦變身爲狐ㅎ야 不知去處어놀 諸將이 莫不大驚ㅎ야 告元帥曰

"如此妖物을 更爲放送ㅎ시니 豈無他日之憂리잇고?"

元帥ㅣ 微笑而詳言前日白雲洞之事ㅎ고 曰

"自古로 狐精之作亂怪術이 因人而起ㅎᄂ니 國家太平ㅎ고 人皆修德則彼豈能用事ㅣ리오? 若時運이 不幸ㅎ고 人心이 不仁則山中에 有無數狐精ㅎ니 何可盡誅리오?"

ㅎ더라. 都督이 回軍至大龍洞ㅎ니 日已暮矣라. 元帥ㅣ 至都督帳中ㅎ야 從容告曰

"相公이 知祝融遠來勤勞之意乎잇가?"

都督曰

"我亦有疑ㅎ니 欲先聞元帥之言ㅎ노라."

元帥ㅣ 笑曰

"祝融은 多慾者ㅣ라. 紅桃國은 地方이 廣濶ㅎ야 南中大國이니 祝融之希覬ㅣ似在於此로소이다."

都督이 笑曰

"吾亦疑此로라. 脫解之無道ㅣ 不可饒貸性命인딘 紅桃國을 無可鎭壓

者ㅣ니 當奏達天陛ㅎ야 以遂祝融之願ㅎ리라.”

元帥ㅣ 亦稱善ㅎ고 翌日平明에 都督이 率大軍ㅎ야 結陣洞前ㅎ고 拿
入脫解ㅎ야 跪於帳下ㅎ니 脫解ㅣ 不屈ㅎ고 仰天大罵曰

“寡人도 亦南方萬乘之國이라 與明天子로 抗禮ㅎ니 豈可屈膝於汝ㅣ리
오?”

都督이 笑曰

“蠢蠢愚蠻이 不知天高ㅎ니 雖不足責이나 汝亦受天地五行之氣ㅎ야 有
五臟七情ㅎ니 汝豈不知汝罪ㅣ리오? 人生斯世에 忠孝ㅣ 莫大어눌 汝ㅣ
殺其父而簒其位ㅎ니 此는 得罪於父子之親이오 擧其兵而犯上國ㅎ니 此
는 得罪於君臣之義라. 我ㅣ 奉聖旨ㅎ야 欲施好生之德이나 汝之無道는
不可容恕ㅣ라.”

脫解ㅣ 瞋目逆鬚曰

“富貴之心은 人皆所有ㅣ라 安用所謂忠孝오? 寡人이 有萬夫不當之勇
ㅎ고 有掀天動地之力이느 時運이 不幸ㅎ야 至於此境ㅎ니 汝ㅣ 何以邪
說로 道忠孝乎아? 觀彼走獸ㅎ라! 弱肉強食ㅎ느니 禮節忠孝는 巧飾之言
이라 寡人이 在此ㅎ니 更勿發說ㅎ라.”

都督이 顧諸將而嘆曰

“此所謂化外之氓[4]이로다. 今若不殺이면 豈可敎化異域之蠢俗이리
오?”

ㅎ고 叱武士ㅎ야 梟首陣門外ㅎ니라.

此時都督이 平定紅桃國ㅎ고 請祝融而謂曰

“大王이 爲天朝ㅎ야 遠來盡忠ㅎ니 其功이 不少ㅣ라. 吾當奏達天陛ㅎ
야 褒獎其功이어니와 今紅桃國을 無可鎭壓者ㅎ니 大王은 攝行紅桃王之
政ㅎ되 敎訓百姓ㅎ야 更無反覆ㅎ소셔.”

---

4) 화외지맹(化外之氓): 교화(敎化)가 미치지 못하는 땅의 어리석은 백성.

祝融이 起身再拜曰

"寡人이 猥蒙聖德ᄒᆞ야 赦大罪而加生活之恩ᄒᆞ시고 又受之以紅桃國攝行君事ᄒᆞ시니 罔極天恩을 圖報無地라. 世世子孫이 刻骨不忘ᄒᆞ야 奉行都督之明教ᄒᆞ리다."

都督이 大喜ᄒᆞ야 賞大軍ᄒᆞ고 召父老百姓ᄒᆞ야 撫而慰之ᄒᆞ고 以忠信孝悌之行으로 誕敷文敎ᄒᆞ야 極盡曉喩ᄒᆞ니 父老百姓이 稽首感服ᄒᆞ야 稱頌不已러라. 數日後都督이 回軍ᄒᆞ니 祝融이 率諸將軍卒ᄒᆞ고 餞送都督ᄒᆞᆯ시 向元帥而惆悵不已曰

"寡人이 雖蠻貊之種이ᄂᆞ 愛子之情則一也ㅣ니 女兒一枝蓮이 天性이 怪異ᄒᆞ야 願見中國ᄒᆞ야 一念耿耿이러니 欽仰元帥之風采ᄒᆞ야 天涯萬里에 棄父離親ᄒᆞ고 願從元帥ᄒᆞ니 難抑其志라. 望元帥ᄂᆞᆫ 收而敎之ᄒᆞ소셔."

更執一枝蓮之手而含淚曰

"女子有行이 遠父母兄弟[5]라 ᄒᆞ니 女兒ᄂᆞᆫ 侍元帥ᄒᆞ고 永享富貴ᄒᆞ라. 汝父ㅣ 若被天朝恩寵ᄒᆞ야 特許入朝ㅣ면 父女之情을 相叙有日ᄒᆞ리라."

蓮娘이 奉父親之手而揮淚ㅣ 如雨ᄒᆞ야 不能成言이라가 以嗚咽之聲으로 告曰

"小女ㅣ 不肖ᄒᆞ야 離於膝下ᄒᆞ야 孑孑單身이 萬里遠行ᄒᆞ니 此亦緣也ㅣ라. 伏願爺爺ᄂᆞᆫ 勿念不肖女息ᄒᆞ시고 永享紅桃國富貴ᄒᆞ샤 萬壽無疆ᄒᆞ소셔."

已而오 都督이 行軍ᄒᆞᆯ시 先鋒將軍雷天風이 爲第一隊ᄒᆞ고 左翼將軍董超ㅣ 爲第二隊ᄒᆞ고 右翼將軍馬達이 爲第三隊ᄒᆞ고 都督與元帥ᄂᆞᆫ 爲中軍ᄒᆞ고 孫夜叉ᄂᆞᆫ 爲第五隊ᄒᆞ고 蘇司馬ᄂᆞᆫ 爲後軍ᄒᆞ야 作第六隊ᄒᆞ니 一枝蓮은 陪紅元帥而在軍中이러라. 蠻將鐵木塔이 率蠻兵而告別ᄒᆞ니 都督이 以軍中餘資銀子彩緞으로 賞賜蠻兵ᄒᆞ고 寄書蠻王ᄒᆞ야 拜鐵木塔爲上將軍

5) 여자유행(女子有行), 원부모형제(遠父母兄弟): '여자는 시집가, 부모 형제와 멀어진다.' 『시경』「패풍邶風」「천수泉水」에 나오는 구절.

호야 褒其功勞호니라. 都督이 行軍向北홀시 諸將三軍이 不勝歡喜호야 鳴鼓舞劍하고 望故國江山호고 奏凱歌而行이러니 一日은 馬達이 告都督曰

"這處碧巒이 是維摩山이라 其下에 有點火觀호니이다."

此時日暮西山호고 月照林間이라 都督이 留陣於維摩山前而經夜홀시 紅元帥ㅣ 告都督曰

"妾이 與仙娘으로 未有相面이나 互相知心이 無異兄弟호니 今乘此時호야 欲一戱而叙情호노이다."

都督이 笑而許之호니 元帥ㅣ 以戰袍雙劍으로 乘雪花馬而向點花觀호니라.

此時仙娘이 托身觀中호야 晝則從道士而消日이노 夜則難抑無聊之懷호야 客窓月夜에 悠悠自思호되

'一個女子로 四顧無親之地에 依托單身호야 將何所望이리오? 中天圓月은 將妾心事호야 萬里天涯에 照我相公矢리니 我相公之藻鑑이 亦對此月호야 思妾이 倘如妾之思相公이라.'

하야 不勝悒悒之懷러니 庭前樹影隱隱之中에 人跡이 閃忽에 忽有一個少年將軍이 曳三尺劍호고 突然而入호야 立於燭下어놀 仙娘이 大驚호야 急呼小蜻호니 將軍이 笑曰

"娘子는 勿驚호라. 我는 綠林過客이라 非貪娘之財産이오 亦非欲害娘子ㅣ라. 但聞娘子芳名호고 寤寐耿耿호야 貪花狂蝶이 聞香至此호니 娘子는 靑春佳人이오 僕은 綠林豪傑이라. 處於山中道觀호야 月態花容을 勿使寂寞호고 從僕而爲壓寨夫人호야 以享富貴호소셔."

仙娘은 患亂餘生이오 風波餘怵이라 心寒體慄호야 罔知所措ㅣ러니 將軍이 按劍近前而笑曰

"娘子ㅣ 今不脫於天羅地網矣리니 勿爲趑趄호라. 吾ㅣ 曾聞娘之節介호니 十年靑樓에 一片紅點은 古今所罕이나 今將若之何오? 娘子ㅣ 欲死

不死오 欲逃難逃ᄒᆞ리니 卽起從我ᄒᆞ소셔. 順之則富貴오 逆之則有禍ᄒᆞ리라.”

仙娘이 蒼黃罔措ᅵ러니 到此之境ᄒᆞ야ᄂᆞᆫ 反生惡心ᄒᆞ니 豈顧死生이리오? 卽時起身ᄒᆞ야 欲取案頭小劍ᄒᆞᆫᄃᆡ 將軍이 笑而遮前ᄒᆞ고 執仙娘之手曰

“娘子ᄂᆞᆫ 勿爲固執ᄒᆞ라. 人生百年이 便同草露ᅵ라. 北邙山一抔土에 紅顔이 寂寞이면 娘子區區志操를 有誰知之리오?”

仙娘이 拂手退坐而大罵曰

“昇平世界에 如狗之賊이 何敢無禮至此오? 吾於汝에 不汚唇舌矣리니 速斬我頭而去ᄒᆞ라.”

言畢에 氣色이 如秋霜이어ᄂᆞᆯ 將軍이 笑曰

“娘子ᅵ 雖如此猛烈이나 此後에 又有劫奪娘子之人ᄒᆞ니 其時에 能不順從乎아?”

言未畢에 洞口擾亂터니 有一位將軍이 率亞將二人ᄒᆞ고 與十餘甲卒로 擧止眩荒[6]ᄒᆞ야 儼然緩步而入ᄒᆞ니 仙娘이 嘆曰

“怪哉라 身勢여! 閱歷千萬苦楚ᄒᆞ고 誰知餘厄이 未盡ᄒᆞ야 竟爲賊將劍頭寃魂이리오? 欲避不能이오 欲死不得ᄒᆞ니 世豈有如此狹隘之界리오?”

ᄒᆞ더니 將軍이 上堂而退副將甲士ᄒᆞ고 直入房中ᄒᆞ야 立於燭下어ᄂᆞᆯ 仙娘이 擧眼暫視에 玉顔이 勃然而變ᄒᆞ야 茫然自失타가 整頓精神ᄒᆞ야 熟視之ᄒᆞ니 此非別人이오 乃楊都督이라. 原來都督이 先送紅娘ᄒᆞ야 弄出一場戲劇ᄒᆞ고 安頓大軍ᄒᆞ고 追後而來러라. 都督이 坐定微笑曰

“娘은 平地風波를 無數閱歷ᄒᆞ고 意外에 逢放蕩狂客ᄒᆞ야 能免大辱인지 慨歎不已로다.”

---

6) 현황(眩荒): 현황(眩慌). 정신이 어지럽고 황홀함. [교감] 적문서관본 영인본 255쪽에는 '창황 (蒼荒)'으로 되어 있으나, 의미상 오식으로 여겨져 바로잡는다. 덕흥서림본 제2권 30쪽에는 '현황(眩荒)'으로 바르게 되어 있다.

仙娘이 驚魂이 未定ᄒ야 不能言이러니 見都督之容ᄒ며 聽都督之言ᄒ고 如醉如狂에 一喜一悲ᄒ야 愀然對曰

"妾이 處道觀以後로 世間消息이 頓絶ᄒ오니 今日相公之如此行駕ᄂ 實非所料ㅣ라. 此將軍은 誰也잇고?"

都督이 微笑ᄒ고 指紅娘曰

"此將은 娘之知己江南紅이오 吾之元帥紅渾脫이니라."

紅元帥ㅣ 因執仙娘之手而歎曰

"娘은 處於江州ᄒ고 妾은 在於江南ᄒ야 蒹葭玉樹에 容光이 阻隔이나 靈犀氷壺에 胸襟이 相照ᄒ야 萍水踪跡이 願一見之러니 同是奇薄命道ㅣ라. 平地風波와 水中惻魂이 多經三災八難ᄒ고 豈料到此處而如此相逢이리오?"

仙娘이 對曰

"妾은 驚弓之鳥[7]오 罹網之魚라 豈無驚惻이리오? 娘之江中寃魂을 曾疑夢中이러니 身爲將軍ᄒ야 惻迫殘命ᄒ니 此ᄂ 夢中之夢이로다."

都督曰

"多少說話ᄂ 不問可知ᄂ 娘이 已奉嚴命ᄒ야 逐出故鄕ᄒ니 不可從我而入城이라. 此處ㅣ 最爲從容ᄒ고 道士ㅣ 亦是熟面矣리니 姑留此處ᄒ야 更待後日ᄒ라."

仙娘이 應諾ᄒ니 紅元帥ㅣ 笑曰

"仙娘이 逢綠林客ᄒ야 驚惻不少矣리니 吾當勸壓驚酒ᄒ리라."

ᄒ고 使孫夜叉로 取來軍中餘酒ᄒ니 都督이 笑曰

"世間에 有如彼美妙綠林客이며 又有如彼孱弱壓寨夫人이리오?"

ᄒ고 各帶醉興ᄒ야 拍掌大笑ᄒ더라. 都督이 與元帥로 還于軍中홀ᄉᆡ

---

7) 경궁지조(驚弓之鳥): 한 번 화살에 놀란 새는 구부러진 나무만 보아도 놀란다는 뜻으로, 한 번 놀란 사람이 조그만 일에도 겁을 내어 위축됨을 일컫는 말.

召諸道士ᄒᆞ야 賜綵緞銀子ᄒᆞ고 面面致謝ᄒᆞ니 道士ㅣ 不勝惶恐ᄒᆞ야 尤加欽敬於仙娘이러라.

此時天子ㅣ 聞都督之大軍이 近至ᄒᆞ고 遣禮部侍郎黃汝玉ᄒᆞ야 迎接都督ᄒᆞ라 ᄒᆞ시니 元來黃汝玉은 當日自錢塘湖而還衙ᄒᆞ야 懺悔之情이 忽萠於心ᄒᆞ야 歎曰

"我心이 放蕩ᄒᆞ야 使玉潔女子로 因我而作水中寃魂ᄒᆞ니 豈不獲罪於天地神明이리오? 古語에 曰'人誰無過ㅣ리오 改之爲貴ㅣ라'ᄒᆞ니 若知其過而不改則非丈夫也라."

ᄒᆞ고 一切禁斷酒色ᄒᆞ고 勉勵政務ᄒᆞ니 數月之間에 蘇州ㅣ 大治ᄒᆞ야 隣邑之民이 日日移來ᄒᆞ야 田野ㅣ 大闢ᄒᆞ고 閭閻이 櫛比ᄒᆞ야 鑿山通道ᄒᆞ고 種桑成村ᄒᆞ야 治蹟이 大擧ㅣ라. 天子ㅣ 聞之ᄒᆞ시고 拜禮部侍郎ᄒᆞ야 卽爲命召ᄒᆞ시니 朋友親戚이 莫不喜悅ᄒᆞ고 歎服其改過러라.

此時天子ㅣ 召黃侍郎於榻前ᄒᆞ샤 下敎曰

"征南都督楊昌曲과 副元帥紅渾脫이 回軍入境이라 ᄒᆞ니 卿은 代朕出迎ᄒᆞ라. 楊昌曲은 卽卿之妹夫ㅣ니 以叙積阻之懷ᄒᆞ라."

ᄒᆞ시거ᄂᆞᆯ 侍郎이 卽行ᄒᆞᆯᄉᆡ 都督之大軍이 近至百餘里라. 侍郎이 着公服ᄒᆞ고 通刺於陣門ᄒᆞ니 都督이 開門導之ᄒᆞ야 互相禮畢後에 都督이 擧眼視之ᄒᆞ니 侍郎이 擧止ㅣ 雍容ᄒᆞ고 氣像이 俊秀ᄒᆞ야 非前日壓江亭之黃刺史라. 都督이 心中에 大驚ᄒᆞ야 欠身笑曰

"高門奠鴈이 已經數年이로ᄃᆡ 兄則今纔相面ᄒᆞ니 似是疎濶이ᄂᆞ 兄이 或記前日壓江亭宴席上楊秀才乎아?"

黃侍郎이 改容謝曰

"下官이 不敏ᄒᆞ와 以風流過失로 得罪於相公이 多矣ᄂᆞ 今已水流雲空ᄒᆞ고 時移事往ᄒᆞ니 勿爲深責ᄒᆞ소셔."

都督이 大笑ᄒᆞ고 服其改過ㅣ러라. 黃侍郎이 請見副元帥ᄒᆞ니 都督이 雖恐其本色綻露ㅣᄂᆞ 亦是公體所係라 不得挽止ᄒᆞ니 黃侍郎이 至紅元帥

帳前ᄒ야 禮畢坐定에 侍郞이 擧眼視元帥ᄒ니 丹脣皓齒에 八字蛾眉오 綠鬢紅顔에 美妙容貌ㅣ라. 星冠戰袍로 斂膝端坐ᄒ니 貞靜之態와 堂突之像이 十分慣眼ᄒ니 倉卒間依俙而言曰

"天與國家良弼ᄒ사 元帥盛名이 如雷慣耳ᄒ야 願一見之러니 今奉皇命ᄒ와 承接尊顔ᄒ니 豈非榮幸乎잇가?"

紅元帥ㅣ 流秋波ᄒ야 察黃侍郞之擧止而聞其言ᄒ니 非舊日蘇州刺史黃汝玉이라 心中에 怪異ᄒ야 答曰

"渾脫이 以流落蠻鄕之踪으로 天恩이 罔極ᄒ사 今者復見中國衣冠文物ᄒ니 非所望於前日이로소이다."

黃侍郞이 更聽其聲音ᄒ니 如碎玉之瑯瑯ᄒ며 似破竹之歷歷ᄒ야 頗慣熟於耳ㅣ라 心中에 唐荒ᄒ야 半信半疑라가 怳然大覺曰

'此豈非江南紅之後身이리오? 同貌者ㅣ 雖多ㅣᄂ 紅은 無雙國色이라 更無其二ᄒ리니 紅元帥之容貌聲音이 何其恰似於紅娘耶아?'

ᄒ고 問曰

"元帥之年紀幾何잇고?"

對曰

"二十五歲니이다."

侍郞이 對曰

"元帥ㅣ 欺晩生이로소이다. 年過弱冠[8]則容貌ㅣ 何其幼少乎잇가?"

暗屈指而思ㅣ러니 更微笑曰

"暫觀元帥之容貌ᄒ니 靑春이 不過十七이로소이다."

紅娘이 聽此言ᄒ고 心中에 自思曰

'黃汝玉이 雖改舊習이ᄂ 不忘吾年紀ᄒ고 如是詰之ᄒ니 豈不苦哉리

---

8) 약관(弱冠): 스무 살을 달리 이르는 말.『예기』「곡례曲禮」에, 공자가 스무 살에 관례(冠禮)를 한다고 한 데서 나온 말이다.

오?'

ᄒ고 乃斂膝正色曰

"大丈夫ㅣ 平生行止를 當磊磊落落ᄒ야 光明正大어눌 豈可欺年紀ㅣ리오? 此ᄂ 侍郎이 侮視渾脫이로다."

黃侍郎이 改容稱謝ᄒ고 追悔失言이러라. 卽起身至都督帳中ᄒ야 笑曰

"都督이 南征ᄒ야 得干城之材ᄒ시니 今見其容에 果然名不虛傳이ᄂ 還少男子之氣像ᄒ니 心怪之니이다."

都督이 笑曰

"漢之張子房은 叅於三傑이ᄂ 面如婦人이라 ᄒ니 渾脫之女子氣像을 何足恠也ㅣ리오?"

ᄒ더라. 都督이 留侍郎於軍中ᄒ고 召紅元帥而笑曰

"娘이 見黃侍郎ᄒ니 無歡喜之心乎아?"

紅娘曰

"數年之間에 萬事ㅣ 如夢ᄒ야 忘却恩怨ᄒ니 何愛何憎이리오?"

都督이 笑曰

"黃侍郎은 娘之恩人이라. 若非錢塘湖之風波ㅣ런늘 豈有元帥之功名이리오?"

紅娘이 笑曰

"黃侍郎은 本是昏濁者라. 十分江南紅과 七分紅渾脫을 未能詳辨ᄒ니 雖可笑ᄂ 其爲人이 變爲君子ᄒ니 自今以後ᄂ 壓江亭上에 必無捉來楊秀才之過擧ᄒ리이다."

都督이 大笑ᄒ고 卽時行軍ᄒ야 前軍이 已至南郊十里之外ᄒ니 天子ㅣ 命法駕ᄒ샤 城外에 築三層壇ᄒ고 欲受獻馘之禮ᄒ샤 率文武百官ᄒ시고 臨御壇上ᄒ샤 以待都督之大軍이러니 已而오 紅塵紛紛之中에 一大軍馬ㅣ 前行而至ᄒ니 此ᄂ 前部先鋒雷天風이라. 結陣於壇下百餘步外ᄒ고 都督與元帥ㅣ 繼後ᄒ야 率諸將三軍ᄒ고 次第而至ᄒ야 壇下에 布成陣勢홀시

旌旗ㅣ 蔽空ᄒ고 鼓角이 掀天ᄒ야 無異出戰之日이라. 觀光人民이 如雲而集ᄒ야 十里南郊가 渾是人山人海라.

都督·元帥ㅣ 紅袍金甲으로 佩弓矢擧手旗ᄒ고 指揮諸將ᄒ야 行獻馘之禮홀ᄉᆡ 擊鼓三通에 結方陣ᄒ고 以軍樂으로 奏勝戰曲ᄒ고 三軍이 凱歌舞蹈ᄒ야 掀動天地러라. 副將一人은 執征南大都督旗ᄒ야 立於第一位ᄒ고 一人은 執白矛ᄒ야 立於第二位左便ᄒ고 一人은 執黃鉞ᄒ야 立於右便ᄒ고 一人은 奉脫解首級ᄒ야 立於第三位ᄒ고 都督은 立於第四位ᄒ고 副將一人은 執征南大元帥旗ᄒ야 立於第五位ᄒ고 一人은 執白矛ᄒ야 立於第六位左便ᄒ고 一人은 執黃鉞ᄒ야 立於右便9)ᄒ고 紅元帥도 亦以介冑弓矢로 立於第七位ᄒ고 蘇裕卿·雷天風·董超·馬達·孫夜叉一班諸將이 次序列立ᄒ야 鳴鼓而登壇홀ᄉᆡ 至第二層ᄒ야 旗號節鉞을 分立於左右ᄒ고 都督이 親奉脫解首級ᄒ고 與紅元帥로 登于第一層ᄒ야 獻于榻前ᄒ고 退立三步ᄒ야 以軍禮로 見謁ᄒᆫ디 天子ㅣ 答禮ㅣ러라. 獻馘禮畢에 都督與元帥ㅣ 還于本陣ᄒ야 大三軍ᄒ고 奏罷陣之樂ᄒ니 諸軍이 旣醉且飽에 手舞足蹈ᄒ야 歡樂之聲이 掀動天地러라. 都督이 鳴錚聚軍ᄒ고 發令曰

"六軍이 各懷忠義ᄒ고 身入于猛敵銳鋒之下라가 以仁天聖恩으로 有當十當百之功ᄒ야 今蠻酋ㅣ 延頸贖罪ᄒ니 行行且止ᄒ고 凱歌還矣라. 復觀天日이 伊誰之力고? 思皇多士10)ㅣ 勞之來之11)로다. 成功之身을 不得挽執은 例有前行일ᄉᆡ 今依願歸送ᄒ노니 歸寧父母ᄒ라."

---

9) [교감] 입어우편(立於右便): 적문서관본 영인본 259쪽에는 '입어제칠위우편(立於第七位右便)으로 되어 있으나, 의미상 오식으로 여겨져 바로잡는다. 신문관본 제2권 141쪽에는 '우편에 서고'로 바르게 되어 있다.
10) 사황다사(思皇多士): 훌륭한 많은 선비. 『시경』 「대아大雅」 「문왕지집文王之什」 「문왕文王」에 나오는 구절.
11) 노지래지(勞之來之): 노고를 위로하고 따라오게 함. 『맹자』 「등문공 상滕文公 上」에 나오는 구절.

호니 諸將軍卒이 不忍遽爾告別호고 還爲含淚駐馬ㅣ러라.

此時從軍士卒之父母妻子가 爭來陣門外호야 各執其手而歡迎호야 或揮淚호며 或舞蹈호며 或顚倒호야 不勝久離之懷호되 百萬大軍에 無一人死傷호니 父老ㅣ 齊聲稱頌曰

"天子之聖德과 都督之福力은 千古所無ㅣ라."

호더라. 天子ㅣ 見楊都督之退軍호시고 天顔이 有喜호샤 顧黃尹兩閣老曰

"朕之楊昌曲은 漢之周亞夫ㅣ라도 不能當이라."

호시더라. 法駕ㅣ 還宮호시니 都督이 與元帥로 還歸本府홀시 元帥ㅣ 暗告都督曰

"妾이 以男服으로 入于本府가 豈非不可乎잇가?"

都督이 笑曰

"天子之前에도 見以軍禮호니 本府門前에 豈嫌男服이리오?"

호고 各率麾下將卒百餘騎호고 與一枝蓮·孫夜叉로 入城호니라.

且說. 楊府ㅣ 聞都督之入城호고 上下婢僕이 皆欣然踊躍호고 員外ᄂᆫ 掃灑外堂호야 設接賓之禮호고 許夫人은 倚門而待之호며 尹小姐ᄂᆫ 準備酒食호야 男奴女僕이 紛紛顚倒ㅣ러라. 都督이 與元帥로 至本府門前而下馬호야 命蒼頭호야 前導元帥於自己寢室호고 卽至外堂호니 員外ㅣ 性本沈黙正大호야 喜怒哀樂을 不形於色이러니 今日見都督호고 喜色이 滿面호야 執手歎曰

"汝ㅣ 爲國家出戰호니 成功速旋을 日日祝之호나 異域險地에 送汝以後로 寢食이 不安호고 一念이 耿耿이러니 向聞勝捷之報호고 今見振旅12)而還호니 國家興復과 吾之喜幸을 豈可盡道ㅣ리오?"

---

12) 진려(振旅): 진(振)은 수(收), 여(旅)는 군대라는 뜻. 적국에 위세를 떨치고 군사를 거둬 돌아감.

卽率兒子ᄒ고 入于內堂홀시 步步顚倒ᄒ야 不覺巾履之脫이러라. 許夫人이 出而執都督之手ᄒ고 喜極而哀ᄒ야 撫都督之背曰

"我子ㅣ 週年風塵에 困勞ㅣ 莫甚이나 容貌ㅣ 豊盈ᄒ고 氣質이 壯大ᄒ니 豈不奇哉리오?"

員外ㅣ 曰

"因尹賢婦而槪聞紅娘之在世ㅣ러니 今聞元帥ㅣ 至府中이라 ᄒ니 此非紅娘耶아?"

都督이 對曰

"江南紅이 隱諱踪跡ᄒ고 爲國家而處於副元帥之位ᄂ 但爲王事而然也오 至於家中ᄒ야 以無女子之服으로 尙未現謁이로소이다."

員外ㅣ 大笑曰

"皇上이 已待元帥之禮ᄒ시니 君父一體라 老夫ㅣ 豈可拘碍리오? 卽爲召入ᄒ라."

此時紅娘이 在於私室이나 官爵이 尙縻於身이라 諸將軍卒이 留於門前ᄒ야 禁雜人之出入ᄒ니 唯蓮玉이 自知紅娘之踪跡ᄒ고 急欲見之ᄒ야 彷徨門外호되 不敢入이러니 紅元帥ㅣ 召孫夜叉而分付曰

"我在私室ᄒ야 將卒出入이 異於前日이니 退待下令ᄒ라."

ᄒᄃᆡ 諸將軍卒이 一齊聽令而退ᄒ고 但一枝蓮・孫夜叉가 護侍在傍이러라.

此時內堂侍婢ㅣ 以都督之命으로 欲請元帥而來라가 門外에 逢蓮玉ᄒ야 見諸將之退ᄒ고 伴至寢門ᄒ니 一個老將이 以戎服弓矢로 立於門外호되 黑面碧眼이 十分獰惡이라. 內堂侍婢ㅣ 驚退數步ᄒᄂ 蓮玉은 豈不知孫三郞이리오? 歡喜執手ᄒ고 失聲痛哭ᄒ니 老將이 亦含淚曰

"元帥ㅣ 在於房中ᄒ시니 勿爲喧譁ᄒ라."

ᄒ고 卽入房中이라가 旋出召蓮玉ᄒ니 蓮玉이 留侍婢於堂外ᄒ고 隨老將而入寢室ᄒ니 九原一別에 音容이 寂寞ᄒ야 眼中에 森森ᄒ고 心中에 黯黯之故主紅娘이 突然而坐어눌 玉이 一驚一喜ᄒ야 伏於元帥之前而放

聲大哭ㅎ니 以元帥의 如丈夫之心으로도 不禁涕淚滂沱ㅎ야 不能成言이
라가 執蓮玉之手而起ㅎ야 歎曰

"吾之奴主ㅣ 不死更逢ㅎ니 無窮情懷ᄂᆞᆫ 餘日이 尙多어니와 都督이 在
何處呼我오?"

玉曰

"內堂侍婢ㅣ 奉相公之命而在於門外니이다."

元帥ㅣ 卽呼之ㅎ니 侍婢ㅣ 入房中ㅎ야 暫見元帥之容貌ㅎ고 心中自語
曰

'吾知天下國色이 無如吾之小姐及仙娘이러니 又豈有如許姿色고?'

ㅎ고 眼眩心醉ㅎ야 無言而立이어ᄂᆞᆯ 元帥ㅣ 問曰

"丫鬟은 何堂侍婢오?"

對曰

"賤婢ᄂᆞᆫ 正堂夫人粧臺下侍婢로소이다."

又問曰

"都督이 今在何處이시며 召我何處오?"

對曰

"都督이 行次于尹小姐寢室ㅎ시면셔 請元帥於正堂이러이다."

元帥ㅣ 顧一枝蓮·孫夜叉而笑曰

"我以男服으로 橫行百萬軍中이로ᄃᆡ 少無羞澁이러니 今以此形으로
見老相公老夫人ㅎ니 豈不慚愧哉리오?"

ㅎ고 解弓矢與雙劍而授孫夜叉ㅎ고 以星冠戰袍로 隨蓮玉而入內堂ᄒᆞᆯ
ᄉᆡ 顧蓮娘曰

"我ㅣ 定處所後에 請娘與孫夜叉ㅎ리라."

ㅎ고 下堂ㅎ니 本府侍婢十餘名이 列立階下ㅎ야 見元帥之出門ㅎ고 爭
相隨後ㅎ야 暗相讚歎曰

"眞吾相公之小室이로다. 官職이 與相公으로 同ㅎ니 天子도 亦所敬重

이라 豈非我府中之慶이리오?"

ᄒ더라. 步入寢室中門ᄒ니 尹黃兩府侍婢와 皇城諸貴家丫鬟이 如雲集
ᄒ야 極口讚之曰

"吾等이 生長於朱門甲第ᄒ야 慣曾見閨中淑女ㅣ 多矣로디 如此絶色은
可謂初見이라. 以筆欲畵則無彩色이오 以玉欲刻則有瑕痕ᄒ니 天以如何
造化로 如此而奇絶稟賦오?"

ᄒ고 議論이 紛紛이러니 其中數個侍婢ㅣ 歡喜而出이어ᄂᆞᆯ 元帥ㅣ 詳
視之ᄒ니 卽尹府侍婢로 在杭州者ㅣ라. 元帥ㅣ 慰勞ᄒ고 暫停蓮步ᄒ야
尹閣老與蘇夫人之安否를 一一詳問이러니 又有一個童子及蒼頭一人이 進
前問候ᄒ니 童子ᄂᆞᆫ 前者楊秀才率來杭州者오 蒼頭ᄂᆞᆫ 前日靑樓使喚이라.
元帥ㅣ 惻然改容ᄒ야 面面慰勞ᄒ더라. 至内堂階下ᄒ야 停步ᄒ고 使侍
婢로 入告ᄒ니 員外與許夫人이 卽命陞堂이어ᄂᆞᆯ 元帥ㅣ 陞堂ᄒ야 拱手
侍立ᄒ니 員外ㅣ 命近坐ᄒ고 熟視良久에 喜色이 滿面曰

"爲人父母ᄒ야 不必喜其子之有寵妾이로ᄃᆡ 汝則吾家天定緣分이라 不
可以兒子之凡常滕妾으로 待之어니와 汝亦不幸ᄒ야 經錢塘湖水中之禍
ᄒ니 吾聞此情境ᄒ고 不勝慘憺이러니 意外에 得保生命而流落外國이라
가 以蓋世榮華로 錦還故國ᄒ야 名望이 動於一世ᄒ고 天子ㅣ 又是禮待
ᄒ시니 老夫ㅣ 有何福力而如此榮貴오? 汝亦操心ᄒ야 勿負舅姑之意ᄒ
고 和睦同列ᄒ라."

許夫人이 又曰

"吾知汝名ᄒ고 又聞愕報에 心中嗟惜ᄒ야 如遭毒感이러니 神明이 黙
佑ᄒ샤 更參子婦之列ᄒ니 豈不喜哉리오?"

ᄒ고 裹元帥戰袍之袖ᄒ고 撫其手而笑曰

"爾年이 幾何오?"

對曰

"十七歲로소이다."

夫人曰

"如此軟軟弱質로 矢石風塵에 爲將成功은 實所難料이로다."

元帥ㅣ 羞澁ᄒᆞ야 俯首不答ᄒᆞ니 夫人이 更笑曰

"吾ㅣ 年老無事ᄒᆞ야 恒多寂寂之時ᄒᆞ니 汝ㅣ 勿以尊姑之禮로 待之ᄒᆞ고 認以朋友ᄒᆞ야 戰爭說話로 以爲他日消遣ᄒᆞ고 勿爲齟齬ᄒᆞ라."

元帥ㅣ 俯伏聽命ᄒᆞ고 再三謝之ᄒᆞ며 以軍中戎服으로 不可久侍ㅣ라 退出戶外ᄒᆞ니 員外ㅣ 對夫人曰

"自古로 雖云紅顔이 薄命이나 紅은 以絶世姿色으로 必享壽多矣리니 女子ㅣ 爲將에 疑其有殺氣唐突이러니 今見彼柔順和吉之態ㅣ 如是現著ᄒᆞ니 豈非吾家之幸福이리오?"

此時尹小姐ㅣ 聞元帥ㅣ 至許夫人寢所ᄒᆞ고 連送侍婢與蓮玉ᄒᆞ야 請元帥ᄒᆞ니 歡喜之情이 果何如오? 且看下回ᄒᆞ라.

却說. 紅元帥ㅣ 至尹小姐寢室호니 尹小姐ㅣ 亦出門外而執紅娘之手曰

　"汝ㅣ 生存此世호야 尋訪故人耶아?"

　　元帥ㅣ 奉小姐之手호고 涕淚盈盈호야 不能答語러니 已而오 收淚告曰

　"生我者는 父母오 活我者는 小姐로소이다. 濟活水中孤魂호야 堅功名
而還鄕이 是誰之德也잇고? 從今以後는 一動一靜이 都是小姐之所賜ㅣ니
不勝感幸이로소이다."

　　因入寢室호야 相慰積阻之懷호니 一喜一悲호야 或笑或談이러니 小姐ㅣ
問日

　"水中夜叉孫三娘은 何如오?"

　　紅娘이 笑曰

　"從妾而在門外로소이다."

　　小姐ㅣ 奇之호야 命蓮玉而呼夜叉호니 夜叉ㅣ 卽入問候어놀 小姐ㅣ
且驚且喜曰

　"娘之昔日容貌를 今不可識이로다. 聞其時傳說호고 認以因我而爲水中

432

惻魂ᄒ야 一念이 嗟愕ᄒ야 恒切耿耿이러니 豈料爲矍鑠[1]老將ᄒ야 顯名
於國家ㅣ리오?"

夜叉ㅣ 對曰

"此皆小姐與元帥之德이로소이다."

都督이 修理後園東別堂ᄒ야 定元帥之處所ᄒ니 元帥ㅣ 卽率孫夜叉·一
枝蓮·蓮玉而往ᄒ니라. 是夜에 都督이 侍兩親而談話ᄒᆯ시 員外與夫人이
有惻然之色ᄒ야 略言仙娘之風波曰

"汝父ᄂᆫ 眼昏耳聵ᄒ야 不知家事ᄒ노니 兒子ᄂᆫ 自量處之ᄒ라."

都督이 避席對曰

"此皆小子之罪로소이다. 謂有多數妻妾ᄒ야 不孝ㅣ 至此ᄒ오니 追悔
莫及이로소이다. 然이ᄂ 事機ㅣ 張大ᄒ야 已達天聽ᄒ니 非小子之擅斷
이로소이다."

翌日에 天子ㅣ 會文武百官ᄒ시고 論軍功ᄒᆯ시 都督이 着戎服ᄒ고
方欲入闕이러니 紅娘이 告曰

"妾이 以一時之權으로 爲將ᄒ야 獻馘之前에ᄂ 不敢辭職이ᄂ 今日錄
勳之席에 不可更參이오니 今欲上疏ᄒ야 奏其實狀이로소이다."

都督이 曰

"吾ㅣ 方欲勸之러니 娘言이 是也ㅣ라."

ᄒ고 都督이 卽率蘇裕卿·雷天風·董超·馬達ᄒ고 登于朝班ᄒ니 天子
ㅣ 問曰

"紅元帥ᄂᆫ 何爲不參고?"

ᄒ신디 翰林學士ㅣ 奉一章表而告榻前曰

"副元帥紅渾脫이 不參朝班ᄒ고 上表陳情이로소이다."

天子命進前讀ᄒ라 ᄒ시니 其表에 曰

---

1) 확삭(矍鑠): 노인이 원기가 왕성하고 몸이 잰 모양.

"副元帥臣紅渾脫은 杭州賤妓라."

天子ㅣ 聽之라가 愕然失色而顧左右曰

"是何言也오? 繼讀之ᄒ라."

學士ㅣ 繼讀ᄒ니 曰

"命道ㅣ 奇薄ᄒ야 漂泊風濤ᄒ니 滄海一粟이 幾死僅生ᄒ고 南天萬里에 有往莫來ᄒ야 深山道觀에 潛跡爲道童ᄒ고 絶域風塵에 托身於將帥ᄂᆫ 但爲歸國이오 非望功名이러니 意外에 名登朝廷ᄒ고 猥蒙元帥之爵이오니 南郊獻馘之時에 汗出沾背ᄒ와 欺君之罪를 難可逃逭이어던 況今日論功之席에 唐突進參則此ᄂᆫ 長欺君父ᄒ고 嘲弄朝廷이라. 伏願陛下ᄂᆫ 天地父母시니 矜察臣妾情勢ᄒ사 亟削分外之職ᄒ시고 以治女化爲男과 欺君罔上之罪ᄒ사 俾無踪跡之詭脆ᄒ소셔."

天子ㅣ 覽畢에 大驚失色ᄒ사 顧都督曰

"是何故也오?"

ᄒ시니 都督이 惶恐頓首曰

"臣이 不忠ᄒ와 尙今欺君ᄒ오니 死罪死罪로소이다."

上이 笑曰

"此ᄂᆫ 爲朕而然也니 欲聞其詳ᄒ노라."

都督이 惶恐奏達曰

"臣이 以秀才로 赴擧홀시 逢紅娘ᄒ야 結爲百年之期ᄒ고 上京之後에 溺于錢塘湖ᄒ야 認以已死ㅣ라가 意外에 相逢於陣前ᄒ야 從權領兵ᄒ니이다."

ᄒ고 一一奏達ᄒ니 天子ㅣ 擊膝曰

"奇哉美哉라 千古所無之事也ㅣ로다! 朕은 但知渾脫이 一個名將而已러니 豈料烈俠之風이 若是其甚이리오?"

ᄒ시고 卽批答曰

"奇哉라 卿之事也여! 周之亂臣十人에 女子ㅣ 與焉ᄒ니 國家用人이 但

434

取其才라 豈論男女而揀擇去取리오? 卿其勿辭ᄒᆞ고 以輔國家ᄒᆞ야 若有大
事어든 以男服으로 登朝班ᄒᆞ고 小事ᄂᆞᆫ 決於家中ᄒᆞ라."

都督이 頓首奏曰

"紅渾脫이 雖從臣於矢石風塵ᄒᆞ야 有效犬馬之力이오ᄂᆞ 言其本意則不
過從夫而然이오니 臣之官職이 卽渾脫之官職이라 以微賤女子로 久忝官
職이 甚是不可ㅣ로소이다."

上이 笑曰

"卿이 爲寵姬ᄒᆞ야 欲奪朕의 干城之才ᄒᆞ니 此非平日相信之道也ㅣ로
다. 朕欲引見渾脫은 非禮大臣小室之道어니와 勿辭其職ᄒᆞ라."

ᄒᆞ시고 促論勳功홀시 征南都督楊昌曲은 封燕王ᄒᆞ야 行右丞相事ᄒᆞ고
副元帥紅渾脫은 封鸞城侯ᄒᆞ야 行兵部尙書ᄒᆞ고 軍司馬蘇裕卿은 拜刑部
尙書兼御史大夫ᄒᆞ고 雷天風은 拜上將軍ᄒᆞ고 董超·馬達은 拜左右將軍ᄒᆞ
고 孫夜叉ᄂᆞᆫ 拜破虜將軍ᄒᆞ고 其餘諸將은 各隨其功ᄒᆞ야 加官爵ᄒᆞ시니
都督이 又奏曰

"諸將中孫夜叉ᄂᆞᆫ 亦江南女子ㅣ라. 遠隨渾脫ᄒᆞ야 雖有其功이나 官職
은 不可ㅣ로소이다."

上이 曰

"有功賜官은 國家用人之法이라."

ᄒᆞ시고 賜其職牒ᄒᆞ시고 兼賞黃金千兩ᄒᆞ신디 都督이 奏曰

"南蠻祝融王이 非但有功於紅桃之戰이라. 非祝融則無可以鎭壓紅桃國
者故로 旣令攝行其國王事務ᄒᆞ얏ᄉᆞ오니 因封王爵이 似可以副其望이로
소이다."

上이 依允ᄒᆞ시니 燕王이 謝恩退朝而歸家홀시 上이 又下敎曰

"鸞城侯紅渾脫이 無第宅ᄒᆞ니 令戶部로 建燕王府於紫禁城第一坊ᄒᆞ고
又建鸞城府ᄒᆞ라."

ᄒᆞ시고 賜給家僮百名·侍婢百名·彩緞三千疋·黃金三千兩ᄒᆞ시니 燕王

與鸞城侯ㅣ 再三固辭나 上이 不允이러라. 數月後에 鸞城府ㅣ 竣成ᄒᆞ니 壯麗宏傑이 與燕王府로 別無差等이ᄂᆞ 鸞城侯ㅣ 不爲入處ᄒᆞ고 惟留侍婢家僮及府屬ᄒᆞ고 鸞城侯ᄂᆞᆫ 常在燕王府러라. 燕王이 受王爵後에 自禮部로 賣送員外內外와 尹黃兩夫人之職牒ᄒᆞ니 員外ᄂᆞᆫ 燕國太公이오 許夫人은 燕國太妃ㅣ오 尹小姐ᄂᆞᆫ 燕國上元夫人이오 黃小姐ᄂᆞᆫ 燕國下元夫人이오 小室은 各封淑人ᄒᆞ니라. 一日은 燕王이 罷朝將退ᄒᆞᆯ새 天子ㅣ 從容引見ᄒᆞ시고 因下敎曰

"卿之出戰後에 卿家에 有擾亂之事故로 卿之小室을 放還其故鄕ᄒᆞ야 待卿之還家ᄒᆞ야 聽卿措處ㅣ러니 卿今還朝ᄒᆞ니 須勿拘碍ᄒᆞ고 自意處之ᄒᆞ라."

燕王이 頓首ᄒᆞ고 奏達碧城仙之事ᄒᆞᆫᄃᆡ 上이 笑曰

"自古人家에 或有如此之事ᄒᆞ니 卿은 雍容處決ᄒᆞ야 勉致和睦ᄒᆞ라."

燕王이 惶恐頓謝ᄒᆞ고 退朝歸家ᄒᆞᆯ새 至尹府ᄒᆞ니 蘇夫人이 不勝喜幸ᄒᆞ야 擧祝賀盃而頌其凱旋ᄒᆞ고 以欣欣之色으로 娓娓而言曰

"丞相之年이 雖靑春이ᄂᆞ 爵位ㅣ 處於王公ᄒᆞ니 還無嬌婿之誼ᄒᆞ고 有大賓尊敬之禮ᄒᆞ야 無窮情懷를 未可盡言이라. 往往尋訪ᄒᆞ야 以談笑로 示嬌婿之誼ᄒᆞ소셔."

燕王이 笑而應諾이어늘 蘇夫人이 又曰

"近日女兒ㅣ 久不相見이러니 儼然爲王公夫人ᄒᆞ니 其奇를 不可形言이어니와 老身은 愛如襁褓幼兒ᄒᆞ야 無所敎訓ᄒᆞ니 不知케라. 或過無失乎잇가?"

燕王이 微醉ᄒᆞ야 眉宇에 起春風ᄒᆞ고 鳳顔에 帶笑容曰

"外甥이 本是多怨之人이라 不知室人之有過어니와 上而父母ㅣ 稱賢ᄒᆞ시고 下而婢僕이 無怨ᄒᆞ니 認之以平日敎訓之澤이로소이다. 然이나 有一不足之事ㅣ러이다."

蘇夫人이 有極然之色ᄒᆞ야 曰

“女兒不足之事ㅣ 可以十數ㅣ라 豈徒一也리오?”

燕王이 笑曰

“外甥이 放蕩ㅎ야 有兩妓賤妾ㅎ니 室人이 妬心이 太過ㅎ야 駭擧ㅣ 每多ㅎ니 實外甥之憂也ㅣ로소이다.”

夫人이 心中大驚ㅎ야 自思仙娘事에 慮有干涉ㅎ야 黙黙不答이러니 燕王이 更笑曰

“聘母ㅣ 或知江南紅之事乎잇가?”

答曰

“老身이 見紅於杭州ㅎ고 其爲人端雅를 尙今不忘이로라.”

燕王曰

“外甥이 向者南征이라가 逢娘而率來러니 室人이 甚不樂ㅎ야 至有駭擧ㅎ니 此皆外甥之罪로소이다.”

夫人이 笑曰

“此ᄂᆞᆫ 丞相이 欺老身이로다. 女兒ㅣ 與紅娘으로 本是知己之友ㅣ라 豈其然乎ㅣ리오?”

燕王이 笑曰

“聘母ㅣ 蔽於慈愛之心ㅎ야 未及詳察이라. 室人이 前日은 交以公心ㅎ야 愛以知己ㅎ고 今日은 視如敵國ㅎ야 還爲眼中之棘ㅎ니 此亦年少女子之常情이라. 聘母ᄂᆞᆫ 雍容訓戒ㅎ쇼셔.”

夫人이 聽其言에 忽然面帶板楨ㅎ고 似欲置身無地ㅎ야 黙黙無言이어늘 丞相이 微笑ㅎ고 告別還家홀시 至黃閣老府中ㅎ니 衛夫人이 寒暄禮畢에 曰

“已聞成功凱旋ㅎ니 不勝喜幸이오나 不肖女息이 偶然病祟가 深入骨髓ㅎ니 此所謂南宮歌管北宮愁[2]ㅣ라 此亦造物之所猜로다.”

燕王이 冷笑曰

“吉凶禍福이 在於己오 不在於他ㅎ니 豈怨造物이리잇고?”

衛夫人이 更欲答之러니 燕王이 托以忽忽ᄒ고 卽時還家ᄒ니라.

且說. 尹夫人이 于歸數年에 動容周旋이 無異三日新婦ᄒ고 孝於舅姑ᄒ며 順於君子ᄒ야 有關雎樛木之風이러니 一日은 乳母薛婆ㅣ 奉母夫人之書而來어늘 小姐ㅣ 卽時開視之ᄒ니 其書에 曰

"吾ㅣ 教汝如男兒ᄒ야 送于舅家홀시 雖不聞譽聲이나 猶望無毁言이러니 今聞無賢淑德行ᄒ고 有駿擧狼藉ᄒ야 使老母로 置身無地ᄒ니 豈不寒心이리오? 凡婦女之妬ᄂ 七去之惡에 醜名이 尤甚이라. 苟能修身이면 君子ㅣ 雖有衆妾이라도 還爲羽翼이오 若無其德이면 君子ㅣ 雖無衆妾이나 豈保恩義리오? 吾不見世間에 有德而有妬者ᄒ니 嗟乎吾女야! 胡至於此오?"

尹小姐ㅣ 覽畢에 微笑無言이라가 顧薛婆曰

"乳母來時에 老夫人이 有何言乎아?"

薛婆ㅣ 良久에 曰

"別無他言이오 老身은 不知妬忌爲何物이나 夫人이 以小姐之妬心으로 爲憂러이다."

小姐ㅣ 又微笑ᄒ니 薛婆ㅣ 懇懇問曰

"指甚麼爲妬忌잇고? 小姐ᄂ 勿爲之ᄒ소셔. 老夫人이 大有憂色이러이다."

小姐ㅣ 笑而不答ᄒ니 薛婆ㅣ 又問曰

"妬忌ᄂ 何也잇고?"

小姐ㅣ 甚苦之ᄒ야 曰

"知之何益乎아? 善宿善食이 妬忌也ㅣ니라."

---

2) [교감] 남궁가관북궁수(南宮歌管北宮愁): 적문서관본 영인본 266쪽에는 '남궁가란북궁수(南宮家亂北宮愁)'로 되어 있으나, 이는 당나라 시인 배교태(裵交泰)의 「장문원長門怨」에 나오는 시구로, 『옥루몽』 원본으로부터 전승(傳承)되는 과정에서 변이(變異)가 생긴 것으로 여겨져 바로잡는다.

薛婆] 大驚曰

"老夫人이 老妄이로소이다. 老身은 年踰七十이나 所思者] 不過妬忌니이다."

尹夫人이 不勝絶倒러니 鸞城侯] 適至어눌 夫人이 出示母夫人之書曰

"娘이 能知出處乎아?"

鸞城侯] 覽畢에 琅然大笑曰

"妾이 當爲夫人ᄒ야 今夜에 探得言根ᄒ야 明日解惑矣리니 夫人은 如此如此ᄒ소셔."

夫人이 微笑ᄒ고 鸞城侯] 亦歸러라. 燕王이 訪鸞城侯而至別堂ᄒ니 鸞城侯] 悄然獨坐燭下ᄒ야 愁色이 滿面이어눌 燕王이 近問曰

"娘이 有不平之氣ᄒ니 是何故也오?"

鸞城이 對曰

"非氣色이 不平이라 心中이 不平이니이다."

燕王이 驚曰

"有何不平고?"

鸞城이 笑曰

"若人이 處於嫌疑之地則心事를 難明이오 心事를 難明則雖平日知己라도 自生其隙ᄒᄂ니 豈不慨然이리잇고?"

燕王이 驚問其故ᄒ니 鸞城이 沉吟良久에 對曰

"妾이 俄往尹夫人寢室이러니 夫人乳母薛婆] 奉母夫人之書而來ᄒ야 其辭意] 如此如此ᄒ고 薛婆] 似有疑妾之心ᄒ니 妾이 嘗於矢石風塵에도 亦無所怵이러니 至於此事ᄒ야ᄂ 發明無路ᄒ니 自然汗出沾背라 始知人間에 難爲衆妾이로소이다."

燕王이 笑曰

"此是娘의 自狹之心이로다. 以尹夫人之明으로 豈疑紅娘이리오?"

鸞城이 曰

"妾이 易地思之라도 無他可疑者ᄒ니 尹夫人의 妊姒之德은 世所共知라 此言이 從何而出이리잇고?"

言畢에 氣色이 慘憺不樂이어늘 燕王이 笑執鸞城之手曰

"此ᄂ 由我一時弄談이니 結者解之라 吾當見夫人而罷惑이라."

ᄒ고 卽時起身而往尹夫人寢室이어늘 鸞城이 笑而潛追ᄒ야 竊聽於窓外ᄒ니 燕王이 直入寢室ᄒ야 見夫人而問曰

"薛婆ㅣ 持何等書簡而來乎아? 學生이 欠不往候於聘母러니 因此責之乎잇가?"

夫人이 曰

"不然ᄒ니이다."

燕王이 笑曰

"書簡이 何在오? 暫欲見之로라."

搜篋索出ᄒ고 顧夫人而笑曰

"或有慇懃辭緣乎잇가?"

夫人이 低蛾眉而不答이라. 燕王이 燭下에 高聲大讀曰

"學生이 昏暗ᄒ야 不知夫人之有妬心이어늘 聘母ㅣ 何以千金小嬌로 加此無情之責乎잇가?"

夫人이 亦不答이어늘 燕王이 笑曰

"夫人은 勿怒ᄒ고 從今以後로 斷棄妬心ᄒ소셔. 諺에 曰 '不炊之突에 烟何從生이리오?' ᄒ니 以聘母之明察로 豈有不明之言이리오?"

夫人이 曰

"母親이 在於外處ᄒ시니 所聞이 豈可自至리오?"

燕王이 笑曰

"然則何人이 做出此言이리오?"

夫人이 對曰

"君子之交ᄂ 淡如水ᄒ고 小人之交ᄂ 甘如蜜이라 ᄒ니 其人이 甘則必

變이어놀 妾이 空自甘交而有許心이러니 其心이 漸漸唐突ᄒ야 似至於此로소이다.”

燕王이 始覺鸞城之言ᄒ고 心中追悔曰

‘以尹夫人之通達로도 有女子偏性이라. 吾ㅣ 空使虛言으로 離間兩人이로다.’

ᄒ고 笑曰

“此ᄂ 學生之弄談이라. 昨日見於聘母홀시 恨無嬌婿之誼ᄒ시고 謙讓夫人之無敎故로 如此如此矣러니 見欺於我言而至此로소이다.”

尹夫人이 不忍大笑러니 忽有窓外人跡에 鸞城이 笑入同坐曰

“相公이 百萬軍中에 對强敵ᄒ되 一無屈服이러니 今則不能敵閨中夫人ᄒ사 堅此降旛乎잇가?”

燕王이 知鸞城侯之計ᄒ고 大笑曰

“吾非服於夫人이오 陷於蠻將紅渾脫之詭計라.”

ᄒ고 因對鸞城侯及夫人而笑曰

“今日弄談은 將欲一笑也니 若非夫人與鸞城이면 何可率爾리오? 自古로 婦女之妬ᄂ 七去之惡에 醜名이 最甚이라. 不幸吾家에 有犯此者ᄒ야 登徹朝廷ᄒ니 吾當一次嚴査則玉石을 可分이어니와 跟捕刺客後에 事機綻露矣리라. 近日朝廷에 多事ᄒ야 不暇私事ᄒ니 山中客舘에 獨處而闊苦楚者ᄂ 豈不惻然이리오?”

ᄒ더라.

此時廟務ㅣ 繁多ᄒ야 燕王이 逐日ᄒ야 夜深還家러니 一日은 月色이 最明ᄒᄂ데 燕王이 早爲退公ᄒ야 不脫朝服ᄒ고 見於兩親後에 直入東別堂ᄒ니 鸞城이 倚欄玩月이어놀 燕王이 笑曰

“渾脫아! 今日東別堂月色이 與昔日蓮花峰月色으로 何如오?”

鸞城侯ㅣ 起身ᄒ야 笑而迎坐曰

“今思往事則無非春夢이라. 淸閑明月이 豈不笑渾脫이리잇고?”

燕王이 大笑ㅎ고 携鸎城之手而下堂ㅎ야 徘徊月下ㅎ며 仰觀天象ㅎ니 碧空에 無一點雲ㅎ고 星光이 磊落ㅎ야 似玻璃盤之散珠ㅎ고 北便紫微帝垣에 黑色이 遍滿ㅎ고 三台八座에 怪氣ㅣ 凝結이어늘 燕王이 沉吟久之에 有驚色ㅎ야 顧鸎城曰

"娘은 知彼氣乎아?"

鸎城侯ㅣ 流秋波而熟視러니 對曰

"妾이 豈知天上星辰이리오마는 曾聞於白雲道士ㅎ니 三台八座에 有怪氣ㅎ고 紫微帝垣에 帶黑雲則姦臣이 濁亂朝廷ㅎ야 壅蔽天子之聰明이라 ㅎ니 此豈非國家大患이리잇고?"

燕王이 嘆曰

"吾亦憂此ㅣ라. 自古人君이 明察民間疾苦則天下大治ㅎᄂ니 今皇上이 春秋ㅣ 鼎盛3)ㅎ시고 聰明睿智ㅎ샤 四方이 無事어늘 左右之臣이 一無識見ㅎ야 不以忠言嘉謨로 陳於上前ㅎ야 以贊堯舜之德ㅎ고 以諂諛之言과 承順之色으로 無一分逆耳違意ㅎ야 徼恩寵ㅎ며 貪富貴ㅎ야 無遠慮深思者ㅎ니 此ᄂ 我之所憂ㅣ러니 今天象이 如此ㅎ니 吾在大臣之列ㅎ야 何如則好ㅣ리오?"

鸎城이 從容對曰

"國家大事를 妾이 豈敢妄論이리오마는 相公之年이 未滿三十에 出將入相ㅎ야 內居高位ㅎ고 外執兵權ㅎ시니 君子ᄂ 疑其太過ㅎ고 小人은 猜其權勢라. 伏望相公은 朝廷大事를 勿爲擅斷ㅎ시고 言論風采를 十分韜晦ㅎ야 威權名望을 每多讓於他人ㅎ소셔."

燕王이 拂手曰

"吾謂娘之知見이 過人ㅎ야 以碌碌丈夫로 不可當이러니 今夜此言은 兒女子之口氣로다. 吾ㅣ 本以南方布衣로 被聖主罔極之恩ㅎ야 位居王侯

3) 정성(鼎盛): 한창 나이라서 혈기가 매우 왕성함.

442

將相ᄒ니 若能無此身而利國家ㅣ면 雖萬死라도 不辭矣리니 豈畏斧鉞ᄒ야 但顧資身之策이리오?"

鸞城이 謝曰

"相公之言은 明月이 照臨ᄒ시니 妾이 豈敢仰答이리오마ᄂᆞᆫ 妾은 聞之ᄒ니 天道ᄂᆞᆫ 忌盈而惡滿ᄒ야 月滿則虧ᄒ고 器盈則傾이라 ᄒ니 相公은 深諒謙退ᄒ소셔."

燕王이 默然不答이러라.

且說. 天下治亂과 國家興亡은 宜居安而思危ㅣ니 譬於一身컨ᄃᆡ 四肢懈怠ᄒ며 精神이 昏耗ᄒ고 氣力이 茶然[4]則百病이 交侵ᄒᄂᆞ니 故로 以堯舜之聖으로 敎化天下ᄒ야 風俗氣像이 熙熙皞皞ㅣᄂᆞ 皐夔稷契之言이 豈不曰危亂이 如在朝夕이라 ᄒ야 戒其安逸이리오?

此時平定南蠻以後로 姑無外憂故로 朝廷이 解弛ᄒ고 如四方에 無事ᄒ야 廟堂臺閣은 久無論道經邦之風ᄒ고 宮中後苑에 但有賞花釣魚之樂ᄒ니 宴安之酖毒[5]과 蕭墻之禍胎[6]ᄂᆞᆫ 君子所戒라. 燕王이 深憂之ᄒ야 每登朝班이면 忠直之言과 正大之風이 有忘其身而不避斧鉞之氣ᄒ니 君子ᄂᆞᆫ 仰其德望ᄒ야 信之如泰山北斗ᄒ고 小人은 畏其嚴威ᄒ야 窺其謀害之機나 風雲魚水[7]에 君臣이 相得ᄒ니 浸潤之譖[8]이 何可行也ㅣ리오?

光陰이 倏忽ᄒ야 經春當夏ᄒ니 天氣極熱이라. 天子ㅣ 萬機之暇에 避

---

4) 날연(茶然): 나른한 모양. 고달픈 모양.
5) 연안지짐독(宴安之酖毒): 행실이 바르지 못해 놀고 즐기는 것은, 마시면 죽는 독주인 짐주(酖酒, 짐새의 깃을 술에 담근 독주)의 독과 같아 사람 몸을 상하게 한다는 말.
6) 소장지화태(蕭墻之禍胎): 임금과 신하의 가까운 만남 속에 재앙이 싹튼다는 말로, 내부의 변란을 일컫는다. 소장은 임금과 신하가 조회하는 곳에 세우는 병풍. 『논어』 「계씨季氏」에 나오는 공자의 말에서 유래했다. "나는 생각건대 계손씨의 근심이 전유국을 치는 데 있지 않고, 병풍 안에 있는 것 같다(吾恐季孫之憂, 不在顓臾而在蕭牆之內也)."
7) 풍운어수(風雲魚水): 바람과 구름, 물고기와 물이 서로 떨어지지 않듯 한다는 뜻으로, 임금과 신하의 아주 가까운 사이를 비유하는 말.
8) 침윤지참(浸潤之譖): 침윤지참(浸潤之讒). 물이 차츰 스며들듯이 깊이 믿도록 서서히 하는 참소(讒訴)의 말이라는 뜻으로, 아주 교묘한 중상모략을 일컫는다.

暑于後苑이러시니 一日은 月色이 明朗ᄒᆞ되 上이 率侍臣ᄒᆞ시고 臨御後
苑ᄒᆞ샤 玩賞月色ᄒᆞ실시 忽然風便에 笙簧之聲이 斷續凄凉ᄒᆞ야 聞於雲霄
어ᄂᆞᆯ 上이 本是好樂이라 聽其聲ᄒᆞ시고 良久에 顧左右曰

"此聲이 自何而來오? 探知以聞ᄒᆞ라."

ᄒᆞ시니 披隷ㅣ 追其聲而至一處ᄒᆞ니 長安少年이 與一個少年으로 登蕩
春臺ᄒᆞ야 玩月而吹어ᄂᆞᆯ 披隷ㅣ 卽引致吹笙者ᄒᆞ야 待令于殿外而入奏ᄒᆞ
니 上이 笑曰

"朕이 欲知其吹笙者而已어늘 何若是捉來乎아?"

ᄒᆞ시고 召見其人ᄒᆞ시니 眉目이 淸秀ᄒᆞ고 擧止捷利ᄒᆞ야 容貌氣色이
彷彿女子어ᄂᆞᆯ 上이 問曰

"汝之姓名이 何也오?"

對曰

"小人之姓은 董이오 名은 弘이니 居在皇城이로소이다."

上이 微笑曰

"汝之笙簧을 持來乎아?"

弘이 自腰間으로 取出而獻ᄒᆞᆯ시 拂袖ᄒᆞ야 以兩手로 奉傳宦侍ᄒᆞ니 其
周旋이 十分敏捷ᄒᆞ야 少無艱危어ᄂᆞᆯ 上이 大讚其伶俐ᄒᆞ시고 看品後還
授曰

"朕方無聊ᄒᆞ니 試吹一曲ᄒᆞ라."

弘이 跪受而向月ᄒᆞ야 憂然一吹ᄒᆞ니 上이 稱讚不已ᄒᆞ시고 下問曰

"汝ㅣ 又知他樂乎아?"

弘이 對曰

"略有所學ᄒᆞ와 駁而不精ᄒᆞ오나 敢不應命ᄒᆞ오리잇가?"

上이 大喜ᄒᆞ샤 命取宮中樂器ᄒᆞ야 鱗次[9]試之ᄒᆞ시니 弘이 盡其平生所

---

9) 인차(鱗次): 인비(鱗比). 비늘이 잇닿은 것처럼 차례로 잇닿음.

學而一試ᄒ야 以顯其才ᄒ되 上이 大讚ᄒ시고 厚賞出送ᄒ실ᄉᆡ 下教曰

"朕이 以暇日로 更召ᄒ리라."

ᄒ시니 弘이 頓首受命이러라. 嗟乎라! 小人이 濁亂朝廷은 此亦國運이라 天必借其機會ᄒ나니 人君이 豈不愼一動一靜이리오? 此時參知政事盧均이 承襲家風ᄒ야 以小人之心腸으로 籠絡人主ᄒ야 欲擅威權이나 見燕王이 以貫日之忠과 通天之才로 際遇隆盛ᄒ고 屢立大功ᄒ야 名望勳業이 煊爀無雙故로 兇肚逆腸을 無處可施ᄒ야 氣常沮喪ᄒ니 越自登科之初에 論駁楊前과 聞喜之宴에 求婚狼狽之嫌이 重重疊疊ᄒ야 自然心思煩惱ᄒ야 鬱鬱成病ᄒ니 日以聲色娛樂ᄒ야 自慰心懷ᄒᆯᄉᆡ 雜類少年이 充滿門戶ㅣ러니 一日은 一個少年이 來告董弘之事어ᄂᆞᆯ 盧均은 素是機警者라 一聞之ᄒ고 生一計ᄒ야 欲探聞其事ᄒ야 秘問曰

"吾ㅣ 處於宰列ᄒ야 朝廷大小事를 無所不知어ᄂᆞᆯ 未嘗聞此言ᄒ니 君非浪說乎아?"

少年이 對曰

"此非傳聞이라. 長安少年이 與弘同遊ㅣ라가 那時目擊이오 其後時時逢弘ᄒ야 數次聞之ᄒ니 豈是浪說이리잇고?"

參政이 正色曰

"此必皇上이 自內爲之시니 少年은 勿爲輕率傳播ᄒ라."

少年이 謝曰

"閣下ㅣ 好樂故로 偶爾所言이오나 秘密之事를 豈可漏泄이리잇고?"

參政이 更笑曰

"雖然이나 我則無所拘碍오 亦往往愛此類ᄒ니 一次從容請來ᄒ라."

少年이 應諾而去ᄒ니라.

此時盧均이 送少年ᄒ고 深臥別堂ᄒ야 三日三夜를 不言不笑ᄒ고 暗暗自思ㅣ러니 數日後에 少年이 果然率一個美男子而來어ᄂᆞᆯ 盧均이 辟左右ᄒ고 起身迎坐ᄒ야 曰

"此非董生乎아?"

弘이 逡巡曰

"弘은 微賤之人이라 不敢當閣下之歎待로소이다."

參政이 慨然歎曰

"少年姓鄕이 非眉山[10]乎아?"

對曰

"然也ㅣ로소이다."

參政이 曰

"眉山董氏는 本是大姓이라 華胄淵源을 老夫ㅣ 詳知之호나니 豈可以 中間沉滯호야 暫絶冠冕으로 不致敬待리오? 昔者에 有以名士로 爲故人 而彈琴者호니 我亦欲聞君之高才호노라."

董弘이 拜謝호고 卽自袖中으로 抽出一個短簫호야 吹數曲호니 叅政이 大讚호고 性本好樂이라 留董弘於書堂호고 罔晝夜佚蕩이러니 一日은 掖 隷ㅣ 奉皇命호고 尋董弘호야 至盧叅政府中호니 董弘이 見盧均호고 告 入闕之事호되 叅政이 大喜호야 暗敎數語而送호니라.

此時董弘이 隨掖隷호야 入于闕內호니 夜已深矣라. 天子ㅣ 方御便殿 호사 率近侍而閑遊호실시 命董弘而陞殿上호라 호시고 更爲詳見호시니 儀表ㅣ 鮮明호고 容貌ㅣ 美妙호야 可謂男中一色이라. 上이 微笑호시고 聽數曲樂而問曰

"朕이 欲置汝於闕內호노니 汝之所願이 何也오?"

弘이 頓首曰

"小人이 以微賤之踪으로 猥蒙天寵호와 敢得近侍호오나 惴惴慄慄호 와 不知其何以報答이오니 有何所願이리잇고?"

上이 微笑호시고 再三下問호시니 弘이 對曰

---

10) 미산(眉山): 중국 사천성(四川省)에 위치한 현(縣) 이름.

"聖教] 如此 ᄒ 시니 臣이 豈不仰達이리잇고? 區區所願은 臣本簪纓世族으로 至於東漢[11] ᄒ 야 以逆臣董卓之連坐로 免爲庶人 ᄒ 야 漸漸墜落 ᄒ 야 今陷爲賤類 ᄒ 오니 區區所望은 修忠孝之行 ᄒ 야 更復舊日家聲이로소이다."

上이 聞之 ᄒ 시고 矜惻其情境 ᄒ 사 顧左右曰

"君子之澤도 五世而斬 ᄒ 고 小人之澤도 五世而斬 ᄒ 나니[12] 董卓之罪名이 雖千秋難雪이나 豈可及於其傍孫 ᄒ 야 尙今廢枳리오?"

ᄒ 시고 更謂弘曰

"汝曾學文乎아?"

弘이 對曰

"略有所知니이다."

上이 賜書冊一卷而命讀 ᄒ 시니 弘이 祗受 ᄒ 야 跪而讀之 ᄒ 니 其聲이 如碎玉 ᄒ 고 亦合於律呂어날 上이 擊書案而大讚 ᄒ 시고 顧近臣曰

"士子] 通一經則賜第] 非古法乎아?"

左右] 豈不知天意리오? 一時鞠躬對曰

"然也로소이다."

上이 卽命賜第 ᄒ 시고 賜彩花法樂 ᄒ 시고 卽送盧均府中 ᄒ 실시 上이 下敎曰

"董弘之第宅을 賜給於宮闕近處 ᄒ 라."

ᄒ 시니 朝廷이 不知其故 ᄒ 야 疑訝萬端이러라. 翌日에 御史大夫蘇裕

---

11) 동한(東漢, BC 202~AD 220): 진(秦)나라에 이어지는 중국 통일 왕조. 왕망(王莽)이 세운 나라인 신(新, 8~22)에 의해 잠시 중단된 시기가 있어, 그 이전에 장안(長安)을 수도로 삼은 한(漢)나라를 전한(前漢) 혹은 서한(西漢)이라 하고, 낙양(洛陽)에 재건된 한(漢)나라를 후한(後漢) 혹은 동한(東漢)이라 한다.

12) 군자지택(君子之澤), 오세이참(五世而斬), 소인지택(小人之澤), 오세이참(五世而斬): '군자의 은택도 다섯 세대면 끊어지고, 소인의 영향도 다섯 세대면 끊어진다.' 『맹자』「이루 하離婁 下」에 나오는 구절.

卿이 上疏ᄒᆞ니 其에 曰

"設科取士ᄂᆞᆫ 國家用人之法이라 必光明正大ᄒᆞ야 自有成憲ᄒᆞ오니 臣雖 不見董弘之爲人이나 陛下ㅣ 欲取人才컨딘 當集衆士ᄒᆞ야 以較其才ᄒᆞ야 上自朝廷으로 下至四海히 使聽者見者로 必無異論이어날 豈可半夜禁中 에 秘密召之ᄒᆞ사 鄭重恩寵과 莫大科甲을 賜之如兒戱니잇고? 彼林下窮 廬예 父母ㅣ 凍餒ᄒᆞ며 妻子ㅣ 凄凉ᄒᆞ고 對案讀書之窮儒ㅣ 口渴氣盡ᄒᆞ 며 費心耗神ᄒᆞ야 霜髮이 侵于耳邊이나 以丹心으로 瞻仰北闕ᄒᆞ야 慰父 母妻子曰'聖天子ㅣ 在上ᄒᆞ시니 若修其才則必無遺珠之歎이라'ᄒᆞ다가 若聞此言이면 掩卷揮淚曰'古人이 欺我로다! 萬卷書冊이 在於腹中이나 難免飢寒ᄒᆞ며 古今成敗를 開刊心中이나 難謀資身之策ᄒᆞ니 若無此逕則 十年黃卷에 反助貧窮ᄒᆞ고 如逢此時則一曲笙簧이 能得富貴라'ᄒᆞ야 必有 虛其場屋ᄒᆞ고 窺其捷逕者ᄒᆞ리니 此豈養成士氣ᄒᆞ야 奬拔人才之本意리 잇고? 伏願陛下ᄂᆞᆫ 亟收董弘科名ᄒᆞ샤 以愼國家用人之法ᄒᆞ소셔."

此時百官이 羅列左右이러니 上이 見蘇御史上疏ᄒᆞ시고 天顔이 不悅ᄒᆞ 샤 曰

"近日朝廷用人이 果無一毫挾私耶아? 朕이 獨不可用一人耶아?"

叅知政事盧均이 奏曰

"董弘이 雖微賤이나 本是門閥은 爀爀大姓이라. 陛下ㅣ 今奬拔ᄒᆞ시니 萬口一談이 稱頌聖德이어날 蘇裕卿이 如是上疏ᄒᆞ니 不知其意로소이 다."

尹閣老ㅣ 奏曰

"國朝科法이 無不知者어날 若此路ㅣ 一開則後弊無窮이라. 蘇裕卿之 上ㅣ 爲此而言이니이다."

盧均이 以憤恚之言으로 復奏曰

"雖卿士之家라도 各有門客數人이어날 陛下ㅣ 萬乘之尊으로 豈不用一 個董弘이리잇고? 臣은 聞之ᄒᆞ니 董弘을 取才於榻前ᄒᆞ사 能講經書章句

448

ㅣ라 ᄒᆞ오니 豈非公道ㅣ리잇고?”

上이 震怒曰

“御史大夫蘇裕卿은 削職ᄒᆞ라.”

ᄒᆞ신ᄃᆡ 燕王이 出班奏曰

“諫官은 朝廷耳目이라. 陛下ㅣ 今嚴譴諫官ᄒᆞ샤 以塞耳目ᄒᆞ시니 陛下
ㅣ 將何以聞過시니잇고? 設使蘇裕卿之疏ㅣ 過激이라도 陛下ㅣ 優加容
納ᄒᆞ샤 襃其盡職이어ᄂᆞᆯ 況忠直之諫이리오? 陛下ㅣ 今問 ‘朝廷用人無私
耶아?’ᄒᆞ시니 臣等이 不肖無狀ᄒᆞ와 不能以公道用人ᄒᆞ오니 宜明其罪ᄒᆞ
고 董督其怠慢이라 豈以激言으로 抑留臣子ᄒᆞ샤 使不能開口ㅣ니잇고?
臣等이 循私害公은 欺罔陛下ᄒᆞ야 欲利其身이니 其罪ㅣ 萬死無惜이오나
陛下ㅣ 因此ᄒᆞ야 欲以私情으로 用科宦은 將欲利何人乎잇가? 朝廷은 陛
下之朝廷이오 天下ᄂᆞᆫ 陛下之天下라 以治不肖之臣ᄒᆞ샤 陛下ᄂᆞᆫ 雖有十分
公心이나 臣等之贊襄이 若是無狀이어ᄂᆞᆯ 今若效宰相家之用人ᄒᆞ샤 欲以
私用人則此ᄂᆞᆫ 上下ㅣ 角勝ᄒᆞ야 相有私情이니 陛下之朝廷與天下를 其誰
治之리잇고? 嚴譴諫官은 人君之失德이어ᄂᆞᆯ 朝廷이 論罪蘇裕卿ᄒᆞ야 使
陛下로 不得聞過失ᄒᆞ니 臣이 不勝寒心이로소이다.”

此時燕王之言이 十分激切之中에 忠直明快ᄒᆞ니 以均之姦으로도 語塞
氣喪ᄒᆞ야 汗出沾背러니 天子ㅣ 怡然笑曰

“諫君이 當如是也ㅣ니 卿言이 可謂金石之論이라. 雖然이나 董弘은 果
朕之寵愛者라 旣爲賜第ᄒᆞ니 豈可還收리오? 蘇裕卿은 特爲容恕ᄒᆞ야 還
給職牒ᄒᆞ라.”

ᄒᆞ시고 百官退朝後에 上이 挽留燕王ᄒᆞ샤 命坐榻ᄒᆞ시고 天顔에 和氣
融融ᄒᆞ샤 微笑曰

“朕이 有以貌取人之癖이러니 董弘은 眞是奇絶之人物이라. 本以簪纓
世族으로 墜落爲賤人ᄒᆞ니 甚爲矜惻故로 欲爲獎拔也ㅣ니 卿은 恕諒ᄒᆞ
라. 朕이 命董弘ᄒᆞ야 往見卿矣리니 爲朕而善爲敎訓ᄒᆞ라.”

燕王이 惶恐頓首曰

"臣雖不忠이나 君父所愛를 豈不愛之리잇고? 但所慮者는 不知人品호시고 但以貌收之而偏愛호시니 猶恐有他日之追悔ㅣ로소이다."

上이 笑曰

"弘은 不過伶俐人物이라 有何後弊리오?"

호시니 燕王이 退朝호야 以榻前酬酌之言으로 告太爺曰

"雖不見董弘이오나 盧均之唐突姦惡이 實所憂慮로소이다."

居無何에 閽者ㅣ 呈一片名刺이어날 視之호니 乃董弘이라. 燕王이 退歸于處所而命入호니 董弘이 烏紗綠袍로 陞堂拜謁홀시 燕王이 流鳳眼而暫見호니 面如冠玉호고 色如桃花호고 眉如春山호고 脣如櫻桃호야 有十分女子氣像이러라. 燕王이 以溫和辭色으로 從容問曰

"君이 年今幾何오?"

弘이 對曰

"十九歲로소이다."

燕王이 又曰

"天恩이 罔極호사 如此獎拔호시니 欲何以報答고?"

弘이 聞此言호고 擧目視燕王氣色호고 對曰

"弘은 本是微賤之人이라 惟從閣下之敎訓이로소이다."

燕王이 笑曰

"吾有何智識이리오마는 君은 但勿忘君之身호라."

董弘이 唐荒無語어날 燕王이 復笑曰

"君이 不知吾言耶아? 爲子者ㅣ 不孝호며 爲臣者ㅣ 不忠이면 其罪ㅣ 將至何境고? 當不保首領矣리니 此豈非忘其身이리오?"

董弘이 面如土色호야 更不能答而歸호야 見盧均曰

"燕王은 非尋常人物이러이다. 一句言에 如靑天霹靂이 打下頭顱호니 弘의 背上冷汗이 尙今未乾이니이다."

ᄒᆞ고 告其所戒ᄒᆞ니 盧均이 冷笑曰

"世上忠臣이 有幾人고? 楚之屈三閭와 吳之伍子胥ᄂᆞᆫ 萬古忠臣이로ᄃᆡ 葬寒骨於淸江魚腹ᄒᆞ고 白馬寒潮에 爲寃魂ᄒᆞ니 是皆腐儒의 尋常之言이 니라."

弘이 黙黙而歸書堂ᄒᆞ니라.

且說. 均이 有一妹ᄒᆞ야 曾與燕王通婚이라가 狼狽後에 以其無婦德으 로 人皆惡之ᄒᆞ야 方十九歲에 尙嘆摽梅[13]러니 自古小人이 營事에 豈知 倫紀而顧體貌리오? 此時盧均이 見天子ㅣ 寵愛董弘ᄒᆞ고 欲結男妹之義ᄒᆞ 야 心中思量호ᄃᆡ

'若與董弘으로 婚則其妹之前程富貴ᄂᆞᆫ 已無可論이오 吾亦緣此而有好 道理라.'

ᄒᆞ고 翌日에 從容召董弘問曰

"老夫ㅣ 見君之容貌才局ᄒᆞ니 將有他日大貴어니와 但朝廷이 疑地閥之 微賤ᄒᆞ야 有碍于宦路ㅣ라. 老夫ㅣ 有一妹ᄒᆞ니 才德이 亦不讓於他人ᄒᆞ 니 請君은 百輛御之ᄒᆞ야 與老夫로 結男妹之義ㅣ면 可以伸雪賤名이오 老夫ᄂᆞᆫ 年多位高ᄒᆞ야 處於先進之列ᄒᆞ니 爲君前程ᄒᆞ야 有周旋之道리 라."

弘이 避席謝之ᄒᆞ고 致其不敢之意ᄒᆞ니 叅政이 笑曰

"以地閥論人은 近日風習이라. 人若特出이면 雖賤人이라도 爲嚇嚇門 戶오 若庸劣則名門巨族이라도 不保家聲ᄒᆞᄂᆞ니 吾豈拘碍于此者ㅣ리 오?"

卽擇吉日行禮홀ᄉᆡ 上이 聞之ᄒᆞ시고 下賜綵緞百疋ᄒᆞ시고 拜弘爲紫宸

---

13) 표매(摽梅): '잘 익어서 땅에 떨어진 매실(梅實)'이라는 뜻으로, 혼기(婚期)가 지난 여자를 이르는 말.『시경』「소남召南」「표유매摽有梅」는 혼기를 놓쳐버릴까 두려워하는 여자의 탄식 을 노래한 시다. "떨어지는 매실, 일곱밖에 남지 않았네. 나를 구하는 선비 있거든, 이 좋은 때 를 놓치지 마오(摽有梅, 其實七兮. 求我庶士, 迨其吉兮)."

殿學士ᄒᆞ시니 此ᄂᆞᆫ 特欲獎拔이라. 朝廷百官이 奉承天意ᄒᆞ야 會於盧府
ᄒᆞ야 僉與宴席이나 惟燕王·尹閣老·蘇裕卿·黃汝玉·雷天風·馬達·董超
十餘人이 不僉ᄒᆞ니 自此로 朝廷之論이 紛紜ᄒᆞ야 淸介峻直者ᄂᆞᆫ 排斥盧
均之鄙陋阿諂ᄒᆞ고 屬於燕王ᄒᆞ니 此稱淸黨이오 貪權樂勢ᄒᆞ야 患得患失
者ᄂᆞᆫ 忌燕王之正大嚴威ᄒᆞ야 屬於盧均·董弘ᄒᆞ니 此謂濁黨이라. 此時淸
濁兩黨이 列於朝廷ᄒᆞ니 天子ᅵ 雖知淸黨之是와 濁黨之非ᄒᆞ시나 譬於飮
食則菽水之淡은 人皆知之而歸之尋常ᄒᆞ고 邪味飮食之甘은 人皆取之ᄒᆞ며
錦繡之鮮은 人皆好之ᄒᆞᄂᆞ니 淸黨之言은 外雖禮待ᄒᆞ야 言聽計用ᄒᆞ시ᄂᆞ
濁黨은 以實心愛之ᄒᆞ시며 慇懃顧護ᄒᆞ시더라. 數月에 賜董弘之第宅이
竣成ᄒᆞ니 弘이 迎盧少姐ᄒᆞ야 成立門戶後에 弘은 日入闕內ᄒᆞ야 皇上之
寵愛ᅵ 日益甚焉ᄒᆞ니 弘이 益加謹愼ᄒᆞ야 進退周旋에 惟合天意ᄒᆞ야 如
口之使舌ᄒᆞ며 或以便服으로 無常出入禁中而經夜ᄒᆞ니 宮中이 皆稱爲漢
文帝之鄧通이러라.

此時天子ᅵ 率近臣而設夜宴ᄒᆞ실ᄉᆡ 弘이 侍於左右ᄒᆞ야 衆宮女ᅵ 雖紅
粧盛飾으로 羅列左右ᅵ나 弘이 無一次流視어ᄂᆞᆯ 宮人이 相謂曰

"此董學士ᄂᆞᆫ 男中女子라."

ᄒᆞ니 上이 愈奇之ᄒᆞ샤 賞賜ᅵ 前後累巨萬이라. 董弘이 散財而分給門
客ᄒᆞ야 採探朝廷邊方消息而奏達ᄒᆞ니 天子ᅵ 甚喜ᄒᆞ샤 信弘之言ᄒᆞ고 或
商議朝廷用人之事ᄒᆞ시니 弘之門前에 車馬ᅵ 如雲ᄒᆞ야 雖宰相貴人이라
도 願一見之러라. 一日은 天子ᅵ 問弘ᄒᆞ시되

"方今論朝廷之人氣컨딘 誰可爲第一고?"

弘이 頓首對曰

"知臣은 莫如主ᅵ라 ᄒᆞ니 以陛下之明으로 豈有不知之理리잇고?"

上이 笑曰

"欲聞汝之所言이니 第以汝之所見으로 奏達ᄒᆞ라."

弘이 對曰

"人君用臣之道ㅣ 猶匠人之用材木호오니 大木은 可爲棟樑이오 小木은 可以椽이니 各隨其才而用之ㅣ니이다. 燕王楊昌曲은 文武兼全호고 容貌風采ㅣ 壓頭古人호며 叅知政事盧均은 文學이 出衆호고 才局이 過人호며 其爲人이 整齊호고 經綸이 老鍊호니 若以人氣로 言之則燕王이 爲第一이오 盧均이 其次ㅣ 燕王은 出將入相호야 內執朝權호고 外有兵權호야 名望威嚴이 震動天下ㄴ 年少氣銳호니 陛下ㄴ 抑其銳氣호시고 減其權勢가 是爲愛燕王之道오 盧均은 征伐患亂에 雖無能力이나 天性이 恭謹호고 閱歷古事호야 昇平禮樂에 贊襄文采ㄴ 不下於古人矣리이다."

上이 微笑호시고 翌日에 拜盧均爲紫宸殿太學士兼經筵侍講官호샤 日日引見이러니 一日은 上이 從容問曰

"近日朝廷에 有淸濁之黨호야 相爲分立이라 호니 是何名義오?"

盧均이 奏曰

"黨論이 雖自古有之나 此非國家之福이니이다. 人心이 乖激호고 紀綱이 紊亂호야 附於人君而承順者를 謂之濁黨이라 호고 以逼迫之言으로 自謂忠諫이라 하야 言論이 各立者를 謂之淸黨이니이다."

上이 笑曰

"淸黨領首ㄴ 誰也ㅣ며 濁黨領首ㄴ 誰也오?"

盧均이 對曰

"陛下ㅣ 偏愛董弘호사 欲爲獎拔호시니 弘은 本非微賤家門이라. 臣亦愛其人才호야 以結男妹之義러니 朝廷에 峻激言論이 指臣趨勢라 호야 以臣爲濁黨領首라 호니 臣이 豈可發明이며 燕王楊昌曲은 言論이 鎭壓朝廷호고 威權이 震動天下호고 自成一個門戶호야 雖君父라도 無所屈其志故로 以燕王으로 謂之淸黨領首ㅣ니이다."

上이 黙然聽之에 因有不平之色호니 嗟乎라! 小人之讒言이 奸巧호니 昇平日久則否運自來ㄴ 自古常理라. 此豈國家之福이리오? 正是大往小來之時也니 且看下回호라.

　우리가 고전에 눈을 돌리는 것은 고전으로 회귀하기 위해서가 아니다. 한국의 고전은 고전으로서 계승된 역사가 극히 짧고 지금 이 순간에도 발견되고 있으며 심지어 어떤 작품은 저 구석에서 후대의 눈길을 간절하게 기다리고 있기도 하다. 우리의 목표는 바로 이런 한국의 고전을 귀환시키는 것이다. 그러니까 고전 안에 숨죽이며 웅크리고 있는 진리내용들을 다시 불러들이고 그것으로 이 불투명한 시대의 이정표를 삼는 것, 이것이 우리의 궁극적인 목적이다.

　문학동네 한국고전문학전집은 몇몇 전문가의 연구실에 갇혀 있던 우리의 위대한 유산을 널리 공유하는 것은 물론, 우리 고전의 비판적·창조적 계승을 통해 세계문학사를 또 한번 진화시키고자 하는 강한 열망 속에서 탄생하였다. 그래서 문학동네 한국고전문학전집은 이미 익숙한 불멸의 고전은 말할 것도 없고 각 시대가 새롭게 찾아내어 힘겨운 논의 끝에 고전으로 끌어올린 작품까지를 두루 포함시켰다. 뿐만 아니라 한국 고전의 위대함을 같이 느끼기 위해 자구 하나, 단어 하나에도 세밀한 정성을 들였다. 여러 이본들을 철저히 비교하는 과정을 거쳐 정본을 확정했고, 이제까지의 모든 연구를 포괄한 각주를 달았으며, 각 작품의 품격과 분위기를 충분히 살려 현대어 텍스트를 완성했다. 이 모두가 우리의 고전을 재발명하는 것이야말로 세계문학의 인식론적 지도를 바꾸는 일이라는 소명감 덕분에 가능했음은 물론이다. 부디 한국의 고전 중 그 정수들을 한자리에 모은 문학동네 한국고전문학전집이 그간 한국의 고전을 멀리했던 독자들에게 널리 읽히고 창조적으로 계승되어 세계문학의 진화를 불러오는 우리의, 더 나아가 세계 전체의 소중한 자산으로 자리하기를 기대해본다.

문학동네 한국고전문학전집 편집위원
심경호, 장효현, 정병설, 류보선

옮긴이 **장효현**

고려대학교 국어국문학과를 졸업하고 같은 대학에서 박사학위를 받았다. 고려대학교 국어국문학
과 교수로 재직했다. 스토니브룩뉴욕주립대학과 런던대학 SOAS 방문교수, 메이지대학 객원교수
를 지냈다. 한국고소설학회장, 민족어문학회장, 동방문학비교연구회장을 역임했으며, 도남국문학
상(1991), 성산학술상(2003)을 수상했다. 지은 책으로 『서유영 문학의 연구』 『한국고전소설사연구』
『한국 고전문학의 시각』 『심능숙 문학의 연구』 등이 있고, 『육미당기』 『구운몽』을 역주했다.

한국고전문학전집 027

옥루몽 2

ⓒ 장효현 2022

초판 인쇄 | 2022년 5월 30일
초판 발행 | 2022년 6월 13일

지은이 남영로 ┃ 옮긴이 장효현

책임편집 유지연 ┃ **편집** 황수진 구민정 이현미 ┃ **디자인** 윤종윤 이주영
마케팅 정민호 이숙재 박치우 한민아 김혜연 박지영 안남영 김수현 정경주
브랜딩 함유지 함근아 김희숙 안나연 박민재 박진희 정승민
제작 강신은 김동욱 임현식 ┃ **제작처** 영신사

펴낸곳 (주)문학동네 ┃ **펴낸이** 김소영
출판등록 1993년 10월 22일 제2003-000045호
주소 10881 경기도 파주시 회동길 210
전자우편 editor@munhak.com | **대표전화** 031)955-8888 | **팩스** 031)955-8855
문의전화 031)955-3579(마케팅), 031)955-2690(편집)
문학동네카페 http://cafe.naver.com/mhdn
문학동네인스타그램 http://instagram.com/munhakdongne
문학동네트위터 http://twitter.com/munhakdongne
북클럽문학동네 http://bookclubmunhak.com

ISBN 978-89-546-8674-7 04810
      978-89-546-0888-6 04810 (세트)

www.munhak.com